DAS LETZTE SCHLACHTSCHIFF

JOSHUA TREE

Das letzte Schlachtschiff

BE
Belle Époque Verlag

Joshua Tree
joshuatree@weltenblume.de
www.weltenblume.de

Lizenzausgabe des Belle Époque Verlags, Inh. G. Pahlberg.
Wiesenstr. 7, 72135 Dettenhausen,
mit freundlicher Genehmigung des Autors.

Korrektorat: Jasmin Kraft
Innenlayout und Schriftsatz: Hans-Jürgen Maurer
Cover: Tom Edwards

Besonderer Dank: Viktoria M. Keller

Herstellung: Custom Printing, Wał Miedzeszyński 217/1,
04-987 Warszawa, Polen

ISBN: 978-3-96357-235-7

Vorwort

Lieber Leser,

normalerweise wende ich mich nicht mit einem Vorwort an dich, in diesem Fall mache ich aber eine Ausnahme, weil ich es für sinnvoll halte zu erklären, wie du dieses Buch lesen solltest: Dies ist der erste Band mindestens einer Trilogie. Ich habe monatelang an einem großen Storybogen gearbeitet mit vielen kleinen Mosaiksteinchen, die alle an ihrem Platz sind. Damit steht »Das letzte Schlachtschiff« eher in der Tradition eines Peter F. Hamilton als aktuellen Kindle-Actionern mit Adrenalin-Dauerfeuer. Ja, »Das letzte Schlachtschiff« ist Military Science Fiction, aber auch zu gleichen Teilen Space Opera mit großem Weltenbau. Du darfst also Action erwarten, aber auch eine gute erste Buchhälfte mit Politik, Weltenaufbau, Positionierung der Schachfiguren und losen Enden, die erst in Band 2 oder 3 in ihren Platz fallen. Ich habe bewusst Zwischenkapitel gewählt, die immer wieder (in sehr kurzer Form) die Haupthandlung unterbrechen, um kleine Einblicke in »die Bösen« zu geben. Ein wenig Geduld ist also gefragt, so wie »früher«. Dafür verspreche ich, dass wenn »die Fetzen fliegen«, sie ab da über die nächsten Bände die ganze Zeit fliegen und mehr Wucht haben, da du dich hoffentlich in der Welt auskennst und zurechtfindest. Ich habe Band 2 und 3 ausreichend vorbereitet, dass du nicht mehr als vier Wochen auf die Fortsetzungen warten musst.

Herzlich,
Joshua Tree
Lagos, im Januar 2022

Prolog

Ludwig von Borningen stieg die scheinbar endlosen Stufen des Palasts der Einheit hinauf. Er war allein, weil es seine Entscheidung gewesen war. Man konnte über Omega denken, was man wollte, aber er hielt die KI nicht für einen Meuchelmörder. Jedenfalls nicht heute. Nicht in dieser Nacht.

Der Palast war auf der höchsten Erhebung von Harthholm errichtet worden, einem vierhundert Meter hohen Berg mit abgeflachter Spitze, um den sich die Villen der Oberstadt anordneten mit ihren schmucken roten Dachziegeln und weißen Fassaden. Die Hauptstadt des Planeten ergoss sich ringsherum wie ein glänzendes Meer unter dem Mondlicht, aus dessen Zentrum der Palast ragte wie die Akropolis. Nicht, dass an dem monumentalen Bauwerk etwas antik gewesen wäre, wenn auch den Architekten sicherlich einiges von dem altgriechischen Baupathos untergekommen war, als sie das dreißigstöckige Gebäude mit den vielen Säulen und Fresken entworfen hatten. Jede Spitze des Oktagons endete in einem Turm mit hellen Flammen darauf, die noch über hundert Kilometer weit ins Land zu sehen waren und von dem Selbstbewusstsein und dem Reichtum Harbingens kündeten. Natürlich waren sie noch viel mehr als das, brummten in ihnen doch mächtige Fusionsgeneratoren, die das unsichtbare Kraftfeld dauerhaft mit Energie fütterten, mit welchem sich der Palast gesondert schützte.

Janosch erinnerte sich noch an das erste Mal, dass er die

1111 Stufen von der Triumphallee unter ihm hinauf zum Palast gegangen war, an seinem zweiten Tag als junger Parlamentsabgeordneter. Die Ehrfurcht, die er damals empfunden hatte ob des Gigantismus, dem er entgegenstieg, diesem kollektiven Volksthron, der mehr an imperiale denn demokratische Zeiten zu erinnern schien. Genau darin hatte er allerdings die Wichtigkeit des Palasts empfunden: Demokratie konnte Größe zeigen und sollte es auch, um dem Volk den Erfolg der Herrschaft zu veranschaulichen und greifbar zu demonstrieren.

Heute würde sein letzter Besuch des Parlaments sein und er fand unter gänzlich anderen Vorzeichen statt. Er hielt auf der achthundertelften Stufe inne und wandte sich der Stadt zu. In der Oberstadt leuchteten Lichter, stiegen Feuerwerkskörper in die Luft und lösten sich in kurzlebigen, bunten Blumen am Nachthimmel auf. Der Harbingentag wurde bereits seit mehreren Stunden zum 80. Gründungsjubiläum der Kolonie begangen – zumindest von den meisten Bürgern. Denn da waren auch die äußeren Stadtbezirke, in denen diabolische Feuer leuchteten, ganze Häuser niederbrannten. Vor seinem inneren Auge sah er die Menschenmengen, die sich dort Straßenschlachten mit der Polizei und Riotbots lieferten.

Es war ein seltsamer Anblick, eine Stadt zwischen Freude und Zorn, und doch der treffendste, den diese Nacht hervorbringen konnte.

Hervorbringen musste, korrigierte er sich in Gedanken und setzte seinen Weg fort.

Am Haupttor, das zwanzig Meter hochragte und auf der Vorderseite aufwändige Schnitzereien einer Szene der ersten Kolonisten zeigte, die dicht an dicht aus einem Schiffshangar in die Neue Welt traten, standen sechs Palastwachen in mittelalterlich designten Motorrüstungen. Zwei von ihnen nahmen Haltung an, die anderen verfolgten ihn mit ihren geschlossenen Visieren. Argwöhnisch, wie er sich vor vorstellte. Er nickte ihnen einmal rechts und einmal links zu und trat durch das Tor in den Palast ein.

Das Innere war kathedralenhaft, groß genug, um tausende Menschen zu fassen, mit der Decke so weit oben, dass es schwer war, die komplexen Bilder zu erkennen, die dort von Hand aufgemalt worden waren. Vor einem Stehpult und einer Loge befand sich das halbkreisförmige Plenum mit über eintausend grauen Sitzen auf den ansteigenden Rängen aus braunem Marmor. Ballondrohnen spendeten warmes gelbes Licht, das geradezu heimelig an Kerzenschein erinnerte.

Janosch ging durch den Mittelgang auf das Pult zu, wo eine einsame Gestalt auf ihn wartete, und wurde vom Echo seiner eigenen Schritte verfolgt, bis er schließlich stehen blieb, allein in dem riesigen Saal, der den Lärm einer Hauptstadt in Aufruhr komplett aussperrte und eine unnatürliche Stille hervorrief.

Ich bin *allein*, rief er sich in Erinnerung und nickte der Gestalt zu, die vor ihm am Pult stand und ihn aus leblosen Augen musterte. Sie war etwas kleiner als er, mit glatten, grauen Gliedern, die statt Kleidung mit Komposit verkleidet waren.

»Ich grüße Euch, Hochlord von Borningen«, sagte der Roboter und neigte den Kopf. Seine Miene war den Gesetzen entsprechend nichtssagend und ließ keine Zweifel an seiner mechanischen Beschaffenheit.

»Diesen Titel trägt meine Familie seit zwei Generationen nicht mehr«, entgegnete Ludwig steif.

»Aber Ihr gedenkt doch, ihn wieder zu tragen, oder?«

»Soll ich Euch Sprecher oder Omega nennen?«

»Beides ist dasselbe«, erwiderte die KI.

Ludwig versuchte, nicht daran zu denken, dass der gesamte Berg, auf dem sie standen, ein mächtiger Rechenkern war, in dem sich die Datensphäre befand, die von den Harbingern das ›Omega‹ genannt wurde, in Anlehnung an ihre letzte großartigste Erfindung.

»Ich denke, Sie haben mir dieses Gesprächsangebot unterbreitet, um für Frieden zu sorgen?«

»So ist es. Meinen Berechnungen zufolge wird meine Amtsübernahme als primäre Legislative eine mehrjährige Konsolidierungsphase nach sich ziehen, die unserem Volk …«

»*Bürgerkrieg.* Sie meinen, dass *mein* Volk in einen Bürgerkrieg stürzt.«

»Ist das der Begriff, den Ihr gewählt habt, als Ihr Eure Separatisten auf diesen Tag vorbereitet habt?«, wollte das Omega wissen. Wäre es ein Mensch gewesen, hätte Ludwig es für zynisch gehalten und einen rhetorischen Seitenhieb vermutet, doch so fragte er sich, was wirklich hinter den Worten des Roboters steckte, durch den die KI zu ihm sprach.

»Spielt das eine Rolle?«

»Alles spielt eine Rolle. Jedes Wort besteht aus Daten und Daten sind die Basislinie des Kosmos.«

»Wir haben diesbezüglich bekanntlich unterschiedliche Ansichten.«

»Ich bin hier, weil Sie verhandeln wollen«, sagte Ludwig ernst. »Also: Hier bin ich.«

»Ihre Flotte bei Artros macht dem Parlament Sorgen. Meinen Berechnungen zufolge würde ein bewaffneter Konflikt zu der Vernichtung Ihrer drei Schläferschiffe führen, samt der Separatistenflotte, die sich um sie versammelt hat und auf *Euer* Kommando hört.«

Ludwig antwortete darauf nicht, da er sich nicht auf einen Mathematikwettstreit mit einer KI einlassen wollte. Er stand zu seinen Überzeugungen, aber er würde nicht hier stehen, wäre er ein Hitzkopf gewesen.

»Ich möchte keinen Konflikt mit meinem Volk. Es irrt in seinen jüngsten Entscheidungen, und das wird es irgendwann noch schmerzlich begreifen«, sagte er nach einer längeren Pause. »Aber ich bin nicht bereit, solange zu warten. Wir sind Harbinger und werden lieber untergehen, als uns in ein Schicksal zu fügen, das wir nicht gewählt haben.«

»Aber das Volk *hat* gewählt. Seid Ihr bereit, das Blut Eurer eigenen Landsleute zu vergießen, um Eure Ansichten durchzusetzen?«

»Wenn es zu einem bewaffneten Konflikt kommt, dann nicht, weil wir ihn anfangen. Wir haben Schläferschiffe gebaut, mit denselben Ressourcen hätten wir in den vergangenen vier Jahren auch Kriegsschiffe produzieren können.«

»Das wäre wegen der regulatorischen Aufsicht schwieriger gewesen als große Zivilschiffe«, bemerkte das Omega.

Ludwig schwieg.

»Ich habe entschieden, Euch ziehen zu lassen. Es wird keine gewaltsame Union unter meiner Herrschaft geben. Das ist das Beste für Harbingen.«

»Sagen das Ihre *Berechnungen?*« Auch er war nicht immun gegenüber einem gewissen Grad an Zynismus.

»Ja.«

»Gut.« Ludwig wollte sich zum Gehen wenden.

»Aber Ihr dürft nie wieder zurückkehren«, sagte Omega und es klang, als läge ein gewisser Nachdruck in seiner Stimme, auch wenn er sich das vermutlich bloß einbildete.

»Das werden wir nicht.«

»Ihr wollt zu einem anderen Spiralarm aufbrechen. Bleibt dort. Für immer.«

Ludwig erstarrte und räusperte sich. Ihm hätte bewusst sein müssen, dass die KI mehr wusste, als sie sollte.

»Sie kennen auch unsere Sprungroute dorthin, nehme ich an?«

»Wenn die Berechnungen Ihrer Navigatoren und meiner eigenen übereinstimmen, ja.«

»Dann habe ich eine Bedingung.«

»Eine Bedingung?«, fragte das Omega.

»Die Route. Sie bleibt geheim. Für immer.«

»Niemand hat Zugang zu meinem Rechenkern, außer dem Kanzler und dem Admiral. Niemand außer Ihnen wird jemals Zugang erhalten. Das ist mein Angebot.«

Schweigen breitete sich im Palast aus. Ludwig fragte sich, ob die Fraktionen von diesem Treffen wussten, und wie viel das Omega den menschlichen Vertretern überhaupt noch erzählte.

»Ich akzeptiere. Wir verlassen das System in drei Tagen über den äußeren Sprungpunkt. Die Sprungpunktkontrolle darf nicht besetzt sein.«

»Akzeptabel.«

»Ich habe noch eine Bitte, wohl wissend, dass ich auch hier keine Möglichkeit habe, Sie zur Erfüllung zu zwingen: Unsere Schläferschiffe besitzen nicht genügend Fassungsvermögen für jeden Loyalisten. Verfolgen Sie sie nicht für Ihre Überzeugungen. Lassen Sie diejenigen gehen, die gehen möchten.«

»Ich verfolge niemanden, solange er oder sie nicht die Sicherheit und Integrität Harbingens gefährdet.«

»Wie ich?«

»Wie Ihr.«

»Keine Geheimdienst- und Säuberungsaktionen«, forderte Ludwig. »Dann werde ich in einer systemweiten Botschaft unsere Loyalisten auffordern, keine gewaltsamen Aktionen gegen Harbingen zu unternehmen, keine politische Fraktion zu bilden und keinen politischen Untergrund zur Aufklärung der Zivilbevölkerung zu unternehmen. Einverstanden?«

Der Roboter verharrte kurz und neigte dann den Kopf. »Das ist akzeptabel.«

Ludwig nickte und wandte sich erneut zum Gehen. Nach zwei Schritten hielt er inne und drehte den Kopf zur Seite.

»Warum tun Sie das? Diese Unterredung? Sie hätten mich ausschalten können. Haben Sie Angst, ich könnte Ihre Herrschaft gefährden?«

»Angst ist ein Gefühl, das kein mögliches Ergebnis meiner Heuristik ist«, antwortete die KI tonlos. »Aber meine Aufgabe ist es, das Harbinger-Volk vor Unheil zu schützen – und dazu gehört neuerdings auch Ihr, Hochlord. Euch zum Märtyrer zu machen und das Blut auf den Straßen fließen zu lassen, war jedoch keine Option.«

»Sie übersehen bei Ihren Berechnungen eines: dass *Sie* das Unheil sind, heraufbeschworen von diesem Parlament.« Ludwig breitete die Arme aus und schüttelte den Kopf, ehe er den Palast verließ. Seine Fähre wartete bereits außerhalb des Kraftfelds auf Höhe der dreihundertsten Stufe, um ihn vom Planeten in Richtung Artros zu bringen, weg von seiner Heimat, nach der er sich nie wieder umdrehen würde.

Kapitel 1

»Unidentifizierte Hyperraumsignaturen!«, rief einer der Specialists an den Konsolen, die sich vor Captain Orb in zwei dichten Halbkreisen auf dem großen Aussichtsdeck erstreckten und leicht nach vorne abfielen. Die transparente Scheibe davor, die das Glitzern der Sterne zeigte, war in Wirklichkeit eine graue Wand aus Komposit, schwer gepanzert und tief im Asteroiden Braun-III vergraben, der als letzter Horchposten Harbingens den Sprungpunkt im äußeren System überwachte. Sein Posten war der für einen Offizier auf dem Abstellgleis und das wussten nicht nur seine Vorgesetzten, die ihn hierher versetzt hatten, weil er ungewollt in die Schusslinie der Politik geraten war, sondern auch seine untergebenen Mannschaftsdienstgrade und Junioroffiziere. Hier draußen passierte rein *gar nichts*, wenn man von den regelmäßigen Austrittstermini interstellarer Händler, Flottenschiffen und privaten Jachten absah. Ein Verwaltungsjob, der nichts mit der Aufregung einer Jagd auf Piraten oder gar dem Kampf gegen den Erzfeind der Menschheit, die *Clicks*, gemein hatte. Ein Schiff sprang ins System, fuhr seine Sensorbündel aus und überprüfte seine Position, während es seinen Transpondercode aussandte, und Captain Orbs Aufgabe war es, ihn zu verifizieren und die automatischen Verteidigungsplattformen zu deaktivieren, die zu acht den Sprungpunkt umgaben wie überdimensionierte Teller, die vor lauter Besteck starrten. Reine Routine, mit der er nichts zu tun hatte, da seine Specialists – die meisten noch in Ausbildung durch den Chief – alles übernahmen. Er saß bloß da und langweilte sich eine Schicht lang in seinem Sessel, während er sich in seiner anderen Schicht auf seinem Zimmer oder in der kleinen beengten Messe langweilte, in der die recycelte Luft nach Schweißfüßen roch.

Als darum der Ruf seines Untergebenen ertönte, den er unter den zwei Dutzend Uniformierten in ihren Sitzen nicht ausmachen konnte, weil sich niemand umdrehte, war er deshalb viel zu irritiert, um etwas anderes zu sagen, als »Was?«

»Mehrere unidentifizierte Hyperraumsignaturen!«, wiederholte die Stimme vor ihm.

»Mehrere? Es ist nur ein Austritt nach dem nächsten gestattet«, brummte er mit gerunzelter Stirn und beugte sich auf seinem Sessel vor. Als sich einige Gesichter zu ihm umdrehten, richtete er sich auf und sagte laut: »Identifizieren! Wie viele Kontakte genau?«

»Ich zähle bislang dreißig, aber sie nehmen stetig zu. Pro Sekunde ein neuer Kontakt!«

»Transpondercodes?«

»Negativ!«

»Es sind Clicks!«, rief ein anderer Specialist, diesmal gut daran zu erkennen, dass er sich an seiner Konsole vorbeugte, die ihn umgab wie ein Wirrwarr aus Displays und Eingabekissen.

»Clicks«, wiederholte Orb lahm und riss die Augen auf. »Hier?«

»Vierundneunzig Kontakte!«

»Feuer frei für die Verteidigungsplattformen!«, brüllte er überflüssigerweise, da er durch die virtuelle Scheibe vor ihnen bereits sehen konnte, wie helle, kurzlebige Explosionen die Schwärze des Raums in weiter Ferne durchbrachen. Die Schlacht war bereits in vollem Gange.

Vierundneunzig Click-Schiffe, dachte er und wischte sich rasch den kalten Schweiß von der Stirn. *Warum Harbingen?*

»Plattformen eins bis acht befinden sich bereits im Gefecht«, meldete der Specialist.

Nicht genug. Acht sind nicht genug!

»Prioritätsalarm an die Flottenbasis«, befahl Orb. »Senden Sie sämtliche Signaturen mit und bestimmen Sie die aktuellen und prognostizierten Flugvektoren!«

Der angesprochene Soldat – ein Rücken unter vielen in ihren dunkelgrauen Uniformen – gab keine Erwiderung von sich, was sich in der aktuellen Bedrohungslage verschmerzen ließ.

Der Horchposten war ein unförmiger Klumpen aus Gestein und losem Regolith, komprimiert und ausgehöhlt, ehe er in einen hohen Orbit um den äußeren Gasriesen des Harbingen-Systems geschoben worden war, um eine Station hineinzubauen, die der harten Strahlung Bohrs widerstehen konnte. Auf seiner Oberfläche hatte man lange Sensorbündel für nahezu das gesamte elektromagnetische Strahlungsspektrum angebracht, die dem Horchposten das Aussehen eines mit Besteck verunstalteten Matschballs verliehen. Da sich sein Orbit direkt am Lagrange-Punkt zwischen Bohr und seinem größten Mond *Inn* befand, behielt er seine relative Position in Bezug auf den äußeren Sprungpunkt im Zentrum des Konvektionspunkts von Bohrs und Inns Gravitationstrichtern bei. Er hatte somit immer freie Sicht, und den komplexen Sensorsystemen entging nichts.

Auch nicht, dass die Schiffe der Clicks – lang gezogene, tränenförmige Gebilde mit perlmuttfarbenen Hüllen von etwa einhundert Metern Länge – in einer weit aufgefächerten Formation in Richtung Harbingen flogen, dem einzigen bewohnten Planeten des gleichnamigen Systems. Abgesehen von einigen Asteroidensiedlungen und Mondhabitaten lebte der überwältigende Großteil der zwei Milliarden Bewohner auf dem blassen blauen Punkt, der sich am Rande des Fensters vor Captain Orb mehr erahnen als erkennen ließ.

»Warum sind die noch auf Kurs?«, fragte er wütend und wusste doch im selben Augenblick, dass es eine dumme Frage war. *Vierundneunzig Clicks! Hier!*

»Sie fliegen mit maximalem Schub. Beschleunigung von sieben G«, meldete der Specialist. »Sechs von ihnen wurden von den Plattformen zerstört, die anderen sind bald außer Reichweite.«

»Nicht für die Torpedos! Jede Plattform hat einhundert davon geladen!«

»Keine Torpedos abgefeuert, Sir.«

»Was?« Orb beugte sich wieder vor. »Was soll das heißen?«

»Fehlfunktion in den Waffenleitsystemen«, erklärte jemand anders.

»In *allen* gleichzeitig?«

»Ja, Sir.«

»Das darf doch wohl nicht wahr sein!«

Das Warnsignal mit dem Prioritätsalarm der Stufe eins, das für die höchste Gefahrenstufe – also einen Angriff durch die Aliens – vorgesehen war, benötigte für die aktuelle Distanz von elf astronomischen Einheiten zwischen Bohr und Harbingen etwas mehr als einundneunzig Minuten, also würde die Flotte der Clicks bis dahin schon ein ganzes Stück weitergekommen sein. Aber sie würden immer noch eine Woche benötigen, um den Planeten zu erreichen – wenn sie ihre verrückt hohe Beschleunigung aufrechterhalten konnten. Eine höchst zweifelhafte Vorstellung, wenn man die enormen körperlichen Belastungen für die Besatzungen dieser Schiffe bedachte.

Das Gefecht fand fünf Millionen Kilometer von Harbingen entfernt statt. Die Harbinger Flotte hatte die Woche zur Vorbereitung genutzt und sich entsprechend dem Befehl des Commanders an Bord der Oberon in einer fächerförmigen Formation positioniert. Die Angriffsflotte der Clicks hatte während ihres Fluges eine enge keilförmige Formation eingenommen, als handle es sich bei ihr um einen perlmuttfarbenen Pfeilkopf, der es auf die Welt der Menschen abgesehen hatte.

Als sie in Reichweite der Fernbereichsabwehr kamen, verließen mehrere tausend Torpedos die Startschächte der dreihundert Schiffe der Harbinger-Flotte und rasten wie ein Schwarm irrsinnig beschleunigter Glühwürmchen den Invasoren entgegen. Noch ehe sie ihre Ziele erreichten, lösten sich die Angreifer in einer Kaskade heftiger Explosionen auf, die für wenige Sekunden eine zweite, flackernde Sonne erstrahlen ließen. Harte Strahlung raste das Spektrum auf und ab und zerstrahlte die sich nähernde Wand aus Torpedos.

Dann war alles vorbei und was übrig blieb, war eine dichte Wolke aus massiven Trümmerstücken, die das Inferno irgendwie überlebt hatten, ohne sich in flüchtige Gasmoleküle zu verwandeln.

Sarah Mantells Hände verkrampften sich in den Polstern ihres kardanisch aufgehängten Beschleunigungssitzes, als die Bremsphase sich ihrem Ende näherte. Die *Ezekiels Rache* ritt auf ihrer eigenen Antriebsfackel aus ultraheißem Plasma, die sich wie ein kilometerlanger Speer vor dem unabhängigen Minenräumer ausbreitete und kurz davor stand, die ersten Trümmer der vernichteten Click-Flotte zu verbrennen.

Das Raumschiff war ein unförmiges Gebilde aus einer zentralen Kugel, auf der pockenartige Deuteriumtanks in einem Kompositgestell steckten. Die Antriebsgondel des Fusionsreaktors war ein fünfzehn Meter durchmessender Trichter, der viel zu groß schien, machte er doch beinahe die Hälfte der gesamten Schiffslänge aus. Kurz: Die *Ezekiels Rache* war ebenso hässlich wie ihr Ruf, schließlich wurden die unabhängigen Minenräumer von der Flotte als ›Aasgeier‹ bezeichnet – und das war noch schmeichelhaft. Da viele von den dreißig Schiffen, die sich in diesem Moment auf die zwei Tage alten Trümmer der Click-Flotte stürzten, sich auch als Schmuggler verdingten, um über die Runden zu kommen, waren sie in der allgemeinen Bevölkerung als Piraten verschrien und erhielten in den Orbitalstationen der Kernwelten so gut wie nie eine Andockerlaubnis.

Sarah Mantell hatte dazu natürlich ihre ganz eigene Meinung. Sie war mit Herzblut Raumschiffkapitänin und liebte ihr freies Leben zwischen den Sternen, das weder der Flotte noch einem der großen interstellaren Konzerne gehörte. Wenn das bedeutete, in ihrer eigenen fliegenden Schüssel zu leben und auf die unterentwickelten Randwelten beschränkt zu sein, wenn sie frische, unrecycelte Luft atmen wollte, dann war es eben so.

»Bremsphase abgeschlossen«, meldete Georg Breusken, ihr Co-Pilot und Fusionstechniker, der gleichzeitig auch der Vater ihres achtjährigen Sohnes war, der gerade in ihrer Kabine in einem Beschleunigungskokon schlief. »Aktiviere Radiatoren.«

»Dann kann die Drecksarbeit ja losgehen«, frohlockte Karell Poikow von dem dritten Sitz auf der Brücke, der sich schräg hinter Sarahs anderer Schulter befand. Der wuchtige Sensorspezialist tippte auf seiner altmodischen Tastatur herum und jeder Anschlag klang, als würde jemand mit einem Hammer Salzstangen zerschlagen.

Sechs mächtige Sensorbündel fuhren aus der Hülle der *Ezekiels Rache* aus und begannen kurz darauf, den sie umgebenden Raum zu scannen. Das Schiff selbst war bereits über fünfzig Jahre alt und trotz seiner guten Wartung und vieler kleiner Verbesserungen gut und gerne als Schrotthaufen zu bezeichnen. Doch die Sensoren waren erst letztes Jahr nachgerüstet worden, nachdem sie einen verirrten Frachter von Okasaki aufgebracht hatten. Die japanisch-ethnische Kernwelt stellte die besten Teleskope, Radar- und Lidargeräte her, die man in der gesamten Terranischen Föderation kaufen konnte, und Sarah hatte nicht einmal dafür bezahlt. Das machte sie umso wertvoller.

Das virtuelle Display, das sich als löchriges Hologramm vor ihnen an der Wand bildete, zeigte den dichten Wald aus Trümmern, auf den sie langsam und lautlos zuglitten. Dunkle Schatten rotierten in scheinbarer Zeitlupe um ein unsichtbares Zentrum und bildeten einen gestreckten Zylinder, durch dessen hunderte Einzelteile immer wieder das Funkeln der Sterne zu sehen war.

»Meine Güte, das ist mal ein riesiges, dichtes Trümmerfeld«, befand Georg. »Bei den Aufnahmen, die wir von der Schlacht gesehen haben, sollten hier doch eigentlich Milliarden kleiner Schrapnellsplitter rumfliegen. Das da sieht nach ziemlich massiven Brocken aus.«

»Das Feld scheint eine zylindrische Form zu haben und rotiert um ein Zentrum, das ich bislang nicht genau lokalisieren kann. Die Berechnungen laufen noch«, erklärte Karell konzentriert. »Es besteht aus sechsundachtzig massiven, einundachtzig Meter langen Eisenkegeln. Dazwischen gibt es sehr wohl Schrapnelle, unzählige Teile von der Größe eines Fußballs bis hin zu der einer Niete.«

»Eisenkegel?«, fragte Sarah irritiert und stellte sich vor, dass das tausendfache Funkeln zwischen den mächtigen Schatten, die vor ihnen den Schirm ausfüllten, winzige Splitter der zerstörten Feindschiffe waren. In sämtlichen relativen Himmelsrichtungen sah sie, wie die Plasmafackeln anderer Minenräumer sich näherten wie Aasfresser einem Kadaver.

Wie ein Schwarm Aasfresser, dachte sie bei sich und schnaubte lakonisch. Nach und nach erloschen die Flammen und zurück blieb die Schwärze des Alls.

»Ja«, antwortete Karell. »Keine Ahnung, was die Dinger geladen hatten, aber was wir da vor uns haben, ist ein dichter Wald aus massiven Metallstücken, die größer sind als die *Rache* und sie sind so dicht gepackt, dass wir lieber mit unserem Raumfahrzeug rausgehen sollten.«

»Vergiss es!«, schnaubte Sarah. »Mit den Sensoren vom RFZ sehen wir nicht einmal einen Frachtcontainer, wenn er einen Kilometer entfernt ist.«

»Darf ich daran erinnern, dass die Flotte uns dafür bezahlt, dass wir nach Minen suchen, bevor sie ihre Leute reinschicken?«, merkte Georg an. »Die Betonung liegt auf *suchen*, nicht *finden.*«

»Mir gefällt das nicht«, brummte sie. »Hier sollte sich ein weit verteiltes Trümmerfeld aus winzigsten Teilen befinden, das wir aus der relativen Sicherheit heraus scannen. Das da ist aber was anderes. Wenn die Eisenansammlungen wirklich so groß und massiv sind, wie sie aussehen, dann hätten die verfluchten Click-Schiffe ja mit Eisen ausgegossen sein müssen, was sie ziemlich schwer gemacht haben würde.«

»Und keinen Platz für die Besatzung«, fügte Georg hinzu.

»Aber es wäre eine Erklärung dafür, warum sie weder am Sprungpunkt noch hier das Feuer erwidert haben. Vielleicht war niemand an Bord«, warf Karell ein. »Ihr habt es doch in den Newsfeeds gesehen: So eine dichte Formation war absoluter Selbstmord. Kein Kapitän hätte so eine gewählt, eben weil ein einzelner Treffer in einem Schwesterschiff zu einer Kettenreaktion durch hyperschnelle Trümmer führen kann. Was wir ja alle beobachten konnten.«

»Und was soll das bringen?«

»Da fragst du mich?« Der Sensorexperte schnaubte hinter ihr. »Was weiß ich, was diese verfluchten Metallschädel sich denken.«

»Ist auch egal!« Sarah machte eine unwirsche Handbewegung. »Wir haben einen Auftrag und wollen unser Geld redlich verdienen. Wir sind schließlich keine Aasgeier. Ich gehe raus.«

»Vergiss es, dein Sohn …«

»Was soll mit ihm sein? Hast du je gesehen, dass ich zurückstecke, nur weil ich Mutter geworden bin? Der Kleine bedeutet mir alles, aber Georg und ich können nicht alles auf dich abwälzen, nur weil du keinen Nachwuchs hast.«

Karell wusste, wann bei ihr keine Diskussion zu gewinnen war und drang nicht weiter auf sie ein. Stattdessen seufzte er bloß und zuckte mit den Schultern.

»Sei vorsichtig.«

»Bin ich.« Sie löste die Sicherheitsgurte, die sich automatisch von ihrer Brust und ihrer Hüfte zurückzogen wie Schlangen, und schwebte aus ihrem Sitz. Mit den Händen hielt sie sich an dem metallenen Bogen der kardanischen Aufhängung fest und drückte Georg einen Kuss auf den Mund.

»Pass da draußen auf dich auf. Und geh kein Risiko ein, klar?«

»Klar«, versprach sie wahrheitsgemäß und verabschiedete sich mit einem Lächeln in Richtung des Wohnmoduls der *Ezekiels Rache*, einer von vier hintereinanderliegenden Kugeln des Lebenserhaltungssystems. Die Raumfähre klemmte unter dem zweiten Modul mit der Messe und den Vorratsräumen. Über vier Halteklammern saß der kleine Ionenfeldflieger wie eine dunkle Motte zwischen den großen Deuteriumtanks und war mit einer kurzen, dicken Nabelschnur mit der unteren Luftschleuse verbunden, über der ein großes rotes ›S‹ prangte. Sarah hatte bereits vor zwanzig Jahren, als sie die *Ezekiels Rache* einem Schmuggler von Avid abgekauft hatte, dafür gesorgt, dass es an Bord relative Richtungen gab, um auch Passagieren und neuen Crewmitgliedern mit wenig Erfahrung in der Schwerelosigkeit eine Orientierungshilfe zu bieten. Im All ging es schnell, dass oben zu unten wurde und rechts zu links, und selbst geübten 0-g-Veteranen wie ihr konnte es im Eifer des Gefechts passieren, dass sie eine Sekunde zu spät schaltete. Nach diesem Job würden Georg und Karell ihr wieder in den Ohren hängen, dass es Zeit für eins der neuen Schiffe mit Trägheitskompensation war, doch sie sträubte sich immer noch dagegen. Das *Omega* mochte ein technologisches Wunder nach dem anderen ausspucken und nicht nur Harbingen reich machen, sondern die Föderation mit immer neuen Möglichkeiten segnen – doch wer verstand schon genau, wie all das funktionierte? Zum Teufel nein, sie würde es weiterhin so einfach halten wie möglich. Keine Fehler machen und alles andere so gut es eben ging. *Das* war die beste Devise für freie Schiffsbesatzungen wie ihre.

Durch die Luftschleuse glitt sie behände in den Ionenfeldgleiter, der bereits vor zehn Jahren bei seiner Anschaffung uralt gewesen war, und verriegelte manuell die Luke hinter sich. Dann schnallte sie sich auf dem Pilotensitz fest, der nicht einmal kardanisch aufgehängt war, und startete die Systeme. Vor ihr erwachten die Armaturen mit einem hörbaren Surren zum Leben, gefolgt von blinkenden Gizmos, die ein buntes Sternenpanorama vor ihr bildeten.

»Bin drin«, sagte sie, nachdem sie sich das Headset übergezogen hatte, von dem bereits die Ohrpolster abblätterten. Das Kabel steckte in der Verteilerbuchse über ihrem Kopf und wackelte, als sie zwei Kippschalter betätigte und damit die Halteklammern löste.

»Gute Jagd!«, kam Georgs Antwort. Seine Sorge konnte er nicht ganz aus seiner Stimme verbergen, aber sie entschied sich, es zu ignorieren. Das hier war nicht ihr erster Einsatz als Minensucher in einem Trümmerfeld einer vergangenen Raumschlacht. Im Grunde lief es immer auf dasselbe Muster hinaus: Die Schlacht war geschlagen – im Idealfall hatte die Föderation gewonnen – und dann wurden die freien Schiffe als Kanonenfutter bezahlt, um nach Gefahrenquellen für die Kähne der Flotte zu suchen, die ihnen nachfolgen würden. Minen gab es natürlich nicht, da so etwas gar nicht eingesetzt wurde, aber hier und da gab es instabile Antimaterie-Reaktoren, die vor der Zerstörung des jeweiligen Schiffs ausgeworfen worden waren. Nur eine Fehlfunktion darin, und das gesamte Feld würde zerstrahlen. Also kamen Leute wie sie, scannten alles ab, inklusive Notsignale von Rettungskapseln und wertvollen Hinterlassenschaften, die sich, ohne aufzufallen, einsacken ließen. Die Flotte akzeptierte den Vorgang in Abwägung der Risiken, wenn sie ihre eigenen Mannschaften schickten. Hinzu kam, dass der Flug durch ein Trümmerfeld hochgefährlich war und nicht jeder unbeschadet zurückkehrte. Die Überreste waren teils groß – leicht auszuweichen – und teils winzig klein – je nach Geschwindigkeit tödlich für die Hülle eines Ionenfeldgleiters wie dem, in dem sie gerade saß.

»Nähere mich dem Einstiegspunkt«, funkte sie, mehr um sich selbst Gesellschaft zu leisten und drückte den Joystick nach vorne, um zwischen zweien der riesigen Eisenzylinder abzutauchen. »Die Verbindung wird gleich möglicherweise …«

Ein Rauschen in ihren Ohren verriet ihr, dass sie bereits keinen Kontakt mehr hatte, also schaltete sie ab, um sich von dem unangenehmen Geräusch zu befreien.

Die pechschwarzen Gebilde, die das Fenster vor ihr ausfüllten, sahen aus wie unheimliche Schatten, die sich um ein unsichtbares Zentrum balgten. Wie Fehler im Kosmos schwebten sie scheinbar schnell vor ihr entlang, doch Sarah kannte den Parallaxeneffekt und brauchte keinen Extraschub, um zwischen den vorderen Zylindern abzutauchen. Mit weiteren raschen Eingaben auf ihrem Bedienfeld aktivierte sie die multidirektionalen Scanner, die wie Beulen auf der Hülle saßen und einen Großteil des elektromagnetischen Spektrums abtasten konnten. Nach und nach tauchten Bilder von der Ultraschallabtastung auf den Schirmen auf, gefolgt von Infrarotaufnahmen.

»Die Zylinder sind bereits erkaltet, keine Restwärme, keinerlei Strahlungsreflexion. Sie sind kalt wie Eis, kaum wärmer als das Vakuum ringsherum«, sagte sie für das Einsatzprotokoll, das sie später abzeichnen und an die Flotte schicken würde. »Sie sind nicht einförmig und nicht glatt. Ultraschall hat mehrere Einkerbungen ergeben.«

Ihr kam eine Idee und sie schaltete eine dreidimensionale Abbildung von einem Click-Kreuzer hinzu, wie er bei der Schlacht zum Einsatz gekommen war. Sie befreite das Bild von Details, bis nur noch ein Gitternetz aus Falschfarben übrig blieb, und legte es über die aufbereiteten Ultraschalldaten. Die Ergebnisse überraschten sie.

»Merkwürdig. Die Grundlänge ist beinahe identisch, auch die Breite und Höhe entspricht einem STD-Kreuzer des Typs 004 der Datenbanken. Es gibt einige eindeutige Einbuchtungen auf der Rückseite, wo sich die Antriebsgondeln befunden haben müssen, und auf der vorderen Oberseite, wo sich laut der öffentlich zugänglichen Enzyklopädiedaten die Brücke befunden haben müsste. Das sind die einzigen Systeme, die für die rudimentärste Flugfähigkeit essenziell sind. Aber der Rest … Ich versuche, einige der kleineren Trümmer zu scannen und zuzuordnen. Mit einer Spektralanalyse müsste ich die Zusammensetzung ermitteln können.«

Sie folgte ihrer eigenen Anweisung und richtete die dorsalen Sensorsysteme nach vorne aus, wo die Dunkelheit immer wieder von dichtem Glitzern durchzogen war. Die Hochleistungsscheinwerfer unter dem Bug des gemächlichen Ionenfeldgleiters fluteten einen kegelförmigen Bereich von über einem Kilometer mit Photonen, was es den hochauflösenden Kameras ermöglichte, zusammen mit den Daten der anderen Spektren ein komplexes Bild zusammenzusetzen. Es dauerte fünf Minuten, in denen sie mit kurzen Impulsen aus den Korrekturtriebwerken größeren Trümmerstücken auswich, bis der angestaubte Computer eine Antwort auf ihre drängendsten Fragen ausspuckte.

»Na, wenn das keine Antwort auf die Frage ist, ob die Clicks wirklich Roboter sind«, murmelte sie. »Die Trümmer stammen tatsächlich mit fünfundneunzigprozentiger Wahrscheinlichkeit von Antriebsgondeln und aufgebrochenen Brückenkokons. Keinerlei Biomarker erkennbar. Wenn man von verirrten Gasmolekülen absieht, bestehen sämtliche Stücke – egal welcher Größe – aus diesen beiden Teilen der Kreuzer. Abgesehen von Resten der Komposithüllen und Tanks natürlich. Wenn ich raten müsste, würde ich sagen, dass die Schiffe mit Eisen ausgegossen gewesen sind und keine Mannschaften an Bord hatten. Aber warum? Falls wirklich keine Torpedos von Bradleys Flotte für die initialen Zerstörungen verantwortlich waren, kann es sich nur um eine erste Kollision gehandelt haben, gefolgt von einer Kettenreaktion, ähnlich wie bei einem Kesslersyndrom.«

Sarah schwebte links um einen der gigantischen Zylinder herum, gegen den ihre Raumfähre aussehen musste wie eine Motte neben einem Wal. Nach zwei Kollisionswarnungen gab sie entnervt auf und schaltete den Autopiloten in den Primärmodus, da im Inneren der Trümmerwolke die Dichte an gefährlichen Fragmenten zunahm, die wie bei einem chaotischen Pingpong von einem Eisenkoloss zum anderen abprallten und wieder zurück. Wenn sie sich dabei gegenseitig trafen, zersplitterten sie in kleinere Teile und änderten ihre Richtung, was es ihr selbst mit den Anzeigehilfen unmöglich machte, weiter manuell zu steuern. Also kümmerte sie sich um die Sensoren und fächerte sie wieder auf, um eine zehnminütige Aufnahme der Bewegungsrichtungen zu machen. Das sollte als Grundlage für eine Vorausberechnung der Flugrichtungen ausreichen.

Während die Steuersoftware sie durch den Wahnsinn aus schweren Metallen steuerte und dabei ruckartige Bewegungen in sämtliche Richtungen vollführte, fluchte sie und schwor sich, demnächst ein Softwareupdate zu kaufen. Als endlich die Bewegungsdaten auftauchten, überprüfte sie zur Sicherheit den Sitz ihrer Gurte erneut und betrachtete dann die Simulation aus Flugvektoren und Geschwindigkeiten.

»Sie rotieren nicht bloß um irgendein Zentrum, sie werden auch davon angezogen wie von einem Magneten. In Zugrichtung verringert sich der Abstand zwischen den einzelnen Zylindern, zwischen denen sich Konvektionszonen bilden, in die die verschiedenen Kleintrümmer eingesaugt werden.«

Mit ein paar hastigen Eingaben dehnte sie die Simulation über einen Zeithorizont von einer Stunde aus und blinzelte einige Male.

»In weniger als dreißig Minuten klumpt alles zusammen. Aber warum?« Schnaubend erhöhte sie den Impuls aus den gemächlichen Ionentriebwerken und glitt rasch auf die Lücke zwischen vier der Eisengiganten zu, die sich vor ihr zu schließen begannen wie eine riesige Rosette. Im letzten Moment flog sie hindurch und atmete mit aufgeblasenen Wangen aus, um ihre Anspannung loszuwerden. Für einen Augenblick hatte sie geglaubt, dass die Flügel, die auch für einen Atmosphärenflug geeignet waren, kollidieren und abbrechen würden.

Vor ihrem Fenster wurde es abrupt dunkler. Die Photonen des weit entfernten Zentralsterns von Harbingen wurden von den dicht an dicht rotierenden Eisenzylindern größtenteils ausgesperrt. Das führte dazu, dass die Bugscheinwerfer wie ein Eindringling in einem fremden Mikrokosmos wirkten und an Intensität zuzunehmen schienen.

Ein Schauer rauschte kalt über Sarahs Rücken und sie fühlte sich plötzlich ein- und ausgesperrt zugleich. Jedes Knacken der Kabine und jedes Surren eines Computers schien wie eine Störung, die fremde Mächte wecken könnte.

Sch, machte sie innerlich und schluckte, als ein aufdringliches Piepen sie aufschrecken ließ.

›Kollisionswarnung‹ blinkte rot auf ihrem Primärdisplay und die Navigationskonsole zeigte einen großen, bedrohlichen Punkt fünfhundert Meter voraus. Sarah beugte sich vor und starrte in den Lichtkegel der Scheinwerfer, nur um einen Fluch auszustoßen. Genau in der Mitte des schwarzen Nichts, in dem ungesehen Myriaden kleiner Trümmerstücke gleichförmig auf das Zentrum zuflogen, befand sich eine Kugel von fünfzig Metern Durchmesser und verschluckte das Licht, das sie mitgebracht hatte. Ihre Treibstoffanzeige stieß nun ebenfalls eine Fehlermeldung aus. Der Verbrauch stimmte nicht mit dem Schub überein.

Irritiert runzelte sie die Stirn und leitete einen kurzen Bremsschub ein, der hätte ausreichen sollen, um sie zum Stoppen zu bringen. Für einen Moment funktionierte es auch, doch dann beschleunigte sie plötzlich wieder, obwohl die Triebwerke stumm blieben.

»Was zur Hölle …?«, hauchte sie und leitete Gegenschub ein. Tatsächlich wurde sie langsamer und glitt dann zurück, doch wieder war der Treibstoffaufwand um ein Vielfaches höher als erwartet. »Ein Magnet! Das ist ein verfluchter Riesenmagnet!«

Eilig leitete sie ein Wendemanöver ein und warf das Haupttriebwerk wieder an, um die sich weiterhin verringernde Distanz zum dichten, massereichen Zentrum des Trümmerfelds zu erhöhen. Die Nahbereichscanner suchten ohne gesonderte Aufforderung nach Lücken in der sich schließenden Wand aus Eisen, als die Pilotsoftware ihre Notlage erkannte und einen Ausweg auszumachen versuchte.

Es gab nicht mehr viele. Genau genommen nur einen einzigen und der befand sich zwischen zwei kollidierenden Schatten, die wie gigantische Rammen vor ihr gegeneinanderstießen. Die magnetische Kraft, die sie unbarmherzig zum Zentrum des Trümmerfelds zog, war stark genug, um eine Kaskade unkontrollierter Kollisionen zu vermeiden. Normalerweise wäre das eine gute Nachricht für Sarah gewesen, denn erratisch umherfliegende, massive Zylinder aus verdichtetem Eisen konnten ihr Schiff mit einer einfachen Berührung pulverisieren oder zumindest in ein gefährliches Taumeln versetzen. Doch hier, wo die Trümmer eine geschlossene Sphäre um den finsteren Hohlraum in ihrer Mitte bildeten, bedeutete weniger Bewegung mehr Gefahr in Form einer undurchdringlichen Wand. Die Raumfähre besaß keine Bewaffnung, abgesehen von einer nicht mehr funktionsfähigen Maserkanone unter dem Rumpf – nicht dass sie sich große Hoffnungen gemacht hätte, damit viel gegen die schwarzen Kolosse auszurichten. Also blieb ihr nur die Flucht nach vorne.

Der Autopilot gab achtzig Prozent Schub auf das Ionentriebwerk, das eher für Effizienz als hohe Beschleunigungswerte bekannt war, und trieb sie mit unangenehmen, aber aushaltbaren 3g nach vorne in eine ansteigende Kurve unter Vorausberechnung der wahrscheinlichen Positionsveränderungen der Hindernisse, mit denen sie zu kämpfen hatten. Sarah überflog die Daten und bemerkte, dass die KI plante, nach dem Manöver noch dreißig Prozent Treibstoff als Sicherheitsmarge für die Rückkehr zur *Ezekiels Rache* zurückzuhalten.

»Scheiß drauf!«, fluchte sie und schaltete die Pilotsoftware kurzerhand ab. Sie übernahm den Joystick und drückte den Schubregler auf das Maximum, was ihr magere 5g einbrachte, die sie in den Sitz pressten, als wäre sie von einer Abrissbirne getroffen worden. Die Treibstoffanzeige kannte von hier an nur noch eine Richtung: abwärts. Die Raumfähre ritt auf ihrem langen blauen Schweif, der die künstliche

Trümmersphäre in ein fluktuierendes Schimmern tauchte, und beschrieb eine gerade Linie auf eine Lücke von fünf Metern Höhe und zwanzig Metern Breite zu.

»Komm schon!«, knurrte Sarah durch ihre zusammengebissenen Zähne hindurch, die sie aufgrund des Fünffachen ihres Körpergewichts, das auf ihr lastete, nicht mehr auseinanderbekam. Kurz vor dem schmalen Band aus schimmernden Sternen in der Wand aus Dunkelheit voraus, begann sie guttural zu schreien.

Ein metallisches Kreischen ertönte, als der Ionenfeldflieger sich aus der Sphäre befreite. Ein Dutzend rot blinkender Warnmeldungen gleichzeitig flutete das zentrale Display vor ihr und eine Schemadarstellung ihres Gefährts hob so viele beschädigte Bereiche hervor, dass sie durch ihre tränenden Augen den Überblick verlor. Alles wackelte und ruckelte, als würde sie auf einem zerbrechlichen Floß durch einen Hurrikan schippern, ehe es wieder still wurde.

Mit titanenhafter Anstrengung drückte sie ihre rechte Hand nach vorne, bis ihre Finger zitternd den Schubregler erreichten und ein Stück zurückzogen, in die Standardposition. Schlagartig blieb noch ein angenehmes g Beschleunigung übrig und die Abrissbirne auf ihrer Brust verschwand augenblicklich.

»Das wiederholen wir nicht«, keuchte sie und blinzelte die Tränen aus ihren Augenwinkeln, um die Schadensmeldungen zu begutachten, die einen Alarm ausgelöst und die Kabine in rotes Licht getaucht hatten. »Also gut. Kommunikationsanlage zerstört, rechter Flügel abgerissen – den brauche ich eh nicht hier draußen. Linke Halteklammern eingedrückt und reagieren nicht mehr. Das wird ein Problem, ist aber jetzt noch keins. Atmosphärenverlust. Das *ist* ein verdammtes Problem.«

Murrend reckte sie ihren linken Arm empor, der sich anfühlte wie von einem heftigen Muskelkater geplagt, um das Atemgerät aus seiner Halteschlaufe über ihrem Kopf zu ziehen. Da der Verlust nur langsam vonstattenging, musste Sauerstoff vorerst reichen, solange die Temperatur nicht zu schnell fiel.

Das Trümmerfeld war mittlerweile stark verdichtet, aber noch immer schwirrten hier und da scharfkantige Kompositreste durch den Raum, denen sie ausweichen musste. Doch Radar und Lidar – selbst mit ihrer recht betagten Technik –, hatten kein Problem, ihr einen sicheren Kurs vorzugeben.

»Georg, Karell?«, versuchte sie es über den Kursstreckensender, nur um festzustellen, dass die Stromversorgung für die kleine Antenne am Bug unterbrochen war. »Na toll.«

Auch die dorsalen Sensorbündel waren bei ihrem Crash durch die Sphärenwand so beschädigt worden, dass sie die *Ezekiels Rache* nicht mehr anpeilen konnte. Da auch ihr Treibstoff nur noch bei fünf Prozent war und sie abschalten musste, um wenigstens noch aus dem viertausend Kilometer durchmessenden Trümmerfeld herauszudriften, machte sie sich keine Hoffnung, zu ihrer Crew zurückzukehren. Ihre beiden Crewmitglieder, die sie durchaus als ihre Familie bezeichnen konnte, waren hoffentlich längst verschwunden, als sie das sich aufbauende Magnetfeld registriert hatten. Zumindest betete sie dafür.

Da der Wald aus halb verdampften und zusammengeschmolzenen Überresten von den Schiffshüllen der Clicks lichter wurde, schaltete sie den Autopiloten wieder ein und lokalisierte das Leck in der Hülle mithilfe eines Trinkschlauchs. Sie drückte das Wasser darin heraus und sah zu, wie sich die Tropfen erst gemächlich und dann immer schneller auf eine Stelle unterhalb des Luftrecyclers in der Decke zubewegten. Mittels eines monogebundenen, selbstklebenden Flickens, den sie aus einem der Notfallpanels zog, stopfte sie das mikroskopisch kleine Loch, das mit bloßem Auge nicht zu sehen war, und kehrte dann auf ihren Sitz zurück.

»Was habe ich da gerade gesehen, hm?«, fragte sie ihre funkelnde Konsole, die mit ihrem sonoren Summen der Computersysteme beruhigend auf sie einwirkte. Sie hätte Angst haben sollen, aber stattdessen war sie nur auf das fixiert, was sie gerade erlebt hatte. Es war wie ein schlechter Traum, der so schnell vorbeigegangen war, dass sie nicht einmal sicher war, ob sie ihn wirklich geträumt hatte. Sie rief die Systemdaten Harbingens mit den ultraheißen Gesteinsplaneten, dem einzig habitablen Harbingen und seinen beiden Gasriesen Bohr und Braun auf. Dann markierte die Position des Trümmerfelds, von dem sie sich noch immer fortbewegte, obwohl ihre Beschleunigung – die im Vakuum eigentlich auch nach der Triebwerksabschaltung hätte gleich bleiben müssen – langsam nachließ. Es befand sich eine Million Kilometer entfernt von Harbingens dicht industrialisierten Zwillingsmonden Kar und Kir und fünf Millionen Kilometer entfernt vom inneren Gasriesen Braun, in dessen Konjunktionszone sich der innere Sprungpunkt des Systems befand, wo sich die gravitativen Kräfte zwischen Braun und Harbingen in einer einzigartigen Konstellation überschnitten, die es den Raumverzerrungsfeldern von Raumschiffen ermöglichte, einen Ein- oder Ausgang in den Subraum aufzureißen. Der einzige andere ähnliche Punkt befand sich weit draußen zwischen Brauns großem Bruder Bohr und dem Eisriesen Karl.

»Was zur Hölle habt ihr mit diesen ausgegossenen Schiffen nur versucht?«, flüsterte sie beim Blick auf die schematische Darstellung und runzelte nachdenklich die Stirn. »Versucht …« Sarah schmeckte das Wort auf ihrer Zunge ab und schnaubte. *Was, wenn sie was-auch-immer nicht* versucht, *sondern* erreicht *haben?* Was könnten sie mit so einem Manöver vorgehabt haben? Wozu einhundert Schiffe mit Eisen ausgießen und kampfuntauglich machen? Harbingen war ein wichtiges strategisches Ziel und mit dem neuesten Titan, der Oberon, und einer mächtigen Begleitflotte, keine leicht zu knackende Nuss. Das war auch kein Zufall, fand doch auf dem Mond Kor unter Omegas Aufsicht das aussichtsreichste Forschungsprojekt zu waschechten Hyperraumtoren mit stabilen Verbindungen statt. Niemand wusste, wie weit sie wirklich waren, doch falls sie Erfolg haben sollten, wäre die Föderation im Gegensatz zu den Clicks nicht mehr auf Sprungpunkte angewiesen und könnte endlich diesen endlosen Konflikt beenden. Das war auch der Grund, warum sich ein Großteil der Flotte nach der Schlacht um die Oberon um den Mond versammelt hatte, obwohl die Feindflotte sich offensichtlich in direkter Linie auf Harbingen zubewegt hatte.

»Was für eine Verschwendung«, befand sie, als sie die kreisförmige Darstellung des Trümmerfelds auf dem Display betrachtete. Dann kam ihr eine Idee und sie tippte die Befehle analog (die Sprachsteuerung war schon lange defekt) in die Konsole vor sich ein. Der Computer berechnete die Masse des Felds anhand ihrer Theorie, dass jedes der vierundneunzig Schiffe mit verdichteten Eisenatomen vollgepumpt gewesen war, und simulierte eine rotierende, zusammengepackte Masse daraus, um sie in ein gravitatives Verhältnis zum Rest des Systems zu setzen.

Es dauerte fünf Minuten, bis sie das Ergebnis sah.

»Hm«, machte sie und rieb sich über die Lippen – nur um mit den Fingern gegen die Atemmaske zu stoßen und sie sich vom Mund zu ziehen. Beim Betrachten der Zahlen schwirrte ihr der Kopf und sie schaltete zurück auf die Darstellung der Konjunktionszonen mit den zwei Sprungpunkten, nur dass drei angezeigt wurden. Der dritte befand sich zwischen dem neuen Massezentrum und dem Mond Kor, bis er plötzlich wieder verschwand. Ein Anzeigefehler?

»Was war denn das?« Sie spulte die Anzeige zurück und da war er wieder. Kor, ein karger Regolithball, genau zwischen Harbingen, mit seinen großen grünen Kontinenten und den tiefblauen Ozeanen sowie dem Trümmerfeld, das jetzt eher ein pechschwarzer Masseball geworden war. Doch Kor – genau wie sein Zwilling Kir – zogen elliptische Bahnen um ihren Planeten, an den sie gebunden waren und benötigten dafür zwanzig Stunden. Die Daten, die der Bordrechner besaß, waren asynchron aufgrund eines Fehlers in der Datenheuristik, weshalb die KI neunzehn Stunden Latenz hatte.

Wieder spulte sie zurück und wieder tauchte der Sprungpunkt für zehn virtuelle Minuten auf und war dann wieder weg, sobald Kor weitergezogen war. Mit dem Mond verschwand auch die Konjunktionszone.

»Ach du Scheiße«, flüsterte sie und schluckte. »Sie haben einen künstlichen temporären Sprungpunkt mit einem Sprungfenster alle zwanzig Stunden erschaffen!«

Hastig rief sie die aktuelle Uhrzeit von ihrem Unterarmdisplay auf und erschauderte. In dreißig Minuten war es so weit und Harbingen, Kor und Trümmerfeld würden in Konjunktion gleiten und ein Loch in den Subraum ermöglichen, wenn genügend Energie aufgewendet wurde.

»Die Clicks kommen wieder!« Entsetzt hackte sie auf

den Knopf für die Kommunikation, nur um frustriert festzustellen, dass das gesamte System noch immer offline war. »Scheiße!«

Sarah ging ihre Möglichkeiten durch und überlegte, ob sie sich in einen der alten Raumanzüge zwängen und rausgehen sollte, um zu versuchen, die Anlage manuell zu reparieren, doch auch als versierte Technikerin war das nicht bloß unrealistisch, sondern fahrlässig.

Als sie sich schon mit dem Gedanken herumschlug, ihren Sohn und Georg nie wieder zu sehen, ging plötzlich ein Ruck durch das kleine Schiff und trotz der mittlerweile äußerst geringen Mikrogravitation begann sie auf ihrem Sitz zu wackeln.

Hinter ihr ertönte ein lautes Rauschen und als sie sich umdrehte, wurde die Luke aufgeschnitten, durch die sie normalerweise in die Luftschleuse der *Ezekiels Rache* schwebte.

»Hey!«, sagte die Gestalt im Raumanzug, die kurz darauf ihren Kopf hineinsteckte. Es war Georg. »Haben wir dich!«

»Hier spricht Sarah Mantell, Kapitänin des freien Schiffs *Ezekiels Rache*«, rief Sarah, als sie auf dem Pilotensitz auf der Brücke Platz genommen hatte. Georg und Karell waren äußerst aufgeregt gewesen, nicht nur, weil sie gegen ihren Befehl verstoßen hatten, nicht in das Trümmerfeld zu fliegen, sondern auch, weil sie entsetzt über den Verlust des Ionenfeldfliegers gewesen waren, der ohne Halteklammern durch das All davongetrudelt und von ihrer Abgasfackel aus den Fusionstriebwerken zu Schlacke verbrannt worden war. Sie verstanden nicht, warum sie es so lapidar aufgegeben hatte, und sie besaß nicht die Zeit, es ihnen zu erklären. Wenn sie richtiglag, hatten sie nur noch acht Minuten, bis es so weit war.

»Hier spricht Sarah Mantell, Kapitänin des freien Schiffs *Ezekiels Rache*«, wiederholte sie. »Ich muss Commander Konrad Bradley sprechen.«

Rauschen antwortete ihr aus den Lautsprechern.

»Verdammte Scheiße! Diese blutigen Flottenärsche, ich habe diese Frequenzen für viel …«, setzte sie zu einer Tirade an, als ein lautes Knacken ertönte.

»Dies ist ein verschlüsselter Prioritätskanal!«, erklang eine kalte weibliche Stimme. »*Ezekiels Rache,* Sie stehen unter Arrest wegen …«

»Das ist mir egal! Ich komme aus dem Trümmerfeld und der Commander …«

»Der Commander *was?*«

Bradley. Die Stimme gehörte Konrad Bradley. Unweigerlich versteifte Sarah sich und schluckte bei ihrem befehlsgewohnten Klang.

»Sir, ich glaube, dass die Clicks einen Angriff auf Kor planen, und zwar in weniger als sechs Minuten. Der erste galt lediglich …«

»Sie melden sich zum Arrest bei der Flottenbasis Delta im Orbit um Kir«, unterbrach sie der oberste Flottenoffizier Harbingens barsch. »Dann werden Sie unserem Nachrichtendienst erklären, wie Sie an die Prioritätscodes gelangt sind. Fliegen Sie dorthin und deaktivieren Sie Ihre Sprungknoten!«

»Commander! Sie verstehen nicht! Die Clicks werden angreifen, warum sollte ich nicht …«

»Sie sind eine Piratin. Warum sollte ich einer Piratin trauen, die sich in meinen persönlichen Prioritätskanal geschaltet hat, an dessen Daten sie nur durch Diebstahl gelangt sein kann?«

Schmugglerin, dachte sie trotzig und spürte hilflose Wut in sich aufsteigen. Dann war die Verbindung plötzlich weg.

»Sarah!«, rief Georg aufgebracht und sein Tonfall ließ sie schlucken. Sie sah es bereits auf den Schirmen. Zwölf große Objekte waren ins System gesprungen. Direkt am dritten Sprungpunkt, den die Clicks mit ihrem scheinbaren Selbstmordkommando gesetzt hatten. Sie blinzelte einmal und dann waren es über zwei Dutzend und ihre Zahl wuchs stetig an.

In zwanzigtausend Kilometern Entfernung, einem kosmischen Katzensprung, materialisierten die mächtigen Schlachtkreuzer der Clicks: lange, tränenförmige Gebilde mit einem lang gezogenen Toroid unter dem Bauch, der vor Waffen nur so starrte. Ihrem Auftauchen ging wie bei jedem Sprung keinerlei Vorwarnung voraus. Für den Bruchteil einer Nanosekunde riss das Universum selbst auf und dehnte sich an seinen kugelförmigen Rändern zu einem rotierenden Loch aus, das die dahinterliegenden Lichter der Sterne unnatürlich bog und in scheinbare Rotation versetzte. Dann war das jeweilige Schiff einfach da und sandte konzentrische Gravitationswellen aus, nicht sichtbar für das Auge oder hochauflösende Kameras, aber für die Laserinterferometer naher Schiffe, wie das der *Ezekiels Rache.*

Ein automatisierter Gravitationsalarm gellte los, wie sie es gewohnt war, wenn sie einem gerade aktiven Sprungpunkt zu nahe kam. Dutzende, bald hunderte Schiffe materialisierten immer näher an ihrer kleinen Nussschale und schossen mit glühenden Triebwerken auf den Mond Kor zu, auf dem Omega das wichtigste Forschungsvorhaben der Terranischen Föderation durchführte. Die aktuellen Positionsdaten der Verteidigungsflotte, in deren Zentrum die riesige Oberon wie ein Wal, träge über den Wolkenbändern Harbingens dahinzog, war viel zu weit entfernt, als die ersten orbitalen Verteidigungsplattformen des Mondes ihre Torpedoschwärme auswarfen und die ersten Jägerstaffeln aus den Hangars starteten, um sich der angreifenden Übermacht entgegenzuwerfen.

»Beim Omega!«, kreischte Karell hinter ihr auf, seine Stimme ein schrilles Quieken. »Was ist das?«

»Die Clicks«, antwortete Sarah abwesend und aktivierte len Gefechtsalarm, der sofort durch das gesamte Schiff llte. Sie beschleunigte mehr, als sie es der *Ezekiels Rache* r normalen Umständen zugemutet hätte, aber wenn die ady das nicht aushalten sollte, war ohnehin alles zu ie Clicks benutzten, anders als die Föderation, keine sierte Nahbereichsverteidigung, was ihnen vermut- eben rettete, als sie in einer halsbrecherischen Kurv g Beschleunigung auswichen. Die Aliens jagten mit glühenden Fusionsfackeln in Richtung Kor, der als kaum wahrnehmbares, graues Funkeln vor dem blauen Punkt Harbingens zu sehen war. Immer weitere tauchten aus dem Hyperraum auf und entließen kurzlebige Blitze harter Strahlung in den geschundenen Raum rings um ihren jeweiligen Ereignishorizont.

Die Ankunft der ersten Click-Flotte hatte für Staunen und Verunsicherung in der Flottenleitung Harbingens gesorgt und auch das Flottenhauptquartier auf Terra hatte mit Sorge auf den Kurierbericht reagiert. Letztendlich waren sie aber der Einschätzung Omegas als oberste politische Instanz des Systems gefolgt und hatten zugestimmt, eine genauere Untersuchung durch entbehrliche freie Schiffseigner vornehmen zu lassen, ehe man militärisches Personal gefährdete. Für die Flotte war es eine Win-win-Situation. Zum einen gliederten sie die gefährliche und damit kostspielige

Arbeit aus, und zum anderen war jeder Verlust eines ›freien Schiffs‹ ein potenzieller Pirat weniger.

Omega hatte die Oberon und ihre Heimatschutzflotte zum Lagrange-Punkt 1 zwischen Harbingen und seinem Trabanten Kor beordert, um Treibstoff zu sparen, während die insgesamt zweihundert Schiffe ihre Position hielten. Das System barg mehrere potenziell verwundbare und wichtige Angriffsziele für die aggressiven Aliens: eine Kolonistenflotte, die im Orbit um die reichste der Kernwelten kreiste und auf ihre sechs fehlenden Schwesterschiffe wartete, die noch in den Orbitalwerften fertiggestellt wurden, den Planeten selbst mit seinen fast zwei Milliarden Bewohnern und natürlich Kor, wo Omega mithilfe der besten Wissenschaftler der Menschheit an der Sprungtor-Technologie forschte und an einem Versuchstor arbeitete, das bereits weit fortgeschritten war, wenn man den Spekulationen der verschiedenen Newsfeeds Glauben schenken konnte.

Der Kurs der angreifenden Click-Flotte, die bis jetzt mehr als dreihundert Schiffe zählte – und immer weitere tauchten am improvisierten Sprungpunkt auf –, ließ anfangs keinerlei Rückschlüsse zu, was ihr Ziel war. In einer lang gezogenen Tangente konnten sie sowohl Kor, als auch Harbingen oder die Zivilflotte ins Visier genommen haben.

Die Schlacht begann mit Torpedosalven aus den unzähligen orbitalen Verteidigungsplattformen Harbingens und Kors, automatisierten, waffenstarrenden Raumstationen und den Schiffen der Verteidiger, die mit glühenden Antriebsgondeln in eine hektische Schutzformation eilten. Sie galt vor allem dem Planeten.

Als beide Flotten noch zweihunderttausend Kilometer voneinander entfernt waren, trafen die jeweiligen Salven aus Abertausenden Geschossen aufeinander. Ausgeklügelte

Computersysteme fällten Entscheidungen im Nanosekundenbereich, stießen Submunition in Form miniaturisierter Nuklearsprengköpfe und scharfer Schrapnellwolken aus, die den Raum in ein kinetisches Höllenfeuer tauchten, das alles in seinem Weg pulverisierte und in weitere, viel kleinere und gefährliche Splitter verwandelte. Eine Wolke aus kurzlebigem Plasma, ionisierenden Gasen und im Photonensturm der Explosionen aufflackernden Trümmernebeln breitete sich aus und wurde kurz darauf von den mit brutalen 11g heranrasenden Angreifern durchschlagen, deren Bugpanzerung in einem für das menschliche Auge viel zu schnellem Stakkato aufleuchteten, als donnerten sie durch einen Schwarm Glühwürmchen.

Über vierhundert Schiffe des ärgsten Feindes der Menschheit feuerten ihre Mittelstreckenwaffen ab, während die Verteidiger noch alle Mühe hatten, mit ihrer Nahverteidigung die durchgebrochenen Torpedos abzufangen. Massekatapulte schleuderten kinetische Kegel von der Größe einer Hand ab, die einen Hagel aus ultrahochbeschleunigtem Eisen vor sich hertrieben. Unmöglich zu orten und viel zu schnell, um auszuweichen. Die Verteidiger antworteten mit Sperrfeuer aus ihren Flaks, die mit einer Kadenz von eintausend Granaten pro Sekunde den nahen Raum um ihre Flotte mit flackernden Explosionen und dichtem Schrapnell eindeckten, in der Hoffnung, möglichst viele angreifende Geschosse zu erwischen. Doch es war ein einfaches Rechenspiel der Zahlen, und die Clicks bekamen immer weiteren Nachschub durch den Sprungpunkt, ehe die Konjunktionsphase zu Ende war.

Sarah beobachtete das brutale Gefecht auf den Schirmen, während sie mit halbwegs erträglichen 4g weiter in die entgegengesetzte Richtung beschleunigte. Die farbigen Symbole wirkten wie ein digitaler Hohn gegenüber den Gewalten, die dort draußen tobten und verdichteten sie zu kalten Daten. Es brauchte keine besonderen militärischen Kenntnisse, um zu sehen, dass die Verteidiger nicht bloß überrumpelt wurden, sondern auch in krasser Unterzahl waren. Die Clicks mussten mehrere Flotten zusammengezogen haben, um diesen Angriff zu starten.

Die Oberon hatte sich mit dem Großteil ihrer Begleitschiffe in Richtung der Orbitalwerften zurückgezogen, von denen aus die bereits bewohnten Kolonistenschiffe fluchtartig das Weite suchten. Das gab den Aliens die Gelegenheit, ihren Angriff auf Kor mit aller Härte fortzusetzen. Zuerst pulverisierten sie die letzten noch Widerstand leistenden Verteidigungsplattformen im Orbit des Mondes, während die Anlagen um Harbingen sie weiter unter Beschuss nahmen. Doch die Clicks schienen die Verluste hinzunehmen und begannen kurz darauf mit dem Bombardement und deckten die vollständig industrialisierte Oberfläche mit Tausenden kinetischer Raketen ein.

»Sarah!«, rief Karell hinter ihr. »Ich habe hier was auf dem Schirm!«

»Ich auch«, flüsterte sie kopfschüttelnd. Warum hatte dieser verdammte Bradley ihr nicht zugehört? Wie borniert mussten diese Flottenärsche sein?

»Nein, ich meine vor uns, nicht die Schlacht!«

Sie runzelte die Stirn und gab ihm einen Wink, der ihrem Arm und ihrer Hand eine Menge Kraft raubte. Kurz darauf erschienen sechs blinkende weiße Symbole auf der Übersichtskarte, die ihre Nahbereichscanner angefertigt hatten. Wie an einer Perlenkette gezogen kamen sechs Schiffe auf sie zu, die ersten genaueren Scans zufolge Schläferschiffe waren. Für den treibstoffsparenden Transfer aus dem äußeren System ins Innere wurden häufig Torporkapseln eingesetzt, um die teils mehrmonatigen Flüge mit billigen Raumschiffen zu überbrücken, die mit Ionenantrieben flogen.

Die Transpondercodes wiesen die Fähren als Eigentum der Harbingen Science Corporation aus, die wichtiges Personal von der Forschungsstation Bentheim im Orbit um den Gasriesen Bohr nach Kor transferierten.

»Na toll, ein großangelegter Schichtwechsel«, sagte sie. »Warum hat die Steuersoftware nicht längst abgedreht? Die haben doch selbst Sensoren, und die Warnmeldungen der Flotte schwirren schon seit einer Stunde durch das gesamte System!«

»Vielleicht sind ihre Kommunikationsanlagen kaputt, oder das Störfeuer der Clicks beeinträchtigt sie stärker als uns. Sie könnten sich auch im Windschatten der Radioemissionen der Schlacht befinden«, dachte Georg laut.

»Hier spricht Sarah Mantell, Kapitänin der *Ezekiels Rache*«, schickte sie eine Nachricht an das vorderste Schiff. Sie verwendete einen der Nachrichtenlaser, da sie sich mit dem Richtstrahl eine größere Chance ausrechnete. »Sie müssen sofort umdrehen! Sie nähern sich einer verfluchten Raumschlacht!«

»Keine Antwort«, stellte Karell fest. »Die hören uns nicht.«

»So ein Mist!«

»Die Clicks haben sich bislang für kein Zivilschiff interessiert. Nicht einmal für die Rettungsfähren, die von Kor aufgebrochen sind und dem Bombardement und den Trümmerfeldern im Orbit entkommen konnten«, gab Georg zu bedenken, und wieder einmal hätte sie ihn am liebsten angeschrien für seinen deplatzierten Optimismus. Er schien es zu bemerken. »Sieh mal; es gibt gerade zwölf Zivilflotten, die panisch zu den Sprungpunkten fliehen, und keine davon wird von den …«

»Leute!«, ging Karell dazwischen und seine Stimme ließ Sarah sofort erstarren – was sie aufgrund der unnachgiebigen g-Kräfte, die sie in ihren Sitz drückten, ohnehin schon war.

»Was?«, zischte sie barscher als beabsichtigt.

»Ein Click-Kreuzer hat kehrtgemacht und hält mit vollem Schub auf die Fähren der Forscher zu.«

»Das kann doch nicht …« Sarah überprüfte das Sensorbild und tatsächlich hatte sich ein Schiff aus der Wolke gelöst, die um Kor kreiste und die Oberfläche mit Bomben und kinetischen Waffen eindeckte. Die Vektordaten waren aufgrund der Entfernungen zwei Minuten alt, aber der Bordcomputer verrechnete sich nicht. In weniger als einer halben Stunde würde die vordere Fähre mit dem Schiff kollidieren, wenn sie nicht vorher abgeschossen wurde, und die entstehenden Trümmer würden die fünf dahinter folgenden Zivilraumschiffe gleich mit zerfetzen. »Die holen sich die Forscher! Die haben es auf unsere Hyperraumtechnologie abgesehen.«

»Sieht ganz so aus. Aber ohne …«

»Diese verdammte Forschung ist mir egal«, blaffte sie ihn an. »Aber nicht egal ist mir, dass ein paar hundert schlafende Wissenschaftler gleich von diesen verfluchten Aliens ins Jenseits befördert werden, ohne es überhaupt zu merken.«

»Wir können nichts tun. Sie reagieren einfach nicht …«

»Doch, können wir.« Sarah überprüfte ihre Idee mithilfe einer kurzen Simulation, die das Display vor ihr abspielte, nachdem sie mehrere Navigations- und Beschleunigungsdaten eingegeben hatte.

»Nein!«, protestierte Georg. »Nein!«

»Doch! Schaff Karell und unseren Jungen hier raus. Ich werfe euch mit Kurs auf Bohr ab. Dort gibt es genügend Habitate und Stationen, die eure Rettungsbarke orten und bergen werden, und es ist weit entfernt von diesem Wahnsinn hier.«

»Sarah, bitte, es muss eine andere Möglichkeit geben.«

»Ich liebe dich, aber das ist meine Entscheidung und mein Schiff! Raus jetzt mit euch!« Sie bremste die *Ezekiel's Rache* auf ein angenehmes g ab und seufzte erleichtert, obwohl ihr das Herz in der Brust hämmerte. Glücklicherweise kam Georg nicht, um sich zu verabschieden. Nach so vielen Jahren verstand er genau, wann es bei ihr nichts zu gewinnen gab und wusste, wie sehr sie Abschiede hasste. Karell und ihr Mann verschwanden leise. Mit Tränen in den Augen, die sie wütend abwischte, beobachtete sie auf den internen Kameras, wie sie ihren Sohn aus dem Beschleunigungskokon holten und mit in die einzige Rettungsbarke des Schiffs nahmen. Ohne zu zögern, betätigte sie den Abwurf, und das Katapult in der Abschussröhre feuerte sie mit 0,5g in Richtung des weit entfernten Gasriesen ab, den sie in drei Wochen erreichen würden.

»Ich lasse das nicht zu, ihr verfluchten Metallschädel«, knurrte sie, als sie die ihrem Plan entsprechenden Daten in den Navigationscomputer eingab und auf volle Beschleunigung schaltete. Die drei Fusionstriebwerke erwachten erneut zum Leben und pressten sie mit der Wucht einer Riesenfaust in den Sitz. Verstärkte Membranen und Kapillaren in ihrem Körper kämpften gegen Gefäßverschlüsse an, um das durch Antikoagulanzien und Amphetamine flüssig gehaltene Blut durch ihren Kreislauf befördern zu können, als die brutalen 11g sie kurz vor die Ohnmacht brachten. Nach fünf Minuten musste sie abschalten und ging in die Driftphase über. Sie brauchte weitere fünf Minuten, um wieder zur Besinnung zu kommen und die Kopf- und Gliederschmerzen ignorieren zu können, die ihr fast den Verstand raubten.

Wie ein Pfeil schoss die *Ezekiels Rache* auf die Flugbahn des Alienschiffs zu. Sarah blickte auf eines der linken Displays und blinzelte gegen die Tränen in ihren Augen an. Das hochauflösende Teleskop unter dem Bug ihres Schiffs hatte ein komplexes Bild von der Schlacht um Kor aufbereitet, das mit einiger Verzögerung ankam, aber so nahe an einer Liveaufnahme war, wie möglich.

Und was sie sah, ließ sie vor Verzweiflung aufschreien. Das massive Bombardement des Mondes hatte ihn in sechs gigantische Trümmerstücke aufbrechen lassen, die an den Rändern glühten wie Lava. Das zu Glas zerschmolzene Regolith der Oberfläche glänzte in den Reflexionen des anhaltenden Gefechts, da die Begleitflotte der Oberon noch immer verzweifelten, aber letztendlich vergeblichen Widerstand leistete. Die Hunderte Kilometer messenden Brocken von Harbingens Trabant wurden unweigerlich von der Schwerkraftsenke ihres riesigen Nachbarn angezogen und rasten auf die Oberfläche der grün-blauen Kugel hinab. Es gab nichts, was sie aufhalten konnte, nicht einmal, als die Verteidigungsflotte noch existiert hatte, wäre sie in der Lage gewesen, Objekte solcher Masse schnell genug zu neutralisieren oder umzulenken. Der Tod kam von oben und er war unausweichlich.

Sarah war auf New Manhattan geboren worden und nicht auf dem deutsch-amerikanisch ethnischen Harbingen, und doch saß der Schock tief, als sie mitansehen musste, wie das Schicksal der Welt und all seiner zwei Milliarden Einwohner besiegelt wurde.

»Wo ist die verdammte Oberon?«, fragte sie mit zitternder Stimme und hackte auf die Sensorsteuerung ein wie ein Raubvogel auf seine Beute. Sie fand den Titanen zwanzig Millionen Kilometer entfernt mitten in der flüchtenden Kolonistenflotte, die auf den inneren Sprungpunkt zuhielt. Ungläubig starrte sie beinahe eine Minute lang den Schirm an.

»Die fliehen«, hauchte sie entsetzt. »Die hauen einfach ab! Verdammter Bradley!«

Eine rote Warnmeldung sprang auf ihren Hauptschirm und durchbrach ihr Entsetzen. Das Click-Schiff hatte einen Schwarm kinetischer Raketen ausgeworfen, die mit 50g beschleunigten und wie irre auf die *Ezekiels Rache* zurasten. Das schwache Glühen ihrer Abgasfackeln war das sichere Zeichen ihres Todes. Sie hatten früher reagiert, als sie gehofft hatte, aber mit etwas Glück würde sie sie wenigstens zu einer Kurskorrektur zwingen, oder mit ihrer Trümmerwolke zerstören.

Ein letztes Mal überprüfte sie den Flug der Rettungsbarke, in der ihre Familie saß und in Sicherheit flog. Sie brachte ein Lächeln zustande, bevor das Ende kam. Es ging so schnell, dass nicht einmal ein einzelner analgetischer Reiz es schaffte, ihr Gehirn zu erreichen. Schiff und Kapitänin lösten sich in eine dampfende Gaswolke auf, die sich wie ein flüchtiger Dunst zwischen den zerhäckselten Resten der *Ezekiels Rache* verzog.

Kapitel 2:

Zwanzig Jahre später

Captain Konrad Bradley stand mit hinter dem Rücken verschränkten Armen vor dem riesigen Fenster des Observationsdecks und ließ seinen Blick über den Gasriesen Artros streifen. Der Ausschnitt war groß genug, um mehrere Lastenschlepper direkt davor parken und inspizieren zu können, und wurde an den Seiten von den zurückgezogenen Panzertüren begrenzt, die wie dunkelgraue Wülste die Ränder bildeten. Er fühlte sich immer etwas verloren und klein, wenn er ganz allein wie ein winziges Strichmännchen vor dem monogebundenen Glas stand. Doch genau dieses Gefühl war es, das er aktiv suchte, wenn er kurz vor dem Schichtwechsel der Mannschaftsdienstgrade herkam, um eine Viertelstunde allein zu sein. Er befehligte über achttausend Matrosen an Bord des größten Schiffs der Föderation, weitaus mehr, als jeder andere von seinem Dienstrang, und wurde doch von niemandem darum beneidet. Die Gründe dafür waren offensichtlich, aber es waren nicht *seine* Gründe. Seine hatten mehr damit zu tun, dass in der Verantwortung mehrere verlockende Fallen lagen. Selbstüberschätzung zum Beispiel, aber auch ein zu hoher Selbstanspruch. Die vielen Augen, die erwartungsvollen Blicke, die jeden Tag auf ihm lasteten. Sie waren es, die ihn herkommen ließen, um sich zu sammeln und daran zu erinnern, dass selbst die mächtige Oberon nur ein winziges Staubkorn vor der Größe dieses Epos war, das er auf der anderen Seite des Panzerglases betrachtete.

Einstmals mächtig, rief er sich in Erinnerung und schob den Gedanken mit einer säuerlichen Miene beiseite.

Artros füllte beinahe die Hälfte des Fensters aus, durch das normalerweise bis zu eintausend Matrosen nach Schichtende auf über fünfzig Rängen die Schönheit der Sterne bewunderten, um sich zu entspannen. Der einzige Gasriese des Systems funkelte wie eine Pseudosonne, wenn er mit dem weit entfernten Zentralstern Lagunias in Konjunktion stand. Seine Ränder fransten dann durch optische Täuschungen aus wie die Protuberanzen eines koronaren Masseauswurfs. Braune und burgunderrote Wolkenbänder zogen scheinbar gemächlich in wechselnden Schichten und Schattierungen über die gigantische Kugel aus wütenden Gasen ohne massiven Kern. In den Konvektionszonen zwischen den einzelnen Bändern bildeten sich kreisförmige Stellen wie Leberflecken, die sich in scheinbarer Gemächlichkeit mitziehen ließen. Konrad war fasziniert von der Macht der Perspektive. Als Betrachter aus einer halben Million Kilometer Entfernung lag Artros geradezu still da, und er musste bei ruhigem Atem und geduldigem Auge lange hinsehen, um die Bewegungen in den äußersten Gasschichten zu erkennen. In Wahrheit aber tobten Superstürme auf dem riesigen Planeten, mit Windgeschwindigkeiten von vielen tausend Kilometern pro Stunde. Nur ein einziger der Flecken, die er sah, war so groß wie Lagunia, der namensgebende ozeanische Planet des Systems. Es handelte sich um Wirbelstürme von unvorstellbaren Ausmaßen, die selbst die modernsten Atmosphärensonden der Föderation hinwegfegen konnten.

»Admiral?«, hörte er eine vertraute Stimme hinter sich. Sie klang weit entfernt und hatte einen sanften Nachhall – kein Wunder, der Raum war riesig und sie kam vom zentralen Zugangspunkt ganz oben hinter ihm.

»Du sollst mich nicht so nennen, *Silly*«, entgegnete er,

ohne sich von dem kosmischen Spektakel abzuwenden, das ihn ohne die schützende Panzerscheibe mit seiner harten Strahlung zerkocht hätte.

Statt einer Antwort hörte er Schritte, die von der zwei Dutzend Meter hohen Decke widerhallten. Es war ein quälend langsamer Rhythmus, doch Konrad hatte alle Zeit der Welt.

Noch.

Commander Silvea ›Silly‹ Thurnau war einen halben Kopf größer als er, das strohblonde Haar zu einem kurzen Pferdeschwanz gebunden, der gegen die Flottenregularien verstieß und deshalb unter ihrem blauen Barrett verborgen lag. Sie war schlank und wäre sogar attraktiv gewesen mit ihren hohen Wangenknochen und den schräg stehenden Augen, wäre da nicht der schmallippige Mund gewesen, der eine asketische Unerbittlichkeit widerspiegelte.

Sie ging bis neben ihn, reckte das Kinn vor und stellte ihre gestiefelten Füße etwas mehr als schulterbreit auseinander, die Hände hinter dem Rücken verschränkt, genau wie er es tat.

»Du bist doch nicht gekommen, um mir Gesellschaft zu leisten, oder?«, fragte er, den Blick noch immer auf den glühenden Gasriesen gerichtet, vor dem gerade die Asteroidensiedlung ›Taurus‹ als winziger schwarzer Punkt vorbeizog.

»Nein«, erwiderte seine XO gewohnt direkt. »Uns wurde gerade das Besatzungsmanifest der *Caesar* per Kurier übermittelt. Ich dachte, du solltest wissen, dass Jason Teil der Entourage des Admirals sein wird.«

Konrad nickte stumm und spürte, wie sich die Muskulatur um seine Halswirbel verspannte.

»Noch etwas?«

»Nein.« Commander Thurnau wollte sich schon wieder umwenden und gehen.

»Es ist wunderschön, oder nicht?«, fragte er und sie versteifte sich etwas.

»Ich schätze schon.«

Der Anflug eines Lächelns stahl sich auf sein von Falten durchzogenes Gesicht.

»Ich bin jetzt siebzig Jahre alt, Silly. Dank der genetischen Optimierungen meiner Vorfahren habe ich vielleicht noch fünfzig oder sechzig Jahre vor mir. Das Grau in meinem Haar ist nicht etwa ein Modestatement, sondern ein Beweis dafür, dass wir aussterben. Vermutlich klingt es nach dem Abgesang eines alten Mannes, aber ich kann es spüren.« Er deutete nach vorne, eher er die Hand wieder zurücknahm und hinter seinem Steißbein von der anderen umschließen ließ. »Das da wird auch dann noch dort sein, wenn wir ausgemustert und entlassen wurden, auch in Millionen Jahren noch, wenn alles längst vergessen ist, was wir hier tun. All der Schall und Rauch und die Possen ferner Herren.«

»Ist das ein Zitat?«

»Nein.«

»Oh.« Die XO räusperte sich kaum hörbar. »Ich denke nicht, dass es so langlebig ist. Aber langlebig genug, um diesen Krieg zu beenden.«

Konrad runzelte die Stirn und wollte schon zu einer Frage ansetzen, als er verstand, was sie meinte. Der Grund ihrer Reise zum äußeren Gasriesen des Lagunia-Systems war um den Terminator Artros' herumgekommen: ein nahezu perfekter Ring von zwei Kilometern Durchmesser, der an der Außenseite kleine Einkerbungen erkennen ließ. Hunderte winziger Punkte schwirrten um die Konstruktion herum und flackerten immer wieder auf: Konstruktionsbots, die die letzten Arbeiten vornahmen, um das größte Projekt der Menschheit abzuschließen – zumindest eines von fünfzig Teilen.

»Den Krieg beenden?« Er hob eine Augenbraue und schüttelte leicht den Kopf. »Selbst wenn wir die Clicks tatsächlich mithilfe von *dem da* besiegen sollten; nie wurde je ein Krieg beendet.«

»Sir?«

Konrad lächelte dünn. Sie nannte ihn unter vier Augen immer nur dann *Sir*, wenn sie auf ihre Art einen Anflug von Kritik anbringen wollte. Es überraschte ihn nicht.

»Die Menschheit erhält sich durch Koitus und Totschlag.«

»Ein Zitat.« Diesmal war es keine Frage.

»Shakespeare.«

»Ah. Recht pessimistisch.«

»Recht treffend. Heute nennen wir sie Clicks, morgen vielleicht Dissidenten, übermorgen Bugs.«

»Der COB möchte wissen, auf welches Protokoll genau er die alte Dame vorbereiten soll«, wechselte die XO das Thema.

»Natürlich möchte er das.« Konrad seufzte, ohne das beinahe fertiggestellte Hyperraumtor aus den Augen zu lassen, das immer näher kam und keine zehn Kilometer mehr entfernt war. Es drehte sich mit dem äußeren Sprungpunkt Lagunias, auf dem es saß wie ein gravitätischer Pfropf.

»Sir?«

»Der Reihe nach. Es ist 1800 Bordzeit, das heißt wir schaffen es für das tägliche Schichtbriefing nicht auf die Brücke.« Konrad bemerkte den säuerlichen Ausdruck auf ihrem Gesicht, als sie realisierte, dass er recht hatte. »Also, XO?«

»Der Lieutenant erwartet dich«, war alles, was sie antwortete. »Wenn das alles ist …?«

»Wegtreten.«

Sie nickte, drehte sich um und ging die Treppen des Mittelgangs mit demselben zackigen und doch hohlen Echo hinauf, mit dem sie hergekommen war.

Sie wird es noch verstehen, dachte er und warf einen letzten langen Blick auf die Silhouette der Ringkonstruktion hinaus. Die Oberon war bereits in eine korrelative Position gegenüber des Hyperraumtors übergegangen, sodass es jetzt wirkte, als würden sie sich beide nicht mehr rühren. Nur ein Blick auf die ewigen Stürme des Gasriesen verrieten, dass sie sich beide parallel zueinander bewegten. *Bringst du uns wirklich das Ende?*

Konrad Bradley atmete tief durch und ging dann ebenfalls die sechsundsechzig Treppenstufen zum mittleren Zugang hinauf. Hinter ihm schlossen sich die mächtigen Panzerschotten mit einem leisen Rumpeln wieder und ließen einen hellen Lichtausschnitt vor ihm immer schmaler werden.

Der Korridor, der zu dem (neben dem Hangar) größten Raum des Schiffs an seiner Bugspitze führte, gabelte sich nach fünfzig Metern und beschrieb zwei Bögen durch den Bauch der Oberon, bis sie sich vor der Hecksektion mit ihren mächtigen Antimaterie-Annihilatoren wiedervereinten. Die riesigen Spulen und magnetischen Einschließungskammern, die er damals beim Stapellauf im Orbit Harbingens bewundert hatte, waren für den Großteil der Besatzung tabu, und auch er verlor sich nie dorthin. Zu wissen, dass die Magnetfelder in den Kammern mit genügend von Positronen umhüllten Antiprotonen und Antineutronen gefüllt waren, um das halbe System zerstrahlen zu lassen, erzeugte bei ihm noch immer Unbehagen. Zwischen den sich konisch zuspitzenden Wänden der Gänge, die alle zehn Meter von geöffneten Notfallschotts unterbrochen waren, erkennbar an eckigen Plasstahlrahmen rechts und links, grüßten die uniformierten Matrosen, indem sie mit einer Hand zum Scheitel fuhren, als würden sie einen imaginären Hut anheben. Eine alte Harbinger Tradition. Er hatte es längst aufgegeben, sie ihnen auszutreiben. Womöglich waren es überhaupt nur Nostalgie und eben jene Traditionen, die dieses Schiff und seine Besatzung noch zusammenhielten.

Nach einer Weile kam er bei dem ersten Cluster multidirektionaler Fahrstühle an. Dort traf er eine Gruppe Ensigns, die erst vor einer Woche an Bord gekommen waren. Junge Männer und Frauen, die auf Harbingen geboren worden, aber zu klein gewesen waren, um seine Vernichtung mitzuerleben. Eine neue Generation, die anders auf das Universum blicken würde als die noch immer größtenteils aus Veteranen bestehende aktuelle Besatzung. Vor ihnen stand ein älterer Senior Chief Petty Officer aus dem engeren Vertrautenkreis seines COBs Walter Borowski.

Daniel Hofer, erinnerte sich Konrad und stellte sich neben den Unteroffizier, der gerade in Erklärungen über das Fahrstuhlsystem vertieft war und ihn noch nicht bemerkt hatte – im Gegensatz zu den jungen Offizieren, die sich sichtlich versteiften.

»Es gibt insgesamt einhundertvierzig Fahrstühle mit doppelt so vielen Kabinen. In den dorsalen Ringen der Oberon befinden sich Wartungskavernen, in denen die Kabinen jeweils aneinander vorbeikönnen, oder ausgewechselt werden, sollte es ein Problem geben. Sechs Röhren führen längs durch die alte Lady, vom Heck bis zum Bug. Sie sind recht eng beieinander. Dreißig weitere, deutlich kürzere, führen seitlich von ihnen weg bis zur inneren Schiffshülle, in der sich die Elektronenmatrixzellen für die Sprungtriebwerke wie ein Netz verteilen. Ihr kennt den ganzen Scheiß von der Akademie, aber glaubt mir, ihr wollt dort nicht mit Metall am Leib aussteigen. Also steigt am besten gar nicht bei Stopp 20 aus, außer einer der Engies hat es euch aufgetragen und euch entsprechend gebrieft. Klar?«, sagte Hofer.

»Klar, Senior Chief!«, antworteten die Ensigns im Chor, und die meisten schielten dabei zu Konrad. Der Senior Chief schien auch das nicht zu bemerken.

Es war normal, dass junge Offiziere, die neu an Bord kamen, etwa sechs Standardmonate lang eingearbeitet wurden und das gesamte Schiff mit all seinen Aufgabengebieten kennenlernten. In dieser Zeit waren die Unteroffiziere der jeweiligen Fachbereiche ihre Lehrer, die Erfahrung hatten und sich mit den Details des täglichen Ablaufs auskannten. Das war nicht bloß üblich auf Kriegsschiffen, sondern auch Konrads persönlicher Wunsch, denn nur diejenigen Offiziere, die verstanden, was im Schiff vor sich ging und mit was es ihre Untergebenen jeden Tag zu tun hatten, konnten gute Befehlshaber sein und Verantwortung übernehmen. Er duldete keine Kluft zwischen dem Führungs- und Mannschaftsteil und schon gar keine abgehobenen, arroganten Offiziere an seiner Seite. Wer nicht damit zurechtkam, von einem hierarchisch Untergebenen, der viel mehr wusste und erlebt hatte, ein halbes Jahr lang herumkommandiert und eingewiesen zu werden, flog schneller von der Oberon, als er hergekommen war.

»Wenn ihr aufgepasst habt, ist euch aufgefallen, dass es zweiundzwanzig Stopps gibt. Zu den letzten beiden habt ihr aber keinen Zugang, den gibt es nur für das Ingenieurskorps, darum die DNA-Scanner für die entsprechenden Stationen. Die befinden sich zwischen den Hüllen und beherbergen die Wartungszugänge zu den äußeren Supraleitern, den Elektronenmatrixzellen für die Energetisierung der Panzerung und die Molekularbindungsknoten. Die Engies kriechen da mit Taschenlampen rum und schwitzen sich die Kimmen durch, also habt gefälligst Respekt vor ihnen, klar?«

»Klar, Senior Chief!«, antworteten die Ensigns erneut, und Konrad war sicher, dass sie wegen ihm so steif waren. Sie wurden von Hofer zwar eingewiesen, brauchten aber eigentlich weder vor ihm strammstehen, noch sich verhalten wie Matrosen bei der Grundausbildung.

»Als Nächstes fahren wir zu den Steuerbordflaks. Auf der Akademie hat man euch vielleicht erzählt, dass die Oberon in ein Museum gehört. Zu schwer, zu alt, keine Hyperraumwaffen, keine Drohnen, zu groß, zu langsam. Den Rotz könnt ihr sofort vergessen. Wenn ihr erst einmal zweitausend Flaks mit einer Kadenz von eintausend Granaten pro Minute in Aktion erlebt habt und seht, wie in fünfzig Kilometern Entfernung eine verdammte Schrapnellwand das Vakuum vollstopft, dann pfeift ihr auf den ganzen neumodischen Killefitt. Die Oberon ist ein Titan und keins dieser selbstfliegenden Papierschiffe. Also spitzt die Ohren, denn die Jungs von der Waffentechnik werden euch gleich …« Hofer runzelte die Stirn, als er endlich der Blicke seiner Junioroffiziere gewahr wurde und sah zur Seite. Als er Konrad bemerkte, nahm er Haltung an und salutierte. Kurz verunsichert, machten es ihm seine Schutzbefohlenen nach.

»Rühren«, sagte Konrad und erwiderte den Salut nachlässig. »Gute Ansprache, Hofer.«

»Danke, Admiral!«

»Captain«, korrigierte er den Senior Petty Officer, ohne allzu große Strenge in der Stimme. Ein Kampf gegen Windmühlen auf diesem Schiff. Zur Antwort reckte Hofer bloß das Kinn vor und deutete dann ein widerwilliges Nicken an.

»Wie machen sich die Neuen?«

»Sie können zuhören.«

»Gut. Das ist alles, was Sie die nächsten Monate tun müssen«, wandte er sich an die versammelten Männer und Frauen. »Nur wer lernt, selbst zuzuhören, kann andere irgendwann dazu bringen, ihm zuzuhören.«

Eine der drei Fahrstuhltüren öffnete sich surrend. Noch etwas, worum sich die Ingenieure würden kümmern müssen. Die Liste war lang.

Hofer trat zur Seite, um Konrad Platz zu machen.

»Wir nehmen die nächste, Sir.«

»Gute Arbeit. Weitermachen.« Als er in die Kabine mit der niedrigen Decke getreten war, drehte er sich um, verschränkte die Arme hinter dem Rücken und nickte den Ensigns ein letztes Mal zu. Ob sie ihn verehrten oder verachteten, wusste er nicht. Nur, dass sie zu der einen oder der anderen Sorte gehören würden. Und das hatte gleich mehrere Konsequenzen, die ihm nur allzu bewusst waren. »Willkommen auf der Oberon.«

Die Türen schlossen sich und mit einem sanften Ruck setzte sich der Fahrstuhl durch die Vakuumröhre in Bewegung. Sein Ziel war der Backbordhangar.

Der Backbordhangar war einer der zwei Hangars seines Schiffs. Eine riesige Halle, die sich über acht Decks erstreckte und groß genug war, um fünfzig Jäger vom Typ *Barracuda* gleichzeitig aufzunehmen und zu warten oder zu reparieren. An den rechten und linken Seiten befanden sich die Aufzüge, die zu den Katapulten führten, und nach außen hin war der Schlitz zu sehen, wo die Hangartore ineinandergriffen. Jede der Hälften hatte für sich genommen die Größe eines halben Fußballfeldes, und das gehärtete Carbotanium, aus dem sie bestanden, war so mattschwarz, dass es aussah, als würde es das kalte weiße Licht ringsum aufsaugen.

Mindestens zwei Dutzend Jäger standen kreuz und quer auf dem mit bunten Linien und komplexen Markierungen versehenen Deckboden und eine Hundertschaft Techniker und Ingenieure in orangenen Schiffsoveralls schwirrten um sie herum. Werkzeuge und Maschinen vermischten sich mit dem typisch ruppigen Ton der hiesigen Besatzungsmitglieder zu einem Auf und Ab aus unangenehmen Geräuschen, die jemandem, der nicht allzu oft herkam, in den Ohren wehtaten.

Dass es nicht häufig vorkam, dass Konrad sich hierher verirrte, war auch den Blicken seiner Untergebenen zu entnehmen, die erst verwirrt, dann erschreckt von ihrer Arbeit aufblickten und Haltung annahmen. Er streckte jedes Mal die Hand, damit sie sich rührten oder gar nicht erst aufstanden.

»Admiral«, sagte ein Lieutenant Junior Grade mit vier gelben Kreisen auf der Schulter, der gerade von einer Schiebeleiter heruntergeklettert kam, die zum Cockpit eines der Barracudas führte. Der Pilot darin schien mit den Kontrollen beschäftigt zu sein und bemerkte ihn nicht.

»Rühren«, sagte Konrad, als sein Gegenüber salutierte.

»Kriegen nicht oft Besuch von Ihnen hier unten.«

»Ich weiß und das ändert sich hoffentlich bald. Auch wenn ich nicht weiß, wie Sie es hier jeden Tag aushalten.« Er sog den Geruch nach Ozon und Dichtmittel ein, setzte dabei aber einen anerkennenden Blick auf, damit der Junge ihn nicht falsch verstand.

»Die hier helfen.« Der Lieutenant zupfte an den Schallschutzkopfhörern, die um seinen Hals hingen, und zuckte mit den Schultern. »Sie wollen sicher mit dem Chief sprechen, oder?«

»Ja, aber versammeln Sie erst mal die aktuelle Schicht. Ich will ein paar Worte sagen. Er wird mich dann schon sehen.«

»Natürlich, Sir.« Der junge Mann mit dem verschmierten Overall hob seinen linken Arm, auf den ein flexibles Display geschnallt war, und tippte kurz darauf herum. Nun dröhnte seine Stimme durch die Lautsprecher des Hangars wie Donnerhall, der selbst das übertönte, was wie eine besonders fiese Kreissäge in der Ferne klang. »Achtung an Deck! Der Kommandant ist hier. Kommt alle zu C22.«

Konrad lächelte über die simple und direkte Art und Weise, die beim Ingenieurkorps herrschte, der eine Art in sich geschlossenen Mikrokosmos auf jedem Schiff bildete. Nach und nach kamen immer mehr Männer und Frauen in orangenen Overalls zwischen den kreuz und quer geparkten Barracudas zusammen und formten einen dichter werdenden Halbkreis um ihn, der direkt vor einer großen, auf das Deck gezeichneten Markierung ›C22‹ stand. Einige trugen Schutzmasken, die sie sich von den verschwitzten Gesichtern zogen, und klemmten sie auf ihre Scheitel. Andere wischten sich beiläufig die Hände an Handtüchern ab, die so vor Dreck starrten, dass er sich nicht vorstellen konnte, dass sie irgendetwas bewirken sollten, als es noch schlimmer zu machen.

»Alle da?«, fragte er in Richtung des Chiefs, Lieutenant Commander Karl Murphy, der sich gerade durch die Reihen drängelte und eine wütende Miene, ob der Unterbrechung der Arbeit, aufgesetzt hatte. Erst als er Konrad sah, unterbrach er seine gebrummelte Tirade, die im Dröhnen der Luftrecycler unterging. Seine Stirn blieb jedoch in Falten, als er nickte.

»Guten Abend. Ich würde sagen, dass es schön ist, mal wieder bei Ihnen zu sein, aber ich war schon immer ein schlechter Lügner. Sie sollten mal lüften!«, rief Konrad mit seiner tiefen Bassstimme und erntete wohldosiertes Gelächter. »Mir ist bewusst, dass Sie alle sich um die Zukunft der Oberon sorgen, wenn dieses Tor da draußen sich öffnet und unseren Besuch hereinlässt. Ich bin hier, um Ihnen zu versichern, dass ich nicht vorhabe, kampflos aufzugeben. Unsere alte Lady war einst der Stolz der terranischen Flotte, und wenn es nach mir geht, ist sie das immer noch.«

Gejohle und Applaus hallten durch den Hangar.

»Die neuen Fregatten mögen schneller sein, wendiger, meinetwegen effizienter und durch weniger Personal zu fliegen«, fuhr Konrad fort und veränderte seine Stimme zu einem Grollen. »Aber wir sind ein *Titan!* Wir brauchen nicht schneller sein als der Feind, auch nicht wendiger. Unsere *Feinde* müssen all das sein, damit sie vor unserer Feuerkraft schneller das Weite suchen können.«

Nun brandete echter Jubel auf und einige Techniker pfiffen laut.

»Wir brauchen keine Drohnen, keine Hyperraumtorpedos und keine abgespeckte Mannschaft. Ich würde auf keinen unserer Barracudas verzichten wollen und auch nicht auf ein einziges Mitglied unserer Besatzung. Unserer *Familie!*«

Das Donnern von Applaus und aufstampfenden Stiefeln donnerte über das Deck wie eine Naturgewalt. Einige skandierten »Oberon, Oberon, Oberon!«

»Wir mögen der letzte Titan sein, das Relikt einer *veralteten* Doktrin. Wir mögen als *Flüchtlinge* und *Verstoßene* verlacht werden, als *Randweltler.* Aber wir sind *Harbinger,* die letzten der einzigen Kernwelt, die noch über einen Titanen verfügt, und wir haben uns unseren Platz in den Reihen der Flotte verdient.« Konrad machte eine Pause, um dem neuerlichen Jubelsturm Raum zu geben. Erst nach einer Weile hob er die Hände, weil das Gejohle nicht abriss. »Und ich brauche kein Fachmann für Flottenstatuten sein, um zu wissen, dass ein Titan für einen einzigen Zweck geschaffen wurde: das Rückgrat einer ganzen Flotte zu sein, eines von fünfzig Flaggschiffen. Und das werde ich dem Admiral genau so klarmachen, wenn er hier eintrifft. Darauf können Sie sich verlassen.«

Als der Chief Konrads kurzes Nicken bemerkte, klatschte er laut in die Hände und blies in eine kleine Trillerpfeife, die an seiner Brust baumelte.

»Los, ihr faulen Ärsche! Zurück an die Arbeit! Diese Vögel warten sich nicht von selbst!«

Während sich die Deckmannschaft nach und nach und unter lauten Gesprächen in sämtliche Richtungen verteilte, kam Murphy auf ihn zu und klemmte sich ein fleckiges Handtuch in den Gürtel.

»'n Abend, Admiral.«

»Captain.«

»Für manche vielleicht.« Murphy zuckte ungerührt mit den Schultern. Es sah aus, als würde ein Bär sein Fell sträuben. Der Lieutenant Commander war mindestens einen Kopf größer als Konrad und beinahe doppelt so breit mit einem Bauch, der ihm auf jedem anderen Schiff eine Entlassung einbringen könnte.

Konrad ignorierte die offensichtliche Regelmissachtung seines Chefingenieurs, den er seit über vierzig Jahren kannte. Man könnte sagen, dass er Übung darin hatte.

»Wie schlägt sie sich?«, fragte er mit gesenkter Stimme.

»Wie ein uraltes Schlachtschiff. Wir fangen vorne an die Löcher zu stopfen, und wenn wir hinten angekommen sind, können wir vorne wieder neu anfangen.« Murphy kratzte sich an der zerfurchten Stirn und hinterließ dabei unbemerkt einen schwarzen Strich. »Aber alles in allem machen wir unseren Job gut.«

»Ist die Lieferung angekommen?«

»Ja. Vierhundert *Predator*-Drohnen. Vorletzte Generation, immerhin. Alle noch originalverpackt.« Der Chief deutete auf große schwarze Kuben, die hinter zwei Barracudas weit hinten vor den Hangartoren standen und gerade in zwei Lastshuttles verladen wurden. »In einer Stunde sind sie alle verpackt und unterwegs. Sie sollten ein paar Jungs von der Jägerstaffel mitschicken. Nur zur Sicherheit.«

»Nein, zu auffällig.«

Murphy kratzte sich am kurzgeschnittenen Bart. »Wenn du's sagst, Boss. Aber das sind bestimmt fünfhundert Millionen Credits da drin.«

»Und wenn ich eine Eskorte mitschicke, weiß es jeder Pirat im System. Und davon haben wir in Lagunia eine Menge.«

»Alles klar.«

»Du fliegst selbst mit, vergiss das nicht.«

»Solange die Hundertschaft Marines mir den Arsch freihält, wie du es versprochen hast.«

»Meyer ist schon unterwegs.«

»Meyer kommt persönlich mit?« Der Ingenieur wirkte überrascht.

»Er hat sich freiwillig gemeldet, als er verstanden hat, worum es geht«, erwiderte Konrad. »Bist du bereit?«

»Natürlich. Wir fliegen zur Station, machen die Übergabe und motzen die alte Lady mit dem heißesten Zeug der Föderation auf, damit sie hübsch glänzt und wir nicht anfangen müssen zu kalfatern.«

»Guter Mann! Viel Glück!«

Innerer Asteroidengürtel, Attila-System

Die *TFS Sphinx* glitt aus dem inneren Asteroidengürtel des Attila-Systems heraus wie einer der vielen größeren und kleineren Gesteinsbrocken, die regelmäßig aus ihrem träge anmutenden Orbit um den Zentralstern gekegelt wurden. Sie war nicht das einzige Spionageschiff, das die Föderation auf eine zweijährige Reise geschickt hatte, die für die Crew der Sphinx bald ein Ende finden würde. Allein vier Schwesterschiffe scherten in einem 24-Stunden-Fenster ebenfalls scheinbar zufällig aus der Herde dunkler Asteroiden aus, an deren Ende sich die Sphinx befand.

Captain Firtan Mahorai leckte sich über die Lippen, als es geschah und betrachtete auf den Passivscannern die fünf Knollen aus Regolith und Eis, die sich mit ihnen auf die Reise ins Zentrum von Attila aufmachten, an dessen Ende das Verglühen in den Protuberanzen des Zentralsterns stehen würde. Die meisten von ihnen würden viel früher zu Kometen werden, wenn ihr gefrorener Wasseranteil unter der zunehmenden Hitze verdampfte und sich in lange Schweife verwandelte.

Wenn Mahorai Glück hatte, würden er und seine Sphinx nicht dazugehören und stattdessen auf dem zweiten Mond von Attila-62, der Heimatwelt der Clicks, kontrolliert abstürzen, der auf den flottentypisch klangvollen Namen P3X-888 hörte. P3X-888 war das Ziel vieler Asteroiden, da es sich um den massereichsten Trabanten des Planeten handelte, der somit als natürlicher Abwehrschild der Clicks fungierte. Ihr Heimatsystem litt naturgemäß unter vier Asteroidengürteln, von denen der innerste ungewöhnlich nah am Zentralstern die Umlaufbahn des dritten Planeten (jenen Attila-62) um die Sonne beinahe touchierte. Die gravitativen Auswirkungen dieser Besonderheit bedingten es, dass Attila-62 wie ein Staubsauger immer wieder Asteroiden aus ihrem Orbit zog, die zu wenig Eigengeschwindigkeit besaßen, um sich dem Gravitationstrichter zu erwehren.

Dass überhaupt Leben auf der Heimatwelt der Clicks hatte entstehen und bestehen können, führten die Wissenschaftler der Föderation auf den Umstand zurück, dass Attila-62 sechs Trabanten besaß, die zwar für heftige Gezeitenstürme auf der Oberfläche sorgten, dafür aber auch einen natürlichen Schild mit P3X-888 in ihrem Wirkungszentrum bildeten. Aufgrund von über sechstausend Impaktereignissen pro Umlaufperiode (die etwa anderthalb Erdjahren entsprach) war P3X-888 unbewohnt und wies bis auf eine Beobachtungsstation und etwas, das man für eine Forschungsbasis hielt, keinerlei Aktivitäten auf. Gleichzeitig hatte man von dort einen guten Überblick über das nähere System um die Heimatwelt der Clicks, weil man von keiner Atmosphäre gestört wurde und vor allem von keinen Verteidigungssystemen oder Kriegsflotten. Die verschwendeten nämlich selten Munition auf Asteroiden, die ohnehin auf dem Mond niedergingen, der damit nur seine Aufgabe erfüllte. Anders verhielt es sich mit den Schwestergesteinsbrocken, die Gefahr liefen, einen der anderen Trabanten (allesamt bewohnt oder militärisch genutzt) zu treffen. Die wurden von einem effizienten Abwehrsystem zerstört, lange bevor sie gefährlich werden konnten, wie die Föderation früh schmerzlich hatte feststellen müssen.

Doch der Verlust all seiner Vorgänger hatte Firtan Mahorai bloß noch mehr vor Augen geführt, wie wichtig seine Mission war. Denn nach dreißig Jahren der Spionageaktionen hatten sie endlich einen Weg gefunden, mehr über die Clicks und ihre Heimat herauszufinden. Die Lösung war ebenso einfach wie kompliziert. Einfach in ihrer Grundstruktur: Man schickt Spionageschiffe unerkannt in den Asteroidengürtel (nicht ganz leicht und sehr zeitaufwendig, wenn man nicht erkannt werden wollte, aber machbar). Dann lässt man diese Schiffe mit täuschend echter Gesteinssignatur und ohne aktive Sensoren mit angepasster Geschwindigkeit in der Asteroidenherde mittrotten und via Passivscans darauf warten, dass sich einige Mitreisende aus ihrer Trägheit lösten und raschen Berechnungen zufolge auf P3X-888 abstürzen würden. Dann hieß es, einen kurzen Schubstoß aus den Triebwerken abzugeben und sich in den Schauer einzureihen, direkt auf den Mond zu. Das Schwierige daran war jedoch, den richtigen Moment abzupassen und auf ihn zu warten. Er selbst lebte bereits seit zwei Jahren im Gürtel, aß Trockennahrung und trank seine eigene Pisse, hatte sämtliche Holofilme in seiner Sammlung zehnmal gesehen und mehr als einmal mit dem Gedanken gespielt, eine der Luftschleusen zu öffnen – einfach nur, um die gähnende Langeweile und psychische Degeneration zu vertreiben. Am Ende hatte er sich, wie so oft, durchgebissen (vermutlich war er genau deshalb für die Mission ausgewählt worden) und damit sichergestellt, dass seine Familie daheim auf Panjas einen fürstlichen Extrabonus einstreichen würde.

Sein Flug in Richtung P3X-888, getarnt als einer von

acht Asteroiden, von denen vier genau wie er – zu klein für Teleskope – nur auf den Radar- und Lidarschirmen als solche erkennbar waren, dauerte weitere neunzehn Tage, die er größtenteils im Cockpit verbrachte und Bälle an die Wand warf. Einmal pro Stunde (viel öfter als nötig) überprüfte er die Ergebnisse der Passivscanner, die ihm von insgesamt achtzehn Radarabtastungen berichteten.

Am fünfzehnten Tag wurden drei Asteroiden von der Systemverteidigung offenbar als zu groß, oder ihre Flugbahnen als zu schwer zu berechnen klassifiziert und abgeschossen. Dummerweise handelte es sich bei zwei von ihnen gar nicht um Asteroiden, sondern um seine Schwesterschiffe, die *Uluru* und die *Berchtesgaden.*

Eigentlich hätte er an diesem Punkt frustriert sein sollen, wütend, besorgt, depressiv. Aber er war nichts davon. Die zwei Jahre stummen Wartens zwischen hässlichen dunklen Gesteinsbrocken von wenigen Metern bis vielen Kilometern Durchmesser, ohne jeden Kontakt zur Außenwelt, hatten ihn abstumpfen lassen. Das war ihm ebenso bewusst wie egal, ein instinktiver Schutzmechanismus, der sich gebildet hatte wie Hornhaut auf seinen Fußsohlen. Mahorai hatte früh damit aufgehört, sich gegen das natürliche Abwehrverhalten seines Körpers zu wehren. Wenn er weinen musste, weinte er, wenn er schreien wollte, tat er es, und wenn er gar nichts fühlte, dann war es eben so. Wer war er, seinen Verstand für schlauer zu halten als seinen Körper und dessen natürliche Abläufe? Immerhin hatte eben jener Verstand ihm eingeredet, es sei eine gute Idee, in einem engen Spionageschiff blind im Herzen des Feindes herumzusegeln und auf eine Möglichkeit zu warten, auf einem Mond abzustürzen – falls er nicht abgeschossen wurde.

Wie sich herausstellte, wurde er nicht abgeschossen. Der Plan funktionierte offenbar und sorgte dafür, dass man ihn für einen harmlosen Asteroiden hielt, der P3X-888 bloß einen weiteren Krater hinzufügen würde. Damit das auch so blieb, durfte er erst kurz vor dem Aufprall (der hoffentlich eine Landung werden würde) die Bremsschubdüsen betätigen. Dann würde das aufgewirbelte Regolith es so aussehen lassen, als handle es sich um einen Einschlag und nicht um die Plasmafackel eines Triebwerks auf Maximalleistung.

Ähnliche Flüge wie diese hatten der Föderation bereits wichtige, wenn auch spärliche Informationen über die Clicks geliefert. Man wusste seit einigen Jahren, dass ihr Planet zu achtzig Prozent aus grünlichen Ozeanen bestand, die offenbar von dichten Algenteppichen bedeckt waren. Bis auf die Farbe war er der Erde also nicht ganz unähnlich, auch nicht von seiner Masse. Es herrschten 1,1g und eine Menge Stürme tobten auf der Oberfläche, mehrere hundert Kilometer die Stunde schnell, häufig mit zahlreichen Hurrikanes gleichzeitig, die sich zu Superclustern verbanden und noch mehr an Fahrt aufnahmen. Diesen Umstand hielten die Flottenforscher für den Grund dafür, dass es auf den drei Kontinenten keinerlei Städte gab. Stattdessen befanden sich sämtliche entdeckte Siedlungen auf den Monden, wo zwar hin und wieder Asteroiden darauf warteten, abgeschossen zu werden, aber keine Stürme tobten – dafür war der hiesige Zentralstern zu stabil und ruhig.

Mahorai überließ dem Bordcomputer die Landung, so wie es das Protokoll vorschrieb. Es fühlte sich nicht einmal seltsam an, so freimütig die Kontrolle abzugeben. Er wartete einfach ab, ließ sich in seinem Sitz durchschütteln (es gab weder Fenster noch aktive Sensoren) und schloss einige Zeit lang die Augen, bis die Vibrationen nachließen. Da er immer noch atmete, öffnete er sie wieder und veranlasste per Knopfdruck einen Systemcheck.

Alles nominal.

»So weit, so gut«, sagte er. Es war eigenartig, seine eigene Stimme zu hören. Auch ein wenig unangenehm, aber sei's drum.

Die nächste Phase seines Einsatzes begann mit dem Ausfahren der mitgeführten Teleskope und Abhöranlagen, was ebenfalls der Bordcomputer übernahm. Die *Sphinx* war im Grunde eine einfache zylindrische Konstruktion (was den Stealthfähigkeiten geschuldet war), die in der Mitte eine kleine Sektion mit drei Räumen für Lebenserhaltung und Cockpit besaß, vorne eine mit ausfahrbaren Teleskopen und hinten eine mit Gravitationssensoren – in seinem Fall. Nach so langer Behäbigkeit im All ging auf einmal alles sehr schnell. Blind in seiner dreißig Meter langen und drei Meter breiten Sardinenbüchse sah er auf den Kontrollschirmen mit an, wie die KI den eigentlich spannenden Teil der Arbeit übernahm. Sie öffnete die Klappen und fuhr das ganze Gestänge mit den Kugeln, kalten Augen und Laserinterferometern aus und blieb dann still.

Firtan Mahorais Aufgabe bestand ab jetzt nur noch darin, auf die Daten zu warten, die der Computer ihm ausspuckte, sie zu interpretieren (das hieß in der Regel, der KI zuzustimmen) und zu verifizieren (um der Flottenrechtsprechung Genüge zu tun). Bis dahin hatte er aber noch einige Stunden Zeit, und die *Sphinx* besaß eine Luftschleuse für den Fall von EVAs zur Reparatur kleinerer Schäden, die er noch nie hatte benutzen müssen.

Warum also nicht jetzt? Er schnallte sich ab, zwängte sich in den bionischen Druckanzug, der sich eng um seine

Haut zog, um den Druck aufrechtzuerhalten, und setzte dann den Helm auf, bis er am Halsring einklickte.

Draußen fiel ihm als Erstes die niedrige Schwerkraft auf, die irgendwo bei einem Fünftel der Erdschwere lag und die er im Schiff merkwürdigerweise kaum registriert hatte – was vermutlich an seiner langen Zeit in Schwerelosigkeit und dem wackeligen Ritt hier runter gelegen haben musste. Die nötige Energiemenge für künstliche Schwerkraft hatte sie zu einem No-Go für seinen Einsatz gemacht, und so war er trotz Trainings stark genug hypertrophiert, um die mickrigen 0,2g als leicht unangenehm zu empfinden. Aber er wollte sich nicht beschweren, immerhin konnte er endlich mal wieder einen echten Horizont sehen. Zwar funkelten keine Sterne über dem kleinen Krater, den sein Triebwerk ins Regolith gefräst hatte, dafür aber eine wunderschöne makellose Dunkelheit, in deren Mitte ein kopfgroßer dunkelgrüner Planet prangte wie eine falsch angemalte Sonne. Wenn er zwei Hände aneinanderlegte, konnte er Attila-62 gerade so verdecken.

Schon seltsam, dass auf diesem schönen Flecken, dieser Oase im Nichts, der Erzfeind der Menschheit entstanden ist, dachte er. *Wie traurig es doch ist, dass wir nichts Besseres miteinander anzufangen wissen, als uns die Köpfe einzuschlagen.*

Die weißen Wolkenbänder auf Attila-62 hätten auch von der Erde stammen können, so rein und watteweich, wie sie aussahen. Aus dieser Entfernung, ungetrübt durch tanzende Gasmoleküle einer Atmosphäre, sahen selbst die gewaltigen Sturmaugen wie ein Kunstwerk in bester Auflösung aus.

Sein Unterarmdisplay sandte ein aufdringliches Signal in seinen Helm, das er als unerwartete Störung wahrnahm. Er wollte es schon genervt unterdrücken, als er sah, dass das

Schiff ihm bereits einen Vorschlag für eine Relaissendung an die Flotte machte.

Das ging aber schnell.

Mahorai riss widerwillig seinen Blick von der fremden Welt und dem ihn umgebenden Grau des Mondes los und überflog die Daten. Die Teleskope suchten noch die militärischen Anlagen der Clicks ab, die im Orbit um Attila-62 extrem zahlreich waren, und die Gravitationswellendetektoren waren noch dabei, hochzufahren. Es war der Bordcomputer selbst, der die eingefangenen Passivdaten seines achtzehntägigen Fluges aus dem Asteroidengürtel hierher analysiert hatte und meinte, etwas von herausragender Bedeutung gefunden zu haben.

Nach fünf Minuten mit starrem Blick und gerunzelter Stirn musste er ihm zustimmen und sandte sofort ein ungerichtetes Funksignal aus, das jedes der achtzig verbliebenen Spionageschiffe im Gürtel auffangen würde. Einige waren vielleicht von den stets suchenden Jägern der Clicks gefunden worden, aber die Flotte sorgte dafür, dass die Anzahl vorhandener Schiffe immer hoch blieb. Sie waren zwar nicht effizient oder überhaupt wertvoll im Blindflug mit den Felsbrocken, konnten es aber jederzeit *werden.*

Die Daten mussten zur Flotte, und zwar so schnell wie möglich. Vielleicht hatte er gerade einen Weg entdeckt, einen Krieg zu beenden, der bereits viel zu lange tobte. Gut, eigentlich hatte der Computer ihn gefunden, aber ohne ihn, Firtan Mahorai, wäre der Siliziumkasten gar nicht erst hierhergekommen. Also konnte er wenigstens die Kirsche auf dem Kuchen mit seinem Namen zieren.

Es dauerte zehn Sekunden, bis die Nachricht abgeschickt war. Nur verschlüsselter Text, kein Anhang.

Es dauerte fünfzehn Sekunden, bis ein gerichteter Mikrowellenlaser irgendwo aus dem Orbit die Peilung seines Signals aufgenommen hatte und Firtan Mahorai zu einer Wolke aus flüchtigen Gasen verdampfen ließ. Sämtliche dieser fünfundzwanzig Sekunden seines Restlebens hatte er dem schönen grünen Planeten zugelächelt und einen langen Seufzer ausgestoßen.

Wie schön es hier doch war. Und wie hässlich es noch werden würde.

Kapitel 3

Die *Quantum Bitch* materialisierte in vollkommener Stille. Der Sprungpunkt blitzte kurzzeitig auf und tauchte den umgebenden Raum in Falschfarben – so kurz nur, dass kein menschliches Auge es wahrzunehmen vermochte. Eine Korona aus Strahlung gleißte über ihren geschwungenen Rumpf und verging sofort wieder. Sensorbündel und Radiatoren fuhren aus dem ringförmigen Segment um den lang gestreckten Toroiden mit der nach unten gebogenen Schnauze am Bug.

Darin saß Kapitän und Eigner Devlin Myers, der in seinen Kreisen bloß als ›Dev‹ bekannt war. Auf den Sitzen hinter ihm befreiten sich seine Crewmitglieder vom ›Sprungfrost‹, indem sie sich über die Arme rieben und die Köpfe schüttelten, als wollten sie Wasser aus ihren Ohren entfernen.

»Alle wach?«, fragte Dev. Seine Hände waren in dem weichen Gel der Neuralsteuerung versunken, die als blaue Knubbel am Ende seiner Armlehnen intrinsisch leuchteten. Mit Mikrobewegungen seiner Fingerkuppen, die eher nach Zuckungen aussahen, steuerte er das gesamte Schiff.

»Diese Scheißpillen machen mich wahnsinnig!«, schimpfte sein Bordingenieur Willy, der eigentlich Brun Gronski hieß und ein fünfundfünfzig Jahre alter Drecksack war. Seit er seine Familie durch einen Kollateralschaden bei einem Angriff der Clicks auf das Aurora-Habitat verloren hatte, musste bei ihm eine Sicherung durchgebrannt sein. Dev kannte ihn nur als zynisch-grummeligen Augmentsüchtigen, der nicht bloß seine Arme und Beine durch Metall ersetzt hatte, sondern mittlerweile auch einen Großteil seiner Organe und seines Gefäßsystems. Das machte ihn zwar zu einem hervorragenden Raumfahrer, aber mit jedem Eingriff, der etwas von seinem Fleisch wegnahm und durch Metall und Schaltkreise ersetzte, schien er mehr von seiner Empathie und Menschlichkeit zu verlieren. Dev hätte ihn schon längst aus der Luftschleuse befördert, wenn er nicht so ein verflucht guter Bastler wäre und er Willy nicht so verdammt mögen würde.

»Dafür braucht es ja wohl keine Pillen«, schnaubte Aura, die Energieknotenspezialistin der *Bitch*, die im Sitz direkt hinter ihm saß. »Lass dir einfach Eier wachsen. Oder besser: anschrauben.«

»Ganz ruhig, Kinder«, ging Dev dazwischen und grinste ungesehen. Auf den Holoschirmen vor ihm setzte sich langsam ein klares Bild ihrer Umgebung zusammen. Sie waren zentral im Sprungpunkt 2 vom Lagunia-System angekommen, in komfortablem Abstand zum Gasriesen Artros und nicht ganz so komfortablem Abstand zu dem nächstgrößeren Objekt, wenn man von den zahlreichen Monden absah.

Die Oberon sah auf den Teleskopbildern aus wie ein gigantischer Wal ohne Augen. Die Bugsektion ein wenig dicker, als der ohnehin schon wuchtige Rest. Die mattschwarze Hülle mit ihren vielen Kerben und Pickeln sah aus, als hätte jemand mit einem Hammer eine Robbe geprügelt und die ruhenden Antriebsgondeln kamen den Saugnäpfen eines Seeungeheuers gleich. Nur durch vielfachen optischen Zoom erkannte er die Waffenschächte, die sich auf der ihnen zugewandten Backbordseite wie eine tiefe Fuge vom Heck bis zum Bug zogen.

»Ein echter Titan, ich werd verrückt«, grunzte Willy. »Dass ich so einen noch sehen darf.«

»Kann nicht mehr lange dauern, bis sie die alte Blechbüchse für ihre Einzelteile und Rohmaterialien recyclen. Wie viele Kreuzer der neuen Musterung könnte man aus dem Ding schnitzen?«, fragte Jezzy, seine Fusionsingenieurin.

»Zehn?«, schätzte der Augmentierte. »Kaum zu glauben, wie viel Scheiße in nur zwanzig Jahren in den Ventilator geflogen ist. Damals hat man noch aus dem Vollen geschöpft und richtig auf die Kacke gehauen. Einen Asteroiden nach dem anderen plattmachen und alles raushauen für solche Dinger.«

»Das ganze Vieh sieht schon nach purer Verschwendungssucht aus«, stimmte sie ihrem Kameraden mit säuerlicher Stimme zu.

»Die Oberon ist mehr als ein Relikt«, widersprach Dev und wies den Navigationscomputer an, einen direkten Kurs nach Lagunia zu berechnen, der Randwelt, die dem System seinen Namen gab und als schwach leuchtender blauer Punkt zu sehen war. »Sie ist ein Zeichen dafür, dass mit zweierlei Maß gemessen wird.«

»Fang bloß nicht an zu heulen, Boss«, brummte Willy. »Wir haben uns unser Kernweltenverbot ganz allein eingebrockt.«

»Apropos«, meinte Aura von hinten. »Unser Transpondercode wurde abgerufen.«

Dev, der gerade mit den Sensoren beschäftigt war, die nach ionisierenden Gasmolekülen suchten, hörte sie zwar, nicht jedoch ihre Worte. Sein Geist war auf die Holoanzeige vor ihm fokussiert. Das Emissionsspektrum der flüchtigen Atome, das von der Sensorphalanx eingefangen wurde, deutete auf zwei mittelgroße Fusionstriebwerke hin, die mit Deuterium arbeiteten. Etwas betagt, vermutlich noch ein Schiff ohne künstliche Schwerkraft.

Das muss es sein, dachte er.

»Ich hab es!«, rief er triumphierend aus und zog seine rechte Hand aus dem Gelpolster der Neuralsteuerung, was ein schmatzendes Geräusch mit sich brachte. Mit gereckter Faust stieß er ein lautes »Harhar!« aus.

»Fertig, Boss?«, fragte Aura.

»Ein bisschen mehr Begeisterung, bitte! Wir haben diesen Kahn schon seit vier Sprüngen verfolgt. Jetzt sind wir in einem System, das nicht einmal genügend Geld für eine Sprungpunktkontrolle zu besitzen scheint und bis auf einen alten Kahn kurz vor der Ausmusterung sieht es hier ziemlich ruhig aus.«

»Wir sollten jetzt die Triebwerke drosseln.«

»Was?« Dev runzelte die Stirn und wollte schon zu einer wütenden Erwiderung ansetzen, als ihm aufging, dass sie ihm die ganze Zeit etwas hatte sagen wollen. »Was ist los?«

»Ich habe gesagt«, wiederholte sie knurrend, »dass unser verfluchter Transpondercode abgefragt wurde. Und dass ich sehr hoffe, dass der Broker sein Geld wert war, weil wir sonst aus dem verdammten Vakuum geblasen werden.«

»Der wird schon halten!« Mit ungutem Gefühl im Magen, das so gar nicht zu seinen aufmunternden Worten passen wollte, sah er sich das Transponderprotokoll an und musste feststellen, dass ein Jäger sie beim Vorbeiflug gescannt hatte. *Ein Jäger!* Er sollte an dem verdammten Annäherungsalarm arbeiten.

»Wir werden sehen.« Etwas an Auras Antwort missfiel ihm.

»Was ist los?«

»Warte kurz.« Es war Jezzy, die ihm ein Bild auf den Holoschirm warf, das ein kastenförmiges Raumschiff zeigte, das vor der großen Korona seines Abgasschweifs kaum mehr als ein kleiner Punkt war. Die Perspektive konnte nur bedeuten, dass das Ding auf sie zu kam.

»Was sehe ich da, Jezzy?«

Die Fusionsingenieurin antwortete mit einem Grunzen, als im selben Augenblick ein lautes Piepen durch das Cockpit ging und eine eingehende Richtstrahlverbindung ankündigte. Widerwillig ließ er seine rechte Hand zurück in das Neuralgel sinken und akzeptierte die Verbindung. Der Bordcomputer identifizierte sie als militärische Codierung, was bedeutete, dass unbekannte, für jedes Föderationsschiff vorgeschriebene Subroutinen dafür sorgten, dass sie sich nicht ablehnen oder gar abschalten ließ. Wenn es hart auf hart kam, konnte egal welches Schiff der Flotte erzwingen, dass ihre zivilen Pendants die Triebwerke abschalteten.

Zumindest bei normalen Schiffen. Nicht bei der *Quantum Bitch.*

»*Quantum Bitch*«, erklang eine kühle Stimme, die ausnahmsweise keine besonders abfällige Betonung an den Tag legte, als sie den Namen aussprach. Dev wusste nicht, ob ihn das erfreuen oder beunruhigen sollte. »Hier spricht Commander Nicholas Bradley von der Systemflotte, Sie wurden für eine Kontrolle ausgesucht. Schalten Sie Ihre Triebwerke ab, wir kommen an Bord.«

»Bradley?«, polterte Willy, als die Nachricht endete, während Dev noch damit beschäftigt war, widerwillig dem Befehl nachzukommen. Es jetzt darauf ankommen zu lassen, würde nur für mehr Ärger sorgen und sie ihrem Ziel keinen Deut näher bringen. Außerdem bestand immer noch die Chance, dass es sich tatsächlich um eine Routinekontrolle handelte und man ihnen nicht auf die Schliche gekommen war. »Das kann doch nicht …«

»Doch, ich glaube, das ist der Sohn von Captain Bradley«, antwortete Jezzy. »Welcher Bradley sonst sollte in Lagunia den Rang eines Commanders bekleiden, hm?«

»*Systemflotte*«, schnaubte Aura. »Dass ich nicht lache. Dürfen die sich überhaupt so nennen?«

»Keine Ahnung, was die Flottenheinis sagen oder nicht sagen dürfen«, ärgerte sich Willy. »Ist mir auch scheißegal. Die kommen in fünf Minuten an Bord!«

»Dann geh am besten schon mal runter zu Dozer und sorg dafür, dass es auf dem Schlafdeck nichts zu entdecken gibt«, befahl Dev mürrisch.

»Ich soll in nur fünf Minuten …«

»Nein, in vier.«

»Ichhassediesenverdammtenscheißmeingottnochmal«, brummte der Bordingenieur wütend vor sich hin und schnallte sich mit einem laut hörbaren Klicken ab, ehe er zum Zugangsschott stapfte und dabei mit jedem Schritt ein metallisches *Klonk!* von sich gab.

Dev löste sich derweil aus seinem eigenen Sitz, nachdem er der Enterfähre der Oberon eine Standardbestätigung zurückgesandt und den Bordcomputer angewiesen hatte, die Position zu halten. Aura und Jezzy saßen immer noch auf ihren beiden Plätzen links und rechts, umgeben von der klaustrophobischen Enge des Cockpits, das durch massive graue Wände eingegrenzt war.

»Jezzy«, wandte er sich an seine Fusionsingenieurin von der Kernwelt *Kent,* die immer aussah wie ein angsterfüllter Hund, der den Schwanz einzog und einen Schlag vom Herrchen erwartete. »Du sorgst dafür, dass wir genügend Potenzial in den Musterzellen sammeln, um rasch auf Höchstgeschwindigkeit zu gelangen, ohne dass der Energieanstieg für Warnmeldungen auf den Monitoren dieser Flottenärsche zu sehen ist, klar?«

»Ich werd's versuchen«, gab sie zurück und seufzte lang gezogen, ehe sie sich das blonde Haar zurechtmachte und das Cockpit verließ.

Erst als sie fort war, richtete er sich an Aura.

»Lass mich raten«, schnaubte die geradezu kriminell attraktive Technikerin und rollte mit den Augen. Ihre zimtfarbene Stirn legte sich in Falten und der Blick, den sie ihm zuwarf, war weniger vorwurfsvoll als richtiggehend vernichtend. »Du brauchst mal wieder 'nen geilen Arsch und weiße Zähne, um uns aus der Scheiße zu reiten.«

»Sorry.« Er bemühte sich um ein unschuldiges Gesicht.

»Ist mir egal. Ich wackel auch mit den Titten, wenn es hilft, aber schick nächstes Mal nicht vorher das kleine Lottchen raus. Du verhätschelst sie nur. Wenn du immer so tust, als wäre die Welt besser als sie ist, wird es nur noch schlimmer mit ihr. Teufel noch mal.«

Dev hätte gerne über den Kontrast zwischen Auras Mundwerk und ihrem Aussehen gelacht. Aber das hätte ihm vermutlich eine Ohrfeige eingebracht. Und im Prinzip hatte sie ja recht. Jezzy verhielt sich wie eine Prinzessin mit jeder Menge Allüren, während Aura, die glatt als Holomodel hätte durchgehen können, sich gerierte wie ein Dunkelheimer Militärmechaniker.

»Du hast ja recht«, setzte er zu einer Erklärung an, doch sie hob bloß die Hand und eine Augenbraue und tippte sich aufs Handgelenk.

»Spar dir deinen Sermon, wir sollten uns zur Luftschleuse aufmachen, um unseren Besuch zu empfangen.« Sie schnaubte erneut. »Und mit dem Arsch zu wackeln.«

»Ich meine es ernst, Aura. Wir müssen hier alles auffahren, was geht. Du weißt von den Linienschiffen, die in Lagunia überdurchschnittlich oft verschwinden?«

»Ich habe davon gehört. Vierundachtzig Starvans in zwölf Jahren. Das ist eine beachtliche Quote, aber auch nicht wirklich ein Wunder bei der Sprungkontrolle hier. Da arbeiten doch nur Amateure. Und die verfluchten Starvans sind uralte Schrotthaufen, die gar keine Zulassung mehr bekommen sollten«, brummte sie.

»Vielleicht, aber wenn es nicht bloß an der Sprungkontrolle liegt – und an so viel Unvermögen glaube ich nicht in einem von Harbingern bewohnten System – dann steckt irgendwas anderes dahinter und ich möchte wetten, dass es dieser zwielichtige Captain Bradley ist, der sich Schiffe unter den Nagel reißt.«

»Zivile Klapperkisten? Ach, komm schon.«

»Halt einfach die Augen offen und gib dir Mühe, okay?«, fragte er und wartete ihr Nicken nicht ab.

Die Luftschleuse befand sich auf der relativen Unterseite des Schiffs und ließ sich über den kurzen Zentralkorridor und eine Leiter erreichen, die im Vorraum für Außeneinsätze endete. An den Wänden befanden sich sechs Spinde links und sechs Raumanzüge rechts, die wie schlaffe Overalls in ihren Halterungen hingen. Die leeren Helme mit den geschlossenen Visieren sahen aus wie die mumifizierten Gesichter fremdartiger Insekten.

Dev hoffte, dass Willy und Dozer ihre Arbeit erledigt hatten und sich dabei nicht so sehr in die Haare bekamen, dass sie alles ruinierten.

Ich hätte Jezzy schicken sollen, dachte er noch, als ein lautes *Klonk!*, gefolgt von einem gelben Lämpchen über der inneren Tür der Luftschleuse davon kündete, dass die Enterfähre angelegt hatte. Der Druckausgleich wurde eingeleitet, als er den entsprechenden Knopf drückte, und dann stellten sie sich nebeneinander, Dev ein wenig hinter Aura.

Zwei Marines der Schwarzen Legion kamen zuerst hindurch. Sie steckten in massigen Motorrüstungen, die sie aussehen ließen wie übermenschliche Space Marines aus einem Comicbuch. Ihre Helme besaßen keine Visiere, dafür ein Sensorband auf Augenhöhe, dass sich dreihundertsechzig Grad um den Kopf zog, und eine kleine runde Atemöffnung in Form eines Luftfilters, wo sich der Mund hätte befinden sollen. In den Händen hielten sie kurze Gaussgewehre für den Einsatz auf Raumschiffen, und ihre Magnetstiefel, die sie innerhalb und außerhalb von Schiffen gleichermaßen operieren ließen, waren laut hörbar, obwohl die innere Schleuse noch geschlossen war. Dahinter folgte ein uniformierter Offizier im Blau der Flotte mit allerlei Abzeichen auf Brust und Schulter. Er war nicht besonders groß, hatte blondes, zurückgekämmtes Haar und war maximal fünfunddreißig Jahre alt. Seine Gesichtszüge waren unverkennbar die der Bradleys mit der langen, leicht nach unten gebogenen Nase und großen dunklen Augen. Nicholas, wenn Dev sich nicht irrte, der jüngere Sohn des wohl berühmtesten Captains der Föderation, hatte einen harten, vielleicht aber auch bloß unnahbaren Blick, der ihn selbst durch das Bullauge, das sie voneinander trennte, geradezu durchbohrte.

»Guten Morgen, äh, Sir«, begrüßte er den Offizier, als die innere Luftschleuse aufging und die beiden Marines nach rechts und links gingen wie Golems, die Mündungen ihrer Gewehre lässig nach unten zeigend.

»Guten Morgen, Captain Myers«, erwiderte Nicholas Bradley die Begrüßung. »Eine militärische Anrede ist für einen Zivilisten nicht erforderlich.«

So viel zum Thema beiläufige Höflichkeit.

»Ist uns eine Ehre, Sie an Bord zu haben. Wie genau können wir Ihnen helfen?«

»Durch Kooperation«, kam die knappe Antwort. Bradley sah sich in dem engen Ankleideraum um und richtete seinen Blick dann wieder auf Dev. »Laut der Transponderüberprüfung besitzen Sie als Schiffseigner achtundneunzig Transitgenehmigungen für Hyperraumsprünge. Jede einzelne davon von einer Randwelt.«

»Wir sorgen uns nun einmal um die weniger privilegierten Kolonien und hatten noch keinen Grund, eine der Kernwelten zu besuchen.« Er zuckte mit den Schultern und setzte ein Lächeln auf. »Die Crew stammt von Gotha und Dunkelheim, vermutlich wären wir da eh nicht besonders willkommen.«

Wenn er sich durch diesen zynisch-augenzwinkernden Kommentar eine Reaktion des Commanders erhofft hatte, wurde er sogleich enttäuscht.

»Es gibt viele Piraten und Schmuggler, die auf Massenmarktmodelle wie diese hier setzen«, erklärte Bradley, während hinter ihm zwei Uniformierte aus der Luftschleuse kamen und mit Koffern in den Händen an ihnen vorbei zur Leiter gingen.

Verdammte Schnüffler!

»Transpondercodes sind leicht zu fälschen, aber die Sprungkontrolle kann mit ihren Sensoren klare Hüllenprofile erstellen, mit denen nicht gefeilscht werden kann«, fuhr der Commander fort, während Dev gegen den Impuls ankämpfte, sich umzudrehen und den Schnüfflern nachzublicken. »Ein häufig verkauftes Zivilschiff zu benutzen, ist natürlich hilfreich, sorgt aber bei jedem Transit zu einer Kernwelt zu einer zwangsläufigen Überprüfung.«

Du hältst dich wohl für besonders clever, was?

»Immerhin hat jede der fünfzig Kernwelten genügend Sensoren und Verteidigungsplattformen, inklusive Raumkontrollpersonal, um genau hinzusehen. Im Gegensatz zu den Randwelten.«

Er ist clever, murrte Dev innerlich, ohne sein Lächeln nach außen hin wanken zu lassen. *Verfluchter Drecksack!*

»Das Schiff war günstig. Wie Sie sich vorstellen können, haben wir hier draußen nicht so viele Mittel, um wählerisch zu sein«, schaltete Aura sich endlich ein und schürzte zuckersüß die Lippen – eine so unpassende Mimik für sie, dass er laut aufgelacht hätte, wenn er sich nicht so über diesen arroganten Flottenfatzke geärgert hätte, der in etwa so leicht zu bearbeiten schien, wie ein Sicherheitsschott.

»Wir werden sehen«, entgegnete Bradley ungerührt und warf nicht einmal einen Seitenblick auf Auras im Brustbereich gespannte Uniform, die sie bewusst entsprechend vorstreckte. Was wohl auch der Grund war, warum sie Dev etwas fragend ansah. Oder hilflos, was bei ihr nicht besonders häufig vorkam. »Bitte zeigen Sie mir Brücke und Unterkünfte zur Inspektion.«

»Unterkünfte? Ich wusste nicht, dass sich die Flotte für unsere Unterwäsche interessiert«, versuchte Aura es mit einem Scherz und zwinkerte dem Commander charmant-frivol zu. Allein ihr Augenaufschlag hätte bei Dev gereicht, um für sie einen Rosenbusch in seiner Kabine anzupflanzen. Nicholas Bradley hingegen runzelte bloß kurz die Stirn und schüttelte den Kopf.

»Tut sie nicht. Wir interessieren uns für Schmuggelware und versteckte oder veränderte Logdateien.«

»Wir sind keine Piraten!«, protestierte Dev.

»Dann haben Sie auch nichts zu befürchten«, entgegnete Bradley humorlos und deutete zur Leiter. »Nach Ihnen.«

Auf dem Weg zur ›Brücke‹ – er hasste dieses Wort, stank es doch nach Militär – kamen sie an Willy vorbei, der mit saurer Miene im Korridor stand, als hätte ihn jemand dort festgebunden. Hinter sich hörte er die drohenden Schritte, als er aus dem Blick seines Bordingenieurs Informationen herauszufiltern versuchte.

Vergeblich.

Im Cockpit bedeutete Bradley den beiden Marines, rechts und links der Zugangstür Position zu beziehen, und ging zur Holokonsole. Seinen rechten Zeigefinger drückte er in das entsprechende Neuralkissen und sah auf sein Unterarmdisplay hinab.

»Commander Nicholas Bradley, Föderationsflotte. Dienstkennung H-H-2233488.«

»Vorrangcode akzeptiert«, bestätigte die sanfte Stimme des Bordcomputers und Dev fühlte sich wie betrogen, als sein eigenes Schiff diesem Felsblock von einem Menschen so willig gehorchte.

Wie ein Hund, der gegen ein Leckerchen loyalitätslos das Herrchen wechselt, dachte er und wünschte sich, er könnte mit dem Algorithmus im Anschluss ein ernstes Wörtchen wechseln. *Verfluchte Computer.*

In den nächsten Minuten scrollte Bradley mit präzisen, fehlerfreien Gesten durch die frisierten Logdateien und versuchte, ihren Kurs über die letzten fünfzig Sprünge zurückzuverfolgen, inklusive der wechselnden Gesamtmasse der *Quantum Bitch* und ihrer jeweiligen vermerkten Ladung, was Dev innerlich immer unruhiger machte. Er hatte gute Arbeit geleistet, aber bei den bisherigen Kontrollen durch die Flotte – es gab nur wenige in den Randsystemen – war noch nie ein Offizier an Bord gekommen, schon gar nicht einer vom Rang eines Commanders. Ob es an seiner besseren Ausbildung lag – falls das überhaupt der Fall war –, wusste er nicht, aber dieser verdammte Kerl war nicht dumm und vor allem fleißig, fast schon motiviert. Kein Vergleich zu den ansonsten gelangweilten Typen, die ihm immer vorkamen wie strafversetzt. Sie hatte er mit Dunkelheimer Starkbier dazu bringen können, lieber ein ausgelassenes Pläuschchen mit Aura zu führen, als mit Monokel im Augenwinkel die Logbücher durchzugehen.

Es dauerte nicht lange, da warf seine Energieknotenspezialistin ihm einen erschrockenen Blick zu und er sah zu der Holoanzeige. Bradley war bei der aktuellen Ladung angekommen: zweiundzwanzig Tauon-Särge im Mannschaftsabteil.

»Wofür sind die?«

»Wir haben gehört, dass es hier auf der Taurus-Station häufiger zu Unfällen kommt«, antwortete Dev gespielt entspannt und zuckte mit den Achseln. Am unbewegten Gesichtsausdruck von Bradley erkannte er, dass sich der Kerl nicht mit etwas Halbgarem zufriedengeben würde. Also schob er noch hinterher: »Als dann ein Kurier in Dunkelheim erzählte, dass es einen Bergbauunfall gab, wollten wir einen Beitrag bei der Rückführung der Verstorbenen in ihre Heimatsysteme leisten.«

»Die Kernwelten mögen nicht besonders religiös sein, aber wir Randweltler wissen, dass man Verstorbene nicht einfach in den Recycler schmeißt«, versuchte es Aura mit ein wenig Außenseiterpatriotismus. Die Reaktion des Commanders war in etwa so ergiebig wie ein Schluck Wasser.

Ungerührt musterte er sie beide.

Jetzt sag nicht, dass du überprüfst, ob es wirklich einen Unfall gegeben hat oder wann!

»Wann soll dieser Unfall gewesen sein?«

Dev seufzte innerlich. Laut log er: »Der Kurier kam vor zwei Tagen.«

»Also ein Zeitrahmen von drei bis vier Tagen zwischen dem angeblichen Vorfall und jetzt.«

Dev gefiel gar nicht, wie Bradley *angeblich* betonte.

»Ich werde überprüfen, ob es wirklich einen Unfall gegeben hat.«

Was ist heute für ein verdammter Scheißtag?

»Natürlich«, gab er bemüht neutral zurück. Aura warf ihm einen *Was-machen-wir-jetzt-*Blick zu.

»Commander, Sir?«, fragte einer der Uniformierten, der gerade seinen Kopf durch die Tür steckte, vorbei an den Marines, die sie wie Roboter aus einem Horrorfilm flankierten.

»Ja, Seaman?«

»Eine Meldung vom Piloten.«

»Ich wollte nicht gestört werden.« Die Feststellung klang wie ein Richtspruch und der junge Soldat schluckte sichtlich.

»Er hat gesagt, dass Ihr Vater Sie zurückbeordert.«

»So?« Bradley wirkte überrascht, straffte sich jedoch sogleich und zog den Finger aus dem Neuralkissen. Nach ein paar raschen Eingaben auf seinem Unterarmdisplay sah er Dev an. »Sie melden sich ohne Umwege bei der Raumkontrolle. Ich habe den entsprechenden Flottenvermerk in Ihren Bordcomputer eingegeben. Die Beamten vor Ort werden ihn wieder löschen, sobald Sie dem nachgekommen sind.«

Verdammter Mistkerl! Ohne die Freigabe können wir nicht mehr wegspringen!

»Natürlich«, sagte er und presste seine Zähne so fest aufeinander, dass es wehtat.

»Gut.« Bradley nickte ihnen nacheinander zu, als sei das alles nichts Persönliches – was es für ihn möglicherweise auch gar nicht war, was wiederum noch schlimmer war – und verließ dann, gefolgt von seinen Marines, das Cockpit.

Eine Viertelstunde später saßen sie wieder versammelt auf ihren Sitzen – bis auf Dozer, der immer noch im Mannschaftsabteil blieb. Es gab ohnehin keinen Platz für seine massige Gestalt.

»Das war verdammt knapp, Boss!«, befand Willy ungewöhnlich erleichtert.

»Ich weiß. Wir haben Schwein gehabt.« Dev wandte sich mit einem Fingerschnippen an Aura. »Hast du die Sensordaten schon?«

»Ja. Sie sind fünfzehn Millionen Kilometer vor uns.«

»Holen wir nicht mehr ein«, war sich Jezzy sicher. Ihre Stimme klang dabei gewohnt kläglich, so als habe sie gerade das Ende der Menschheit bekreuzigt.

»Oh doch, das werden wir. Sie müssen noch durch den Asteroidengürtel. Wir haben zweiundzwanzig Särge zu füllen, schon vergessen?«

»Wir haben einen Ozean abzugrasen«, korrigierte Willy ihn.

»Eins nach dem anderen. Für Bergungsrechte brauchen wir Geld, und wenn keiner von euch seit Kurzem Dukaten scheißt, wovon ich nichts weiß, dann müssen wir nun einmal erst A sagen, bevor wir an B denken können.«

Flottenhauptquartier, Terra

Flottenadmiral Hannibal von Solheim stand vor dem Panoramafenster seines Büros im zweihundertsten Stockwerk jenes Sternenkratzers, der den flottentypisch sperrigen Namen AZ-001 trug. Die Raumstation, aus welcher der Sternenkratzer als einer von insgesamt zwölf dolchartigen Fortsätzen herausstach, bildete einen wuchtigen Ring um das orbitale Ende des Weltraumfahrstuhls Ost, der den höchsten Gipfel des Himalayas (den erdgebundenen Teil des Flottenhauptquartiers) mit ihnen verband. Die zwanzig Fahrstuhlkabinen schossen wie kleine Glühwürmchen an den Kabelkonstruktionen entlang, die von seinem Fenster aus so dünn aussahen wie Spinnenweben, und unaufhörlich hin und her pendelten zwischen den karg-braunen Hängen des höchsten Gebirges der Erde und dem mächtigsten Weltraumbauwerk in der menschlichen Geschichte, an dessen angeblich luxuriösestem Ort er sich jetzt als Oberhaupt der Flotte befand. Er erinnerte sich noch zu gut daran, wie er als junger Adjutant von Commander Brighton gestresst durch die verwinkelten Gänge des ausgehöhlten Gebirges gelaufen war, immer auf der Suche nach einer Möglichkeit, den eigenen Aufstieg auf der Karriereleiter etwas zu beschleunigen. Damals hatten er und seine Kollegen (für Freunde hatte er keine Zeit gehabt) über die *Bürostuhl-Bonzen* der Himmelsfestung am anderen Ende der Kabel Witze gerissen und so getan, als wäre es etwas Besonderes, wie verhutzelte Zwerge durch dunkle Bergstollen zu eilen.

Heute genoss er die Ruhe, die der Ausblick ihm bot. Die ewigen Fahrstuhlfahrten waren zwar kein wirklicher Unterschied zu den Gängen im Himalaya, dafür endeten sie aber mit Panoramafenstern wie diesem. Gemeinsam mit der Erde drehte er sich durch das All, sah die Lichter der ausgedehnten Megacitys unter sich, wie sie auf dem Ball aus Stein und Gas, der so einzigartig und doch so kaputt war, mit der Dunkelheit des Alls verschmolzen. Er rühmte sich gerne damit, sämtliche Kern- und sogar Randwelten besucht zu haben, und der Anblick dieser frischen, unverbrauchten Oasen in der Weite des Nichts hatte ihm jedes Mal vor Augen geführt, wie sehr die Erde unter der

Menschheit gelitten hatte. Heute wurde sie von heftigen Superstürmen heimgesucht, besaß kaum noch Waldflächen und war zu großen Teilen verwüstet und ständigen Bränden ausgeliefert. Die hartnäckigen Bewohner lebten in ihren Megacitys hinter hohen Schutzwällen und den mehr oder minder krassen Auswirkungen des allgegenwärtigen Geo-Engineerings, für das über achtzehntausend hochmoderne Satelliten sorgten, um extreme Wetterereignisse von den Ballungszentren fernzuhalten.

Die Erde war zu einem Mahnmal für Weitblick und Ignoranz gleichermaßen geworden und damit immer einen Blick wert, wenn er die Zeit dafür fand – was nicht oft der Fall war.

Als ein sanftes Summen ihn darauf hinwies, dass seine Gäste angekommen waren, seufzte er.

»Ja, Samuel?«

»Die Admiräle Saunders, Legutke und Hachiro sind eingetroffen«, antwortete sein Adjutant über die Lautsprecher.

»Lassen Sie sie eintreten. In zwei Minuten.«

Er atmete tief durch und betrachtete das Glitzern der orbitalen Verteidigungsplattformen, die in höheren Umlaufbahnen ihr dichtes Netzwerk aus waffenstarrenden automatischen Satelliten bildeten, groß wie Korvetten und ihre niemals schlafenden Augen ins Dunkel des Alls gerichtet, wo der Feind lauerte. Doch es gab noch weitere in deutlich tieferen Orbits, und deren Augen waren (genau wie ihre Waffen) auf Ziele unter ihnen ausgerichtet. Siebzig Einsätze pro Woche und damit ebenso viele Mikrowellen- und Röntgenlaserstrahlen, die Dissidenten, Aufständische, Terroristen und andere subversive Elemente davon abhielten, hinten zu zerstören, was die Flotte vorne aufbaute.

Die Menschheit war nach so vielen Jahrzehnten des Ausnahmezustands, der verlorenen Söhne und Töchter und andauernden Verlustmeldungen kriegsmüde geworden. Kein Wunder also, dass die Einsatzhäufigkeit der Plattformen zunahm. Ein Grund mehr, weshalb dieser Krieg so schnell wie möglich beendet werden musste, ehe sie gezwungen waren, an zwei Fronten gleichzeitig zu kämpfen.

Die Tür ging mit einem Surren auf und er drehte sich um. Sein Büro war ein verschwenderisch großer Palast von fünfzig Quadratmetern und marmoriertem Fußboden und Wänden. Zuerst hatte er diesen Teil der ›Privilegien‹ seines neuen Amtes ablehnen wollen, doch stattdessen hatte er bis auf die Ölportraits seiner Vorgänger allen Tand entfernen lassen und nutzte den Rest dieses kurzsichtigen Protzes als Erinnerung daran, was er anders machen wollte. Schnörkel und Gold hatten noch nie Kriege gewonnen, aber das, was man dafür kaufen konnte, schon.

Die Flottenadmiräle Saunders, Legutke und Hachiro kamen herein, gekleidet in einfache Schiffsoveralls mit nicht mehr darauf als ihren Rangabzeichen auf den Schultern und ihren Namen auf der Brust. Das Flottenhauptquartier war weit weg von politischen Institutionen und eine Militäreinrichtung, kein Pfauengehege. Das hatten sie nach seiner Amtsübernahme schnell festgestellt und die Paradeuniformen in ihren Kabinen gelassen. Saunders war ein kleiner untersetzter Mittsiebziger mit dem ledernen Gesicht eines harten Arbeiters, als den er ihn auch schätzte. Legutke war ein frankofoner Elsässer, dürr und hochgewachsen mit schmalen Wangen und intellektuellem Blick. Manchmal wechselten sie ein paar Worte auf Deutsch, ohne dass der Mann sich deshalb einbildete, Bonuspunkte zu sammeln. Ein Pluspunkt. Shinto Hachiro war noch ein unbeschriebenes Blatt für ihn, da er erst vor einer Woche zum Leiter der

Spionage ernannt worden war und sie bislang nicht miteinander zu tun gehabt hatten.

»Kommen Sie herein.« Von Solheim winkte in Richtung der drei vorbereiteten Stühle vor seinem einfachen Aluminiumschreibtisch, auf dem nichts lag, außer einem Datenpad und einem Familienfoto, das seine Frau und seinen Sohn Hannes bei einem Urlaub in den Bergen auf Ruhr zeigte. Nachdem sie sich gesetzt hatten, tat er es ihnen gleich und faltete die Hände auf der Tischplatte.

»Ich habe den Bericht gelesen.« Er tippte auf das Datenpad. »Bevor ich sage, was ich davon halte, möchte ich Ihre Meinungen hören, damit Sie keine voreingenommenen Positionen beziehen. Reden Sie bitte frei heraus.«

»Wir müssen angreifen, und zwar so schnell wie möglich«, ergriff Admiral Saunders als Erster das Wort. »Diese Anomalie ist nicht nur einzigartig für sich, sondern auch eine einmalige Chance, der Hydra sämtliche Köpfe am Rumpf abzuschlagen.«

Von Solheim bemerkte einen säuerlichen Ausdruck, der über Admiral Hachiros Gesicht huschte. Er wusste, dass es in den japanisch-ethnischen Welten üblich war, bei Gleichgestellten den Ältesten zuerst reden zu lassen, was Saunders entweder nicht wusste oder nicht kümmerte. Beides würde zu ihm passen. Trotzdem entschied er sich dazu, dem nachzugehen.

»Hachiro. Sind Sie anderer Meinung?«

»Ja, Sir.« Hachiro straffte sich und nickte. »Diese Anomalie, die wir dank der Aufzeichnungen der *Sphinx* entdeckt haben, ist höchst … *delikat.* Nach allem, was wir wissen, könnte es sein, dass das exakte Masseverhältnis der involvierten Himmelskörper an derselben Stelle nötig ist, um denselben Effekt wieder zu erreichen.«

»Vielleicht«, stimmte Saunders dem Japaner zu und beugte sich auf seinem Stuhl vor. »Aber selbst wenn, müssen wir alles daran setzen, dass wir zu genau denselben Gegebenheiten zuschlagen.«

»Das würde bedeuten, dieselbe Anzahl Asteroiden mit exakt derselben Masse auf exakt derselben Flugbahn in exakt derselben Geschwindigkeit in Richtung des Trabanten zu schicken.«

»Na und?« Saunders zuckte mit den Achseln. »Dann veranlassen wir das eben. Wir geben unseren Spionageschiffen im Gürtel genügend Zeit, um die richtigen Brocken auszuwählen und in Position zu bringen. Die Eierköpfe hier in der Himmelsfestung können in der Zeit die Berechnungen dafür anstellen, wie groß der Schubs sein muss, den wir ihnen geben.«

»Michael«, sagte Hachiro und machte eine kurze Pause. »Das würde dazu führen, dass wir sämtliche Spionageschiffe – und ihre Piloten – verlieren. So etwas bleibt nämlich nicht unentdeckt.«

»Deswegen muss es schnell gehen.«

»Das meine ich nicht. Die Jäger der Clicks werden sie abschießen.«

»Verluste, die wir akzeptieren müssen.« Saunders winkte ab. »Hier geht es um die Beendigung eines Kriegs!«

»Vielleicht.«

»Romain«, wandte sich von Solheim an Legutke, der bislang auffällig still geblieben war und jetzt aufsah, als schrecke er aus einem Traum auf.

»*Oui?*«

»Was geht in Ihrem Kopf vor?« Von Solheim breitete die Hände aus. »Lassen Sie uns daran teilhaben.«

Der Admiral wand sich auf seinem Stuhl, als sei es ihm

unbequem. »Ich denke, dass Michael in diesem Fall recht hat. Unsere Spionagekapazitäten im inneren Gürtel zu verlieren, wird ein herber Verlust sein und dafür sorgen, dass wir diesen Trumpf nie wieder ausspielen können, wenn sie erst einmal gesehen haben, wie viele Schiffe wir versteckt hatten. Aber die Piloten wussten, worauf sie sich einlassen und wenn wir eine Chance sehen, aber unsere Ressourcen vor Ort nicht einsetzen wollen, sind diese Ressourcen keine besonders wertvollen, oder?«

Seine Kollegen schwiegen und von Solheim bedeutete ihm mit einer ungeduldigen Geste, fortzufahren.

»*D'accord.* Selbst wenn wir unsere Spionageschiffe einsetzen, haben wir aber immer noch ein Zeitproblem. Projekt Tartarus hat noch keine kritische Testphase durchlaufen. Wir wissen nicht einmal, ob die verschiedenen Teilstücke eines Tors springen können und wenn ja, wie schnell sie sich zusammensetzen lassen. Wir müssten eine beachtliche Streitmacht durch eines der ersten Tore schicken, um den Aufbau des mobilen Gegenstücks lange genug zu schützen, bis eine feste Verbindung steht.«

»Das ist das nächste Problem«, entgegnete Hachiro. »Wie verstecken wir eine so große Flotte so vor den Clicks, dass sie ihre Funktion nicht erahnen?«

»Wir sammeln sie am weitentlegensten, unwichtigsten Punkt der Föderation«, schlug Saunders vor.

»Bei den Harbingern? Das wird nicht gut gehen. Entweder sie werden darauf bestehen, an Operation *Iron Hammer* teilzunehmen, oder ihr Nationalismus wird dazu führen, dass sie sich bedroht fühlen und die Flotte vertreiben wollen. Diesen Fanatikern ist alles zuzutrauen.«

»Vielleicht, aber das wissen auch die Clicks, wenn ihre Geheimdienste auch nur halb so gut arbeiten wie unsere.

Selbst ohne unsere Sprache dekodiert zu haben, wissen sie mit Sicherheit, dass Lagunia ein Konfliktsystem ist, das an einem seidenen Faden hängt.«

»Wir könnten zwei Fliegen mit einer Klappe schlagen«, mischte sich Legutke wieder ein und rieb sich nachdenklich über die Nasenspitze. »Wir binden die Flotte von Captain Bradley einfach mit ein. Ein Titan in einer Verteidigungsschlacht, in der es darum geht, einen Punkt lange genug zu verteidigen, ist doch genau das, was wir brauchen. Und soweit ich mich erinnern kann, ist die Oberon unser letzter.«

»Die Oberon?« Saunders schnaubte verächtlich. »Lieber schicke ich die Kinderstaffel von Dunkelheim als diese Feiglinge und Verräter!«

»Romain hat recht.« Alle Augen richteten sich auf von Solheim, ohne dass er die Stimme hatte erheben müssen. »Die Situation der Oberon und der Harbinger allgemein ist äußerst … *speziell.* Aber wegen eines Politikums dürfen wir uns nicht wichtiger Handlungsoptionen berauben. Wir werden für Ergebnisse bezahlt und nicht für politische Befindlichkeiten. Schicken Sie jemanden mit dem nötigen Fingerspitzengefühl. Bradley muss überzeugt werden, an dem Erstschlag teilzunehmen. Falls er ablehnt, muss es Konsequenzen haben, aber das gilt nur für den Fall, dass es keine Möglichkeit gibt, ihn zu überzeugen.«

»Und was für Konsequenzen?«

»Eine ehrenhafte Entlassung.«

»Ehrenhaft?«, fragte Admiral Saunders ungläubig.

»Ja. Damit sind wir ihn los, ohne seinem Volk einen Grund zu geben, den bewaffneten Aufstand zu planen. Und ohne Bradley ist selbst der Titan nichts wert. Ein großer Teil des Militärrats, und vor allem des verdammten Senats, würde sicher die Korken knallen lassen, wenn sie ihn los sind. Aber das ist nur für den Notfall. Priorität hat seine Eingliederung in Operation *Iron Hammer*.«

»Ich kann mich darum kümmern. Ich habe ein paar Konteradmiräle, die infrage kommen«, schlug Hachiro vor.

»Nein, ich mache das.« Saunders seufzte. »Ich habe genau den richtigen Mann, den ich auch für den Erstschlag an der Anomalie vorschlagen wollte.«

»Wen?«

»Vizeadmiral Augustus Bretoni, einer meiner Besten und hoffentlich irgendwann derjenige, der mich auf diesem Stuhl beerben wird. Er hat das taktische Geschick für den Einsatz und ist gleichzeitig ein gewiefter Politiker. Wenn jemand einem Sturkopf wie Bradley seinen Willen aufzwingen kann, dann er.«

»Ich sehe mir seine Akte an. Wenn ich seinem Kommando zustimme, sorgen Sie besser dafür, dass er liefert.« Von Solheim sah Saunders in die Augen. »Ich weiß, dass Sie für Bradley und die Harbinger nichts übrighaben, Michael, darum vertraue ich bei Ihnen besonders darauf, dass Sie Ihrem Mann einbläuen, dass seine Priorität darin liegt, die Oberon für die Operation zu gewinnen und ihn nicht im Namen des Senats zu köpfen, solange wir ihn brauchen. Habe ich mich klar ausgedrückt?«

»Glasklar.«

»Gut.« Er wandte sich an Hachiro. »Sie arbeiten einen genauen Zeitplan aus und schicken ihn mir dann, bevor wir Anweisungen an unsere Spionageflotte geben. Melden Sie sich morgen wieder bei mir.«

Sie nickten.

»Gentlemen, denken Sie daran: wir stehen kurz davor, eine neue Technologie einzusetzen, mit der wir Sprungpunkte nicht mehr bloß ein Schiff nach dem anderen nutzen können, sondern mit ganzen Flotten, die gleichzeitig in den Transit gehen. Das wird diesen und jeden anderen zukünftigen Krieg grundlegend ändern. Wir *müssen* dafür sorgen, dass der erste Einsatz ein voller Erfolg wird und der Gegner nicht reagieren kann.«

Wieder kollektives Nicken, die Mienen noch ernster als zuvor.

»Das wär's. Romain, Sie bleiben bitte sitzen. Wir müssen besprechen, wie wir die Öffentlichkeit am besten über den bevorstehenden Schlag gegen die Clicks einbinden.«

Kapitel 4

Das Linienschiff vom Typ StarVan mit der nüchternen Kennung NM (für New Manhattan) 98-03 schwenkte auf den letzten Sprungpunkt vor ihrem Zielsystem ein, als es die Freigabe von der Sprungpunktkontrolle von Pilgrim bekam. Auf dem Schiff befanden sich sechshundert Männer, Frauen und Kinder auf nur zwei Decks, die keine Kabinen boten, dafür aber eng zusammengesteckte Sitzreihen.

Sirion saß in einer der letzten und fand, dass die Passagiere (jeder einzelne Platz war besetzt) aussahen wie Hühner in einem Stall mit lauter Stangen. Auch die Geräuschkulisse mit dem Geschrei der vielen Kinder und entnervten Eltern rief in ihm Fluchtgedanken hervor – ganz zu schweigen von dem Potpourri aus hässlichen Gerüchen: Schweiß, ungewaschene Haut und fettige Haare erzeugten nach einer Woche eine eigene, ekelerregende Note und waren vermutlich auch der Grund dafür, dass die billigen StarVan-Verbindungen zwischen Kernwelten wie dem christlichen Pilgrim und den Randwelten von der Raumkontrolle einfach durchgewunken wurden. Wer wollte schon sechshundert IDs von stinkenden, genervten Föderationsbürgern kontrollieren?

»Haben Sie Angst?«, fragte die Frau neben ihm, die schon die ganze Zeit über mit ihren vier minderjährigen Kindern zu kämpfen hatte, seit sie in Pilgrims Orbitalstation für Linienverkehr zugestiegen waren. Sie war in ein einfaches schwarzes Kleid gehüllt, das nichts von ihrer Figur preisgab und trug eine weiße Haube auf dem Kopf und ein silbernes Kreuz um den Hals. Ihre Kinder sahen aus wie aus einem Historienfilm.

Sirion musterte sie. *Laut ihrer ID dreiunddreißig Jahre alt, etwa fünfundsechzig Kilogramm schwer, das linke Bein etwas länger als das rechte. Ihr Mundwinkel zuckt in einem sich wiederholenden Muster. Schaden im Faszialisnerv, möglicherweise durch den Missbrauch von Cortikoiden. Eine Konvertitin. Straßenleben, Ende in einer Auffangmission, Umzug nach Pilgrim.*

»Angst?«, fragte er und bemühte sich darum, nicht allzu abweisend zu klingen, auch wenn er am liebsten einfach weggegangen wäre.

»Vor dem Sprung«, sagte sie und lächelte ihn wohlwollend an. Ihr Muttersein schien sich über ihre Kinder hinweg auszudehnen. Als er nicht direkt antwortete und sich abwenden wollte, fuhr sie fort: »Es ist nicht so schlimm. Sie haben das *Hyper* genommen, dann schlafen Sie auch nicht aus Versehen ein beim Transit.«

»Ich habe keine Angst«, entgegnete er, als ihm klar wurde, dass sie vermutlich eine Ablenkung von ihren Kindern suchte, und ihn nicht in Frieden lassen würde. »Ich schlafe nur zwei Stunden am Tag und nur zu den Zeiten, die ich einstelle.«

»Sie haben einen Zerebralcomputer implantiert.« Die Frau rümpfte die Nase, machte jedoch kurz darauf eine wegwerfende Handbewegung und lächelte wieder. »Sie glauben vielleicht, dass ich Sie deshalb verurteile, weil wir auf Pilgrim sämtliche Implantate verboten haben. Aber die Schwester hat immer gesagt: *Gottes Tiergarten ist groß.*«

»Aha.«

»Außerdem sterben mittlerweile nur noch etwa zweitausend Bürgerinnen und Bürger pro Standardjahr durch Transitschlaf. Wenn Sie mich fragen, sind das bestimmt

Drogenabhängige oder Schmuggler, die auf der Flucht vor der Flotte und übernächtigt sind.«

»Wahrscheinlich haben Sie recht.« Er nahm eine der Pillen entgegen, die vom einzigen Flugbegleiter auf ihrem Deck mit gelangweilter Miene ausgeteilt wurden. In seinem grauen Anzug und der geflickten Mütze sah er aus wie ein ausrangierter Roboter. Auf Sirions Unterarmdisplay tauchte eine Meldung vom Bordcomputer auf: *Sehr verehrter Fluggast, wir möchten darauf hinweisen, dass die Einnahme des Präparates mit dem Handelsnamen ›Hyper‹ auf diesem Flug vorgeschrieben ist. Eine Weigerung kann zum Ausschluss von künftigen Flügen und im schlimmsten Fall zum Tod führen. Legen Sie die Tablette unter Ihre Zunge und warten Sie zehn Sekunden. Halten Sie Ihre Augen geöffnet und blinzeln Sie nicht vor Ende des Transit-Countdowns.*

Er schüttelte den Kopf und schluckte die Pille kurzerhand herunter. Der Wirkstoff wurde ohnehin von seinem Blutfilter neutralisiert.

»Was haben Sie auf Lagunia vor?«, fragte die Frau, die es offenbar nicht ertragen konnte, einfach in Stille dazusitzen. Vermutlich war *sie* es, die Angst vor dem Hyperraumsprung hatte. Es gab genügend Föderationsbürger, die sich ständig die effekthascherischen Dokumentationen über die Grauen des Hyperraumschlafs ansahen und sich dann wunderten, warum sie unter Angststörungen litten und nie ihr System verließen.

»Ich möchte jemanden umbringen«, antwortete er und für ein paar Sekunden musterte sie ihn erschrocken, als sie seine ernste Miene studierte. Dann begann sie zu kichern und hielt sich eine Hand vor den Mund. Irgendwo schrie ein Baby nach Aufmerksamkeit und ein Mann räusperte sich feucht.

»Haha«, gluckste sie. »Das Gefühl kenne ich.«

Sirion nickte bloß und versuchte, sich an die Videoaufnahmen und Fotos von Franc und Valeska Bellinger zu erinnern. Einfache Ziele, aber am richtigen Ort zur richtigen Zeit. Sein eigentliches waren aber nicht sie. Er hatte keine großen Probleme, sich ihre Gesichter zu vergegenwärtigen, hatte er doch noch nie so braungebrannte, wettergegerbte Antlitze gesehen. Ihre aquamarinfarbenen Augen stachen aus tiefen Höhlen und ihre Haare waren vom vielen Salzwasser ausgebleicht und spröde. Aber sie sahen jedes einzelne Mal zufrieden aus.

»Wissen Sie, früher war ich auch häufig wütend, bis der Herr mir gezeigt hat, dass ich eigentlich nur wütend auf mich selbst bin. Vielleicht hat Ihre Wut gar nicht mit ihm oder ihr zu tun, der sie den Hals umdrehen könnten«, fuhr die Frau fort und sah auf das Chronometer ganz vorne über der Tür zu den Treppen. Der Countdown hatte begonnen und zählte sechzig Sekunden herunter.

Ich werde ihnen nicht den Hals umdrehen. Vermutlich wird ein Schuss in den Kopf genügen. Über der Nasenwurzel, antwortete er in Gedanken und lächelte nach außen unverbindlich. Seine Sitznachbarin wurde offensichtlich nervöser, je näher der Transit rückte, und ihre Stimme beschleunigte sich dementsprechend.

»Wenn Sie sich über andere ärgern, ärgern Sie sich nur über sich selbst.«

Welch tiefsinniger Kalenderspruch.

»Ihnen würde der Stock im Auge Ihres Nächsten ja gar nicht auffallen, wenn Sie nicht wüssten, was ein Stock ist. *Was siehst du den Stock im Auge deines Bruders, aber den Balken in deinem eigenen Auge siehst du nicht?*«, zitierte sie die Bibel.

Wer glauben will, sollte auswendig lernen können. Bravo.

»Hey!«, rief sie und klang plötzlich so aufgebracht, dass

er zu ihr sah. Sie hatte ihren Säugling vom Nachbarsitz genommen und wog ihn recht unsanft in den Armen. »Nicht einschlafen, Abraham, nein, nein, nein.«

Das Baby schien immer wieder wegzunicken. Der Countdown zeigte nur noch wenige Sekunden an.

»Geben Sie es mir«, sagte er.

»Was?«, fragte sie mit in Falten gelegter Stirn.

»Es darf nicht schlafen.« Sirion streckte ihr die Hände entgegen und sie legte den kleinen Abraham mit seinen weißen Wickeln hinein, nachdem sie zögernd zum Countdown geblickt hatte. Es war totenstill geworden auf dem Deck. Er nahm das Kind und hielt es vor sich, blickte ihm direkt in die grünen Augen, als sie sich kurz öffneten.

Das Baby begann zu schreien.

Der Transit fühlte sich an, als würde er für den Bruchteil einer Sekunde in flüssigen Stickstoff getaucht. Ein Schwindel, so kurz nur, dass ein normales Gehirn ihn gar nicht registrieren würde, dann war alles vorbei. Die Kälte fiel langsam von ihm ab, ebenso wie die Schwere in seinen Gliedern.

Er gab das schreiende Kind an seine Mutter zurück, die es ihm geradezu entriss und ihm einen vorwurfsvollen Blick zuwarf.

Gern geschehen.

»TT-Sprung abgeschlossen«, kam die Durchsage aus den Lautsprechern und ein kollektives Seufzen ging durch das Schiff. Sirions Sitznachbarin schien jegliches Interesse an einer weiteren Konversation verloren zu haben, jetzt, wo sie in ihrem Zielsystem angekommen waren.

Ihm war es ganz recht. Er stand auf und ging zu den Toiletten. Dort bildete sich bereits eine kleine Schlange, in die er sich einreihte.

»Auch eine Überführung?«, fragte einer der Minenarbeiter, die etwa die Hälfte der Passagiere ausmachten. Es handelte sich um einen gedrungenen Mann mit kurzem Rumpf und langen Gliedmaßen, dessen Unterarme in jeweils zwei sechsfingrigen Metallhänden endeten. Minenarbeiter waren die einzigen Zivilisten, die über umfangreiche Augmentationen verfügten, die nicht sanktioniert waren oder sie von den meisten Berufen ausschlossen, seit dem Untergang von Omega. Durch Notwendigkeit war der Politik offenbar jedes Tabu ganz recht.

»Überführung?«

»Jo. Die meisten von uns sind Harbinger und bringen verunfallte Kollegen zurück nach Lagunia, um sie dem Meer zu übergeben, wie sie es sich gewünscht hätten«, erklärte der Mann und schürzte die Lippen. »Ist eine Schande, wie viele von uns immer noch draufgehen in den Asteroidenminen.«

»Ich schätze nicht, dass Sie lieber Roboter Ihren Job machen lassen würden«, gab er zurück.

»Ha! Ne! Aber unter Omega gab es wenigstens bessere Bezahlung und einen ausgereiften Arbeitsschutz, als wir mit den Blecheimern zusammengearbeitet haben.« Der Arbeiter winkte ab.

»Diese Leichen, von denen Sie sprachen, Sie bringen sie persönlich von ihrem Arbeitsort zurück in Ihr Heimatsystem?«, fragte Sirion mit gewecktem Interesse.

»Ja. Wir legen Sie auf Eis bis zum Intervallwechsel. Die Arbeit geht immer sechs Monate, dann kommt die neue Belegschaft und wir haben sechs Monate frei, in denen wir zurück zu unseren Familien fliegen. Die meisten Kumpel kommen aus den Randwelten, arbeiten in den Asteroiden weiter draußen, die nicht in den Orbit einer Kernwelt geschoben und dort industriell ausgehöhlt wurden. Keiner will in einem

Kernsystem sterben und verrotten.« Der bullige kleine Mann hob die Arme und ließ seine Handgelenkssockel kreisen wie Sägeblätter. »Wir sind billige Arbeitskräfte für die Kernweltler, das ist uns schon klar. Aber solange die Bezahlung stimmt, ist es uns auch egal. Trotzdem vergessen wir nicht, wo wir herkommen.«

»Aber Harbingen war doch eine Kernwelt. Sie müssten dort geboren worden sein.«

Die Reihe verschob sich etwas in Richtung der Tür mit dem stilisierten Mann darüber und sie schlurften synchron näher heran.

»Jo. Aber wenn man ehrlich ist, waren wir doch schon damals eine Randwelt. Als einzige regiert von einer KI und nicht von einem Parlament. Reich, aber Außenseiter, wegen unserer Traditionen verlacht.«

»Ich verstehe. Die Randwelten erfüllen dieselben Kriterien, abgesehen von dem Reichtum«, sagte Sirion und nickte.

»So isses. Arm, Außenseiter, Traditionen verhaftet und darauf angewiesen, sich die eigene Lage schönzureden.« Der Arbeiter lachte dröhnend. »Wie könnte das besser gehen, als die Privilegierteren schlechtzureden? Scheiß Kernweltler!«

Sirion lächelte höflich und nickte, während der für die Arbeit in der Schwerelosigkeit aufgerüstete Mann ihm zuzwinkerte und auf der Toilette verschwand, als er an der Reihe war.

»Verehrte Fahrgäste, hier spricht Ihr Pilot. Sie werden gebeten, zu Ihren Sitzplätzen zurückzukehren und sich anzuschnallen. Danke.« Die Durchsage endete mit einem kurzen Knacken aus den Lautsprechern und für einen Augenblick sahen sich die restlichen Wartenden überrascht an, ehe sie größtenteils die Schultern zuckten.

Sirion aber ging direkt zurück. Nicht zu seinem Platz, sondern zu einem freien ganz vorne bei den Treppen, dessen Inhaber vermutlich noch in der Schlange stand. Die anderen Passagiere links und rechts schienen sich nicht daran zu stören, weil sie in getuschelte Gespräche vertieft waren. Die Triebwerke hatten kräftig an Schub aufgenommen, was seine aufgerüsteten Ohren mühelos aus dem Hintergrundrauschen heraushören konnten. Linienschiffe waren mit ihren Ionentriebwerken aber weder dafür bekannt, viel Beschleunigung aufbringen zu können, noch während der Fahrt etwas daran zu verändern. Bei StarVans ging es ausschließlich um günstige Produktion und billige Nutzung, was lange Flugzeiten mit sich brachte. Vermutlich würde der Pilot eher gefeuert werden, als ihm den höheren Verbrauch von teurem Treibstoff durchgehen zu lassen, um das Ziel schneller zu erreichen. Also konnte die Durchsage gepaart mit dem erhöhten Schub nur bedeuten, dass etwas nicht stimmte.

Sirion mochte es nicht, wenn das geschah.

Über sein Unterarmdisplay aktivierte er eine aggressive Routine aus dem versteckten Speicher und klinkte sich in den Bordcomputer ein. Die Firewalls waren ein Witz, genauso billig und behäbig wie das Schiff.

Sie befanden sich mitten im Asteroidengürtel, der das innere vom äußeren System trennte, und hatten noch viele hundert Millionen Kilometer Strecke vor sich. Anders, als es sich die meisten Menschen vorstellten, die wenig Ahnung von kosmischen Zusammenhängen hatten, bedeutete ›Asteroidengürtel‹ nicht, dass große Gesteinsbrocken dicht an dicht um die Sonne rotierten, sondern dass sie *relativ* gesehen eng beeinander um die Sonne rotierten. Die Abstände gingen in die zehntausende bis hunderttausende Kilometer, und so war über die Sensoren nur das Funkeln reflektierender Objekte durch die betagten Teleskope zu sehen. Aber eine einzelne Reflexion davon war heller und besaß einen ausgefransten Kranz, als stünde sie in Flammen.

Abgasfackel, erkannte er sofort und verdrehte die Augen. *Piraten.*

Er hatte sich schon gefragt, wie lange es dauern würde, bis er seine erste Randwelterfahrung machen würde, vor denen die Behörden immer warnten. Rasch ging er die Systemdaten Lagunias noch einmal durch und nickte dann, als er verstand. Mittels seines implantierten Kehlkopfmikrofons zeichnete er eine Sprachnachricht auf: »Ich komme früher als gedacht und ändere meine Route.«

Danach schickte er sie ab in Richtung Artros, 360-dimensional verschlüsselt und stark genug komprimiert, dass selbst die Antenne der NM 98-03 nur eine Millisekunde für die Übertragung benötigte, die auch als Interferenz durchgehen konnte. Ein letzter Blick auf die Teleskopbilder zeigte ihm, dass das angreifende Raumschiff bereits abbremste. Auf den Kameradaten der Brücke sah er, wie das Personal hektisch wurde und in eine panische Diskussion vertieft war. Eine Frau in der heruntergekommenen Uniform der Betreiberfirma sprach unentwegt in ihr Mikrofon, aber Funk war so tief im Asteroidengürtel so gut wie zwecklos. Das Signal würde schon rauskommen, doch kaum zielgerichtet. Über Richtstrahl verfügte das Schiff nicht, also konnten sie nur hoffen, dass die Systemflotte genügend Patrouillen im und um den Gürtel flog – was wiederum unwahrscheinlich war, immerhin besaßen Randwelten keine nennenswerten Flotten. Lagunia war zwar eine Besonderheit mit der Oberon, verfügte aber nicht einmal über einen Bruchteil der Anzahl der Schiffe eines Kernsystems.

Rasch ging Sirion die Ladung durch und analysierte die Blaupause des Passagierliners, bis er fand, was er suchte. Dann stand er auf und schaltete sich in die Lautsprecher aller drei Decks ein.

»Verehrte Fluggäste. Wir werden von Piraten gekapert. Bleiben Sie ruhig und verfallen Sie nicht in Panik. Es gibt keinen Grund …« Länger brauchte er nicht sprechen, denn der gewünschte Effekt begann mit dem Wort ›Piraten‹ und fand seinen hysterischen Höhepunkt mit dem Wort ›Panik‹. Passagiere sprangen aus ihren Sitzen, um sich mit Familie und Verwandten in anderen Reihen zu vereinen, andere strömten zu den Treppen oder den Toiletten in der Hoffnung, sich irgendwo verstecken zu können. Sirion mischte sich gelassen unter sie und gelangte so in das Unterdeck, dessen Treppenhaus komplett verstopft war. Einige Fluggäste wurden niedergetrampelt und flehten um Hilfe, was in dem allgemeinen Geschrei und Gekreische allerdings unterging.

Sein Ziel erreichte er kurz vor dem Zugang zur Brücke in der Bugsektion, wo die einzigen beiden Sicherheitsleute mit gezückten Kortikalstörern die Tür bewachten und wütende Drohungen in Richtung der aufgebrachten Passagiere ausstießen, die abwechselnd um Hilfe der Flotte flehten, oder die Piloten dafür verantwortlich machten, dass sie nicht längst an ihrem Ziel waren.

Sirion nutzte die Traube als Deckung und kniete sich von Umstehenden entdeckt aber ignoriert vor die Klappe zu einem Wartungsschacht, der normalerweise für Roboter vorgesehen war. Die Fingerkuppe seines rechten Mittelfingers klappte auf und ein Stift aus programmierbarem Silizium verformte sich zu einem Schraubenzieher, der exakt in die Schraubenköpfe in den Ecken der Klappe passte.

Nachdem er sie gelöst hatte, schlüpfte er in den Schacht und schaltete seine Netzhautimplantate auf Ultraschall um, damit sie ihn mit einem Echtzeitbild seiner Umgebung versorgten.

Nachdem er einige Minuten in Richtung seines Ziels gekrabbelt war, hörte er das abnehmende Jaulen eines Alarms.

Stromausfall. ECM-Harpune, dachte er, und augenblicklich herrschte Schwerelosigkeit. Fernes Geschrei schwoll an. Sirion setzte seinen Weg fort, indem er sich abstieß und durch den Schacht glitt, bis er zu einer Gabelung kam und nach unten abbog – zumindest dorthin, wo vorher noch unten gewesen war.

Ehe er sein Ziel erreichte – ein Gitter, dass seinen Flug jäh beendete –, ging ein heftiger Ruck durch das Linienschiff, gefolgt von einem Geräusch, das wie das Reißen von Papier klang.

Viel Zeit blieb ihm nicht mehr. Aus einer anderen Fingerkuppe fuhr ein winziger Fissionsschneider heraus, und er begann präzise an den Rändern des Gitters entlangzuschneiden. Der dünne gelbe Strahl zerschmolz das Komposit in Millimetergröße und schließlich konnte er es in einem Stück zu sich in den Schacht ziehen. Die fehlende Schwerkraft spielte ihm in die Karten, da er nicht hinabfiel, sondern sich ohne Kraftaufwand in Position schwebend halten konnte, während er unter sich die Szenerie beobachtete.

Die Ladebucht des Linienschiffs war recht klein und verjüngte sich zu den Seiten entsprechend der Unterseite, die an den Bauch eines klassischen Schiffs erinnerte, wie es vor Jahrhunderten über einen Ozean geschippert wäre. In Richtung Bug befanden sich die magnetisch fixierten Versorgungscontainer, auf denen scannbare Codes aufgeklebt waren, damit die Crew beim Auspacken die entsprechenden

Inhalte identifizieren konnte. Weiter hinten fand er, was er suchte – und vermutlich nicht nur er: vier Schwerlastregale, in denen sich lange, trapezförmige Behälter befanden, die an der Oberfläche transparent waren und von innen vereist schienen. Insgesamt waren es zweiundzwanzig Stück, die er zählte. Vier Gestalten schwebten zwischen ihnen einher und tuschelten aufgeregt. Zwei von ihnen zerrten gerade den ersten Sarg aus seiner Halterung und eine dritte tippte auf der seitlichen Schalttafel herum, bis die Tauon-Kapsel aufsprang und sie einen schwarzen Leichensack herauszogen und zur vierten Gestalt segeln ließen. Die klemmte mit den Füßen in einem Haltegriff an einem kreisrund ausgeschnittenen Teil der Steuerbordwand, durch den es in eine lange, ausfahrbare Luftschleuse ging.

Sirion glitt lautlos aus seinem Versteck und zwischen die ersten Container, ehe er sich gewandt wie ein Fisch durch die Reihen zog und drückte, bis er schließlich die Regale erreichte. Die Piraten gingen zielstrebig, aber hektisch vor und hatten bereits die vierte Leiche gestohlen. Zwei von ihnen waren offensichtlich augmentiert: Einer war groß und besaß metallische Gelenke an Ellenbogen und Knien, die sich um einhundertachtzig Grad drehen ließen. Seine massige Gestalt passte zu dem grobschlächtigen Gesicht und der missmutigen Miene. Er schien dafür zuständig, die ausgepackten Leichen an eine zierliche Frau mit blonden Haaren und angstvoll umherirrenden Augen weiterzuleiten, die an dem Durchbruch zur Luftschleuse wartete und an jemanden, den Sirion nicht sehen konnte, weiterzugeben. Die dritte Gestalt war mindestens zwei Meter groß und breit wie ein Kleiderschrank mit wulstigen Kunstmuskeln und Stiernacken. Dicke Schläuche wuchsen aus seinen Oberarmen und verbanden sich mit den Unterarmen knapp unterhalb des Ellenbogens. Dieser Hüne hatte sich nicht einmal Mühe gegeben, seine Implantataugen zu verbergen, reflektierte ihr Chrom doch selbst in dem spärlichen Licht wie zwei kleine Sonnen. In Kernwelten würden diese Leute sich jedenfalls nicht blicken lassen können. Die zweite Frau in diesem merkwürdigen Viererbund war äußerst attraktiv, auch wenn Sirion sich nicht dafür interessierte, und sah mit ihrer elfenhaften Eleganz vollkommen fehl am Platz aus.

»Ein lukratives Geschäft, der Schmuggel von Augmenten, die niemand vermisst«, sagte er laut und schwebte zwischen den Containern heraus in den kleinen Freiraum zwischen ihnen und den Regalen. Dort trennten ihn etwa viereinhalb Meter von der Luftschleuse und etwas mehr als fünf von den dreien, die mit dem eigentlichen Diebstahl beschäftigt waren.

Sämtliche Augenpaare fixierten ihn augenblicklich und Handwaffen wurden gezogen. An den Gasventilen hinter den Griffen erkannte er, dass es sich um 0g-fähige Pistolen handelte, die keinen Rückstoß besaßen. Sirion kümmerte es nicht.

»Niemand sucht nach den Leichen von zweiundzwanzig Mienenarbeitern, die so entbehrlich sind wie dieses Schiff«, fuhr er fort. Der augmentierte Hüne mit den toten Chromaugen wollte auf ihn zuschweben, doch die Elfe hielt ihn am Arm zurück.

»Da du dir schon die Mühe gemacht hast, dich anzuschleichen: Was willst du?«, fragte sie.

»Ihr habt meinen Zeitplan durcheinandergebracht«, antwortete Sirion. »Wenn ich euch jetzt töte, findet man eure Leichen und ich werde von Flottenangehörigen befragt. Diese Zeit habe ich nicht. Wenn ich euch ziehen lasse, haben wir ein Leck im Laderaum und die Mannschaft wird versuchen, es zu versiegeln, bevor wir weiterfliegen. Diese Zeit habe ich nicht.«

»Wenn du uns *tötest?*«, lachte der kleinere der beiden Hünen. Doch die Frau blieb ernst und musterte ihn abschätzend.

»Ja«, sagte er einfach. »Ihr habt zwei Möglichkeiten. Die erste: Ich komme an Bord und ihr fliegt mich nach Lagunia. Die zweite: Ich töte euch und nehme euer Raumschiff.«

»Und die dritte lautet, dass ich dir mit meiner Knifte einen neuen Scheitel ziehe, damit ich deine selbstgefällige Miene nicht mehr sehen muss«, dröhnte der Vorlaute mit zunehmender Wut.

»Willy ...«, ermahnte Aura ihren Kameraden ernst. »Ich glaube, du solltest lieber ...«

»Auf deine Freundin hören«, beendete Sirion den Satz für sie und sah auf sein Unterarmdisplay. »Ihr habt zehn Sekunden.«

»Was willst du wirklich?«, fragte Jezzy von dem Durchbruch. Ihr angespanntes Schlucken war beinahe hörbar.

»Neun.«

»Kohle?«, fragte Willy.

»Acht.«

»Mir reichts«, knurrte der Augmentriese und kam erstaunlich behände auf Sirion zugeschossen, nachdem er sich an einem Pfosten der Schwerlastregale abgestoßen hatte. Seine Flinkheit hätte ihn beinahe überrascht. Beinahe.

Er wartete eine Sekunde ab, drehte sich dann rasch zur Seite und aktivierte seinen Reflexbooster. Sofort begannen seine Arme und Beine zu zittern, als stünden sie unter Starkstrom. Fünf Millionen Credits taten ihre Arbeit und brachten ihn seitlich neben seinen Gegner. Mit einem Schlag in dessen Flanke traf er die rechte Niere, doch die Reaktion war gering.

Dozer drehte sich um die eigene Achse und parierte den nächsten Hieb. Als er seine carbotaniumüberzogene Faust auf Sirions Stirn krachen lassen wollte, wich der aus, indem er seinen Fuß in eine nicht genutzte Halteschlaufe am Boden klemmte und unter den Schlag abtauchte, nur um den Riesen mit Hieben auf Rippenbogen und Kehlkopf einzudecken. Die Kuppe seines linken Zeigefingers klappte auf und er versenkte die winzige Nadel darin in der Schlagader des Augmentierten, der sofort erschlaffte.

»Sieben.«

»Scheiße!«, fluchte Willy und zog seine Pistole. Sirion war schneller, da ihm die gesamte Welt um ihn herum plötzlich vorkam, als drehe sie sich nur noch in Zeitlupe. Er entriss dem Bewusstlosen neben sich die Waffe und schoss mittels Retina-Zielsteuerung direkt in die Mündung der Pistole, die drauf und dran war, auf ihn zu zielen. Sie zerbarst und Willy schrie entsetzt auf, als sich einige Splitter in seinen Arm bohrten.

»Sechs«, sagte Sirion ungerührt.

»Fuck!« Aura sah hilflos zu Jezzy.

»Fünf.«

»Ja, Mann!«, rief sie und sah entsetzt zu dem ohnmächtig treibenden Dozer.

»Vier.«

»Ich sage doch, dass du mitfliegen kannst!«

»Klug.« Sirion ließ die Waffe achtlos aus seiner Hand gleiten und gab dem Haufen Metall und Fleisch neben sich einen Impuls in Richtung der Luftschleuse.

Kapitel 5

Jason Bradley steuerte die kleine Raumfähre in einer engen Kurve entlang der Vektorlinien, die im HUD auf der riesigen Scheibe seinen Kurs vorzeichneten, nachdem sie aus dem Hangar katapultiert worden war. Der eigentliche Pilot und seine Co-Pilotin saßen hinter ihm auf den beiden luxuriösen Passagiersitzen und warfen ihm vermutlich gerade missmutige Blicke zu. Zumindest meinte er, ein Kitzeln im Nacken zu spüren, das gut zu zwei frustrierten Fliegern gepasst hätte, die von einem Vorgesetzten zum Zuschauen verdonnert worden waren, obwohl *sie* doch *ihn* kutschieren sollten.

So kamen sie wenigstens auch mal in den (zweifelhaften) Genuss, auf den verschwenderisch ausladenden Sesseln Platz zu nehmen, die nur eine Flotte in ihre Fähren einbauen konnte, die sich sträflich siegesgewiss war.

Und ich in den, endlich mal wieder einen Flightstick in die Hand zu nehmen und selbst die Kraft eines Raumschiffs zu kontrollieren, dachte er gut gelaunt.

Die Flugbahn führte ihn am Eden-Halo vorbei, einem schmalen Habitatband, das die älteste Kolonie der Menschheit wie ein Rettungsring umkreiste. Neben den massiven orbitalen Verteidigungsanlagen, die wie in jeder anderen Kernwelt widerspiegelten, dass man sich seit vielen Jahrzehnten im heißen Kriegszustand befand, beherbergte das Eden-Halo jede Menge Weltraumindustrie, Wohnungen der reichsten Systembürger und das abgesehen von Terra zweitgrößte Flottenquartier der Menschheit. Eden selbst hatte seinen Namen nicht zu Unrecht von dem ersten Schläferschiff erhalten, das nach einhundertjähriger Reise hergekommen war: Aus der Entfernung handelte es sich um eine sattgrüne Kugel, größer als die Erde und mit etwas weniger Wasser, das sich nicht in Form von Ozeanen, sondern endlosen, weitverzweigten Flüssen über die Landmasse zog. Unter den weißen Wolken sah es aus wie ein komplexes Gefäßsystem. Doch wie paradiesisch auch immer Eden in den Anfangszeiten der Kolonisierungsphasen gewesen sein mochte, viel war auf der Oberfläche nicht mehr davon zu erkennen. Eine rasch hochgezogene Industrie und eine darauf folgende Vergiftung der Biosphäre über beinahe zweihundert Jahre hatten zu toxischem Regen, vergifteten Flüssen und saurem Erdreich geführt. Die einst ausgedehnte Landwirtschaft war irgendwann zusammengebrochen und mit dem Aufkommen von Superstürmen, begünstigt durch massive Abholzung (Eden-Eichen waren noch heute das begehrteste Holz bei denjenigen, die es sich leisten konnten), mussten sich die Bewohner in große Kuppelstädte zurückziehen. In ihnen lebten heute noch etwa fünfhundert Millionen Menschen. Wie so oft in der Geschichte ihrer Spezies, hatte man jedoch selbst unter erschwerten Bedingungen weitergemacht und sich angepasst.

Doch Jasons Ziel war nicht Eden, sondern eines auf der relativen Steuerbordseite. Durch die Frontscheibe sah es aus wie das Glitzern eines besonders dichten Sternenhaufens im endlosen Schwarz des Universums, das sich unterhalb des Milchstraßenbands zusammendrängte wie eine Herde funkelnder Schafe. Die zweite, dritte und siebte Flotte der Terranischen Föderation befanden sich einhundertachtzigtausend Kilometer entfernt im Schatten des Riesenmondes *Freya*, der eine pechschwarze Scheibe bildete, die nur durch das Fehlen von Sternen überhaupt auffiel. Freya war komplett ausgehöhlt und von einem Geflecht aus Vakuumröhren und Simsen für Kriegsschiffe durchzogen, die für das Andocken ohne Schwerkraft vorgesehen waren. Ein kalter, unscheinbarer Ameisenbau, in dem es nur so wimmelte.

Die drei Flotten, die sich über den Verlauf der letzten zwei Monate hier versammelt hatten, wo sie ein Spionageschiff der Clicks von keinem der Sprungpunkte sehen konnte, befanden sich in einer Art Schlafzustand. Ein Großteil der Schiffe war miteinander über Halteklammern und Luftschleusen verbunden, sodass sich mehrere Cluster gebildet hatten. Diejenigen, die noch ›frei‹ waren, hatten sich rings um den Lagrange-Punkt zwischen Eden und Freya angeordnet, um möglichst wenige Korrekturschübe aus den Manövrierdüsen vornehmen zu müssen. Jede Emission wurde vermieden.

Für Jason, der die Fähre mit etwas mehr Schub als erlaubt auf sein Zielschiff zuhielt, war es ein merkwürdiger Anblick. Optisch reflektierten die etwa neunhundert Schiffe nur das wenige Licht, was von Edens Oberfläche abstrahlte, und wirkten geradezu unscheinbar. Auf dem HUD jedoch, das jedem einzelnen Funkeln einen Namen und eine Kennung zuordnete, explodierte die Anzeige mit Kennungen. Die geballte Macht so vieler Schiffe, noch dazu der modernsten der Föderation, war ehrfurchtgebietend. Es zeigte nicht bloß, wie entschlossen die Flottenführung war, was den nächsten Schritt dieses Kriegs anging, sondern auch, dass die Zeit beinahe gekommen war.

Seine Finger kribbelten, als er in die finale Kurve um die *TFS Gloine* herum einschwenkte und auf sein Ziel zusteuerte: die *TFS Caesar.* Der Schlachtkreuzer der frisch vom Stapel gelaufenen Generation war ein zweihundert Meter langer Pfeil von einem Schiff mit verdickter Triebwerkssektion, aus der sechs Gondeln der neuesten Phasentriebwerke herausragten, die für bis zu 40g Beschleunigung sorgen konnten. Die Startrampen für Predatordrohnen bildeten winzige Löcher in den Flanken und der Backbordhangar benötigte keine Panzertüren mehr, sondern war durch ein sanft schimmerndes Kraftfeld geschützt. Jason schaltete die Flughilfen ab und beschleunigte, drehte kurz vorm Hangar den Flightstick nach vorne und tauchte dann bei maximalem Bremsschub durch das Feld.

Hinter sich hörte er ein erleichtertes Japsen.

»Sorry, Lieutenants«, sagte er grinsend, als die Hangarsysteme die Kontrolle übernahmen und ihn in der kleinen metallenen Kaverne zu einem der sechs Parkklammern flogen.

Die beiden Junioroffiziere bemühten sich um höfliche Mienen und nickten bloß, als er seinen Sitz zu ihnen herumdrehte und aufstand. Aus einem der Haltenetze nahm er seinen Seesack und warf ihn sich über die Schulter.

»Warum haben Sie so gute Laune, Sir?«, fragte die Co-Pilotin und richtete sich das Schiffchen auf ihrem Kopf. »Wenn ich fragen darf?«

»Ich wurde auf die Caesar versetzt«, antwortete er leichthin. »Das kann nur bedeuten, dass Admiral Augustus mich für die Strike Group 2 als Stabsoffizier eingeteilt hat. In zwei Tagen werde ich zur Speerspitze des Angriffs gehören und kann daran mitarbeiten, es zu Ende zu bringen.«

»Glauben Sie wirklich, dass es das Ende sein wird?« Der Pilot klang hoffnungsvoll, aber zurückhaltend wie jemand, der sich nicht so recht traute, von seinem eigenen Optimismus enttäuscht zu werden.

»Ich glaube es nicht nur, ich weiß es!« Jason nickte den

beiden ein letztes Mal zu, woraufhin sie salutierten und er über die sich öffnende Rampe die Fähre verließ. Da der Hangar vollautomatisiert war, traf er nur auf ein paar Verladebots, die an ihm vorbeirollten, bis er in einem der Korridore verschwand, wo zwei Marines Haltung annahmen und ein Ensign mit roten Haaren und perfekt gebügelter Uniform es ihnen deutlich präziser nachtat.

»Schickes Outfit, Ensign«, scherzte Jason und schmunzelte, doch der junge Mann nickte bloß ernst und musterte ihn gerade so abwertend, dass es nicht als Beleidigung durchging.

»Willkommen an Bord, Lieutenant Commander. Ich darf Sie direkt zum Admiral führen.«

»Na dann nach Ihnen.«

Der Ensign nickte, machte zackig kehrt und wollte losgehen, als Jason seinen Seesack fallen ließ und er sich wieder umdrehte.

»Danke für das Angebot, *Ensign.* Gerne dürfen Sie mein Gepäck tragen«, sagte Jason und blickte seinem Gegenüber direkt in die Augen. Dessen Kiefermuskeln spannten sich sichtbar an, ehe er nickte und eine Hand durch die Schlaufen führte.

»Natürlich, Lieutenant Commander.«

Eitler junger Kerl, dachte er angewidert, während sie durch den schmalen Gang gingen. *Wenn der nicht ein schmieriger Politoffizier wird, dann weiß ich auch nicht.*

Auf dem Weg zum obersten Deck, wo sich das Quartier des Kommandanten und die Kabinen der Offiziere befanden, wie er von seiner Vorbereitung wusste, begegneten sie nicht einmal einem Dutzend Besatzungsmitglieder. Sie alle trugen penibel gereinigte und gebügelte Uniformen, sodass er sich in seinem normalen blauen Schiffsoverall wie ein

Fremdkörper vorkam. Ausgehuniformen hatten an Bord normalerweise nichts zu suchen, außer für besondere Anlässe, darum fragte er sich, was er verpasst haben könnte. Da es keine Fahrstühle gab – die *Caesar* war dafür vermutlich einfach zu klein –, mussten sie mehrere Male Leitern benutzen, bis sie schließlich vor einem Schott mit goldenen Ornamenten ankamen, auf dem ein Holoschild prangte: ›Vizeadmiral Augustus Bretoni, Kommandant.‹

Der Ensign legte Jasons Seesack neben der Tür ab, salutierte, und ging ohne jeden weiteren Kommentar davon.

Jason wartete geduldig, bis sich das Schott vor ihm öffnete und ein älterer Adjutant mit grauen Schläfen und den Abzeichen eines Commanders erschien. Jason salutierte zackig,

»Kommen Sie herein, Lieutenant Commander. Der Admiral erwartet Sie bereits.«

»Danke, Sir.« Er ging in den Vorraum, in dem zwei Datensekretäre an Holoschirmen arbeiteten und so vertieft in ihre blitzschnellen Gesten waren, dass sie ihn gar nicht zu bemerken schienen. Auf ihren Sesseln, vor denen die holografisch umherschwirrenden Daten in einer Art Säule das Licht verzerrten, sahen sie aus wie Wahrsager an Kristallkugeln. Der Schreibtisch des Adjutanten befand sich neben der nächsten Tür, die in Holzoptik gehalten war und offenbar zum Quartier und Büro des Admirals führte.

»Sie können direkt durchgehen.« Der Commander deutete mit ausgestrecktem Arm auf die Mahagonitür und Jason nickte ihm dankend zu.

Wie auf einem Schloss, dachte er. *Und du bist Alfred?*

Das Quartier des Admirals war geradezu verschwenderisch ausladend für ein Kriegsschiff. An eine große Lounge schlossen sich eine Tür zu einem Badezimmer, eine Zeile mit Proteinsynthetisator, eine Sofasitzgruppe mit Holoschirm in der Mitte und einer niedrigen Vitrine mit äußerst teuren Whiskeys darin. Der breite Schreibtisch befand sich auf einem Podest am einzigen Fenster, das vermutlich mittels Liveprojektionen arbeitete und gar kein Fenster war, da Kriegsschiffe solche Schwachstellen in der Regel nicht duldeten.

Augustus, wie der mit vierzig Jahren noch extrem junge Admiral genannt wurde (und genannt werden wollte), war ein großer schlanker Mann mit fein frisierter Kurzhaarfrisur, die exakt am Rand des Erlaubten ausrasiert war. Seine Gesichtszüge waren weich wie die eines Rejuvenierten, doch seine falkenhaften, schrägstehenden Augen warnten jeden Betrachter vor einer voreiligen falschen Einschätzung. Augustus hatte die Karriereleiter im Rekordtempo erklommen und sich nicht bloß als fähiger Politiker innerhalb der Flotte etabliert, dem beste Verbindungen nach Terra nachgesagt wurden, sondern auch als effizienter Anführer. Sein Sieg bei der Schlacht um T-39 vor vier Jahren war zu einer Legende auf jeder Flottenakademie geworden. Ob sich bei ihrer Verbreitung das Geschick des Admirals vor der Presse und dem Ausbildungskader ausgezahlt hatte, war zumindest zu vermuten.

»Ah, Bradley.« Augustus winkte ihn lapidar näher, ohne von der Aktenmappe aufzusehen, die vor ihm lag. Hinter ihm prangte das grüne Eden mit seiner täuschenden Frische im Fenster. Die passiv daliegenden Schiffe der drei Flotten sahen aus wie die toten Gerippe fantasievoller Weltraumwesen.

Jason stellte sich in Habachtstellung vor den Schreibtisch und wartete ab. Er kam nicht umhin, beim Anblick der handschriftlich beschriebenen Papiere innerlich den Kopf zu schütteln. Die Flotte war berüchtigt für ihre alten Traditionen, aber manche Vorlieben der oberen Offiziersränge waren schlicht absurd. Fehlte nur noch, dass der Admiral den dicken goldenen Ring, der an seinem rechten kleinen Finger glänzte, in heißes Siegelwachs drückte.

Nach einer gefühlten Ewigkeit klappte Augustus die Mappe zu, und erst durch den plötzlichen Lärm wurde Jason bewusst, wie leise es in dem Quartier war. Auf der *Zarathustra,* auf der er bislang gedient hatte, eine zehn Jahre alte Fregatte, war das Brummen der Maschinen und Leitungen allgegenwärtig gewesen. Hier hätte er eine Stecknadel fallen gehört.

»So, da ist er ja endlich, der Lieutenant Commander meiner Wünsche«, freute sich der Admiral. Sein schmaler Mund verzog sich zu einem Lächeln, doch seine Augen schienen jede Regung in Jasons Gesicht gründlich zu erforschen.

»Melde mich zum Dienst, Sir.«

»Sie fragen sich sicher, warum ich ausgerechnet *Sie* herbeordert habe, so kurz vor Operation *Iron Hammer.*«

»Durchaus, Sir.«

»Rühren Sie sich doch, Lieutenant Commander.« Augustus winkte beiläufig und Jason stellte seine Füße ein wenig breiter auseinander. Ihm war nicht entgangen, dass es hier keine Stühle für Besucher gab. Das hatte sicher etwas zu bedeuten.

»Es ist mir jedenfalls eine Ehre, an Bord der *Caesar* an der Operation teilzunehmen.«

Augustus' Gesicht teilte sich zu einem füchsischen Lächeln.

»Sehr gut, sehr gut. Sie ist ein Prachtstück, die *Caesar.*« Wieder ein lapidarer Wink. »Wissen Sie, Bradley, es wird

Zeit, dass Sie aus dem Schatten Ihres Vaters treten. Sie haben die Akademie auf Terra mit Bestnoten abgeschlossen, obwohl in den Medien kolportiert wurde, dass sie nur ein Mündel der Flottenleitung wären. Jeder Ihrer Vorgesetzten war ausschließlich voll des Lobes. Sie sind ein Heißsporn, der sich unter Kontrolle hat, wenn ich alle Analysen korrekt interpretiert habe, und das gibt es selten. Aber Sie werden besser wissen als ich, dass Sie immer noch im Schatten kämpfen, während alle anderen die Sonne genießen.«

»Wenn Sie auf die *Zarathustra* anspielen, Sir, dann kann ich versichern, dass die Randweltpatrouillen mich viel gelehrt haben, und ich denke, dass …«

»Ach.« Augustus schnaubte und ließ sich in seinen Stuhl zurückfallen. »Ein bisschen Randweltenspielerei und Geplänkel mit Piraten, das ist nichts für einen hochkarätigen Offizier wie Sie. Wir brauchen Sie dort, wo es wirklich drauf ankommt. Sie können nichts für das, was Ihr Vater getan oder nicht getan hat. Die Föderation ist sich ja nicht einmal sicher, wie sie es bewerten soll.«

»Die Öffentlichkeit *ist* sicher, Sir«, korrigierte Jason seinen Vorgesetzten und kaute auf seinen Zähnen. »Es ist lediglich die Militärgerichtsbarkeit, die kein konkretes Fehlverhalten feststellen konnte.«

»Ah, so ist sie, die Politik. Man kann das Falsche tun und trotzdem im Rahmen des Gesetzes sein. Wer weiß schon im Vorfeld, wie die Geschichte die eigenen Handlungen bewerten wird?« Augustus faltete die Hände vor sich. »Ich mache Ihrem Vater keinen juristischen Vorwurf.«

Juristisch, wiederholte Jason in Gedanken.

»Ich verstehe.«

»Vielleicht hat er tatsächlich die entsprechenden Befehle

kunstvoll geformten Flasche füllte. Eins davon hielt er ihm hin und deutete ein Anstoßen an, ehe er sich ebenfalls grazil setzte.

»*Torfig,* sagen wir dazu. Aber machen Sie sich nichts draus. Ich habe meinen ersten Scotch gehasst. Mittlerweile genieße ich mindestens zweimal die Woche ein Glas. Es hilft, die Gedanken zu entspannen.«

Jason sah in die bräunliche Flüssigkeit hinein, die gerade so den Boden des Glases bedeckte und sog den Geruch ein, der leicht beißend war. Dann nippte er daran und nickte anerkennend. Es schmeckte furchtbar.

»Danke, Sir.«

»Bedanken Sie sich nicht für ein paar Schlucke Scotch, der teurer ist als manche Appartements im Eden-Halo.« Augustus lachte auf und deutete zum Fenster, auf dem der entfernte Ring als schimmerndes Band zu erkennen war. »Bedanken Sie sich lieber dafür, auf der *Caesar* dienen zu dürfen.«

»Ein Prachtstück«, er nickte mit ehrlicher Begeisterung. »Die Beschleunigungswerte sind beeindruckend. Stimmt es, dass die Gefechtsgeschwindigkeit für die Aufnahme der Predators nicht gedrosselt werden muss?«

»Mhm«, bestätigte der Admiral mit einem Lächeln. »Wir sind vielleicht nicht so schwer gepanzert wie die alten Modelle, dafür aber schneller, wendiger, und massiver bewaffnet.«

»Sir …«

»Fragen Sie ruhig. Ich ermutige alle meine Offiziere, Fragen zu stellen. Bei mir an Bord gibt es weder dumme noch falsche oder ungehörige Fragen. Die Antworten liegen in meiner Verantwortung.«

»Haben wir Hyperraumtorpedos geladen?«, stellte er die

bekommen, vielleicht auch nicht. Nach Omegas Zerstörung werden wir es nie erfahren. Fakt ist jedenfalls, dass *Sie* nicht Ihr Vater sind und sich für den Dienst in den Kernwelten entschieden haben, anders als Ihr Bruder. Darum brauche ich Sie hier an Bord.«

»Warum reden wir über meinen Vater, wenn ich fragen darf, Sir?«

»Sie kommen direkt zur Sache, das gefällt mir.« Augustus beugte sich wieder vor. Jason glaubte nicht, dass es ihm gefiel, dafür redete der Mann zu gerne. »Die zweite Strike Group wird sich in zwei Stunden auf den Weg nach Lagunia machen.«

»Wie bitte?«, fragte er entsetzt und sandte eilig ein »Sir« hinterher. Die rechte Augenbraue des Admirals zuckte missbilligend. »Ich meine, ich verstehe nicht, Admiral.«

»Wir werden persönlich die Aktivierung des dortigen Hyperraumportals überwachen und Ihren Vater mit einem hohen Besuch ehren.«

»Die Flottenleitung will ihn ehren?«

»Ja. Sie sehen enttäuscht aus.«

»Bitte frei sprechen zu dürfen, Sir.«

Augustus gab ihm einen Wink.

»Mein Vater ist ein Feigling und versteckt sich hinter seinem Titan. Nur weil er das letzte Schlachtschiff der Flotte befehligt, sollte man ihm nicht die faktische Kontrolle über ein System geben. Er gehört vor ein Kriegsgericht und nicht auf eine Brücke. Selbst ein so unbedeutender Ort wie Lagunia hat jemanden mit Anstand und Ehre verdient.«

»Harte Worte gegenüber dem eigenen Vater«, befand der Admiral und schürzte die Lippen. »Er war vor dem Untergang Harbingens einer der aufstrebendsten Kommandeure der gesamten Flotte. Und Lagunia ist nicht mehr unbedeutend, seit es das einundfünfzigste Hyperraumtor zugeteilt bekommen hat. Als einzige Randwelt.«

»Aber das liegt doch nur daran, dass sie weiter vom Territorium der Clicks entfernt ist als jede andere.« Jason hatte Mühe, seine Wut im Zaum zu halten. Er hatte schon befürchtet, dass er auch dieses Mal Befehle erhalten hatte, die mit seinem Namen und seiner Herkunft und nicht mit seinen Fähigkeiten zusammenhingen.

»Richtig, aber das ist ja noch nicht alles. Captain Konrad Bradley wird nicht an Operation *Iron Hammer* teilnehmen, sondern nach unserer Ankunft aus dem Dienst entlassen. *Ehrenhaft*«, fügte Augustus mit an, als er Jasons zufriedenen Gesichtsausdruck bemerkte, der sich sogleich wieder legte. »Ich möchte, dass Sie mich dabei unterstützen, diese Veränderung so entspannt und geregelt wie möglich durchzuführen. Die Loyalität seiner Besatzung ist nicht ohne Grund berüchtigt.«

»Das ist auch der Grund, warum die Admiralität so nachsichtig mit ihm war, oder? Bloß keinen sezessionistischen Krieg riskieren wie mit den Exharbingern.«

»Ich lasse Ihnen diese Unförmlichkeit durchgehen, Lieutenant Commander.«

Jason schluckte.

»Ich verstehe Ihre Frustration, aber es wurde eine Entscheidung getroffen, und wir werden Sie umsetzen. Wenn das erledigt ist, wird die Strike Group 2 unter meinem Kommando von Lagunia aus einen Angriff auf AT-66 starten. Verstehen Sie, was das bedeutet?«

AT-66, dachte er und grübelte kurz nach.

»Das ist der zweite Mond von Attila-62, dem Heimatplaneten der Clicks«, sagte er schließlich.

»Richtig. Wir bereiten den finalen Schlag gegen den

Feind vor, Bradley. Wir springen ins System und verwickeln die Aliens in eine Schlacht. Das gibt dem Hauptteil der Flotte die Zeit, die einzelnen Komponenten für das Zusammensetzen des Supertors herzubringen und sämtliche vierzig Strike Groups ins Herz des Feindes zu führen.«

Vierzig Strike Groups. Jason schwirrte der Kopf. Das bedeutete achtzig Flotten. Über vierundzwanzigtausend Schiffe. Somit blieben nur noch zwanzig Flotten in Reserve, falls der Schlag misslingen sollte. Die gesamte Macht der Föderation auf ein Ziel vereint.

»Unsere Aufgabe ist damit essenziell für das Gelingen der Operation, Sir.«

»Das ist sie. Ich will Sie als taktischen Offizier auf der Brücke haben, Bradley. Und wenn diese Sache vorbei ist und Sie sich bewährt haben …« Augustus machte eine Pause. »Dann werde ich einen neuen XO brauchen, weil Carla in den Ruhestand geht.«

»Ich verstehe, Sir. Vielen Dank, Sir.« Jason hatte den Eindruck, dass das Gespräch damit beendet war, und machte sich bereit für einen Salut, ehe er das Quartier wieder verließ, da stand sein Gegenüber plötzlich auf und kam um den Tisch herum. Er deutete in Richtung der Sofasitzgruppe.

»Wissen Sie einen guten Scotch zu schätzen, Bradley?«, kam ganz beiläufig die Frage, als würden sie sich schon länger kennen.

»Ich muss gestehen, dass ich in meinem Leben erst eine Chance hatte, einen echten Whiskey zu kosten und der war … sehr harzig«, antwortete Jason ausweichend und folgte dem Admiral zum Sofa. Nach dessen Aufforderung setzte er sich etwas steif hin und sah zu, wie Augustus zwei bauchige Gläser mit dem bernsteinfarbenen Inhalt einer

Frage, die ihm auf der Zunge brannte. Er hatte von der strenggeheimen Entwicklung gehört, doch noch war sich selbst das Gros der Offiziere nicht sicher, ob es sie wirklich gab und wenn, ob sie schon ausgeliefert wurden.

»Ja. Uns wurden zwanzig Stück zugeteilt.«

»Zwanzig?«

»Wenn ich für so etwas nicht die Beziehungen spielen lassen könnte, wäre ich ein schlechter Kommandant«, befand Augustus nicht ohne Stolz. »Sie sind jetzt auf einem *richtigen* Kriegsschiff, Bradley. Daran werden Sie sich schon gewöhnen.«

Jason dachte an seinen Dienst auf der *Zarathustra* zurück und wurde ein wenig wehmütig. Der zweijährige Einsatz gegen Piraten war größtenteils von Langeweile und nervtötender Routine geprägt gewesen, aber kaum jemand hatte ihn wegen seiner Herkunft aufgezogen.

»Niemand wird Ihnen hier doof kommen, das verspreche ich Ihnen. Bei mir zählen Leistung und Loyalität, alles andere ist Schnee von gestern. Jeder hier hat sich den Platz verdient, auf dem er sitzt. Nicht wegen seiner Herkunft, sondern wegen der grauen Zellen in seinem Kopf. Wer das nicht anerkennen kann, wird von mir rigoros suspendiert und ersetzt«, erklärte Augustus ernst und nippte an seinem Scotch. »Ich bin ein Brüter, wussten Sie das?«

Jason schüttelte überrascht den Kopf.

»So ist es. Ich wurde in-vitro geboren. Exo-uteri Fertilisation auf Sizilia, bevor sie sich dem christlichen Konzil angeschlossen haben und Kinder von mehreren Spendereltern verboten wurden. Ich war vom Tag meiner Geburt an ein Ausgestoßener, ohne es zu wissen. Später sorgten meine Mitschüler und Kommilitonen dafür, dass ich es nicht vergaß.«

»Das tut mir leid, Sir.«

»Nein!«, sagte der Admiral so schnell, dass Jason erschrak. »Missverstehen Sie meine Vergangenheit nicht mit Schwäche. Manche Menschen kommen mit vielen Ressourcen zur Welt; reiche Eltern, gute Gene, wenige Hürden. Andere kommen mit einem Startnachteil wie einem in Verruf geratenen Vater oder als Ergebnis einer kurzen kulturellen Verirrung auf die Welt und müssen für jede einzelne Ressource kämpfen. Was, denken Sie, bringt einen Menschen wohl besser in die Lage, für sich zu sorgen, über sich selbst hinauszuwachsen, hart zu arbeiten und kreative Lösungen zu finden?«

Jason nickte und musste lächeln. So hatte er es noch gar nicht betrachtet. »Ich verstehe, Sir.«

»Vergessen Sie das nicht.« Augustus leerte den Rest seines Glases und Jason tat es ihm rasch nach, da er verstand, dass dies das Zeichen für das Ende ihrer Unterredung war. Als sie aufgestanden waren und salutiert hatten, schüttelten sie sich die Hände, und der Admiral hielt ihn noch kurz fest. »Ich weiß, dass Ihnen der nächste Teil unserer Mission missfällt, Bradley, aber denken Sie daran, dass mir das bewusst ist und ich es zu schätzen weiß. Loyalität ist alles, was sie hier brauchen, Ihre Fähigkeiten kenne ich bereits aus Ihrer Akte.«

»Selbstverständlich, Sir!«

»Erinnern Sie sich daran, wenn es so weit ist. Es wird der Moment kommen.«

Räumlichkeiten von Admiral Augustus Bretoni, TFS Caesar

Vizeadmiral Augustus Bretonis Blick verharrte noch eine Weile auf der Tür, nachdem sie sich hinter dem jungen Bradley geschlossen hatte. Ein aufmerksamer Offizier. Unerfahren, ja, aber nur was die Politik anging und das war gut so. Er musste gestehen, dass Saunders wohl recht gehabt hatte und seine Strategie sich womöglich tatsächlich auszahlen würde.

Als die Tür wieder aufging, kam sein Adjutant hindurch. Wie ein gut gekleidetes Skelett stakste er über den Marmorboden und stellte sich neben ihn ans Sofa.

»Setzen Sie sich doch bitte.«

Pyrgorates kam seinem Angebot nach, wirkte dabei jedoch, als sei er gezwungen, sich auf einem Nadelkissen niederzulassen.

»Und?«, fragte Augustus. »Was ist Ihr Eindruck?«

»Schlecht gekleidet.«

Der Admiral schmunzelte und nickte belustigt. »Er ist neu. Geben wir ihm etwas Zeit. Vielleicht wird er von selbst verstehen, weshalb bei uns an Bord etwas andere Regeln gelten. So lange sollten wir ihn ruhig noch denken lassen, dass wir eitle Politoffiziere sind, die sich auf den Fluren des solaren Senats besser auskennen als zwischen den Sternen.«

»Was soll das nutzen?«, wollte sein Adjutant wissen.

»Wir werden eine Menge über ihn lernen.« Augustus winkte ab. »Sicher hatten Sie noch weitere Eindrücke von ihm als seinen Overall, der absolut nicht gegen Flottenstatuten verstößt?«

»Er hat den Gang eines Ungeduldigen, den Habitus einen Aufrechten und den Blick eines Zornigen«, fasst Pyrgorates zusammen und sah zur Tür, als befände sich der Lieutenant Commander noch dort. »Er ist jung.«

»Nicht der jüngste von seinem Rang. Andauernde Verluste und schwer zu beschaffender Offiziersnachwuchs machen es möglich. Sehen Sie mich an. Ich denke, ich dürfte der jüngste Vizeadmiral der Flottengeschichte sein.«

»Sie haben es sich verdient.«

»Bradley hat das auch.«

»Durch das Jagen von Piraten?« Die hochgezogene Braue seines Adjutanten machte deutlich, was er davon hielt.

»Er war vorher fünf Jahre an der Front eingesetzt, vergessen wir das nicht. Die Piratenjagd gehört zu jeder guten Ausbildung dazu und erinnert den Nachwuchs daran, dass die Flotte an mehreren Fronten kämpft und kämpfen muss.«

»*Piratenjagd.*« Pyrgorates deutete ein Kopfschütteln an. »Pazifistenjagd, das ist es, was es doch eigentlich ist.«

»Der Senat mag dieses Wort nicht«, erinnerte ihn Augustus.

»Aber wir sind hier nicht im Senat und ich hoffe sehr, dass Bradley das versteht, wenn wir im System seines Vaters ankommen.«

»Die Kriegsgegner sind ein Stachel in unserem Fleisch, aber auch nicht mehr als das und Captain Konrad Bradley ist sicher vieles, aber kein Kriegsgegner, davon können wir ausgehen.«

»Er sitzt mit seiner Flotte in diesem Hinterwäldlersystem und bewegt sich nicht. Nicht in Richtung der Front …«

»… aber auch nicht von ihr weg.«

»Wie denn auch? Lagunia ist weiter von den umkämpften Randwelten entfernt, als jedes andere System.

Die nächste Ozeanwelt ist ironischerweise die von Lagunia aus weit entfernteste bewohnte Welt, die uns bekannt ist: Attila.«

»Wir sind nicht hier, um unsere berechtigten Vorbehalte gegenüber Konrad Bradley zu pflegen«, ermahnte Augustus seinen Adjutanten mit einem Hauch von Strenge in der Stimme und Pyrgorates neigte sogleich den Kopf.

»Natürlich nicht. Wie gedenkt Ihr, Bradleys Sohn einzusetzen?«

»Möglichst wenig«, sagte Augustus nachdenklich. »Meine Hoffnung ist, dass seine bloße Anwesenheit ausreicht, um die Sache reibungslos ablaufen zu lassen. Falls nicht, zwingen wir sie dazu, einen Fehler zu machen und setzen ihn als Dilemma ein. Unterschätzen Sie nicht die Familienbande einer Dynastie.«

»Bezüglich *dieser Sache*: Gibt es Neuigkeiten aus Harbingen?«

»Nein, aber das ist auch nicht nötig. Wir haben unsere Befehle und wissen, was zu tun ist.« Er gab Pyrgorates einen Wink und der Adjutant erhob sich steif und wandte sich zum Gehen.

»Fragen Sie sich manchmal, ob es ein Fehler war?«

»*Was* ein Fehler war?«

»Sie wissen, was ich meine.«

Die Miene des Commanders blieb versteinert wie immer, doch in seinen Augen lag ein nachdenklicher Zug. Als er sich regte, sprach er noch akzentuierter als sonst: »Das Leben eines Flottenoffiziers ist geprägt von Pflicht und Entbehrung. Das größte Dilemma dieses Kriegs ist es, dass Flottenangehörige keine Familien gründen können, weil sie zwischen den Sternen Krieg führen, und immer mehr Nachwuchs in Tanks gezüchtet wird. Ganze Generationen wachsen ohne ihre leiblichen Eltern auf und die sozialen Konflikte, die das mit sich bringt, werden vom Senat ignoriert, bis es zu spät ist. Die Pazi… *Piraten*«, korrigierte er sich selbst abschätzig, »sind bloß eine logische Folge davon. Degenerierte, die wir der Kurzsichtigkeit der Senatoren zu verdanken haben. Seit wann hat jemals ein Politiker weiter gedacht als bis zu seiner nächsten Wahl?«

Augustus überlegte, seinen Adjutanten zu bremsen, entschied sich jedoch dagegen. Pyrgorates war kein Mann der vielen Worte und damit jemand, für den es besonders wichtig war, ab und zu raus zu lassen, was ihn so schmallippig machte.

»Sie geben sich in ihren Sternenkratzern über Terra und Jupiter sozial und progressiv, reden von *Wunderbabys*, die viel gesünder seien, als natürlich geborene und erzählen uns etwas von gesellschaftlicher Inklusionspflicht, um den Hass auf Exos einzudämmen. Aber das lässt sich leicht sagen auf Wahlkampfveranstaltungen und in Interviews in den Industriezentren, wo niemand mit versteckten Bomben, Sabotage im Feindgebiet und der Desertion ganzer Schiffe zu tun hat. Würden diese Schlipsträger ihre Freunde neben sich auf einer Bahre liegen sehen, mit verbrannter Haut und geplatzten Augen, würden sie vielleicht aus ihrem Elfenbeinturm herauskommen.« Pyrgorates schien zu bemerken, dass Augustus überrascht war von seinem verhältnismäßig emotionalen Ausbruch – seine Wimper hatte gezuckt –, und straffte sich. »Um Ihre Frage zu beantworten, Sir: Unser Vorhaben gefällt mir ebenso wenig, wie Ihnen – zumindest gehe ich davon aus. Aber es ist alternativlos. Lieber gehe ich durchs Feuer und akzeptiere, dass nicht jeder auf der anderen Seite auftaucht, als uns von innen heraus verrotten zu sehen.«

»Unser Herz wird gebrochen werden, Commander«, sagte Augustus ernst und trank den letzten Rest seines Whiskeys aus. »Aber danach wird es weitergehen und wir werden dafür sorgen, dass es nicht umsonst gewesen ist und alte Fehler nie wiederholt werden.«

Kapitel 6

Lagunia war ein tiefblauer Ball vor der Cockpitscheibe, die durch die Kompositstreben in dem transparenten Metall in gleich große Segmente unterteilt wurde. Weiße und dunkelgraue Wolkenbänder zogen von einem Terminator zum anderen und bildeten einen hübschen bis hässlichen Kontrast zum endlosen Wasser, dass die Welt zu einem der Hauptexporteure von Meeresfrüchten hätte machen können, wenn sie nicht so weit draußen gewesen wäre. Das Lagunia-System war beinahe so weit von Terra entfernt wie die Heimat der Clicks – nur in die entgegengesetzte Richtung. Selbst die modernsten Kreuzer der Flotte, die unheimlich schnell zwischen den Sprungpunkten der jeweiligen Transitsysteme hin und her fliegen konnten, benötigten bestenfalls drei Tage vom nächsten bewohnten Sternensystem aus. Und das war bereits eine Randwelt. Bis nach Terra waren es über fünfzig Sprünge. Wenn man also wissen wollte, wie es sich anfühlte, am Ende des Universums anzugelangen, so kam man dem hier am nächsten.

Gründe dafür, weshalb sich dennoch eine kleine Kolonie mit etwas mehr als einer Million Einwohnern halten konnte, waren ironischerweise zwei berühmte Untergänge. Die der *Lagoon*, wie die einstigen außerirdischen Bewohner genannt wurden, die vor etwa einhundert Jahren ausgestorben waren, und die der Harbinger. Die Vernichtung Harbingens durch Bruchstücke des von den Clicks zerstörten Mondes Kor hatte sich als kollektives Trauma ins Gedächtnis der Terranischen Föderation gebrannt – aber sie hat auch noch etwas anderes bewirkt: Die Besiedelung eines Planeten, der wenig einladend war und eigentlich hatte aufgegeben werden sollen. Es gab keine Kontinente, nur vereinzelte Inseln vulkanischen Ursprungs und einige sogenannte »Floggen«, Algenteppiche, die so dicht und tief waren, dass man auf ihnen Häuser bauen konnte. Sie veränderten ihre Position, indem sie mit den großen Meeresströmungen zogen. Auf einer Flogge befand sich die Hauptstadt Atlantis, die Dev mit der Quantum Bitch ansteuerte. Sie war bereits als kleiner grüner Fleck im endlosen Blau erkennbar, wenn er genau hinsah.

Vor siebzig Jahren, als ein Prospektorenschiff der Flotte Lagunia entdeckt hatte, war der Besatzung sofort aufgefallen, dass der Planet einen merkwürdigen Ring besaß. Zuerst tippten sie auf einen vor langer Zeit durch einen Asteroiden zerstörten Mond, dessen Überreste um den Äquator kreisten, doch dann fanden sie heraus, dass es sich um einen Trümmergürtel handelte. Zerschmolzenes Metall, gewelltes Komposit und scharfkantige Teile von Maschinen zeugten von einer vergangenen Schlacht, die man auf nur zwanzig Jahre zuvor datierte. Was auch immer geschehen war, es hatte nur zwei Jahrzehnte vor Lagunias Entdeckung stattgefunden. Damals war die Aufregung in der Föderation groß gewesen, erhoffte man sich doch einen friedlichen Erstkontakt mit Aliens, nachdem derjenige mit den Clicks bekanntlich nicht besonders gut verlaufen war.

Doch spätestens mit der Ankunft ganzer Schwärme von Xenologen im System war rasch klar geworden, dass es niemanden zu treffen gab. Die Lagoon waren verschwunden, vernichtet von den Clicks, denen eindeutig viele der Trümmer im Orbit zugeordnet werden konnten. Gerade in dieser frühen Phase des Kriegs zu dieser Zeit hatte die Nachricht nicht bloß für Entsetzen gesorgt, sondern für einen wahren Schub an Unterstützung für die politischen Hardliner auf Terra und der Solar Congressional Republic (SCR) im Allgemeinen. Als tonangebende Fraktion innerhalb der Föderation hatte sie gefordert, den Krieg mit deutlich mehr Härte zu führen, um nicht ein ähnliches Schicksal zu erleiden wie die Lagoon.

Die meisten Forscher hatten sich irgendwann abgewandt, nachdem klar geworden war, dass auch keine Städte oder andere größere Hinterlassenschaften von Interesse von den Einheimischen übrig waren, die offenbar nie ihren Planeten verlassen hatten. Die Trümmer ihrer Verteidigungsflotte ergaben nicht besonders viel Neues, da die Schlacht mit einer erschreckenden Aggressivität geführt worden sein musste. Das Einzige, was überhaupt bekannt geworden war, war die aquatische Natur der vernichteten Spezies, denn die einzigen Relikte ihrer Zivilisation fanden sich unter der Wasseroberfläche, tief in den Meeresgräben.

Kolonisten, die geblieben waren, hatten ein karges Leben geführt, mit langen Wartezeiten für Nachschub, da kaum jemand ein System anfliegen wollte, in dem ein paar hundert Wissenschaftler einer verlorenen Sache hinterherforschten. Dementsprechend gering war auch das Interesse von Investoren an der hiesigen Forschung, aus der man sich nicht viel erhoffte. All das änderte sich sechzig Jahre später mit der Katastrophe von Harbingen. Die faktische Zerstörung der Harbinger Biosphäre machte über Nacht etwas mehr als eine Million Menschen obdachlos, die zum Zeitpunkt des Angriffs in der geplanten Kolonistenflotte der KI-Regierung Omega ausgeharrt oder verstreut im System gelebt hatten. Nach einem langen Hin und Her innerhalb der Föderation, bei der sich der Rat nicht auf eine schnelle Lösung hatte einigen können, war die Flüchtlingsflotte mit der Oberon an ihrer Spitze kurzerhand nach Lagunia aufgebrochen, um das für sich zu beanspruchen, was niemand je beansprucht hatte: eine Welt ohne großen Lebensraum, ohne nennenswerte Ressourcen und ohne gute Anbindung an den Rest der Menschheit. Rein völkerrechtlich besaß Lagunia noch immer keinen anerkannten Status als Kolonie der Föderation, aber faktisch machte sich niemand die Mühe, mit den traumatisierten Überlebenden der größten Katastrophe des Click-Kriegs einen Streit darüber anzufangen, ob sie auf einem unbedeutenden Wasserball siedeln durften oder nicht – zumal die Harbinger immer noch über eine kleine Flotte verfügten, die zwar nicht mit der einer Kernwelt zu vergleichen, dafür aber auch schlagkräftiger als die der meisten Randwelten war.

Die Oberon, die den Großteil der Macht der Harbinger Flotte – oder was noch von ihr übrig war – darstellte, befand sich glücklicherweise weit draußen beim äußeren Sprungpunkt, während Dev die *Bitch* auf Eintrittsgeschwindigkeit beschleunigte und entsprechend des vom HUD vorgegebenen Winkels auf die äußeren Atmosphärenschichten zusteuerte. Die Raumhafenkontrolle, die mit nur zwanzig Satelliten arbeiten konnte und über keine Orbitalplattformen verfügte, hatte ihm nicht einmal einen exakten Flugvektor geschickt, den er einzuhalten hatte. Lediglich den Anflug auf Atlantis gaben sie ihm mit genauen Höhen- und Winkelangaben durch, damit er eine exakte Bahn einnahm, um zu landen.

»'ne schwimmende Insel«, meinte Aura hinter ihm staunend. »Da pell mir doch einer 'n Ei!«

»Nein, wir gehen nicht an Land!«, fuhr Willy sie an.

»Ich habe auch nicht gesagt, dass ich an Land gehen will, du fetter alter Wichser!«

»Nenn mich nicht alt, du kleine …«

»Leute! Echt jetzt?«, ging Jezzy dazwischen und ihre Stimme nahm einen wehklagenden Ton an, als sie fortfuhr: »Wir wurden beinahe von einem Psychopathen getötet und können froh sein, dass Dozer noch atmet!«

Sie schniefte verdrießlich.

»Ich will nur nicht, dass sie gleich wieder ans Shoppen denkt!«, beharrte der Bordingenieur. Vor ihnen wuchs Atlantis zu einem dunkelgrünen Teppich heran, auf dem hässliche graue Kleckse verteilt waren. Dev hatte über Lagunia gelesen, dass die meisten ›Häuser‹ in Wahrheit Kolonistentransporter waren, die man einfach auf die Triebwerke gestellt hatte, um sie danach zu Wohn- und Arbeitsraum umzufunktionieren. Wie Pickel wuchsen sie aus der Landmasse heraus (er konnte nicht glauben, dass es sich wirklich um dicht zusammengewachsene Algen handelte, die so viel Gewicht trugen), und waren im oberen Drittel durch dünne Striche verbunden.

»Shoppen? Ich habe einen verdammten Phasenlöter auf Dunkelheim gekauft, weil unser beschissener Wandler in der Messe Schrott ist«, schoss Aura zurück. »Kannst ja für den Rest der Reise lauwarme Bohnen fressen, wenn dir das lieber ist!«

»Kein Phasenlöter ist fünfzig Credits wert! Hast dir wohl den Griff vergolden lassen, damit du …«

»Haltet alle beide die Klappe!«, fuhr Dev beide an, ohne sich umzudrehen. »Wir setzen unseren Passagier ab und dann fliegen wir weiter nach Plan.«

»Können wir nicht diesen mysteriösen Tipp überspringen und direkt unsere neugewonnene Ladung abliefern?«, jammerte Jezzy. »Dieser Ort gefällt mir nicht.«

»Dieser *mysteriöse Tipp* kommt von einem meiner besten

Broker«, brummte er. »Und wenn der sagt, dass da was zu holen ist, dann ist da auch was zu holen! Er hat mich noch nie verarscht.«

»Was soll das sein? Ein furzender Wal, den wir an einen Zoo verkaufen?« Willy schnaubte.

»Aquarium!«, korrigierte Aura ihn.

»Was?«

»Fische gehören in Aquarien! Landtiere in Zoos.«

»Wale sind keine Fische, sondern Säugetiere!«

»Für einen Dunkelheimer Quadratschädel hast du ja echt viele Kinderlexika gelesen!«

»Hättest du auch mal tun sollen, dann hättest du gewusst, dass …«

»… man Wale in Zoos sperrt? Ich bin beeindruckt!«

»Ich schwör's euch«, fauchte Dev, während er die penetrant nervende Pilotsoftware immer wieder darauf hinwies, dass er kein Interesse am empfohlenen Autopiloten hatte, »wenn ihr nicht sofort aufhört – alle beide! –, dann schmeiße ich euch aus der Luftschleuse!«

Als Stille antwortete, schüttelte er den Kopf und steuerte sie auf das einzige Landefeld der ›Stadt‹ zu, die aus einem riesigen Wolkenkratzer bestand (er hatte keine Ahnung, wie sie ein Kolonistenschiff hatten landen können, geschweige denn mit seinem Gewicht nicht die Flogge zu versenken) und etwa einhundert konischen Kolonistenfähren, die durch Holzbrücken verbunden zu sein schienen, sodass es keine richtigen Straßen gab. Der Kontrast zwischen grober, aber effizienter Technologie für den Weltraum und simpelster, improvisierter Elemente hatte etwas derart Exotisches, dass Dev staunen musste.

Sobald sie aufgesetzt hatten, wurde ihnen eine Parkposition zwischen zwei alten Ionenfeldfliegern und einem atmosphärentauglichen Linienschiff zugewiesen. Die beiden kleineren Flieger mussten zu den großen Firmenschiffen im Orbit gehören, die offenbar für konkurrierende Minengesellschaften nach lohnenden Asteroiden im System suchten.

Als er seine zugewiesene Position erreicht hatte, ließ er die Triebwerke laufen und die Ausstiegsrampe ausfahren.

»Ich gehe unseren verfluchten Gast verabschieden. Wer sich in die Haare kriegt, darf gerne hierbleiben!« Mürrisch schnallte er sich ab und stapfte an ihnen vorbei zum Zentralkorridor. Die Schwerkraft des Planeten betrug ungefähr 0,6g und machte das Gehen und Atmen angenehm einfach. Jeder seine Schritte schwang leicht nach, so als wippe er ein wenig auf und ab.

Ihr unfreiwilliger Passagier, wegen dem Dozer noch immer auf der Krankenstation an der Dialyse lag, um sich von dem Neurotoxin zu befreien, das ihm injiziert worden war, stand bereits vor der Bodenluke, die zur ausgefahrenen Rampe führte. Er war von durchschnittlicher Größe mit einer ebenso durchschnittlichen Frisur (streichholzlange Haare mit einem kurzrasierten Undercut, wie es in Anlehnung an militärische Schnitte modern war) und sein Gesicht war das eines Versicherungsvertreters, wie man ihn auf jeder Kern- und Randwelt traf: rasiert und glatt, die Augen ruhig und von dunklem Grau. Hätte seine Crew nicht Panik geschoben, als sie ihm erklärt hatte, weshalb er diesen Kerl mitnehmen musste, hätte er ihnen nicht geglaubt, dass er Dozer außer Gefecht gesetzt hatte. Alles an diesem Mann war unauffällig und blieb kaum in Erinnerung, nicht einmal die schlichte schwarze Kleidung. Und gerade das machte ihm zusammen mit dem Wissen über seine Fähigkeiten Angst.

Wortlos ging er zu der Lukensteuerung und presste seine Hand auf die Schalttafel, woraufhin sie sich öffnete.

Der Fremde musterte ihn kurz, und als sich ihre Blicke trafen, zuckte Dev innerlich zusammen. Es wurde kalt im Korridor.

»Wir sehen uns«, sagte Sirion neutral.

»Ich denke nicht.«

Dann ging er fort und Dev atmete einige Male tief durch, ehe er die Luke schloss und zur Brücke zurückkehrte. Die anderen waren bereits auf ihren Kabinen oder gingen hoffentlich Wartungsarbeiten nach, wie er es ihnen aufgetragen hatte. Erst als er sich mittels der Schiffssensoren vergewissert hatte, dass der unheimliche Kerl wirklich fort war, ging er hinaus zum Büro der Raumhafenverwaltung und legte seine Claimberechtigung vor, die er vor zwei Wochen im Föderationsnetzwerk beantragt und genehmigt bekommen hatte. Die Formalitäten waren recht schnell erledigt. Ein DNA-Abdruck mit dem Finger auf einem Sensor, und die abwesend dreinschauende Frau hinter ihrem Schreibtisch nickte. Ihre Haare wurden von einem Ventilator zerzaust, der hoch über ihr kreiste und offenbar die Klimaanlage abgelöst hatte, die ihrem Rostgrad nach zu urteilen schon vor langer Zeit den Kampf gegen die allgegenwärtige Oxidation auf einem Wasserplaneten verloren zu haben schien.

»Herzlichen Glückwunsch, Sie sind jetzt ein registriertes archäologisches Prospektorenschiff«, sagte die Frau gelangweilt.

»Danke!«, erwiderte er strahlend. Er hatte nicht gelogen. Jerry, sein Informant, hatte noch nie daneben gelegen, auch wenn er diesmal merkwürdig aufgeregt und ungeduldig gewesen war. Mehrfach hatte er darauf bestanden, dass seine *Quantum Bitch* keine Umwege fliegen solle. Nun, das Linienschiff mit den zweiundzwanzig augmentierten Leichen hatte so gut wie auf dem Weg gelegen. Dieser Planet stank nach Algen und Salz, und die Luftfeuchtigkeit war so brutal, dass sich aus jeder seiner Poren Schweißperlen pressten, aber sie waren hier an etwas Großem dran, das konnte er spüren.

Mit rollenden Augen wedelte sie ihn aus ihrem Büro. Vermutlich hatte sie Hunderte von Glücksrittern kommen und gehen sehen, die nie etwas gefunden hatten, das größer war als eine Tonvase. Aber die waren ja auch nicht Devlin Myers gewesen.

So kehrte er mit gehobener Laune zum Schiff zurück, das in seiner Parkbucht auf dem Raumhafen riesengroß aussah, obwohl es im All eher mickrig wirkte mit seinen fünfunddreißig Metern Länge. Die Flügel waren eingezogen, und so sah die *Bitch* aus wie ein verstümmelter Raubvogel mit fleckigem Gefieder.

Sobald er wieder an Bord war, stattete er Dozer einen kurzen Besuch ab. Der Hüne mit dem kahlen Schädel und den Chromaugen war wach, reagierte jedoch auf keine Ansprache, also entschied er sich, den Mechaniker in Ruhe zu lassen und nicht seinen Zorn auf sich zu ziehen. Das konnte böse enden.

Auf der Brücke checkte er ein letztes Mal Jerrys Koordinaten. Die befanden sich vierhundert Meilen westlich von Atlantis in einem wenig befahrenen Gebiet, in dem es weder Floggen noch Inseln oder künstliche schwimmende Habitate gab. Die offiziellen Verkehrsdaten zeigten lediglich ein halbes Dutzend Frachter an, die in dem Gebiet kreuzten. Eine topografische Karte vom Ozeanboden gab es nicht, da nie entsprechende Forschungsmissionen finanziert worden waren. Die Einzigen, die sich für den Grund interessierten, waren die Prospektoren, aber die gaben nicht viel auf Scans für die Nachwelt, sondern nur auf den eigenen Profit. Echte Hinterlassenschaften der Lagoon waren in der Föderation begehrt und brachten einen stattlichen Preis ein. Auch größere Forschungsinstitute und Nichtregierungsorganisationen zahlten, was sie konnten, um ihre Finger an Artefakte oder interessante Stätten zu bekommen. Sie besaßen nicht das Geld, eigene Forschungsflotten zu unterhalten, aber sie waren in der Lage mit dem zu arbeiten, was andere für sie fanden. So hatte sich eine ganze Szene freier Schiffseigner gefunden, die entweder in den meisten Systemen gesucht wurden und keinen anderen Ort hatten, um unterzutauchen oder wirklich die geringe Chance etwas Wertvolles zu finden, zum Anlass nahmen, sich in den Ozean zu stürzen.

Verlierer und Geächtete, fasste Dev innerlich zusammen, während er Jerrys Koordinaten ein letztes Mal überprüfte. Es handelte sich um einen einsamen roten Punkt auf einer durch und durch blauen Karte, irgendwo im Nirgendwo. Er sah so gut oder schlecht aus wie jeder andere auch. Aber irgendetwas war da und sie würden daran verdienen.

»Weil ich dir sonst einen Besuch abstatte, lieber Jerry.«

Eine halbe Stunde später hoben sie wieder ab. Mittels ihrer Manöverdüsen konnte die *Quantum Bitch* mühelos innerhalb einer Atmosphäre operieren, auch wenn der Treibstoffverbrauch massiv anstieg. Normalerweise hätte er ihren Ionenfeldflieger benutzt, der für den Atmosphärenflug gedacht war, aber sie wussten nicht, wie groß das Artefakt sein würde, dass sie im Begriff waren zu finden und aufzunehmen. Also nahm er in Erwartung des großen Preises die rasch sinkenden Treibstoffreserven in Kauf.

Der Flug dauerte eine Stunde (er wollte den Verbrauch auch nicht überstrapazieren), in der sie in zehn Kilometern Höhe zwei große Frachter mit hoch aufragenden Flettnerrotoren überflogen sowie zwei schwimmende Habitate, an denen kleinere Schiffe von Glücksrittern vertäut waren. Bei diesen Habitaten handelte es sich seinen Recherchen im Vorfeld der Reise nach um die wichtigsten Schwarzmarktzentren, die sie später sicher noch aufsuchen würden. Er markierte ihre Positionen auf der Karte, die der Bordcomputer erstellte und konzentrierte sich wieder auf den roten Punkt, den sie ansteuerten.

»Hier ist ja rein gar nichts«, meinte Willy enttäuscht, als sie schließlich über der Stelle schwebten, die Jerrys Koordinaten entsprach.

»Spielt sich doch alles unter Wasser ab«, entgegnete Jezzy, die genau wie der Bordingenieur an der Frontscheibe klebte und Dev die Sicht nahm. Er ließ sie gewähren, immerhin stritten sie nicht miteinander.

»Wenn was aus den Wellen geragt hätte, wäre es ja kein Geheimtipp«, stimmte Aura ihr zu und versuchte, über Willy hinweg, den Ozean zu erspähen. Das tiefe Blau schien unendlich, dehnte sich von Horizont zu Horizont aus und verband sich dort mit dem genauso blauen Himmel. Schaumkronen tanzten miteinander, so weit das Auge reichte, und bildeten hübsche weiße Kleckse, die wie Reflexionen der Schäfchenwolken hoch über ihnen aussahen.

»Ich gehe runter. Aura, du kommst mit«, entschied er und erhob sich aus seinem Pilotensitz.

»Alles klar.«

»Willy, du hast das Kommando. Setz uns aufs Wasser, sobald wir abgetaucht sind. Mit den leeren Heliumtanks sollten wir genug Auftrieb haben, um nicht all unseren Reaktionsvorrat aufzubrauchen, bis wir wieder da sind.«

»Geht klar.«

Der Ionenfeldflieger der *Bitch* befand sich in einem eigenen Hangar am unteren Ende des Schiffs. ›Hangar‹ war ein etwas euphemistischer Begriff für eine quadratische Einbuchtung in dem Segment vor den Antriebsgondeln, die mittels zwei gepanzerter Klappen geöffnet werden konnte. Ursprünglich hatte es sich um eine Verladebucht für Vakumcontainer gehandelt, doch Willy hatte sie mit Dozer so umgebaut, dass ihr Ionenfeldflieger mit seinen Stummelflügeln und dem gedrungenen Rumpf genau hineinpasste und von vier Halteklammern fixiert werden konnte.

Das kleine Cockpit besaß neben sechs Schalensitzen hinter ihnen zwei Sitze für Pilot und Co-Pilot. Er überließ Aura den Platz des Piloten, was sie mit einem erstaunten Augenaufschlag kommentierte. Dev wusste genau, wie gerne sie flog, und gönnte ihr die Freude, zum ersten Mal mit einem Raumschiff unter Wasser zu tauchen. Er hatte es bereits einige Male getan, meist um Frauen zu beeindrucken oder nach einer durchzechten Nacht jemandem zu beweisen, dass es möglich war. Da sich diese Gelegenheiten immer nur auf Machbarkeitsbeweise in geringer Tiefe beschränkt hatten, hatte er im Vorfeld ihres Fluges nach Lagunia ein Hochleistungsdrucksystem für die Ausgleichskammern zwischen den beiden Hüllen installieren lassen, das sie selbst in die tiefsten Tiefen abtauchen lassen sollte, ohne sie wie eine Blechbüchse unter einer Abrissbirne zu zerquetschen.

Nervös war er trotzdem, darum nutzte er seinen Platz auf dem Co-Pilotensitz, um ein genaues Auge auf die Instrumente zu werfen und sie sich so einzustellen, dass sie von nichts überrascht wurden, was sie ins Jenseits schicken konnte.

»Dein erster Tauchgang«, sagte er, nachdem er zufrieden mit der Zusammenstellung seiner Anzeigen war und sie gerade die Halteklammern mittels eines altmodischen Kippschalters löste, die sich in der Raumfahrt bis heute durchgesetzt hatten. Nichts ging über das rückversichernde haptische Gefühl eines umgelegten Schalters statt einer einfachen Displayanzeige. »Also schön langsam. Immer die Druckanzeige im Auge behalten. Der gelbe Pfeil sollte immer in der Übergangszone zwischen rot und grün bleiben, okay?«

»Alles klar.« Sie nickte und leckte sich freudig über die Lippen, als die Hangartüren aufklappten und sie auf das Wasser zufielen, über dem sie in etwa einhundert Metern Höhe schwebten. Aura drückte die Nase herunter und dann glitten sie wie ein Eisvogel in die Wellen, tauchten ein in die glitzernde Dunkelheit des Ozeans. Ein Schwarm Fische schwirrte panisch davon, es waren Abertausende, die zu einer dichtgedrängten Schule verbunden gewesen waren, und jetzt auseinanderstoben wie ein Wirbelwind aus stromlinienförmigen silbernen Körpern.

»Meine Güte«, staunte er und war froh darüber, dass sie den Antrieb drosselte, um die Schönheit dieser Unterwasserwelt zu bewundern. Die Fische waren nämlich nicht alles. Sie sahen auch lange Tentakel von Kreaturen, die wie eine Mischung aus Krokodilen und Tintenfischen aussahen, leuchtende, gallertartige Wesen mit biolumineszenten Flügeln, die sich anmutig durch das vom Sonnenlicht funkelnde Wasser wälzten.

»Alles strotzt hier so vor Leben«, sagte Aura andächtig, während das Gewimmel vor ihnen floh und sich immer mehr auflöste. Sie waren eine Störung von brutaler Macht, die das Wasser hinter sich zum Kochen brachte.

»Ja, aber ich sehe keinen großen Schatz«, entgegnete Dev nachdenklich und überprüfte die Sensoren. Das Meer war hier gerade einmal einhundert Meter tief und er konnte bereits die Korallen erkennen, die in den buntesten Farben den Boden bedeckten, umschwirrt von kleinem exotischem Getier. Alles schien auf der Suche nach Nahrung und Schutz vor denen, für die man selbst Nahrung war – ein überwältigendes Gewimmel des Lebens, wie es nur eine ungestörte Evolution hervorbringen konnte.

Aura schaltete die Intensität der Frontscheinwerfer auf, was etwa die Hälfte der Tiere sofort verscheuchte und die Korallen etwas blasser aussehen ließ. Einige Stellen waren dunkler als die anderen, aber sie hatten fraglos den Meeresboden erreicht.

»Ich dachte, dass Jerry verlässlich wäre?«, meinte sie.

»Ist er eigentlich auch. Er hat mir sogar schon einen Kontakt dazugegeben, an den ich den Fund verkaufen könne. Er hat was von einem sechsstelligen Betrag erzählt.«

»Sechsstellig? Meine Fresse!«

»Ja. Aber hier ist nichts! Verdammter Mist!«

»Kannst du den Koordinatenpunkt von der Wasseroberfläche exakt nach unten weiterführen als Linie, und es aufs HUD schmeißen?«

»Ja«, sagte er und tippte die entsprechenden Befehle auf sein Unterarmdisplay. »Aber ich wüsste nicht, was …«

Er verstummte, als das Head-up-Display einen Punkt unter ihnen markierte, der dunkler als die anderen war. Kaum mehr als sechs oder sieben Meter im Durchmesser.

»Mhm. Leuchte da mal rein. Vielleicht eine Höhle?«

Aura steuerte sie direkt vor die dunkle Stelle, sodass sie im Abstand von drei Metern davor im Wasser hingen, das voller Schwebeteilchen war, in denen sich das Licht brach. Die Scheinwerfer drehten nach vorne.

»Mehr Intensität«, verlangte er und beugte sich vor. Die beiden Lichtstrahlen vereinten sich zu einem einzigen, der wie eine ausgefranste Lasersäule in die Dunkelheit vordrang – und sich in ihr verlor. »Was ist das denn?«

»Sieht aus wie ein Tunnel«, sprach Aura aus, was er dachte. »Die Wände scheinen glatt zu sein, und wenn die Sensoren jetzt schon eine ermittelbare Tiefe von dreihundert Metern ausmachen, dann würde ich sagen, haben wir gefunden, was dein Jerry uns zeigen wollte.«

»Offensichtlich«, stimmte er ihr zu. »Wir gehen runter. Mit der Spannweite müsste es klappen, wenn du die Flügelspitzen einklappst. Übergib der Pilotsoftware die Kontrolle, sonst stoßen wir noch irgendwo an.«

»Boss, das wird Zentimeterarbeit!«

»Darum soll ja auch der Steuercomputer ran!«

Aura befolgte seinen Befehl und sie tauchten in das unheimliche Loch ein, das sie zuerst für einen Schatten gehalten hatten. Während sie in ihrem eigenen Lichtkegel in die Tiefe glitten, und die äußere Druckanzeige immer neue Größenordnungen darstellte, betrachtete er die glatten Gesteinswände, die an ihnen vorbeizogen. Vom kalten Licht ihrer Scheinwerfer sahen sie blass und beinahe unecht aus, doch die kleinen Rillen darin waren regelmäßig.

»Keine Chance, dass das natürlichen Ursprungs ist«, murmelte er. »Das müssen die Lagoon gebaut haben. Die Frage ist nur, was sich am Ende des Schachts befindet.«

Sie fanden es eine ganze Stunde später heraus, in sechs Kilometern Tiefe. Unvermittelt wurden sie in eine gigantische Kaverne entlassen, einen Ozean im Ozean. Der Grund dieser Unterwasserhöhle war über zweitausend Meter entfernt und nach rechts und links ging es viel weiter, als die Sensoren zu messen vermochten. Lichtquellen gab es hier keine, weshalb sie sich für ein weiteres Abtauchen exakt entlang der Markierungslinie von Jerrys Koordinaten entschieden. Ab und zu piepsten die Sensoren, weil sie andere Raumfahrzeuge gesehen haben wollten, bei denen es sich wohl um Tiefseelebewesen handelte, die jedoch nie näher als einhundert Meter kamen. Nach und nach warfen sie Leuchtbojen aus, die gemächlich dem Grund entgegensanken. Einen halben Kilometer vor dem Boden stoppte Aura die Triebwerke.

Er wollte ihr schon befehlen, gefälligst weiterzutauchen, als er begriff, warum sie angehalten hatte. Im rötlichen Licht der Bojen kam eine zerklüftete Struktur zum Vorschein, die wie ein riesiger Säbel aus bräunlichem Gestein aussah und oben zerbrochen war. Auf der anderen Seite gab es ein kürzeres Gegenstück, das mit kleinen Muscheln und Algen bedeckt war, die in einer kräftigen Unterwasserströmung wehten.

»Was ist das denn?«, fragte er ins Leere hinein und schluckte.

»Was auch immer es ist: Die Struktur ist riesengroß. Vielleicht war sie einmal kreisförmig, aber dann muss sie einen Durchmesser von mindestens einem Kilometer gehabt haben«, gab Aura zurück und richtete die Strahler neu aus, damit sie den rechten Bogen abtasten konnten. »Siehst du das da?«

»Die Algen?«

»Ich glaube, das sind keine Algen.«

Dev sah genauer hin und musste zugeben, dass sie recht hatte. Entlang der vielen Kleinstlebewesen und Pflanzen, die sich die lange versunkene Struktur zum Zuhause gemacht hatten, gab es dunkelgraue Schläuche oder Kabel, die aus dem Material hervorwuchsen und an anderer Stelle wieder darin verschwanden.

Moment mal, dachte er und gab dem Bordcomputer einen

kurzen Befehl. Selbstlernende Algorithmen setzten aus den Sensordaten die Struktur ihres Fundes zusammen, ermittelten die vermutete Größe inklusiver der Teile, die unter dem Ozeanbett liegen mussten und simulierten dann eine mögliche Originalstruktur. Das Ergebnis warf er auf das HUD, sodass auf der Scheibe vor ihnen das Hologramm eines riesigen Rings mit unregelmäßigen Verdickungen entstand, das hier und da in Falschfarben flackerte, wo der Computer an seine Prediktionsgrenzen gelangt war.

»Mein Gott«, sagte er laut. »Siehst du, was ich sehe?«

»Ein Hyperraumtor«, wisperte Aura ungewöhnlich andächtig. »Scheiße, Boss. Was hat das zu bedeuten?«

»Ich weiß es nicht. Aber wir werden ganz sicher reich.«

Kapitel 7

»Müssen wir das wirklich machen?«, fragte Valeska und verzog das Gesicht, als hätte sie in eine Zitrone gebissen.

»Müssen wir«, bestätigte Franc und nahm ihre Hand, um sie zu sich heranzuziehen, ehe sie die große Holztür zum Festsaal erreichten. Er richtete die glitzernden Ohrringe seiner Frau, die sich beim Gang die Treppe hinauf verdreht hatten.

»Aber wir haben eh nichts vorzuweisen. Es gibt keinen Claim, auf den wir Anspruch erheben könnten, und man wird uns ohnehin keinen der Freien zuteilen. Das war bislang doch immer so.« Sie seufzte so niedergeschlagen, dass es ihm beinahe körperlich wehtat. Er tätschelte ihre Wange und rang sich ein aufmunterndes Lächeln ab.

»Franc«, sagte sie und sah ihm direkt in die Augen, als wolle sie ihn zurechtweisen. »Es gibt einen Grund dafür, warum wir seit einem Jahr herkommen und man uns nicht einmal das winzigste Stück im Westmeer zur Erschließung zuteilt.«

»Die Harbingen-Vereine.« Er schüttelte den Kopf. »Diese Leute mögen Nationalisten und Nostalgiker sein, aber sie sind keine Faschisten. Nur weil wir keine Mitglieder …«

»Doch, Franc, genau deshalb!«

»Liebes. Ich weiß, dass wir mit großen Hoffnungen hergekommen sind und es bislang nicht so lief, wie wir uns das …«

»*Nicht so, wie wir uns das vorgestellt haben?*«, Valeska funkelte ihn wütend an. »Wir sind die renommiertesten Xenologen der Föderation gewesen! Man hat uns mit Preisen für unsere Click-Forschung überhäuft und dann hast du gesagt, dass es eine gute Idee wäre, wenn wir hinter den Rand des Universums gehen und unter Wasser nach neuen Erkenntnissen forschen würden.«

»Wir waren in einer Sackgasse«, rechtfertigte er sich. »Das weißt du genau! Die Daten zu den Clicks sind minimal, und es ist, trotz anderslautender Hoffnungen innerhalb der Flotte, nicht gelungen, einen von ihnen zu fangen, oder auch nur genügend Überreste zu finden, um sie zu sezieren. Das ist nicht unsere Schuld. Wir brauchten etwas Neues. Wir sind Forscher, keine Theoretiker.«

»Ich weiß das«, entgegnete sie in versöhnlicherem Tonfall und seufzte erneut. »Ich will ja nur sagen, dass es frustrierend ist, jedes Mal herzukommen und jedes Mal mit leeren Händen wieder zu gehen. Wir sind Forscher, genau wie du es gesagt hast, aber dafür müssen wir *forschen.* Wie sollen wir das ohne Forschungsgegenstand machen? Mittlerweile würden mir ja schon die Überreste einer alten Wohnkuppel der Lagoon reichen, einfach nur, damit ich mich mit etwas beschäftigen kann. Vielleicht …«

Franc wurde von seinem Unterarmdisplay unterbrochen, das eine eingehende Verbindung mit Ursprung aus dem Orbit anzeigte.

»Hm«, machte er.

»Was ist?«

»Jemand hat mir eine Videodatei geschickt.«

»Wer?«

»Keine Ahnung. Der Absender ist unbekannt, aber die Signalquelle befindet sich im Orbit.«

»Weil sie über einen Satelliten geht.« Valeska winkte ab.

»Wie alles hier. Mach die Datei nicht auf. Vermutlich Phishing oder ein Virus.«

»Zu spät«, gab er zurück und spielte das dreißigsekündige Video ab. Es zeigte einen Ausschnitt des Raumhafens von Atlantis, inklusive eines Zeitstempels von letzter Woche Montag um Mitternacht. Ein Mann im dunklen Mantel trat aus dem Schatten hinter einem der Flutlichter hervor und ging durch dicke Vorhänge aus Regentropfen zu einem kleinen Schiff, das gerade in die Parkposition rollte. Im Hintergrund war der Tower der Raumhafenkontrolle zu sehen, der in die Antriebsgondel eines ehemaligen Kolonistentransporters gebaut worden war und über zwanzig Stockwerke maß. Es brannte kein Licht darin. *Der Stromausfall*, dachte Franc und erinnerte sich an den Tag, als die Newsfeeds voll davon gewesen waren, dass es einen ungeklärten Stromausfall gegeben hatte. Offenbar hatte er nicht die Flutlichter betroffen, was schon merkwürdig genug war. Der Mann zog seinen Hut tiefer ins Gesicht und ging auf das Raumschiff zu (eine Orbitalfähre), wo er anhielt und abwartete, bis sich eine Rampe aus dem Heck löste und eine Gestalt herauskam. Franc erkannte sie sofort, da er sie von Fahndungsfotos her kannte, die das gesamte planetare Netz seit einigen Tagen flutete. Es handelte sich um einen mutmaßlichen Terroristen von der *Free Harbingen Gesellschaft*, die für das Bombenattentat auf den Flottenfrachter *Shelly* verantwortlich gemacht wurde. Letzte Woche Mittwoch war er einer Sprengladung zum Opfer gefallen, die womöglich auf Atlantis' Raumhafen an Bord geschmuggelt wurde. Die letzten fünf Sekunden des Videos, das leicht verwackelt war und jetzt heranzoomte, zeigte, wie ein winziger Gegenstand übergeben wurde. Dann hob der Mann mit dem Hut, von dessen Krempe der Regen in Strömen herablief, den Blick und sah in Richtung der Kamera.

»Oh, Scheiße!«, entfuhr es Franc und er hielt sich eine Hand vor den Mund ob seiner vulgären Sprache. *Das ist der Sekretär des Gouverneurs!*

»Was ist?«, fragte Valeska aufgeregt und versuchte einen Blick auf sein Unterarmdisplay zu erhaschen, doch Franc schob die Videodatei in den Zwischenspeicher und packte sie an den Oberarmen, um ihr direkt in die Augen zu sehen. »Schatz, vertraust du mir?«

»Was?«

»Vertraust du mir?«, wiederholte er mit Nachdruck.

»Natürlich. Verrätst du mir jetzt, was …«

»Gut, dann lass uns jetzt auf den Empfang gehen.«

Sie sagte nichts weiter, drang nicht auf ihn ein, und er liebte sie einmal mehr dafür, als er sie an der Hand mit sich zog und auf die schwere Doppeltür zuging, die bereits geschlossen worden war. Nicht einmal der Portier war noch davor positioniert. Also presste er seine Hand auf den DNA-Scanner daneben, der seine DNA mit der Gästeliste abglich und drückte nach einem zarten Summen die Klinke herunter.

Der Festsaal war bereits brechend voll. Sämtliche Forscher auf Lagunia, die etwas auf sich hielten, nahmen einmal im Jahr daran teil, wenn der Gouverneur zum Wissenschaftsempfang lud. Ursprünglich ein Event, das den einzigen nennenswerten Einkommensfaktor des Planeten – die Claimvergabe für Glücksritter und die Besteuerung von gehobenen Artefakten – und die politischen Entscheidungsträger zusammenbringen sollte, diente es jetzt etwas viel Simplerem: der Vergabe von Claims, festgelegten Seegebieten, in denen nur mit Lizenz nach Hinterlassenschaften der Lagoon gesucht werden durfte.

Hunderte Wissenschaftler in Anzügen und Ballkleidern

drängten sich in dem ovalen Saal vor einem doppelten Treppenaufgang aus Holz (oder besser dem verdickten Xylem der hiesigen Hartalgen, die als ›Holz‹ geführt wurden), auf dem der Gouverneur stand. Hartmut Gassel war ein fleischgesichtiger Mann mit einem erstaunlich schlanken Körper, der so gar nicht zu seinem aufgedunsenen Kopf passen wollte. Mit rosigen Bäckchen und ausgebreiteten Armen gefiel er sich ganz offensichtlich in der Rolle des gönnerhaften Gastgebers und war gerade mitten in seiner Rede.

»… wir immer nur belacht. Aber denken Sie bitte daran, dass die Geschichte immer mehrere Runden dreht. Wir mögen Außenseiter sein, aber durch unsere Außenseiterrolle kennt uns jedes Schulkind in der Föderation. Jeder hat von Lagunia gehört, dem blauen Ball ganz weit draußen. Jeder hat von der Oberon gehört, unserem Titan, dem letzten der Flotte …«

Franc hörte nicht mehr zu, drängte sich stattdessen durch die Zuhörer und zog Valeska am Arm hinter sich her. Einige Kollegen murmelten ihnen Verwünschungen hinterher, andere ignorierten sie. Erst als er vorne angekommen war und einem Kellner zwei Gläser mit Kristallsekt vom Tablett genommen hatte, hielt er inne. Den Inhalt kippte er nacheinander die Kehle hinunter und reichte sie dann seiner vollkommen verwirrt dreinschauenden Frau. Er beachtete sie jedoch nicht weiter und starrte stattdessen zum Sekretär des Gouverneurs hinauf, der neben seinem Vorgesetzten oben auf der Treppe stand und selbstzufrieden den Blick über die Menge schweifen ließ.

»… immer eine Chance«, fuhr Gassel in seiner Rede fort und lächelte feist. »Und dafür steht Lagunia. Für Chancen. Ich erinnere nur an den Fund des Datenglobus' draußen in der Südbank. Er war nicht mehr funktionsfähig, hat uns aber gezeigt, was es zukünftig noch zu finden gibt, wenn wir nur nicht aufgeben. Und auch wenn Sie aus allen Ecken der Föderation stammen, kann ich Ihnen sagen, dass wir Harbinger wissen, wie man dranbleibt, nicht aufgibt. Selbst in scheinbar schwierigen Situationen ist es immer die Hoffnung, die uns die Flamme weitertragen lässt und …«

Franc scrollte in seinem Kontaktverzeichnis nach der Ping-Adresse, die er suchte und wählte sie aus, als er sie endlich gefunden hatte. Dann schickte er das Video ab und sprach leise eine kurze Botschaft in das Mikrofon, das als winziges Loch knapp oberhalb seines Handgelenks zu sehen war. Einige der umstehenden Gäste zogen die Augenbrauen hoch, als sie sahen, dass er sein Unterarmdisplay über dem Ärmel trug (eine Unhöflichkeit in gehobenen Kreisen) und sogar noch dreist genug war, es während einer Rede des Gouverneurs zu benutzen.

Ihn kümmerte es nicht.

»Franc!«, zischte Valeska ihn von der Seite an, als er gerade den letzten Knopf gedrückt hatte und endlich seinen Ärmel über den flachen Computer zog. »Was ist los mit dir?«

»Vertrau mir einfach, okay?«

»Das hast du eben schon gesagt! Aber du verhältst dich echt merkwürdig!«

»Pst!«, fuhr sie jemand von hinten an. Böse Blicke deckten sie von links und rechts ein und er machte ein paar beschwichtigende Gesten, während Valeska die leeren Gläser hastig einem vorbeigehenden Kellner aufs Tablett stellte.

Applaus brandete auf und sie fielen rasch mit ein. Die Rede hatte offenbar geendet und der Gouverneur Gassel nickte zufrieden.

Wie ein verdammter König vor seiner Adelsversammlung, dachte

Franc und verdrehte innerlich die Augen. *König über die unwichtigste Provinz des Landes.*

Als der eher höfliche denn frenetische Applaus schnell abebbte, erhob Gassel erneut die Stimme. »Mein Sekretär Paulsen wird jetzt – entsprechend der Tradition – die diesjährigen Claims vorstellen, die von unseren tapferen Prospektoren entdeckt wurden. Ihre Gebote sind bei uns eingegangen und wir haben wie immer genau abgewogen, ehe wir uns entschieden haben.«

Die versammelten Wissenschaftler schwiegen höflich. Das war nicht selbstverständlich, wusste doch jeder, dass Korruption ein grassierendes Problem auf Lagunia war. Die beteiligten Verwaltungsbeamten steckten für hohe Summen gerne Informationen über die besten Claims durch, die bei ihnen eingegangen waren, und gaben so den blind bietenden Stiftungen, Firmen und gelangweilten Reichen Vorteile. Bei der jährlichen Verlesung der Verteilungen wurden die Claims im Vorfeld nie vorgestellt, aber es war ein offenes Geheimnis, dass die vielversprechendsten zuletzt genannt wurden, mit dem Hauptpreis am Schluss.

»Der erste Claim geht an Doktor Burnett und Professor Heuer«, verkündete Sekretär Paulsen mit angespannter Stimme und verhaltener Applaus folgte. Niemand interessierte sich für die ›billigen‹ Forschungsgebiete. Es dauerte beinahe eine Viertelstunde, bis die ersten Jubelrufe einzelner Wissenschaftler oder ganzer Gruppen ertönten, aber Franc hatte keine Ohren für sie.

»Warum bist du so angespannt?«, flüsterte Valeska im Schutz eines weiteren Chors aus begeistert feiernden Forschern. »Unser Gebot war lächerlich klein. Wären wir drangekommen, dann schon längst.«

»Nein, ich habe die Hoffnung noch nicht aufgegeben«,

beharrte er, ohne sie anzublicken. Er wusste, dass wenn er ihr erst in die Augen sah, sie ihn nicht mehr loslassen würde.

»Welche Hoffnung? Komm schon, Franc. Gehen wir nach Hause. Wir haben immer noch unseren Plan B, weißt du noch?«

»Zu den Prospektoren wechseln?«, er schnaubte mit finsterer Miene. »Das ist nicht nur gefährlich, sondern auch wie das Suchen der sprichwörtlichen Nadel im Heuhaufen!«

»Jedes Jahr gibt es neue Claims, die gefunden werden. Heute sind es über fünfzig. Also ist eine Chance da«, beharrte sie. Ihre Stimme war jetzt sanft, was bedeutete, dass ihre Geduld nicht mehr lange anhalten würde.

»Fünfzig für einen riesigen Planeten.«

»Also gut, Ladys und Gentlemen«, intonierte Paulsen und mühte sich ein Lächeln ab. Er sah aus, als litt er unter Durchfall und müsste dringend auf die Toilette. »Der letzte Claim der diesjährigen Vergabe geht an Franc und Valeska Bellinger.«

Ein erstauntes Raunen ging durch die Menge. Nicht einmal Applaus setzte ein, wie bei den bisherigen Gewinnern. Was wohl auch daran lag, dass er und Valeska keinen Ton von sich gaben. Franc mühte sich um Fassung und ein abgeklärtes Lächeln, so als hätte er auch nichts anderes erwartet, während seine Frau sich eine Hand vor den Mund hielt und die Augen aufriss.

Selbst der Gouverneur blinzelte einige Male überrascht, ehe er sich räusperte und die Situation zu retten versuchte, indem er in die Hände klatschte und so die versammelten Wissenschaftler zum Mitmachen animierte.

»Herzlichen Glückwunsch all unseren diesjährigen Gewinnern!«, tat Gassel, als würde er sich freuen. Er machte einen deutlich besseren Job als Paulsen.

»Franc!«, zischte Valeska. »Erklär mir das! Sofort!«

»Nicht hier«, murmelte er beiläufig und nickte den umstehenden Kollegen zu, die sie beglückwünschten. In ihren Blicken lagen neben einer Menge Neid auch Anerkennung und Überraschung. Ihm sollte es recht sein, solange er sich und seiner Frau das geben konnte, was sie verdient und sich hart erarbeitet hatten – ohne dem inoffiziellen Druck nachgeben zu müssen, einem der Harbingen-Vereine beizutreten, wie all die anderen Speichellecker, die so taten, als interessierten sie sich wirklich für die Sache der untergegangenen Kernwelt.

Aber du hast dir deinen Erfolg erpresst, meldete sich eine Stimme in seinem Hinterkopf, die er rasch beiseiteschob. Manchmal musste man eben die Grenzen neu stecken.

Es dauerte lange, bis sie den Weg zur Terrasse gefunden hatten, von der aus eine kleine Treppe nach unten führte. Er hatte sie als einfachste Fluchtmöglichkeit auserkoren, was sich im Nachhinein als naiv herausstellte. Jeder wollte ihnen gratulieren (und insgeheim herausfinden, wen sie wie hoch bestochen hatten, um den Zuschlag zu erhalten), und so mussten sie den Schein wahren, ein paar Hände schütteln, bis die Handflächen schmerzten.

Auf der Terrasse war tatsächlich noch niemand, als sie es endlich geschafft hatten, was wohl daran lag, dass es – typisch für Lagunia – äußerst kalt war in der Nacht und die ganzen Beamten, die ausgequetscht werden wollten, lieber drinnen blieben.

»Es hat was mit dem Video zu tun, stimmt's?«, schimpfte Valeska sofort, als sich die Tür hinter ihnen geschlossen hatte und mit einem dumpfen Geräusch all den Lärm der Festlichkeit aussperrte. Ersetzt wurde er durch das Rauschen des Ozeans in der Ferne und das Pfeifen des Windes an den Ecken des Kolonieschiffs, das wie ein vierhundert Stockwerke hoher Monolith aus der Mitte der Flogge wuchs. Über ihnen funkelten die Sterne und das fleckige Band der Milchstraße, das aussah, als hätte ein Riese ein Glas Milch auf einer schwarzen Scheibe vergossen.

»Ich wusste, dass ich mich auf Sie verlassen kann«, sagte eine ihnen bekannte Stimme und Franc fuhr erschrocken herum. Eine Gestalt löste sich aus den Schatten einer großen Pflanzenvase neben der Tür, die aus dem gleichen Holz gedruckt war, wie die an das Komposit der ehemaligen Raumschiffhülle geklebte Terrasse.

»Agent Said«, begrüßte Valeska den unscheinbaren Mann im Overall eines Mechanikers der Stadtbehörde, der vor ihnen stehen blieb und sich den Scheitel richtete. »War ja klar, dass Sie etwas damit zu tun haben.«

Der Agent der Terranischen Informationsagentur (TIA), dem zivilen Geheimdienst der Menschheit, zuckte ungerührt mit den Schultern.

»Es hat funktioniert.«

»*Was genau* soll denn funktioniert haben?«, hakte sie nach und ihr Mund wurde schmal. Franc konnte sich auf was gefasst machen, sobald sie zurück in ihrem Appartement waren, so viel stand fest.

»Als wir herausgefunden haben, dass Sekretär Paulsen mit den Terroristen zu tun hatte, die die Shelly gesprengt haben, konnte ich meine Vorgesetzten davon überzeugen, dass wir die Aufnahmen unseres Informanten nicht verschwenden sollten«, gab Said zurück.

»Also haben Sie es mir geschickt. Nicht aus Nettigkeit, so viel hätte ich auch nicht erwartet. Also: Was wollen Sie?«, fragte Franc.

»Die Hintermänner finden natürlich. Der Mann auf dem Video, der aus dem Raumschiff steigt. Sein Name ist

Lennard Buchweiler, ein Harbinger Extremist und als solcher bekannt. Sein Geld verdient er – Überraschung – als Prospektor.«

»Na und?«

»Ich habe Sie nach Ihrer Ankunft rekrutiert, weil ich Ihre Geduld schätze«, erinnerte Schmidt ihn mit ernstem Blick. »Da ich der Einzige bin, der seither Ihren Lebensunterhalt auf Lagunia bezahlt, sollten Sie dafür sorgen, dass das so bleibt.«

Franc klappte missmutig den Mund zu.

»Also«, fuhr der Agent fort. »Buchweiler hat vor vier Wochen angeblich den wichtigsten Claim seit Entdeckung von Lagunia gefunden. Aber er ist damit nicht an den Gouverneur herangetreten, sondern hat die Information an Außenweltler verkauft. An welche, wissen wir nicht, da wir den Kurier nicht schnappen konnten. Angeblich hat er über fünf Millionen Credits für die Information bekommen – jedenfalls behaupten das unsere Netheads.«

»Aber er ist verpflichtet, den Fund …«, setzte Valeska an, doch Schmidt brachte sie mit einer erhobenen Hand zum Schweigen.

»Ja. Aber Terroristen interessieren sich bisweilen nicht besonders für Vorschriften. Hören Sie zu: Fünf Millionen Credits für einen Claim, so viel Geld kann nur von jemandem stammen, der sehr, sehr reich ist, oder von einer Firma, die irgendein Interesse an etwas hat, das sonst kaum jemanden interessiert, außer solchen Versagern und Idealisten, die gut im Hoffen und schlecht im Rechnen sind. Das kann nur bedeuten, dass jemand oder eine Fraktion von einer Kernwelt seine oder ihre Finger im Spiel hat.«

»Was für ein Spiel denn?«, wollte Franc wissen.

»Das ist die Frage. Ich muss wohl nicht erst darauf hinweisen, dass das alles sehr ungewöhnlich ist. Darum habe ich Ihnen das gegeben, was Sie brauchen, um den entsprechenden Claim von Paulsen zu bekommen. Die TIA wünscht, dass Sie den Fundort aufsuchen und untersuchen. Tun Sie einfach das, was Sie sonst auch tun würden.«

»Das war's?« Franc war überrascht. Und misstrauisch.

»Wir sind die Beute in der Falle«, sagte Valeska und der Agent zuckte mit den Achseln.

»Sie werden gut bezahlt. Wir wollen wissen, wer da ein Fünf-Millionen-Interesse an einem Claim hat und warum. Sie beide werden es herausfinden.«

»Gibt es noch etwas, das wir wissen sollten, außer, dass wir da draußen auf dem Präsentierteller sitzen?«, fragte Franc.

»Ja. Es gibt da noch etwas. Offiziell hat den Claim die Crew eines freien Händlers namens *Quantum Bitch* entdeckt und an das Gouverneursbüro gemeldet. Sie haben die zwei Millionen Credits Belohnung eingestrichen.«

»Moment mal.« Valeska schüttelte den Kopf, als höre sie nicht richtig. »Jemand kauft einem Terroristen die Koordinaten des Fundortes ab, nur um dann jemanden hinzuschicken, der es *offiziell* entdeckt, und noch mal Geld bekommt? Nicht ihr Geld, klar, aber warum dann überhaupt die Geheimniskrämerei?«

»Um ihren Informanten zu schützen natürlich.«

»Buchweiler.«

»Ja.«

»Aber warum das Ganze?«

»Wir wissen es nicht. Wir wissen auch nicht viel über die *Quantum Bitch* und ihre Crew, außer, dass sie noch nie von der Sprungkontrolle einer Kernwelt registriert wurde«, erklärte Schmidt.

»Schmuggler oder Piraten«, folgerte Franc.

»Höchstwahrscheinlich. Sie könnten auch mit dem Überfall auf den StarVan NM 98-03 zu tun gehabt haben. Jedenfalls sind sie offensichtlich die Verbindung zwischen unserem Terroristen und den geheimnisvollen Käufern im Kerngebiet der Föderation. Unsere Nabelschnur sozusagen. Wir wollen herausfinden, von wo nach wo sie verläuft. Noch Fragen?« Der Agent wartete nicht und sagte: »Gut. Tun Sie Ihre Arbeit.«

Als er über die Treppe verschwunden war, funkelte Valeska Franc an.

»Wir hätten diesen *Nebenjob* nie annehmen sollen! Ich habe dich davor gewarnt!«

»Es tut mir leid. *Augen und Ohren offen halten* gegen Übernahme sämtlicher Kosten klang damals für mich wie der einzige Weg, hier überhaupt zu überleben, ohne uns zu blamieren.« Franc seufzte und rieb sich die Schläfen. »Mein Gott. Das ist … es tut mir leid, Schatz. Ich weiß nicht, was wir jetzt tun sollen.«

»Wir holen uns diesen Claim und machen unsere Arbeit. Hast du dir schon angeschaut, was da gefunden wurde?«

»Nein, du?«

»Ja. Du wirst ausflippen!«

Büro des Gouverneurs, Atlantis, Lagunia

»Ihnen ist schon klar, dass die TIA ihre Finger im Spiel hat, oder?«, fragte der Mann im grauen Nadelstreifenanzug und lehnte sich mit der Großspurigkeit von jemandem zurück, der selten mit Personen zu tun hatte, die mehr Macht hatten als er. Oder nie.

Hartmut Gassel brummte unzufrieden und zündete sich eine Zigarre an, damit er sich nicht fragen musste, was er mit seinen Händen tat, um nicht nervös zu wirken. Dieser Kerl machte ihn unruhig, seit er vor vier Wochen das erste Mal in seinem Büro aufgetaucht war. Er kannte nicht einmal seinen Namen. Dass es jetzt nach seinem eigenen Schweiß roch, weil die Klimaanlage mal wieder streikte und dabei laut ratternde Geräusche machte, war ihm zur Abwechslung einmal nicht peinlich, sondern befriedigte ihn auf eine ganz banale Weise. Auch wenn sein Gegenüber keinerlei Regung zeigte und nicht einmal zu schwitzen schien, war er sich doch sicher, dass der Mann sich in dieser Umgebung alles andere als wohlfühlte.

Hätte sein beschissenes Geld nicht nehmen sollen, dachte der Gouverneur frustriert, wohl wissend, dass das nicht wirklich eine Alternative gewesen war. Nicht auf diesem Drecksloch von einer Welt.

»Die TIA?«, fragte er ehrlich überrascht. »Was sollen die damit zu tun haben? Wir sitzen hier im ehemaligen Cockpit einer Landungsfähre, die zu einem lächerlich kurzen Wolkenkratzer umfunktioniert wurde und schwimmen auf einem stinkenden Algenteppich über einen verkackten Ozean, glauben Sie wirklich, dass die Lackaffen von der TIA hier herumschnüffeln? Das ist lächerlich.«

»Ihr Sekretär unterstützt harbinger Extremisten. Omegafanatiker. Wir wissen, dass Sie es dulden, also verschwenden Sie nicht meine Zeit«, befahl der Fremde und sein androgynes Gesicht blieb nichtssagend.

Gassel war nur dem Titel nach ein hochrangiger Politiker und versuchte gar nicht erst, sich mit seinen Kernwelt- oder auch nur seinen Randweltpendants zu vergleichen, aber er war nicht so dumm, wie er auf manche vielleicht wirken mochte. Und deshalb schwieg er, auch wenn die offensichtliche Anschuldigung des Mannes ihn wütend machte. *Selbst dann interessiert sich die TIA doch nicht für irgendeinen Kerl, der auf dem letzten Drecksplaneten ein Schiff sprengt.*

Sein Gast schien seine Wut zu bemerken und seine Augen zuckten kurz (vielleicht war es aber auch nur eine Einbildung, aus dem Wunsch geboren, dass der Kerl eine menschliche Regung zeigte).

»Soll ich ihnen einen Riegel vorschieben? Den beiden Bellingers, meine ich?«, fragte Gassel, als das Schweigen sich zu weit ausdehnte, als dass er seine Nervosität länger ertragen konnte. Er sog an seiner Zigarre und genoss das helle Glimmen, das sich auf seinen Händen und der dunklen Tischplatte aus Floggenholz widerspiegelte. »Ich kann ihr Boot weit draußen hochjagen lassen, ihnen ein Crewmitglied unterschieben oder sie einfach im Hafen festregulieren. Sie hätten diesen Claim ohnehin nicht …«

»Das ist nicht nötig. Wir haben jemanden Professionelles hier vor Ort, der sich um dieses Problem kümmern wird.«

Gassel entschied sich diese offensichtliche Geringschätzigkeit seiner Person und seiner Fähigkeiten zu ignorieren und beugte sich vor.

»Was wollen Sie dann von mir? Bellinger ist doch einer von Ihren Hunden, machen Sie mir nichts vor.«

»Ein Mann namens James Russ ist an Informationen über Buchweilers Entdeckungen gelangt und hat sie an einen Schmuggler namens Devlin Myers verkauft. Er ist Captain und Eigner der *Quantum Bitch.* Um Russ brauchen wir uns keine Gedanken mehr machen, aber darum, wie er an dieses Wissen gelangt ist. Buchweiler muss beschattet worden sein und es gibt keine Fraktion, die so etwas an unseren Augen vorbei hinbekommen kann, außer der TIA.

Was ich von Ihnen will, Gouverneur, ist also Folgendes: Die Aufzeichnungen von Buchweiler und sämtliche Logs über den Verkehr am Raumhafen vom Tag vor seinem Fund des Claims und der Woche danach«, sagte der Fremde ohne Umschweife.

»Was? Sind Sie verrückt?«, platzte es aus dem Gouverneur heraus. »Die Aufzeichnungen hat ja offensichtlich der TIA-Typ, von dem Sie gesprochen haben. Und wenn ich alle Logs herausrücke, damit Sie Ihren Kurier verschleiern können, mit dem sie Buchweilers Funde am Claim rausgeschmuggelt haben, wird die TIA mir so tief eine Faust in den Arsch schieben, dass ich in ihren Fingern lutschen kann.«

»Sie haben fünf Millionen Credits bekommen.«

»Na und? Ich lasse mich dafür doch nicht umbringen!«

»Möchten Sie die fünf Millionen zurückgeben? Das ist kein Problem.«

Dann bringen wir *Sie nämlich um,* schienen die Augen seines Gastes sagen zu wollen. Gassel sog erneut an seiner Zigarre, um nicht mit den Zähnen knirschen zu müssen. *Ich hätte dieses Scheißgeld wirklich nicht nehmen sollen! Falls ich überhaupt eine Wahl gehabt habe.*

»Ich kümmere mich darum«, knurrte er schließlich.

»Wunderbar. Wir bevorzugen es, niemanden in unserem Rücken zu haben und niemand außer der TIA kann die Informationen über Buchweiler ausgegraben haben.«

»Aha.«

»Er war kein Terrorist, wussten Sie das?«

»Nein. Spielt es eine Rolle?«

Der Fremde wirkte für einen Augenblick nachdenklich und zuckte dann mit den Schultern, ehe er sich erhob.

»*Alles* spielt eine Rolle, Herr Gassel. Die Frage lautet

immer nur: welche. Wenn Sie die Antwort darauf gefunden haben …«

»… werde ich sie Ihnen zuerst mitteilen«, grunzte der Gouverneur düster.

»Nein. Sie werden mich nie wieder sehen und auch niemanden sonst von uns.«

Gassel schluckte gegen eine plötzliche Enge in seiner Kehle an. »Äh, okay.«

»Solange Sie Ihren Teil dieser Abmachung einhalten, selbstverständlich.« Der Fremde im grauen Nadelstreifenanzug verließ das Büro und startete seinen Transducer, um ohne Lippenbewegungen und Laute sprechen zu können, nachdem sein Comlink ihm eine verschlüsselte Verbindung zu ihrem Satelliten im Orbit hergestellt hatte. Die Behörden nutzten ihre zweiundzwanzig künstlichen Trabanten, aber seine Organisation die restlichen achtzig, die von den primitiven Sensoren des Planeten für weitere Trümmerstücke der Schlacht zwischen Clicks und Laguniern gehalten wurden.

Clicks und Lagunier, dachte er und schnaubte innerlich.

»Und? War er gefügig?«, fragte eine kühle Stimme in seinem Kopf.

»Er wird sich abstrampeln. Genug, um den Agenten auf sich aufmerksam zu machen.«

»Haben Sie Paulsens Vögelchen entsprechend zugezwitschert?«

»Natürlich. Wenn alles nach Plan verläuft, spült sich unser schmutziges Geschirr gegenseitig ab, bis alles wieder glänzt«, sagte der Fremde nicht ohne einen Hauch von Selbstzufriedenheit.

»Sehr gut. Behalten Sie Sirion an der kurzen Leine, damit er den Schwamm zur Hand nehmen kann, falls es am

Ende doch noch nicht glänzt«, befahl die Stimme, die immer die Befehle gab.

»Spielt das überhaupt eine Rolle? Der Admiral wird in Kürze eintreffen.«

»Dass die TIA uns jetzt noch dazwischenfunken kann, ist höchst unwahrscheinlich, dafür haben wir gesorgt, als wir Sirion geschickt haben. Alles verläuft nach Plan und so lange wir so genau und umsichtig bleiben – auch auf den letzten Zentimetern – wird sich daran nichts ändern. Die Bellingers müssen erst ihre Aufgabe erfüllen. Verstehen Sie das?«

»Natürlich. Sie werden das Geheimnis schon für uns lüften, auch wenn wir es eigentlich schon kennen.«

»Nein. Wir haben einen begründeten Verdacht, aber unser Projekt muss auf Tatsachen fußen. Die Bellingers werden also erst ihre Arbeit machen müssen.«

»Das werden sie.«

»Gut. Kommen Sie jetzt zurück, solange es noch möglich ist.«

»Ich bin unterwegs.«

Kapitel 8

Die Unterstadt von Atlantis war genau das: eine Stadt unter der Stadt, die sich wie ein Geschwür in den Algenteppich gefressen hatte, der als lebendige schwimmende Insel über den endlosen Ozean Lagunias trieb. Sirion wusste, dass der verholzte Teil der Algen etwa fünfzig Meter tief reichte und so dicht war, dass die Wände der vielen Kavernen eher an loses Gestein erinnerten. Die Anzahl der Höhlen, in denen die Ärmsten der Armen lebten, war kaum zu überschauen und er hatte mehrere Stunden gebraucht, um sich ein ungefähres Bild von dem Netzwerk zu verschaffen: Je weiter außen auf der Insel, desto kleiner, und je weiter drinnen, desto länger waren die Tunnel zwischen den einzelnen Kavernen, die teilweise so groß waren, dass sich darin Hunderte improvisierter Hütten aneinanderdrängten. Die Abstände lagen daran, dass viele der älteren Höhlen eingestürzt waren, wo das Gewicht der ›richtigen‹ Gebäude an der Oberfläche zu hoch gewesen war.

Hier unten roch es nach ungewaschenen Leibern und dem fischigen Gestank der Algen und des Seegrases, das unter den weniger privilegierten Bewohnern der Stadt das Hauptnahrungsmittel war. Es kostete nichts, wurde es doch nicht im großen Maßstab geerntet, und so konnte jeder einfach am Rand der Insel die geflickten Netze auswerfen und die stinkenden Pflanzen essen. Guter Nährstoffgehalt und allemal gesünder als die Proteinsynthetisatoren.

Sirion schlängelte sich geschickt durch das Gedränge einer der größten Kavernen, die er bisher ausgemacht hatte, und versuchte, so wenige der abgerissenen Gestalten zu berühren wie möglich. Er bezweifelte, dass auch nur ein Bruchteil von ihnen IDs besaß. Das konnte nur bedeuten, dass sie keine Harbinger waren, die automatisch von der selbstproklamierten Militärautorität – also der Oberon – IDs ausgestellt bekamen, die sie als Bürger Harbingens, wohnhaft auf Lagunia, auswiesen. Das wiederum hieß, dass diese Menschen, die selten das Sonnenlicht sahen, irgendeinen Grund hatten, die Slums der Kern- und Randwelten lieber gegen den Slum dieser noch unterentwickelteren Welt zu tauschen. Ob Mörder, Piraten, Schmuggler, Ausgestoßene, religiöse Randgruppen oder Pazifisten; sie alle würden ihm sicher lange, emotionale Geschichten erzählen, warum es sie hierher verschlagen hatte.

Er interessierte sich für keine davon.

Bei einem kleinen Straßenlokal – oder eher einer Farce desgleichen – hielt er an und schälte sich aus dem Strom schlurfender Passanten, deren Gebrabbel von der niedrigen Kavernendecke widerhallte. Der Tresen bestand aus alten Surfbrettern und einem Wellblechdach darüber. Der Wirt war ein Teenager, der gerade so im Einzugsalter der Rekrutierungsbeamten sein dürfte. Als Hocker dienten kleine Schemel aus geschnitzter Alge. Sie waren alle besetzt.

Also drückte er sich geschickt zwischen zwei der Gäste und tippte mit dem Zeigefinger auf den Tresen.

»Darfs'n sein?«, fragte der Junge mit dem verwässerten Akzent von Panjas, der klang, als hätte er den Mund voller Brei.

»Schon mal gesehen?«, gab Sirion zurück und zeigte ihm ein analoges Foto von seinen Zielpersonen.

»Nee.«

Kluger Junge.

»Ich komme öfter hier durch«, schob er eine Warnung vorweg und kramte dann einen Credstick mit fünfzig Lagunia-Schillingen heraus. Er hatte nicht einmal einen Sol-Credit aufwenden müssen, um sie zu bekommen. Die Augen des Jungen leuchteten sofort auf und er überlegte. Wahrscheinlich hatte er keine Ahnung, wer Franc und Valeska Bellinger waren. Aber er wollte das Geld haben. Gleichzeitig hatte er verstanden, dass Sirion öfter herkam und er sich deshalb nicht einfach etwas ausdenken durfte.

»Seh'n wie Wissensschafteler aus, jo.« Sein Gegenüber kratzte sich das kurzrasierte Haar. »Im Büro des Gouverneurs wiss'n se das ganz sicher.«

Sirion verengte die Augen zu Schlitzen.

»Äh, aber da geht man ja nich hin. Also der Pinguin des Gouverneurs, der is' öfter mal hier unten. Zum bumsen natürlich.« Der Junge lachte und zwinkerte, bis er verstummte, als er bei Sirion keine Reaktion erkannte. »Heuka-Höhle. Am besten Abends.«

Ein anderer Gast weiter rechts beschwerte sich und der Teenager wollte nach dem Credstick greifen. Sirion ließ ihn gewähren und sich dann wieder von der Menge verschlucken, die sich wie ein endloser Strom durch die schmalen Gassen wälzte.

Es war nicht schwer, die besagte Höhle mit dem seltsamen Namen ›Heuka‹ zu finden, erklärte ihm doch der erstbeste Passant mit strahlenden (wenn auch von Eiter verklebten) Augen, dass es dort die ›garamsten Weiber‹ geben würde. Tatsächlich verkündeten bereits früh rote Laternen, die aus Stoffflicken zusammengenäht waren, worum es sich handelte: In großen Zelten, die von Algenholz und alten Kabeln zusammengehalten wurden, brannten warme Lichter und balgten sich geworfene Schatten umeinander. Es roch nach Schweiß und anderen Körperflüssigkeiten, die sich zu einer Melange aus süßlich-ekelerregenden Düften vereinten. Bei den meisten Männern schien er so etwas wie einen archaischen Sexualtrieb zu wecken, was Sirion noch nie verstanden hatte.

Er hatte sich längst mittels seines Blacklinks in das Corenet der Kolonie gehackt und eine seiner bewährten Subroutinen eingeschleust. Noch während er hierher unterwegs gewesen war, hatten sie ihm die gesamte Personalakte des Sekretärs vom Gouverneur in sein Headmemory geladen – inklusive der obligatorischen DNA-Probe, mit der jeder offizielle Mitarbeiter genau wie bei der Flotte genetisch erfasst wurde.

Über den Chemsniffer, eine kleine Membran in seiner Nase, konnte er komplexe olfaktorische Spuren analysieren und verfolgen. Doch in einer Höhle mit niedriger Decke, die bis an die Wände mit den Ausdünstungen und Ausscheidungen zu vieler Menschen gefüllt war, gerieten selbst seine Hochleistungsaugmente an ihre Grenzen. So musste er immer wieder neben den Zelten anhalten, oder sogar den Stoff anheben, um zu schnüffeln und ein Ergebnis zu erhalten. Niemand schien ihn dabei zu beachten, da die anwesenden Passanten selbst damit beschäftigt waren, nicht gesehen zu werden, und dementsprechend auch wenig sahen.

Schließlich ›roch‹ er Paulsen in einem der Randzelte, die weniger verschmutzt aussahen, als diejenigen, die näher an dem standen, was einem Weg gleichkam. Er lag verschwitzt auf einer fleckigen Matratze, in seinem Armen eine Frau, die so nackt war wie er und ihr erschöpftes Lächeln überzeugend spielte.

»Lass uns allein«, sagte er im Eingang stehend.

»Oh, Scheiße!«, fluchte der Sekretär und zuckte zusammen, ehe er wie ein Tier zurückkrabbelte, bis er mit dem Kopf gegen eine Zeltstange knallte und benommen seufzte. Die Prostituierte riss erschrocken die Augen auf und zog das feuchte Laken an sich, um sich zu bedecken.

»Ich sage es nur einmal.«

Sie nickte stumm und rannte an ihm vorbei. Dass sie ihn nie gesehen hatte, brauchte er ihr nicht sagen. Sie war eine ID-lose, so viel stand fest und sie wusste, wie das Spiel funktionierte.

»W-w-was wollen Sie?«, stammelte der Sekretär, der mit Mühe und Not seine Fassung wiederzugewinnen versuchte. Er schielte zu der einzigen Decke, die neben dem Bett auf dem Holzboden lag, doch Sirion deutete bloß ein Kopfschütteln an und Paulsen schluckte, ohne ihr einen weiteren Blick zu widmen. »Hören Sie, ich … ich habe ein Problem, das weiß ich. Aber wenn Sie an die Öffentlichkeit gehen wollen, habe ich einen besseren Vorschlag für Sie: Ich gebe Ihnen einen Claim. Einen richtig guten. Dann verrate ich Ihnen, an wen Sie ihn auf dem Schwarzmarkt verkaufen können. Diese Eierköpfe zahlen ein irres Geld für das Recht, auf unserem Meeresgrund herumzustochern. Ehrlich!«

Sirion schwieg und blieb stehen, wo er war.

»Wie klingen einhunderttausend Lagunia-Schillinge für Sie, hm?«

Wie zweitausend Sol-Credits.

»Nicht? Ich finde was Besseres.« Paulsen schaffte es, etwas von seiner kontrollierten Politikerart zurückzugewinnen. Doch sie bröckelte. »Sie sind bestimmt ein ehrgeiziger Mann, wenn Sie mich hier gefunden haben. Das sollte belohnt werden!«

Sirion zog das Foto von dem Bellinger-Ehepaar aus seinem Ärmel und ging zwei Schritte auf den Sekretär zu, der ein jaulendes Geräusch ausstieß und zurückkriechen wollte wie ein in die Enge getriebener Hund.

»Was? Oh … Das sind die Bellingers!«

»Wo finde ich sie?«, fragte er kühl.

»N-nicht hier. Sie haben einen Claim bekommen und sind bestimmt schon u-u-unterwegs.«

»Wo?«

»Was *wo?*«

»Der Claim. Wo?«

»Im Westen. A-aber da können Sie nicht hin. Jeder Claim ist ein Sperrgebiet und wird satellitenüberwacht«, stammelte Paulsen.

»Was ist bei einem Notfall?«

»Dann wird Hilfe beim nächsten Schwimmhabitat angefordert.«

»Wer?«, fragte Sirion.

»Der Funker im Marineturm. Er ist für all das im Umkreis von dreihundert Seemeilen verantwortlich.«

»Die Häufigkeit von Unfällen?«

»Was?«

Sirion verengte bloß die Augen zu Schlitzen.

»Okay, okay, schon gut, Mann! Es ist gefährlich da draußen! Die Stürme sind gefährlich und die *Mandibel* sind gefährliche Mistviecher!«, beeilte sich Paulsen, zu antworten. Der schmächtige Mann schluckte schwer und sah sich Hilfe suchend um. Doch sein Blick war nicht nur voller Panik, sondern auch verzweifelt.

Klüger, als er aussieht. Sirion stellte einige Schätzungen anhand seiner Persönlichkeitsanalysen und der Akte des Politikers an und traf dann eine Entscheidung. Als er das lange Monofilamentmesser aus seinem rechten Unterarmhalfter schnappen ließ, schrie Paulsen mit entsetzt aufgerissenen

Augen auf. Doch es war nur kurz zu hören und vermischte sich mit den extatischen Ausrufen der Freier überall in der Kaverne.

Sirion war mit dem Schatten zwischen Tür und Schwerlastregal verschmolzen und hatte die Schutzblenden seiner Augen auf Schwarz gestellt, damit nichts von ihm reflektierte. Die brünierte Monofilamentklinge, die unter seinem Handgelenk hervorragte, hatte er hinter dem Rücken versteckt.

Sein Opfer kam pfeifend durch die Tür. Nichtsahnend eine Melodie trällernd, die er schon vielfach gehört hatte und die in ihm eine der wenigen Regungen hervorrief, die an so etwas wie Emotionen herankamen: Hass. Es gab sie in vielen verschiedenen Interpretationen und Abwandlungen, aber schlussendlich war es immer das gleiche Lied: die Hymne Harbingens. Ein aufstrebendes Fanal treibender Klänge, die den Hochmut und die Arroganz der ehemaligen Vorzeige-Kernwelt in Akkorde übersetzte. Die vielen nationalistischen Gesellschaftsmitglieder Lagunias, die sich nie wirklich als Lagunier, sondern als Harbinger im Exil betrachteten, liebten ihre Hymne. Junge Männer, wie sein Opfer, vor allem die harten, treibenden Riffs der Heavy-Metal-Versionen, die ihrer Aggression Rechnung trugen, die sie nicht abbauen konnten. Ihr Feind waren die Clicks – niemand hasste sie so sehr wie die Exil-Harbinger –, aber in gewisser Weise auch die Föderation, weil sie nicht mehr für die Flotte einberufen wurden. Jedem Bürger war klar, dass die Gründe dafür auf der Hand lagen: Man traute den Harbingern nicht, die ihren eigenen Planeten im Angesicht des Untergangs im Stich gelassen hatten, um ihre Haut zu retten. Aber auch ihr damals schon fanatischer

Nationalismus sorgte innerhalb der Flotte für Unbehagen. Man fragte sich wohl, für wen sie wirklich kämpften; für den Fortbestand der Menschheit oder den Ruhm Harbingens? Dass die Föderation sich aus einem Streit mit den Überlebenden herausgewunden hatte, indem sie Lagunia schlicht nicht als offizielle Kolonie akzeptierte, da der Gründungsprozess nicht durchlaufen worden war und man die Formalitäten verschleppte, trug weiter dazu bei, die Harbinger zusammenzuschweißen und vom Rest der Menschheit abzukapseln.

»Fest steht die Harbinger Wacht, Schild und Schwert der Einigkeit«, sang der junge Mann und zog mit einem Fuß den Stuhl zu seinem großen Schreibtisch mit den Holopanels und alten Displays. Die Hände hatte er voll mit mehreren Päckchen Fertignahrung und einem Becher, der nach sehr künstlicher Limonade roch. »Im Glanze unsrer Gründerväter, treu, mutig, wahr …«

Sirion wartete, bis sein Opfer sich in den Stuhl fallen ließ und die knisternden Päckchen vor sich sortierte, ehe er aus dem Schatten trat und mit lautlosen Schritten näher kam. In dem obersten Zimmer des Kontrollturms herrschte ein hoher Lautstärkepegel, da er ringsum verglast war und einer von Lagunias berüchtigten Stürmen dicke Regentropfen dagegen peitschte, dass es knallte und rauschte.

»Den Blick hoch zu den Ster-nen, die Hän-de fiiirm an der Waf-fe. Im Anblick finst-rer Mächte, schlägt Harbingens … oh, was haben wir denn da?«, unterbrach sich der Funker selbst und beugte sich vor, als ein roter Punkt auf dem Holopanel aufleuchtete. Kartoffelchipimitat knusperte in seinem Mund. »Ein Schiff, das nicht da sein sollte.« Er drückte einen Knopf. »SN-277 *Skippy*, hier Tower. Sie weichen vom Kurs ab. Haben Sie einen Notfall?«

Sirion hörte die Antwort nicht, vermutlich kam sie über ein Implantat direkt in den Kopf des Funkers.

»Verstehe. Ich verständige die Seenotrettung. Halten Sie Ihren Kurs, so lange Sie können und schalten Sie die Maschinen nicht ab«, fuhr der Mann fort. »Nein, keine Sorge, ich bleibe bei Ihnen, bis die Rettung vor Ort ist. Bewahren Sie Ruhe.«

Der Funker schaltete mit einem Fingerschnippen die Musik aus und schob seine Nachtmahlzeit fort. Mit knappen Gesten vergrößerte er das Bild vor sich und machte einige routinierte, zielstrebige Eingaben.

Sirion stand direkt hinter ihm und betrachtete das Kabel, das von der Schläfe bis zu der Armatur reichte, und durchtrennte es kurzerhand.

»Was?«, schrie der Funker auf und taumelte in seinem Stuhl. Der Auswurfschock sorgte dafür, dass er sich sofort übergab und den Tisch vollkotzte. Sirion gab ihm keine Zeit und hielt ihm die Klinge an den Hals.

»Ruhig.«

»Oooh«, stöhnte der Mann. Seine kurzen blonden Haare glänzten fahl im grünen Passivlicht des Kontrollraums. »W-wer s-sind Sie?«

»Der Tod, denke ich«, antwortete Sirion und führte sein linkes Handgelenk an den Mund. Mit den Zähnen zog er aus einer kleinen Verankerung zwischen den Sehnen den Anschluss eines Kabels heraus, das sich aus der Führung in seinem Unterarm entrollte, und hielt es seinem Opfer hin. »Einführen!«

»Was?«

»In deine Datenbuchse.«

»Hören Sie, das können Sie nicht machen. Ich habe hier einen Notfall! Was auch immer Sie von mir wollen – Geld,

Informationen, irgendwas –, Sie können es haben. Aber ich *muss* diesen Leuten helfen!«

»Nein.«

»Was? Sind Sie verrückt?« Der Funker schluckte. Sirion bemerkte es an einem leichten Wackeln der Klinge. »Warten Sie. Wer hat Sie geschickt?«

»Niemand.«

»Für Geld lassen Sie unschuldige Leute da draußen sterben?«

»Nicht für Geld.« Er schüttelte ungesehen den Kopf. »Weil ich es will.«

»Sie sind wahnsinnig! Sie können doch nicht …«

»Letzte Warnung.« Er hielt das baumelnde Kabel dichter vor das Gesicht des Mannes. »Jetzt.«

Mit zitternden Händen nahm der Funker den Anschluss des Kabels und steckte ihn sich in die Datenbuchse, eine kleine Sammlung von Löchern verschiedener Größe, die aus seiner Haut guckten.

Die Sequester-Software aus Sirions Headmemory lud sich ohne messbaren Zeitverlust in das Gehirn des Beamten, übernahm zuerst dessen wenige Implantate und fegte die Firewalls hinweg wie ein Sturm einen Haufen Reisig. Die zweitklassige Software konnte es nicht mit der aggressiven Heuristik aufnehmen, die an sämtlichen Schnittstellen gleichzeitig angriff und den Ursprungscode gnadenlos überschrieb. Es war wie ein Flächenbrand, der sich nicht aufhalten ließ und nur verbrannte Erde zurückließ. Doch als das Kinn des Funkers auf seine Brust sackte und Speichel in langen Fäden auf das Hemd troff, begann die nächste Phase der feindlichen Übernahme: Sirion nutzte den Freiraum in dem anderen Gehirn, um eine ebenso illegale wie hochentwickelte KI in die Basalganglien zu schicken. Der Code veränderte sich zu Nervenimpulsen, ein schlanker Algorithmus, der den Sprung vom Code in organische Reiz-Reaktionsmuster mühelos vollführte und ihm alles offenlegte, was es dort zu finden gab. Wie durch eine Nabelschnur saugte Sirion die Informationen ab, die er benötigte, ehe er aus seiner Tasche ein dünnes transparentes Netz zog. Den Kopf des Hirntoten drückte er zurück, bis er über die Lehne fiel und mit gebrochenen, aufgerissenen Augen an die Decke starrte. Dann legte er das Netz über sein Gesicht, bis die winzigen Elektroden darin schwach zu leuchten begannen und stöpselte sich aus dem gekaperten Gehirn aus. Den freigewordenen Kabelanschluss steckte er in die entsprechende Kontaktbucht unter dem Netz und wartete geduldig, während es seinen Scan vornahm und die komplexen Datenfolgen in seinen subdermalen Speicher lud.

Auf einer Kernwelt wäre er mit einem ReFace-Netz niemals weit gekommen, selbst viele Randwelten besaßen in ihren öffentlichen Überwachungssystemen Programme, die eine entsprechende Nutzung sofort registrierten. Auf restriktiveren Welten konnte es in diesem Fall schon einmal passieren, dass man (je nach Aufenthaltsort) ohne Warnung von einem Mikrowellenlaser von einer der orbitalen Verteidigungsplattformen verdampft wurde.

Hier aber konnte er mit dieser Tabutechnologie noch all das tun und lassen, was dazu geführt hatte, dass sich die ganze Föderation davor fürchtete und panisch in Überwachungsalgorithmen investiert hatte. Er empfand keine Freude über diese Freiheit – er wusste nicht einmal, wann er sie das letzte Mal empfunden hatte –, sondern lediglich die Gewissheit, dass sein weiteres Vorgehen deutlich einfacher geworden war, als es sein müsste.

Zuerst ging er die Schiffsverzeichnisse durch, suchte

nach allen Eignern und ihren Schiffen, die in den letzten vierundzwanzig Stunden hier eingetroffen waren. Franc und Valeska Bellinger hatten keinen Grund sich zu verstecken, also waren sie leicht zu finden – zumindest war es das, was er gedacht hätte. Aber natürlich war es *nicht* so einfach. Von Paulsen wusste er, dass sie hergekommen waren, doch in den An- und Ablegeverzeichnissen fand sich keine Spur von ihnen.

Warum nicht?, dachte er und überlegte. Er war nicht überrascht. Jemand, der ihn beauftragte, zahlte eine Menge Geld – so viel, dass es kaum einen anderen Auftragskiller gab, der mehr kostete. Das tat man nicht, um die eigene Ehefrau, oder die ungeliebte Schwiegermutter aus der kosmischen Gleichung zu streichen. So viel, so verständlich. Aber welches Geheimnis mochten zwei hochdotierte Forscher haben, die ein langweiliges, eintöniges Leben führten, das von Pechsträhnen geprägt war? Sie waren wohl kaum die Sorte Menschen, die sich aus den Systemen selbst einer noch so hinterwäldlerischen Kolonie löschen konnten, wann immer sie das wollten. Also hatten sie Hilfe von außen. Jemanden oder eine Institution, die genau wusste, was sie tat.

Aber wer? Er schob die leere menschliche Hülle mitsamt ihrem auf Rollen stehenden Stuhl zur Seite und begann mit raschen Gesten, in den Verzeichnissen weiter zurückzugehen und sandte dann eine Anfrage an den Hauptserver des Schifffahrtsamts in Uringen. Mittels des Authentifikationscodes des Toten (sein Name war offenbar Georg Haiger) wurde seiner digitalen Bitte automatisiert stattgegeben. Dort forschte er weiter, fand einige Einträge über Kontaktloskäufe in der Stadt (größtenteils Dinge des täglichen Bedarfs) und schließlich die Feedmeldung über ihren Triumph bei der diesjährigen Claimvergabe. Ihr Kontostand vor und nach dem Zuschlag, für dessen Abruf er längere Zeit benötigte, ließ keinerlei Verdacht zu, dass sie die nötigen Bestechungsgelder selbst aufgebracht hatten. Sie agierten also im Namen eines würdigen Gegners mit Einfluss.

Sein Auftrag war gerade um einiges spannender geworden.

Endlich piepte das ReFace-Netz und er löste sich aus den Holodaten, um es vom Gesicht seines Opfers zu ziehen. Vorsichtig legte er es auf den Tisch und hievte die Leiche vom Stuhl, ehe er die Tür verriegelte und sich selbst hineinsetzte. Dann erst nahm er das durchscheinende Netz in beide Hände, atmete tief ein und aus und legte es sich auf sein eigenes Gesicht. Er steckte das Kabel ein und gab über sein Headmemory den Befehl, sich zu aktivieren. Die Schmerzen begannen sofort, als sich die nanonischen Fäden durch seine Haut bohrten und nach und nach das Netz wie zerlaufenden Klebstoff in seine Epidermis einsinken ließen.

Sirion schrie nicht, während der Prozess seinen Lauf nahm, und sobald er wieder halbwegs klar denken konnte, rief er den steten Datenstrom von Transpondercodes und Funksprüchen auf, die bei ihm eingingen, und tat das, was er besonders gut konnte: auf den richtigen Moment warten.

Kapitel 9

»Ein Tunnel«, sagte Valeska erstaunt und betrachtete die topografischen Daten, die von der Tiefensonde gesendet wurden. Ihr gechartertes Boot, ein zweimastiger Schoner mit gerefften Segeln, hielt mittels des kleinen Elektromotors seine Position im Zentrum ihres Claims. Ihre Bootsführerin, eine rothaarige Frau mit mahagonifarbener Haut und leuchtenden Augen, hieß Oxana Reuel und hatte sie auf dem Westbank-Habitat mit ihrem guten Ruf überzeugt. Jeder, den sie gefragt hatten, hatte auf Oxana und ihren Schoner ›Elvis‹ verwiesen. Jetzt lief die Frau neben ihren drei Mannschaftsmitgliedern Ute, Oliver und Powell umher, schimpfte mit ihnen oder trieb sie an, schneller zu arbeiten. Es gab viel zu tun. Das Schwimmhabitat musste programmiert und ausgeworfen, das Schiff fest verankert, falls sie es mit einem Sturm zu tun bekamen, und das Equipment an Deck gebracht werden.

»Ganz klar ein Tunnel«, stimmte Franc ihr zu. Sie beide waren über das tellergroße Display gebeugt und schirmten es, so gut es ging, mit einem Handtuch ab, weil die pralle Sonne ihnen sonst jede Möglichkeit genommen hätte, irgendetwas zu erkennen.

»Meinst du, er wurde von den Prospektoren gebohrt?«

»Wie denn?«

»Sie könnten den Hohlraum darunter mit einem Resonanzscanner gefunden haben. Dann haben sie einen Bohrer draufgesetzt und sich Zugang verschafft«, überlegte sie laut.

»So einen Bohrer gibt es auf Lagunia nicht, da bin ich

mir sicher. Es müsste sich um einen riesigen Bohrkopf handeln, der für den Einsatz unter Wasser gebaut wurde. Die gab es wann das letzte Mal?«, fragte er rhetorisch.

»Als unsere barbarischen Vorfahren vor ein paar Jahrhunderten zu Öl zersetzte organische Masse ausgebuddelt und damit Feuer gemacht haben.« Valeska rollte mit den Augen. »Schon gut. Also kein Bohrer.«

»Kein Bohrer.«

»Ein Laser aus dem Orbit?«

»Möglich, aber unwahrscheinlich. Das Wasser würde zu stark streuen und einen so energiereichen Strahl zu erzeugen, dass er das Wasser in der Säule verdampft, ehe Streuung ein Faktor wird, und dabei noch so tief zu reichen … nein.« Franc schüttelte den Kopf. »Ganz abgesehen davon, dass nur orbitale Verteidigungsplattformen Laserwaffen montiert haben, und die haben ganz sicher keinen Durchmesser von sechs Metern und mehr.«

»Dann bleiben nur noch die Lagoon.« Sie warfen sich einen Blick zu und sie musste lächeln, als sie das Glänzen in seinen Augen sah. Es war wie früher.

»Von unten nach oben gebohrt.« Franc nickte und richtete sich auf. »Lassen wir die Tiefensonde erst mal die Kaverne kartografieren. Sobald wir ein 3D-Modell besitzen, planen wir weiter.«

»Gut. Dann können wir erst mal dafür sorgen, dass unser Labor steht und das Tauchboot tut, was es soll.« Valeska drehte sich um und sah ihrer kleinen Bootsmannschaft zu, wie sie die große Kiste über Bord warfen, in der sich das Schwimmhabitat befand. Sie war zwei Meter lang und etwa einen Meter breit und bestand aus programmierbarem Silizium. Auf der Oberfläche glänzte das kleine Display, über das sie Form und Funktion vorgegeben hatten. Sobald es das äußerst salzige Wasser berührte, begann es sich aufzufalten und auszubreiten. Es würde dauern, ehe hier draußen, mitten im endlosen Blau des Ozeans, das Habitat stand, aber sie hatten Zeit. Der Kontrast zwischen dem sich selbst aufbauenden Siliziumklotz, der mittels nanonischer Prozesse selbstständig seine Form änderte, und dem zweimastigen Holzsegler, auf dem sie standen, hätte nicht größer sein können. Wie auf so vielen Kolonien der Föderation hatte sich auch auf Lagunia gezeigt, dass die Entwicklung jeder Welt Zeit brauchte und ganz weit unten auf der technologischen Skala begann. Es war eine Kosten-Nutzen-Frage. Holz gab es viel auf Lagunia, obwohl es keine Bäume gab. Die lokalen Algen, die verholzten, wenn sie alt wurden und abstarben, sorgten für eine scheinbar endlose Menge Baumaterial, mit dem Menschen seit Jahrtausenden Schiffe zu bauen wussten. Außerdem wehte im Prinzip ständig Wind, was nicht nur Holz zum billigsten (und einzig verfügbaren) Rohstoff zum Schiffsbau machte, sondern auch Segel zur günstigsten und effizientesten Antriebstechnik. Wind war schließlich umsonst und erneuerbar.

»Die Mädels machen alles fertig, wie ihr es wolltet«, polterte Oxana, die barfüßig und mit rotem Kopftuch wie eine Piratin aussah, die über die feuchten Planken zu ihnen kam. Sie schielte zu dem Display. »Schon was gefunden?«

»Den Tunnel.« Valeska nickte.

»Ah. Aber den kannten Sie doch schon, oder nicht?«

»Ja, aber wir müssen alles neu erforschen, wenn Sie so wollen. Auf die Daten der Prospektoren ist nur mit großen Einschränkungen Verlass.«

»So?« Die Seglerin schien nicht überzeugt und stemmte die Hände in die Hüften. Ob sie vor ihrer Tätigkeit als Charterkapitänin für Claimbesitzer selbst Prospektorin gewesen war? Aber dann fehlte ihr ein tauchfähiges Schiff. Vorsichtshalber entschied Valeska sich daher für ausweichende Höflichkeit.

»Nun, Sie haben ein anderes Ziel, wenn Sie den Grund des Ozeans absuchen. Sie halten die Augen nach Dingen offen, die nicht natürlichen Ursprungs sind und damit auf Hinterlassenschaften der Lagoon hinweisen.«

»Aber das tun Sie doch auch.«

»Jein. Wir wollen nicht das *Was* studieren, sondern das *Wie*«, erklärte sie. »Wir interessieren uns für den Lebensraum der Lagoon, für die Beschaffenheit ihrer Umgebung. Haben sie die Nähe von Korallen gebraucht, also nährstoffreiches Wasser? Mochten sie es lieber warm in der Nähe von Geysiren, oder kalt, weit weg von schwarzen Rauchern? Was für eine Funktion hatten ihre Gebäude? Welche Funktion hatte zum Beispiel dieser Tunnel? Von ihren Leichen wissen wir, dass sie keine Augen hatten und vermutlich mittels eines passiven und aktiven Sonars kommuniziert und wahrgenommen haben. Das würde darauf hindeuten, dass sie so weit in der Tiefe gelebt haben, dass sie kein Sonnenlicht brauchten. Warum also einen Schacht nach oben ins helle, warme Wasser bohren?«

»Und es geht noch weiter«, fügte Franc hinzu, der gerade neben einer Winsch saß und seine Schuhe auszog und umdrehte, um das Wasser aus ihnen herauszubefördern. Es plätscherte. »Wie konnten sie überhaupt einen Bohrer benutzen, geschweige denn entwickeln?«

»Äh«, machte Oxana, als er eine Pause einlegte.

»Sie waren ganz offensichtlich aquatische Lebewesen. Für auf Elektronik basierende Technologie – die einzige uns bekannte Art, mittels der sie manuelle Arbeit durch Maschinen erledigen lassen können – ist das keine gute Voraussetzung

zung. Wasser und Strom vertragen sich nicht so gut, wenn man von Bioelektrik einiger bekannter Meerestiere absieht, natürlich. Aber mit einem Zitteraal betreibt man keinen Bohrer. Man würde elektrischen Strom also gar nicht erst erfinden können, und selbst wenn – was nicht möglich ist – würde man ein Hochspannungsexperiment unter Wasser nur ein einziges Mal durchführen, und dann wäre es vorbei mit der Zivilisation.«

»Verstehe.« Die Kapitänin winkte mit einem Daumen über die Reling. »Aber da wurde ein Tunnel gebohrt.«

»Ganz genau. Wie haben die Lagoon das angestellt? Das wollen wir wissen und das ist es, was einen Prospektoren nicht interessiert. Er will nur wissen, ob da unten ein natürliches Riff, oder eine ehemalige Stadt der Lagoon zu finden ist, mit der sich Geld verdienen lässt.«

»Okay, ich gebe zu, dass das spannender klingt, als ich gedacht hätte.« Oxana lächelte breit. »Sie beide sind aber auch wirklich ansteckend. Was genau macht den Claim hier eigentlich zum Hauptpreis? Habe auf der Westbank gehört, dass es sich um den besten Fund der letzten Jahre handeln soll. Hier oben sieht für unsereins ja alles gleich aus.«

Valeska tippte auf ihrem Unterarmdisplay, bis sie gefunden hatte, was sie suchte. Dann hielt sie der Frau ihren Arm hin.

»Sehen Sie das?«

»Ziemlich dunkel da unten und viele Schwebeteilchen. Aber wenn Sie das Ding meinen, das aussieht wie ein angeknabberter Zwiebelring, dann ja. Was soll das sein?«

»Wir können nicht sicher sein, aber es sieht einer unserer Technologien frappierend ähnlich«, antwortete Valeska und rief ein neues Bild auf. »Das hier ist das Hyperraumtor von Lagunia, das morgen fertiggestellt werden soll. Die Aufnahme stammt aus dem heutigen Newsfeed.«

»Sie glauben, dass da unten ein Hyperraumtor liegt?« Oxana blinzelte, als hätte sie etwas im Auge.

»Ja. Und das wäre nicht der Fund der letzten Jahre, sondern *der* Fund der gesamten Föderation seit ihrem Bestehen!«

»Verstehen Sie jetzt, warum wir so ungeduldig sind?«, fragte Franc und grinste wie ein kleiner Junge. Valeska wurde ganz warm ums Herz, wenn sie ihn nach so langer Zeit wieder so glücklich sah. Vielleicht war es all das mit der TIA und der Erpressung des schmierigen Paulsen doch wert gewesen. »Dieses Hyperraumtor – wenn es denn eins ist – könnte uns Hinweise darauf geben, warum die Lagoon vernichtet wurden und warum sie den Clicks unterlegen waren, wenn sie so etwas bauen konnten.«

»Und warum die Clicks sich die Technologie nicht einfach unter den Nagel gerissen haben«, fügte sie hinzu.

»Also gut. Ein paar Stunden wird es aber noch dauern«, gab Oxana zu bedenken. »Ihr Equipment ist schon erste Sahne, das muss ich sagen, aber es braucht trotzdem Zeit. Wir ziehen das Tauchboot schon mal hoch und wenn es fertig ist, melden wir uns beim Westbank-Tower.«

»Warum müssen wir uns da melden?«, wollte Franc wissen.

Die Kapitänin runzelte die Stirn, als sie ihn musterte.

»Sie waren wirklich noch nicht oft raus aus Uringen, oder?« Sie hob eine Hand. »War eine rhetorische Frage. Jeder Tauchgang muss beim nächsten Funker registriert werden. Aus Sicherheitsgründen.«

»Und weil jemand die Hand aufhalten will, falls etwas Wertvolles gefunden wird, nehme ich an?«, fragte Valeska und schnaubte angewidert.

»Jetzt haben Sie es ja doch raus.«

Raumstation Highgarden, Orbit um Jupiter, Sol System

Der *Unbekannte Mann* stand vor dem riesigen Panoramafenster, vor dem die ewigen Stürme Jupiters in braun-grau schattierten Ringen ihre Kreise zogen. Seinen Beinamen trug er mit Stolz, bedeutete sein Wissen darüber doch, dass seine Organisation es geschafft hatte die internen Bezeichnungen der TIA in Erfahrung zu bringen. So lange sie ihn den »Unbekannten« nannten, machte er seine Arbeit gut – nicht, dass er das bezweifelt hätte. Zu viel Geld und zwei Jahrzehnte peinlichst genauer Vorbereitung waren in den Plan geflossen.

Seinen Plan.

Highgarden war das modernste der fünfzig Jupiterhabitate, die wie große Weltraummotten mit weit aufgespannten Flügeln um den Gasriesen rotierten. Das Habitat gab keinen besonders schönen Anblick ab mit seinen hunderte Quadratkilometer messenden schwarzen Segeln, die Jupiters Strahlung aufsaugten und in Energie verwandelten, um die Fusionskerne am unteren Ende des kegelförmigen Bauwerks aus Carbin zu entlasten. Was zählte, waren bei Highgarden die ›inneren Werte‹: ausgedehnte Parklandschaften mit exotischen Xenopflanzen aus sämtlichen Ecken der Terranischen Föderation. Nun, zumindest ›ausgedehnt‹ für ein künstliches Habitat, das sich nicht im Inneren eines ausgehöhlten Asteroiden befand. Es war gebaut worden, um den an Einfluss und/oder Geld Reichen (was meistens auf dasselbe hinauslief) einen exklusiven Rückzugsort zu bieten, wo sie sich von der Politik und den Banken zurückziehen konnten, denen die Hälfte der Raumstationen um Jupiter gehörten. Auf den Wiesen und in den Aussichtsdecks wurden noch Verträge per Handschlag besiegelt und Informationen bei Zigarre und Whiskey ausgetauscht, ganz ohne Lauscher, denn Mikrofone und Kameras waren hier verboten. Es gab nur zwei Verbindungen nach draußen, und die befanden sich in den beiden Hangars an den Abschlusskappen oben und unten auf dem Mottenkörper.

Die perfekte Umgebung für ihn. Bis heute.

»Es ist Zeit«, sagte eine vertraute Stimme hinter ihm. »Das Schiff ist bereit.«

»Was ist mit der Flotte?«

»Die meisten sind schon unterwegs nach Hause, getrennt und mittels unauffälliger Sprungpunktrouten. Alles fügt sich genau, wie es sollte.«

»Natürlich tut es das.« Der Unbekannte hob leicht das Kinn und sog ein letztes Mal den Anblick Jupiters in sich auf: die Stürme, die Schatten der anderen Stationen in niedrigeren Orbits, die dank ihrer gigantischen Segel als winzige schwarze Punkte zu erkennen waren, das Aufblitzen der Tauchersonden, die Helium und Wasserstoff aus der Atmosphäre extrahierten und zu den Raffinerien im Orbit um Ganymed und Callisto transportierten. Er hatte sich hier wohlgefühlt, wegen der Privatsphäre und des Wissens im Hinterkopf, dass Jupiter und das gesamte Sol-System die Wiege seiner Spezies war, aber heimisch war er nie geworden. Sein Aufenthalt war eine Notwendigkeit gewesen, um dem Senat nahe zu sein – und natürlich der Himmelsfestung.

»Wie war Ihr Treffen mit dem Flottenadmiral?«

»Wie erwartet.«

»Das ist gut«, sagte die Stimme seines Adjutanten hinter ihm.

»Die Sache mit dem Claim auf Lagunia hätte nicht passieren dürfen«, stellte der Unbekannte mit strengem Tonfall fest.

»Ja. Es scheint, als hätte die TIA Buchweiler schon länger verfolgt als angenommen. Sie haben sich diesmal geschickter angestellt. Aber der Schaden ist bald behoben.«

»Sorgen Sie dafür. Sirion zu schicken war ein Wagnis, das ich lieber nicht eingegangen wäre.«

»Er scheitert nie.«

»Seine Ausbildung hat uns fünf Millionen Credits gekostet und seine Hardware weitere fünfzig. Wenn er noch scheitern würde, wären wir schlechte Geldanleger. Was wir nicht sind.«

»Ja. Sie machen sich Sorgen wegen Konrad Bradley.« Der Adjutant ließ es wie eine Aussage klingen. Er lernte schnell.

»Ich sorge mich nie. Würde ich es tun, hätte ich nichts von dem vorbereiten können, was wir im Begriff sind zu starten. Was passieren muss, wird passieren, so ist es immer gewesen und so wird es auch bleiben.«

»Natürlich.«

»In Kürze beginnt ein neues Kapitel in der Geschichte unseres Volkes«, sagte der Unbekannte und wandte sich von dem Fenster ab. Sein Adjutant, makellos gekleidet in die Uniform, die nicht zu ihnen gehörte, aber noch als Verkleidung dienen musste, so lange es nötig war, wurde schwach von Jupiters Reflexionen angestrahlt. Er sah aus wie ein durchscheinender Geist – welch Ironie. »Unserer Spezies, besser gesagt.«

»Wir alle sind bereit, Erster.« Sein Gegenüber verneigte sich.

»Sorgen Sie dafür, dass Sirion seinen Auftrag erledigt und dann das System in Richtung Heimat verlässt«, befahl der Unbekannte ernst. »Wir wollen nicht, dass wir unsere eigenen Pläne durchkreuzen, indem unsere Agenten sich gegenseitig im Weg stehen.«

Kapitel 10

Es klopfte an der Tür.

»Herein«, rief Konrad und zupfte seinen blauen Bordeinteiler zurecht, ehe er sich von seinem Schreibtisch erhob und den Becher mit gewürztem Ramen beiseiteschob. Als das Schott zur Seite fuhr, kam sein Sohn herein. »Ah, Nicholas!«

»Captain?«

Konrad winkte ihn herbei und ging um die Tischplatte herum, um zwei Gläser und eine Flasche ›Harbinger Habicht‹ aus seiner Vitrine zu holen. Sein jüngster Sohn entspannte sich, sobald das Schott wieder zugefahren war, und ließ sich auf der ungemütlichen schmalen Sitzgruppe in einer Ecke des Quartiers des Kommandanten nieder. Die Decken waren niedrig und die Wände sahen aus wie grobe Müllpressen, aber für Konrad war es genau diese Umgebung, die ihm ein Gefühl von Sicherheit und Standfestigkeit vermittelte.

»Wie war die Piratenjagd?«

»Unergiebig«, meinte Nicholas und nickte dankbar, als er sein Glas entgegennahm und sie anstießen. »Diese Leute sind ziemlich gewitzt, Vater. Bei manchen wusste ich, dass wir sie erwischt haben, aber sie wissen sehr genau, wie sie stichfeste Beweise verschwinden lassen können.«

»Tja, das ist unser Los als Pseudo-Randwelt.« Konrad schnüffelte an seinem schwarzen Schnaps und gurrte zufrieden, ehe er einen Schluck nahm. »In den Kernwelten reicht der begründete Verdacht eines Kommandanten und er darf das entsprechende Schiff aus dem Vakuum schießen.«

»So etwas sollte nicht erlaubt sein.«

»Du bist ein guter Junge. Habt ihr bei euren Aktionen irgendwelche Hinweise auf die Verschwundenen entdeckt?« Er hasste dieses Thema, wusste er doch, dass er sie nicht finden würde, egal wie sehr er nach ihnen suchte. Aber er schuldete es den Angehörigen und seinem Volk, trotzdem Ausschau zu halten.

»Nein. Ein Schiff hatte Särge geladen, ausgerechnet, aber es hat sie eingeführt, nicht ausgeführt. Warum auch immer Lagunia Bewohner verliert, die sich nicht abmelden: Bei den Schmugglern werden wir nicht fündig, denke ich. Es muss etwas anderes dahinter stecken.«

»Ja.« Konrad nickte, wohl wissend, dass ihnen beiden bewusst war, dass die Gründe mit Sicherheit äußerst banal waren: Harbinger zogen es vor, mit Harbinger zusammenzuleben, aber nicht um jeden Preis. Eine nach Algen stinkende Welt ohne jegliche Infrastruktur und mit minimalem Jobangebot stellte da wohl die Grenze dessen dar, was man für seine Heimatverbundenheit bereit war zu ertragen. Das wusste natürlich auch Nicholas. Dass er diesen Einsatz trotzdem mit der ihm eigenen Ernsthaftigkeit und Gewissenhaftigkeit anging, ehrte ihn. »Ich frage mich nur, warum es sich in den letzten Monaten so häuft.«

»Die Abweichungen vom zu Erwartenden sind nicht *so* groß.«

»Du hast recht.«

»Jason kommt her«, wechselte Nicholas abrupt das Thema.

»Ich weiß.«

»Du weißt es?«

»Ja, Silly hat mir das Offiziersmanifest der Delegation von der *Caesar* mitgeteilt. Ich weiß nicht, was Admiral Augustus damit bezweckt, aber das ist auch zweitrangig. Was zählt, ist einzig und allein unser Plan.« Konrad bemühte sich um ein aufmunterndes Lächeln und deutete hinter sich zum Schreibtisch. »Möchtest du auch ein paar Nudeln?«

»Unser *illegaler* Plan«, ignorierte sein Jüngster die Frage und stellte sein Glas mit dem unangetasteten Inhalt auf den flachen Glastisch zwischen ihnen. »Vater, ich weiß, dass sich etwas ändern muss, aber bist du dir wirklich sicher, dass es keine andere Lösung gibt?«

Konrad dachte einen Moment nach und schüttelte dann den Kopf.

»Nein, Junge. Leider nicht. Ich bin schon lange genug dabei, um zu wissen, was funktioniert und was nicht.« Sein Blick wurde leer, als schaue er in eine unsichtbare Dimension, die sich zwischen ihnen aufgetan hatte. »Du kannst Befehle befolgen, und doch geächtet werden. Du kannst Entscheidungen treffen, die den Einsatzregeln entsprechen, und doch degradiert werden. Du kannst deinem moralischen Kompass folgen, und doch immer wieder hinterfragen, ob du richtig gehandelt hast. Es gibt kein Richtig oder Falsch. Es gibt nur das Ergebnis deiner Handlungen, und ich – wir als Offiziere – haben die Verantwortung, unserer Besatzung eine Zukunft zu geben. Eine Zukunft, die nicht daraus besteht, mit hölzernen Fischerbooten über Lagunias Ozeane zu schippern und Netze auszuwerfen. Wir sind *Harbinger*, verdammt noch mal. Wir haben Besseres verdient.«

»Haben wir das wirklich?«, fragte Nicholas nachdenklich. Konrad spürte Wut in sich aufsteigen, wartete jedoch ab und ließ sie dann los. Jeder hatte das Recht, sich zu hinterfragen, auch sein Sohn.

»Was geht dir durch den Kopf?«

»Omega«, sagte sein Sohn. »War es wirklich richtig, einer Maschine die Regierungsgewalt über unsere Welt zu geben?«

»Sie hat uns zur mächtigsten Kernwelt gemacht. Ihr haben wir die Oberon zu verdanken und all die Dinge, die uns vor zwanzig Jahren an der Spitze der Föderation haben stehen lassen. Nur die SCR konnte uns noch was Wasser reichen.«

»Aber sieh, wo wir jetzt stehen. Was ist davon geblieben? Wir sind ein museumsreifes Schiff aus einer anderen Zeit der Kriegsführung. Wir sind das Relikt aus einer brachialeren Phase des Kriegs, überholt und überflüssig.«

»Nein!«, erwiderte Konrad schärfer als beabsichtigt und nahm noch einen letzten Schluck, mit dem er den Rest der brennenden Flüssigkeit seine Kehle hinunterschickte. Leiser fügte er hinzu: »Wir sind nicht überflüssig.«

»Ich weiß das. Aber die Flotte weiß es nicht. Die setzen auf Wendigkeit und Schnelligkeit. Auf ihre neuen Hyperraumtorpedos, die wir nicht einmal orten oder abfangen könnten.«

»Die Oberon knickt nicht wegen ein paar Torpedotreffern ein«, brummte Konrad stur.

»Ich rede auch nicht davon, dass wir gegen die Flotte kämpfen würden.« Nicholas seufzte und schüttelte den Kopf. »Aber du weißt, wie es läuft: Wenn wir einen Fortschritt machen, entwickeln die Clicks ihn früher oder später auch. So war es in allen Kriegen der Menschheitsgeschichte, und so war es auch mit den Clicks. Du weißt genau, dass das der Grund dafür ist, dass sie einundfünfzig Hyperraumtore gleichzeitig gebaut haben. Wenn wir den Vorteil einer schnellen Flottenverlegung ausnutzen wollen, bleibt uns ein Versuch. Sie haben beinahe die Föderationswirtschaft vor die Wand gefahren, um dieses Mammutprojekt zu stemmen.«

»Und es wird gelingen. Und wir werden eine Rolle bei diesem Sieg spielen.«

»Ich glaube, dass du zu optimistisch bist, Vater.«

»Ein Kommandant muss optimistisch sein. Außerdem weigere ich mich zu glauben, dass wir nur deshalb als einzige Nicht-Kernwelt ein Tor bekommen haben, weil wir am weitesten von der Front weg sind und ungesehen damit operieren können.«

»Das würde aber Sinn ergeben. Die Wahrscheinlichkeit, dass die Clicks den Bau eines der vielen Tore mitbekommen haben, liegt bei annähernd einhundert Prozent. Sie wissen also, was wir tun. Sie wissen es schon, seit sie Kor angegriffen und Harbingen zerstört haben. Sie wollten verhindern, dass wir die Tortechnologie meistern, oder es zumindest verzögern. Aber sie wissen nicht, dass wir es auf einen massiven gleichzeitigen Schlag beinahe unserer gesamten Streitkräfte auf ihren Heimatplaneten abgesehen haben. Und dafür ist unser Tor essenziell. Von hier aus werden sie die Ablenkung starten, damit das Zieltor genügend Zeit hat, um sich zusammenzusetzen.«

»Warum bist du eigentlich hier, Junge?«, unterbrach Konrad seinen Sohn und musterte ihn eingehend. »Hast du ein schlechtes Gewissen?«

»Ich … ich denke schon.« Nicholas nickte und nahm das Glas wieder auf. Er sah hinein, trank aber nicht.

»Ich verstehe das und es spricht für dich. Es wird dauern, bis du die Realitäten eines eigenen Kommandos erkennst, aber es wird so kommen, und dann erinnerst du dich an diesen Moment und daran, dass du getan hast, was nötig war, um deiner Besatzung eine Zukunft zu geben. So oder so.«

»Ich hoffe es.«

»Wir schaffen es. Die Oberon wird wieder ein Flaggschiff sein und wenn es so weit ist, muss die lagunische Flotte als solche anerkannt werden. Dann haben wir offiziell unsere eigene Welt, die wir darauf ausrichten werden, uns Harbingen zurückzuholen, sobald die Strahlungswerte weit genug gesunken sind und wir uns als Nation eine Heilung der Biosphäre leisten können. *Das* ist unser Ziel und dafür lohnt sich das alles, auch wenn erst viele Generationen nach uns das Ergebnis erleben werden.« Konrad beugte sich vor und legte seinem Sohn eine Hand aufs Knie. »Denk immer daran, ja?«

»Dein Optimismus …«

»Die Flottenleitung hat uns immer abgewürgt, ja. Aber Augustus hat sich in unserer bisherigen Korrespondenz als äußerst zuvorkommend gezeigt. Vielleicht sogar als ein Verbündeter unserer Sache in der Admiralität. Wenn er herkommt und die Tüchtigkeitsüberprüfung ihn überzeugt, dann haben wir gute Chancen, erfolgreich zu sein. Ein *Flaggschiff!* Das, was wir immer waren. Dann werden wir nicht mehr übergangen und nicht mehr ignoriert.«

»Wäre das nicht besser?«, fragte Nicholas vorsichtig. »Ignoriert zu werden? Du weißt, wie wir seit damals …«

Konrad machte eine wegwerfende Handbewegung und lehnte sich abrupt zurück, als hätte er einen Stromschlag bekommen.

»Tut mir leid, ich wollte bloß …«

»Ist schon gut.« Der Konnektor neben seinem Schreibtisch fiepte. Konrad stand auf und nahm den Hörer ab. Das Kabel baumelte dabei träge hin und her. »Ja?«

»Das Flaggschiff des Admirals ist ins System gesprungen und hat bereits eine Nachricht gesandt. Der Rest der Flotte trifft ebenfalls gerade ein«, hörte er die Stimme seiner XO.

»Danke.«

»In der Mitteilung steht, dass wir uns bereithalten sollen.«

»Bereithalten?«, fragte Konrad überrascht. »Geplant war ein Offiziersdinner auf der Oberon. Die Vorbereitungen dafür sind doch abgeschlossen, oder?«

»Ja. Das steht in der Mitteilung«, entgegnete sein Commander ungerührt. »Soll ich nachfragen, was damit gemeint ist?«

»Nein.« *Ob das schon Teil der Überprüfung ist?* »Schick einfach eine formale Bestätigung und dann warten wir ab.«

»Ich habe mir erlaubt, ein Shuttle bereit machen zu lassen. Für alle Fälle.«

»Gut gemacht. Ich komme auf die Brücke.«

»Verstanden.« Es knackte und die Verbindung war beendet. Konrad hängte den Hörer ein und wandte sich an seinen Sohn. »Zeit für die lästigen Paradeuniformen.«

Eine halbe Stunde später ging er in der blauen Uniform der Terranischen Flotte durch die Flure seines Schiffs, auf dem Weg zur Brücke. Er nahm bewusst nicht die Fahrstühle, um so viele seiner Besatzungsmitglieder zu sehen, wie möglich. Sie sollten erkennen, dass es ernst war und sie sich von der besten Seite zu zeigen hatten. Er führte sehr kurze Gespräche, erkundigte sich nach dem jeweiligen Stand der Wasservorräte, der Wartungsarbeiten an den Radiatoren und der internen Supraleiterbündel. Bis auf ein paar Lecks in der Trinkwasseraufbereitung, die gerade repariert wurden, schien alles in bester Ordnung. Wo immer er auftauchte, wurde ihm salutiert und knappe ›Admiral‹-Begrüßungen ausgesprochen. Er versuchte, so viel Small Talk zu halten wie möglich, ohne allzu viel Zeit zu verlieren.

Die Oberon war ein wahres Monster, eine fliegende Kleinstadt, wenn man so wollte, nur dicht zusammengepackt mit einem Gewirr enger Gänge. Bei den Mannschaftsquartieren, die sich entlang der Zentralachse befanden und pro Abteil einhundert Matrosen in Stockkojen fassten, wurde es eng. Viele der Männer und Frauen waren nur halb bekleidet und pendelten zwischen den Waschräumen auf der einen Gangseite und den Unterkünften auf der anderen. Andere hatten frei und er konnte durch halb offene Türen sehen, dass sie an Tischen pokerten, gekleidet in Shorts und graue Unterhemden. Natürlich sah er auch die Schnapsflaschen, doch er war selbst einmal ein junger Kadett gewesen und wer war er, so zu tun, als wäre es nicht recht. Wichtig war das, was sie am Ende leisteten. Solange sie noch in einem Dienstgrad und Alter waren, wo sie kleine Heimlichkeiten zum Entspannen brauchten, sollte es eben so sein. Also tat er, als bekäme er es nicht mit und nickte, während sich vor ihm die lärmende Menge teilte.

Kurz bevor er das nächste Schiffssegment mit den Hangars und der Luftaufbereitung erreichte, fiel im Korridor das Licht aus. Sofort sprang die rote Notbeleuchtung an. Konrad blickte auf und verzog missmutig das Gesicht. Er sah auf seine anachronistische Armbanduhr hinab und grunzte.

»Tut mir leid, Sir!«, sagte ein junger Ensign mit dem orangenen Schiffsoverall des Ingenieurkorps, der gerade an einem offenen Wandpanel hockte. »Geht gleich wieder an, versprochen.«

»Das will ich hoffen.«

»Dieser beschissene Kabelkrebs!«, fluchte der Techniker, der bereits wieder mit Werkzeug in der Hand zur Hälfte in der Wand verschwunden war.

Konrad schüttelte den Kopf und beschleunigte seine Schritte, bis er den nächsten Kommunikator erreichte. Er zog den Hörer von der Wand und drückte die 1 für die Brücke. Der DNA-Scanner in dem Griff gab automatisch die Freigabe und kurz darauf hörte er die Stimme seiner XO.

»Sir?«

»Zentralkorridor Backbord, ab Abschnitt C-51 ist der Strom ausgefallen. Ich schätze, dass das auch die Fahrstühle betrifft?«

»Ja, wir haben gerade die Schadensmeldung registriert.«

»Ich schaffe es so nicht rechtzeitig zum Bughangar, um den Admiral zu empfangen«, knurrte er. Manchmal war es schwer, die alte Lady zu lieben.

»Sie könnten ein Shuttle vom Backbordhangar nehmen und fliegen«, schlug Silly vor. »Sir.«

»Gar keine schlechte Idee. Bereite schon mal alles vor, genau wie es geplant ist, nur ohne mich.«

»Verstanden.«

Konrad hängte den Hörer zurück und beschleunigte seine Schritte in Richtung Hangar. Sein Wunsch, zu Fuß durch das Schiff zu gehen, dabei den Kopf freizukriegen und seine Mannschaft zu treffen – was ihm immer guttat, um den Kontakt zu ihnen zu spüren – kam ihn jetzt teuer zu stehen. Er hatte nur noch vierzig Minuten Zeit.

Die Doppeltür fuhr zischend auf und er musste einige Male blinzeln, als er von lautem Gejohle und Gegröle überrascht wurde. Die gigantische Halle mit den geschlossenen Toren war voller Matrosen in orangenen Overalls, die um drei große Lastenshuttles herum standen. Das mittlere hatte die seitliche Verladerampe ausgefahren, auf der Chief Engineer Karl Murphy stand und beschwichtigend winkte. Viele seiner annähernd zweihundert untergebenen Ingenieure und Techniker schwenkten offen Schnapsflaschen und verschütteten eine Menge davon, während sie jubelten und klatschten.

»Was ist hier los?«, rief Konrad mit lauter Stimme und registrierte mit einiger Genugtuung, dass sein Brüllen noch immer das eines Löwen war – ob grauhaarig oder nicht. Sofort wurde es still und die Menge geriet in Bewegung. Gesichter fuhren zu ihm herum und Blicke füllten sich mit Schrecken. »Alkohol an Deck? Sie sind im Dienst verdammt noch mal!«

»Strammgestanden, ihr verdammten nichtsnutzigen Schraubköpfe!«, brüllte Murphy von der Rampe seines Shuttles. »Kommandant an Deck!«

Ein Rauschen, gefolgt vom Klackern vieler Absätze, dann standen sie alle still. Irgendwo zerschellte klirrend eine Flasche auf dem Boden.

»Ich brauche ein Shuttle, und zwar sofort«, wandte Konrad sich mit strenger Miene an den Lieutenant Commander, der zwei Matrosen herbeiwinkte, kurz instruierte und dann zu einem der Katapulte schickte, die als Löcher im Boden zu erkennen waren.

»Sofort, Sir!«, rief sein Chief Engineer.

Konrad nickte und ging auf das Shuttle zu. Die bleich gewordene Menge teilte sich artig vor ihm.

Ehe er den Zugang – tatsächlich ein Loch im Boden, durch das ein Teil der Hülle zu sehen war, in der eine Luke ins Innere führte – erreichte, drehte er sich noch einmal um.

»Sie hatten Erfolg, nehme ich an?«

»Jawohl, Sir!« Murphy grinste, was nicht besonders häufig vorkam.

»Dann macht euch an die Arbeit. Der Admiral trifft bald ein und ich will, dass die Oberon in zwei Tagen nicht mehr wiederzuerkennen ist, klar?«

»Jawohl, Sir!«, antworteten die Matrosen im Chor.

Konrad legte die Hände an die Zugangsleiter. Unter ihm erwachte das Shuttle surrend zum Leben. Noch einmal wandte er sich um.

»Gute Arbeit. Auf diesem Schiff ist Kontrabande verboten, also verlasse ich mich darauf, dass kein Tropfen Alkohol diesen Hangar verlässt!«, rief er und erntete dafür breites Grinsen unter seiner Mannschaft. »Das ist ein Befehl!«

Dann stieg er hinab in das lang gezogene Passagierabteil des Shuttles. Auf den beiden Sitzen für Pilot und Co-Pilot saßen zwei junge Offiziere und trafen letzte Startvorbereitungen.

»Starten Sie, sobald wir bereit sind«, befahl er ihnen und setzte sich auf einen der Schalensitze, wo er sich anschnallte und einen Kommunikator von der Wand nahm. Es missfiel ihm, wenn er über eine kabellose und damit sowohl abhörbare als auch störanfällige Verbindung sprechen musste, aber sie waren nicht im Kampf und dies war eine besondere Situation. Wieder wählte er die 1.

»Hier spricht die XO.«

»Silly, ich sitze im Shuttle.«

»Sehr gut, Sir.«

»Der Chief Engie hatte Erfolg.«

»Das sind gute Nachrichten. Ich schätze, seine Leute haben sich nicht an die Dienstvorschriften gehalten.« Silly klang säuerlich.

»Nein.«

»Wir sollten disziplinarisch …«

»Nein, sollten wir nicht.«

»Du bist zu weich mit ihnen«, bemerkte sie ungewohnt undistanziert für ein offizielles Gespräch.

»In zwei Tagen werden wir am letzten Gefecht gegen die Clicks teilnehmen und erwarten alles von ihnen. Ein wenig Bewegungsfreiraum haben sie sich verdient.«

»Natürlich, Sir.«

»Verspätet sich der Admiral?«

»Leider nein.«

»Wäre ja auch zu schön. Dann verschwenden wir keine Zeit mehr.« Er legte auf und seufzte. Er hasste es, zu warten und nichts tun zu können, um die Dinge zu beschleunigen.

Kurz darauf ging ein Pfiff durch die Kabine.

»Bereithalten für Katapultstart«, sagte der Pilot und Konrad atmete tief ein und aus, als sie wie ein Torpedo aus der fünfzig Meter langen Röhre ins Vakuum geschossen wurden. Die kurzfristigen 4g fühlten sich an, als drücke ihn eine unsichtbare Faust in den Sitz. Es war schwer, zu atmen. Kaum zu glauben, dass er vor sehr langer Zeit als Pilot eines alten Triton-Jägers noch mit dem Doppelten zurechtgekommen war und es sogar genossen hatte.

Zwischen dem Funkeln der Sterne und den Reflexionen der vierzig anderen Schiffe ihrer kleinen Flotte drehte der Pilot sie nach steuerbord und schoss an der Hülle der Oberon entlang, dem neuesten Titan der Föderation, der paradoxerweise heute eines der ältesten noch im Dienst befindlichen Kriegsschiffe war. Der Krieg gegen die Clicks kostete die Menschheit jedes Jahr eine Menge Leben und Material, und die Werften der Kernwelten produzierten durchgehend an ihrem Kapazitätslimit, um die Verluste auszugleichen. Alle anderen neunundvierzig Titanen, einst das Rückgrat jeder Flotte, waren so stark beschädigt worden, dass sich die Kosten für ihre Reparatur nicht mehr gelohnt hatten. Aber kein einziger war zerstört worden. Es war ein unrühmliches Ende für eine brachiale Strategie, die einmal den ganzen Stolz der menschlichen Ingenieurskunst sichtbar gemacht hatte.

Die Narben, die er auf der schwer gepanzerten Hülle seines Schiffs durch die Bullaugen sehen konnte, schmerzten ihn beinahe körperlich. Lang gezogene Risse und tiefe Krater zeugten von der letzten großen Schlacht der Oberon, der einen, die sie nicht gewonnen hatte.

»Nicht mehr lange«, murmelte er beinahe liebkosend. Die Entscheidung, die vierhundert nagelneuen Predatordrohnen durch einen Unfall während der Waffentests als verloren zu melden und sie in Wahrheit Murphy auf dem Schwarzmarkt verkaufen zu lassen, war ihm nicht schwergefallen. Nachdem sein Chefingenieur im Vorfeld den Deal mit den Händlern auf der Taurus-Station im Orbit um Artros ausgehandelt hatte, noch weniger. Sie bekamen für die heißeste Ware der Föderationsschmieden genügend Carbotanium, Carbin und Xenonit, um die Oberon nicht nur zu vollständiger Panzerung zu verhelfen, sondern auch zu topmodernen Radiatoren, schnelleren Supraleitern und einer internen Rumpfstabilität, die jedem neu vom Stapel laufenden Kreuzer gerecht werden würde. Kurzum: Sie würden selbst die strengsten Tauglichkeitskriterien erfüllen. Die Überholung des Schiffs war in zwei Tagen kaum möglich, aber es würde deutlich werden, in welche Richtung es ging, und das war für seinen Plan mit Augustus das Wichtigste.

Ihr Platz war an der Front, als Flaggschiff einer eigenen, anerkannten Flotte und Randwelt.

Nach einem kurzen Flug landeten sie in dem VIP-Hangar am Bug, dessen kleine Tore sich unterhalb des (nun geschlossenen) Observationsdecks befanden. Die Senioroffiziere waren bereits versammelt, ganz an ihrer Spitze seine XO, die an den beiden Reihen vorbeiging und letzte Anpassungen vornahm. Sein COB Walter Borowski war auch dabei, der vielleicht wichtigste Mann auf dem Schiff, ohne den gar nichts funktionierte, da er der dienstälteste Unteroffizier war, der über siebentausend Mannschaftsdienstgrade koordinieren und unter Kontrolle halten musste. Sein Titel ›Chief of the Boat‹ war also durchaus gerechtfertigt. Er sprach gerade mit der Ehrengarde Marines, von denen, dem Protokoll entsprechend, zwanzig in weißen Uniformen und ungeladenen Gewehren anwesend waren, um eine Ehrenformation zu bilden.

»... gleich schon mal üben«, sagte Silly gerade, als die Rampe des Shuttles herunterfuhr und Konrad ausstieg.

»Kommandant an Deck!«, rief sie laut und Hacken wurden aneinandergeschlagen. Gleichzeitig wandten die Marines ihre Gesichter um und blickten zu ihm. Die Offiziere nahmen Haltung an und sahen geradeaus.

»Rühren«, sagte er und trat in den kleinen Hangar hinaus, der mit den Anwesenden rappelvoll war. Das Shuttle drehte sich sofort zum Rückflug, noch ehe er seine Senioroffiziere erreicht hatte – unter ihnen sein Sohn Nicholas, der sehr weit vorne stand.

»Alles bereit?«, fragte er in Sillys Richtung.

»Der Besuch kann kommen, Sir.«

»Wunderbar.« Konrad ging die Reihen ab und startete bewusst beim COB und den Marines, sprach in knappen Worten mit ihnen und richtete hier und da augenzwinkernd ein Abzeichen oder einen Orden. Dann erst waren seine Offiziere an der Reihe. Er vergewisserte sich, dass sie alle perfekt standen, und kurz darauf erklang auch schon ein hoher Pfeifton, der die Ankunft des Admirals verkündete. Also stellte er sich ganz vorne zu seinen Offizieren, direkt neben seine XO, und nahm Haltung an.

Die Fähre des Vizeadmirals war ein lang gestreckter Zylinder mit Stummelflügeln, die auf eine beschränkte Atmosphärentauglichkeit hindeutete. Die Hülle glänzte wie Marmor und die Bugscheinwerfer strahlten im blauesten Licht. Die Triebwerke ließen nicht mehr als ein tiefes Brummen von sich hören, als sich das kleine Raumschiff durch das Kraftfeld schob, das sie vom Weltall trennte, und stufenlos die Landestutzen ausfuhr. Der Pilot – falls es sich nicht um eine Pilot*software* handelte – wendete und brachte mit erstaunlicher Präzision die Fähre in Querlage, sodass der seitliche Ausstieg direkt zwischen den beiden Reihen – Konrads Offizieren und der Doppelreihe Marines – zum Stoppen kam. Das Zischen hydraulischer Entlüftung rauschte durch den Bughangar und dann fuhr die Rampe direkt vor den Flügeln aus.

Vizeadmiral Augustus Bretoni stand in glänzender Paradeuniform und mit emaillierten Prunkknöpfen an ihrem Ende, die Hände hinter dem Rücken verschränkt. Auf seinem Kopf ruhte eine dunkelblaue Schirmmütze mit goldenem Emblem. Seine hochgewachsene Gestalt und das leicht knöcherne Gesicht hatten etwas Aristokratisches an sich, das Respekt einforderte.

Gemessenen Schrittes kam er die Rampe herunter, gefolgt von vier Offizieren, die allesamt genauso fein rausgeputzt waren wie ihr Vorgesetzter.

»Erlaubnis, an Bord kommen zu dürfen?«, fragte Augustus dem Protokoll entsprechend, nur wenige Meter von Konrad entfernt und auf dem letzten Stück Rampe stehend.

»Erlaubnis erteilt«, antwortete er.

»Aaach-tung!«, rief der COB und es klackerte einmal, als alle Anwesenden Haltung annahmen.

Lächelnd kam der Admiral näher, bis er vor Konrad stand. Er salutierte und Augustus erwiderte den Gruß.

»Rühren Sie sich doch.«

Kleidung raschelte. Niemand stand ›entspannt‹, aber jetzt breitbeiniger mit den Händen hinter dem Rücken statt an der Hüfte.

»Willkommen an Bord, Sir!«, begrüßte Konrad sein Gegenüber und schüttelte ihm die Hand. »Darf ich Ihnen meine XO Commander Silvea Thurnau vorstellen?«

»Sehr erfreut.«

»Unser COB Walter Borowski.«

»Ah, der heimliche Captain.« Augustus zwinkerte und Borowski lächelte freundlich.

»Eigentlich nur der Kummerkasten auf zwei Beinen, Sir.«

»Commander Nicholas Bradley«, fuhr Konrad bei seinem Sohn fort. Der Admiral ging weiter zu ihm und nickte anerkennend.

»So jung und schon im Rang eines Commanders.«

»Ja, Sir.«

»Da haben Sie wohl Außerordentliches geleistet. Wie Ihr Bruder übrigens auch. Er hat die gesamte Akademie mit Stolz erfüllt. Natürlich ist er erst im Rang eines Lieutenant Commander, aber er hatte es ja auch nicht leicht im Sol-System.«

Konrad biss bei dieser unverhohlenen Spitze die Zähne aufeinander und war froh, dass auch sein Sohn sich so gut unter Kontrolle hatte.

»Aber ich finde das gut«, fuhr der Admiral fort und winkte lapidar. »Ein so junges Gesicht an der Spitze eines so betagten Schiffs tut sicherlich der gesamten Besatzung gut.«

»Danke, Sir«, entgegnete Nicholas neutral.

»Was ist mit Ihren Offizieren, Admiral?« Konrad deutete in Richtung der zwei Männer und zwei Frauen, die noch immer auf der Rampe standen.

»Sie werden hier auf mich warten.«

»Ich verstehe nicht. Wir haben entsprechend der Liste für das Dinner mit zwölf Personen gerechnet.«

»Ah, es tut mir leid, Captain. Vermutlich hat mein XO es versäumt, sich mit Ihrer XO in Verbindung zu setzen. Es gab eine kleine Planänderung.«

»Eine Planänderung?«

»Das gemeinsame Dinner wird auf meinem Schiff, der Caesar, stattfinden. Ein echtes Flaggschiff ist ein angemessener Ort für einen erfahrenen Captain wie Sie.«

»Das ist …«

»Ich weiß, ich weiß«, unterbrach Augustus ihn. »Aber ich bestehe darauf. Sie haben es verdient.«

Konrad schaffte es, die Hände nicht zu Fäusten zu ballen, aber seine Kiefer knackten leicht.

»Außerdem werde ich eventuell häufiger gebraucht, da die Vorbereitungen für unseren Sprung übermorgen auf Hochtouren laufen, wie Sie sicher verstehen. Ihr Sohn macht sich wirklich hervorragend auf meinem Schiff.«

»Verstanden, Sir.«

»Wunderbar. Aber wie Sie sehen, bin ich ja hier. Ich konnte es mir nicht nehmen lassen, dieses fliegende Museum einmal mit eigenen Augen zu sehen.« Als der Admiral die vielen sauren Blicke sah, lachte er schallend. »Nur ein Scherz! Bei Gott, Sie sind aber alle steif. Entspannen Sie sich. Ich würde mich geehrt fühlen, wenn ich eine Führung über dieses eindrucksvolle Schiff bekommen würde, Captain. Ich habe noch nie einen echten Titanen betreten!«

»Natürlich«, antwortete Konrad neutral und löste mit einer Handbewegung die Ehrenformationen auf. »Folgen Sie mir doch bitte.«

Kapitel 11

»Nächstes Mal bringe ich auch meinen eigenen Fraß mit«, beschwerte sich Oxana und hielt sich den Bauch. Die vierschrötige Seglerin sah aus wie eine Seekranke und verabschiedete sich einmal mehr in Richtung Toilette.

Franc blickte ihr mit einem mitleidigen Blick hinterher, bis sie durch die schmale Tür verschwand und eindeutige Geräusche zu ihnen in den Aufenthaltsraum drangen. Valeska verzog das Gesicht.

»Wir sollten ihr etwas von unseren Vorräten abgeben. Die ganze Lieferung ist doch sicher verdorben«, schlug sie vor. Am Morgen war eine kleine Lastendrohne mit Nahrungsmitteln für zwei Wochen eingetroffen, die für Oxana, Ute, Oliver und Powell gedacht waren. Valeska hatte in Uringen genug Trockennahrung eingepackt, um mehrere Monate auszuhalten. Niemand mochte das Zeug, außer ihr und Franc, dabei war es voller Nährstoffe und ließ sich schnell und unkompliziert zubereiten. Aber Essen hatte für sie noch nie eine große Rolle gespielt. Im Gegensatz zu den Seglern, die offenbar einigen Wert darauf legten, gut zu speisen.

»Arme Oxi«, meinte Ute, eine klein gewachsene Harbingerin mit kalkweißer Haut und wässrigen Augen. Sie saß mit Oliver und Powell, beides kräftige junge Männer mit rasierten Schädeln, an dem Esstisch und spielte Karten, während Franc und Valeska am Holotisch die Daten der Tiefensonde durchgingen.

Das Schwimmhabitat hatte sich als gute Investition erwiesen. Nach einigen Stunden hatte es sich komplett aufgebaut und bot ihnen vierzig Quadratmeter Platz. Das klang vielleicht nicht nach viel, aber für eine Unterkunft, die mittels Ausgleichsdüsen selbstständig ihre Position auf dem Wasser halten konnte und zusammengepackt das Format einer großen Lastenkiste gehabt hatte, war das nicht schlecht. Die Crew schlief in einem kleinen Raum mit Stockkojen und sie und Franc hatten ein eigenes Doppelbett im Arbeitszimmer, das sich in die Wand klappen ließ und dann genügend Platz für ebenfalls ausklappbare Schreibtische und ihr Forschungsequipment bot. Dazu gab es noch zwei Nasszellen zum Duschen und Waschen und zwei Toiletten, von denen die eine jetzt beinahe die ganze Zeit über besetzt war. Die ›Küche‹ bestand lediglich aus einem Recycler für organische Abfälle, die vom Recyclingsystem in Makro- und Mikronährstoffe aufgespalten und dann für den Synthetisator aufbereitet wurden, und einem für anorganischen Müll, die automatisch in die Instandsetzung des Habitats übergingen. Draußen gab es noch einen Anleger, an dem Oxanas Segler festgemacht war und über den man mit einer Leiter in das kleine Tauchboot einsteigen konnte.

»Sie kann den Sturm einfach nicht ab«, grölte Powell grinsend. Wie zur Bestätigung heulte der Wind draußen besonders laut auf. Der Hurrikane dauerte nun schon seit zwei Stunden an und hatte ihren Plan zunichtegemacht, den ersten Tauchgang zu begehen. »Sie soll es einfach zugeben.«

»Sehr witzig, Holzkopf«, schnauzte Ute ihn an. »Wenn du anfängst, hinten raus zu pissen, dann lache ich dich auch aus.«

»Hey! Wir haben auch den Proviant von Westbank gefuttert! Und von uns hat keiner den flotten Djiffar!«

»Liegt daran, dass sie die Einzige ist, die vegetarisch bestellt hat«, brummte Oliver.

»Ein bisschen Ruhe bitte«, rief Valeska, ohne vom Holoschirm wegzusehen. »Wir sehen uns gerade die Scans der Höhle an.«

»Eigentlich ist es keine Höhle, viel zu groß«, meinte Franc. Tatsächlich war der Bereich unter dem Schacht gigantisch. Viele Kilometer tief und breit mit einer Menge Leben und natürlich der riesigen, halb zerfallenen Ringstruktur. »Dieser Ring muss uralt sein!«

»Sieht so aus. Aber der Algen- und Korallenbewuchs ist minimal.« Valeska runzelte die Stirn. »Sieht aus wie unter Druck und Strömungsabrasion zersetzt und zusammengebrochen, aber das würde Jahrhunderte dauern bei einem Material, das so eine Struktur stabil gehalten hat. Warum haben sich die Pflanzen nicht noch dichter dort angesiedelt? Es wäre ideal für sie.«

»Zu wenige Nährstoffe in der Strömung?«, schlug Franc vor.

»Möglich. Wir müssen da runter. So oder so.«

»Wenn dieser verdammte Sturm nicht wäre.«

»Wir gehen trotzdem«, entschied sie. »Da unten ist es ja ruhig.«

»Geht nicht«, sagte Ute, ohne von ihrem Kartendeck aufzusehen. Sie spielte eine Karte aus und Oliver grunzte frustriert. »Sicherheitsregeln der Westbank. Ab Windstärke acht keine Bergungsoperationen mehr.«

»Wir haben auch nicht vor, irgendwas zu bergen!«

»Sie sind doch 'ne kluge Frau; *jeder* Tauchgang auf Lagunia ist im besten Fall eine Bergung.«

»Nicht für uns. Wir müssen uns das genauer anschauen und herausfinden, ob sich überhaupt etwas bergen lässt. Vielleicht einige Proben von diesem Ringgebilde.«

»Sie meinen das Hyperraumtor?«, fragte Powell und warf ein paar Spielchips in die Mitte, was Ute zum Stirnrunzeln animierte.

»Das ist reine Spekulation«, schnaubte Valeska. »Prospektoren prahlen gerne, um den Preis für ihren gefundenen Claim in die Höhe zu treiben.«

»Sieht für mich genauso aus wie das Ding im Orbit um Artros, das die Oberon so eifersüchtig bewacht.« Powell zuckte mit den Schultern.

»Ein Hyperraumtor liegt wohl kaum auf dem Meeresgrund in einer Höhle, die gar keinen Zugang zur Oberfläche hat.«

»Hat sie doch.«

»Drücken Sie mal ein Objekt von mehreren hundert Metern Durchmesser durch einen sechs Meter breiten Schacht«, entgegnete sie scharf. »Um das absurd zu finden, müssen Sie nicht einmal studiert haben.«

»War ja klar, dass jetzt …«

»Wenn sie runtergehen wollen«, unterbrach Ute ihren Kameraden, »dann gehen sie runter. Wir sind angeheuert worden, unseren Job zu machen und nicht, um sie juristisch zu beraten.«

»Meinetwegen«, lenkte Powell ein und zuckte mit den Schultern. »Aber ich kann das Ding nicht fahren.«

»Ich mache das.« Alle Blicke richteten sich auf die Tür zur linken Toilette, aus der eine blasse Oxana herauskam. Sie schniefte verdrießlich und ging zur Küche, um sich Medikamente einzuwerfen.

»Sie sind doch nicht in dem Zustand, ein U-Boot zu steuern!«, wandte Franc ein. »Sie müssen sich hinlegen und auskurieren.«

»Nee. Die Pillen fangen schon an zu wirken und ich war

noch nie gut darin, im Bett rumzugammeln. Ein bisschen Arbeit bringt mich auf andere Gedanken.«

»Und die Sache mit den Gesetzen?«, fragte er.

»Ach.« Sie winkte ab. »Die sind eher so was wie Richtlinien. Sie glauben doch nicht, dass irgendjemand kontrolliert, was hier draußen vor sich geht?«

Valeska warf erst ihrem Ehemann und dann Powell einen vielsagenden Blick zu. Letzterer tat so, als vertiefe er sich in seine Karten. Seinem Gesichtsausdruck nach zu urteilen, war er gerade dabei zu verlieren.

»Also, worauf warten wir noch? Wir haben etwas zu entdecken, um das uns jeder andere Forscher auf Lagunia beneidet!«

Franc seufzte ergeben und nickte. »Na gut. Dann mal los.«

Oxana ging als Erste und bat um fünf Minuten Zeit, um das Tauchboot klarzumachen. Dann folgten Valeska und Franc nach draußen auf die kleine Anlegerplattform. Große Wellen setzten sie im Sekundentakt unter Wasser, sodass sie schnell sein mussten, um zwischen den schaumigen Dünen, die in der Dunkelheit der Nacht aufblitzten, die Luke zum Boot aufzumachen, hineinzuklettern und sie wieder zuzumachen, ehe sie in der Kabine ertränkt werden konnten. Es war riskant, und erst als sie in ihren Regeneinteilern die Tür nach draußen öffneten, wurde klar, wie sehr. Zuerst riss der Wind so stark an der Siliziumluke, dass sie Oxana aus der Hand glitt und heftig gegen die Außenwand schlug. Dann klatschte eine Welle an ihnen vorbei und flutete das halbe Habitat. Ute, Oliver und Powell fluchten und sprangen vom Tisch auf, um sich darum zu kümmern. Vermutlich würden sie sie verfluchen, sobald sie weg waren. Nicht ganz zu Unrecht.

»Schnell!«, schrie Valeska gegen den heulenden Sturm an und sprang zur runden Luke in der Plattform, mit der das Tauchboot von unten verbunden war. Sie drehte an dem Rad, riss den Einstieg auf und scheuchte Franc hinein. Als er leicht stolperte, blickte sie sich über die Schulter und sah die nächste Welle auf sie zurasen. Sie war mindestens zwei Meter hoch. »Verdammt!«

Kurzerhand gab sie ihm einen Schubs, und er quiekte fluchend auf, ehe er an der Leiter vorbei ins Innere stürzte. Rasch folgte sie ihm, ignorierte die Sprossen und rutschte mit einer Hand am Verschlusshebel hinterher, sodass ihr Schwung und Körpergewicht dafür sorgten, dass der Gummiring über ihr geschlossen war. Es war knapp, denn im selben Moment hörte sie es über sich laut rauschen.

»Ich habe mir den Kopf gestoßen!«, fluchte Franc und hielt sich eine kleine Platzwunde an der Stirn.

»Zeig mal her.« Sie betrachtete die blutende Stelle und nickte. »Schon gut, drück einfach ein Taschentuch drauf, das muss nicht genäht werden.«

»Für die Wissenschaft, was?«, meckerte er.

»Besser als da draußen zu ertrinken.«

»Wir hätten einfach bis morgen warten sollen.«

»Wir haben jahrelang gewartet, damit ist jetzt Schluss«, entgegnete sie bestimmt und sah sich in der kleinen Kabine um. Es gab nur einen Pilotensitz, in dem Oxana hockte und die vielen Kippschalter und Holokonsolen bediente, und zwei Schalensitze dahinter mit jeweils einem Touchdisplay auf schwenkbaren Armen, die sich heranziehen ließen. Nacheinander setzten sie sich, was gar nicht so einfach war, da das U-Boot heftig hin und her schwankte. So war Valeska einigermaßen erleichtert, als sie endlich saß und auch ihr Ehemann sich angeschnallt hatte und versuchte, die nasse

Kleidung abzustreifen. Die Luftfeuchtigkeit in der Kabine war sprunghaft angestiegen. Für Klaustrophobiker war dies nicht der richtige Ort, schienen sie doch in einer winzigen ovalen Blase aus Metall zu sitzen, die nach vorne hin mit einer Halbkugel aus Glas schloss und von innen mit Haltenetzen und jeder Menge blinkender Lichter ausgekleidet war, die den Eindruck erweckten, die Wände würden sich zusammenziehen.

»Wie lange werden wir hier drinnen sitzen?«, fragte Franc und presste sich ein weißes Tuch gegen die blutende Stirn.

»Wir brauchen eine Stunde bis nach unten. Dieses Baby ist zwar mit das Beste, was sie hier auf Lagunia kaufen können, aber immer noch ein Jahrhundert hinter der verfügbaren Hardware einer Kernwelt zurück. Insofern müssen wir uns dem hohen Druck langsamer stellen. Und da unten hängt alles von Ihnen ab«, antwortete Oxana, legte einen letzten Schalter um und konzentrierte sich dann auf die Steuerung. Kurz darauf ging ein Ruck durch das Tauchboot und sie glitten in die Tiefe. Vor ihnen blubberten Luftblasen an der Scheibe hinauf und ein paar Fische stoben davon. Es herrschte beinahe vollständige Finsternis, bis Oxana die Scheinwerfer einschaltete, deren Licht sich jedoch im dunklen Wasser rasch verlor.

Der anschließende Abstieg durch den Schacht war faszinierend. Obwohl Valeska die Bilder der Tiefensonde gesehen hatte, war es etwas anderes, mit eigenen Augen zu sehen und daran hinabzugleiten. Es gab keinen Zweifel: Der Tunnel war künstlich, mit gleichmäßigen Wänden und spiralförmigen Fugen, wie sie ein Bohrer hinterlassen würde.

»Weiß wie Kalkgestein«, murmelte sie, ohne ihr Display zu beachten. Sie hatte es zur Seite geschoben.

»Also Korallenablagerungen. Aber die bräuchten sehr lange Zeit für so eine dicke Schicht«, meinte Franc. »Und wieso hält es sich so weit über dem Grund?«

»Vielleicht eine Bogenform, die statisch genügend Festigkeit hat.«

»Wir könnten ganze Monate damit verbringen, nur dieses Phänomen zu untersuchen.«

»Ich weiß. Wir arbeiten uns einfach vom Wichtigsten zum Unwichtigsten weiter«, schlug sie vor. »Nicht dass irgendetwas hiervon unwichtig wäre.«

»Is wie Kirmes für Sie beide, was?«, fragte Oxana.

»Mehr als das. Und die Hauptattraktion kommt erst noch.«

Die nächste halbe Stunde sagte niemand von ihnen etwas, lediglich der Tiefenmesser meldete sich alle einhundert Meter mit einem hohen *Blip*. Unmengen von Fischen und tentakeligen Weichtieren flitzten durch die Lichtkegel ihrer Scheinwerfer, weiße Wesen mit merkwürdigen, skurrilen und vor allem unheimlichen Formen. Einige von ihnen waren biolumineszent und stießen bläuliche Wolken aus, die erst leuchteten und dann nach und nach vergingen. Es war, als glitten sie durch ein wunderschönes Gruselkabinett.

Und dann kam der erste Ausläufer der zerstörten Ringstruktur in Sicht. Zuerst hielt Valeska ihn für eines der großen walartigen Tiere, von denen sie die Schwanzflossen gesehen hatte, doch er bewegte sich nicht. Wie eine gekrümmte Hand mit verwitterter Haut bog sich das dunkelbraune Gebilde vor ihnen im Licht, blass wie eine scheuende Amöbe.

Als Oxana niesen musste, zuckte Valeska vor Schreck zusammen.

»Himmel!«

»Tut mir leid«, schniefte die Kapitänin und wischte sich mit dem Handrücken über Mund und Nase. Sie glaubte, rotes Blut darauf zu erkennen.

»Ist alles in Ordnung?«

»Ja, geht mir gut. Vermutlich ein Gefäß geplatzt.« Die Frau winkte ab. »Das ist aber ein Oschi.«

»Ja. Wir müssen näher dran!« Gebannt zog Valeska das Display zu sich und betrachtete die Daten des Spektrografen, der unter der Hülle montiert war und die Zusammensetzung der Struktur auflistete. »Siehst du das, Franc?«

»Ja. Carbotanium, Sauerstoff, Stickstoff – das sind die Moleküle im Wasser – und jede Menge Komposit. Metallmischmasch, wie wir ihn auch für unsere Raumschiffe einsetzen. Ein Hyperraumtor.«

»Langsam, langsam«, ermahnte sie ihn. »Wir sind Wissenschaftler und lassen uns nicht zu vorschnellen Annahmen hinreißen.«

»Da gibt es auch Korallenablagerungen.« Er zeigte auf sein Display, aber sie sah es bereits mit eigenen Augen: weißer Kalk, der sich auf der bräunlichen Struktur abgesetzt hatte und im Scheinwerferlicht selbst den letzten Rest Farbe zu verlieren schien, als löse sie sich in den Photonen auf. »Aber ganz schön wenige. Das liegt noch nicht lange da, möchte ich wetten.«

»Wir müssen tiefer gehen.«

»In Ordnung. Noch neunhundert Meter bis zum Grund«, verkündete Oxana mit belegter Stimme und räusperte sich. Valeska hoffte, dass die Medikamente tatsächlich wirkten und sie nicht hier unten in der Kabine von einer Durchfallattacke geplagt wurde. Das wäre ziemlich ungünstig, denn eine Toilette gab es nicht.

Wieder wurden die Scheinwerferkegel von Schwärze

umhüllt, die mit Schwebeteilchen gefüllt waren. Leben gab es hier immer seltener.

»Das Sonar zeigt schon einiges an. Die Prospektoren hatten schon darauf hingewiesen, aber da liegt eine Menge!« Francs Stimme überschlug sich beinahe. »Wow!«

Valeska sah es auch. Über einhundert Kontakte auf dem Bildschirm. Sie reichten von zwei Metern Durchmesser bis zu dreißig und waren stark zerklüftet.

»Vielleicht eine Siedlung? Endlich eine Siedlung!«

In all den Jahren, seit nach den ausgestorbenen Lagoon geforscht wurde, hatte man nie tatsächliche Habitate von ihnen gefunden. Man wusste also, dass es sie gegeben hatte, eine intelligente aquatische Spezies, die es auf unerklärliche Art in den Weltraum geschafft hatte, aber herausgefunden wie und wo sie gelebt haben mochten, hatte bislang niemand. Insofern schämte sie sich nicht für ihre Begeisterung. Doch als sie nur noch fünfzig Meter vom Grund entfernt waren und Oxana das Tauchboot kippte und die Scheinwerfer aufs Maximum hoch regelte, wurde sie rasch enttäuscht.

Was sie unter sich sahen, war ein Trümmerfeld. Skelette aus rostzerfressenem Komposit, das eigentlich nicht rosten sollte, Teile, die aussahen wie von Klauen zerfetzte Flügel und aufgebrochene Lebenserhaltungskapseln. Es war zu erahnen, dass sie einmal oval gewesen waren, typisch für diejenigen der Clicks.

»Hier muss eine Schlacht stattgefunden haben«, murmelte Franc. »Es macht Sinn: Die Clicks haben Lagunia angegriffen, weil die Lagoon Hyperraumtore entwickelt haben. Bei uns haben sie genau dasselbe getan. Als das Omega fast den Durchbruch hatte, haben sie mit allem, was sie hatten, Harbingen angegriffen und den Forschungsmond

Kor zerstört. Ich möchte wetten, dass es den Lagoon genauso ergangen ist, nur dass sie keine Kolonien hatten und auf ihrer Heimat ausgelöscht wurden. Verdammte Clicks!«

»Wir brauchen Proben. Proben von jedem einzelnen Wrack, das hier liegt«, entschied Valeska mit trockenem Mund. Er fühlte sich an, als hätte ihn jemand mit einem staubigen Lappen ausgerieben. Ungeduldig schluckte sie. »Materialproben von den Wracks und eine von dem Hyperraumtor. Vielleicht finden wir Strahlungsrückstände und finden heraus, ob das Tor jemals aktiviert worden ist.«

»Hier unten? Wohl kaum. Ein Hyperraumtor auf einem Planeten zu öffnen wäre Wahnsinn. Dann würde es Lagunia gar nicht mehr geben.«

»Da noch nie ein Hyperraumtor benutzt worden ist – zumindest nicht in Gegenwart eines Menschen – können wir das gar nicht wissen!«

»Aber die Gravitationswellen …«

»Aus dem Orbit abgestürzt sein kann es wohl kaum«, unterbrach sie ihn. »Wäre wahrscheinlich verglüht.«

»Oder zerbrochen?«, entgegnete er gereizt.

»Ich gehe einfach näher ran, okay? Dann können wir die kleinen Scraper-Drohnen auswerfen, und die fangen an, mit ihren Spateln zu kratzen«, schlug Oxana vor. »Alle einverstanden? Wunderbar.«

Valeska wollte etwas Wütendes erwidern, da sie sich nicht wie ein Kleinkind abwimmeln lassen ließ, nur weil jemand Konflikte nicht aushalten konnte, doch im Grunde hatte die Frau ja recht. Sie und Franc waren einfach zu aufgeregt.

»Tut mir leid«, sagte sie in seine Richtung und er lächelte milde.

»Alles gut. Wir haben alle Zeit der Welt und sollten sie

uns auch nehmen. Nach so vielen Jahren ist es verständlich, dass wir ungeduldig sind, aber wenn wir eines gelernt haben sollten, dann doch, dass sich Geduld und Beharrlichkeit auszahlen«, gab er zurück und streckte eine Hand zu ihr aus, die sie fest drückte.

»Scraper sind raus«, verkündete Oxana und nieste wieder. »Meine Güte.«

»Sind Sie auch wirklich in Ordnung?«

»Ja. Wenn wir oben sind, verlange ich eine Rückerstattung für diesen Scheißfraß vom Westbank!« Die Kapitänin schniefte verdrießlich, während vor ihnen die Antriebslichter der kleinen runden Arbeitsdrohnen davonschwirrten und sich den bizarren Schatten am Meeresgrund näherten. »Wirklich erstaunlich diese flinken Dinger. Wo haben Sie die nur aufgetrieben?«

»Wir hatten genügend Zeit, Kontakte in Uringen aufzubauen«, antwortete Valeska ausweichend. Sie wollte lieber nicht an diesen schmierigen Agenten Schmidt und seine TIA denken. Wann immer sie es tat, fühlte sie sich wie eine Marionette an strammgezogenen Fäden. Dabei wollte sie, dass das hier ganz und gar *ihr* Projekt war. Sie hatten es verdient, endlich die akademische Anerkennung zu bekommen, die ihnen zustand. Alle hatten sie darüber gelacht, dass sie sich für Lagunia entschieden hatten, aber bald würde keiner mehr lachen.

Es dauerte dreißig Minuten, bis die ersten Daten der fleißigen Drohnen mit ihrem halben Dutzend Greif- und Werkzeugarmen eintrafen. Der Computer speicherte sie und verarbeitete sie zu Graphen und Zusammensetzungstabellen.

Da begann Oxanas Husten. Erst klang es nur wie ein Räuspern, dann immer mehr wie feuchtes Keuchen, ein Aufbäumen ihrer Bronchien, das Valeska aufschrecken ließ.

»Oxana?«, rief sie, als die Kapitänin gar nicht zur Ruhe kam und der Anfall kein Ende nahm. Ihre gesamte Stuhllehne wackelte heftig.

Franc schnallte sich ab und stürzte zu ihr, und sie tat es ihrem Ehemann nach, als sie sich kurz daraus aus ihrer Schockstarre fing. Ungeschickt fummelte sie an den Verschlüssen von Oxanas Sitzgurten herum, bis sie sie zu zweit endlich befreit hatten. Schaum quoll der Kapitänin aus dem Mund und Blut rann in dunkelroten Fäden aus ihrer Nase.

»Verdammt, was ist mit ihr?«, rief Valeska und versuchte, den Schaum mit zwei Fingern aus Oxanas Mund zu befördern, da sie erschreckende Erstickungslaute von sich gab.

»Sie krampft. Keine Ahnung was mit ihr ist«, erwiderte ihr Mann hilflos. »Los, legen wir sie auf die Seite, damit sie nicht erstickt!«

Gemeinsam hoben sie Oxana aus dem Stuhl und legten sie zwischen ihre beiden Sitze, wo sie sie auf die Seite hievten und zusahen, wie Schaum und Blut auf das graue Kompositgemisch flossen.

Dann plötzlich hörten die Krämpfe auf. Instinktiv überprüfte Valeska ihren Puls, fand aber keinen.

»Ihr Herz ist stehen geblieben!«, sagte sie schrill. Ungeschickt drehte sie sie auf den Rücken und begann mit einer Herzmassage. »Bis wie viel muss ich zählen?«

»Keine Ahnung! Ich weiß es doch nicht!«

»Ich bin keine Ärztin, verdammt!«

Das Piepen der Computer und das Dröhnen der Motoren schien lauter zu werden und die Kabine enger, während Valeska der Schweiß von der Stirn tropfte, doch sie hörte nicht auf, drückte immer wieder mit übereinanderliegenden Händen, bis sie realisierte, dass Franc sie an der Schulter zog. Ihr Blick wurde zwischen den Tränen klarer und sie sah, dass Oxanas Augen gebrochen nach oben starrten.

»Sie ist tot! Hör doch auf, sie ist tot!«

»Aber sie kann nicht tot sein!« Sie stammelte mehr, als dass sie sprach. »Sie … sie kann doch nicht an einer verdammten Lebensmittelvergiftung sterben. Hier unten!«

»Ich … ich weiß es nicht. Aber sie ist tot.« Franc sackte in sich zusammen und stieß mit dem Rücken gegen einen der Sitze. Er schien es nicht einmal zu bemerken. Konsterniert sah er auf die Leiche ihrer Kapitänin. »Was machen wir denn jetzt?«

»Ich … ich …«

»Wir müssen die Scraper einsammeln und sofort aufsteigen. Das Westbank informieren und Rettung anfordern. Dann werden wir nach Uringen …«

»Nein!«, fuhr sie ihm dazwischen, überrascht von ihrer eigenen Schärfe. »Die Scraper brauchen dreißig Minuten. Wenn sie wieder da sind und die Daten haben, steigen wir auf.«

»Aber, Valeska …«

»Nein. Wenn wir jetzt aufsteigen, ist alles umsonst gewesen, das macht sie erstens nicht lebendig, und zweitens müssen wir ganz ruhig und ohne Panik herausfinden, wie wir dieses Tauchboot steuern«, sagte sie und atmete ein paarmal tief ein und aus. »Wir beruhigen uns jetzt. Oxana ist tot. Wir müssen sie nach oben bringen, aber dafür müssen wir einen klaren Kopf haben und keine Fehler machen. Hier unten herrscht ein Hundertfaches des Drucks von der Oberfläche. Da macht man keine Experimente!«

»Ja«, entgegnete er schleppend, das Gesicht bleich wie Kalk. Er blies die Wangen auf. »Du hast recht, denke ich.«

»Sieh nach, ob du eine Verbindung zur Basis bekommst,

und sag Ute oder den Jungs Bescheid, was los ist. Sie sollen sofort den Funker von Westbank informieren, dass wir einen medizinischen Notfall mit Todesfolge haben. Ich werde mich an die Kontrollen setzen und hoffen, dass ich die Steuerung begreife, oder ein Hilfsprogramm entdecke. Sobald die Scraper zurück sind, können wir auftauchen.«

»Okay, in Ordnung.« Ihr Mann wirkte noch immer, als hätte er einen Geist gesehen. Ihr selbst war so schlecht, dass sie sich übergeben wollte. Aber sie mussten jetzt handeln. Nicht dumm handeln. Klug handeln.

»Und wenn du die Nachricht abgesetzt hast, sieh nach, ob du das Sonar auf einen der Schirme bekommst, damit wir den Schacht finden, der uns nach oben führt.«

TFS Gibraltar, Harbingen-System

Der Zerstörer *TFS Gibraltar* zog gemächlich an den äußersten Ausläufern von Harbingens Gravitationstrichter vorbei, weit entfernt vom letzten Trümmerstück seines zerstörten Mondes Kor, das auf den Schirmen aussah wie ein dreieckiger Splitter mit ausgefransten Zacken an den langen Seiten. Harbingen war mit seiner einladenden grünen Landmasse, die von einem Gefäßnetzwerk strahlend blauer Flüsse durchzogen wurde, noch immer ein wunderschöner Anblick. Lediglich die großen braunen Kreise ließen darauf schließen, dass es nicht die Natur war, die hier am Werk gewesen war, sondern die zerstörerische Kraft dessen, was die Evolution hervorgebracht hatte: Narben von Kors Bruchstücken, die auf der ehemaligen Kernwelt niedergegangen waren und sie in eine Hölle aus unnachgiebiger Strahlung verwandelt hatte.

Captain Toyohiro Akiyama hatte sich oft vorgestellt, wie es gewesen sein musste, an jenem schicksalhaften Tag vor zwanzig Standardjahren auf der Oberfläche gestanden zu haben. Mitanzusehen, wie unter den gellenden Notfallsirenen der paradiesischen Städte der Himmel in Flammen zu stehen begann. Der Anblick gigantischer Mondbruchstücke, an deren Rändern sich die Atmosphäre entzündete, der durch unfassbare Reibung entstehende Hitzesturm, der die vielen Bewohner im Freien nach wenigen Minuten kochte. Waren sie alle in Panik geraten? Oder still geworden im Angesicht solch unvorstellbarer Gewalten, die zu groß schienen, um sie zu begreifen? Hatten die Männer, Frauen und Kinder auf der Nachtseite beim Einsetzen des Alarms ihre Häuser verlassen und mit ihren Nachbarn nach oben gezeigt, wo ein gewaltiges Gewitter aus Blitzen, Explosionen und Raketenschwärmen in der Nähe des strahlendsten Mondes die Nacht zum Tag machte? Wie hatten diejenigen, die Schutz in Bunkern oder ihren Kellern gefunden hatten, auf die Nachricht reagiert, dass die Oberon mit den Kolonieschiffen fortgesprungen war und sie nun schutzlos waren gegenüber dem Himmel, der ihnen wortwörtlich auf den Kopf fiel? Hatten sie geweint in dem Wissen, dass es mehrere Tage dauern würde, bis Hilfe kam und selbst die keinen Unterschied machen würde, weil kein logistischer Kraftakt der Föderation ausgereicht hätte, so viele Millionen Menschen aus einer sterbenden Welt zu evakuieren?

Toyohiro stellte sich gern vor, dass sie mit hochgerecktem Kinn gestorben waren, wie es der Ruf der Harbinger vermuten ließ.

Heute war von dem Chaos, das damals, an diesem Tag, der die gesamte Föderation durchgeschüttelt und eine komplett neue Flottendoktrin hervorgebracht hatte, kaum noch etwas zu spüren. Natürlich waren da die fünf großen Flecken auf Harbingens Oberfläche, die davon kündeten, dass Schreckliches geschehen war, genau wie das noch im Orbit befindliche Trümmerstück Kors, aus dessen Regolithverlust ein dünner Ring um den Planeten entstanden war. Auch die Überreste der Schlacht zwischen den Flotten der Föderation und der Clicks zogen ihre Kreise um den grünen Ball auf dem Schirm, erkennbar als ausgedehntes Funkeln.

Aber ansonsten war da nichts. Die Habitate und Industriestrationen, Heliumraffinerien und Asteroidenminen des inneren und äußeren Systems waren noch intakt und auf den Scannern zu sehen, allerdings bar jeglicher Abstrahlung. Mit Harbingen war auch der Rest des Systems in den Monaten und Jahren nach und nach gestorben. Ohne das industrielle und kulturelle Zentrum zogen alle Weltraumbewohner schließlich ab zu vielversprechenden Randwelten, die qualifizierte Arbeitskräfte brauchten, oder Kernwelten, auf denen sie noch Angehörige hatten, und die ein besseres Leben versprachen.

Captain Akiyama befand sich bereits in seiner letzten Woche Dienstzeit in Harbingen, die vor allem aus immer gleichen Patrouillenflügen bestand, um das innere System vor Piraten zu schützen, die weiter draußen in den Asteroidengürteln ihr Unwesen trieben und die zurückgelassenen Stationen und Habitate plünderten wie Aasgeier. Auch heute noch registrierten sie jeden Tag mehrere eingehende Sprünge am äußeren Sprungpunkt in der Nähe des Gasriesen Artros, doch keines der Schiffe war so dumm, sich in Richtung Harbingen aufzumachen, um nach den ganz großen Fängen zu suchen. Dafür sorgte die Flotte, dafür sorgte *er*. Ein langweiliger Job, wie er sich eingestehen musste, aber einer, der notwendig war, und viel wichtiger: der in Kürze vorbei sein würde, wenn die Ablösung eintraf.

Die bloße Existenz der Blutsauger machte ihn wütend, aber der Gouverneur sorgte mit seinen Kontakten in den Senat dafür, dass das Mandat der Flotte auf das innere System begrenzt blieb, damit keine ›Ressourcen verschwendet‹ wurden. Dass es den Gouverneursposten hier überhaupt noch gab, war ein schlechter legislativer Witz, der daher rührte, dass jemand mit Verbindungen seinen Posten nicht räumen wollte – sein Büro befand sich nicht einmal hier, sondern in den Räumlichkeiten des Senats.

»Captain, ich glaube, ich habe da was.« Toyohiro brauchte eine Sekunde, um zu begreifen, dass Lieutenant Chay gesprochen hatte. Es war gut möglich, dass er das erste Mal überhaupt den Mund aufgemacht hatte, seit sie angekommen waren.

»Und was haben Sie, Lieutenant?«, fragte er, nachdem er sich aus seinen inneren Betrachtungen zurückgezogen und sich in seinem Sitz aufgerichtet hatte.

»Die Scanner haben es nur für wenige Mikrosekunden aufgeschnappt, aber da war eine Signalspitze.«

»Ein Signal?« Toyohiro runzelte die Stirn. »Haben Sie das gecheckt? Hier draußen gibt es keinerlei mögliche Sender oder Empfänger.«

»Habe ich, Sir. Aber sowohl ich als auch der Computer sind sich sicher, dass es da war.«

»Was ist mit der Quelle?«

»Auf Kor, direkt an der Oberfläche des Trümmerstücks, die dem Planeten zugewandt ist.«

Toyohiro rutschte auf seinem Sitz vor, bis er auf der vorderen Kante saß, und faltete die Hände vor dem Mund. »Anaish, bringen Sie uns näher an die Signalquelle, wir schauen uns das näher an. Duarte, rekonfigurieren Sie unsere Drohnen im Orbit entsprechend neu.«

Er wartete ab, bis die Brückenbesatzung dabei war, seine Befehle umzusetzen, dann wandte er sich wieder an Lieutenant Chay. »Irgendetwas, das das Signal über seinen Ursprung verrät?«

»Hohe Datendichte, extrem kurzer Impuls.« Die Finger des jungen Offiziers flogen über die Holotasten seiner Konsole, dann verharrten sie plötzlich.

»Was ist, Lieutenant?«

»Das Signal war zu kurz, um es mit einhundertprozentiger Sicherheit zu sagen, aber ich glaube, ich habe den Zielpunkt ausgemacht.«

»Spucken Sie es schon aus«, ermahnte er seinen Offizier.

»Omega.«

»Unmöglich, der Palast der Einheit hat seit zwanzig Jahren keine Energieversorgung mehr, und das gilt auch für das Rechenzentrum in seinem Herzen. Das Omega ist inaktiv, vermutlich sogar tot, wenn man das so sagen kann.«

»Ich weiß, Sir, ich wollte auch nichts anderes andeuten, aber das Signal war auf den Palast gerichtet.«

»Sind Sie sich ganz sicher?«

»Wie gesagt: Es gibt keine Möglichkeit, ganz sicher zu sein, aber der Annäherungswert ist überzeugend und ringsherum gibt es nur Ruinen. Der Palast ist das einzige noch zu über achtzig Prozent erhaltene Bauwerk. In einem Umkreis von zwanzig Klicks ringsherum.«

»Captain!«, rief Duarte von ihrer Konsole. »Ich habe eine unserer Drohnen näher an Kor herangeführt, und sie hat ein erstes Bild geschickt.«

»Auf den Schirm.«

Auf dem großen ›Fenster‹ ganz vorne tauchte das schlecht aufgelöste Bild einer grauen zerklüfteten Mondoberfläche auf, in deren Mitte so etwas wie eine Fontäne zu sehen war.

»Was ist das? Sieht aus, als würde jemand im Dreck graben«, dachte er laut.

»Sollen wir eine Hyperraumboje zum Sprungpunkt schicken um Meldung zu machen?«, fragte Anaish.

»Nein«, befahl Toyohiro. *Ich werde einen Teufel tun, wegen der möglichen Entdeckung dreister Piraten meine Karriere aufs Spiel zu setzen, nur um erklären zu müssen, wie die Mistkerle sich unter meinem Blick hindurchschleichen konnten. Aber irgendjemand ist hier und wühlt, wo die Föderation niemanden wühlen sehen will …* Laut sagte er: »Wir sammeln erst einmal weitere Informationen und handeln dann dementsprechend. Voreile hat noch niemandem genützt.«

»Sir«, wandte Chay ein. »Morgen kommt bereits die *Braxis* zur Ablösung im System an.«

»Das ist mir bewusst, Lieutenant. Also werden wir dafür sorgen, dass Captain Crocker möglichst viele Informationen erhält, um entsprechend darauf reagieren zu können – wenn es sein muss, mit uns zusammen.«

Wer ist da? Und was machen die da?, dachte er angespannt. Wer konnte so dreist sein, sich in eines der strengsten Sperrgebiete der Föderation zu schleichen und in den Trümmern einer Zeit zu wühlen, über die man auf Terra am liebsten den Mantel des Vergessens gelegt hätte? Und vor allem: Wer konnte sich das leisten?

Kapitel 12

»Wissen Sie«, sagte Augustus, als sie zurück zum kleinen Bughangar kamen, gefolgt vom COB und Silly, »es ist kein Geheimnis, dass die Föderation ein gespaltenes Verhältnis zu Ihnen und Ihrem Schiff hat, Captain.«

Das war mindestens eine Untertreibung.

»Ich denke eher, dass sie mich hassen«, gab er freimütig zurück. Es war lange her, dass er sich das letzte Mal vor diesem Faktum verschlossen hatte.

Der Admiral wischte seine Bemerkung weg und blieb stehen, um sich ihm zuzuwenden. Silly und Borowski verharrten in einigem Abstand. Vor ihnen entlüfteten die Hydrauliken der sündhaft teuren Fähre ihres hohen Besuchs mit einem lauten Zischen. Deckpersonal in orangenen Einteilern zog gerade die Ladekabel für die hinteren Akkus aus ihren Anschlüssen und liefen mit ihnen zurück zu den Halterungen an der Wand.

»Ich weiß, es ist unfair, aber nehmen Sie es den Zivilisten nicht übel. Obwohl die meisten Bürger während ihrer Wehrpflicht an der Waffe gedient haben, wissen die Wenigsten von ihnen, was es heißt, Soldat zu sein. Wer kann es ihnen verübeln? Den Großteil ihrer Zeit verbringen sie mit der simulierten Verteidigung ihrer jeweiligen Heimatwelt, endlose Übungen im Dreck des Vorlands und in alten Industriebrachen. Sie lernen, wie man Schützengräben aushebt und sich eingräbt, wie man einen Laserkarabiner benutzt oder ein Gaußgewehr. Kaum jemand kommt zur Flotte, weil man für unseren Dienst mehr Voraussetzungen braucht als zwei gesunde Hände und Füße. Sie verstehen nicht, was es heißt, ein Schiff zu kommandieren, Verantwortung für Tausende, in Ihrem damaligen Fall sogar Millionen Menschen zu tragen.«

»Ich habe mich damit arrangiert«, erwiderte Konrad steif. »Auch mit meiner Schuld.«

Augustus musterte ihn eingehend und nickte dann ernst.

»Sie sind ein guter Offizier, Bradley. Echtes Admirals-Material.« In der Stimme des Admirals lag keinerlei Spott. »Ich weiß das und ich bin sicher, dass ich auch meine Kollegen in der Admiralität von den guten Argumenten überzeugen kann, die mich zu dieser Überzeugung geführt haben. Sie werden nicht sang- und klanglos in diesem Koloniesystem verrotten, dafür haben Sie mein Wort.«

Konrad war ernsthaft überrascht und blinzelte einige Male, was nicht häufig vorkam. Mit solch einer Wendung der Ereignisse hatte er nicht gerechnet.

»Danke, Sir. Das ist ... sehr freundlich.«

Augustus lächelte und klopfte ihm auf die Schulter.

»Alles Weitere besprechen wir auf meinem Flaggschiff, einverstanden?«

»Einverstanden.«

»Gut.«

»Admiral?« Konrad kam es seltsam vor, diesen viel jüngeren Mann so anzusprechen, obwohl Augustus eine charismatische Aura der Autorität ausstrahlte. Aber so war nun einmal die aktuelle Realität der Flotte.

»Ja?« Der Admiral, gerade im Gehen begriffen, drehte sich um und sah ihn fragend an. »Captain?«

»Die Oberon ist einsatzbereit. Wir können unseren Beitrag leisten, wenn Sie uns für Ihre Strike Group einziehen. Ein Titan ist dafür geschaffen, lange auszuhalten und Feindkräfte zu binden. Genau das, was Sie brauchen.«

Augustus lächelte milde, schüttelte jedoch den Kopf.

»Ich verstehe das, und ich bin beeindruckt, wie Sie es geschafft haben, die aktuellen Modernisierungs- und Aufrüstungsarbeiten zu finanzieren, die offensichtlich vorgenommen werden. Aber die Flottendoktrin hat sich verändert. Wir kämpfen in schnell anpassbaren Formationen und Mustern. Geschwindigkeit und Adaption sind unsere Stärken, und einen Titan in diese Taktiken einzubinden, ist beinahe unmöglich. Nichts für ungut.« Augustus neigte den Kopf. »Sie haben jetzt andere Ziele, Captain. Die Wiederherstellung Ihres Rufs und dem Ihrer Besatzung und Landsleute. Das sollte Ihre erste Priorität sein, und dabei werde ich Sie unterstützen. Sie haben mein Wort.«

Konrad wusste, wann er ein Geschenk annehmen und nach Hause tragen sollte, und so nickte er. Sein Besucher hatte ihm ohnehin schon weitaus mehr Freundlichkeit und Zusagen mitgebracht, als er erwartet hatte.

»Danke, Sir. Und guten Rückflug.«

»Wir sehen uns morgen zum Offiziersdinner.« Damit drehte Augustus sich endgültig um und ging zu der ausgefahrenen Shuttlerampe, auf der noch immer seine vier Offiziere in Paradeuniformen standen und warteten.

Konrad blieb stehen, bis die Fähre abhob und sich durch das Kraftfeld schob, und auch noch, als die massiven Panzertore von den Seiten zufuhren. Erst als ein tiefes Grollen durch den Hangar ging, gefolgt vom Zischen der Torhydraulik, entspannte er sich etwas und drehte sich um.

»Treffen in meinem Quartier in dreißig Minuten.«

Die beiden Marines vor der Tür schlugen die Hacken aneinander, als Konrad die Tür öffnete, um seinen COB zu begrüßen. Borowski räusperte sich und nickte förmlich. Sein Schiffsoverall war auf der Vorderseite merkwürdig ausgebeult.

»Kommen Sie rein, Chief.«

»Danke, Sir.« Borowski trat über die Schwelle und Konrad wandte sich an die beiden Marines. »Sie beide haben für den Rest der Schicht frei.«

Sie wechselten kurze Blicke miteinander, vermutlich um herauszufinden, ob der jeweils andere mehr von Colonel Meyer befürchtete, wenn sie dem Befehl Folge leisteten, oder vom Kommandanten des Schiffs, wenn sie es nicht taten. Schließlich salutierten sie. »Sir.«

Als sie sich auf dem engen Flur entfernten, wo sich die Quartiere der Senior Officers befanden, schloss er die Tür und ging hinein.

»Haha!«, machte Borowski und zog zwei Flaschen Schnaps aus seinem geöffneten Reißverschluss. Der alte Haudegen mit den grauen Haaren und dem gegerbten Ledergesicht sah untypisch kindlich aus. Selbst Silly musste grinsen, was ihrem Gesicht Schmerzen zu bereiten schien. Einzig Nicholas schmunzelte bloß und ging zur Vitrine, um ein paar Gläser herauszuholen. »Was haben wir denn da? Uh, das sieht aus wie Selbstgebrannter vom Chief Engie und seinen Schraubenfressern.«

»Ich sollte dich in die Brigg werfen lassen, weil du Kontrabande bei dir hast! Und das soll ein COB sein?«, sagte Konrad scheinbar streng und winkte in Richtung des Schnapses. »Dieses eine Mal drücke ich ein Auge zu und konfisziere die Ware.«

Grinsend machte Borowski die Gläser voll, die auf dem

kleinen Glastisch standen, der von der Sofagruppe wie ein Hufeisen umringt war.

»Wenn das mal nicht gut gelaufen ist!«, frohlockte der Alte und stellte die Flasche ab.

»Selbst ich muss gestehen, dass ich nicht so viele positive Signale des Admirals erwartet hatte«, sagte Silly und nahm ihr Glas, um an der goldgelben Flüssigkeit zu riechen. Etwas angewidert verzog sie das Gesicht und wollte gerade nippen, als Nicholas ihr eine Hand auf den Arm legte.

»Ich denke, wir sollten anstoßen.«

»Ah, ein Toast, ja.« Borowski nickte. »Wir sind ja in erlesener Gesellschaft.«

Konrad, der seinen COB als größte Errungenschaft seines ersten eigenen Kommandos vor dreißig Jahren angesehen hatte, weil er ihn von der *Cervigo* hatte mitnehmen können, als sein Dienst als XO dort vorbei gewesen war. Sie kannten sich schon über vierzig Jahre, und Borowski war der Fels der Mannschaft, an den sich jeder anlehnen konnte und ohne den rein gar nichts funktionierte. Sie waren nicht nur Freunde, sie waren Familie.

Drei Augenpaare richteten sich auf ihn, also räusperte er sich und hob sein eigenes Glas.

»Ich hatte mich darauf eingestellt, um unser Vorhaben kämpfen zu müssen. Wieder als Flaggschiff geführt zu werden, nicht in der Flottenreserve, sondern im aktiven Dienst, schien mir beinahe zu hoch gegriffen, um erreichbar zu sein.« Seine Stimme senkte sich ein wenig. »Nach allem. Aber wir haben nicht aufgegeben, und ich habe es auch euch zu verdanken, dass ihr immer wieder darauf gedrängt habt. Wir mussten einige Ecken schneiden und durch ein paar Wände gehen. Wir mussten Grauzonen durchleuchten und akzeptieren, dass wir nicht auf alle Maßnahmen stolz sein werden, die wir ergriffen haben. Aber jetzt, wo das Ziel in Reichweite gerückt ist, kann ich sagen: Das war es wert!«

»Wir haben teure militärische Hardware, die uns Freunde in der Flottenleitung, von denen es nicht viele gibt, haben zukommen lassen, auf dem Schwarzmarkt verscheuert, um unser Schiff aufzumotzen«, sagte Nicholas und seufzte. »Ich glaube, das ist mehr als eine Grauzone.«

»Umso wichtiger, dass wir durch sind und die Oberon bald in neuem Glanz erscheint.« Silly funkelte ihn an, aber er schien es nicht zu bemerken.

»All das ist irrelevant, solange es funktioniert. Keinem von uns ist es leichtgefallen, aber das muss es auch nicht. Wir *müssen* wieder Flaggschiff sein.« Konrad sprach jetzt lauter und sah den dreien eindringlich in die Augen. »Nicht für unseren Stolz, nicht bloß für unsere Familie hier an Bord.« Er machte eine Pause, eher er fortfuhr: »Für unser Land.«

Er sah betroffene Blicke, und all die Freude wich aus ihren Mienen. Stattdessen nickten sie schwer. Es schmerzte, ihnen das Lächeln aus den Gesichtern zu vertreiben, aber sie mussten daran erinnert werden, dass all das hier mehr war als kleine Triumphe oder der Eindruck, der Flotte eins auszuwischen. Sie *waren* die Flotte, und das musste allen klar sein.

»Harbingen ist nur noch ein Schatten dessen, was es mal war. Unsere Heimat ist verstrahlt und wird von toxischen Superstürmen zerpflügt. Das wird es auch noch für die nächsten Jahrzehnte und Jahrhunderte. Den Planeten zu retten, wird Unsummen verschlingen, die wir nicht haben, aber in Zukunft wird es irgendeine Generation schaffen. Und wir sind hier, um dafür zu sorgen, dass sie die Möglichkeit dazu haben. Nicht wir werden wieder die Erde unserer Heimat zwischen den Fingern spüren, aber die, die nach uns kommen. Nicht wir.«

»Nicht wir«, wiederholten Silly, Nicholas und Borowski.

»Nicht wir.« Konrad atmete tief ein und hob sein Glas. »Aber wir wollen verdammt sein, wenn wir deshalb schwermütig werden. Wir haben die Chance, etwas Gutes zu tun, das Fundament für eine bessere Zukunft zu legen. Harbinger lassen sich nicht kleinkriegen. Wir werden in der Föderation als Unkraut verlacht, ich sehe das als Ritterschlag. Unkraut vergeht nicht. Sorgen wir dafür, dass sich jeder daran erinnert, wenn Lagunia eine eigene Flotte bekommt und wir wieder die 51. der Terranischen Föderation sind! Dann wird *Harbingen* wieder unter unserer Schiffskennung stehen und nicht Lagunia.«

»Hört, hört!«, rief Borowski und sie stießen an. »Die Rede hättest du im Hangar halten sollen, dann würden die Apfelsinen schneller arbeiten.«

Silly verschluckte sich und hustete.

»Weiß unser Verband eigentlich davon?«, fragte Nicholas nach einem langen Seufzer, als er den ersten Schluck genossen hatte. »Von unserem Plan mit der Flotte, meine ich?«

»Ich habe bei der letzten Kapitänssitzung Andeutungen darüber gemacht, was wir vorhaben, und euch wird es wohl nicht überraschen, dass die zwanzig Haudegen eine halbe Stunde mit ihren Knöcheln auf den Tisch eingedroschen haben«, sagte Konrad stolz. »Sie wissen es, ohne es zu wissen, und wenn es so weit ist, werden wir das Ergebnis mit ihnen feiern.«

»Wenn sie ganz offiziell Teil unserer Flotte sind«, murmelte Silly und leerte den Rest ihres Glases in einem Zug. »Das klingt nach einem Nachschlag!«

»Was ist mit der Zivilflotte? Es sind immerhin fast einhundert Schiffe mit mehr als zweihundert Tonnen Masse mit ziviler Registrierung dauerhaft im System«, fragte Nicholas, während das Plätschern des Selbstgebrannten in Sillys Glas erklang. »Von den mehr als doppelt so vielen unregistrierten ganz zu schweigen.«

»Die vielen Illegalen sind ein Problem, aber um die werden wir uns kümmern«, versicherte Konrad ihm und verzog den Mund. Das Zeug von Borowski schmeckte furchtbar, dafür, dass es wie Honig aussah. »Mir ist bewusst, dass sie für die Versorgung des Planeten und der Stationen um Artros überlebenswichtig sind, aber da müssen wir uns etwas einfallen lassen. Vielleicht rekrutieren wir sie, sobald wir die Autorität dazu haben.«

»Das wird dem Senat aber nicht gefallen«, gab seine XO zu bedenken.

»Den Politikern gefällt ohnehin nie etwas, wenn sie daran nicht verdienen oder ihre nächsten vier Jahre sichern können«, brummte der COB.

»Eins nach dem anderen.« Konrad lächelte. »Erst mal haben wir unsere Gästeliste für das Dinner bei Admiral Augustus zu planen. Das wird ein historischer Abend für uns, und darum will ich, dass wir möglichst viele Mitglieder für unsere Entourage angemeldet bekommen. Das ganze Schiff soll wissen, was an dem morgigen Tag geschehen ist.«

»Das wissen wir doch jetzt schon.« Borowski grinste wölfisch über sein Glas hinweg. »Es kommt Hummer auf den Tisch und Silly hängt dann die ganze Nacht über der Kloschüssel, weil sich ihre Eingeweide umstülpen.«

»Sei froh, dass wir hier im Quartier des Captains sind und nicht irgendwo anders im Schiff, *Chief Petty Officer*«, knurrte die XO humorlos.

Konrad lehnte sich auf dem Sofa zurück und lächelte

zufrieden wie ein Vater, der seinen Kindern beim Kabbeln zusah. Wärme breitete sich in ihm aus, die nicht bloß von dem Schnaps herrührte, der irgendwo in den hintersten Maschinenräumen der Reaktormannschaft gebrannt worden sein musste, in denen es keine Inspektionen von anderen Besatzungsgattungen gab, weil niemand etwas von dem verstand, was sie dort taten.

Morgen also, dachte er. *Morgen ist es endlich so weit. Nach all der Zeit!*

Kapitel 13

»Wie wirst du es ihm sagen, Konrad?«, fragte Silly, die neben ihm im Shuttle saß, die blaue Paradeuniform mit den bunten Abzeichen und goldenen Paillettenknöpfen war am Kragen eng mit einem stilisierten Kreuz zusammengehalten, dem einzigen Zeichen Harbingens, das sie an diesem Abend genau wie er selbst und seine Abordnung zur Schau trugen. Für Festlichkeiten an Bord zogen sie normalerweise die stahlgrauen Uniformen der Harbinger Kolonialflotte an, aber die war formal nicht mehr anerkannt, und so hatte er befohlen, auf die offiziellen Flottenfarben zu wechseln. Die 3D-Drucker der Produktion hatten alle Hände voll zu tun gehabt, um die ihnen zugewiesenen Muster als Reservisten in festen, gebügelten Stoff umzuwandeln. Silly war anzusehen, dass sie sich in ihrem Aufzug unwohl fühlte, wie ein Teenager, der dazu verdonnert worden war, beim Familienbesuch einen kratzigen Wollpullover zu tragen. Und so schien es auch den anderen zu gehen. Borowski sah aus, als hätte er auf eine Zitrone gebissen und Colonel Meyers Kiefermuskeln mahlten beständig. Der in die Jahre gekommene Marine hasste ganz offensichtlich jedes Gramm seiner weißen Uniform. Die Black Legion, vor dem Untergang Harbingens die unangefochtene Elite der bewaffneten Flottenangehörigen, war nicht bloß für ihren harten Drill und ihre Liebe für die damals in den meisten Kernwelten (und heute in allen) verbotenen Implantate berüchtigt gewesen, sondern auch für ihre namensgebenden schwarzen Uniformen.

Chief Murphy tat, als würde ihn das alles nichts angehen, was bei dem sonst so ruppigen und schmerzhaft ehrlichen Ingenieur so gut wie nie vorkam und ein Alarmsignal war. Lediglich sein Sohn Nicholas wirkte gelassen und wenig angefochten durch den Umstand, sich in eine als fremd wahrgenommene Uniform zu kleiden. Sein Junge war nicht nur regelversessen, sondern auch äußerst pragmatisch innerhalb dieses Regelkreises, was ihn zu einem perfekten Offizier machte. Konrad konnte sich stets darauf verlassen, dass er als Commander nicht über die Grenzen seiner Kompetenzen ging und er sich gleichzeitig nicht auf sie versteifte und innerhalb seines Handlungsrahmens zu improvisieren und auf seine Untergebenen zu hören imstande war.

»Captain?«

Konrad schüttelte den Kopf und atmete ein, ehe er sich zu Silly drehte. Das Shuttle beschleunigte gerade und ging in eine lang gezogene Kurve, die sie unter der Oberon hindurch auf Kurs zur *Caesar* brachte, die im Moment noch einer der winzigen funkelnden Gestirne im glänzenden Panorama der Sterne war.

»Entschuldige. Was hast du gesagt?«

»Wie willst du es ihm sagen? Dem Admiral, meine ich«, wiederholte seine XO und rückte das Kreuz zurecht, das ihren obersten Uniformknopf verdeckte. Es war nur eine von vielen Gesten unter seinen Offizieren, die ein gewisses Maß an Verunsicherung zeigten, das bei ihnen nicht allzu häufig vorkam. Der gefühlte Triumph des vermeintlich geebneten Weges in Richtung ihrer Wiedereingliederung in die Flotte als Flaggschiff hatte der typischen Vorsicht Platz gemacht, die jede Mannschaft kurz vor Spielende erlebte, wenn die Führung hauchdünn war und nur noch wenige Minuten Spielzeit verblieben.

»Ich werde die neuen Leistungsdaten entsprechend der

Berechnungen des Chiefs vorstellen und ihn vermutlich damit beeindrucken. Er hat unsere Überholungsarbeiten gesehen, aber nicht, was sie wirklich für die Kampfbereitschaft der Oberon bedeuten«, erklärte er. »Und danach werde ich ihm unser Vorhaben ganz offen darlegen und um seine Unterstützung bitten.«

»So einfach?«, fragte sie.

»So einfach. Du weißt, wie wenig ich vom Drumherumreden halte.«

»Keine Einwände.«

Er wandte sich an die restlichen Offiziere in der kleinen Shuttlekabine, die durch das grüne Licht aussahen wie Gespenster. »Tut nicht so, als würdet ihr auf Nägeln sitzen. Wir haben heute einen Plan und das ist alles. Unser Ziel ist nicht dies oder das, sondern unseren Plan nach unseren besten Fähigkeiten umzusetzen. Das war schon immer alles, was Soldaten wie wir tun können. Vergesst das nicht.«

Mit seinen Blicken schloss er auch Meyers vier Marines mit ein, die ihm als Leibwache dienten – ein bewusstes Zeichen an Augustus, schließlich war eine vierköpfige Garde laut Protokoll Flottenkommandanten vorbehalten. Der Admiral würde ihn bei Ankunft also entweder für einen eitlen, arroganten Kerl halten, der provozieren wollte, oder aber – und er schätzte die Menschenkenntnis des Mannes hoch genug dafür ein – für ein unterschwelliges Signal, das ihm Zeit gab, sich auf ihr Gespräch und seinen Inhalt vorzubereiten.

Als sich die neun ihm zugewandten Gesichter zumindest um entspannt wirkende Mienen bemühten, nickte er. »Keiner von euch spielt heute eine Rolle, ist das klar? Ich will nicht, dass ihr euch verbiegt, auch nicht für einen noch so hehren Plan. Wir kämpfen, wie wir kämpfen, nicht, wie andere wollen, dass wir kämpfen. Verstanden?«

Er vergewisserte sich, dass sie alle nickten, und lehnte sich dann schniefend zurück.

Also auf in die Höhle des Löwen, dachte er und empfand den Gedanken als absurd. Schon morgen würde die terranische Flotte zum alles entscheidenden Schlag gegen den Erzfeind der Menschheit ausholen und Tod und Vernichtung zum vermuteten Heimatplaneten der Clicks bringen. ›Die Schlacht, um alle Schlachten zu beenden‹, wie es hieß. Und hier saß er komfortabel in seinem Shuttle, herausgeputzt wie ein Pfau in falschen Farben und stilisierte ein Treffen mit einem Admiral zu einer großen Sache hoch. Etwas musste sich ändern, und zwar bald.

Der Anflug an die Caesar erinnerte sie nach zehn Minuten noch einmal daran, wie viel Modernisierungsbedarf die Oberon hatte. Das gesamte Shuttle ruckelte heftig, als eines der Manövertriebwerke übersteuerte und die Pilotin es kurzerhand abschalten und mit den verbliebenen manuell nachsteuern musste – ein Vorgang, den die Fähren des Flaggschiffs vollautomatisch über die Pilotsoftware erledigten. Vermutlich hätten sie nicht einmal bemerkt, dass etwas geschehen war.

»Bringen Sie das in Ordnung, während wir fort sind«, befahl er in Richtung Pilotin und Co-Pilot. Den Ärger hielt er aus seiner Stimme fern, schließlich war es nicht ihre Schuld Genau wie er arbeiteten sie schlicht mit dem, was sie hatten. Lagunia war nicht gerade bekannt dafür, gut an das Nachschubnetzwerk der Föderation angegliedert zu sein. Die letzten Jahre waren ihre Lagerbestände an Ersatzteilen beständig gegen null gegangen. Das hatte zwar dazu geführt, dass Murphys Ingenieure und Techniker immer besser darin geworden waren, zu improvisieren, doch jede noch so große Kreativität musste sich letztendlich an den Mitteln messen, die sie zur Verfügung hatte.

Die Caesar war im Endanflug ein silbrig schimmernder Pfeil im Reflexionslicht des Gasriesen Artros, dessen nie ruhende Sturmbänder am linken Cockpitrand ihre Bahnen zogen. Konrad wusste, dass sie einen – wenn auch kleinen – Hangar besaß, doch sie wurden nicht dorthin geleitet, sondern zu einer glatten Stelle näher am Heck, an der sich vier Roboterarme lösten, um sie zu empfangen. Die Pilotin fluchte einige Male auf Harbing und schien alle Mühe zu haben, die flache Wulst der Luftschleuse anzusteuern, die sich unter zwei zur Seite fahrenden Türen zwischen den Roboterarmen auftat. Schließlich rasteten sie nach einigen Minuten kurzer Stöße aus den verbliebenen Manövertriebwerken ein und wurden die letzten anderthalb Meter vollautomatisch an die Schiffshülle gezogen.

»Luftschleuse unter Druck und stabil«, verkündete sie aus dem Pilotensitz und Konrad drückte ihre Schulter, als er aufgestanden war.

»Gute Arbeit.«

Sie nickte bloß und er wartete, bis seine Offiziere und die vier Marines Aufstellung bezogen, ehe er zur Seitentür ging und die Luke nach einem langen Zischen der Ausgleichventile aufglitt. Die Luftschleuse war kurz und strahlend weiß wie eine Medikammer, was ihn heftig zum Blinzeln brachte. Dann trat er ein und wartete, bis sich auch die andere Seite öffnete.

Dort erwartete ihn sein Sohn, Jason.

Konrad schluckte und straffte sich.

»Jason«, sagte er und wollte einen ganzen Schwall Wörter und Sätze loswerden, doch sie versackten irgendwo zwischen seinem Herzen und seinem Mund.

»Captain.« Sein Sohn nickte und salutierte steif. Er stand ganz allein in dem Gang mit der niedrigen Decke, in die lange Leuchtstreifen eingefasst waren, die ihn blass aussehen ließen.

»Erlaubnis, an Bord kommen zu dürfen?«

»Im Namen des Kommandanten erteilt«, antwortete Jason und rührte sich erst, als Konrad den Salut widerwillig erwiderte.

»Wie … es ist schön …«

»Der Admiral hat mich gebeten, unsere Gäste zur Offiziersmesse zu begleiten.«

»Ich verstehe.« Er sah seinem ältesten Sohn forschend ins Gesicht, fand jedoch keinerlei Regung darin, außer kühle Kontrolle.

»Jason!« Hinter ihm kam Nicholas durch die vier Marines gedrängt und nahm seinen Bruder ungewöhnlich stürmisch in den Arm. Erst jetzt zeigte sich auf Jasons Gesicht ein Lächeln.

»Hallo, kleiner Bruder! Oder sollte ich salutieren, *Commander?*«

»Wehe!« Nicholas grinste, drückte sein Gegenüber an den Schultern von sich weg und musterte ihn. »Gut siehst du aus! Immer noch das Familienblond im Haar, kräftig und gut in Form. Die Flottenakademie hat dir wohl gutgetan.«

»Und dir die Nestwärme.« Jason deutete auf die drei gekreuzten gelben Schwerter auf der Schulter seines Bruders.

»Ich habe hart dafür gearbeitet.« Nicholas zog sich etwas zurück.

»Da bin ich mir sicher. Captain, wenn Sie und Ihre Entourage mir bitte folgen würden?«

Konrad bedeutete seinem Ältesten, voranzugehen. Die Gänge waren tatsächlich deutlich enger als jene auf der Oberon, nur eines der vielen Zeichen dafür, dass die Föderation nach Jahrzehnten des Kriegs ausgezehrt war und der

Boom des Asteroidenbergbaus nachgelassen hatte. Es konnten nicht so schnell genug neue Minen erschlossen werden, wie die Schiffe zerstört und neue produziert wurden. Die Werften standen nie still. Statt Kommunikatoren mit Hörer und Kabel gab es alle zehn Meter einen einfachen Knopf mit kleinem Lautsprecher darüber. Auch bei der neuesten Generation von Kriegsschiffen gab es nach wie vor keine kabellose Kommunikation, da das Risiko von Störfeldern zu groß war. Einiges änderte sich nun einmal doch nur im Detail.

Die Offiziersmesse der Caesar war ein rechteckiger Raum mit einer langen Tafel aus glänzendem Aluminium in der Mitte, das an den Ecken mit goldener Borte nachgerüstet war. Jedenfalls war Konrad sich sicher, dass es sich dabei nicht um den Fabrikstandard handelte, schließlich zeigten die Verzierungen Löwenköpfe – das Wappen der Familie des Admirals, das angeblich noch aus der Zeit der venezianischen Seemacht stammte.

Es gab zwölf Stühle – oder besser gesagt Sitze –, die mit dunklem Kunstleder gepolstert waren. An den Wänden hingen Porträts großer Admiräle wie Charles Duke Wellington, Georg Scharnhorst, Frederick Camacho und Jeremy Brandt im Kupferstichstil.

»Es gibt Namensschilder«, erklärte Jason und drückte einen Knopf auf der Schalttafel neben der Tür, woraufhin kleine Holobilder an jedem Platz aufleuchteten, die rotierend Namen und Rang zeigten. Konrads befand sich am einen Tafelende, die seiner fünf Offiziere auf der rechten Seite.

»Danke. Wirst du auch teilnehmen?«

»Ja.«

»Gut. Sehr gut.« Er nickte, straffte seine Uniform, die

an mehreren Stellen zwickte und zwackte und stellte sich dann hinter seinen Sitz. Silly, die neben ihm über Ecke saß, ließ ihren Blick vielsagend zwischen ihm und Jason schweifen und schüttelte kaum merklich den Kopf, als Murphy sich an seinen Platz setzen wollte. Er verzog kurz das Gesicht und stellte sich dann mit über dem Gesäß verschränkten Armen hinter die Lehne, wie die anderen auch.

Die nächsten zehn Minuten waren von einer unangenehmen Stille erfüllt, die sich zwischen den Wänden auszudehnen und die Luft knapp werden zu lassen schien.

Als endlich die Tür hinter dem anderen Tafelende aufging und Augustus in glänzender Paradeuniform eintrat, die so beiläufig perfekt aussah, als sei sie nichts Besonderes, hätte nicht viel gefehlt und ein erleichtertes Seufzen wäre durch die Wartenden gegangen.

»Ah, Captain«, sagte der Admiral und deutete auf seinen Sitz. »Bitte nehmen Sie doch Platz.«

Hinter dem Kommandanten strömten ebenso makellos gekleidete Offiziere herein und gingen zielstrebig zu ihren Plätzen auf der linken Seite. Ihre Mienen waren ernst und kontrolliert.

»Ich muss mich entschuldigen, dass ich Sie nicht selbst herbegleiten konnte«, fuhr Augustus fort und setzte sich grazil. Seine Stimme war gut zu hören, obwohl sie mindestens vier Meter voneinander trennten. »Leider sind die letzten Vorbereitungen für die morgige Schlacht sehr zeitintensiv geworden und jede Abteilung verlangt regelmäßig nach meiner Aufmerksamkeit. Aber wem erzähle ich das, Sie wissen ja, wovon ich rede.«

»Durchaus.«

»Ich hoffe, Ihr Sohn hat Ihnen unterwegs ein bisschen das Schiff gezeigt, wie ich ihn gebeten habe?«

Konrad sah zu Jason, der den Blick geradeaus gerichtet hielt und keine Regung zeigte.

»Natürlich. Vielen Dank.«

»Wunderbar, ganz wunderbar. Ah.« Wieder öffnete sich die Tür, und jüngere Matrosen mit weißer Livree traten ein, auf ihren Armen große Tabletts mit abgedeckten Tellern, die sie auf der Tafel verteilten. »Unsere Vorräte an frischem Essen reichen noch bis morgen. Wir sollten sie also genießen.«

»Frisches Essen?«, entfuhr es Murphy. Der bärenhafte Chefingenieur beugte sich mit großen Augen vor, als vor ihm einer der Teller abgestellt wurde, und lugte unter die Haube. »Meine Fresse.«

»Entschuldigen Sie meinen Chief«, bat Konrad um Nachsicht und bedeutete Silly mit einer knappen Handbewegung, ihre finsteren Blicke in Richtung des Lieutenant Commanders einzustellen, was sie nur widerwillig tat. »Wir sind seit zwanzig Jahren auf unsere Proteinsynthetisatoren angewiesen und sehen nicht so oft *echtes* Essen, das auf einem Planeten gewachsen ist.«

»Keine Sorge«, lachte Augustus. »Ich verstehe das nur zu gut. Ich habe die komplette Lieferung aus eigener Tasche bezahlt. Die Flotte hat schon vor vielen Jahren auf Trockennahrung umgestellt. Ich wollte meinen Offizieren noch etwas bieten, ehe wir in die Schlacht ziehen.«

»Ich hoffe, dass sie das nicht als Henkersmahlzeit fehlinterpretiert haben«, gluckste Murphy, der ungeduldig mit den Fingern wackelte, als könne er sich kaum noch davon abhalten, sich über das Essen herzumachen. Konrad musste gestehen, dass es wirklich fantastisch roch.

»Oh nein, Lieutenant Commander, meine gesamte Crew weiß, dass die Clicks uns nichts entgegenzusetzen haben.« Mit einem galanten Wink gab der Admiral das Essen frei, und die bediensteten Matrosen zogen in geübten Bewegungen die Hauben von den Tellern. »Filet Mignon mit flambiertem grünem Spargel und Sesam-Honig-Ziegenkäse.«

Konrad sog den herrlichen Duft des Essens ein, das wie ein Kunstwerk vor ihm lag, und nahm Messer und Gabel zur Hand.

»Lassen Sie es sich schmecken, liebe Gäste. Und wir sind hier in der Offiziersmesse; falls also jemand noch die Erlaubnis braucht, frei zu sprechen, ist sie hiermit für den Rest des Abends erteilt.«

»Scheiße riecht das brutal«, rief Murphy und Gelächter machte die Runde. Etwas von der Steifigkeit des Zusammentreffens löste sich auf – zumindest so lange, wie Konrad nicht zu seinem ältesten Sohn nach links blickte, der mit akkuraten Bewegungen sein Fleisch schnitt und zu essen begann.

»Ihre Senioroffiziere nehme ich an?«, fragte Augustus zwischen zwei Bissen und deutete mit dem Messer zur Seite der Oberon.

»Ja.« Konrad nickte und zeigte auf Borowski, der wie ein Wissenschaftler sein Essen inspizierte, als habe er es mit einem außerirdischen Artefakt zu tun. »Meinen COB kennen Sie ja bereits. Daneben mein Chief Engie Karl Murphy, der auch schon einen guten Eindruck hinterlassen hat. Meinen Sohn Nicholas kennen Sie auch schon, ebenso wie meine XO Svea Thurnau.« Als Letztes zeigte er auf Colonel Meyer. Der kräftige Marine mit dem kantigen Gesicht und den ernsten Augen nickte dem Admiral zu. »Colonel Meyer befehligt die Black Legion, unsere Marines.«

»Eine ganze Legion an Bord eines einzigen Schiffs.« Augustus schüttelte den Kopf. »Das ist wirklich beeindruckend. Meine Abteilung umfasst gerade einmal zehn Mann. Meine Leibwache, die eigentlich nur dazu da ist, für Ordnung auf dem Schiff zu sorgen. Dass Sie das Hundertfache bei sich untergebracht haben, ist schlicht unglaublich.«

»Die Oberon ist groß und musste mit ihrer ursprünglichen Einsatzbeschreibung die Möglichkeit haben, selbst zu entern und planetare Invasionen zu unterstützen«, erklärte Konrad. »Seit wir lieber Bomben werfen, als dem Senat Verlustmeldungen vorzulesen, ist das natürlich nicht mehr der Fall.«

»Verstehe.« Augustus nickte bedächtig und seufzte. »In der Tat ist der Konflikt immer hässlicher geworden. Ich wünschte, es wäre anders. Aber wenn alles gut läuft – und davon ist auszugehen –, wird diese finale Offensive genau das beenden.«

»Ich hoffe es sehr.« Konrad zerteilte die letzte Spargelstange und steckte sie sich in den Mund. Sie war herrlich. Nicht, dass der Geschmack sonderlich herausragend oder intensiv gewesen wäre, denn die Proteinsynthetisatoren waren mit den besten Geschmacksverstärkern ausgestattet, die Omega vor seiner Vernichtung hervorgebracht hatte. Es war eher die Textur, das Wissen, dass dieses grüne Stück Gemüse dank *echtem* Regen unter einer *echten* Sonne *gewachsen* war. »Bezüglich der Offensive würde ich gerne noch mit Ihnen sprechen.«

»Natürlich. Fragen Sie mich alles, was Sie wollen, Captain.«

»Ich habe eine Zusammenstellung der prognostizierten Leistungsdaten mitgebracht, die die Oberon zum Zeitpunkt der Offensive morgen um 1500 erreichen wird, wenn siebzig Prozent der Integration der Upgrades erreicht sind.« Er tippte auf sein Unterarmdisplay und wartete, bis Augustus nickte. Dann warf er mit einer Geste die Daten auf dessen kleinen Holoschirm. »Wie Sie sehen können, stellen unsere Beschleunigungswerte keinerlei Einschränkung für die Geschwindigkeit und Manövrierbarkeit Ihrer Flotte dar. Entsprechend der erlassenen Doktrin für *Iron Hammer* habe ich außerdem errechnet, wie sich die Oberon und ihre Begleitschiffe am schlagkräftigsten in das geplante Muster eingliedern lassen würde. Wenn Sie die Reaktionszeit unserer Energiemusterzellen …«

»Aber Captain«, unterbrach Augustus ihn mit gerunzelter Stirn. »Eine *Eingliederung* Ihres Schiffs, oder besser: Ihrer Schiffe, wäre so kurzfristig nur möglich, wenn ich Artikel 18, Absatz 4 der Flottenverordnung aktiviere.«

»Eingliederung eines nicht zugeteilten Flottenverbandes aufgrund zeitlicher Dringlichkeit im Rahmen besonderer strategischer oder taktischer Umstände«, zitierte Konrad. Vermutlich hatte er ein paar Wörter ausgelassen, die seinem Gegenüber auffallen würden, doch der Sinn blieb der Gleiche.

»Aber Sie haben keine Flotte.«

Die Essgeräusche auf der rechten Seite, wo die Offiziere der Oberon saßen, nahmen noch weiter ab, bis sie schließlich verebbten.

»Das ist mir bewusst. Ich bin mir sicher, dass Sie mit den neuen Leistungsdaten erkennen werden, dass es für die morgige Offensive am sinnvollsten ist, wenn …«

» … ich die Oberon als Flaggschiff einer eigenen Flotte anerkenne und in den Schlachtplan eingliedere. Sie wären mir unterstellt und würden einen wichtigen Beitrag für das Gelingen von *Iron Hammer* leisten. Das würde auch bedeuten, dass Lagunia als Randwelt anerkannt werden und sich der Senat im Anschluss mit der Sache beschäftigen müsste. Ihre Hoffnung ist, dass in der Freude des Sieges und Ihres Beitrags dazu die öffentliche Meinung positiv beeinflusst wird, und es wenig Widerstand im Senat geben könnte«, fasste Augustus zusammen.

»Ja, Sir.« Konrad nickte.

»Das ist leider nicht möglich.«

Er hörte ein Raunen rechts von sich.

»Sir?«

»Ich kann Sie nicht eingliedern, Captain.«

»Aber warum nicht? Als Sie sich bei uns an Bord verabschiedet haben, sagten Sie: *Sie werden nicht sang- und klanglos in diesem Koloniesystem verrotten, dafür haben Sie mein Wort.*« Konrad hatte Mühe, den Zorn zu vertreiben, der langsam aber sicher die Oberhand über seine Überraschung gewann.

»Ja, das habe ich.«

»Und was ist daraus geworden?«, fragte er mit angespannter Stimme.

»Sie haben mich wohl missverstanden, Captain.« Augustus legte sein Besteck beiseite und verschränkte die schlanken Finger vor sich auf dem Tisch, als bereite er sich auf eine Predigt vor. »Ich bin hier, um Sie mit vollen Bezügen und einer Ehrung im Flottenhauptquartier ehrenhaft zu entlassen.«

»*Entlassen?*«, platzte es aus Konrad heraus.

»*Ehrenhaft*«, fügte der Admiral mit erhobenem Zeigefinger hinzu.

»Und meine Crew?«

»Nun, das müsste ich separat aushandeln, aber mein Ziel wäre, sie in den regulären Flottendienst zu überführen, an die Stellen, wo sie am dringendsten gebraucht werden.«

»Sie können meine Mannschaft nicht trennen!«

»Wie bitte?«

»Captain«, sagte Jason warnend von der Seite, doch Konrad ignorierte seinen Sohn.

»Meine Mannschaft arbeitet seit beinahe drei Jahrzehnten zusammen. Sie sind viel mehr als eine Mannschaft. Wenn Sie mich aus dem Flottendienst hinausbelobigen wollen, ist das eine Sache, aber die Oberon wird nicht verschrottet, und meine Mannschaft nicht in der gesamten Föderation verteilt!«

»Ich fürchte, es liegt nicht innerhalb Ihrer Befugnisse als Captain der Reserve, solch eine Entscheidung zu treffen.« Augustus' Stimme war noch immer nicht zornig, doch die beiläufige Höflichkeit war einer gewissen Kühle gewichen.

»Darum haben Sie meinen Sohn hergebracht? Um mir die schlechten Nachrichten schmackhafter zu machen?«

»Eine Geste des Respekts und …«

»Sehen Sie sich die Leistungsdaten an. Die Oberon kann noch immer ihren Beitrag leisten. Sie ist so schlagkräftig wie eine Flotte dieser neuen Papierflieger!«

»Captain«, flüsterte Silly vorsichtig in seine Richtung, ehe Augustus eine Pause machte und nickte.

»Was halten Sie davon, wenn wir uns auf mein Quartier zurückziehen, einen Scotch trinken und unter vier Augen darüber sprechen?«, schlug der Admiral vor. »Ich denke, das ist ein geeigneterer Rahmen für diese Unterredung. Meine Offiziere werden Ihren Leuten solange einige Teile des Schiffs zeigen.«

Konrad straffte sich und nickte.

Himmelsfestung, hoher Orbit um Terra, Sol System

»Herein«, rief Hannibal von Solheim und legte das Tablet fort, auf dem er den jüngsten Einsatz eines Orbitallasers angesehen hatte, der ein Fahrzeug in der Nähe von Valparaiso verdampft hatte – plus die entsprechenden Meldungen in den Medien über die Härte des Militärs und den ständigen Streit im Senat über die Befugnisstreitigkeiten zwischen Flotte und Polizei.

»Flottenadmiral«, begrüßte ihn sein Gast und kam auf seinen Schreibtisch zu. Senator Rosin war ein kleiner Mann mit dickem Brauch und hängenden Wangen, wässrigen Schweinsäuglein und dünnem Haarkranz, aber trotz – oder gerade wegen – seines Aussehens kein Mann, den man unterschätzen durfte. Er blickte sich frei von jeglicher Regung in dem kargen Raum um, der ohne den ganzen Tand, den von Solheim hatte entfernen lassen, noch viel größer wirkte als ohnehin.

»Senator«, sagte er und deutete auf einen der beiden ungemütlichen Aluminiumstühle vor seinem Schreibtisch. Sein Gegenüber setzte sich ohne ein Zeichen des Protests und überschlug die kurzen Beine. »Was führt Sie zu mir?«

»Vierzehn Einsätze in vierundzwanzig Stunden.«

»Wie bitte?«

»Vierzehn Mal haben Ihre Orbitalplattformen in den letzten vierundzwanzig Stunden auf Ziele auf der Erdoberfläche gefeuert«, führte Rosin aus und seine Wangen wackelten wie bei einer Dogge, als er den Kopf schüttelte. »Bislang einhundertachtzig Todesopfer und …«

»*Getötete*«, korrigierte von Solheim den Politiker streng. »Terroristen nennen wir nicht *Todesopfer*.«

»Mindestens zwanzig waren unbeteiligte Zivilisten.«

»Und das schmerzt mich, ob Sie es glauben oder nicht. Jeder Kollateralschaden ist etwas, das auf uns lastet, aber wir dürfen nicht zulassen, dass wir deswegen aufhören, für unsere Sicherheit und innere Stabilität zu sorgen. Wir können nicht zulassen, dass sich Dissidenten und Sezessionisten zwischen Unschuldigen verstecken. Die im Orbit stationierten Laserwaffen sind das präziseste Werkzeug, das wir haben.«

»Jedes unschuldige Leben ist eines zu viel«, beharrte der Senator. »Und der Druck im Senat wächst.«

»Natürlich.« Von Solheim schob das Tablet von sich und lehnte sich seufzend in seinem Sessel zurück. »Darum geht es also. Mehrheitsverschiebungen. Ist Ihre Fraktion in Aufruhr? Es waren lange keine guten Zeiten für die Progressiven, wie ich hörte.«

»Für Politiker gibt es selten gute Zeiten. Entweder wir kämpfen um unseren Einfluss, oder den anderer, und das immer im Kreis.« Rosin zuckte mit den Schultern.

»Sie können jederzeit zur Flotte kommen.« Er musterte seinen Gast abschätzig. »Das würde Ihnen bestimmt nicht schlecht bekommen.«

Falls der Senator von der Provokation beleidigt war, ließ er es sich jedenfalls nicht anmerken.

»Den Progressiven ist bewusst, dass der seit Jahren wachsende Pazifismus in der Zivilbevölkerung ein Problem ist, auch wenn einige Medien das anders darstellen wollen. Die Flotte muss stark und handlungsfähig bleiben …«

»Gut.« Von Solheim klopfte auf das Tablet vor sich. »Denn ich bekomme täglich Meldungen von sabotierten Schiffen meiner Flotte, von hochgegangenen Bomben in Munitionsdepots, Raumstationen und Schiffen, fehlgeleiteten Nachschubsendungen und Anti-Kriegs-Kritzeleien in Nasszellen und Kantinen. Es gibt sogar Zellen, die versucht haben, digitale Flugblätter in der gesamten Flotte von Dunkelheim zu verschicken.« Er lehnte sich vor. »Senator. Sie regen sich auf, weil wir gegen Terroristen auf der Erde vorgegangen sind – nach SCR-Mandat übrigens! – aber ich habe es hier mit der Verteidigung unserer Spezies gegenüber einem Feind zu tun, der gezeigt hat, wie weit er gehen würde, um uns zu vernichten.«

»Die Clicks haben uns seit Jahren nicht mehr …«

»Die Clicks haben Harbingen ausgelöscht. Eine humanitäre und wirtschaftliche Katastrophe, von der wir uns auch heute noch nicht komplett wieder erholt haben.«

»Da mögen Sie recht haben, aber bleiben wir bei Ihrem Problem mit den subversiven Elementen innerhalb der Flotte«, schlug Rosin vor.

»Sie meinen *unserem* Problem.«

»Natürlich.« Der Senator spreizte scheinbar ergeben die Hände. »Sie wissen genauso gut wie ich, dass die allgemeine Wehrpflicht das Problem ist. Ich weiß, dass Sie offiziell noch keine Position bei diesem Thema eingenommen haben, aber ihr Wort hätte großes Gewicht für die öffentliche Debatte. Die Menschen mögen Ihre unprätentiöse und sachliche Art, die Abneigung jeglichen Pomps und jeder Verschwendung.«

»Hören Sie auf, mir Honig ums Maul zu schmieren, Senator. Was genau wollen Sie?«

»Ich meine das ernst. Die Wehrpflicht ist das Problem. Jeder *muss* zum Militär, wenn er nicht an bestimmte Arbeitsplätze in der Militärindustrie gebunden ist. Mindestens zwei Jahre. Eine detaillierte Aussiebung möglicher Pazifisten, die sich radikalisieren könnten, ist quasi unmöglich. Wir müssen zurück zu einer Berufsarmee finden, um das zu verhindern.«

»Das mag stimmen, aber das löst unser Problem nicht: Wir haben zu wenige Soldaten. Wir bluten mehr, als wir Infusionen haben.« Von Solheim sah in der Miene des Senators, dass er nicht locker lassen würde, aber seine Zeit war begrenzt und seine Lust an dem Gespräch längst aufgebraucht – falls sie je existiert hatte. »Unsere Offensive wird das ändern, das können Sie Ihrer Fraktion mitteilen. Schon bald ist dieser Krieg vorbei und dann wird es die Aufgabe von Politikern wie Ihnen sein, die terranische Föderation neu zu sortieren. Damit Sie dazu aber überhaupt befähigt sind, müssen ich und meine Soldaten dafür sorgen, dass es dazu kommen kann. Das geht nur über einen endgültigen Sieg, und der ist jetzt in greifbarer Nähe.«

»Ich hoffe, Ihr Optimismus stellt sich als das analytische Geschick heraus, das man Ihnen nachsagt.«

Kapitel 14

»Wo bleibt er denn?«, fragte Valeska und fuhr genervt zu Franc herum, um ihm zu sagen, dass er das ständige Tippeln mit dem Fuß bleiben lassen solle. Doch mitten in der Drehung fiel ihr auf, dass sie selbst es war, die immer wieder mit dem nackten großen Zeh gegen den magnetischen Stopper des Habitateingangs stieß.

Ihr Mann schüttelte den Kopf und warf ihr einen vielsagenden Blick zu. Ehe sie eine ungehaltene Erwiderung aussprach, wanderten ihre Augen zu Ute, Oliver und Powell, die um die gestreckte Siliziumbox standen, in der Oxanas tiefgefrorene Leiche lag.

Nicht besonders pietätvoll, dachte sie und seufzte schuldbewusst. Nachdem sie den diensthabenden Funker des Westbank-Habitats über den Vorfall informiert hatten, war eine gewisse Last von ihren Schultern gefallen, schließlich hätte die Polizei einer Kernwelt und der meisten Randwelten standardmäßig Ermittlungen eingeleitet. Bei einem recht klaren Fall von Lebensmittelvergiftung kamen zwar nicht die schärfsten Detectives zum Einsatz, aber mindestens für die Versicherungen musste ein klarer Ermittlungsprozess eingehalten werden. Hier hingegen war der Funker viel eher an ihrer Bitte um Ersatz interessiert. Nicht etwa daran, warum sie die Mission nicht abbrachen oder zumindest unterbrachen, sondern daran, ihnen ›den besten Mann für den Job‹ vorzuschlagen, der auch noch sofort einsatzbereit sei. Sein Name war Paul und sie hatte schon absagen wollen, so seltsam hatte sein Überschwang geklungen, doch dann war endlich zur Sprache gekommen, was sie sich gedacht hatte: Er wollte Geld für seine Vermittlung. Da er der Funker war und damit ziemlich einflussreich im Zuständigkeitsbereich der Westbank, hatte sie zugestimmt und ihm eine lächerliche Summe in Lagunia-Schillingen zugesandt – zumindest war die Summe in Anbetracht ihres neuen Reichtums lächerlich.

»Er wird schon kommen«, murmelte Franc und sah sich über die Schulter zu den drei trauernden Expeditionsmitgliedern. »Ich glaube, dass sie es uns übel nehmen, dass wir einfach weitermachen.«

»Vielleicht«, stimmte sie ihm zu und seufzte ein weiteres Mal. Dabei versuchte sie, die Knoten in ihren Schultermuskeln zu entwirren, die sich mit ihrer Anspannung gebildet hatten. »Aber sie haben sich entschieden, zu bleiben, und das heißt, dass wir weitermachen müssen. Entweder so oder nicht. Jetzt, wo sie sich entschieden haben, ziehen wir es auch durch. Franc, da unten liegt womöglich ein Hyperraumtor, das nicht von uns, sondern vor einigen Jahrzehnten von Aliens gebaut wurde.«

»Denkst du nicht, dass die Clicks sich die Technologie damals geschnappt hätten, statt sie einfach zu zerstören?«

»Wer weiß das schon?« Sie überlegte und grunzte schließlich frustriert. »Ja, vielleicht macht es nicht direkt Sinn, aber es sieht aus wie ein Hyperraumtor, und das ist Grund genug, es eingehender zu analysieren. Wenigstens Materialproben zur Altersbestimmung und molekularen Zusammensetzung. Sag mir nicht, dass du nicht selbst neugierig bist.«

»Doch, bin ich, ja. Aber ich will nicht, dass wir den anderen vor den Kopf stoßen.«

»Wir werden uns bemühen.« Ein heller Dreiklang ertönte aus den Lautsprechern.

»Annäherungsmeldung«, sagte eine angenehme Computerstimme.

»Das muss er sein!« Valeska hätte beinahe gejubelt. Die letzten vierundzwanzig Stunden waren angespannt und still gewesen. Viel zu still. Ihre Erleichterung darüber, dass bald die Arbeit wieder losgehen konnte, war schier grenzenlos. Sie wollte sich nicht mehr den Kopf zermartern, wie und warum Oxana gestorben war und ob sie etwas hätten tun sollen. Was geschehen war, war geschehen, und da unten warteten noch viel spannendere Forschungsobjekte auf sie und Franc, als sie sich jemals erhofft hatte. Klang das selbstsüchtig?

Sie entriegelte die Tür und zog den Fuß zurück, damit das ausgehärtete Silizium gegen den Stopper schlagen und magnetisch verankert werden konnte. Sofort schlugen ihr Tropfen salzigen Wassers ins Gesicht, hart genug, dass es ein wenig wehtat. Der für Lagunia typische latente Algengeruch erfüllte das Habitat, doch sie achtete nicht darauf und schirmte die Augen gegen die Lichter des Helikopters ab, dessen Rotoren das eingezäunte Wasser vor dem Anleger aufpeitschten. Wie ein UFO schwebte er dröhnend über der Gischt und näherte sich seitlich, bis ein dunkles Etwas vor ihre Füße flog – ein Seesack –, gefolgt von einer Gestalt, die geschickt auf das schwankende Deck sprang. Noch ehe sie ihren neuen Bootsführer erkennen konnte, lenkte der Hubschrauber wieder ein und flog in die windige Nacht davon.

Valeska wischte sich das Salzwasser aus dem Gesicht und blinzelte. Vor ihr stand ein mittelgroßer Mann mit kurzen dunklen Haaren und noch dunkleren Augen. Zuerst schienen sie ihr irgendwie zu tief zu sein und gleichzeitig verschleiert, doch es handelte sich nur um einen kurzen Eindruck, denn sein breites Lächeln war gewinnend und offen.

»Da sind Sie ja! Ich bin Valeska Bellinger und das ist mein Mann Franc Bellinger. Schön, dass Sie so spontan kommen konnten!«, rief sie über den abebbenden Lärm des Helikopters hinweg und streckte ihre Hand aus. Der Bootsführer hatte seine Rechte in seiner Jackentasche versenkt und bewegte sie, ehe er abrupt innehielt und über ihre Schulter sah – vermutlich zu Ute, Oliver und Powell, von denen kein Gemurmel mehr zu hören war. Sie folgte seinem Blick und sah, wie die drei mit düsteren Mienen zu ihnen sahen.

»Sehr gerne, Misses und Mister Bellinger.« Der neue Kapitän zog die Hand aus der Tasche und schüttelte erst ihre, dann Francs. »Mein Name ist Sirion.«

»Sehr gut, sehr gut. Ihren Lebenslauf hat uns der Funker vom Westbank-Habitat schon zukommen lassen. Das sieht alles sehr gut aus«, erwiderte sie und winkte ihn herein, ehe sie die Tür wieder schloss und das ungemütliche Wetter aussperrte. Durch die feinen Membranen des Gitterbodens sackte das hereingespülte Wasser langsam ab.

»Das da sind Ute, Oliver und Powell«, erklärte Franc und deutete auf Oxanas Mannschaft, die sich bloß auf einfaches Kopfnicken und düstere Blicke beschränkte. »Sie gehörten zur Besatzung von Frau Reuel und waren netterweise bereit, trotz der tragischen Umstände für die nächsten Wochen weiterzumachen.«

»Ich verstehe«, sagte Sirion und schürzte die Lippen. In Richtung der drei fügte er hinzu: »Es tut mir sehr leid. Das hier ist sicher nicht einfach für Sie.«

Eine unangenehme Stille breitete sich aus, die Valeska schnell zu vertreiben wusste.

»Sie scheinen sehr beschäftigt gewesen zu sein die letzten Jahre. Würde es Ihnen etwas ausmachen, wenn wir gleich den ersten Tauchgang angehen? Sie sind doch wirklich vertraut mit dem Triton, oder?«

»Natürlich, Ma'am.« Sirion nickte und klang, als wäre er ein wenig pikiert. »Und ich bringe Sie und Ihren Mann gerne runter, wenn Sie jetzt schon los wollen. Die Daten über den Schacht haben Sie mir ja netterweise schon zukommen lassen.«

Er schien tatsächlich beinahe *froh* zu sein und in keiner Weise entrüstet über den sofortigen Einsatz.

Valeska lächelte breit. »Wunderbar! Ich habe schon alles Nötige hineingebracht, wir können gleich los. Ihre Koje zeigen wir Ihnen dann nachher!«

Sie setzte sich in Bewegung und hielt bei der Tür inne, als sie bemerkte, dass der Bootsführer ihr nicht folgte. »Kommen Sie?«

»Was ist mit Ihrem Mann?« Er sah zu Franc. »Begleiten Sie uns nicht?«

»Nein, ich bleibe hier oben. Wir haben ein paar Signalbarken versenkt und wollen prüfen, ob Valeska Daten in Echtzeit hochschicken kann. Dann sind wir schneller mit den Analysen. Der Bordrechner des Triton hat nicht genügend Rechenleistung für die Auswertung der Molekularscans.«

»Ah, verstehe.«

»Ist das ein Problem?«, fragte Valeska stirnrunzelnd.

»Oh, nein, kein Problem!« Sirion stellte seine Tasche ab und zuckte mit den Schultern. »Dann wird es vermutlich weniger eng.«

»Ja, genau.« Sie nickte ungeduldig und öffnete die Tür.

Als sie im U-Boot auf ihren Sitz geklettert war, zog sie rasch die altmodische Konsole zu sich und begann mit den Testläufen der verschiedenen Softwares und der Sensor-

und Manipulatorarme, die aus einem dicken Bündel unter dem Rumpf ausfuhren und sich drehten und streckten, als hätten sie Winterschlaf gehalten.

Als Sirion die Leiter herunterkam und die Luke hinter sich schloss, was eine Menge Gischtwasser und das Rauschen des Meeres aussperrte, wurde es schlagartig still und sie erschrak. Sie hatte sich nicht einmal von Franc verabschiedet. Für einen Augenblick schossen innere Bilder in ihr hoch, wie sie zuckend in ihrem Sitz saß und sich Schaum vor ihrem Mund bildete.

Es war ein Unfall. Sie war krank. Das wird sich nicht wiederholen, dachte sie und schloss kurz die Augen, während ihr neuer Bootsführer sich auf Oxanas ehemaligen Sitz fallen ließ und die Bedienelemente und Anzeigen anschaute.

»Sie haben doch in Ihrem Lebenslauf nicht geschummelt und kennen dieses Modell, oder?«, fragte sie betont, ohne von ihrem Schirm aufzublicken.

»Ja«, versicherte er ihr und drehte sich nicht um. Stattdessen betätigte er einige Knöpfe und zwei Kippschalter, ehe er sich mit den Touchdisplays vertraut machte. »Dieses Modell hat einige Veränderungen erfahren, die ich noch nicht kenne, aber das ist normal. Jeder Kapitän passt seinen Triton an seine Bedürfnisse an. Das Modell war vor über einhundert Jahren ein Kassenschlager für Unterwasserexploration auf subkrustalen Ozeanen wie auf Enceladus und Ganymed im Sol-System. Seitdem findet man es in jedem Kernsystem und einigen vielversprechenden Randwelten. Nicht, weil es herausragend neue Technik gehabt hätte, sondern weil sie gerade altmodisch, aber dafür extrem robust und verlässlich war, bei gleichzeitiger Modulbauweise, die eine rasche Anpassung an verschiedene Umgebungen und Vorlieben ermöglichte. Nicht jeder Mond ist gleich.«

»Natürlich nicht. Andere Schwerkraft, andere Zusammensetzung des Mediums …« Valeska winkte ab und nickte zufrieden, als ihre Systeme grünes Licht gaben und der Testlauf damit abgeschlossen war. *Nicht so viel reden! Du bist nervös, aber es gibt keinen Grund. Er fährt dich runter, und du machst deinen Job!*

Die nächsten dreißig Minuten passierte genau das: Sirion steuerte das kleine Gefährt zielsicher genug, dass sie keinen Unterschied zu Oxana bemerkte und legte keinerlei sichtbare Nervosität an den Tag, als sie in den dunklen Schacht abtauchten und rasch viel Tiefe gewannen. Auch der unterirdisch anmutende Ozean darunter lockte keine Reaktion aus ihm hervor, und so wurde auch sie immer ruhiger und verlor sich schließlich in den Scans des großen halb zerstörten Rings, nachdem sie die fünf Sentinel-Spy-Drohnen ausgeworfen hatte, die sie und Franc nachgerüstet hatten.

»Ist das ein …«, setzte Sirion an.

»Vielleicht«, unterbrach sie ihn barsch. »Aber wir müssen noch Untersuchungen anstellen, um es genau zu wissen.«

Sie musterte das Bild, das die Drohnen zusammenfügten, und sah eine halb versunkene Ringstruktur, deren untere zwanzig Prozent im Meeresboden verschwunden waren. Ein Teil des rechten Arms lehnte an einem großen kalkweißen Berg, der entfernt eine Pyramidenform besaß. Der Bereich, an dem der Ring an der obersten Stelle hätte geschlossen sein sollen, fehlte, sodass er eher an einen umgedrehten Reif erinnerte. Doch das war es nicht, was sie faszinierte, schließlich war ein salzhaltiger Ozean gnadenlos, wenn es um Korrosion ging. Zersetzung und Veränderung der Oberflächenstruktur waren also zu erwarten gewesen.

Was sie nicht erwartet hatte, waren die tiefen Narben und Krater, die sich wie der Bewuchs eines fremden Organismus' über das graue Material zogen. Sie kannte diese Art von Zeichen, und zwar von den vielen Bildern und Filmen von Raumschlachten zwischen der Flotte und den Clicks, wenn Dutzende und Hunderte zerstörter Raumschiffe durch das Vakuum glitten und die Aufräumarbeiten begannen. In den Scheinwerfern der Bergungsschiffe sahen die Hüllen immer genauso aus. Löcher von Railgun-Geschossen, Kratzer kleinerer Nahverteidigung, lange Schnitte, wo Laser nur kurzzeitig die Panzerung gestreift hatten und die charakteristischen Krater von Torpedo- und Raketeneinschlägen.

»Alles in Ordnung?«

»Was?«, murmelte sie abwesend.

»Ist alles in Ordnung bei Ihnen?«

»J-ja, wieso?«

»Sie haben ein Geräusch gemacht, als hätten Sie einen Geist gesehen«, meinte Sirion und steuerte sie durch den Ring hindurch nach unten, wo in dem großen Trümmerfeld bei ihrem letzten Besuch die Scans stattgefunden hatten.

»Vielleicht habe ich das. Bitte fliegen Sie den von uns aus gesehen rechten Arm des Rings an.«

»Verstanden.« Er zog den Steuerstick nach rechts und die Scheinwerfer des U-Boots glitten mit ihrem Fenster zur Seite, bis sie das unheimliche graue Gebilde in der Mitte fokussiert hatten. »Welchen Abstand brauchen Sie?«

»Halten Sie auf einen der Krater zu.« Sie schälte sich aus ihren Gurten und kam an seine Seite. Die Bilder von der zuckenden Oxana, dort, wo er jetzt saß, hatte sie schlagartig vergessen. Wie gebannt starrte sie den Ringabschnitt an und streckte eine Hand an ihm vorbei, um auf einen dunklen, rosettenartigen Bereich zu zeigen. »Dieser da ist groß genug. Zwei Meter reichen aus.«

»Okay.«

Behutsam und geschickt glitten sie weiter, bis sie zufrieden war, zu ihrem Sitz zurücksprang und die Manipulatoren ausfahren ließ. Die winzigen Messer und Saugpipetten sahen aus wie dünne Fäden vor dem Einschlagkrater, der mindestens zehn Meter durchmaß und damit einmal mehr verdeutlichte, wie riesig die Struktur des Rings war.

»Das ist doch ein Hyperraumtor«, sagte Sirion. »Wie kommt das hier herunter?«

»Wir wissen es nicht«, erwiderte sie abwesend. »Aber wir sind hier, um es herauszufinden.«

Er sagte noch etwas, doch sie hörte nicht mehr zu und steuerte stattdessen die feinkalibrierten Werkzeuge an den Teleskoparmen. Es war keine leichte Aufgabe, die jede Menge Fingerspitzengefühl erforderte, wenn man es nicht, wie jeder vernünftige Mensch, dem Computer überlassen wollte. Mit winzigen Bewegungen kratzte sie Stücke aus dem geschwärzten Material ab, die ein Sauger automatisch über einen transparenten Schlauch ins Boot saugte. Verschiedene Scanner und Fühler glitten über die Oberfläche wie aufdringliche Besucher und sandten einen riesigen Datenstrom an den Computer, den sie nur bewältigen konnte, indem der Großteil davon direkt nach oben weitergeleitet wurde.

»Die Leitung ist ganz schön ausgelastet«, bemerkte Sirion.

»Ja.« *Mein Gott, warum redet der so viel?*

»Ich müsste einige kleinere Datenpakete rausschicken, kann ich das durch die Hauptverbindung?«

»Was? Wieso? Nein, die brauche ich für die Messdaten. Ich bin eh schon gehandicapt! Warum überhaupt?«

»Ich muss ein Update für die Steuersoftware anfordern, wir verbrauchen zu viel Sauerstoff, was vermutlich an den Extraktordrüsen liegt, die das Wasser in Fahrtrichtung ansaugen und dann in die Ventrikelkammern rechts und links schicken, wo …«

»Okay, okay, setzten Sie es einfach mit drauf. Wenn es wirklich so klein ist. Sorgen Sie einfach dafür, dass wir in Position bleiben, bis alles fertig ist. Danach nehmen wir uns einige dieser Schnittnarben vor«, sagte Valeska.

»Danke.«

Nach einer längeren Zeit, in der bloß das Piepen der Systeme und das Rauschen der Schrauben zu hören waren, die durch die Hülle wie ein unstetes Dröhnen klangen, veränderten sie ihre Position, um einen der besagten Schnitte zu betrachten. Er war einige Dutzend Zentimeter tief und endete in einem sackförmigen kleinen Krater. Offenbar hatte der Laser eine Leitung getroffen und für eine Explosion gesorgt.

»Ich hoffe, dass unsere Tore morgen nicht so aussehen werden«, bemerkte Sirion.

»Wie bitte?«

»Die Offensive morgen, von der die Newsfeeds voll sind. Sie verlässt sich komplett auf unseren strategischen Vorteil durch die Hyperraumtore, die allesamt gleichzeitig eingeschaltet werden. Wir hätten auch das Erste nutzen können, das wir hatten, um ihnen keine Zeit zu lassen, aber stattdessen setzen wir alles auf eine Karte. Ich weiß nicht, ob das so klug ist.«

»Die Flotte weiß schon, was sie tut.«

»Bestimmt.« Er nickte ungesehen. »Ich habe nur überlegt: Was, wenn das schon mal jemand versucht hat?«

»Ich muss mich jetzt konzentrieren, bitte.«

»Natürlich.«

Valeska wandte sich wieder den Datenströmen zu und versuchte, so viel wie möglich selbst herauszufinden, auch wenn selbstverständlich der Großteil der Arbeit von den Quantenrechnern oben im Habitat geleistet werden würde. Die Rückstände auf der Ringoberfläche waren mehr als neunzig und weniger als einhundertzwanzig Jahre alt, wenn sich der Bordcomputer nicht irrte, was bei einer einfachen Iridiumuntersuchung nicht vorkommen sollte. Die Ausfransungen des Kraters, wo das heiße Plasma winzige Fissuren in das malträtierte Material gebrannt hatte, sahen aus wie die komplexe Maserung eines Baumes und zeugten vom Einschlag eines Torpedos mit Sprengkopf. Das Zentrum, mit der dünnen Vertiefung und der konischen Grundform, jedoch eher für eine kinetische Rakete *ohne* Sprengkopf. Merkwürdig, aber nicht mysteriös. Ein Sekundäreffekt vielleicht, oder zwei verschiedene Impakte an derselben Stelle – sie hatte schon größere Zufälle gesehen.

Sie benötigten etwas mehr als vier Stunden, um insgesamt siebenundvierzig Male der Gewalteinwirkung und Zerstörung an dem Objekt zu untersuchen, zu katalogisieren und die entsprechenden Daten nach oben zu Franc ins Habitat zu senden. Damit waren sie noch längst nicht am Ende angelangt, doch der Sauerstoff wurde knapp und Sirion ließ sich nicht überreden, den Toleranzbereich der Lebenserhaltung auszutesten, woraufhin Valeska schließlich schnaubend einlenkte. Dieser Fund war faszinierend. Obwohl sie natürlich wie jeder andere Wahl-Lagunier wusste, dass die Einheimischen durch einen Krieg mit den Clicks ausgelöscht worden waren, gab es doch die größten Trümmer, die von der Schlacht oder den Schlachten zeugten, oben im Orbit. Ein paar Wracks waren auch im Ozean versunken, doch die meisten von ihnen so stark beim Atmosphäreneintritt verglüht, dass die Materialien geschmolzen oder ihre Form bis zur Unkenntlichkeit zerrissen war. Das hier war das größte innerhalb der Atmosphäre liegende Relikt des Untergangs der Lagoon – und zwar bei Weitem. Und nicht nur das, es hatte auch seine grundsätzliche Form beibehalten und war damit prinzipiell identifizierbar, auch wenn sie noch Rückstände von Antimaterie nachweisen mussten, um sagen zu können, dass es sich wirklich um ein Hyperraumtor handelte. Aber sie wollte verdammt sein, wenn das hier nicht ein zerstörtes Portal in den Subraum war. Nur: Wie hatte es den Sturz aus dem Orbit überlebt? Und warum war es überhaupt dort errichtet worden? Es gab hier keinen natürlichen Sprungpunkt, den es hätte nutzen können.

»Können wir nicht schneller fahren?«, fragte sie und tippte ungeduldig auf ihre Armlehnen, während sie die Anzeige des Tiefenmessers anstarrte. Vor dem Cockpitfenster glitt die immergleiche Struktur des Schachts an ihnen vorbei.

»Bedaure«, antwortete Sirion. »Die Ausgleichsbehälter schaffen nicht mehr. Dieses Ding ist nicht gerade die Spitze der Technologie.«

»Das haben Sie schon mal gesagt.«

»Ist Ihr Mann überhaupt noch wach?«

»Wieso?«

»Es ist fünf Uhr morgens.«

»Oh, ja, er sorgt sich immer und wartet, bis ich wieder da bin. Er kann ohnehin nicht schlafen, wenn ich nicht neben ihm liege. Nach vielen Jahrzehnten Ehe ist das wohl einer der ungünstigen Nebeneffekte, wenn man keine Mehrfachpartnerschaften eingeht«, erklärte sie und gähnte laut, dass ihre Kiefergelenke knackten.

»Und die Mannschaft? Was ist überhaupt deren Aufgabe so tief in der Nacht?«

»Die schlafen längst. Die nehmen sich jede Sekunde, die wir nicht hinschauen, um sich hinzulegen. *Ist so ein Matrosending,* haben sie gesagt.« Valeska schnaubte. »Aber sie machen ihre Arbeit und kümmern sich um das Habitat, und das ist alles, was sie tun müssen, damit wir uns auf unseren Job fokussieren können.«

»Verstehe.« Etwas schwang in seiner Stimme mit, das sie nicht zu deuten wusste – wahrscheinlich war er so müde wie sie.

Kapitel 15

»Vierundvierzig Startbuchten«, prahlte der COB der Caesar, der sich schlicht als ›Chief Jaloo‹ vorgestellt hatte. Der schlaksige Mann, der einen halben Kopf kürzer als Nicholas war, deutete auf die Röhren, die entlang der grauen Kompositwand aneinandergereiht waren. Sie erinnerten ihn an die Torpedoschächte der Oberon, waren jedoch etwas kleiner. »Wenn die Predators da rauskatapultiert werden, bleibt kein Auge trocken.«

»Mhm«, machte Nicholas und nickte ungerührt. Er wünschte, sein Vater hätte sich nicht mit dem Admiral zurückgezogen und ihm damit diese ›Führung‹ erspart. Aber es war seine Pflicht, das Spiel mitzuspielen und so hörte er sich die selbstgefälligen Erklärungen des COB geduldig an, stellte hier und da eine höfliche Frage und übte sich in Gelassenheit. Viel lieber hätte er mit Jason gesprochen, den er seit seiner Abreise in Richtung Flottenakademie nicht mehr gesehen und sehr vermisst hatte. Doch offensichtlich hatte Augustus es als Zeichen der Höflichkeit verstanden, den ältesten Sohn von Captain Konrad als Tourguide für seine XO einzusetzen – oder als Hinweis auf irgendwas, das ihm nicht in den Sinn kam. Sein Vater hatte ihm häufig erzählt, wie vielschichtig und intrigant es in der Flotte zuging, was einer der Gründe dafür gewesen war, dass er sich dagegen entschieden hatte, seinem großen Bruder in die Ferne zu folgen. Er mochte die geradlinige Art seines Volkes und akzeptierte, dass sich ihre Kultur und ihr Verhalten nur deshalb so gut bewahren ließen, weil sie im Abseits standen, weit entfernt von dem Tohuwabohu des echten Flottenlebens.

»Sie haben ja noch die alten Jäger«, fuhr der COB fort. »Barsche, oder?«

»Barracudas«, korrigierte Nicholas den Unteroffizier, ohne auf die offensichtliche Provokation einzugehen.

»Ah, ja. Hatte ich schon fast vergessen.«

»Sie haben doch selbst noch zu Zeiten der Barracudas gedient.«

»Ich war auf einem Kreuzer stationiert, nicht auf einem Träger.«

»Aha.« Es führte ohnehin zu nichts, selbst wenn er den Mann darauf hingewiesen hätte, dass es vor zwanzig Jahren keine Manöver oder Schlachten ohne ganze Staffeln Barracudas gegeben hatte. Solange sich der Kerl etwas darauf einbilden wollte, einen Offizier sticheln zu können, und damit davonzukommen, war es ihm recht. Eitelkeiten hatten ihn noch nie sonderlich interessiert.

»Die Beschleunigungswerte der Predators würden jeden menschlichen Piloten zerquetschen«, fuhr Jaloo fort und gab ihm einen Wink. Gemeinsam gingen sie in dem schmalen, lang gezogenen Raum weiter, der geradezu gespenstisch verlassen wirkte. Er war es gewohnt, immer unter Menschen zu sein, schließlich war man auf der Oberon niemals allein, nicht einmal auf den Toiletten.

»Als Nächstes zeige ich Ihnen die Geschützbatterien. Die Caesar verfügt über die neueste Generation von *Hyatt*-Railguns auf den D33-Lafetten. Damit sind sie um einhundertachtzig Grad schwenkbar und ermöglichen weite Schusswinkel, ohne dass das Schiff großartig manövrieren muss, um neue Ziele unter Beschuss zu nehmen.«

»Verstehe.«

Das Schott vor ihnen glitt automatisch zur Seite und sie traten in einen kurzen Gang.

»Sie fragen sich vermutlich, wie wir die Lafetten warten, schließlich hat es einen Grund, weshalb man zu Zeiten von Titanen wie der Oberon lediglich schwenkbare Gelenke und keine vollständigen Lafetten eingebaut hat.«

Mit Robotern, dachte Nicholas, sagte jedoch nichts.

»Mit Robotern. Die kleinen Dinger sind äußerst effizient und können selbst während eines Gefechts auf der Hülle operieren und Reparaturen oder Wartungsarbeiten vornehmen. Und bevor Sie fragen: wegen des Drahtlosverbots innerhalb des Schiffs kommunizieren wir über komplexe Lichtzeichen mit den Bots. Wir dürfen Sie nicht anfunken, aber anders als bei den älteren Modellen, programmieren wir sie nicht bloß mit ihrem Auftrag ein, sondern haben auf der Hülle Hochleistungsdioden verteilt, mit Hilfe derer wir ihre Programmierung während des Einsatzes ändern können.« Der COB machte eine Pause und beugte sich zu ihm herüber, als wolle er ein Geheimnis teilen. »Sie haben doch auch schon umgestellt, oder?«

»Nein«, antwortete Nicholas. »Bei uns ist das Ingenieurskorps damit beauftragt, die Wartung vorzunehmen.«

»Oh, verstehe. Ich wusste es wirklich nicht.«

»Kein Problem.«

»Und gibt es keinen Unmut in der Crew?«

»Warum sollte es Unmut geben?«

»Weil die Arbeit im Vakuum gefährlich ist. Außerdem habe ich gehört, dass sämtliche Schiffe der Reserveeinheiten schon vor zwei Jahren mit Wartungsbots ausgestattet worden sind«, meinte Jaloo mit scheinbarem Interesse, doch seine Augen funkelten angriffslustig. Nicholas überlegte, den Unteroffizier anzuweisen, den Rest der Führung schweigend zu verbringen, was er durchaus hätte tun können, doch er wollte es nicht auf einen Eklat ankommen lassen, selbst wenn es nur ein kleiner wäre. Sein Vater hatte gefordert, dass sie keine Wellen schlugen, also würde er sich auch daran halten.

»Mein Vater ist der Ansicht, dass Roboter eine Schwachstelle sind.«

»Warum das? Sie operieren selbstständig und sind damit nicht anfällig gegenüber Störtechnik. Ist es denn in Ordnung, trotzdem noch die Leben von Matrosen zu riskieren?«

»Roboter sind keine Menschen. Nur die Algorithmiker können sie programmieren und verändern, das gefällt meinem Vater nicht, weil es sie aus unserer Kontrolle nimmt.« Nicholas fügte hinzu, bevor der COB etwas erwidern konnte: »Und ich stimme ihm zu. Ebenso wie die Mannschaft.«

»Ich verstehe. Ich wollte Ihnen nicht zu nahe treten.«

Doch, das wolltest du.

»Natürlich.«

»Ich zeige Ihnen mal ein paar von den kleinen Dingern. Vielleicht ändert das ja Ihre Abneigung?«

»Das bezweifle ich. Aber fahren Sie ruhig fort mit Ihrer Führung.« Das letzte Wort betonte Nicholas leicht, doch der COB schien es entweder nicht zu bemerken, oder entschieden zu haben, nicht darauf zu reagieren.

Hinter dem nächsten Schott traten sie in einen zweigeschossigen Raum mit fixierten Schwerlastregalen, in denen merkwürdige Formen in gelber Farbe magnetisch befestigt waren. Er sah kaum rechte Winkel, nur Rundungen und nicht einmal Schläuche, aber es musste sich um zusammengefaltete Roboter handeln – Dutzende von ihnen. In einer Ecke des Raumes kniete ein Techniker im orangefarbenen

Overall vor einer offenen Wartungsklappe. Aus seinem Finger ragte ein Kabel, das irgendwo hinter der Wand verschwand.

»Das hier ist unsere Lagerbucht für die Bots«, erklärte Jaloo und winkte dem Techniker zu, der ihn jedoch nicht zu bemerken schien. »Ah, der ist wohl eingeklinkt. Vermutlich repariert er gerade eine der Dioden.«

Nicholas musste sich beherrschen, um nicht zu erschaudern, als er *eingeklinkt* hörte. Die Vorstellung, dass sich die Ingenieure auf den neuen Schiffen mittels direktem Interface über eine Datenbuchse mit den Systemen verbanden, sorgte bei ihm für äußerstes Unbehagen.

»Alles in Ordnung?«, fragte der COB.

»Ja. Ich habe mich nur gefragt, was geschieht, wenn eines der Systeme einen Kurzschluss hat, während dieser Mann direkt damit verbunden ist.«

»Die Risiken sind minimal.« Jaloo machte eine wegwerfende Handbewegung. »Wirklich minimal. Die Sicherheitsvorkehrungen sind enorm.«

»Ich halte es für zu gefährlich. Lieber ein wenig mehr Zeit benötigen und dafür händisch arbeiten als mit einem ausgebrannten Gehirn auf der Krankenstation zu landen.«

»Wir sind ja nicht im Gefecht. Da dürfen dann die kleinen gelben Helferlein ran.«

»Es ist nicht richtig«, beharrte Nicholas, ehe er sich selbst ermahnte und auf die Bots in den Regalen deutete. »Magnetische Ladungssicherung. Was passiert, wenn der Reaktor ausfällt?«

»Notstrom aus den Akkus. Aber die Wände sind extra gesichert. Das Schlimmste, was passieren kann, wäre die Zerstörung aller Roboter, aber das Problem – beispielsweise in Folge ein Feuer – würde nicht aus diesem Raum entkommen.«

»Ich verstehe. Wie hoch ist die Arbeitslosigkeit in den Kernwelten?«

»Wie bitte?« Der COB blinzelte verwirrt.

»Sie haben mich verstanden.«

»Keine Ahnung. Irgendwas um die zwei oder drei Prozent?«

»Und wie hoch ist sie auf den Randwelten?«

»Höher.«

»Deutlich höher.« Nicholas nickte. »Für jeden Roboter, den mein Vater einsetzen würde, müsste er ein Crewmitglied oder mehrere entlassen. Mein Volk hat keine Heimat mehr, aber dafür einen starken Anführer, der sie nicht im Stich lässt. Sie haben eine Aufgabe, die wichtig ist. Für das Schiff und für sie.«

»Ich weiß, worauf Sie hinaus wollen. Sehr nobel. Apropos Crew: Wie schafft Ihr alter Herr es überhaupt noch, seine Leute zu bezahlen? Lagunia ist nicht gerade reich, und als Reserveeinheit sind die Bezüge von der Flotte nicht besonders hoch«, wollte der Chief wissen.

»Die Besatzung arbeitet nicht für Geld.«

»Keine Gehälter?«

»Nein.«

»Nicht einmal Sie?«

»Nein.«

»Meine Herren, das ist wirklich nobel. Wie ich schon sagte. Wow.«

»Wir hatten doch über Roboter gesprochen.« Nicholas mochte die Art des Mannes nichts. Alles, was er sagte, schien sich von dem zu unterscheiden, was er dachte – zumindest war das sein Eindruck – und der gefiel ihm nicht.

»Wollen Sie einen sehen?«, fragte Jaloo und ging bereits auf das vorderste Regal zu, wo er sich nach einem Retinascan an einer Schalttafel zurückzog und auf ein Summen wartete, woraufhin sich einer der Bots auffaltete wie ein filigranes Kunstwerk. Der gelbe kleine Mann – anders konnte er ihn nicht beschreiben – kullerte aus seinem Fach und landete auf zwei kugelförmigen Füßen, ehe er sich komplett aufrichtete. Alles an ihm war rund: der kleine Torso mit den vielen Klappen, die vier Arme mit jeweils drei Gelenken und vielfingrigen Manipulatorhänden sowie der Kopf, der praktisch nur aus Sensoren bestand.

»Hat überall kleine Manövrierdüsen, der kleine Kerl. Auf dem Schiff rollt er auf seinen Beinen umher, je nach Stelle auch auf allen vieren. Draußen auf der Hülle werden die Füße zu Händen und er manövriert nur noch über die Düsen.« Der COB sah sich verschwörerisch über die Schulter um, als würden sie beobachtet. »Wollen Sie was Witziges sehen?«

»Natürlich«, antwortete Nicholas höflich und wäre am liebsten einfach rausgegangen.

»Okay, diesen Einheiten haben wir mit den Algos, die sie uns eingerichtet haben, ein paar Extras verpasst.« Jaloo gluckste. Als Nächstes hätte nur noch gefehlt, dass er ihm kameradschaftlich in die Seite knuffte. Er hätte erwartet, dass die Führungsmannschaft des Admirals steifer und regelversessener gewesen wäre. Ein Chief erlaubte sich keine ›Späße‹ mit dem Inventar seines Schiffs.

»Verstößt das nicht gegen die Flottenregularien?«, fragte Nicholas rhetorisch.

Jaloo versteifte sich ein wenig. Nicht so sehr, dass es sofort aufgefallen wäre, aber Nicholas hatte im Laufe der Dienstjahre ein gutes Gespür für seine Gesprächspartner entwickelt, was ihm kaum jemand zutraute – was wiederum ganz in seinem Sinne war.

»Es ist harmlos. Was würden Sie tun, wenn Sie auf dem Weg zur Toilette sind und es sehr dringend ist, und einer der Bots Sie schneidet?« Der COB zwinkerte.

»Ich würde einen Schritt zurückmachen, damit er durch kann.«

Jaloo seufzte. »Also gut. Andere würden vielleicht nach dem Bot treten. *Aus dem Weg, Mülleimer.*« Er lachte, hörte jedoch auf, als er Nicholas' ernstes Gesicht sah. »Probieren Sie es doch mal aus!«

»Nein, danke.«

»Ach, kommen Sie schon. Es ist doch nur ein kleiner Spaß. Wir haben fast eine Stunde damit verbracht, uns die richtige Heuristik auszudenken.«

»Ich sagte Nein, Master Chief Petty Officer«, wiederholte Nicholas schärfer als beabsichtigt.

»Schon gut, schon gut.« Mit an Respektlosigkeit grenzender Verzögerung fügte der COB ein »Sir« hinzu.

Dieser Kerl war schwer zu ertragen und stellte selbst seine Geduld auf die Probe, dabei war er immer auf seine Selbstbeherrschung stolz gewesen.

»Ich würde gerne zurück zur Messe gehen«, schlug er neutral vor.

»Natürlich.« Jaloo zögerte. »Darf ich Sie noch etwas Persönliches fragen, Sir?«

Er hat seine Manieren wiedergefunden, dachte Nicholas und straffte sich, eher er nickte. Einlenkendes Verhalten war zu belohnen.

»Ihr Bruder ist wirklich ein guter Offizier.«

»Danke. Aber das ist keine Frage.«

»Ja, ich meine, Sie sind jünger als er und haben weniger Dienstzeit, oder?«

»Das ist korrekt. Worauf wollen Sie hinaus?«

»Ihr Bruder steht im Rang unter Ihnen. Denken Sie, dass es auf der Akademie in SOL strenger zugeht?«

»Sie wollen eigentlich wissen, ob ich von meinem Vater als Kommandant der Oberon begünstigt wurde, nehme ich an?« Nicholas war nicht überrascht. Mit diesen Fragen musste er sich schon lange herumschlagen, nur dass sie kaum jemand laut stellte und er den COB der Caesar beinahe dafür respektierte, den Mumm dazu zu haben und nicht hinter vorgehaltener Hand zu tuscheln.

»Nun, es gibt eine Menge Gerede, wenn ich offen sprechen darf.«

»Das tun Sie ja schon. Ich leiste meinen Dienst so umfänglich und entsprechend meiner bestmöglichen Leistung, wie hoffentlich jeder andere Offizier auf der Oberon auch. Meine Beurteilungen fußten größtenteils auf denen der Senioroffiziere, nicht auf denen meines Vaters. Bei uns an Bord zählt Leistung und keine Gunst von oben.« Nicholas konnte sich den kleinen Seitenhieb nicht verkneifen, schämte sich jedoch ein wenig dafür. Das war normalerweise unter seiner Würde und sollte sich besser nicht wiederholen. Um diesem Punkt keine weitere Aufmerksamkeit zukommen zu lassen, fügte er hinzu: »Sie können also davon ausgehen, dass es sich um mehrere Faktoren handelt. Gute Leistungen, andere Vorgesetzte, die für die Beförderung zuständig waren, andere Anforderungen und, das gebe ich gerne zu, sicherlich auch weniger Konkurrenz um den jeweiligen Posten. Mir ist bewusst, dass die Oberon nicht mit der Flottenakademie verglichen werden kann, wenn es um die Ausbildung neuer Führungskräfte geht.«

Ob Jason ihn gebeten hat, mich danach zu fragen?, sinnierte er, froh darüber, ausführlich genug geantwortet zu haben. Vermutlich tat er es für seinen Bruder.

»Warum sind Sie eigentlich nicht weggegangen?«

»Wie bitte?«

»Ihr Bruder hat Lagunia und die Oberon verlassen, Sie aber nicht.« Als er Nicholas' zusammengekniffene Augen sah, machte er eine abwehrende Geste. »Sie können sich bestimmt vorstellen, dass sich die Leute den Mund zerreißen über dieses Thema. Ihr Vater ist schließlich einer der … berühmtesten Kommandanten der Flotte. Ich möchte einfach nur die Chance nutzen, die Wahrheit von Ihnen zu erfahren, um nicht auf das ständige Gerede zu hören. Niemand von uns weiß doch wirklich, was geschehen ist. Also ist es besser, bei der Wahrheit zu bleiben, und wo bekommt man die eher, als von den Beteiligten?«

»Haben Sie mit meinem Bruder darüber gesprochen?«

»Nein, wieso?«

»Weil Sie sich das Schiff mit ihm teilen.« Nicholas reckte das Kinn vor. »Danke der Nachfrage, Chief, aber ich denke, dass das etwas Familiäres ist, das Sie nichts angeht.«

Er spürte einen Knoten in seinem Bauch, der bald zu platzen drohte. Schon lange hatte er ihn nicht mehr so intensiv gefühlt. Es war Zeit, diese Situation zu verlassen.

»Ich würde jetzt gerne zurückgehen.«

»Liegt es an Ihrer Mutter?«

Nicholas erstarrte.

»Wir gehen. Jetzt«, sagte er gefährlich leise. Seine Stimme vibrierte wie eine angeschlagene Stimmgabel.

»Oh, ich wollte Ihnen nicht zu nahe treten, Sir.« Der COB klang betroffen, doch in seinen Augen stand der Ausdruck von Hohn und Triumph.

»Sind Sie nicht, und jetzt …«

»Ich dachte bloß, dass es vielleicht gar nicht stimmt, dass *Sie* der Grund sind, weshalb Ihre Mutter …«

Der Knoten in seinem Bauch platzte und Nicholas konnte gerade noch seinen letzten Funken Selbstbeherrschung zusammenkratzen, um den Chief nicht niederzuschlagen. Stattdessen schaltete sein Gehirn schnell, und er übersetzte seine eruptierende Wut in einen heftigen Tritt gegen den reglos neben ihnen stehenden Roboter.

»Wütende Bemerkung: Sie haben meine Knöpfe gedrückt«, plärrte der Bot, während er von der Wucht des Tritts nach hinten geschleudert wurde. Ein tiefes Brummen war zu hören und die eingelagerten Roboter im Schwerlastregal, das leicht zu schwanken begann, gerieten in Bewegung.

»Oh!«, machte der COB mit großen Augen, doch etwas in seiner Stimme war *falsch.*

Nicholas' Wut löste sich in Rauch auf, als er mit raschen Blicken erkannte, dass das Regal nicht verplombt war und die magnetischen Fesseln der Bots versagten. Ein halbes Dutzend purzelte aus den Fächern und krachte mit ohrenbetäubendem Scheppern zu Boden. Einer von ihnen schien einen Kurzschluss zu haben und begann zu knistern. Entladungen verliefen über seinen gelben Kugelrumpf und ein winziger Blitz entlud sich in die Wand.

Der Techniker – noch immer verlinkt – begann zu zucken, als hätte er einen epileptischen Anfall.

»Oh, verdammt!«, entfuhr es dem COB, doch Nicholas war schon an ihm vorbeigesprungen und hatte den Chief dabei grob zur Seite gestoßen. Mit einer Hand am Kragen des Technikers und der anderen fest im Rückenteil des Overalls zusammengekrallt, zog er den Mann ruckartig von dem offenen Wandpanel weg. Das Kabel riss aus seinem Finger und zappelte in der Luft.

Doch Nicholas wartete nicht und drehte den Matrosen

auf die Seite, wischte ihm den Schaum aus dem Mund und befreite die Atemwege.

»Ein Auswurfschock!«, rief Jaloo und lief zum Kommunikatorknopf neben der Tür. »Hier ist der Chief! Sanitäter in den Backbord-Wartungsraum! Was haben Sie gemacht, Mann?«

»Er atmet«, bemerkte Nicholas, nachdem er ein Ohr vor den Mund des krampfenden Technikers gelegt hatte. »Sein Puls rast noch, aber er atmet selbstständig. Wie lange, bis die Sanis hier sind?«

»Zwei Minuten, Maximum. Verdammt, Sie haben …«

»Löschen Sie das Feuer! Jetzt!« Der Brand breitete sich nicht aus und es war mehr ein Schwelen und Brutzeln innerhalb des Rumpfes des Bots, aber er hatte keinen Nerv, sich mit dem Kerl auseinanderzusetzen, während es einen Notfall zu kontrollieren galt. Er hob die Lider des Technikers an, dessen Kopf er auf seine abgesetzten Knie gelegt hatte und überprüfte die Pupillen. Sie rasten nach rechts und links wie bei einem panischen Tier. »Sie leiden unter einem Auswurfschock. Die Sanitäter sind unterwegs. Versuchen Sie ruhig zu atmen und konzentrieren sie sich auf mich!«

Kurz darauf ging hinter ihm eine Tür auf und zwei rot gekleidete Sanitäter stürzten herein. Einer warf einen kleinen Koffer neben den Verletzten, der andere scheuchte Nicholas zur Seite.

»Es gab einen Kurzschluss, der sich möglicherweise auf irgendeinen Leiter in der Wand übertragen hat, mit der dieser Mann direkt verlinkt war«, erklärte er ruhig. »Ich habe seine Atemwege befreit und seine Position stabilisiert, damit sich nichts in seine Luftröhre absetzt. Seine Pupillen waren geweitet und haben auf Licht reagiert.«

»Danke«, sagte die Sanitäterin, an dem weiß umrandeten roten Kreuz als Ärztin zu erkennen, wie er feststellen musste. Sie sah ihn nicht an und sprach schnell mit ihrem Kollegen, der artig in den Koffer griff und einige medizinische Geräte auf dem Hals des Patienten anbrachte. »Wir übernehmen ab hier, bitte treten Sie zurück, Sir.«

Nicholas nickte, erhob sich und folgte der Aufforderung. Seine Pflicht war getan, jetzt waren die Sanitäter an der Reihe. Jaloo hatte den Schwelbrand bereits gelöscht und stand zwischen den beschädigten Bots. Als sich ihre Blicke trafen, sah er etwas in den Augen des COBs, das dort nicht hingehörte: Gelassenheit und Triumph. Er verstand nicht, wie das möglich war, schließlich war ein Crewmitglied verletzt, aber etwas ging hier vor, das er nicht begriff.

»Sie haben mich provoziert«, stellte Nicholas ruhig fest, ohne den Augenkontakt zu unterbrechen. »Wieso?«

»Ich habe nur Fragen gestellt.« Jaloo zuckte mit den Schultern und lächelte scheinbar unschuldig.

»Ich werde Ihr ungebührliches Verhalten Ihrem Vorgesetzten melden und dafür sorgen, dass Sie ein Disziplinarverfahren …«

»Sehen Sie sich mal um, *Sir*«, unterbrach ihn der Chief. »Wenn Sie Ihren Kopf aus dieser Sache rausgezogen haben, dann können Sie ja gerne versuchen, mich für das Stellen der offensichtlich *falschen Fragen* belangen zu lassen. Aber ich schlage vor, dass Sie sich einen guten Grund überlegen, den Sie dem Admiral dafür nennen, dass Sie sechs Wartungsbots beschädigt und einen Techniker seines Flaggschiffs auf die Krankenstation befördert haben.«

Nicholas straffte die Schultern und streckte den Rücken durch.

TFS Braxis, Harbingen-System

»Crocker hat bestimmt Scheiße gebaut«, war sich Tony sicher, während sie durch den Korridor in Richtung der Luftschleuse schlurften.

Madalena zuckte mit den Achseln und packte ihre Werkzeugtasche etwas fester. »Ist mir egal.«

»Egal?« Tony schnaubte. »Der Captain ist so ziemlich die ungeschickteste Offizierin der Flotte, wenn es um das Parkett der Himmelsfeste geht. Sie wird irgendjemandem auf die Füße getreten sein, da wette ich drauf. Und weißt du was?« Der Techniker warf ihr einen Seitenblick zu und hob die Augenlider an wie ein scheuendes Wild.

»Ich schätze, du wirst es mir gleich verraten«, seufzte sie.

»Mir ist es egal!«, gluckste er. »Ihretwegen schiebe ich seit zwei Wochen Doppelschichten und muss jetzt vier Wochen auf der alten Braxis rumhängen und Stickstoffleitungen reparieren, wenn ich nicht gerade als Klempner missbraucht werde und die Kloschüsseln von der Kacke unserer Kameraden befreien muss.«

»Es gibt Schlimmeres, Tony.«

»Musst du immer so schwermütig sein?«

Madalena hielt an und wandte sich ihm zu, als er es bemerkte und es ihr gleichtat. Zwei Unteroffiziere kamen an ihnen vorbei und unterhielten sich gedämpft. Sie wartete ab, bis sie fort waren und überlegte, Tony einen Finger auf die Brust zu drücken, fand das aber zu theatralisch. An dieser Sache hier war nichts Theatralisches.

»Mein ältester Bruder ist vor zwanzig Jahren hier umgekommen.«

»Er war ein Harbinger? Das wusste ich nicht.«

»Nein, er war kein Harbinger, aber Lieutenant an der

hiesigen Akademie. Die Flotte hat damals ein Austauschprogramm zwischen Dunkelheim und Harbingen gefördert, unsere beiden Welten standen sich kulturell immer nahe, nicht zuletzt wegen der gemeinsamen Sprache.« Madalena wusste nicht, wann sie das letzte Mal so viel an einem Stück gesprochen hatte, und seinem Gesichtsausdruck nach zu urteilen, galt dasselbe für Tony. »Er wurde vermutlich gekocht, noch bevor Kors Trümmer aufgeschlagen sind.«

»Tut mir leid, ich wusste nicht …«

»Meine ältere Schwester hat es nicht in die Flotte geschafft und wurde nach Jarl zur Infanterie geschickt, wo sie für die Angriffstruppen der Darelam-Offensive eingezogen wurde. Sie starb im Abwehrfeuer der Clicks, wurde zerfetzt von einer Art Mörsergeschoss oder so – im Beileidsbrief ihres kommandierenden Offiziers klang es netter, als es vermutlich war. Ein Brief von der Stange, ich konnte es ihm nicht einmal verübeln. Meine Eltern sind beide beim Erstkontakt gestorben, sie waren Forschungsoffiziere, Prospektoren, um genau zu sein.«

»Man«, murmelte Tony und seufzte. »Das ist harter Stoff. Tut mir echt leid.«

Madalena zuckte mit den Achseln und sah den Korridor entlang zu der Vertiefung in der Wand weiter hinten, wo es zur dorsalen Luftschleuse ging. Die Werkzeugtasche in ihrer rechten Hand war schwer genug, um ihre Schulter verspannen zu lassen wie ein vertrocknetes Tau.

»Ich kann es nicht ändern.«

»Hast du keine Familie mehr?«

»Doch«, sagte sie und ihr Blick wurde leer. »Eine kleine Schwester. Sie heißt Uljana, hat rote Haare und das fröhlichste Lachen der Welt.«

Ihr Gesicht wollte beim Gedanken an Uljana lächeln,

aber ihr Herz ließ es nicht zu. Stattdessen sah sie nur, was in zehn Jahren mit ihr passieren würde, wenn sie das wehrpflichtige Alter erreicht hatte und ihre Unschuld enden würde. Sie sah den Wagen der Rekrutierungsbehörde vor dem Haus in Omsk, allem, was ihr von ihren Eltern noch geblieben war. Die beiden adretten Männer oder Frauen in ihren Uniformen, die einen heroischen Eindruck vermitteln sollten.

»Madalena?«, fragte Tony und riss sie aus ihren Grübeleien. »Alles okay?«

»Ja. Ich will nur nicht, dass … Ach.« Sie machte eine wegwerfende Handbewegung mit ihrer Linken. »Lassen wir das. Wenn alles gut geht, mache ich mir grundlos Sorgen.«

»Sorgen sollte man sich nie, hat meine Oma immer gesagt«, meinte ihr Kamerad und bemühte sich, seine Verunsicherung mit gespieltem Optimismus zu überspielen. »Wenn man etwas an der Situation ändern kann, dann braucht man sich nicht sorgen. Wenn man nichts an ihr ändern kann, dann braucht man es auch nicht. So einfach ist das.«

»Ich wünschte, es wäre tatsächlich so einfach.« Sie deutete den Korridor hinab. »Wir docken in weniger als einer Stunde an der Gibraltar an. Wenn wir die Klimatisierung der Luftschleuse bis dahin nicht repariert haben, wird der Captain uns die Haut abziehen.«

»Das klingt ganz nach ihr.« Gemeinsam gingen sie in ihren fleckigen orangefarbenen Overalls weiter, begleitet vom Brummen der Maschinen, das in jedem Kriegsschiff allgegenwärtig war. Für viele Kameraden hatte es etwas Beruhigendes, Madalena hielt es bloß für Gewöhnung an das Gewöhnungsbedürftige. »Warum überhaupt dieser Stunt? Will Captain Akiyama eine feierliche Zeremonie aufziehen?

Ist ja nicht so, als wäre das hier nicht das letzte Abstellgleis für unliebsame Offiziere und ihr Kommando.«

»Keine Ahnung. Angeblich haben die hier was gefunden und wollen einen gemeinsamen Einsatz starten.«

»Was?« Tony packte sie an der Schulter und zwang sie so zum Anhalten. »Wo hast du das denn her?«

»Mannschaftsfunk halt.«

»Das heißt, es wird doch nicht langweilig?« Er grinste über beide Ohren. Madalena tat es nicht und zuckte erneut mit den Schultern. »Mann, du würdest dich nicht mal drüber freuen, an Iron Hammer teilzunehmen, was?«

»Nein. Jetzt lass uns an der Luftschleuse arbeiten.« Sie schüttelte an ihrer Werkzeugtasche und der gesamte Arm brannte vor Anstrengung. Am liebsten hätte sie sie einfach fallen gelassen, doch stattdessen ließ sie sich nichts anmerken.

»Captain«, begrüßte Crocker ihren Kollegen Akiyama eine Stunde später in der Mitte der kurzen Luftschleuse, die die TFS Gibraltar und die TFS Braxis miteinander verband wie zwei auf die Seite gekippte Wolkenkratzer im hohen Orbit um Kor – oder das, was von dem ehemaligen Mond noch übrig war. Sie waren alleine, abgesehen von ihren Adjutanten, was wohl der Gewohnheit zuzuschreiben war.

»Captain.« Toyohiro Akiyama deutete eine Verbeugung an, wie es in seiner Kultur üblich war.

»Sehr traditionelle Begrüßung«, befand Crocker und nickte halb anerkennend, halb belustigt. »Unsere Schiffe sind baugleich, ich hätte wohl auch so den Besprechungsraum neben Ihrer Kabine gefunden.«

»Ich weiß, aber was sind wir schon ohne Traditionen?«

»Warum bin ich hier? Nicht, dass mich eine kleine Abwechslung stört, aber ich hätte erwartet, dass Sie so schnell wie möglich von hier weg wollen?«

»Wir haben etwas entdeckt«, antwortete er und deutete in Richtung seines Endes der Luftschleuse. »Wenn Sie mir folgen wollen?«

»Natürlich. Was haben Sie denn entdeckt?«, fragte Crocker, während sie an seiner Seite zu seinem Schiff ging.

»Vielleicht nichts, vielleicht alles. Doch falls ich mich nicht irre, müssen wir sofort die Flotte alarmieren.«

»Was? Warum haben Sie es dann nicht gleich getan? Und was sollte das überhaupt sein?«

»Wir müssen ganz sicher gehen. Wenn es ein falscher Alarm ist, wird man uns nicht nur ein paar Wochen hier festsetzen, sondern Jahre. Vor allem so kurz vor Operation Iron Hammer.«

»Uns? Oder Sie?«

»Glauben Sie mir, das spielt keine Rolle«, sagte Akiyama, als sie gerade den Durchgang zur Gibraltar erreichten.

»Jetzt bin ich neugierig«, befand Crocker.

In diesem Moment löste ein Kurzschluss in der Klimatisierungsautomatik einen Schwelbrand in einem Schaltrelais aus, der die Stromzufuhr zu einem unterarmgroßen Zylinder unterbrach, der sich seit einer Stunde hinter einer Wartungsklappe für Bordtechniker zwischen zwei Kabelbäumen befand. Die kleine Antimaterieeinschließungskammer verlor ihr Magnetfeld und ein halbes Gramm der in dem Feld eingesperrten Antimaterie reagierte in unmessbarer Zeit mit der Materie des Zylinders. Beide Massen annihilierten sich gegenseitig und zerstrahlten alles um sich herum.

Die miteinander verbundenen Zerstörer wurden in Stücke gerissen, ehe die Crews begreifen konnten, was gerade geschah. Ein kurzlebiger weißer Blitz brachte den Kosmos zum Leuchten, dann waren da nur noch ultrageladene Teilchen in einem diabolischen Tanz, der das Vakuum kochen ließen, ehe es sich zwischen den neu entstandenen Trümmern wieder abkühlte.

Kapitel 16

»Scotch, was?«, fragte Konrad und hob das bauchige Glas mit der bernsteinfarbenen Flüssigkeit vor seine Augen. »Ich weiß, dass der sündhaft teuer ist. Genau wie dieses Schiff.«

Augustus musterte ihn über den Rand seines eigenen Glases hinweg und lehnte sich ein wenig auf dem Sofa in seinem Quartier zurück. Sie beide trennten nur ein oder zwei Meter voneinander und doch schien ein ganzer Kosmos zwischen ihnen zu liegen, in dem Konrad eine große Leere wiederfand. Der Admiral entstammte dem uralten Adel Terras, seit Dutzenden Generationen eng verflochten mit den Traditionen der Marine, erst zur Zeit der venezianischen Republik, die ab dem 7. Jahrhundert nach Christus für etwa eintausend Jahre eine bedeutende Seemacht gewesen war, dann im Dienste Italiens und der EU und schließlich der Vereinten Nationen und der aus ihr und ihren Kolonien hervorgegangenen Terranischen Föderation. Die verschiedenen Arme des Hauses Bretoni (eigentlich *di Bretoni*), die mit der Politik der SCR verflochten waren, ließen sich womöglich kaum noch zählen. So war Augustus' Weg an die Spitze sicherlich früh vorgezeichnet gewesen, während Konrad selbst aus einer Familie von Vakuumingenieuren stammte, die ihr Geld mit harten Außeneinsätzen an Harbingens Orbitalwerften verdient hatten. Er war der Erste und Einzige aus den Reihen der Bradleys gewesen, der in den Flottendienst eingetreten war – eher aus rebellischen als patriotischen Motiven – und hatte sich dementsprechend auf keinerlei hilfreiche Seilschaften verlassen können. Erst viel später hatte er begriffen, dass es einen eklatanten Unterschied zwischen Harbingen und seiner Mutter, der Erde und ihrer politischen Verwaltung, der Solar Congressional Republic, gab, der ihn schließlich doch noch zum glühenden Verfechter Harbingens gemacht hatte: die Politik selbst. Harbingen war misstrauisch beäugt worden, als es als erste Kernwelt einer KI sämtliche Gewalten des Systems und seines kulturellen, gesellschaftlichen und wirtschaftlichen Zentrums übergeben hatte: Omega. Eine Entwicklung der besten Algorithmiker der Kolonie – vor dem Erwachen Omegas noch eine recht belanglose Agrarwelt – hatte es nur wenige Dekaden gebraucht, um Harbingen zum technologischen Führer der Föderation zu machen. Die Errungenschaften in Wissenschaft, Technik und Industrie waren immer schneller aufeinandergefolgt und Wohlstand, Gesundheitsversorgung und Zufriedenheit hatten rasch Höchstwerte erreicht. Das war vermutlich auch der Grund, weshalb Harbinger wie er das Omega verehrt hatten, während der Rest der Föderation es als gefährliches digitales trojanisches Pferd betrachtete. Bis zum Schluss.

»Ich verstehe, was Sie andeuten wollen, Captain«, riss Augustus ihn aus seinen Gedanken und Konrad seufzte, ehe er das Glas in beide Hände sinken ließ und seinem Vorgesetzten in die Augen sah. »Aber es gibt keinen Grund für derartige Sticheleien. Komme ich aus einer wohlhabenden Familie innerhalb der SCR? Ja, das tue ich. Weder Sie noch ich können unsere Herkunft leugnen oder ändern. Haben mir meine Verbindungen geholfen, um innerhalb der Flotte Karriere zu machen? Natürlich, auch das ist kein Geheimnis und auch kein Verbrechen, wenn ich das so sagen darf. Trotzdem habe ich mir diesen Platz verdient, genau wie Sie.«

»Das haben Sie wohl«, antwortete Konrad neutral und nickte.

»Ist der Scotch nicht nach Ihrem Geschmack?«

»Ich trinke wenig. Vor allem nicht während meines Dienstes.«

»Sie sehen das hier als Dienst?«

»Ist es das denn nicht?«, gab er zurück.

»Vielleicht.« Augustus schien zu überlegen und sah in sein Glas, ehe er daran nippte und es vor sich auf den Glastisch stellte. »Ich will ehrlich zu Ihnen sein, Captain: Sie sind ein guter Offizier, denke ich, dem eine Vergangenheit anhaftet, die einem undurchdringlichen Dschungel gleicht. Niemand weiß, was genau damals geschehen ist, nicht einmal Sie selbst, wenn man den Berichten Glauben schenken kann. Wenn Sie mich fragen, dann ist das auch kein Wunder, immerhin haben Sie Ihre Befehle von einer KI erhalten.«

Konrad knirschte mit den Zähnen.

»Ihr Schiff ist alt und fügt sich nicht mehr in die neueste Doktrin der Flotte ein, aber sie ist ein stolzer Mammut von einem Raumschiff, das steht fest.« Augustus schien seine Reaktion nicht bemerkt zu haben, was ihn nicht wunderte.

»Da sind wir uns ja einig.«

»Das ist ein Fakt, aber die Oberon ist trotzdem nicht das Problem. Es wäre sicherlich möglich, die einen oder anderen Änderungen an den Einsatzdetails zu verändern, um sie in den Schlachtplan miteinzugliedern.«

Konrad schluckte und richtete sich ein wenig auf. Dieser Punkt mochte so wirken, als würde die Unterredung doch noch eine Wendung zum Guten nehmen, aber er war viel zu erfahren, um sich davon blenden zu lassen.

»Jetzt folgt in der Regel das Aber«, sagte er. »Und ich denke, ich weiß genau, wie es sich anhört.«

»In der Flottenleitung gibt es dezente Vorbehalte, was eine Wiedereingliederung in den aktiven Dienst angeht.«

»Ich dachte, Sie wollten ehrlich zu mir sein?«

Augustus musterte ihn und schmunzelte, ehe er nickte.

»Sie sind nicht vermittelbar, Bradley. Weder der Flottenleitung, noch der Öffentlichkeit.«

»Der Öffentlichkeit? Pah.« Konrad winkte ab. »Wann hat die Öffentlichkeit schon mal eine Schlacht gewonnen? Wann hat die Öffentlichkeit schon mal eine Entscheidung getroffen, die das Kriegsglück auf unsere Seite zurückgebracht hat? Wann hat *die Öffentlichkeit* jemals genügend Informationen gehabt, um überhaupt irgendeine fundierte Meinung zu haben?«

»Die Flotte ist Schwert und Schild der Menschheit, Captain. Vergessen Sie das nicht. *Die Öffentlichkeit,* über die Sie sich so ärgern, sind die Menschen, die wir zu verteidigen geschworen haben«, ermahnte ihn der Admiral.

»Sie sind wohl eher die Steuerzahler, die Ihnen dabei helfen, so kriegsentscheidende Ressourcen wie schottischen Whiskey zugewiesen zu bekommen«, entfuhr es Konrad.

»Vorsicht, Captain«, sagte Augustus mit leiser Stimme. »Verwechseln Sie meine Höflichkeit nicht mit Schwäche.«

»Höflichkeit? Sie kommen in unser System, um uns eine *Ehre zu erweisen,* nur um uns mitzuteilen, dass wir an der wichtigsten Operation der terranischen Flotte, die jemals unternommen wurde, nicht teilnehmen dürfen, weil ich ein politisches Risiko bin. Sie scherzen über die Oberon, nur um im nächsten Atemzug ihre Kampfkraft zu loben und mir dann zu offenbaren, dass ich entlassen und meine Mannschaft zerrissen und aufgeteilt werden soll wie verdammtes Plündergut.«

»Captain …«

»Um dem Zynismus die Krone aufzusetzen, wollen Sie mich *ehrenhaft entlassen,* als wäre ich ein eitler Pfau aus Sol, der sich um Orden und Lametta schert. Sie kamen mir immer vor wie jemand, der klug und umsichtig handelt, ich denke nicht, dass Sie in Ihrem Alter den Rang eines Vizeadmirals bekleiden würden, wenn Sie nicht auf eine große Portion Menschenkenntnis und politisches Geschick zurückgreifen könnten. Sie wussten ganz genau, was Sie hier bei uns erwarten würde und Sie wussten auch, dass ich dem niemals zustimmen würde, weil ich mich um zeremoniellen Popanz nicht kümmere. Einen Offizier der Reserve *ehrenhaft entlassen?* So etwas hat es sicherlich noch nie gegeben, wenigstens nicht mit militärischen Ehren. Was sollte das werden? Die ultimative Verhöhnung meiner Person und damit auch meiner Mannschaft?«

»Das reicht, Captain!«, sagte der jüngere Mann mit schneidender Stimme und Konrad zügelte sich. Seine Lippen bebten nicht und auch sonst blieb er innerlich ruhig. Die Wut war da, hatte ihren Platz in seinem Magen, doch sie entkam ihm nicht, und alles, was er sagte, entsprach lediglich dem, was er auch dachte. An diesem Punkt spielte es keine Rolle, wie sehr er sich bemühte, politisch klug zu handeln. Das hatte er noch nie besonders gut gekonnt, und jemanden wie den Admiral würde er ohnehin nicht in seinem Spielfeld besiegen. Dass er es versucht hatte, sorgte, wenn überhaupt, dafür, dass er sich über sich selbst ärgerte.

»Ich meinte, was ich gesagt habe«, erklärte Augustus gelassen. »Ich respektiere Sie genug, um Sie nicht der Flottenleitung zum Fraß vorzuwerfen – und glauben Sie mir, die wollten Sie ein für alle Mal aus den Feeds heraushaben. Solange es die Oberon und ihre Flotte im Hinterland des Föderationsgebiet gibt, kann die Wunde, die der Verlust Harbingens ins Fleisch der Föderation geschlagen hat, nicht verheilen. Das ist denen klar und das ist auch Ihnen klar.«

Konrad schwieg.

»Mein Anliegen war und ist, nicht die Axt zu schwingen, sondern Federkiel und Tinte.«

»Ich soll leise gehen, damit es kein großes Aufheben in der Öffentlichkeit gibt. Und das verkaufen Sie dann flotten-intern als Ihre große Leistung – ein netter zweiter Steigbügel für Ihre nächste Beförderung, wenn Operation Iron Hammer erfolgreich war. Das Problem verflüchtigt sich quasi selbst im Schatten des großen Sieges über die Clicks. Elegant gelöst, wie Sie es am liebsten haben.«

»Hören Sie mir jetzt ganz genau zu …«

»Nein, ich denke nicht«, sagte Konrad laut mit seiner durchdringenden Stimme, und für einen Augenblick blinzelte der Admiral verblüfft genug, um keine Worte zu finden. *So spricht ein richtiger Kommandant, du eitler Pfau!* »Ich bin kein Steigbügelhalter, und meine Mannschaft schon gar nicht. Denken Sie, die Oberon würde sich ausschlachten und auf eine Flotte verteilen lassen, die selbst im Angesicht des letzten Schlages gegen den Feind hergekommen ist, um Politik zu machen und etwas für sich herauszuschlagen? Wir sind Harbinger, falls Sie das schon vergessen haben sollten.« Er tippte sich auf das Revers seiner Uniform, wo der Leitspruch Harbingens eingenäht war. »*Juratis unitatis.* Der Einheit verpflichtet. Für Sie sind das vielleicht Worte, für uns hier draußen bedeuten sie alles.«

Er stand auf und stellte sein Glas ab. Dabei schwappte etwas von dem teuren Scotch auf die Tischplatte.

»Ich denke, ich weiß, was hier gespielt wird: Sie mussten herkommen, weil Sie von hier aus ins Feindgebiet springen, unentdeckt von möglichen Spionen oder der

Fernaufklärung der Clicks. Es ist Ihr erster Einsatz als Kommandant einer ganzen Flotte, und alle Augen sind auf Sie gerichtet. Sie haben die Zuteilung und den Einsatzbefehl wegen Ihrer guten Verbindungen bekommen und deshalb müssen Sie jetzt liefern. Und nun sind Sie nervös geworden, weil Sie nur eine Chance haben, sich zu beweisen. Zu versagen hieße, die gesamte Operation Iron Hammer zu gefährden, und das wäre Ihr Karriereende – noch viel mehr als das, aber ich schätze, dass es nur das ist, was Sie interessiert. Also haben Sie sich vorgenommen, rasch noch den ungeliebten *Verräter von Kor* elegant loszuwerden und sich die erfahrensten Leute aus seinem Offizierskorps unter den Nagel zu reißen, um Soldaten mit echter Erfahrung und Weitsicht an Bord zu haben, statt einer Bande Speichellecker und Kopfnicker.«

»Das reicht, Captain!« Augustus' wohlkontrollierte Miene wackelte und zerbarst schließlich mit geröteten Wangen und zitternden Lippen. »So verhalten Sie sich nicht gegenüber einem Vorgesetzten. Ich habe Ihnen die Hand ausgestreckt, um das hier wohlmeinend über die Bühne zu bringen, aber wenn Sie mir keine Wahl lassen, dann ist es eben so.«

»Was für eine Wahl? Wir hatten nie eine, oder irre ich mich?«, konterte Konrad.

»Diese Unterhaltung ist beendet. Ich stelle hiermit …«

Es piepte an der Tür.

»Was?«, fauchte Augustus.

»Sir.« Es war der drahtige XO der Caesar mit den grau melierten Schläfen, der hereinkam und eine Verneigung andeutete. »Verzeihen Sie die Störung, aber es gibt da ein delikates Problem.«

»Was soll das für ein Zwischenfall sein?«, fragte Konrad um Ruhe bemüht, als er und Augustus dem XO durch die Gänge folgten.

»Ich bin nicht sicher, Sir, darum habe ich die anwesenden Marines und Offiziere angewiesen, den Tatort nicht zu verlassen«, antwortete der Commander, ohne seine Schritte zu verlangsamen.

»Marines?«

»Ja, Sir. Es gibt möglicherweise einen Todesfall. Einer unserer Techniker ist auf dem Weg in die Krankenstation, und sein Zustand ist kritisch.«

»Und mein Sohn soll etwas damit zu tun haben?«, fragte Konrad und schnaubte. »Das ist ausgeschlossen.«

»Nein, das ist es nicht.«

»Entschuldigung?«

»Wir sollten uns erst einmal selbst ein Bild von der Lage machen«, schlug Augustus vor. Er klang gelassen und auch ein Seitenblick offenbarte Konrad, dass der Admiral diese Gelassenheit vermutlich nicht bloß vortäuschte. Was das zu bedeuten hatte, würde sich noch zeigen müssen, darum schwieg er den Rest des Weges. Bereits nach wenigen Minuten – auf der Oberon wäre es undenkbar gewesen, in dieser kurzen Zeit irgendeinen Ort zu erreichen – gelangten sie zum Ende eines Ganges, an dessen Tür als Hologramm ›Wartung BB-01‹ geschrieben stand. Sie öffnete sich automatisch, als sich der XO näherte und gab den Blick auf zwei bewaffnete Marines mit abgewinkelten Maschinenpistolen frei, der knotige COB der Caesar, sein Sohn Nicholas, der ernst dreinschaute und die Hände hinter dem Rücken verschränkt hielt, als hätte er mit alledem nichts zu tun. Den Hintergrund bildete ein unordentlicher Haufen aus gelben Metallteilen, von denen die Hälfte von schwarzem Ruß überzogen waren.

»Was geht hier vor?«, verlangte Augustus zu wissen, die Stimme herrisch und präzise akzentuiert.

»Alles in Ordnung, Sohn?«, fragte Konrad in Nicholas Richtung, und der verzog bloß das Gesicht. Also war er in Schwierigkeiten. Aber warum?

»Sir, der Commander war sehr erregt und versetzte einem der Wartungsbots einen Tritt, woraufhin es zu einer Kettenreaktion kam und Techniker Louis einen Auswurfschock erlitten hat«, antwortete der COB steif, doch seine Augen funkelten.

»Meine Frage wird zuerst von dem anwesenden Offizier beantwortet, Jaloo«, tadelte der Admiral seinen dienstältesten Unteroffizier und richtete seinen Blick auf Nicholas. »Also, Commander?«

»Der Chief Petty Officer hat sich mir gegenüber respektlos verhalten, Admiral«, antwortete Nicholas mit seiner gewohnt gleichmäßigen Sprechweise, die jenen mit weniger Menschenkenntnis als dröge vorkommen mochte. »Allerdings entschuldigt das nicht, dass ich mich dazu hinreißen ließ, einem der Wartungsbots einen Tritt zu versetzen. Das ist Beschädigung von Flotteneigentum und kann und sollte nach Artikel 18, Absatz 4b eine Strafe nach Ermessen des Kommandanten nach sich ziehen.«

»Ich verstehe«, sagte Augustus und nickte nachdenklich, während er das halb leere Regal betrachtete, hinter dem sich ein kleiner Haufen demolierter Roboter befand. Konrad sah über seine Schulter, wie Silly, Meyer und die restlichen Marines den Gang entlang auf sie zukamen, durch den er selbst mit dem Admiral gekommen war.

»Das ist nur Blechschaden, Commander«, fuhr Augustus fort und winkte ab. »Ich bestrafe keinen angesehenen Flottenoffizier dafür, dass ihm einmal die Nerven durchgegangen sind. Ich werde mir allerdings die Aufnahmen der Sensoren ansehen und entscheiden, wie respektlos das Verhalten meines Chiefs war.«

»Admiral, ich …«, setzte der COB an, klappte jedoch auf einen Wink seines Kommandanten hin den Mund zu.

»Danke, Sir«, sagte Nicholas und schien ein wenig erleichtert.

»Allerdings«, der Admiral hob einen Finger, »hörte ich, dass einer meiner Techniker in Lebensgefahr schwebt. Ist das korrekt, Chief?«

»Ja, Sir. Die Beschädigung des Bots hat dazu geführt, dass andere Bots aus den Regalen gefallen sind und ein Wandpanel beschädigt haben, was zu einem Kurzschluss geführt haben könnte, der für einen Auswurfschock von Techniker Louis sorgte. Die Sanis konnten noch nicht sagen, ob er gerettet werden kann, oder die Hirnschäden zu groß sind.« Konrad bemerkte, wie es in den Augen des COBs feindselig blitzte, als er seinen Sohn mit einem Seitenblick bedachte.

»Und wieso war die Ladung des Regals nicht gesichert?«, fragte Konrad und deutete auf das graue Schwerlastregal. »Es verfügt doch über eine magnetische Verriegelung.«

»Das ist korrekt, Captain«, bestätigte der Chief. »Allerdings hatte die Stromzufuhr vermutlich eine Fehlfunktion, oder aber die Stromzufuhr wurde aufgrund der Reparaturarbeiten von Petty Officer Louis unterbrochen.«

»Ein Techniker, der bei einer Reparaturarbeit auf einem Kriegsschiff die Magnetverriegelung eines Lastenregals unterbricht?«, fragte er ungläubig und schüttelte den Kopf. »Wohl kaum.«

Der COB zuckte mit den Achseln. »Oder eine Fehlfunktion.«

»Dieses Schiff ist doch nagelneu und angeblich das

Beste, was die Werften der Kernwelten aktuell ausspucken. Wie wahrscheinlich ist es da, dass ein so wichtiger Bereich des Schiffs eine Fehlfunktion hat?«

»Wir wissen nicht genug. Aber ich weiß, dass der Commander ungehalten war, als er von dem eingeklinkten Kameraden erfahren hat. Er sagte so etwas wie: *Ich habe mich gefragt, was geschieht, wenn eines der Systeme einen Kurzschluss hat, während der Mann damit verbunden ist.* Ich will ja nichts unterstellen, aber …«

»Sie halten den Mund! Eins noch, Admiral.« Konrad sah in die Runde und nickte Silly und Meyer zu, die mit den Marines hinter ihm hergingen. Erst jetzt fiel ihm auf, dass auch sein Sohn Jason bei ihnen war. Ihn in der Uniform der Caesar zu sehen, versetzte ihm jedes Mal einen Stich. Aber dass er hier war, erklärte wenigstens, weshalb seine beiden Offiziere und die Marines auch hergekommen waren. »Wenn Sie gestatten.«

Augustus nickte gönnerhaft.

»So unwahrscheinlich eine Fehlfunktion ist, wieso sollte sie gerade dann auftreten, wenn mein Sohn einem dieser Blecheimer einen Tritt versetzt? Und ich will gar nicht wissen, was Ihr Chief zu ihm gesagt hat, um eine Reaktion aus ihm herauszukitzeln, die ich nicht mehr an ihm gesehen habe, seit er ein junger Teenager war.«

»Ich weiß es nicht, aber das werden wir natürlich ergründen«, antwortete der Admiral. »Das wird allerdings etwas dauern.«

»Wie bitte?«

»Entsprechend der Flottenregularien nach Artikel 11 bin ich dazu gezwungen, Commander Nicholas Bradley unter Arrest zu stellen, bis der Vorfall geklärt ist und der Zustand von Petty Officer Louis feststeht.«

»Das kann nicht Ihr Ernst sein«, entfuhr es Konrad und seine Zähne knirschten.

»Sind Sie nicht der Meinung, dass dies eine Situation ist, auf die Artikel 11 Anwendung findet?«, fragte Augustus herausfordernd.

»Ich bin der Meinung, dass mein Sohn in eine Falle gelockt wurde.«

»Ich habe getan, was ich getan habe«, sagte Nicholas. »Und ich trage die Konsequenzen.«

»Ruhig jetzt, Sohn.«

»Sie sollten lieber auf ihn hören, *Captain*«, zischte der Admiral.

»Warum? Damit Sie ihn in die Brigg stecken können, bis Sie morgen das System verlassen? Um mich mit ihm erpressen zu können? Ich wusste ja, dass Sie verschlagen sind, aber nicht *so* verschlagen!«

»Vater, ich …«

»Nein!«, unterbrach er seinen Sohn und starrte den Kommandanten der Caesar mit funkelnden Augen an.

»Sie sollten auf ihn hören. Das ist mein letzter Akt der Gutmütigkeit«, knurrte Augustus.

»Ich verzichte auf Ihre angebliche *Gutmütigkeit*. Der Commander wird mit mir zurück auf die Oberon kommen und zwar jetzt.«

»Sie haben hier aber nicht das Kommando, und nach diesem Vorfall werden Sie ohnehin nie wieder eines haben.« Der Admiral gab seinen beiden Marines einen Wink und sie gingen zu Nicholas, um ihn zu packen.

Noch im selben Moment raschelte es hinter Konrad, als die vier Marines der Black Legion aus seiner Ehrengarde die Pistolen zückten und auf die Soldaten der Caesar richteten.

»Sind Sie vollkommen wahnsinnig geworden?«, schimpfte Augustus, und zum ersten Mal lag etwas in seinen Augen, das nicht gespielt oder einstudiert schien: Entsetzen. »Waffen runter, sofort!«

Keiner der Harbinger Marines reagierte.

»Mein Sohn kommt mit mir, und dann werden wir dieses Schiff verlassen«, beharrte Konrad ruhig.

»Sie wollen sich mit der gesamten Besatzung der Caesar anlegen? Sind Sie vollkommen wahnsinnig geworden?«

»Für meinen Sohn würde ich das tun. Und für jedes einzelne Besatzungsmitglied, das mich hierherbegleitet hat, auch.«

»Das ist Wahnsinn!«

»Nein, Harbingen.«

»Chief, holen Sie die Marines!«, wies Augusts seinen COB an, der schluckte und mit erhobenen Händen langsam in Richtung Tür ging.

»Schlechte Idee«, knurrte Meyer hinter Konrad, und der kleine Mann blieb stehen, um zwischen seinem Kommandanten und dem Colonel hin und her zu blicken. »Sir?«

»Wir gehen.« Konrad ließ den Admiral nicht aus den Augen und winkte Nicholas zu sich. »Komm, Nicholas.«

Kapitel 17

»Sie gehen nirgendwohin!«, zischte Augustus erbost und seine beiden Marines hoben nun ihrerseits die Waffen, wirkten jedoch verunsichert und sahen unruhig zwischen ihrem Kommandanten und den vier Legionären der Black Legion hin und her, die auf sie angelegt hatten.

»Wenn Sie es auf ein Gefecht auf Ihrem Schiff ankommen lassen wollen, nur zu«, antwortete Konrad gelassen. Er war in keiner guten Position, konnte nicht einmal damit drohen, ein Loch in die Hülle zu schießen, da die Pistolen seiner Marines bei Weitem nicht schlagkräftig genug waren, um die Schiffspanzerung zu punktieren. Es würde nicht lange dauern, bis sie hier umzingelt und in der Minderheit wären und dann hatten sie kein Ass mehr im Ärmel. Aber seinen Sohn als Pfand zurückzulassen, kam gar nicht infrage. »Oder aber Sie nehmen einen Kompromiss an: Es gibt genügend Leute im Sol-System, die mich vor einem Kriegsgericht sehen wollen. Jetzt haben Sie einen triftigen Grund, den es vorher nicht gab, weil ich gegen keine Regularien verstoßen habe. Sie lassen meine Begleiter gehen, meine XO übernimmt das Kommando über die Oberon und Nicholas ihren Posten. Die Oberon nimmt an dem morgigen Gefecht teil und ich bleibe hier.«

»Sie wollen den Helden spielen und sich opfern? Vergessen Sie's!«

»Captain«, sagte Silly hinter ihm. »Bei allem Respekt: Das kannst du vergessen. Wir verlassen dieses Schiff nicht ohne dich.«

»Die Drecksäcke haben den Commander reingelegt«, knurrte Meyer.

»Sie planen wirklich jedes Detail, was?«, fragte Konrad in Augustus' Richtung und schnaubte. »Ich hätte es wissen müssen. Was für ein widerliches Spiel. Aber Sie haben einen Fehler gemacht.«

»*Sie* machen gerade einen Fehler.« Der Blick des Admirals umfasste sie alle. »Das verspreche ich Ihnen. Chief, du gehst jetzt und schaffst den COB und den Chief Engie der Oberon in die Brigg.«

»Verstanden, Sir.«

»Soll ich ihn abknallen?«, fragte Colonel Meyer.

»Nein«, antwortete Konrad. »Weil der Admiral sie beide mit uns zum Shuttle gehen lassen wird.«

Jaloo verschwand erst langsam, dann schnell durch die Tür und rasch hörte man ihn rennen.

»Colonel? Tür!«

Ein Schuss ließ alle Anwesenden zusammenfahren. Es rauchte aus der Schalttafel der Tür und das Sicherheitsschott fuhr herunter und sperrte sie ein.

»Entwaffnen!« Er deutete auf die beiden verunsicherten Marines der Caesar, die im nächsten Moment jeweils eine Pistole im Gesicht hatten, während Meyer ihnen grob die Waffen aus den Händen riss und an Silly und Nicholas verteilte.

»Ich hoffe Sie haben einen guten Plan«, sagte Augustus, der seine Fassung wiedergefunden zu haben schien und erneut eine geradezu unerträgliche Arroganz an den Tag legte. »Sie werden schon mehr brauchen als vier Marines und Ihren Colonel, um mich auf meinem Schiff zu bedrohen.«

»Ich würde es drauf ankommen lassen.«

»Zu recht«, warf Meyer ein.

»Außerdem haben wir immer noch die Oberon. Nur ein Zeichen von uns und Sie können sich mit der gesamten Feuerkraft meines Schiffs auseinandersetzen.«

»Sie sind wirklich ein verrückter alter Mann, oder?« Der Admiral schüttelte den Kopf. »Erst lassen Sie Ihre gesamte Heimatwelt schutzlos untergehen und dann werfen Sie die Leben von beinahe zehntausend Matrosinnen und Matrosen weg, weil Sie Ihrem Sohn kein Strafverfahren zumuten wollen. Wie können diese Leute Ihnen von allen Menschen noch folgen?«

»Wir hatten eh nie eine Chance, das habe ich jetzt verstanden. Sie sind gekommen, um uns das Ende zu bringen und dabei noch politisches Kapital zu schlagen, aber lieber folge ich mit meiner Besatzung den Exilanten, als sie der Flottenleitung zum Fraß vorzuwerfen«, sagte Konrad gelassen.

»Das würden selbst Sie nicht wagen.«

»Denken Sie?«

»Admiral«, meldete sich zum ersten Mal Jason zu Wort und trat neben sie. »Gibt es keine andere Lösung? Ich kenne meinen Bruder und kann Ihnen versichern, dass er niemals willentlich einen Flottenangehörigen verletzen würde. Die Vorwürfe des COB sind unbegründet. Das hier war höchstens ein Unfall.«

»Sie sind nicht in der Lage, diese Situation neutral zu betrachten und sollten sich wegen Befangenheit zurückhalten«, wies Augustus ihn beiläufig zurecht. »Der Umstand ist bald bereinigt, und dann wird es sehr ungemütlich für Sie alle. Denn so wie ich das sehe, gibt es hier nur leere Drohungen. Die Oberon kann Sie nicht hören, darum beenden Sie jetzt diesen Spuk.«

Konrad kaute auf der Unterlippe und überlegte. Der Admiral hatte natürlich recht. Sie waren eingeschlossen mitten im Bauch der Caesar, mehrere Decks von ihrem Shuttle entfernt, das einfach abgeschossen werden konnte, wenn sie es überhaupt von Bord schaffen sollten. Selbstverständlich würde die Oberon einen solchen Abschuss beantworten, da war er sich sicher, aber das würde ihnen tot auch nichts mehr einbringen. Wenn sie doch nur …

»Die Oberon kann uns nicht hören, aber vielleicht sehen«, sagte Nicholas unvermittelt.

»Was sagst du?«

»Der verletzte Techniker, für den ich mich verantworten werde, hat eine Leuchtdiode repariert – oder ihren Anschluss – über die die Caesar die Wartungsbots auf der Hülle kontaktieren kann. Wir könnten der Oberon also ein Leuchtzeichen zukommen lassen.«

»Wie ein Morsecode?«, fragte Silly überrascht.

»Ja.«

Konrad studierte Augustus' Miene und fand dort, was er suchte: Zorn.

»Das könnte funktionieren, wie ich sehe«, sagte er. »Weiß jemand, wie man einen Anschluss mit Datenbuchse bedient?«

Er blickte sich über die Schulter, fand jedoch erwartungsgemäß nur ratlose Gesichter bei seinen Leuten.

»Ich mache es«, sagte Jason nach einer kurzen Pause.

»Lieutenant Commander!«, ermahnte Augustus Konrads ältesten Sohn. »Das werden Sie nicht. Das ist ein Befehl!«

»Tut mir leid, Sir. Diese Sache wird schlecht ausgehen, das ist mir bewusst. Ich würde meinen Vater auch vor ein Kriegsgericht stellen, wenn ich es könnte, aber mein Bruder hat das nicht verdient. Wenn ich es nicht tue, wird auch er exekutiert oder im besten Fall per Droppod auf eine Strafkolonie geschossen. Das kann ich nicht zulassen.« Jason ging zu dem noch immer offen stehenden Panel und kniete sich davor.

»Letzte Warnung! Treten Sie zurück, Lieutenant Commander!«, ermahnte Augustus ihn. Von der Tür waren Geräusche zu hören; metallisches Kratzen und Schlagen und kurz darauf tauchte eine reinweiße Flamme auf, die durch das Metall glitt. »Sie sind am Ende! Sie alle!«

»Danke, Junge«, sagte Konrad in Richtung von Jasons Rücken, bekam jedoch keine Antwort. Die Marines zogen ihre Uniformjacken aus und knebelten damit die beiden Gefangenen der Caesar, die sie danach als Deckung nutzten, um an ihnen vorbei auf das Schott zu zielen, das gerade aufgeschweißt wurde. »Weißt du, was du …?«

»Ja«, knurrte sein Sohn und schob sich einen Kabelanschluss in das Loch in seiner Schläfe. »Ich hasse das, was du aus uns gemacht hast, aber ich bin immer noch ein Harbinger.«

»Das ist lächerlich! Sie stützen sich doch wohl nicht auf die Hoffnung, dass ein Blinken auf unserer Hülle der Brückenbesatzung der Oberon die Situation erläutern kann?«, schnaubte Augustus. »Ich werde Sie alle exekutieren lassen! Sobald morgen der Einsatz beginnt, gilt das Feldrecht!«

»Soll ich ihn zum Schweigen bringen, Captain?«, fragte Meyer geradezu beiläufig, was einen empörten Blick des Admirals zur Folge hatte.

»Nein. Ich will ihn nicht demütigen, sondern euch in Sicherheit bringen.«

Das Schott krachte mit lautem Scheppern auf den Boden und eine Wolke heißer Luft glitt zu ihnen herein. In dem plötzlich freigewordenen Durchgang starrte es vor den Mündungen großkalibriger Gaußgewehre. Einige der Marines der Caesar knieten, andere standen dahinter, und zwischen den Schultern der schwer gepanzerten Gestalten war die triumphierende Miene von Chief Jaloo zu sehen.

»Jetzt ist Schluss!«, entschied Augustus und machte eine herrische Geste mit der rechten Hand. »Ich zähle bis drei, wenn Sie sich dann nicht ergeben haben, lasse ich das Feuer eröffnen. Eins, zwei …«

Ein lautes Fiepen erklang und für einige Atemzüge wurde es still.

»Sir«, ertönte eine neue Stimme und Konrad schluckte. Es war der XO der Caesar. Einer der knienden Marines machte Platz und man sah den grauen Commander an einem der Kommunikatorknöpfe an der Wand stehen. Sein Gesichtsausdruck war besorgt. »Die Brücke meldet, dass die Oberon ihre Waffensysteme hochgefahren und ihre Zielführung aktiviert hat.«

»Hochgefahren? Welche Waffen?«

»Alle.«

»Wie kann das sein?«, fragte Augustus und funkelte erst Konrad an, dann Jason, der sich gerade das Kabel aus der Schläfe zog und mit düsterer Miene aufstand. »Was haben Sie getan?«

»Ich habe dreimal kurz geblinkt.«

Ein Kichern ging durch die anwesenden Harbinger, und der Admiral wurde noch wütender. »Was hat das zu bedeuten?«

»Die Hymne Harbingens endet mit drei kurzen, aufeinanderfolgenden Tönen, den ersten Scanzeichen, die damals das Prospektorenschiff von ihrer Heimatwelt aufgefangen hat«, erklärte der XO schmallippig.

»Die sind verrückt! Sie zielen auf das Flaggschiff einer Flotte! Geben Sie Befehl an die Flotte, die Oberon anzuvisieren. Sämtliche Waffen sind freigegeben!«

»Sir, sie zielen nicht auf uns, sondern auf das Tor.«

»Wenn ich auch nur ein Blinken von dem alten Kahn sehe, will ich, dass er vernichtet wird.« Augustus war außer sich.

»Das wird nichts«, sagte Konrad und schüttelte den Kopf. »Und das wissen Sie genau.« Er wandte sich an Meyer und die Marines, die mit entschlossenen Mienen auf ihre Kameraden von der Caesar zielten. »Wir gehen zum Shuttle.«

»Verstanden, Captain.« Der Colonel nickte und gab seinen Leuten ein Zeichen, woraufhin sie sich auf die Wand aus Mündungen zubewegten, die sich nach einem widerwilligen Wink des Admirals teilte. Dann erst richtete Konrad sich an seine Offiziere – Nicholas und Jason eingeschlossen.

»Kommt.«

Es war totenstill, als sie sich vorsichtig und dichtgedrängt in den Gang aufmachten, begleitet von dem zornigen Funkeln aus Augustus' Augen.

»Das werden Sie bereuen, Bradley!«, rief er ihm hinterher, doch Konrad drehte sich nicht mehr um und hielt die Anspannung aus, nicht zu wissen, ob gleich ein Schuss, gefolgt von vielen weiteren, folgen würde. Es brauchte nur das Zucken eines einzigen Fingers, um ein Blutbad auszulösen, das sich von diesem Gang aus auf zwei Flotten ausdehnen würde, die genügend Feuerkraft besaßen, um sich gegenseitig auszulöschen und einen Orkan harter Strahlung durch das System zu schicken.

Wie in Zeitlupe bewegte sich ihr Kokon aus Uniformen durch den Wald aus Gewehren und geschlossenen Helmvisieren, die jeden Zentimeter verfolgten, den sie über den Boden gingen. Erst als sie einige Meter zwischen sich gebracht hatten, wagte Meyer es, seine Schritte zu beschleunigen, und sie trabten in Richtung Brigg, um Murphy und Walter zu holen.

»Das ist recht schnell eskaliert«, bemerkte Silly neben ihm.

»Das Henkerurteil war bereits gesprochen, bevor der Admiral ins System gesprungen ist. Sein ganzes Gerede war nur Fassade um uns einzulullen«, antwortete er voller Verachtung in der Stimme. »Keiner von uns hätte dem zugestimmt.«

»Natürlich nicht. Aber wie soll es von hier aus weitergehen? Wir können nicht in Lagunia bleiben, wenn wir nicht von gleich zwei Flotten besucht werden wollen, sobald *Iron Hammer* erfolgreich war.«

»Ich weiß.« Er schüttelte den Kopf und wartete, als sie anhielten, damit Meyer ein paar Besatzungsmitglieder der Caesar an die Seite brüllen konnte. »Wir werden ins Exil gehen müssen, und dafür bleibt uns nicht viel Zeit.«

»Das wird nicht leicht zu erklären sein.«

»Ich weiß. Aber wir müssen es versuchen, und dann kann jeder selbst entscheiden, ob er mitgeht oder nicht. Allen anderen wird vermutlich eine Umsiedelung winken, was nur ein Fortschritt gegenüber dem verdammten blauen Ball sein kann, den wir seit zwanzig Jahren unsere Heimat zu nennen versuchen.«

»Amen«, brummte seine XO.

Wie ernst Augustus seine Drohungen nahm, konnten sie einige Minuten später beobachten, als sie vor dem Zugang zur Brigg ankamen und zwei Marines bereits Murphy und Walter in den Gang bugsiert hatten. Sie schlossen sich rasch ihren dicht nebeneinander gehenden Kameraden an, und dann machten sie sich auch schon wortlos auf in Richtung Shuttle.

Der Weg dorthin blieb frei von Überraschungen oder Hindernissen, die ihr Vorankommen hätten verzögern können, und so stiegen sie wenige Minuten später bereits durch die Luftschleuse zu ihren beiden aufgeregten Piloten.

»Was war denn da los? Die Oberon zielt auf das verdammte Hyperraumtor und hat uns alarmiert, dass wir uns für eine Evakuierung unter Kampfbedingungen bereithalten sollen!«, rief die Pilotin von ihrem Sitz und betätigte wie irre verschiedene Kippschalter und Holoknöpfe.

»Es ist etwas ungemütlich geworden. Bringen Sie uns zurück zur alten Lady!«, befahl Silly, während sie sich eilig in ihren Schalensitzen anschnallten und die Luke zur Luftschleuse geschlossen wurde.

»Alle angeschnallt?«, rief der Co-Pilot und sah sich über die Schulter, um sich von elf hochgereckten Daumen zu versichern. Beim Anblick von Jason stockte er kurz.

»Murphy fehlt!«, rief jemand von hinten.

»Was?«, fragte Konrad und entriegelte den Verschluss seines Dreipunktgurtes. »Was soll das heißen: er *fehlt?*«

»Er war direkt hinter mir, als Letzter!« Es war Walter, der so aufgeregt polterte. Sein COB starrte das verschlossene Sicherheitsschott an, das wie eine dunkelgraue Wand den Zugang zur Luftschleuse aussperrte.

»Entriegeln!«, befahl Konrad, als er wirkungslos auf die Schalttafel einhämmerte. Es wurde unruhig in der Kabine, doch niemand stand auf oder begann aufgeregt durcheinander zu sprechen.

Im nächsten Moment fuhr das Schott beiseite, und durch das Bullauge der manuell verschlossenen Luke sah Konrad, wie der Chief Engie mit strampelnden Beinen von zwei Marines der Caesar durch die äußere Tür gezerrt wurde, an Bord des Flaggschiffs.

»So ein verdammter Mist!«

»Die müssen unsere Seite mit einem Vorrangcode der Flotte verschlossen und ihn damit eingesperrt haben, als ich gerade ins Shuttle geklettert bin«, meinte Walter mit düsterer Miene.

»Öffnen!«, rief Konrad in Richtung der Pilotenkanzel und drückte frustriert mit den Fäusten gegen das Komposit neben dem Bullauge. Murphy war schon fast verschwunden. Er konnte sehen, wie sich der Mund des Ingenieurs öffnete und schloss und er sich vehement wehrte, doch die servoverstärkten Rüstungen der Marines ließen ihm nicht den Hauch einer Chance.

»Sir, das können wir nicht. Unsere Systeme wehren den Code der Caesar nur mit Mühe ab. Wenn wir noch länger bleiben, übernehmen sie die Kontrolle«, erklärte die Pilotin.

»Wir lassen niemanden zurück!«, beharrte Konrad. Als er eine Hand auf seiner Schulter spürte, ruckte er mit dem Kopf herum und blickte in Sillys Gesicht. »Von hier können wir nichts unternehmen. Nicht jetzt. Wir müssen ablegen!«

»Verdammt!«, fluchte er, und noch ehe er ein widerwilliges Nicken von sich geben konnte, gab seine XO schon einen Wink nach vorne.

Ein Ruck ging durch das Shuttle, der vermutlich zu bedeuten hatte, dass die Piloten nicht erst gewartet hatten, bis sich die Halteklammern lösten, und dann sackte vor der Frontscheibe auch schon die Hülle der Caesar weg und sie glitten in das Funkeln der Sterne davon.

Ich hole dich zurück, Murphy!, versprach er seinem Chief Engie in Gedanken.

Unbekannte Position, Oort'sche Wolke, Harbingen-System

Der Asteroid DC-66412 war ein zwei Kilometer durchmessender Brocken aus verdichtetem Regolith, dessen Inneres ausgehöhlt und in ein Netzwerk gedrungener Gänge und klaustrophobischer Kavernen verwandelt worden war. Von außen nur ein weiterer hässlicher grauer Steinklumpen in der dichten Wolke aus Relikten der frühen Entstehungsphase des Harbingen Systems. Mit seinen Myriaden von Brüdern und Schwestern, die den Zentralstern wie eine Sphäre umgaben, weit, weit entfernt selbst vom äußersten Planeten, dem Eisriesen Karl, konnten auch die hochauflösendsten Teleskope keine ›echten‹ Bilder von DC-66412 liefern.

Tief im Herzen des umfunktionierten Asteroiden befand sich das Kontrollzentrum, in dem drei Frauen und ein Mann in blauen Neuraltanks schwebten und weit mehr steuerten, als nur die wichtigsten Funktionen dieser Station.

»Kanzler«, sagte Major Heines, der auf dem einzigen Sessel mit Arbeitskonsole gesessen hatte und gerade aufsprang.

»Bleiben Sie ruhig sitzen«, erwiderte der Kanzler und streckte eine Hand vor. »Haben Sie schon was?«

»Ja.« Der Offizier in seiner schwarzen Uniform nickte und fuhr mit der rechten Hand über das Neuralkissen seiner Armlehne, woraufhin ein Holobild vor ihnen erschien. Es zeigte die unverwechselbare Silhouette Harbingens und die Überreste Kors, die nicht auf seine Heimat gestürzt waren: das Trümmerstück, das wie ein Damoklesschwert über dem einstigen Paradies hing.

»Ich sehe nichts«, befand der Kanzler.

»So ist es«, sagte der Major triumphierend und sein Zeigefinger machte eine kratzende Bewegung, woraufhin sich der Mondsplitter leicht in seiner Umlaufbahn zurückbewegte und das Bild heranzoomte auf einen weißen Blitz, der immer kleiner wurde und sich schließlich in zwei Zerstörer verwandelte, die miteinander verbunden waren. Dann lief die Zeit wieder vorwärts und er sah mit an, wie sich beide in dem Blitz auflösten.

»Sehr gut.«

»Darf ich etwas fragen, Herr Kanzler?«

»Natürlich.«

»Die Zerstörung der Gibraltar und der Braxis wird bei der Flotte Fragen aufwerfen. Sie werden schon bald Untersuchungen anstellen, besonders, weil die Gibraltar im Desmoines-System erwartet wird – und dann finden sie die Trümmerstücke.«

»Keine Sorge, Sohn«, entgegnete der Kanzler. »Dafür ist es längst zu spät. Niemand wird hierherkommen, weil sie dafür keine Zeit mehr haben werden – und keine Schiffe. Sie sind so versessen auf die Vernichtung der Clicks, dass ihr Kampf gegen uns längst verloren ist.«

»Aber sie kämpfen doch gar nicht gegen uns. Sie wissen nicht einmal von uns.«

Der Kanzler lächelte. »Und so gewinnt man den Krieg, noch bevor er ausgebrochen ist. Kontaktieren Sie die anderen Stationen und die Werften, Major, die Zeit steht kurz bevor.«

»Natürlich, Herr Kanzler.« Heines neigte den Kopf tief.

»Bereiten Sie meine Fähre vor. Und haben Sie Neuigkeiten vom Kassiopeia-System?«

»Ja. Admiral Green meldet, dass alles vorbereitet ist, falls die Clicks auftauchen sollten.«

»Sehr gut. Alles verläuft so, wie es soll.«

Kapitel 18

»Gute Arbeit, Lieutenant Commander«, sagte Konrad, als er in Begleitung von Silly und seinen beiden Söhnen auf die große Brücke seines Schiffs kam. Die Schaltzentrale des Titanen befand sich tief in seinem Herzen, umschlossen von einer massiven Sphäre aus Carbin und Carbotanium. Auf drei halbkreisförmig angeordneten Rängen taten insgesamt dreißig Offiziere und Unteroffiziere ihren Dienst an den Holokonsolen, die sich vor ihnen ausbreiteten. Jeder von ihnen verfügte über einen eigenen Kommunikator mit Hörer und Kabel, über den er die ihm zugeteilte Sektion des Schiffs direkt erreichen konnte. Viele Dinge ließen sich von hier aus steuern, beispielsweise die Sicherheitsschotts, die automatische Brandbekämpfung, die Lebenserhaltung und einzelne Waffensysteme, aber es gab aus Sicherheitsgründen Einschränkungen im Geiste einer absichernden Gewaltenteilung, sodass die Sektionskommandanten viele Dinge selbst entschieden und entsprechend angewiesen werden mussten. Es herrschte das rote Licht der Gefechtsbeleuchtung, als er mit seiner XO und seinen Söhnen zu dem Tisch des Kommandanten ging, der gegenüber von den Rängen der Operatoren auf einem Podest stand, das schwach rötlich leuchtete. Bei dem ›Tisch‹ handelte es sich um eine altmodische Gefechtskarte auf Basis von Holotechnologie, einem abgeflachten 3D-Bild des gesamten von den Sensoren in Echtzeit eingespeisten Raums, der die Oberon umgab. Unterschiedliche Vektorlinien, mal gestrichelt, mal durchgezogen und in verschiedenen Farben blinkend, zeigten die tatsächlichen und prognostizierten Schubrichtungen der Schiffe und Objekte an, mit denen sie sich diesen Raum teilten. Jeder Punkt besaß eine Kennung, die man berühren musste, um mehr über den entsprechenden Körper zu erfahren. Der Gasriese Artros war am linken Rand leicht ausgegraut, damit er nicht den Rest des umgebenden Vakuums in der Anzeige überstrahlte.

Lieutenant Commander Frederick Daussel, ein kräftiger Offizier mittleren Alters mit kurzgeschorenen nussbraunen Haaren und vorspringendem Kinn, trat einen halben Schritt vom ›Befehlsdeck‹ zurück, wie die Besatzung den Tisch nannte.

»Danke, Sir.«

»Ich übernehme das Kommando.«

»Natürlich, Sir.«

»Wie ist die Lage?«

»Die Oberon ist in voller Gefechtsbereitschaft – in Anbetracht der anhaltenden Wartungsarbeiten zur Überholung unserer Systeme bedeutet das achtzig Prozent der Waffensysteme, keine Magnetisierung der Hülle und Verfügbarkeit von siebzig Prozent der Jägerstartrampen«, antwortete Daussel.

»Sie haben entschieden, das Hyperraumtor anzuvisieren«, stellte Konrad fest, während er sich mit auf dem Tischrand abgestützten Händen ein Bild der Lage zu machen versuchte.

»Ja, Captain. Ich wusste anhand des Lichtsignals an der Backbordseite der Caesar, dass etwas nicht stimmt. Für ein Höflichkeitssignal hielt ich es nicht, da der Admiral nicht als Harbingen-Sympathisant gilt, und zuvor Reparaturen an der Diode vorgenommen wurden. Ich hielt es für möglich, dass es Schwierigkeiten gibt, konnte die Lage aber nicht richtig deuten und entschied mich dazu, das Protokoll zu brechen, nicht aber die Flottenregularien.«

»Wir hätten bloß die Systeme testen können im Falle einer Fehlfunktion des Tors und haben kein Föderationsschiff aktiv bedroht«, fasste Silly zusammen und nickte zufrieden. »Gut gemacht, Daussel.«

»Danke, Ma'am.«

»Wirklich gut«, stimmte Konrad ihr zu. »Aber jetzt wird es Zeit, den Einsatz zu erhöhen. Feuerleitung. Sämtliche Steuerbordgeschütze auf die Caesar und die sie umgebenden Schiffe in Reichweite ausrichten. Jägerstaffeln in volle Alarmbereitschaft.«

»Verstanden!«, antwortete Lieutenant Bauer im unteren Rang. Sein Gesicht schien im Zwielicht der Brücke rot zu leuchten.

»Backbordgeschütze bleiben auf das Hyperraumtor gerichtet.«

»Ja, Sir.«

»Captain, darf ich fragen …«, setzte Daussel erschrocken an.

»Dürfen Sie. Der Admiral hat Chief Engie Murphy festnehmen lassen und ich lasse es nicht zu, dass auch nur ein Mitglied meiner Mannschaft gekidnappt wird!« Er wandte sich an Nicholas: »Commander, ich will, dass Sie mit dem Lieutenant Commander«, er deutete auf Jason, ohne ihn anzusehen, »einen Plan erarbeiten, wie wir so viele Bürger Lagunias und der Asteroidensiedlungen wie möglich einsammeln und schnellstmöglich von hier verschwinden können. Ich will auch eine Schätzung, wie viel Zeit uns bleibt, falls Augustus sofort Unterstützung anfordern sollte.«

»Verstanden.« Nicholas machte sich auf den Weg zu

einer der beiden in die Wände zwischen den Rängen und dem Podest des Kommandanten eingelassenen Nischen, in denen es weitere Gefechtsstände mit verschiedenen Displaysystemen gab. Jason jedoch folgte ihm nicht.

»Sie haben einen Befehl erhalten, Lieutenant Commander!«, sagte Silly streng.

»Ich unterstehe dem Captain nicht«, antwortete Jason steif. »Außerdem muss ich Sie wohl nicht daran erinnern, dass ich als Offizier im aktiven Dienst keine Befehle von Reserveoffizieren entgegennehmen muss. Es ist umgekehrt.«

»Das hier ist die Oberon, Junge«, zischte die XO. »Und der Captain …«

»Lass gut sein«, schaltete sich Konrad ein, ohne den Blick von der Gefechtsdarstellung abzuwenden. »Der Lieutenant Commander ist entschuldigt und soll ein Quartier zugewiesen bekommen.«

Er wartete, bis sich die Schritte seines Sohnes entfernten, ehe sich seine Hände wieder entkrampften und er durchatmete.

»Sir«, meldete sich Lieutenant Jung von der Kommunikation. »Eingehender Richtstrahl von der Caesar.«

»Audio zulassen, gesamte Brücke.«

»Captain«, erklang sofort die angespannte Stimme von Augustus. »Sie haben sich da in etwas verrannt, aus dem es kein Entkommen gibt. Egal wohin Sie zu fliehen versuchen, das wird die Flotte Ihnen nicht durchgehen lassen. Sie haben aktive Waffensysteme auf ein Schwesterschiff gerichtet, und damit wartet auf Sie der Strick. Das wissen Sie. Als Kommandant und Offizier sollten Sie trotzdem den Anstand haben, über Ihr eigenes Schicksal hinauszudenken und Ihre Besatzung nicht mit hineinzuziehen.«

»Das haben Sie getan«, antwortete Konrad gelassen.

»Als Sie meinem Sohn etwas anhängen wollten, um mich unter Druck zu setzen.«

»Ihr Sohn ist jetzt bei Ihnen.«

»Aber mein Chefingenieur nicht. Sie haben ein Mitglied meiner Besatzung unbegründet festgenommen, und das lasse ich nicht zu.«

»Sie riskieren einen offenen Konflikt zwischen unseren beiden Flotten für einen Mann?« Augustus' Schnauben hallte durch die Brücke, worauf mehrere Operatoren von ihren Konsolen aufblickten und sich Blicke zuwarfen. Konrad sah zu ihnen hinauf.

»Ich würde für jedes meiner achttausenddreihundertfünfzehn Besatzungsmitglieder alles riskieren«, antwortete er schließlich.

»Schalten Sie die Waffen ab, dann werde ich Ihnen Lieutenant Commander Murphy zurückschicken, aber nur unter der Voraussetzung, dass Sie sich stellen.«

Er will immer noch seinen politischen Sieg zu Hause.

»Was ist Ihr Plan?«, fragte er provokant. »Hilfe holen durch das Hyperraumtor? Wir vernichten es, bevor Sie auch nur ein einziges Schiff hindurchgeschickt haben.«

»Nein, das werden Sie nicht«, entschied der Admiral. »Sie sind vielleicht verrückt und eigensinnig, aber Sie hassen die Clicks noch mehr als ich oder jeder andere. Sie würden nicht unsere einzige Chance vernichten, den Feind ein für alle Mal zu schlagen. Und darum werde ich jetzt einen Kurier losschicken, der in einer halben Stunde das Tor erreicht.«

»Und Sie würden das Tor nicht vor der in Ihren Befehlen stehenden Zeit aktivieren.«

»Da irren Sie sich, Captain. Das liegt durchaus innerhalb meiner Befugnisse, denn ein Gefecht mit Ihrem Museumsschiff könnte meiner Flotte Verluste beibringen, die ein Gelingen der gesamten Operation Iron Hammer gefährden.«

Verdammt!, fluchte Konrad innerlich und tauschte einen kurzen Blick mit Silly, die verstehend nickte. Sie wusste, dass der Admiral recht hatte, und er tat es auch. Er konnte nicht zulassen, dass ein Sieg der Menschheit über die Clicks gefährdet wurde. Aber er konnte auch Murphy nicht zurücklassen.

Augustus schien sein Schweigen misszuverstehen und fuhr fort: »Rechnen Sie sich keine Chancen aus, Captain. Ich weiß um die Feuerkraft der Oberon, jeder Rekrut der Flottenakademie kennt die Spezifikationen des letzten Titanen in- und auswendig. Sie würden sich teuer verkaufen, da bin ich sicher, aber Sie haben keine Chance auf einen Sieg über die Strike Group 2.«

»Und Sie haben keine Chance auf einen morgigen Sieg, wenn Sie nicht in voller Stärke aufbrechen. Wie wollen Sie der Flottenleitung erklären, dass Sie es für wichtiger hielten, durch eine Intrige einen Captain der Reserve festzunehmen, als Iron Hammer zum Erfolg zu führen?«, konterte er. »Meine Forderung bleibt: Übergeben Sie mir meinen Mann, und zwar sofort. Ich gebe Ihnen zehn Minuten Zeit, um seinen Transfer zur Oberon zu organisieren, dann werden wir ihn uns holen.«

»Sie würden nicht …«

»Ich würde das ganze System in Schutt und Asche legen, um einen meiner Leute zurückzubekommen.«

Er fuhr sich mit der Hand über den Hals und Lieutenant Jung unterbrach die Verbindung mit einem Nicken. Danach blieb er mit dem Blick in Richtung der drei Ränge stehen.

»Dass ich das frage, ist erst einmal vorgekommen, aber wir waren auch erst einmal in einer vergleichbaren Situation: Wenn jemand von Ihnen nicht gewillt ist, gegen Flottenregularien der Föderation zu verstoßen, dann steht es ihm frei, jetzt offen zu sprechen und seinen Platz zu verlassen. Ohne Konsequenzen. Meine Aufgabe ist es, Entscheidungen für dieses Schiff und alle, die auf ihm leben, zu treffen. Aber ein Captain ist niemand, der allmächtig ist und wird durch die Regeln und Gesetze der Flotte kontrolliert und in einem festen Korsett gehalten. Das ist jetzt nicht der Fall. Wenn jemand mit dem Admiral einer Meinung ist, dass ich meine Grenzen überschreite und meines Kommandos enthoben werden sollte, soll er jetzt sprechen.«

Er wartete, während sich eine angespannte Stille über die Brücke senkte. Am vorderen Rand des Befehlsdecks lief der Countdown in Minuten und Sekunden herunter, den er Augustus vorgegeben hatte.

Als niemand etwas sagte, lächelte Silly, trat vor und erhob die Stimme: »Also gut, zurück an die Arbeit! Ich will, dass nicht einmal eine Stecknadel ungesehen durch das Vakuum segelt, und wenn auch nur eine nicht vorgesehene Entladung auf einem der Schiffe des Admirals registriert wird, will ich es wissen! Wir sind in voller Kampfbereitschaft, also Konzentration, wenn ich bitten darf!«

Konrad nickte ihr zu und atmete lang gezogen aus, ehe er sich wieder der Situation auf der Holokarte unter ihm zuwandte. Daussel stand an der rechten Seite und seine XO an der linken.

»Was sind unsere Optionen?«, fragte Silly.

»Das Hyperraumtor ist tabu, wir werden es nicht zerstören«, antwortete Konrad und verzog frustriert den Mund. »Er weiß, dass wir bluffen, und wir wissen, dass er es weiß, was dieses Pfand wertlos macht.«

»Wir sollten es trotzdem anvisiert lassen, Sir, nur für den

Fall der Fälle. Der Admiral könnte immer noch Restzweifel haben, und die Backbordgeschütze können wir nach aktueller Position unserer beiden Flotten ohnehin nicht auf die Strike Group 2 ausrichten«, bemerkte Daussel.

»Richtig.«

»Sir, sind wir wirklich bereit, diese Sache auszuschießen?«

»Da sollte sich der Admiral zumindest sicher sein«, gab Konrad zurück. »XO. Ihre Einschätzung der Situation?«

»Die feindliche Flotte verfügt über einen Schlachtkreuzer, drei schwere Kreuzer, sieben leichte, zehn Träger, zwei Dutzend Zerstörer und etwa zweihundert Korvetten. Unsere Begleitschiffe umfassen zwei Harbinger Kreuzer, zwei Träger, zehn Zerstörer und keine Korvetten, da wir die ja alle dem Zivilsektor überstellt haben, um die innersystemische Wirtschaft anzukurbeln.« Sie warf einen vorwurfsvollen Blick zu dem Lieutenant Commander auf der anderen Seite des Tischs, der ihn jedoch nicht zu bemerken schien. »An das Alter unserer Flotte brauche ich ja nicht zu erinnern.«

»Unsere Begleitschiffe sollen sich auf den Weg nach Lagunia machen, um in kürzester Zeit Evakuierungen zu veranlassen. Falls hier ein Unfall passiert und wir das System verlassen müssen, will ich so viele von ihnen wie möglich mitnehmen«, befahl Konrad.

»Verstanden, aber das erhöht nicht gerade unsere schmalen Chancen«, gab sie zu bedenken.

»Wir müssen darauf bauen, dass er den Erfolg seines morgigen Einsatzes nicht gefährden will«, erklärte er. »Das ist die beste Strategie, die wir aktuell haben.«

»Und was ist mit Murphy?«, fragte Daussel.

»Befehlen Sie Colonel Meyer, vier Enterfähren bereitzuhalten. Wenn es dazu kommt, werden wir die Caesar unter Beschuss nehmen und verkrüppeln, damit er freies Feld hat und den Chief Engie rausholen kann. Wir tun derweil das, was wir am besten können: das Feuer auf uns ziehen und jede Menge einstecken, bis alle zurück an Bord sind. Danach ziehen wir uns zurück.«

»Ist ein langer Weg nach Lagunia.«

»Aber nicht zum Sprungpunkt«, sagte Silly. »Wir könnten uns den Weg zum Sprungpunkt freischießen und zum inneren Konjunktionspunkt springen, dann sind wir innerhalb von einer Viertelstunde im Orbit um den Planeten.«

»So machen wir es. Lieutenant Commander, Sie regeln das mit dem Colonel. XO, sie erarbeiten die Pläne für die besprochene Einsatzsituation und stimmen sich mit meinem Sohn ab.«

»Verstanden.«

»Verstanden, Sir.«

Die nächsten Minuten war es still, bis auf das Gemurmel der Operatoren auf den ihm gegenüberliegenden Rängen. Die diensttuende Brückenbesatzung war damit beschäftigt, vielfältige Befehle weiterzugeben und sämtliche Echtzeitdaten von Geschützen, Technik und allen internen Systemen auszuwerten, zu beurteilen und in etwas umzuwandeln, das mit möglichst wenig Verzögerung oder Abweichungen an sein Befehlsdeck weitergeleitet wurde. Es war die professionell ruhige Geschäftigkeit eines eingespielten Teams im Angesicht einer Schlacht, bei der immer Menschen starben, egal wie ›gut‹ sie ausging. Mit jeder Minute, die auf dem holografischen Chronometer verstricht, wurde Konrad angespannter und musste sich immer wieder daran erinnern, seine Schultern zu entspannen und auszuatmen. Er hatte gemeint, was er gesagt hatte, und würde für jedes Besatzungsmitglied das Gleiche tun, wenn ihm oder ihr ein Unrecht getan wurde, aber wie viele Matrosen war er bereit zu riskieren oder gar zu opfern, um einen einzigen zu retten? Diesen Fragen hatte er sich schon oft gestellt, ohne je zu einer zufriedenstellenden Antwort zu gelangen. Irgendwann musste man sich in einer Position mit Verantwortung der Tatsache stellen, dass es nicht für alles eine ›gute‹ Lösung gab.

Als nur noch eine Minute zu sehen war und diese sich in 0:59 verwandelte, glaubte er, die Tischkante unter seinen Fingern zu zerbrechen.

»Kontaktanfrage von der Caesar«, meldete Jung, deren Stimme von den unsichtbaren Lautsprechern hinter Konrad getragen wurde.

Gott sei Dank, dachte er, zeigte nach außen hin jedoch die Gelassenheit, die man von ihm erwartete. »Akzeptieren.«

»Captain.«

»Admiral.«

»Ich werde wegen dieser verrückten Sache nicht den Sieg der Menschheit in diesem Krieg aufs Spiel setzen und auch nicht Ihre Besatzung, die schon zu viel durchgemacht hat. Aber als leitender Flottenoffizier kann ich auch nicht ignorieren, was Sie getan haben: Mein Angebot, diese Zwickmühle, die Sie zu verschulden haben, aufzulösen, lautet wie folgt«, erklärte Augustus steif. »Sie stellen sich einem Militärgericht und einem Gewahrsam auf meinem Schiff. Ich schicke eine Fähre mit Marines, die Sie festnehmen und überstellen wird. In dieser Fähre wird Lieutenant Commander Murphy sitzen, um zur Oberon zurückzukehren. Sobald er an Bord ist, werden Sie sich meinen Marines stellen und ich werde der Flottenleitung empfehlen, die Oberon und die gesamte Besatzung, inklusive des in Ihrer Abwesenheit befehlshabenden Offiziers, nach Artikel 82, Absatz 3 nicht zu belangen, indem ich Ihr Lichtsignal von meinem Schiff als direkten Befehl werte. Wenn Sie damit einverstanden sind, schlage ich vor, dass wir sofort damit anfangen, diese Situation aufzulösen und zur Vernunft zu finden. Zu Ihrer Absicherung habe ich dieses Gespräch aufgezeichnet und wir können einen Kurier aus Ihrer Flotte schicken, um es nach SOL zu bringen. Das ist ein besseres Angebot, als Sie verdient haben, Captain, aber ich bin gewillt, einen Schritt zurückzutreten, um die wichtigste Operation der Menschheit nicht zu gefährden.«

»Ich nehme Ihre Bedingungen an.«

Ein Raunen ging durch die Brücke, gefolgt von ungehaltenem Getuschel.

»Gut. Ich bin froh, dass Sie zur Vernunft gekommen sind. Die Fähre steht bereit.« Ein kurzes Knacken bezeugte das Ende der Verbindung.

»Bist du verrückt geworden?«, fragte Silly aufgebracht, die aus ihrer Nische hergelaufen war. In ihren Augen lag blankes Entsetzen. »Das kannst du nicht tun!«

»Doch, und das weißt du auch. Es gibt keine gute Lösung für diese Situation. Augustus würde alles daran setzen, diese Demütigung zu rächen, und er würde seinen Zorn an allen Harbingern auslassen. So bekommt er, was er will: meinen Kopf und seine morgige Operation. Außer diesen beiden Dingen hat er keinerlei Interesse an Lagunia oder unseren Leuten. Wenn ich es nicht tue, dann werden viele Unschuldige sterben«, erklärte er ruhig und trat von dem Tisch zurück. »Sie haben das Kommando, XO.«

»Aber Konrad!« Sie flehte beinahe und kam bis auf eine Armlänge zu ihm heran. »Ich brauche dich! Die Oberon braucht dich! Du *bist* Harbingen!«

»Wäre Harbingen auf eine Person projizierbar, dann wäre es nicht der Traum, den wir alle teilen. Ich bin die Chance, die wir haben, endlich etwas zum Guten zu verändern. Du weißt genauso gut wie ich, dass ich der Grund bin, weshalb wir wie Aussätzige behandelt werden. Ich gebe dem Admiral nicht bloß das, was er haben will, ich gebe uns das, was wir gebraucht haben, um die Fesseln der Vergangenheit abzuschütteln.« Er machte eine kurze Pause und fasste sie an den Schultern, um ihr direkt in die Augen zu sehen. »Mein letzter Befehl lautet: Alle Waffensysteme auf Stand-by.«

Er nickte ihr ein letztes Mal zu und verließ das Podest in Richtung Ausgang, der sich unter dem untersten Rang der Operatoren befand und von zwei Marines bewacht wurde. Die gesamte Brückenbesatzung erhob sich schweigend und salutierte mit betroffenen Mienen. Er erwiderte ihren stummen Gruß beiläufig und verließ ohne ein weiteres Wort die Brücke.

Auf den Gängen begegnete er kaum jemanden, außer trabenden Gruppen von Matrosen, die mit Gefechtshelmen auf den Köpfen von Station zu Station rannten. Mit dem Fahrstuhl fuhr er zum Steuerbordhangar, wo er von einer Hundertschaft Techniker, Piloten und anderen Matrosen empfangen wurde, die einen dichten Halbkreis vor den beiden geparkten Shuttles bildeten, die in der riesigen Halle, die jetzt von allen zu reparierenden oder wartenden Jägern befreit waren.

Er trat in die Stille ein und runzelte die Stirn.

»Was hat das zu bedeuten?«

»Wir lassen Sie nicht gehen«, sagte jemand und zustimmendes Gemurmel wurde laut.

»Wir lassen unseren Kommandanten nicht gehen!«

»Wir übergeben Sie nicht diesem eitlen Pfau!«

»Captain Bradley!«, rief jemand anders und Jubel wurde laut.

»Bradley! Bradley! Bradley!«

Konrad spürte, wie ein gewisses Maß an Rührung seine Augen feucht werden ließ, dennoch hob er die Hände.

»Ruhe!«, befahl er, und es wurde schlagartig still.

»Ihrer aller Loyalität und Zuspruch ehrt mich sehr«, sagte er, und die weit entfernten Wände erzeugten ein schwaches Echo. »Für mich gab es immer nur dieses Schiff, und damit meine ich nicht das Komposit, aus dem es gebaut ist. Ich erwarte nicht, dass Sie alle verstehen, warum ich so entscheiden musste, wie ich entschieden habe, aber glauben Sie mir, dass es das Beste für die Oberon ist. Es war mir eine Ehre, mit jedem Einzelnen von Ihnen zu dienen.«

Er dachte nach, ob er Nicholas und Bradley noch hätte aufsuchen sollen, doch sein jüngster Sohn hätte bloß versucht, ihn aufzuhalten, also entschied er sich, lieber mit dem Schmerz zu leben und stark zu sein. Damit hatte er wenigstens Erfahrung, und er würde alles dafür tun, es seinen Söhnen nicht schwerer zu machen, als es ohnehin schon war.

»Bereiten Sie die Ankunft des Shuttles der Caesar vor. Das ist ein Befehl!«

Kapitel 19

Sirion war noch nicht vollständig aus der Luke des Triton geklettert, als auch schon ein aufgeregter Franc Bellinger vor ihm auftauchte, vom peitschenden Regen offenbar unbeeindruckt.

»Wo ist sie?«, rief er gegen das Tosen des Sturms an. Eine Welle schwappte über den kleinen Anleger und in die Öffnung des U-Boots, in die Sirion mit ausgestrecktem Daumen deutete. Hastig lief er an dem Forscher vorbei ins Innere des Schwimmhabitats, als wolle er sich vor dem allgegenwärtigen Wasser in Sicherheit bringen und sah sich über die Schulter. Franc half seiner Frau gerade hinaus.

Mit zwei Schritten hatte er den Umwandler des Satellitenempfängers erreicht, der etwas stümperhaft als schwarze Box an der Wand klebte und auf einem kleinen Display anzeigte, dass die Verbindung stabil war. Er nahm seinen rechten Zeigefinger, klappte die Kuppe auf und hielt den Magnetkonnektor an den Anschluss für manuelle Firmwarewartung.

»Was machen Sie da?«, hörte er Valeskas Stimme hinter sich.

»Ich habe gecheckt, ob die Verbindung zur Westbank noch steht«, antwortete er gelassen und drehte sich zu ihr. Sie stand, genau wie ihr Mann, klitschnass da und schien gerade unterwegs zu dem Tisch zu sein, der sich in der Mitte des Raumes befand und von unten beleuchtet war. »Man weiß ja nie bei so einem Sturm. Wenn Sie wüssten, was ich schon alles erlebt habe. Die meisten …«

Valeska beachtete ihn bereits nicht mehr und redete aufgeregt mit Franc, während die beiden zum Tisch liefen und das Holofeld aktivierten.

»Du glaubst ja nicht, was die Daten alles enthalten haben!«

»Lass mich erst mal ankommen und Luft holen …«

»Das ist eine Sensation, Schatz. Nichts weniger als eine Sensation! Wenn wir damit an den Gouverneur …«

»Franc!«, fuhr sie ihn an und wischte sich die nassen Haarsträhnen aus dem Gesicht. Ihre weitere Tirade hörte Sirion nur noch mit einem Ohr, denn er sah in Richtung der verschlossenen Tür der Crew, um sich zu vergewissern, dass sie nicht aufging und jemand sich über die Lautstärke beschwerte.

Vorsorglich schlurfte er scheinbar beiläufig hinüber, ohne dass die beiden Wissenschaftler auch nur Notiz davon nahmen. Sie waren so vertieft in ihren aufgeregten Streit und ihre Ungeduld, dass sie alles auszublenden schienen. So bemerkten sie auch nicht, dass er sich mit der Schalttafel der Türsteuerung verband und eine kleine DAEMON-Datei übertrug, die sich an der simplen ungeschützten Software zu schaffen machte und die elektronische Verriegelung dauerhaft aktivierte.

Erst dann holte er sich ein Handtuch und ging zu den Bellingers zurück, während er sich die Haare trocknete und damit ein Abbild halb interessierter Beiläufigkeit abgab.

»Und, was haben wir entdeckt?«, fragte er mitten in ihren Streit hinein und lächelte breit. Franc schien zu glauben, dass er sie unterbrach, um sie Luft holen zu lassen, und wirkte erleichtert.

»Iridium ist nicht der richtige Parameter für diese Schichten«, beharrte Valeska, nachdem sie Sirion lediglich stirnrunzelnd bedacht hatte, wie eine kurze Störung.

»Mit der Karbonbestimmung bin ich genauso weit gekommen. Der Myonendetektor dieses kleinen Schrotthaufens ist …«

»… alles was wir haben, und das ist nicht genug.«

»Es ist das Beste, was wir auf diesem Planeten kriegen können!«

»Franc! Wenn wir an die Fachfeeds gehen, dann wird man uns an den Eiern packen, sie ein paar Mal drehen und dann so lang ziehen, dass uns die Milch aus den Augen spritzt!« Sie tippte auf die Datenkolonnen auf der Holodarstellung, die für Sirion auf den ersten Blick vollkommen unverständlich war.

»Aber wir können es auch nicht für uns behalten!«

»Äh, Entschuldigung.« Sirion setzte ein vorsichtiges Lächeln auf. »Darf ich fragen, was los ist?«

»Nein!«

»Doch«, gab Franc zurück, der froh war, seine Ergebnisse mitteilen zu können. »Das Hyperraumtor, das ihr da unten gefunden habt ... die Daten zeigen, dass die Zusammensetzung des Materials der von Click-Schiffen entspricht.«

»Wie ist das zu verstehen?« Nun war er tatsächlich überrascht.

»Das zerstörte Tor wurde von den Clicks gebaut und nicht von den Lagoon«, erläuterte der Xeno-Archäologe.

»Und woher können Sie das wissen? Nur wegen der Ähnlichkeit des Materials?«

Nun war es Valeska, die erst ihren Kopf schüttelte und dann antwortete: »Ja. Die Lagoon haben zwar Raumfahrt betrieben, aber ihre Materialien waren anders und sind bis heute nicht ganz erforscht. Fakt ist, dass sie es geschafft haben, bestimmte Edelgase so reagieren zu lassen, dass sich damit harte Materialien formen ließen.«

»Ich dachte Edelgase reagieren nicht?«

»Korrekt. Aber sie haben es irgendwie geschafft, und wir sind bis heute nicht sicher, wie. Sie müssen jedenfalls in der Lage gewesen sein, komplexe atomare Reaktionsprozesse zu initiieren und zu steuern, ähnlich den Replikatoren der Föderation, nur deutlich fortschrittlicher.«

»Wenn diese Lagoon so fortschrittlich waren, warum wurden sie dann von den Clicks vernichtet?«

»Wer weiß das schon. Vielleicht waren sie in Waffentechnik nicht so weit.«

»Aber«, wandte er ein, »ich habe gelesen, dass die Clicks die Hyperraumtore erbaut haben, und in den Feeds heißt es, dass sie gar nicht die nötige Technologie dafür besitzen.«

»Nur weil man etwas nicht baut, heißt das nicht, dass man nicht in der Lage ist, die Technologie dafür bereitzustellen. Wir hätten schließlich auch niemals Atomwaffen bauen können und trotzdem Atomkraftwerke. Man muss nur Uran weit genug anreichern und sich mit Plutonium auskennen, um die Kernspaltung für die Freisetzung von Energie zu nutzen, das Gleiche gilt für Kernwaffen. Aber ob man wirklich beide Anwendungsgebiete nutzt, ist eher eine Kulturfrage. Die Chinesen von Terra kannten das Schwarzpulver lange vor den Europäern, sind aber nicht darauf gekommen, es auch als Schießpulver zu nutzen. Sie haben lieber Feuerwerkskörper damit gebaut.«

»Wollen Sie damit sagen, dass die Clicks womöglich gar keine Hyperraumtore bauen *wollen*?«, fragte er und tat verwundert. Kein Wort davon interessierte ihn, doch er brauchte noch Zeit, während in seinem Blickfeld die Datenkolonnen der elektronischen Sequestersoftware ihm anzeigten, wie weit die Übernahme der Habitatsoftware war. Das System war relativ gut geschützt für eines aus der Zivilwirtschaft, und damit keinerlei Hürde für seine militärische Software, aber die Datenfülle war groß genug, um den Algorithmus prognostizierte zehn Minuten aufzuhalten. Dann erst konnte er sämtliche Aufzeichnungen der Sensoren und Logs so bearbeiten, dass niemand jemals etwas von seiner Anwesenheit erfahren würde.

»Das ist momentan noch Gegenstand vieler Hypothesen, aber es sieht ganz danach aus, ja. Sie kennen die Sprungpunkte und nutzen sie zu ihrem Vorteil, genau wie wir. Mit Sicherheit haben sie schon daran gedacht, ob es möglich wäre, auch einen eigenen Sprungpunkt zu erschaffen – das haben wir bei der Schlacht um Harbingen gesehen. Da liegt der Gedanke nicht weit, dass sie auch über konstante Verbindungen gegrübelt haben dürften, so wie sie ein Tor bieten würde«, erklärte Valeska. »Aber trotzdem dürfen wir uns keinen vorschnellen Urteilen hingeben. Dass dieses Tor von den Clicks stammt, wäre tatsächlich merkwürdig und alles deutet bislang darauf hin. Aber …«

»Bis wir das Gegenteil in Erfahrung gebracht haben, sollten wir uns auf diesen Aspekt konzentrieren«, warf Franc ein. »Die Konsequenzen wären weitreichend! Die Clicks haben sehr wohl an Hyperraumtoren geforscht und hatten sogar schon vor Jahrzehnten Erfolg damit. Aber wir haben bei ihnen noch nie welche gesehen und selbst die Fernaufklärung hat keinerlei entsprechende Hinweise gefunden. Entweder sind sie also besser im Verstecken, als wir es ihnen bislang zutrauen, oder aber sie haben der Technologie irgendwann abgeschworen.«

»Alles Spekulation, und als solche …«

»Warten wir doch erst mal ab, bis die KI die Daten sortiert und ausgewertet hat, dann wissen wir mehr.«

»Was fehlt denn noch?«, versuchte Sirion einen weiteren

Streitausbruch zu unterbinden und sie am Sprechen zu halten, damit sie das gedämpfte Pochen an der Tür zum Crewraum auch weiterhin nicht hörten. Das programmierbare Silizium war offenbar ziemlich gut schallisoliert. Es war selbst für seine aufgerüsteten Ohren schwer auszumachen, aber er ging lieber auf Nummer sicher.

»Die KI versucht gerade anhand der öffentlich zugänglichen Datenbanken der Flotte herauszufinden, welche Art von Waffen für die Zerstörung des Tors verantwortlich waren«, meinte Valeska abwesend.

Sirion warf sich den Datenstrom der Satellitenverbindung in die linke Hälfte seines Sichtfelds und sah den Downloadstream, den die KI aktuell nutzte. Er verwarf den Gedanken, ihn zu unterbinden. Er konnte nicht sehen, inwieweit es seinen Job hier beeinflusst hätte. Da das Ehepaar sich wieder einander zugewandt hatte und – nun ein wenig ziviler – über die Daten zwischen ihnen diskutierte, ließ er seine rechte Hand zu dem Tarnhalfter seines Monofilamentmessers wandern, das in der Tasche seiner Cargohose verborgen war. Bevor er es herauszog, blinkte etwas vor seinen Augen und lenkte ihn kurz ab.

Es handelte sich um eine Prioritätsmeldung des Gouverneurs, die das Habitatsystem versuchte, automatisch auf jeden Bildschirm, Lautsprecher, Holoschirm und jedes Unterarmdisplay zu werfen, das sich in Reichweite befand. Er unterdrückte den Befehl und sah sich die Botschaft selbst an. Statt eines Videos sah er bloß ein Standbild mit dem Wappen des Gouverneursbüros und weißer Schrift auf schwarzem Grund, die von einer computergenerierten Stimme vorgelesen wurde: »Planetarer Alarm. Dies ist ein personalisierter Alarm für: Bellinger, Valeska, Bellinger, Franc. Sie werden aufgefordert, sich für eine Notfallevakuierung in den Orbit bereitzuhalten. Wenn Sie diese Nachricht erhalten, setzen Sie sich sofort in Richtung des nächsten Primärhabitats in Bewegung. Nehmen Sie nur minimales Gepäck mit und speichern Sie den mitgeschickten Holocode auf ihren UDs.«

Die Nachricht lief in Dauerschleife und Sirion dachte über ihren Ursprung nach. Solcherlei Vorrangmeldungen waren auf den meisten Planeten für unmittelbare Katastrophen vorbehalten, beispielsweise einen Asteroideneinschlag, einen koronaren Masseauswurf, der zu Strahlenschäden führen konnte oder einem Angriff der Clicks. Die hatten jedoch, abgesehen von Harbingen, noch nie einen Planeten gezielt angegriffen, sondern primär die strategische Infrastruktur in den Systemen inklusive Orbitalwerften und Null-G-Fabriken. Eine Übung womöglich? Das kam durchaus vor und war sogar in vielen Verfassungen als Recht der Regierung aufgrund des langanhaltenden Kriegszustands fest verbrieft.

Zur Sicherheit sandte er eine kurze Nachricht an seine Auftraggeber über die vorgegebene Frequenz, um sich rückzuversichern, dass er es nicht mit einem tatsächlichen Notfall zu tun hatte und sofort von hier verschwinden sollte.

Die Antwort kam nach weniger als zwei Minuten. Also hatten sie jemanden im System, der nicht nur als Kurier bereitstand, um seine Erfolgsmeldung zu bestätigen und nach SOL weiterzutragen, sondern bei diesem Kurier handelte es sich zudem um einen mit Befugnissen.

Interessant.

»Keine unmittelbare Gefahr. Der Gouverneur wurde von der Oberon angewiesen, die Bevölkerung Lagunias für eine Notfallevakuierung vorzubereiten. Keine Übung, aber offenbar als solche darstellbar, sollte es nicht dazu kommen.

Das Zeitfenster für Ihren Auftrag hat sich verkürzt. Operation *Iron Hammer* steht unmittelbar bevor. Wir erwarten eine Erfolgsmeldung innerhalb der nächsten dreißig Minuten.«

Sirion dachte über die Zeilen nach. Der Angriff auf die Clicks wurde einen Tag vorverlegt? Und das so plötzlich? Das war nicht möglich, außer, es war von vorneherein so geplant gewesen. Die gesamte Schlagkraft der Flotte konnte man nicht mit einem Fingerschnippen auf einen anderen Termin verlegen. Also war die Geheimhaltung über die genaue Ausführung der Operation der Admiralität genauso gelungen, wie das Geheimnis zu bewahren, wann die Hyperraumtore tatsächlich zeitgleich fertig wurden. Dass seine Auftraggeber nichts davon gewusst hatten, war der beste Beweis für die hervorragende Arbeit der Flottenleitung. Aber warum wollten sie die Bellingers unbedingt vorher tot sehen? Es musste mit diesem versunkenen Hyperraumtor zu tun haben, klar, aber …

Geht mich nichts an, dachte er und klärte seinen Blick, woraufhin die Nachricht verschwand, ebenso wie der Prioritätsalarm aus Uringen.

»Das kann nur eins bedeuten«, sagte Franc gerade und sah von dem Holobild auf. Die grünliche Darstellung des Tor-Segments drehte sich zwischen ihm und seiner Frau wie ein zerbrochener Ehering, an dessen Rändern Datenkolonnen hinab rannen wie Tränen.

Sirion wollte gerade das Messer zücken, als er innehielt und sich stattdessen mit an den Tisch stellte.

»Das Hyperraumtor ist damals aktiviert worden. Nur wenige Stunden vor seiner Zerstörung«, fuhr der Xeno-Archäologe fort. »Danach erst wurde es vernichtet und ist auf den Planeten gestürzt.«

»Ja. Sie haben also über die Technologie verfügt, aber

sie dann selbst zerstört«, stimmte Valeska ihm zu. »Es gibt keinen Zweifel an den Daten: Die Löcher und Krater stammen von Click-Waffen, da ist sich die KI sicher. Aber da hören die Fragen nicht auf. Wenn sie hergekommen sind, um die Lagoon zu vernichten, warum war das Hyperraumtor dann auf *dieser* Seite? Es müsste auf ihrer gewesen sein und hier wären sie dann am Sprungpunkt herausgekommen. Die Idee hinter der Technologie ist doch, die Verbindung zum Punkt offenzuhalten, sodass nur von einer Richtung aus gesprungen werden kann und das im Sekundentakt.«

»Außer man bringt ein zusammensetzbares Tor durch den Sprungpunkt. Teile mit eigenen Antrieben, die abgestoßen werden können. Mittels Manöverdüsen setzt es sich dann zusammen und es können mehrere Schiffe gleichzeitig durch. Ich möchte wetten, dass unsere Flotte etwas Ähnliches vorhat. *Ich* würde es so machen«, war sich Franc sicher.

»Dann ergibt es aber immer noch keinen Sinn, dass sie selbst ihr eigenes Tor zerstört haben. Wenn die Lagoon es waren, okay, aber es waren Waffen der Clicks.«

»Hm. Hätten sie die Schlacht im Orbit verloren, hätte ich gesagt, dass sie keine solche Technologie zurücklassen wollten und sie deshalb lieber zerstört haben, wie menschliche Armeen es auch seit Urzeiten tun …«

»Aber sie haben nicht verloren. Die Clicks gibt es noch, die Lagoon seit der Schlacht nicht mehr«, gab Valeska zurück. Sie seufzte, dann blickte sie auf und sah ihren Ehemann eindringlich an. »Warte. Es gibt nur ein einziges Hyperraumtor, das wir jemals gefunden haben: *Dieses* hier. Weder auf oder um eine Welt der Clicks, noch irgendwo in einem unbewohnten oder von Hinterlassenschaften bedeckten System, von denen es zumindest ein halbes Dutzend gab. Wir haben nur eine einzige intelligente Spezies angetroffen, seit wir unseren Ausschnitt der Milchstraße bereisen können, und die hatte offenbar vor Jahrzehnten bereits ein Hyperraumtor in Betrieb – wenn auch nur für wenige Stunden.«

»Und dann haben sie es selbst zerstört.«

»Ja. Was, wenn es freiwillig war?«

»Freiwillig?«, fragte Franc mit gerunzelter Stirn. »Du meinst …«

»Was, wenn wir die erste Atombombe nicht auf Japan geworfen hätten, sondern jemand Kluges gesagt hätte: Das ist zu gefährlich, vernichtet das Ding?«

»Aber warum sollte ein Hyperraumtor gefährlich sein?«

»Der Hyperraumschlaf!«, entfuhr es Valeska und sie raufte sich durch die nassen Haare. »Reisen mit einem Sprung erfordern während des Sprungs von jedem Passagier, wach zu sein. Wer während des Transits schläft, wacht nie wieder auf. Manche nennen es das letzte Rätsel der bemannten Raumfahrt, aber es ist lediglich das größte. Fakt ist, dass es für Menschen gefährlich ist, zu schlafen, während das Raumschiff, in dem sie fliegen, für eine unmessbar kurze Zeit durch den Hyperraum springt.«

»Du denkst, dass die Clicks herausgefunden haben, dass eine dauerhafte Verbindung durch den Hyperraum für eine neue Gefahr sorgt?«, fragte Franc und war mit einem Mal bleich.

»Ich weiß es nicht. Das ist nur die erste Hypothese, die mir anhand dieser verwirrenden Daten einfällt. Die Clicks mögen grausam und aggressiv sein, aber sie sind nicht dumm. Und auf einen solchen technologischen Vorteil hätten sie niemals ohne triftigen Grund verzichtet, immerhin waren sie damals bereits im Krieg mit uns und hatten es geschafft, zu einer Welt zu springen, die hinter unserem Territorium lag. Allein die Logistik, die ganzen Schiffe an uns vorbei hierherzuschaffen muss gigantisch gewesen sein.«

»Aber wenn das so ist – selbst wenn es nur eine Vermutung ist«, sagte Franc aufgeregt, »müssen wir sofort die Flotte warnen! Morgen beginnt der Angriff und sämtliche Tore in der Föderation werden aktiviert!«

»Es ist nur eine Hypothese und …«

»Valeska!«, unterbrach er sie barsch. »Wir *müssen* sie warnen. Wir liegen lieber falsch und blamieren uns, als dass eine Katastrophe geschieht, bei der Millionen …«

»Du hast recht.« Sie nickte eifrig. »Ich versuche …«

Sirion spürte, wie das Blut über seine Hand lief, als er die Klinge aus dem Kopf des Forschers zog, die er ihm durch die Haut unter dem Kinn ins Gehirn gerammt hatte. Valeska erstarrte vor Schreck und stieß einen entsetzten Schrei aus, als ihr Mann mit gebrochenen, überrascht aufgerissenen Augen vor ihr auf den Tisch krachte, sobald Sirion das Messer hinausgezogen hatte.

Er sprang mühelos über die Platte, was das Holofeld mit einem kurzen Flimmern kommentierte, und hätte Valeska direkt an der Halsschlagader getroffen, wäre sie nicht zur Seite gestürzt. Panisch heulend krabbelte sie davon, während er sich neu ausrichtete und ihr folgte. Dann kam sie auf die Beine und rannte in Richtung Ausgang, doch sie würde es nicht schaffen.

Als sie seinen Seesack packte und ihm entgegenwarf, wehrte er ihn ab und nickte, nachdem sie angehalten hatte. Ein paar nutzlose Rüttler an der Öffnung nach draußen hatten genügt, um sie entmutigt und zitternd stehenbleiben zu lassen.

»Warum?«, wimmerte sie. »Wir haben nichts …«

»Auftrag«, sagte er knapp und ging näher auf sie zu. »Nichts Persönliches.«

»Sind Sie verrückt geworden? Die Flotte muss unbedingt erfahren, was hier geschehen ist, bevor es …«

»Die Flotte soll meinetwegen brennen«, entfuhr es ihm in einem seltenen Anflug von Emotionalität, der ihn selbst überraschte.

»Sie sind …«

Weiter kam sie nicht, da er ihr in diesem Moment mit der Monofilamentklinge über den Hals fuhr. Ihr ungläubiger Blick brach bereits nach wenigen Augenblicken und sie sackte zusammen. Gerade wollte er die Tür öffnen, um mit dem Entsorgen der Leichen zu beginnen, als er vor dem Befehl an die Schalttafel etwas in seinem Blickfeld blinken sah.

Eine ausgehende Nachricht.

Was ist das?

Valeska Bellinger hatte während ihres kurzen Gesprächs eine Mitteilung an einen öffentlichen Kommunikationssatelliten geschickt und einen Notruf abgesetzt. Keinen personalisierten, aber einen standardisierten Stufe-1-Notruf, mit dem sich die Raumkontrolle befassen würde. Irgendwo plärrte ein Computer. Sein Blick ruckte herum und er sah bei der Bojensteuerung, dass eine Tauchboje aus ihrer Startbucht geschossen war.

Ich war nicht aufmerksam genug, schalt er sich, als ihm einfiel, dass er nach seiner Botschaft an den Kontaktmann vergessen hatte, das System wieder für ausgehende Verbindungen zu sperren. Solch eine Nachlässigkeit kam bei ihm selten vor. Aber er war auch das erste Mal an jenem Ort im Einsatz, der in der Lage war, Emotionen in ihm zu wecken. Was das bedeuten konnte, hatte er jetzt erfahren.

»Was war in der Boje?«, fragte er, doch sie konnte natürlich nicht antworten. Ihre Augen waren bereits gebrochen. *Daten über ihre Entdeckung? Die Wahrheit über das Hyperraumtor da unten?* Sirion verharrte einen Moment und überlegte. Es spielte keine Rolle. Er wusste, was seine Auftraggeber wussten und wenn sie recht behielten, würde niemand jemals diese Boje finden können.

Es dauerte etwas über zehn Minuten, um die Leichen ins Wasser zu werfen (die heimischen Raubfische würden nicht viel von ihnen übrig lassen) und das Habitat zu versenken, ehe er mit dem Boot davonfuhr und hinter sich grelle Flammen wie eine zweidimensionale Tapete vor der pechschwarzen Nacht zurückließ. Es dauerte weitere zwei Minuten, bis er seinem Kontaktmann den Erfolg seines Auftrags vermeldete und weitere zwei, bis er eine Bestätigung inklusive der Warnung erhielt, dass ein Notfallkommando von einem der Schiffe in der Flotte der Oberon aufgebrochen war, um einem Hilferuf von seinen Koordinaten auf den Grund zu gehen. Bei dem Schiff handelte es sich um die *Donau*, einen leichten Kreuzer, der an diesen Tagen für die Raumkontrolle von Lagunia verantwortlich war, das über keine entsprechende Orbitalstation verfügte.

Das wird kompliziert, dachte er, während er das Segelschiff auf den offenen Ozean in entgegengesetzte Richtung der Westbank steuerte.

Kassiopeia System, äußerer Sprungpunkt

Konteradmiral Doreen Whitmore stand mit hinter dem Rücken verschränkten Händen auf der Brücke tief im schwer gepanzerten Herzen ihres Flaggschiffs *TFS Dragonmount* und verfolgte auf dem Hauptschirm, wie die sechs Teile des Hyperraumtors vom inneren zum äußeren Sprungpunkt eskortiert wurden. Jedes einzelne der Stücke war größer als ein Titan und sah aus wie ein Krummsäbel, an den jemand dicke Klopapierrollen geklebt hatte. Die angehängten Triebwerke waren improvisiert und eine offensichtliche Spontanlösung für etwas, das viel Zeit benötigt hätte – so wie alles an Operation *Iron Hammer*, die sie hier vorbereiteten.

Whitmores Flotte war zweigeteilt: Ein Teil bewachte den inneren Sprungpunkt, von dem aus sie die Stücke zum äußeren brachten, in der Nähe des Gasriesen Cepheus mit seinen mächtigen Asteroidenringen. Kassiopeia, die gemäßigte Welt des Systems, hatte sich für die Kolonisierungsbehörden und beteiligte Firmenkonglomerate als Enttäuschung entpuppt: Die Ressourcen des Planeten selbst waren überschaubar und das vermutete Lithium auf seinen zwei Monden so mickrig, dass man die Randwelt bald abgeschrieben hatte. Zumindest, bis sich einige Tourismusunternehmen darauf spezialisiert hatten, Kassiopeia als R&R-Destination auszubauen. Die Clicks hatten nie besonders großes Interesse an einem Angriff gezeigt, vermutlich, weil es sehr wenig Industrie gab und kaum nennenswerte militärische Einrichtungen, abgesehen von den befestigten Sprungpunkten und einigen Horchposten. Das perfekte System also, um von hier aus die sechs Teile nach Attila zu fliegen und dort zusammenzusetzen, sobald Vizeadmiral Bretonis Strike Group 2 hier eintraf und das Ruder übernahm.

Bis dahin war es Whitmores Aufgabe, alles für den finalen Schlag gegen die Metallschädel vorzubereiten – eigentlich eine leichte, wären da nicht drei Unwägbarkeiten: Erstens wusste niemand, was die Clicks wussten – oder auch nur vermuteten. Zweitens hatten die Aliens nicht *kein* Interesse gezeigt und immer wieder Spionageflüge unternommen, teilweise mit Unterlichtsonden, die in der Oort'Schen

Wolke gesichtet wurden. Drittens, und das störte sie am meisten, gab es in den Ringen von Cepheus Hunderte unabhängiger Schiffe, die ohne offizielle Genehmigung die Ressourcen der Asteroiden plünderten und sich damit in unmittelbarer Nähe des äußeren Sprungpunkts befanden. Streng genommen hätte Whitmore sie von hier vertreiben können, aber es hatte sich in der Flotte längst eine gewisse Akzeptanz gegenüber den ›freien‹ Bergbauern und Händlern, von denen mindestens die Hälfte Piraten und/oder Schmuggler waren, breitgemacht. Großangelegter Bergbau war hier draußen zu teuer, ohne die Infrastruktur einer Randwelt mit Raumkontrolle, Unterkünften und Logistikfirmen. Also tolerierte man diese Art von Schattenwirtschaft, die zwar keine Steuern und Genehmigungen zahlte, dafür aber immerhin für Devisen sorgte. Jedes Bisschen zählte schließlich im Krieg gegen die Clicks.

Ihre Anwesenheit wurde jetzt aber zum Problem, weil sie ihre Flotte aufteilen musste, damit der äußere Sprungpunkt nicht bloß gegen die Aliens bewacht wurde, sondern auch gegen übereifrige Schiffseigner, die sich etwas von der fortschrittlichsten Technologie der Föderation unter den Nagel reißen wollten. Jetzt arbeitete sie also mit einer dreigeteilten Flotte aus einhundertzwanzig Schiffen, die sich über das gesamte innere Sonnensystem verteilten: an den Sprungpunkten und dazwischen mit der Eskorte der sechs Teile, die trotz ihrer leistungsstarken Triebwerke ewig zu brauchen schienen.

Sie selbst wartete mit der *Dragonmount* und vierzig Schwesterschiffen zweihunderttausend Kilometer vom Sprungpunkt entfernt an dem kleinen Horchposten, in dem eine Mannschaft von drei Personen die Sprungkontrolle innehatte – zumindest in Friedenszeiten.

»Admiral, mehrfache Kontakte!«, riss einer ihrer Specialists sie aus ihren Gedanken.

»Aufschalten, scannen! Transponder?«

»Negativ, Ma'am.« Der Specialist machte eine kurze Pause. »Clicks. Sie kommen aus dem Sprungpunkt.«

Was für ein Timing, das kann kein Zufall sein, dachte sie und befahl ruhig: »Flottenalarm! Angriffsmuster Rommel einleiten. Lieutenant Xiua, achten Sie auf die Flottensynchronizität.«

Nicht ohne Stolz verfolgte Whitmore, wie ihre Brückenmannschaft ruhig und professionell ihre Befehle umsetzte und sich ihre Fregatten, Zerstörer und Drohnenträger sofort in Bewegung zu setzen, um mit maximaler Aggressivität die eintreffenden Schiffe anzugreifen. Ihr einziges Ziel war es jetzt, keinen der Feinde entkommen zu lassen. Keinen einzigen, sonst wäre *Iron Hammer* gescheitert, ehe die Operation begonnen hat.

Über den recht nüchternen taktischen Schirm verfolgte die Konteradmiralin, wie sich die ersten Torpedosalven auf die Aliens zubewegten und die beiden Drohnenträger Hunderte von Predators auswarfen, die mit irrwitzigen Beschleunigungswerten von über 100g auf den Feind zujagten und bereits nach kurzer Zeit ihre erste Submunition verschossen und den Raum mit elektronischem Störfeuer fluteten. Ein befriedigender Anblick, auch wenn es sich bloß um farbliche Symbole handelte, welche die energetischen Ausbrüche im All um sie herum nicht annähernd widerspiegelten. Doch sie brauchte die Rufe ihrer Brückenmannschaft nicht, um zu sehen, dass die Clicks immer zahlreicher wurden und damit auch ihr Abwehrfeuer. Nach kurzer Zeit waren sie ihnen zahlenmäßig gleichgestellt, was in der Regel gut für die Föderation war, waren die menschlichen Schiffe doch schneller und meist schwerer bewaffnet, während die Clickraumer deutlich besser gepanzert, dafür aber behäbiger waren.

»Befehlen Sie der Eskorte maximale Beschleunigung auf den Sprungpunkt zu«, rief sie, ohne den Blick von der Gefechtskarte abzuwenden. »Sie sollen ihre Torpedos auswerfen, sobald sie in effektiver Reichweite sind.«

Das wird knapp, dachte sie, als sich die Zahl der Aliens verdoppelt hatte. Mit nunmehr achtzig Schiffen – es schienen keine weiteren zu kommen – waren sie ihrer Flotte zwar überlegen, am Sprungpunkt aber in Überzahl und die ersten aus dem Hyperraum gefallenen Pötte machten bereits kehrt und luden ihre Energiematrixzellen auf.

»Halten Sie diese Schiffe auf! Feuer konzentrieren!«, befahl sie laut und markierte mittels ihrer Holotasten die entsprechenden Ziele. Die Flotte reagierte innerhalb weniger Sekunden, aber das Abwehrfeuer des Feindes war noch zu dicht. Zwei gleißende Explosionen erfüllten das Vakuum, wo Torpedos durchbrachen, doch zwei andere Schiffe nahmen den Platz ihrer vernichteten Schwestern ein und schirmten die Fliehenden ab.

Wir schaffen es nicht, dachte Whitmore entsetzt.

»Ma'am. Neue Kontakte!«, rief der Specialist. Diesmal klang er etwas aufgeregter.

»Mehr aus dem Sprungpunkt?« Sie beugte sich vor, konnte aber keine neuen Radarmeldungen sehen.

»Vom Asteroidenring. Es sind freie Schiffseigner, Ma'am. Aber sie scheinen bewaffnet zu sein.«

Illegal!, schrillte es in Whitmores Kopf. Sie hatte mehrere Jahre mit Piratenjagd verbracht, was üblicherweise darauf hinauslief, eines oder eine Handvoll Schiffe durch ein System zu jagen und entweder festzunehmen oder zu zerstören. Meistens waren einige davon leicht bewaffnet, aber auf ihrem Schirm sah sie über zweihundert Kontakte, von denen jeder einzelne Torpedos auswarf. Andere Mündungsblitze wertete die taktische Software als Zeichen für Railguns.

»Meine Güte«, entfuhr es ihr.

»Sie greifen die Clicks an«, meldete ihr Specialist triumphierend, doch sie sah es bereits selbst. Während sie noch versuchte zu begreifen, was hier gerade geschah und was es bedeutete, dass sie mit einer fünffachen Übermacht an Piraten Seite an Seite kämpfte, sah sie, dass die Aliens nicht entkommen würden. Sie suchte nach Erleichterung in sich, fand jedoch hauptsächlich Entsetzen und Sorge über das, was das hier zu bedeuten hatte.

Kapitel 20

»Nein, Dev!«, brummte Willy.

»Doch, Dev!«, antwortete Devlin und drehte das Schnapsglas herum, um es mit der offenen Seite auf den versifften Tisch zu knallen. »Hast du eine bessere Idee?«

»Wie wäre es mit: *Die Nachricht einfach ignorieren?*«, schlug der bärenhafte Bordingenieur vor und verzog das Gesicht, als hätte er auf eine Zitrone gebissen. »Kann doch nicht wahr sein, dass wir kurz vor unserem Abflug noch Ärger kriegen.«

»Keinen Ärger.« Er schüttelte den Kopf. »Nur jemanden abholen.«

»Captain, Willy hat recht«, bemerkte Jezzy mit eingezogenen Schultern. »Dieser Typ war echt unheimlich.«

»Und genau deshalb sollten wir auch nicht *Nein* sagen.«

»Sage ich ja auch nicht. Einfach nicht reagieren«, korrigierte Willy ihn sofort und das Diaphragma unter seinem Hals ließ seine Stimme so laut scheppern, dass sich einige andere Besucher der zwielichtigen Bar, in der sie seit ein paar Stunden ihre letzten Lagunia-Schillinge versoffen, zu ihnen umdrehten. »Dann können wir uns immer noch rausreden – bei all dem Evakuierungsgerede wäre das doch nicht besonders schwer.«

»Willst du wirklich jemanden wie den Kerl aufs Kreuz legen?«, fragte Dev und sah in die Runde, als Willy nicht sofort antwortete. Jezzy wirkte wie immer, als hätte sie einen Geist gesehen. Dozer starrte bloß abwesend auf die feuchte Tischplatte, wie ein Berg mit zwei Augen, und Auras Miene verfinsterte sich.

»Ich sag's ja nicht gerne«, sagte die Energieknotenspezialistin und pustete sich genervt eine Haarsträhne aus dem Gesicht, »aber Jezzy und Willy haben beide recht. Hier geht gerade irgendwas ab. Wir sollen uns für die Aufnahme von Zivilisten bereithalten – vielleicht ist an der Evakuierungsnummer also doch was dran. Was, wenn es wirklich eine Katastrophe gibt? Dann sollten wir unseren Startslot nutzen und nicht noch länger über den Ozean gurken. Ganz abgesehen davon, dass wir dafür gar keine Erlaubnis haben.«

»Wer will uns denn aufhalten?«, konterte Dev und schnappte ihr die Flasche mit dem schwarzen Kräuterschnaps weg, bevor sie sich was einschenken konnte. »Das eine Reservistenschiff im Orbit? Und dann inmitten einer Evakuierungsaktion? Glaube ich kaum.«

»Scheiß auf die *Donau*!«, schimpfte sie. »Ich will diesen Kerl nicht an Bord haben.«

Dev überlegte zum wiederholten Male, ob er ihnen die ganze Nachricht vorlesen sollte, entschied sich aber dagegen.

»Er bleibt in der Messe, die wir von der Brücke aus verriegeln können.« Wieder sah er in die Runde und klopfte dann auf den Tisch, dass kleine Tropfen tanzten. »Los geht's!«

Die Kneipe befand sich unter einem ehemaligen Kolonistentransporter, der recht weit am Rand des Raumhafens platziert worden und bereits von Grünspan und Schimmel überwuchert war. Grüne und braune Stellen zogen sich vom Erdgeschoss aus, wo die Antriebsgondeln entfernt worden waren und das Komposit verrußt war, bis etwa zur Mitte. Ein hässlicher Anblick, der zum Gesamteindruck Usingens passte und sich perfekt in den Gestank nach den allgegenwärtigen Algen einreihte. Um zur Quantum Bitch zu gelangen, mussten sie eine Sicherheitsschleuse durchqueren, die aus einem einfachen Sec-Scanner bestand, der in den hohen Stacheldrahtzaun eingelassen war und von zwei gelangweilten Sicherheitsmännern bewacht wurde, die unter ihren Regenponchos wie aufgedunsene Puppen aussahen. Es regnete schon die ganze Nacht ununterbrochen, doch Dev mochte die angenehme Abkühlung, sobald er erst einmal durchnässt war und es keine Rolle mehr spielte. Außerdem sahen die roten und gelben Lichter des Raumhafens, gebrochen durch den Schleier aus Tropfen, beinahe romantisch aus. Wäre da nicht der Gestank gewesen, natürlich.

Da sie nicht bewaffnet waren und die beiden Kerle wenig Lust zu haben schienen, ihr Gespräch zu unterbrechen und dafür die Gesichter aus den Ponchos zu heben, konnten sie ungestört über einen der geteerten Wege zur QB laufen, die mittlerweile wie eine winzige Spinne zwischen zwei großen Türmen aus Containern stand.

Sobald er mit seinem Unterarmdisplay das Schiff entriegelt hatte und sie über die nicht nicht ganz heruntergefahrene Rampe in den Bauch gingen, geschützt von Regen und Wind, begann er mit den Anweisungen.

»Jezzy, Reaktor hochfahren, Willy, ich will, dass du unseren Transpondercode wechselst. Nimm einen von Fujima. Aura, du kommst mit mir auf die Brücke. Und Dozer?« Selbstverständlich bekam er keine Antwort, hörte den Augmentriesen aber hinter sich herstapfen. »Du näherst dich nicht der Messe oder dieser Rampe, klar?«

»Mhm«, antwortete ihm ein mechanisches Grollen.

Sobald er durch den Korridor zum Ende gelangt war und sich durch die enge Luke zur Brücke geschwungen hatte, rubbelte sich Dev das Wasser aus den Haaren und streifte seine Lederjacke ab, die er achtlos in die Ecke warf, ehe er sich auf seinen Pilotensitz fallen ließ. Vier Kippschalter auf der linken Armatur klickte er mit dem Zeigefinger gleichzeitig hoch, woraufhin ein wohlvertrautes Summen durch das gesamte Schiff ging und lauter bunte Lichter angingen.

»Also gut, dann wollen wir mal. Aura? Hast du einen Kurs für mich?«

»Hetz mich nicht so.« Hinter sich hörte er das Knarzen des Copilotensitzes und mechanisches Klackern. »Ist ziemlich weit draußen, etwa vierhundert Meilen.«

»Dann sollten wir auf die Tube drücken.«

»Wir wollen den Herrn ja nicht warten lassen«, gab sie lakonisch zurück. Vor ihm tauchte eine 3D-Karte des Seegebiets westlich von Uringen als Holoprojektion auf, und ein roter Punkt blinkte noch weit westlicher des Westbank-Habitats. Eine gestrichelte Linie verband ihre aktuelle Parkposition mit dem roten Blinken und half ihm bei der manuellen Steuerung mit dem Sidestick. Es gab nur wenige Welten – selbst unter den Randwelten –, die manuelles Steuern innerhalb der Atmosphäre, oder auch nur in der Nähe von Planeten, Weltraumsiedlungen oder Frachtrouten gestatteten. Diese Möglichkeit musste er nutzen, fühlte er sich doch viel zu oft wie ein Vogel, dem man die Flügel zusammengebunden hatte.

Und so machte er eine kurze Durchsage, ehe er um Abflugfreigabe bat, sie nicht erhielt, und trotzdem durchstartete. Er gedachte ohnehin nicht, diesem Scheißhaufen von einer stinkenden Welt jemals wieder einen Besuch abzustatten. Die Flotten waren anderweitig beschäftigt und würden morgen schon in Richtung Clickterritorium springen, um dem endlosen Krieg ein Ende zu machen. Das bedeutete, dass sie nur noch ihre gestohlene Fracht loswerden mussten und sich dann irgendwo verstecken konnten. Wer wollte sie schon suchen? Eins dieser uralten Schiffe der Harbinger Flotte? Außerdem hatten sie mit dem Verkauf des Claims so viel Geld gemacht, dass er nicht glaubte, jemals wieder so viel Glück an einem Ort wie diesem zu haben.

Sobald er die wütenden Funksprüche des Towers abgestellt hatte, senkte er die Nase der QB nach vorn und passte die Flugrichtung, entsprechend des eingeblendeten Vektors, an. Nach einem letzten Blick auf die schwimmende Stadt und ihre Lichter gab er ein Tausendstel Schub und brachte sie damit auf vierfache Schallgeschwindigkeit. Der Überschallknall dürfte die halbe Stadt wecken und einigen Leuten Ohrensausen bescheren, aber jetzt kam es nur darauf an, so schnell wie möglich zu verschwinden, ehe die *Donau,* die irgendwo, einige hundert Meilen über ihnen im Orbit kreiste, doch noch entschied, dass die Evakuierungsmaßnahmen nicht die einzige Priorität hätten.

Unter ihnen wirkten die Lichter der vielen Schiffe, die dem Ruf der Hauptstadt gefolgt waren, wie flirrendes Schimmern von Glühwürmchen, die auf eine Glühbirne zusteuerten – beinahe schön, so ganz ohne den Gestank und allgegenwärtigen Schimmel.

Wassertropfen zerschellten in so schneller Folge an der Cockpitscheibe, dass das Staccato ihrer Einschläge ein gleichmäßiges Knistern erzeugte und der Bordcomputer automatisch ein künstliches Sensorbild auf das Glas projizierte, sodass es nach kurzem Flackern aussah, als wären sie vom Regen unberührt. Zwar waren noch die Schleier unter den dunklen Wolken zu sehen, wo die Restlichtverstärkung genügend Photonen zum Arbeiten hatte, aber das Glas schien nun frei zu sein.

Wie ein rasender Falke schossen sie im Tiefflug auf

dem Flugvektor entlang, als würden sie ihn reiten, bis sie nach nicht einmal sieben Minuten bereits den Schub reduzieren mussten, um nicht zu einem kinetischen Geschoss zu werden.

Bei ihrem Zielpunkt handelte es sich um eine Holzschaluppe von nicht einmal zwanzig Metern Länge, deren Positionslichter im dichten Regen verschwammen. Weit im Hintergrund brannte etwas auf dem Wasser und zerfiel offensichtlich in mehrere einzelne Brände, die sich hartnäckig hielten.

»Äh, Dev?«, fragte Aura, während er vorgebeugt die einsame Gestalt musterte, die vorne auf dem Deck stand und ihm einen Schauer über den Rücken jagte.

»Ja?«

»Wir werden gerufen.«

»Stell ihn durch.«

»Nicht von dem«, entgegnete sie, tippte ihm auf die Schulter und deutete auf den Langstreckenscanner, dessen Anzeige er nur aus den Augenwinkeln erkennen konnte, weil er sich zu weit vorgebeugt hatte. Darauf war ein blaues Dreieck zu sehen, das sich dem Mittelpunkt der Darstellung näherte – der Quantum Bitch.

»Wer zur Hölle ist das?«

»Ein Atmosphärenshuttle der *Donau*«, antwortete sie mit einem nicht zu überhörenden Hab-ichs-dir-doch-gesagt-Tonfall.

»Verdammter Mist!«

»Soll ich durchstellen?«

»Ja«, knurrte er.

»Hier spricht Lieutenant Florheim von der SS2 der HMS Donau, Sie befinden sich in unserem Operationsgebiet. Verlassen Sie Ihren Kurs sofort in Richtung Südost«, ertönte kurz darauf eine humorlose Stimme über Lautsprecher. Dev drehte sich zu Aura und deutete ungeduldig auf Sirion. Sie nickte widerwillig.

»Hallo, Lieutenant«, erwiderte er schließlich den Funkspruch und betrachtete kurz das Feuer am Horizont. »Wir wurden wegen eines Notfalls hergerufen und wollten entsprechend der Gesetze Hilfe leisten.«

»Entfernen Sie sich in Richtung Südost. Wir haben eine Abteilung Marines dabei, um eine Festnahme zu tätigen. Dies ist ihre letzte Warnung.«

Die Verbindung wurde abgebrochen, während er das Schiff in eine haarsträubende Kurve lenkte, als würde er seinen Kurs abbrechen, doch stattdessen steuerte er die QB rückwärts und fuhr mit einem Kippschalter die Rampe zur Passagierschleuse aus. Draußen würde es ungemütlich werden mit aufgepeitschter See und einem brutalen Wind aus den Triebwerken, aber ihr Passagier würde schon damit fertig werden, da war er sicher. Und wenn nicht? Tja, dann löste sich ihr Problem vielleicht auch auf andere Weise.

»Scheiße, wir werden anvisiert!«, rief Aura aufgebracht.

»Komm schon, du Mistkerl«, knurrte er und starrte auf die dorsalen Sensoren, die jedoch bloß Lichter und aufgeschäumte Gischt zeigten.

»Lassen wir ihn hier, verflucht!«

»Nein! Was denkst du, was er diesen verfluchten Harbingern erzählt, wenn sie ihn ausquetschen, hm?«, keifte er zurück. »*Oh, das sind ganz nette Leute, die haben bloß zweiundzwanzig Leichen geklaut und sind für den Überfall des Linienschiffs verantwortlich.*«

»Die werden uns ohnehin schon suchen, weil wir einen ihrer Verdächtigen weggeschnappt haben – ganz zu schweigen von der Nummer auf Uringen!«

»Da ist er!«, dröhnte er triumphierend, als er eine dunkle Gestalt mit erstaunlicher Geschicklichkeit die Rampe hinaufsprinten sah. Sofort fuhr er sie wieder ein und drehte bereits am Sidestick, um sie auf einen Kurs nach Südost zu bringen.

»Die SS2 meldet sich!« Aura klang atemlos.

»*Jotunheim*«, rief sie der Lieutenant über Funk und der zu ihrem gefälschten Transpondercode passende Name verwirrte Dev für einen Augenblick. »Halten Sie Ihre Position und bereiten Sie sich darauf vor, geentert zu werden. Sie haben einen föderationsweit gesuchten Straftäter an Bord genommen.«

»Entschuldigung, Lieutenant, wir wollten bloß einen Schiffbrüchigen …«

»Sie haben fünf Sekunden, bevor wir das Feuer eröffnen. Florheim Ende.«

»Fünf Sekunden?«, schnappte Aura.

»Das reicht!« Dev drückte den Schubhebel durch und die Fusionstriebwerke sandten eine kilometerlange Plasmalanze aus ihren Antriebsgondeln, die das Meer unter ihnen zum Kochen brachte und eine kolossale Wolke aus verdampftem Wasser in die Höhe schießen ließ. Von ihr verdeckt lenkte er sie auf einen Orbitalkurs und korrigierte ihn per Hand, um eine besonders tiefhängende Wolkenformation zu nutzen, als die ersten Wolframprojektile an ihnen vorbeischossen.

»Die schießen auf uns!«

»Ist mir schon aufgefallen!« Er knickte den Sidestick nach vorne ab und tauchte unter der Wolke hindurch, was die gesamte QB gefährlich knarren und ächzen ließ, dann zog er wieder hoch und begann zu rollen. Kurz bevor das Manöver beendet war, jaulte ein Alarm los, den er schon lange nicht mehr gehört hatte: Sie waren getroffen worden. Rechter Flügel, eine Supraleitung und ein Stickstofftank.

Er korrigierte den durch das austretende Gas erlittenen Drall und zog nach rechts, als die Sensoren ihn darauf hinwiesen, dass ihr schießwütiger Verfolger die Wolke durchstoßen hatte und sich direkt unter ihnen befand.

»Die ballern uns aus dem verdammten Himmel!«

Sie hat recht, musste er sich eingestehen. Die QB war ein schnelles, wendiges Schiff – im Weltraum. Sie war zwar atmosphärentauglich, aber nicht für den Einsatz innerhalb einer Schwerkraftsenke mit dichten Gasen konzipiert, anders als das bewaffnete Shuttle, das sie verfolgte. So gut er auch fliegen mochte, würden sie es nicht schaffen, ihm zu entkommen, zumal sie für den richtigen Orbitalwinkel längere Zeit den korrekten Kurs halten mussten. Man flog nicht einfach geradlinig aus einem so massiven Schwerkraftfeld, sondern eher wie eine Murmel in einem Trichter.

»Festhalten«, sagte er bloß und drehte sie zur Seite, als wolle er nach links ausweichen. Das handelte ihnen eine weitere Salve Geschosse ein, die ihren anderen Flügel malträtierten, dort, wo die sekundären Energieknoten normalerweise lagen. Nicht aber seit dem jüngsten Umbau bei seiner Bitch. Noch ehe der letzte Treffer gemeldet wurde, suchte er mit der rechten Hand nach dem illegal eingebauten Schalter unter dem Armaturenbrett und legte ihn um, woraufhin auf einen Schlag sämtlicher Strom ausging.

Die Quantum Bitch fiel wie ein Stein aus dem Himmel, langsam zuerst, als sich Beschleunigung und Bremswirkung gegenseitig aufhoben und sie einige Sekunden schwerelos in ihren Gurten hingen wie in einer unsichtbaren Strömung hin und her gleitende Algen. Dann ging es abwärts, immer schneller, bis er die Dreipunktgurte schmerzhaft an Schultern und Hüfte spürte.

»Aaaaargghhh«, machte Aura, als die G-Kräfte auf sie einwirkten und ihnen die Luft aus den Lungen pressten. Nach einigen schweren Atemzügen legte er den Schalter erneut um und der Strom kam zurück. Nicht jedoch die Triebwerke, sodass sie weiter stürzten wie eine Motte aus Blei. Auf dem Scanner betrachtete er die Darstellung der QB und ihres Verfolgers, der sich bald auf gleicher Höhe befinden würde und sie weiterhin anvisiert hielt.

Wieder schaltete er ab, dann nach zwei Sekunden wieder ein. Durch die Rotationsbewegung flog ihm der Speichel aus dem Mund und das Blut sackte in seine linke Körperhälfte, sodass es ihm immer schwerer fiel zu atmen oder auch nur zu denken. Im letzten Moment – und er hoffte, richtig geschätzt zu haben, zündete er die Triebwerke auf volle Leistung. Die Plasmalanze aus hochenergetischen Gasteilchen traf die unter eine halbe Meile entfernte SS2 am Heck und verdampfte es einfach. Nun war es das Shuttle, das in die Tiefe stürzte, doch ihr eigenes Schicksal war nur geringfügig besser.

Durch die plötzliche Beschleunigung, in eine Richtung aus der instabilen Trudelbewegung heraus, wurden sie schräg in ihre Sitze gestoßen und Dev hörte etwas in seinem Rücken knacksen, das eigentlich nicht knacksen sollte. Blut schoss ihm in die Nase, als sein Kopf gegen die Lehne donnerte und in einem hässlichen Winkel davon nach hinten abrutschte. Aura gab bloß ein lang gezogenes Wimmern von sich.

Er schaffte es noch, den Autopiloten einzuschalten und auf den einprogrammierten Kurs zur Taurus-Station zu schicken, dann wurde er ohnmächtig.

Als er erwachte, saß eine weiße Kugel mit vier Armen und rundem Kopf auf seinem Schoß. Zwei der Arme endeten in dicken Injektionsnadeln, die in seinen Armbeugen steckten, die anderen versorgten gerade seinen Kopf mit einem nanonischen Verband. Das Gesicht des Medibots zeigte ein breites Lächeln unter lächerlich großen Augen.

»Hallo, Patient. Sie haben eine Gehirnerschütterung mittleren Grades erlitten, dazu eine Fraktur des linken hinteren Rippen- …«

»Jaja«, wiegelte er mit belegter Stimme ab und blinzelte erschöpft. Durch das Cockpitfenster sah er nichts als von glitzernden Punkten durchsetzte Schwärze. »Wie lange war ich bewusstlos?«

»Elf Minuten. Es gab wichtigere Prioritätsfälle«, antwortete der Bot.

»Ist jemand gestorben?«

»Nein. Alle Patienten sind in einem stabilen Zustand.«

»Kann ich aufstehen?«

»Ja.« Die Arme mit den Spritzen zogen sich zurück und auch die anderen beiden schienen mit dem Verbinden fertig zu sein. Geschickt klappte der Roboter die Werkzeuge wieder ein und kletterte zu Aura weiter, die zwar nicht blutete, ihrem wütenden Blick zufolge aber verletzt sein musste.

»Hey, wie …«

»Sag einfach nichts, klar?«

Abwehrend hob er die Hände und stand vorsichtig auf. Ihm war schwindelig und auf seiner Zunge lag der metallische Geschmack von Schmerzmitteln. »Tut mir leid, dass ich uns gerettet habe«, murmelte er und überprüfte noch einmal den Kurs. Sie wurden offenbar nicht verfolgt und würden in wenigen Minuten den inneren Sprungpunkt erreichen, der glücklicherweise nicht von Flottenschiffen bewacht wurde – was ihn einigermaßen überraschte. Sein Schreck darüber, dass sein ursprünglicher Kurs den Sprung vom inneren zum äußeren Sprungpunkt umfasst hatte, um sehr viel Zeit zu sparen, hatte sich als unnötig herausgestellt. Aber warum?

Mit einer unwirschen Geste rief er die Systemübersicht auf und stellte überrascht fest, dass sich fast alle militärischen Schiffe beim Hyperraumtor am äußeren Sprungpunkt befanden und das in dichter Formation vor dem Tor.

»Was ist denn da los? Das sieht aus, als wenn sie bald springen wollten.«

»Sollen wir lieber hierbleiben?«, wollte Aura wissen.

»Nein! Wir springen. Wenn die beschäftigt sind, werden sie uns vielleicht keinen Stress machen, wenn wir auf ihrer Party auftauchen.«

»Du willst direkt zur Flotte springen? Bist du verrückt?«

»Die werden schon nicht auf ein Zivilschiff schießen. Schon gar nicht so kurz vor einem Transit. Soll die Schlacht nicht erst morgen beginnen?«

»Keine Ahnung. Glaubst du wirklich, dass sie ihre Pläne mit der Öffentlichkeit teilen? Wenn die uns haben glauben lassen, dass es morgen ist, macht es Sinn, wenn es heute losgeht.«

»Ich gehe mal nach den anderen sehen«, sagte er und deutete auf ihre Konsolen. »Sprung planmäßig durchführen.«

Sie salutierte ironisch und er humpelte aus dem Cockpit hinaus in den Korridor. Zuerst ging er zur Krankenstation, einem kleinen gedrungenen Raum mit einer Medikapsel und zwei Behandlungsliegen, auf denen Willy und Jezzy lagen. Letztere war bewusstlos und an eine Beatmungsmaschine angeschlossen. Willy dagegen – ohnehin größtenteils aus Metall und Drähten bestehend – war wach und warf ihm einen finsteren Blick zu. War denn jemals jemand auf diesem Schiff gut drauf?

»Bevor du etwas sagst«, sagte Dev und hob einen Finger: »Wir leben noch!«

»Oh, vielen Dank!«, brummte Willy und nickte nach rechts. »Am besten gehst du mal nach deinem Passagier sehen. Dozer hat schon gefunkt, dass er bloß ein bisschen Kopfschmerzen hat, aber wir wollen nicht, dass dieser Kerl in der Messe tot ist und das alles umsonst war. Nachher werden wir nicht bezahlt.«

Der Bordingenieur legte den Kopf schief. »Wir werden doch bezahlt, oder?«

»Weck Jezzy auf, wir springen gleich!« Dev schlüpfte schnell wieder hinaus und stapfte zur Messe, die sich zwei Türen weiter befand. Vor der Schalttafel, die mit rotem Licht eine Verriegelung anzeigte, blieb er stehen und straffte sich, eher er mit der Hand darüber fuhr und ein aufsteigender Dreiklang ertönte. Das Schott öffnete sich nach oben und er erschrak heftig, als Sirion direkt vor ihm auf der anderen Seite stand und ihm in die Augen sah. Er war vollkommen durchnässt und wirkte doch gelassen genug, um Dev dazu zu bringen, sich zu räuspern.

»Hallo, äh, wir sind im Orbit und springen gleich.«

Sirion nickte bloß.

»Wir sind unterwegs zur Taurus-Station. Weiter können wir Sie nicht mitnehmen, aber dann sind wir quitt, verstanden? Wir lassen uns nicht gerne erpressen, und das hier«, er machte eine etwas wirre Geste, »machen wir normalerweise nicht mal für Freunde.«

»Die Taurus-Station ist ausreichend«, antwortete Sirion neutral.

Ausreichend? Was soll das nun wieder bedeuten? Er soll verdammt noch mal sagen, dass wir quitt sind!

Kapitel 21

»Das dürfen Sie nicht tun, Captain!« Murphy flehte beinahe, als er die Rampe der Fähre hinuntergestolpert kam, die quer vor den geöffneten Toren stand. Das Kraftfeld, das den gigantischen Hangar vor dem pechschwarzen Weltall schützte, glitzerte bläulich. Zwei Marines der Caesar schoben ihn recht unsanft hinab auf den Deckboden der Oberon, ehe sie Konrad an den Armen packten.

Sofort kamen die umstehenden Techniker näher, die sich wie ein kaum kontrollierter Mob halbkreisförmig um die Szene versammelt hatten. Doch er schüttelte den Kopf in ihre Richtung, woraufhin sich die beiden Marines etwas entspannten.

»Ich bin froh, dass Sie wieder an Bord sind, Chief«, entgegnete er und nickte seinem Chefingenieur zu, der jetzt Sillys Chefingenieur war.

»Sir, diese …«

»Passen Sie gut auf die Alte Lady auf, das ist ein Befehl.«

Murphy, sonst um keinen zynischen Kommentar verlegen, nickte schwach und dann war er aus dem Blickfeld, als Konrad die Rampe hinauf in den Bauch der Fähre geleitet wurde. Er drehte sich nicht noch einmal um und ließ sich mit erhobenem Haupt in einen der Schalensitze drücken. Erst jetzt legten ihm die Marines, von denen es zwei weitere hinter den Piloten gab, einen Kortikalstörer um den Hals – ein kleines Gerät, das bei zu starken oder schnellen Bewegungen dafür sorgte, dass ihm schwindelig und übel wurde und er unter Desorientierung litt.

Während des Fluges sprach er nicht, ließ seine Empörung über die Behandlung, die ihm zuteilwurde, nicht an diesen Soldaten aus, die nur ihren Dienst taten, und schloss die Augen. Wenn Augustus ihn demütigen wollte, um seinem Ego Auftrieb zu verleihen, dann sollte es eben so sein. Jetzt spielte es ohnehin keine große Rolle mehr. Wichtig war bloß noch, das Silly sein Schiff und seine Besatzung in Sicherheit brachte, selbst wenn das bedeuten würde, den Exilanten in die dunkle Ferne der Milchstraße zu folgen. Jedes Schicksal war ihm lieber, als einfach aufgelöst und vergessen zu werden, verwässert in den Flottenstrukturen der Föderation, die jegliche Erinnerung an Harbingen und die damit verbundene (wahrgenommene) Schande am liebsten einfach löschen wollte.

Als sie auf der Caesar ankamen, wurde er von der Luftschleuse aus direkt zur Brücke gebracht, was ihn zugegebenermaßen überraschte. Bei dem Befehlszentrum des Flaggschiffs handelte es sich um ein deutlich moderneres Konzept als jenes, welches damals beim Bau der Oberon Verwendung gefunden hatte. Es besaß einen riesigen Holoschirm, der nach vorne hin den Eindruck vermittelte, als handele es sich um ein Fenster, obwohl sie sich tief im Schiff befanden, gepanzert und magnetisch abgeschirmt mit redundanten Systemen, die selbst bei einer Zerstörung der Reaktoren und Munitionskammern noch dafür sorgen konnten, dass sie tagelang Strom und Sauerstoff hatten. Gut ausgebildete Brückenoffiziere mit Erfahrung waren nach so vielen Jahrzehnten des Kriegs rar geworden und die Flotte hatte mit der Zeit immer mehr Wert darauf gelegt, möglichst wenige zu verlieren, seit man mehr Schiffe produzieren als geeignetes Personal ausbilden konnte.

Augustus saß auf einem lächerlich prunkvollen Sessel,

kreisförmig umgeben von gerade einmal sechs Operatoren in Liegesitzen mit virtuellen Displays vor sich. Ihre Hände steckten in Feedbackhandschuhen, mithilfe derer sie Eingaben in ihrem Datenbewusstsein vornahmen, das mittels Holografie vor ihnen als Bild erschien, sodass der Kommandant sehen konnte, was sie taten. Nichts hieran erinnerte an den großen Saal auf der Oberon mit seinen vielen Uniformierten, die wie in einem kleinen Bienenstock arbeiteten. Es war absolut still und das Zentrum von allem war der Admiral, der sich zu ihnen umdrehte, als sie eintraten.

»Ah, Captain Bradley. So sieht man sich also wieder«, sagte er mit nicht geringer Selbstzufriedenheit in der Stimme.

Konrad erwiderte nichts.

»Sie wissen, dass dies das Ende ist, Captain, oder?«

»Ich bin ein alter Mann.« Er zuckte mit den Schultern. »Ich musste irgendwann in den Ruhestand gehen.«

Augustus lächelte dünn. »Es ist das Ende der Oberon, und das wissen Sie.«

»Ich glaube, Sie unterschätzen meine Mannschaft.«

»Nein. Sie *überschätzen* sie. Ihre Hoffnung besteht vermutlich darin, dass die Oberon fliehen, sich den Exilanten anschließen kann, oder irgendwo ganz weit weg einen Neuanfang finden.« Wieder dieses Lächeln. »Aber jetzt, wo Sie schon einmal da sind, will ich Ihnen ein Geheimnis verraten: Das wird nicht passieren. Ein Drittel meiner Flotte dient dem Einsatzplan entsprechend als Reserve, die das Tor auf dieser Seite schützen soll. Im Hauptquartier war man der Meinung, dass die Tatsache, dass die Clicks schon einmal hier waren, um die Lagoon zu vernichten, darauf schließen lassen könnte, dass sie noch so etwas wie unentdeckte Horchposten oder dergleichen in der Nähe haben.

Wir wollen ja nicht, dass sie im letzten Moment unsere Pläne durchkreuzen. Ich kann Ihnen also versichern, dass meine Anweisungen für die zurückbleibenden Schiffe keinen Freifahrtschein für die Oberon enthalten. Niemand verlässt dieses System.«

Konrad mahlte mit den Kiefern.

»Sie dachten doch nicht etwa, dass Sie mit dieser verbrecherischen Nummer durchkommen würden, oder, Captain?«

»Wenn Sie meinen.«

»Harbingen muss ein Ende haben«, fuhr Augustus fort. »Das wissen Sie genauso gut wie ich. Was damals passiert ist, war eine Katastrophe, eine Tragödie, und je nachdem, wen sie fragen, sind entweder Sie allein daran schuld, oder Omega.«

»Bei jedem Problem braucht es einen Schuldigen, um selbst fein raus zu sein.«

»So einfach ist es nicht, und das wissen Sie.«

»Aha. Und warum denken Sie dann, dass *Harbingen ein Ende haben muss?*«

»Weil wir in Kürze jenen Sieg erringen werden, von dem wir lange geträumt haben. Ein Sieg, der der Föderation eine Zeit der Freiheit und Exploration zurückgeben wird und uns aus einer deprimierenden Phase der Einschränkungen und Entbehrungen herausholt. Jeder wird es so sehen und feiern, aber nicht Ihr Volk, habe ich recht?«

»Wir haben alles verloren, für das wir gekämpft haben«, entfuhr es Konrad und er schalt sich sogleich dafür, als er Augustus' Nicken sah.

»Das dachte ich mir. Was bringt uns der Sieg, den sich alle erhofft haben, wenn ein kleines Volk aus Flüchtlingen uns immer daran erinnern wird, was sie verloren haben?«

»Also haben Sie sich gedacht, dass Sie uns einfach aus der Erinnerung löschen. Das habe ich mir gedacht.«

Der Admiral musterte ihn und schien etwas sagen zu wollen, als einer der Operatoren die Hand hob.

»Sir, es gab einen Zwischenfall auf Lagunia, der gerade mittels Satellit an die Oberon gesendet wurde«, meldete der junge Offizier, den Konrad nur von hinten sah.

»Unerlaubter Transitaustritt am Sprungpunkt!«, rief ein anderer.

»Kennung?«

»Zivilschiff, unter dreißig Meter, keine aktiven Waffensignaturen.«

»Verfolgen, Vorbereitungen weiterlaufen lassen.«

Er hört unseren Funk, sämtlichen innersystemischen Funk ab, dachte er. *Das sollte mich nicht wundern.*

»Das ist jetzt nicht relevant«, antwortete Augustus dem ersten Operator, der ihn über den Zwischenfall informiert hatte.

»Es handelte sich um eine Notfallmeldung mit IPV-8 Verschlüsselung.« Der Admiral versteifte sich sichtlich. IPV-8 war der flotteninterne Code für die Terranische Informationsagentur, den zivilen Geheimdienst, der durch die Notstandsgesetze sämtliche Verschlüsselungscodes mit der Flotte teilen musste.

»Die TIA hat Agenten auf Lagunia?«

»Ja, Admiral. Agent Schmidt hat bereits die Echtheit der Nachricht bestätigt. Sie stammt von Valeska und Franc Bellinger, einem Forscherpaar, das …«

»Was beinhaltet sie? Wir haben hier eine Schlacht einzuleiten!«

Konrad konnte auf dem Holoschirm sehen, wie das riesige Hyperraumtor vor ihnen anzuschwellen schien und sich mehrere Schiffe vor ihnen zu einer Keilformation anordneten. Sie standen kurz davor, es zu aktivieren.

»Nur, dass sie einen Notfall haben und sofort evakuiert werden müssen. Es handelte sich um einen Standardnotruf. Agent Schmidt ist aber der Meinung, dass es wichtig sein könnte.«

»Aha, und weshalb?«

»Weil eine Abordnung der *Donau* im Orbit an die Oberon gemeldet hat, dass sie einen föderationsweit gesuchten Mörder, der für das Syndikat arbeiten soll, am Ort der Notfallmeldung gesehen haben will, der jedoch von einem Schmugglerschiff evakuiert wurde, ehe sie ihn schnappen oder das Ehepaar retten konnte. Sie wurden abgeschossen und werden gerade geborgen.«

»Dann ist das eben so. Sollen sich Schmidt und die Donau darum kümmern.« Augustus klang ungehalten.

»Das Schiff, das gerade am Sprungpunkt aufgetaucht ist, passt zu der Signatur des Schiffs, das die Donau gemeldet hat, Sir«, wandte der Operator ein.

»Wir sind nicht hier, um uns mit Syndikatsverbrechern zu beschäftigen. Darum sollen sich die Harbinger kümmern.« Der Admiral sah auf das Chronometer unterhalb des Holoschirms. »Aktivieren Sie das Tor!«

»Sie hielten es nicht für notwendig, unsere Flotte über den Zeitplan zu informieren, nehme ich an.« Konrad hatte eigentlich nichts sagen wollen, aber letztendlich konnte er sich doch nicht davon abhalten.

»Wir haben in der Admiralität entschieden, dass wir den Zeitplan von Anfang an entgegen den offiziellen Feeds vorziehen. Wir mussten die Zivilstellen informieren, damit sich entsprechende Vorkehrungen für den Zivilverkehr treffen ließen und die Sprungpunkte freigehalten werden können –

ein logistischer Albtraum, wenn Sie mich fragen. Aber zuzuschlagen, wenn nicht einmal unsere Bevölkerung damit rechnet, erschien uns am sichersten. Selbst wenn die Clicks Wind von *Iron Hammer* bekommen haben sollten, werden wir sie dennoch überrumpeln.«

»Wir sind aber keine Zivilflotte!«

»Reservisten.« Augustus zuckte mit den Schultern. »Es ist fast das Gleiche.«

»Energiematrixzellen des Tors zu sechzig Prozent geladen«, verkündete eine Operatorin und die riesigen Kondensatoren der Ringsteuerung, die draußen im All wie dicke Backen auf dem mächtigen Ring klemmten, begannen weiß zu leuchten, als lange Radiatoren aus ihnen ausfuhren, um die entstehende Wärme abzugeben.

»Schaffen Sie den Captain in die Brigg«, befahl Augustus den beiden Marines und machte einen lapidaren Wink.

Unbekannte Position, Oort'sche Wolke, Lagunia-System

»Das sind ungünstige Entwicklungen.« Einer der beiden Männer in dem dunklen Raum mit dem kalt leuchtenden Display wischte das verwackelte Kamerabild beiseite, das die Szene auf der Brücke der Caesar zeigte und bereits über eine halbe Stunde alt war.

»Die Bellingers hätten ihren Fund beinahe herausposaunen können«, antwortete die andere Stimme. Und nur noch das Glimmen einer einsamen Zigarre erfüllte den Raum mit etwas Licht, das ein unbewegtes Gesicht aus der Dunkelheit schälte.

»*Beinahe*, aber nicht ganz. Konrad Bradley ist in der Gewalt des Admirals, und das ist alles, also verläuft alles nach Plan. Der Kanzler ist bereits unterwegs, oder?«

»Ja.«

»Wie geht es jetzt weiter?«

»Das wird sich zeigen. Je nachdem, wie gut Bradley seine Crew auch dann unter Kontrolle hat, wenn er ihnen etwas aufträgt, gegen das sie sich mit jeder Zelle sträuben. Lassen wir uns überraschen. Einen Unterschied werden diese Omeganer nicht mehr machen, so viel steht fest.«

»Sind Sie sicher? Die Oberon hat sich schon in der Vergangenheit als äußerst widerspenstig und entschieden herausgestellt«, meinte der Raucher.

»Nicht die Oberon. Sie ist nur ein alter Titan. Bradley. Es ist Captain Bradley, der sie zu dem unberechenbaren Ungetüm gemacht hat, das sie heute ist. Seine XO ist ein minderbemittelter Günstling, der ohne Herrchen in Panik gerät.«

»Menschen in Panik können gefährlich werden.«

»Sich selbst vielleicht. Uns nicht mehr. Wir werden bald schon aus dem Schatten treten, endlich, nach so vielen Jahren. Daran wird niemand mehr etwas ändern. Auch nicht die Oberon.«

Der Raucher brummt, sog erneut an seiner Zigarre und schnalzte abschätzig mit der Zunge. »Er hätte wissen müssen, dass es ein Risiko ist, Sirion hierherzubeordern. Das könnte noch schlecht ausgehen. Wir brauchen Bradley. Genau genommen brauchen wir jeden einzelnen Harbinger.«

»Er ist es, der die Entscheidungen trifft, und das hat gute Gründe, erinnern Sie sich besser daran. Sonst klingen Sie noch wie ein Omeganer. Wo ich schon von *Omeganern* spreche. Vergessen Sie nicht, dass das da draußen zwar Harbin-

ger sind, aber nicht dieselben wie wir.« Es gab eine kurze Pause, in der beide schwiegen. »Ich bin mir sicher, dass Sirion alternativlos war. Man holt schließlich nicht die Railgun aus dem Schrank, wenn man auf Spatzenjagd geht.«

»Müssen Sie Marinetypen wirklich *immer* Railgun-Metaphern auspacken?«, schnaubte der Raucher und blies eine dichte Wolke Qualm aus.

»Ein von einer Railgun abgeschossener Wolframkegel arbeitet nur mit Wucht, ohne eigenen Antrieb …«

»… also passt das Bild wohl kaum zu unserem Agenten …«

»… aber ist gleichzeitig höchst präzise, vor allem durch seine Geschwindigkeit. Wenn es die Hülle seines Ziels durchschlägt, kann es je nach Panzerung sein, dass es einfach auf der anderen Seite wieder austritt und endlos weiterfliegt.«

»Und was soll mir das jetzt sagen?«, wollte der Raucher wissen. »Dass Sirion nicht mehr einzufangen ist?«

»Seinen Hauptzweck hat er längst erfüllt. Auf Lagunia. Alles weitere wird er einkalkuliert haben. Vielleicht sieht er Sirion als eine Art Plan B für den Admiral – ohne dessen Wissen, natürlich.«

»Er hat immer einen Plan B, darauf können wir uns wohl einigen.«

»Wir brauchen eine schlichte Zahlenfolge von Bradley, mehr nicht. Entweder er wird sie uns geben, oder wir finden einen anderen Weg. Die Basis beider Wege ist, dass er nie wieder die Oberon befehligt. Ich denke, das sollte erreichbar sein, machen Sie sich also keine Sorgen.«

Wieder ein langes Glimmen. Das dazugehörige Gesicht leuchtete orange in der Dunkelheit. »Wir hätten den Admiral weiter einweihen sollen, damit er weniger Fehler machen kann. Ich bezweifle, dass er tun wird, was nötig ist, wenn es losgeht.«

»Das wird er. Bretoni ist ein klügerer Mann als diejenigen glauben, die ihn nur als eitlen, karrierebesessenen Pfau sehen, der am liebsten über den Senatsmarmor schreitet. Hätte er keine Prinzipien, die über seinen Emotionen stehen, würde er nicht für uns arbeiten, oder? Er wird den größeren Sinn in allem sehen, wenn es so weit ist – falls er es nicht schon längst tut.«

»Ich hoffe, Sie behalten recht. Wirklich.«

Kapitel 22

»Er hat *was?*« Nicholas schrie beinahe. Er stand über das Befehlsdeck gebeugt und starrte die XO wütend an.

»Sie haben mich verstanden, Commander«, gab Silly kühl zurück. Ihre Oberlippe zuckte dabei leicht und verriet ihre mühsam zurückgehaltenen Emotionen.

»Und hier haben wir sie, die beiden Steine, die alle zehn Jahre mal zu glühender Lava werden«, kommentierte Jason die unwirkliche Szene. Auf der Brücke der Oberon war es sehr still geworden. Die Luft knisterte beinahe. Selten hatte er seinen Bruder so unkontrolliert gesehen – zumindest vor anderen. Sie hatten ihre gesamte Zeit als Kinder und Teenager zusammen verbracht, darum wusste er, wie es vermutlich wirklich in Nicholas aussah.

»Der Captain hat eine Entscheidung getroffen und die habe ich zu respektieren«, fuhr die neue Kommandantin fort und obwohl Jason sie verachtete – war sie doch nichts als ein bei der Flotte gescheiterter Schoßhund ohne eigenes Rückgrat seines Vaters –, musste er gestehen, dass ihre Selbstbeherrschung erstaunlich war. Schließlich hatte sie in ihrem Leben nichts außer dem großen ›Admiral‹, in dessen Schatten sie sich immer so gut aufgehoben gefühlt hatte. Jetzt schwammen ihre Felle davon und jeder hier wusste, dass sie mit dem Kommando überfordert sein würde – sie selbst eingeschlossen. Aber sie ließ es sich immerhin nicht anmerken.

»Das ist … das …« Nicholas schnappte nach Luft und stieß sich von dem Befehlsdeck ab, das ihrer aller Gesichter in der dunklen Umgebung der Brücke kalkweiß leuchten ließ. Frustriert ballte sein Bruder die Hände zu Fäusten und sammelte sich dann wieder, als würde er aus einem Traum erwachen und nur nach und nach realisieren, wo er sich befand. »Bitte vom Brückendienst freigestellt zu werden.«

»Abgelehnt«, antwortete Silly sofort und atmete tief durch, ehe sie weitersprach. Ihre Stimme klang jetzt ein wenig weicher, sofern das bei einer Frau, die sich immer anhörte, als würden zwei Schmirgelpapiere aneinandergerieben, überhaupt möglich war. Leiser fügte sie hinzu: »Ich brauche einen erfahrenen Offizier wie Sie auf der Brücke.«

Nicholas sagte nichts und Jason erwartete, dass die XO – nein, die Kommandantin – ihren Blick jeden Moment auf ihn richten würde, um ihn in die Brigg zu werfen, oder zumindest von der Schaltzentrale der Oberon, doch sie tat nichts dergleichen, ignorierte ihn stattdessen, als wäre er ein Geist. Er wusste, dass sie ihn nicht leiden konnte. Ob sie ihn tolerierte, weil er der Sohn des Mannes war, den sie wie einen väterlichen Mentor sah?

»XO!«, rief jemand von den Rängen und niemand schien Notiz davon zu nehmen, dass er die falsche Rangbezeichnung benutzte.

»Sprechen Sie!«

»Das Sprungtor wurde aktiviert! Vollständige Aufladung der Energiemusterzellen in drei Minuten!«

»Holodarstellung!«, befahl Silly, woraufhin ein riesiges dreidimensionales Bild des nahen Raumes über das Befehlsdeck projiziert wurde, mit dem Sprungtor in der Mitte. Vor dem gigantischen Ring wartete ein Großteil der Strike Group 2, mit der Caesar im Zentrum der dichten, abgeflachten Pfeilformation. Etwa ein Drittel der Flotte war jedoch zurückgeblieben und bildete einen Fächer zwischen dem Pfeil und der Oberon, deren Begleitschiffe sich sämtlich auf der abgewandten Steuerbordseite befanden.

»Das sieht merkwürdig aus«, befand Daussel. Der Lieutenant Commander deutete auf den ihnen zugewandten Fächer aus terranischen Schiffen.

»Das sieht aus, als wenn der Admiral nicht vorhat, mit seiner gesamten Strike Group zu springen«, meinte Silly und saugte ihre Unterlippe ein. »Falls das überhaupt jemals der Plan war.«

»Tor bei achtzig Prozent!«, kam es von den Rängen gerufen.

»Glauben Sie, dass Augustus sich nicht an seine Zusagen hält?«, wollte Daussel wissen.

»Das wird er«, warf Jason ein. »Aber auf seine Art und Weise.«

»Merkwürdig ist vor allem etwas ganz Anderes«, meldete sich Nicholas ruhig zu Wort. »Die Flotte des Admirals ist defensiv aufgestellt. Das passt nicht zu dem Einsatzprofil. Er versucht es durch das angedeutete Dreieck zu verbergen, aber wenn die Spitze sich mit kurzen Manövern zurückzieht, wird daraus ein eingedellter Halbmond. Defensiv.«

Sämtliche Augenpaare am Tisch richteten sich auf ihn, dann wieder auf Jason – abgesehen von Sillys.

»Er sieht sich selbst als Ehrenmann, aber er ist im Grunde genommen auch ein Politiker, so wie jeder, der es in die Admiralität geschafft hat«, erklärte er. »Aus seiner Sicht hat er sich an die Verabredung gehalten, aber er hat nicht versprochen, dass er keine Aufpasser für uns zurücklässt.«

»Also gut. Ich will volle Gefechtsbereitschaft«, entschied die unfreiwillige Kommandantin.

»Aber Commander, wir haben doch mit dem Admiral …«, wollte Daussel einwenden, aber sie brachte ihn mit gehobenem Zeigefinger zum Schweigen.

»Mag sein. Ich plane auch nicht, das Feuer zu eröffnen, aber wenn uns jemand eine Flotte vor die Nase setzt, dann werde ich nicht auf meinen Händen sitzen. Außerdem haben wir unter gegebenem Anlass – dem Beginn einer Flottenoperation ins Feindgebiet – nach sämtlichen Regeln das Recht, in Gefechtsbereitschaft zu gehen. Diese Schiffe da sind es schließlich auch, oder nicht?«

»Sprungtor aktiv. Terminus baut sich auf!«, rief einer der Operatoren und ihre Blicke senkten sich auf die Holodarstellung, die täuschend echt war, so als blickten sie in den realen Raum hinaus. Das Licht auf der Brücke wechselte vom kühlen Weiß in dunkles Rot.

Vierhunderttausend Kilometer entfernt lag der gewaltige Ring des Hyperraumtors von Lagunia im Vakuum. Im Hintergrund prangte die Silhouette des Gasriesen Artros mit seinen braun-roten Wolkenbändern wie eine zweidimensionale Tapete. Kilometerlange Radiatoren wuchsen aus den sechs verdickten Backen hervor, die auf der Struktur klemmten wie anachronistische Bremssättel. Sie glühten kirschrot, als in dem Kreis zwischen ihnen das Funkeln der Sterne in der Dunkelheit von einem weißen Blitzen abgelöst wurde, das sofort wieder verging. Das Licht der fernen Sonnen begann zu rotieren und sich nach innen zu wölben, als hochenergetische Teilchen einen Flux bildeten und in einem Ausbruch harter Gammastrahlung zerstrahlten. Dann war da nur noch Schwärze, so allumfassend und perfekt, dass sämtliche Sensoren auf den menschlichen Schiffen Alarm schlugen, die wie Ameisen vor der Konstruktion schwebten.

Niemand hatte gewusst, wie der Durchgang aussehen würde, da er lediglich mathematisch und in Simulationen hergestellt, aber noch nie hatte beobachtet werden können. Jedes Augenpaar, das in diesem Augenblick auf ein Display oder eine Holodarstellung blickte, sah nichts weniger als die perfekte Dunkelheit, eine unbeschreibliche Tiefe, die mehr war als die bloße Abwesenheit von Photonen.

»Was ist passiert?«, verlangte Silly zu wissen. »Hat es nicht funktioniert?«

»Das Tor meldet keine Fehlfunktionen«, antwortete Daussel, der an seiner Tischseite auf einer Holotastatur herumtippte und Daten ablas.

»Aber sollte da nicht …« Die Kommandantin unterbrach sich, weil vermutlich jedes weitere Wort seltsam geklungen hätte. Aber Jason wusste, was sie ausdrücken wollte: Müsste da nicht ein Leuchten sein? Ein blaues Fenster erscheinen, das aussah wie eine gekräuselte Wasseroberfläche? Oder ein dunkelgrüner Sog? Diese bedrückende Schwärze, in der sich jeder Blick verlor, war so unnatürlich und beunruhigend, dass selbst eine Explosion ihm lieber gewesen wäre.

»Strike Group 2 setzt sich in Bewegung!«

Jason sah es selbst: Die Pfeilformation des Admirals begann auf den Subraumterminus zuzusteuern, ein Anblick von Perfektion, als sich hunderte Schiffe gleichzeitig in einem makellosen Muster voran schoben. Sie waren so angeordnet, dass sie ohne Kurskorrekturen durch den Ring fliegen und auf der anderen Seite – so vermuteten die Wissenschaftler der Flotte – genau so wieder herauskommen konnten. Die Abgasfackeln schnitten grell durch das Vakuum und wuchsen zu immer längeren Schweifen an.

Für einige Zeit sagte niemand etwas, bis Nicholas sich als Erster bemerkbar machte und sich räusperte. »Unsere Aufpasser sind immer noch hier.«

»Was ist mit der Gefechtsbereitschaft?«, wollte Silly wissen. In ihren Augen lag ein schwacher Glanz und Jason vermutete, dass der Grund dafür in jedem anderen Besatzungsmitglied der Oberon und ihrer Begleitflotte ebenfalls verborgen lag: Der Schmerz darüber, dass sie nicht Teil der wichtigsten Operation dieses Kriegs waren, wenn die späte Rache am Erzfeind der Menschheit genommen wurde und sein Heimatsystem in Schutt und Asche gelegt wurde. Niemand hatte mehr Gründe als die hier anwesenden Harbinger, um Feuer und Tod auf die Clicks niedergehen zu lassen, und doch waren gerade sie es, die zurückbleiben und mitansehen mussten, wie andere das ihnen vorbehaltene Schicksal erfüllten.

Jason hatte diesen Fanatismus noch nie verstanden und hatte das erste Mal wirklich aufatmen können, als er Lagunia und die Oberon verlassen hatte. Die gemeinsame Vergangenheit war der Kitt dieser Mannschaft und gleichzeitig ihre Zwangsjacke, aus der sie nicht entkommen konnte, ohne den Boden unter den Füßen zu verlieren. Würde dieser Kitt sich auflösen und verschwinden, sobald ihre Nemesis in die Knie gezwungen worden war?

»Wir haben Probleme mit den Waffensystemen«, antwortete Lieutenant Bauer von der Feuerleitung.

»Was soll das heißen?«, fragte Silly mit düsterer Miene.

»Wir können die verschiedenen Waffensysteme ansteuern, bekommen aber kein Feedback zu ihrer Funktion. Sämtliche Anzeigen stehen auf Gelb.«

»Commander!«, rief eine ältere Unteroffizierin vom höchsten Rang, die Jason nicht kannte. Sie klang entsetzt. »Aktivität im Sprungtor!«

»Aktivität? Was für Aktivität?«, forderte Daussel zu wissen.

»Anzeige aktualisieren, verdammt!« Silly stemmte sich mit den Fäusten auf das Befehlsdeck, bis endlich die Holodarstellung flackerte und nach einem Lag ein simuliertes Echtzeitbild generierte: Der Kreis im Ring war nach wie vor so schwarz wie immer, doch jetzt schimmerte darin etwas. Ein schwaches Glitzern, nein, mehrere, viele und es wurden mehr. Zuerst glaubte Jason, dass das Funkeln der Sterne zurückgekehrt sei, doch dann wurde das Schimmern stärker und dichter.

Es kam näher.

»Jemand eine Idee, was wir da sehen?«, fragte die Kommandantin.

Ehe ihr geantwortet werden konnte, schallte es erneut von den Rängen: »Feindkontakte!«

»Zwölftausend Kontakte, Zahl steigend!«

»Strike Group 2 bricht die Formation!«

»Energiespitzen in den Energiemusterzellen des Tors!«

»Was für Kontakte? Identifizieren!«, unterbrach Silly die vielen Rufe, um Ordnung bemüht. Mit sichtlich blasser Miene stellte sie die Frage, die ihnen allen sofort in den Sinn gekommen war: »Clicks?«

»Negativ! Unbekannte Signaturen!«

Da erblühten auch schon die ersten Explosionen unter den vordersten Schiffen der Flotte des Admirals.

Kapitel 23

»Scheiße, was ist das?«, brüllte Dev an niemand Bestimmten gerichtet. Er riss die Quantum Bitch in eine harte Steuerbordkurve, um einem riesigen Schiff auszuweichen, das unvermittelt aus dem aktivierten Hyperraumtor geschossen war, als hätte es sich direkt vor ihnen materialisiert. Sämtliche Warnanzeigen auf den Armaturen und den Holodisplays blinkten in frenetischem Rot.

»Sollten unsere Schiffe nicht *rein*fliegen?«, fragte Jezzy mit belegter Stimme.

»Das sind die Clicks!«, war sich Willy sicher.

»Keine Clicks!«, knurrte Dev und schaltete sämtliche militärischen Systeme ein, die seine Quantum Bitch besaß. Normalerweise hätte er das niemals in solch unangenehmer Nähe zu Schiffen der Flotte getan – oder auch nur *irgendwelchen* Schiffen –, aber jetzt ging es ums nackte Überleben. Zum Teufel, sollte doch jeder wissen, dass sie über illegale Waffen und Störsender verfügten, solange sie nur heil aus dieser Sache herauskamen.

Während die QB mit glühendem Fusionsschweif und immer wieder feuernden Manöverdüsen in wahnsinnigen Parabeln durch die herbeispringende Flotte raste, entbrannte rings um sie herum das reinste Chaos. Wer auch immer die Angreifer waren, von denen seine Scanner bereits über einhundert verschiedenster Größen aufgefangen hatten, es wurden immer mehr und sie verschwendeten keine Zeit. Sie feuerten mit Raketen, deren Triebwerke merkwürdig flackerten und die keine Plasmafackeln zeigten, sondern die Dunkelheit des Alls selbst in sich aufzusaugen schienen. Projektilwaffen spuckten Schwärme aufleuchtender Munition in den Raum und fluteten ihn mit Metall. Einige Augenblicke wirkte die Strike Group des Admirals vollkommen überrumpelt und reaktionslos – immerhin standen sie in Warteposition direkt vor dem Tor und waren plötzlich von Feinden aus dem Nichts umgeben –, doch dann erwiderten sie das Feuer und aus Chaos wurde reinster Irrsinn. Ganze Schwärme von Raketen rasten aufeinander zu, nur um aufgrund der kurzen Distanzen direkt wieder zu explodieren. Kinetische Geschosse zerfetzten alles in ihrer Bahn, bis sich ihnen etwas in den Weg stellte, das schwer genug gepanzert war, um nicht sofort zu zerbersten. Solche mit Sprengsatz näherten sich gegnerischen, um in ihrer Nähe zu detonieren und alles um sich herum zu verdampfen. Für das Auge unsichtbare Röntgen- und Maserstrahlen, hochfokussierte Strahlungspulse, tasteten nach empfindlichen Systemen wie Sensoren und Antennen, um sie zu schmelzen. Aus den Flanken der Trägerschiffe wurden im Zwei-Sekunden-Takt Dutzende Predatordrohnen gleichzeitig aus ihren Startrampen katapultiert und richteten sich kurz darauf auf die unbekannten Invasoren aus, nur um sofort abgeschossen zu werden oder umgekehrt mit dem Beschuss zu beginnen.

Die Sensoren arbeiteten mit reduzierter Leistung, da der gesamte umgebende Raum vor harter Strahlung kochte und von kleinsten Trümmerteilen geflutet war, die Radar und Lidar reflektierten und für Hunderte winziger Fraktale auf den Schirmen sorgten. Ein einheitliches Bild war kaum noch zu gewährleisten, nur ein wahlloses Durcheinander aus Schiffen, die mit allem, was sie hatten, gegenseitig auf sich einhämmerten. Nichts an dieser Schlacht war elegant oder strategisch, es war ein brutales Gemetzel, ein Aufeinandereinschlagen ohne Bandagen auf so kurzen Distanzen, dass Dev durch das Cockpitfenster mit bloßem Auge Schiffe und Mündungsfeuer sehen konnte.

Die QB warf eigenständig Täuschkörper aus, winzige, aufgeheizte Zylinder, die mit Kaltgasdüsen aus ihren Startröhren davonschossen und die Flugvektoren und Radarreflexionen von Raketen imitierten. Durch die ununterbrochenen Annäherungsalarme der vollkommen überforderten Pilotsoftware war der Vorrat allerdings bereits nach weniger als einer Minute verbraucht. Auch die Störsender feuerten überall gleichzeitig hin und doch ins Nichts, da es viel zu viele Ziele gab, als dass sie auch nur rechtzeitig hätten identifiziert werden können.

Ein Laser – seiner Wellenlänge im elektromagnetischen Spektrum nach zu urteilen Röntgenstrahlung – strich über die QB hinweg. Kurz nur, aber mit einer so starken Intensität, dass die Hälfte der dorsalen Sensorcluster ausfielen.

»Scheiße, verdammte!«, fluchte Dev und wich einem verirrten kinetischen Geschoss aus, einer trudelnden Rakete mit massivem Eisenkopf, deren Zielcomputer offenbar von der allgegenwärtigen Strahlungshölle frittiert worden war.

»Wir sind fast blind!«, jaulte Jezzy.

»Danke, ist mir schon aufgefallen!«, bellte er zurück.

Es gab einen Knall und irgendwo sprang eine weitere Warnlampe an. Er hatte keine Ahnung wo oder was sie bedeutete, es war nur ein kurzes Registrieren seines Gehirns, das eine Winzigkeit in dem Kanon roter Blinklichter wahrnahm, die hinzugekommen war.

»Äh, Captain?« Etwas an Willys Stimme klang ungewohnt genug, dass Dev sofort in seinem Sitz herumfuhr, nur um schmerzhaft an seine Gurte erinnert zu werden. Stattdessen drehte er den Kopf, bis es knackte und sah, dass Auras linkes Bein fehlte. Blut spritzte aus dem Stumpf, den sie ungläubig und mit blassem Gesicht anstarrte, ehe sie zu schreien begann. Ihm fiel auf, dass das Blut unnatürlich nach unten und oben zugleich strömte, direkt auf zwei Löcher zu, die kaum größer als ein Golfball waren, aber genauso rund und scharf umgrenzt. Ohne die roten Flecken darum herum hätte er sie nicht einmal erkannt.

»Railgungeschoss!«, meinte Willy und schnallte sich ab, um ein Medikit von der Wand zu reißen und seiner Kameradin zur Hilfe zu kommen.

»Jezzy, abdichten!«, befahl Dev und wandte sich wieder den Kontrollen zu. Die Luft wurde bereits dünner.

Die Pilotsoftware warf sein Schiff unablässig hin und her in dem Versuch, Geschossen auszuweichen, die es sehen konnte (Raketen) und solchen, die es aus registrierten Mündungsblitzen der umliegenden Schiffe ableiten zu können glaubte, aber die es nicht sehen konnte, weil sie keinen eigenen Antrieb besaßen (Railgungeschosse). Wie ein halbblinder Krüppel taumelte die QB so am Rand der Schlacht entlang, in den Außenbereichen des Wahnsinns, und Dev gab ihnen nicht mehr als wenige Minuten, bis sie ihren Radiator ausfahren mussten, allein wegen der vielen zerstrahlenden Teilchen im Weltraum ringsherum, die sie immer weiter aufheizten.

Mit trockenem Mund leckte er sich über die Zunge, was sich anfühlte, als würde er mit Schmirgelpapier über eine offene Wunde streichen, dann fasste er einen Plan, der verrückt genug war, um funktionieren zu können.

»Boss, warum fliegen wir auf den Ring zu?«, rief Jezzy von hinten. Ihre Stimme hatte wieder einmal den Klang einer schlecht gestimmten Violine angenommen, die von ihrem Spieler zu hart angerissen worden war. Er konnte hören, dass sie irgendwo über und hinter ihm dabei war, das kleine Loch abzudichten, das das verirrte Railgungeschoss in sein Schiff gestanzt hatte.

»Sollten wir nicht abhauen, Mann?«, stimmte Willy in das Klagen mit ein. Die feucht-schmatzenden Geräusche aus seiner Richtung jagten Dev einen Schauer über den Rücken. Er betete still bei sich, dass Aura überlebte und nicht zu viel Blut verlor, bevor das Medikit seine Arbeit tat. Immerhin hatte sie schon zu schreien aufgehört, also wirkten die Analgetika offenbar bereits.

»Keine Chance«, antwortete er kurz angebunden und jagte sie mit vollem Schub unter einem weiteren Schiff hindurch, das aus der massiv wirkenden Finsternis des Ereignishorizonts gesprungen kam, die sich innerhalb des Rings mehrere Kilometer ausbreitete. Selbst die blassen statischen Entladungen entlang der monströsen Konstruktion wirkten dagegen grell und aufdringlich.

Die Quantum Bitch wich von der Pilotsoftware unterstützt dornigen Aufsätzen und Antennen aus, die von der Hülle des Kolosses aus dem Hyperraum in den Raum stachen wie Dolche. Es gab dermaßen viele davon, dass Dev glaubte, in die Stacheln eines interstellaren Igels geraten zu sein.

»Was zur Hölle ist das?«, murmelte er und schaltete die Echtzeit-Sensordaten hinzu, die von den verkrüppelten Augen auf seiner geliebten Bitch noch hereinkamen. Das Bild, das sie vor ihm auf dem Holoschirm zusammensetzten, ließ ihm das Blut in den Adern gefrieren: Das ›Schiff‹ war mehrere hundert Meter lang, womöglich einen halben Kilometer. Seine Bugsektion war nach vorne gekrümmt wie die Ramsnase eines Kaltblüters, und Dutzende Lanzen, die metallisch glänzten, ragten von dort ins Nichts, als wollten sie alles in ihrem Weg aufspießen. Die Hülle war mattgrau, aber nicht gleichmäßig dunkel und von Ausbuchtungen übersät. Die Mittelsektion und das Heck waren bauchiger und verliehen dem Schiff etwas Insektenhaftes, als hätte ein gotischer Künstler einen besonders finster aussehenden Skarabäus in Metall gegossen.

Wer auch immer diese Monstrosität gebaut hatte – die Menschheit war ihnen ganz offensichtlich noch nie begegnet, denn Dev kannte jede Art von Schiffstypen – menschen- oder clickgemacht – und dieser hier gehörte ganz sicher nicht dazu. Dunkelgrüne Plasmalanzen lösten sich aus wuchtigen Kanonen, die vor ihm aus kleinen Klappen fuhren, und er sah sich schon mitsamt seiner Crew als Gas im Vakuum enden, doch die Schüsse rasten an ihnen vorbei und vermischten sich vermutlich mit der restlichen Schlacht.

Erleichtert über diesen glücklichen Wink des Schicksals, riss er die QB nach Backbord und raste auf den linken Rand des Hyperraumtors zu, wo eine der Verdickungen, die wie überdimensionierte Bremsbacken aussahen, zu sehen war.

»Die Ersten werfen das Handtuch!«, verkündete Jezzy, und Devs Blick huschte zu einem der Displays links von ihm, die aufbereitete Echtzeitbilder der Schlacht zeigten, so, wie sie die Heckteleskope mit maximaler Vergrößerung aufnahmen. Und tatsächlich: Zehn oder mehr Prozent der Schiffe des Admirals fuhren ihre Radiatoren aus, riesige Wärmeableitpaneele, teilweise länger als der Rumpf des jeweiligen Raumschiffs. Wie schwarze Solarzellen wurden sie länger und länger und streckten sich weit ins Vakuum, um die überschüssige Wärme aus dem Inneren abzustrahlen. Für sie war die Schlacht vorbei. In den meisten Kämpfen bedeutete das Ausfahren der Radiatoren, dass so viele Systeme durch Überhitzung ausfielen, dass das Schiff selbst so schwer beschädigt war, dass es häufig als Ausfall galt und die ersten Matrosen am Hitzeschlag starben. Jeder Captain wartete, so lange er konnte, denn waren die Paneele erst einmal ausgefahren, hieß das auch, dass die Panzerung offen lag und damit die ungeschützten Systeme. Es war ein Punkt ohne Wiederkehr, wie ein Käfer, der sich auf den Rücken legte, ohne jede Chance, wieder auf die Beine zu kommen.

Die fremden Invasoren feuerten sofort auf jeden einzelnen der Radiatoren, sensible, dünne Ableiter, die sich augenblicklich in Schrapnellwolken auflösten und in funkelnde Geysire aus Komposit verwandelten. Entsetzt starrte Dev den Bildschirm an und beobachtete, wie kleinere Bereiche der betroffenen Schiffe kirschrot zu glühen begannen. In seinem Kopf liefen Soldaten in den Gängen herum, verschwitzt und die Haut gerötet. Sie kreischten vor Qualen, während sie elendig an der immer rascher ansteigenden Hitzeentwicklung im Inneren ihres Schiffs in ihrer eigenen Haut gekocht wurden. Wasserleitungen dehnten sich aus und barsten, entließen Fontänen brodelnder Flüssigkeit in die Quartiere und jeder, der damit in Berührung kam, verbrühte sich, dass das Fleisch zu schrumpeln begann. Es musste ein grässlicher Tod für die Männer und Frauen da draußen sein. Der Krieg zwischen der Föderation und den Clicks wurde erbittert und brutal geführt, aber selbst in diesem war es noch nie vorgekommen, dass man die Schiffe des Gegners, die am Ende waren, so ins Visier genommen hätte. Es gab kein Abkommen, keine Übereinkunft, aber jedes fühlende Wesen schien zu wissen, welches Schicksal man keinem anderen Matrosen zumuten wollte – und das Unterbeschussnehmen feindlicher Radiatoren gehörte dazu.

Betroffene Raumschiffe waren nicht mehr in der Lage zu feuern, meist auch noch manövrierunfähig. Sie stellten keine Gefahr dar, nicht einmal indirekt, weil sie nicht mehr geborgen und repariert werden konnten – zumindest in den meisten Fällen nicht. Natürlich geschah es, dass Schrapnelle oder verirrte Geschosse hier und da einen Radiator trafen und so das Ende der Crew besiegelten, doch nie mit so offensichtlicher Absicht.

Das Schweigen wurde schwer im Cockpit und Dev musste mehrfach schlucken, ehe er sich abwenden und den Schub drosseln konnte. Sie hatten sich dem Ring gefährlich nahe gebracht und die Systeme litten bereits unter den überspringenden statischen Entladungen, gegen die ihre elektrische Abschirmungen ankämpfte wie eine Firewall aus Leiterkabeln.

Er ignorierte eine weitere Warnlampe und riss die QB nach oben, während er maximalen Gegenschub gab, sodass sich das kleine Schiff aufstellte. Dann schaltete er die Triebwerke ab und justierte trotz seiner zitternden Hände feinfühlig mit den Manövrierdüsen nach, bis sie sich ein wenig holprig, ob der vielen Systemausfälle, mit der Unterseite der breiten Lücke zwischen den zwei Teilen der Bremsbacke des Rings näherten. Seine Haare stellten sich am ganzen Körper auf und er spürte das Kribbeln der statischen Ladung auf seiner Haut, als würden Ameisen auf ihr laufen. Die Verdickung im Ring hatte aus der Ferne klein ausgesehen, doch jetzt aus der Nähe war sie riesengroß. Ein in der Mitte geteilter Klotz von fünfzig Metern Kantenlänge. Durch das Cockpitfenster konnte er verschweißte Kompositwaben und isolierte Kabelführungen sehen.

Irgendwann ging ein leichter Ruck durch die QB und die magnetischen Halteklammern hatten ausgelöst. Der Ladungsausgleich zwischen Ring und Schiff geschah sofort und es stellte sich ein Gleichgewicht ein, das die entsprechende Warnlampe augenblicklich beruhigte und auch Dev ein Seufzen entlockte.

Die Frontscheibe war jetzt der Schlacht zugewandt, die für das bloße Auge merkwürdig aussah: wie ein ferner Kometenschauer ohne Schweife, nur dass sich die blinkenden und glühenden Brocken scheinbar nicht zu bewegen schienen, während es um sie herum blitzte und flackerte. Es war beinahe schön und anmutig, wie es das Funkeln der Sterne überdeckte, weit entfernt und doch so viel näher als alles andere. Fünftausend Kilometer bis zum nächsten Schiff waren kosmisch gesehen nicht einmal der Rede wert, für die Sensoren so, als wenn man ihnen etwas direkt vors Auge hielt. Doch für das menschliche Auge, das hier draußen nutzlos war, spielte sich alles so weit weg ab, dass nur noch die Schönheit des fernen Lichtschauspiels blieb. Doch diese Schönheit hatte einen Makel, nämlich die Bilder von Männern und Frauen in Devs Kopf, die in ihren eigenen Flüssigkeiten kochten und elendig zugrunde gingen.

»Irgendwelche Ideen, was da gerade passiert ist?«, keuchte Aura. Er drehte sich zu ihr um und sah in ihr blasses Gesicht. Sie wirkte gefasst, beruhigt von dem Medikamentencocktail, der bereits die Herrschaft über ihr Nervensystem übernommen zu haben schien. Auf ihrem Beinstumpf klebte das Medikit wie ein weißer Oktopus, dessen Fühler ihr Bein hochgekrochen waren und sich festgesaugt hatten. Ihr Fuß und der Rest ihres Unterschenkels waren nirgendwo zu sehen (abgesehen von dem Blut, das noch immer das halbe Cockpit rot färbte), also hatte Willy es vermutlich schon weggebracht.

»Keine Ahnung«, gab er mit trockenem Mund zu. »Aber

das sind keine Clicks. Sollte dieses verdammte Tor nicht einen Sicherheitsmechanismus haben, dass eine stabile Verbindung von beiden Seiten bestätigt sein muss?«

»Das haben die Feeds gesagt«, brummte sie. »Aber die haben auch nicht gesagt, dass die Offensive heute schon beginnt.«

»Vielleicht hat die andere Seite die Verbindung bestätigt«, warf Jezzy ein. »Die Torteile, die an den Endpunkt gesprungen sind und sich zusammengesetzt haben, sollten für *Iron Hammer* doch eine Bestätigungsautomatik für Flottencodes enthalten.«

»Wieder«, Aura verdrehte die Augen. »*Das haben die Feeds gesagt!*«

»Wer oder was auch immer das ist – diese Art von Raumschiff habe ich noch nie gesehen. Die sahen aus wie auf einem Schrottplatz zusammengeschweißt.«

»Dann würden die wohl kaum die Flotte dieses eitlen Pfaus von einem Admiral zusammenschießen«, meinte Dev düster. »Ich wünschte, die vorderen Teleskope würden funktionieren. Eine der Plasmalanzen hat sie zerschmort und wir waren weiter als einhundert Meter weg!«

»Schick doch eine Seeker raus, dann sehen und hören wir mehr«, schlug Willy fort.

Dev winkte ab. »Wird doch eh abgeschossen.«

»Vielleicht, aber sie hat ein gutes Strahlenschild und wir wissen, wann wir hier weg können. Jedenfalls können wir nicht sehen, ob der Ring noch aktiv ist. Die Idee mit dem Ladungsausgleich war clever, der Nachteil ist, dass nur unsere passiven, gut abgeschirmten Systeme noch funktionieren. Damit messen wir jedenfalls nichts, was im Tor selbst vor sich geht.«

»Du hast recht«, gab er zu und betätigte den Knopf für

den Auswurf einer der Aufklärungsdrohnen. Die Seeker war ein kugelförmiges Mini-Schiff von der Größe eines Fußballs und radarabweisender Hülle. Nicht besonders schnell, aber dafür kaum zu orten, solange sie mit der Geschwindigkeit des Auswurfkatapults unterwegs war und nicht seine Minidüse starten musste.

Sie verließ ihren Startschacht und raste auf das ferne Funkeln zu.

»Dann warten wir mal auf die schlechten Nachrichten«, grummelte Willy.

»Ganz der Optimist!«

»Wenn du heute etwas gesehen hast, das mich optimistisch stimmen könnte: immer her damit!«

Dev schwieg widerwillig.

»Bring Aura auf die Krankenstation«, wies er Willy schließlich an. »Wir gehen ohnehin erst mal nirgendwo hin.«

»Aber …«

»Jetzt sofort! Ich will, dass sie in eine Medikapsel kommt. Je besser sie jetzt versorgt wird, desto einfacher wird es sein, ihr ein neues Bein zu klonen.«

»Danke, Boss«, krächzte Aura. »Wenn du mich doch brauchen solltest, bin ich …«

»… auf der Krankenstation gut aufgehoben«, unterbrach er sie und wartete, bis die beiden aus dem Cockpit gehumpelt waren. Jezzy war mittlerweile mit dem Abdichten fertig und beugte sich neben ihn über die Armaturen. Ihr Blick wirkte fiebrig, während sie durch die Scheibe der Schlacht vor ihnen blickte, die so trügerisch fern aussah.

»Die ersten Sondendaten kommen rein.« Sie deutete auf den Hauptschirm.

»Viel zu viele Interferenzen. Das verdammte Vakuum

knistert vor zerstrahlenden Teilchen«, brummte er. Visuelle Daten gab es keine, da die Spionagesonde keinerlei optische Sensoren an Bord hatte. Sie sammelte stattdessen ausschließlich passiv eintreffende Signale ein, von denen es normalerweise schon sehr viele gab – wie automatische Transponderfeuer und Funkverkehr – jetzt aber eine solche Vielzahl, dass sich kein klares Bild ergab. Hier und da waren Fetzen von unverschlüsselten Funksprüchen zu hören, hauptsächlich von Zivilschiffen, die eigentlich dem Abflug der Strike Group 2 hatten beiwohnen wollen und die jetzt in panischer Flucht Richtung Lagunia beschleunigten.

»Hast du das gehört?«, fragte Jezzy.

»Was? Das statische Rauschen?«

»Nein! Da war was von einer Festnahme Bradleys.«

»Bradley wie der *Oberon*-Bradley?«

»Ja. Dann hat die Flotte wohl …«

»Scheiß auf die Flotte. Sieh dir das da an!« Er deutete auf einen großen Fleck auf der Schemadarstellung der Schlacht, der sich ihrer Position näherte, auch wenn er noch am weitesten von allen Objekten entfernt war.

»Das muss die Oberon sein.«

»Ja! Und ich weiß, was die vorhaben!«

»Was denn?«, wollte Jezzy wissen und verzog den Mund zu einer Pierrot-Grimasse.

»Ich würde nicht drauf wetten, aber ich weiß, was ich an ihrer Stelle tun würde. Sie sind das einzige Schiff, dass nicht dafür gebaut wurde, schnell zu manövrieren und Feindschiffe durch rasche Beschleunigungsmuster auszutricksen. Die Oberon wurde einzig dafür gebaut, möglichst lange Prügel einzustecken, ohne die Segel zu streichen. Sie ist kein Präzisionswerkzeug, sondern ein Hammer, und wir sitzen hier direkt auf dem Amboss.«

»Ach du …«

»Ja! Hol die beiden wieder aus der Krankenstation, sie sollen sich anschnallen! Und sag unserem Gast, dass …«

»Wir müssen auf dieses Schiff«, ertönte eine neue Stimme und sie fuhren gleichzeitig herum – Dev so weit, wie seine Gurte es zuließen. Sirion stand im Durchgang zum Cockpit, das Gesicht ausdruckslos.

»Wie kommen Sie … *was* reden Sie da?«

»Die Oberon. Wir müssen auf die Oberon.«

»Das geht nicht.«

»Sorgen Sie dafür, dass es geht.« Sirion machte auf dem Absatz kehrt und ging wieder.

»Scheiße!« Dev schlug auf die Armaturen. »Scheiße, Scheiße, Scheiße! Wir werden nicht …«

»Wir *können* nicht«, korrigierte Jezzy ihn und erst jetzt sah er, dass sie versucht hatte, die Triebwerke hochzufahren. Doch sie reagierten nicht.

»Oh nein.«

Unbekannte Position, Oor'sche Wolke, Lagunia-System

»Was haben wir getan?«

»Was nötig ist.«

»Das läuft anders als gedacht«, stellte der Raucher fest, während sie auf dem Display die entbrennende Schlacht verfolgten.

»Nur unwesentlich«, antwortete der andere, obwohl er sich Mühe geben musste, so gelassen zu klingen wie immer.

»Es sind so viele.«

»Es sind genug.«

»Ich möchte daran erinnern, dass unsere Schiffe die Werften verlassen haben. Es gibt kein Zurück mehr.«

»Das, was da aus dem Hyperraum kommt, hat Lagunia zerstört, und die waren uns technologisch wohl überlegen, wenn man Bellinger Glauben schenken mag. Dachten Sie, dass wir es nur mit ein paar kleinen Schaluppen zu tun kriegen?«

»Nein, aber das sieht aus wie ein Blick in die Hölle.«

»So haben es auch die Lagoon genannt, schätze ich.«

»Das hier wird sich nicht einfangen lassen«, murmelte der Raucher. Seine Zigarre war schon eine ganze Weile nicht mehr aufgeglommen.

»Die Begleitflotte der Oberon evakuiert, warten Sie ab.«

»Und wo sollen die hin?«

»Das ist nicht unsere Entscheidung. Sie wussten, dass dieses Szenario eine hohe Wahrscheinlichkeit hat – mit all seinen Konsequenzen.«

»Das da«, der Raucher deutete vehement auf das von Explosionen flackernde Display, »ist groß genug, dass nicht mal *er* die Konsequenzen abschätzen kann. Wir haben die Büchse der Pandora geöffnet.«

»Streng genommen hat die Föderation das getan«, erinnerte er seinen Landsmann.

»Die Sache mit dem ältesten Bradley-Sohn, die war ein Fehler.«

»Ein Fehler?«

»Er hat sich anders verhalten als erwartet. Eine Fehleinschätzung.«

»Das ist bloß ein Detail.« Er wandte sich dem Raucher zu und fror das Bild ein. »Die Dunkelheit ist jetzt hier und sie wird so schnell nicht wieder verschwinden. Ich verstehe, dass Sie Angst haben, damit werden Sie nicht allein sein.

Aber diese dunkle Macht«, er deutete zum Standbild vor ihnen, ohne hinzusehen, »ist das Beste, was der Menschheit passieren konnte, merken Sie sich meine Worte.«

»Was ist mit den Clicks?«, wollte der Raucher wissen.

»Was soll mit denen sein? Wer weiß schon, was die Metallschädel vorhaben oder tun werden? Für mich steht nur eins fest: Sie sind um einiges weiser als wir, aber machtlos gegen das, was hier in unsere Galaxie gekommen ist. Wenn sie geschickt sind, können sie es vielleicht für sich nutzen.«

»Und wäre das auch etwas Gutes?« Der Spott in der Stimme hallte schwer durch den engen Raum.

»Wenn ich mir den Zustand der Föderation so ansehe, dann denke ich nicht, dass es schlimmer werden könnte, als selbst unter Click-Herrschaft.«

»Da sind wir uns einig.« Zum ersten Mal glomm die Vorderseite der Zigarre wieder rot auf. »Sollen wir unsere Schiffe losschicken?«

»Noch nicht.« Er deutete auf das Hyperraumtor in der Mitte des Displays, das im Standbild unscharf und verzerrt aussah. »Jason Bradley könnte sich doch noch als wertvoll herausstellen. Geben wir ihm etwas Zeit.«

Kapitel 24

»Vordere Flaks haben volle Leistung erreicht!«

»Railguns bei maximalem Output!«

»Molekularbindungsgeneratoren bei siebzig Prozent Auslastung!«

Commander Silvea ›Silly‹ Thurnau sah vom Befehlsdeck auf in Richtung der Operatoren, die auf ihren Rängen wie geisterhafte Gesichter aussahen. Da es dort dunkel war, um keinerlei Ablenkungen zu bieten, wurden die Züge der Matrosen lediglich von ihren Displays angeleuchtet, die anders als moderne Holoschirme geradezu grell wirkten.

»Das ist genug Toleranz«, befand sie und nickte zu niemand Bestimmtem.

»Gut, jetzt liegen wir hier wie ein gestrandeter Wal«, murrte Jason. »Ich schlage vor, dass wir uns ein strategisches Ziel heraussuchen und …«

»Zur Kenntnis genommen«, unterbrach sie den jungen Offizier. Am liebsten hätte sie ihn direkt von der Brücke geworfen, aber er war noch immer der älteste Sohn des Alten und damit gab sie die Hoffnung nicht auf, dass auch etwas von seinem Vater in ihm steckte. Konrad jedenfalls schien das zu glauben, sonst hätte er diesem undankbaren Kerl den Zutritt zur Oberon verweigert. Das wäre natürlich ein Affront gegen Admiral Augustus gewesen, aber solche Unhöflichkeiten von Seiten der Reserveeinheiten waren an der Tagesordnung, schließlich wussten es viele der Zweite-Klasse-Soldaten nicht besser und waren nicht gerade hochqualifiziert, was das Protokoll betraf. »Aber wir halten die Position.«

»Aber …«

»Außerdem haben wir bereits ein strategisches Ziel.« Ihr Blick fiel auf das Befehlsdeck, das sie beide voneinander trennte wie ein Rechteck aus reinem Licht, auf dem sich in Echtzeit rote, grüne und gelbe Punkte hin und her schoben, kurz aufleuchteten und hier und da erstarben. Eine außer Kontrolle geratene Zerstörungsorgie im Vakuum, heruntergebrochen auf drei Farben und nüchtern-simple Symbole.

»Wir können ihn nicht retten!« Die Stimme des Lieutenant Commander hatte einen scharfen Klang angenommen. Silly schluckte ihren Zorn herunter und hob gelassen den Blick. Sie hatte jetzt das Kommando, und der Kloß in ihrem Hals ob dieser Verantwortung würde sich nicht lösen, nur weil sie ihrer Wut freien Lauf ließ. Abgesehen davon, dass diese Rage zu großen Teilen nichts mit der Person Jason Bradleys zu tun hatte.

»Wir können und wir werden«, antwortete sie kühl.

»Sie scheinen vergessen zu haben, was sie ihm zu verdanken haben. Was *wir alle* ihm zu verdanken haben.«

»Wie konnten Sie dieser Forderung des Admirals überhaupt zustimmen?«, fragte Nicholas, der bislang unbehaglich still gewesen war. Seine Augen funkelten vor mühsam zurückgehaltenen Emotionen. Sie hatte ihn noch nie so aufgebracht gesehen und sie hatte Verständnis für jedes bisschen davon.

»Sie erwarten sicher nicht von mir, mich einem Befehl Ihres Vaters zu widersetzen.« Silly sah auf der taktischen Übersicht mit an, wie sich die Schiffe ihrer Begleitflotte mit vollem Schub aufmachten, aus der Schlacht zu fliehen. Die Flottenärsche von der Strike Group des Admirals würden über die *feigen Reservisten* schimpfen, aber das taten sie ohnehin immer. Die Flaggoffiziere machten Witze über die

Frontoffiziere, die Frontoffiziere über die Stabsoffiziere, die Unteroffiziere über die Offiziere und das aktive Flottenpersonal einte der Blick hinab auf die Reservisten. Sollten sie also lästern, so viel sie wollten – ihre Priorität bestand darin, zu retten, was von Harbingen übrig war und so viele Zivilisten in Sicherheit zu bringen, wie möglich. Sie hatte die Oberon so positioniert, dass sie den Großteil der Schiffe von der scheinbar wahllosen Formation der Feinde abschirmte – das gab ihr nicht viele Optionen, aber erkaufte Zeit. Nicholas schien noch etwas sagen zu wollen, doch sie schüttelte den Kopf. »Nicht jetzt!«

Sie wandte sich an Daussel: »Gestalten Sie mir ein Einsatzmuster vor, das uns in CQB mit der Caesar bringt, sobald unsere Flotte außerhalb des roten Gefahrenbereichs ist.« Der Lieutenant Commander nickte.

»Sie wollen mit dem Flaggschiff in Nahgefechtsdistanz gehen?« Jason Bradley schnappte wie ein erstickender Fisch nach Luft. »Sind Sie wahnsinnig? Darf ich daran erinnern, dass die Föderationsschiffe nicht unser Feind sind, sondern diese verfluchten Aliens?«

»Disziplin an Deck!«, ermahnte sein jüngerer Bruder ihn ernst und sie tauschten einen langen Blick untereinander.

Schließlich verengte Jason die Augen und presste ein »Ja, Commander« hervor.

Silly nickte Konrads jüngerem Sohn zu, doch der reagierte nicht darauf und sah stattdessen auf die taktische Karte zwischen ihnen.

»Vierhundert Schiffe und es werden immer noch mehr«, sprach er das aus, was ihr schon seit mehreren Minuten Sorgen bereitete. Wer auch immer die fremden Invasoren mit ihren seltsam indifferenten Raumkreuzern waren, ihre Zahl war groß genug, um der Strike Group echte Probleme zu bereiten, selbst wenn diese nicht so kalt überrascht geworden wäre und bereits fünf Prozent Verluste gemeldet hatte, bevor das Gemetzel überhaupt losgegangen war. Der Grund dafür war gewesen, dass durch den sogenannten Masseauswurf-Effekt beim Transfer durch eine stabile Hyperraumverbindung jedes eingehende Objekt mit annähernd relativistischer Geschwindigkeit aus dem Subraum materialisierte. In den entsprechenden Informationen der Forschungs- und Entwicklungsabteilung der Flotte war davor gewarnt worden, allerdings nicht auf *dieser* Seite. Im Gegenteil hatte die Anweisung gelautet, dass man nach dem Transit sofort um fünfundvierzig Grad back- oder steuerbords abdrehen solle, um nicht mit nachfolgenden Schiffen zu kollidieren und als flüchtige Gaswolke zu enden. Die Invasoren schienen entweder nicht mit so viel Verkehr vor dem Tor gerechnet zu haben oder aber es war ihnen egal. Jedenfalls hatten die ersten zehn Schiffe die Formationsspitze des Admirals in sich ausbreitende Trümmersphären verwandelt, noch ehe irgendjemand verstanden hatte, was überhaupt geschehen war. Jetzt wussten sie es: Anstatt den Kampf zur Heimat des Feindes zu tragen, waren sie überrascht worden, und zwar an jenem Punkt von Operation *Iron Hammer*, der am weitesten von der geplanten Frontlinie entfernt war.

»Das Feuer des Feindes konzentriert sich weiterhin auf das Zentrum von Admiral Augustus' Flotte«, rief Lieutenant Feugers.

»Wir halten die Position.« Sie hatte verstanden, was der Lieutenant eigentlich hatte ausdrücken wollen, schließlich konnte sie die Positionen selbst vor sich ablesen. Es widerstrebte der Besatzung, nicht an vorderster Front mitzukämpfen. Aktuell befanden sie sich im relativen Westen der abgeflachten Formation der Flotte vor dem Sprungtor. Das rot wabernde Kampfgebiet auf dem Befehlsdeck, das jenen Bereich zeigte, in dem die Dichte an aktiven Waffensystemen so hoch war, dass die Sensoren nicht in der Lage waren, ein Echtzeitbild zu generieren, wurde als CQB-Zone (close quarter battle) bezeichnet, in dem Schiffe sich mit Nahbereichswaffen beharkten und Ausweichmanöver unmöglich waren. Kein Captain begab sich jemals freiwillig in eine CQB-Situation, da die Nahverteidigung wenig bis gar keine Zeit hatte, auf Geschosse zu reagieren. Die vordere Hälfte von Augustus' Strike Group 2 befand sich jedoch im CQB, und der rote Bereich schob sich immer weiter in die Formation hinein. Sie musste anerkennend feststellen, dass sie beeindruckt war. In einer auch nur geringfügig weniger disziplinierten Flotte wäre sie längst auseinandergebrochen.

Die *Caesar* schien inmitten des Kegels aus Kreuzern und Zerstörern wie ein Fixstern zu schweben, feuerte in regelmäßigen Abständen Raketen- und Torpedosalven ab, hatte aber noch keine Predators ausgeworfen, während die Begleitschiffe längst jede einzelne Drohne ins Gefecht geworfen hatten.

Angestrengt versuchte Silly die gedämpften Gespräche, das Surren der Computersysteme und die gelegentlichen Vibrationen auszublenden, wenn eine Rakete die Abwehr der Oberon überwand und auf der fünfzehn Meter dicken Panzerung aus Carbin und monogebundenem Carbotanium explodierten oder zerschellten. Sie musste begreifen, wie die Angreifer vorgingen. Was wie ein chaotischer Überfall aussah, um effektiv handeln zu können.

Konrad tat es immer. *Jeder Zug folgt einer Überlegung und jede Überlegung im Flottenkampf fußt auf einem riesigen Nichts namens Weltraum,* hatte er einmal gesagt.

Das Weltall ist leer, erinnerte sie sich. *Wie viele Züge kann man da schon machen?*

Sie rieb sich die Schläfen und betrachtete die Oberon auf der Holokarte, die als schematischer Riegel aus grünem Licht am Rande des Schlachtfelds schwebte, und versuchte, vor ihrem inneren Auge die Ist-Situation zu *erspüren.*

Die Oberon war schwer genug gepanzert, dass kinetische Raketen dutzendfach pro Minute einschlagen konnten und es trotzdem Stunden dauern würde, bis aus vielen kleinen Kratern im Carbin ein Durchbruch werden würde – und doch begann ihre Panzerung viel weiter draußen. Über eintausend *Votan*-Flakgeschütze auf der Steuerbordseite feuerten mit einer Kadenz von jeweils sechzig Schuss pro Minute ihre Granaten in den Raum und bildeten fünftausend Kilometer entfernt einen Schild aus explodierenden Schrapnellladungen. Die beständige, halbkugelförmige Wolke aus Wolframsplittern inmitten der hellen Explosionen war quasi undurchdringlich für Raketen und Torpedos. Lediglich Railgungeschosse vermochten den flexiblen Schild hier und da zu durchschlagen, wurden dann jedoch meistens von der Nahbereichsverteidigung abgefangen, kleinen Rotationskanonen, die computergesteuert Tausende Schuss pro Minute ausspuckten, um die schwer zu ortenden Eisenkegel zu zerfetzen. Noch weiter draußen als die Wand aus Granatexplosionen, die im Augenblick nicht einmal bei der Hälfte der möglichen Dichte lagen, befanden sich etwa fünftausend weitere Kilometer entfernt die ersten Schiffe der Strike Group 2, hauptsächlich kleinere Korvetten und Kanonenboote, die unentwegt Lenkkörper auswarfen, die sich mit irrwitzigen Beschleunigungswerten von 100g und mehr in Richtung der dichteren Kampfhandlungen aufmachten. Dreitausend Kilometer weiter *flossen* die ersten Schiffe der unheimlichen Invasoren durch ein Gewirr aus Raketen und antriebslosen Geschossen. Ihr fiel kein besseres Wort ein, um ihre Bewegungen zu beschreiben. Obwohl sie grob und unförmig aussahen, schienen sie grazil durch das Vakuum zu schweben, ohne sichtbare Plasmafontänen, die auf entsprechende Manöver hingewiesen hätten. Stattdessen sah es so aus, als würden sie die Dunkelheit selbst in die großen Trichter an ihren Hecks saugen. So etwas hatte Silly noch nie gesehen, nicht einmal in den Verschwörungsfeeds über angebliche Geheimprojekte der Flotte. Nach den ersten Sensordaten zu urteilen, verschossen sie so etwas wie Plasmalanzen auf kürzere Distanzen und Lenkwaffen auf längere, wobei diese auf der einen Seite nicht besonders präzise zu sein schienen, auf der anderen aber auch keinerlei Anfälligkeit für Störangriffe zeigten. Das hier war eine ganz andere Art von Gefecht im Vergleich zu den bekannten Schlachten mit den Clicks. Keine zwei Flotten, die sich in drei Distanzen beharkten wie zwei tjostierende Ritter, die irgendwann aneinander vorbeirasten und dabei hofften, den Gegner aus dem Sattel zu werfen. Durch die besondere Lage am Tor war geschehen, was sie auch in vierzig Dienstjahren noch nicht erlebt hatte: zwei Fraktionen, die von einem auf den anderen Augenblick in die Nahdistanz gezwungen wurden. Dementsprechend chaotisch brodelte das Zentrum des Infernos, das die halbe Strike Group verschluckt hatte. Die ordentlich in Position fliegenden Schiffe des Admirals wurden von den leuchtenden Plasmaschweifen ihrer Raketen umwimmelt, die kaum genug Zeit hatten, um ihre maximale Beschleunigung zu erreichen, ehe sie entweder von Plasmalanzen abgefangen wurden, an verirrten Trümmern zerschellten oder in ihrem Ziel einschlugen und dem

Wahnsinn weitere Metallsplitter hinzufügten. Triebwerke von Predatordrohnen – mittlerweile waren über sechstausend der unbemannten Jagdschiffe im Einsatz – schwirrten scheinbar erratisch zwischen den im Kontrast behäbig erscheinenden Kriegsschiffen umher und verfeuerten ihre Submunition nach allen Seiten. Schneller als jeder menschliche Pilot es vermocht hätte, wichen sie Raketen aus, streuten elektronische Störfeuer und warfen Reflektorfolien aus, ehe sie in kurzlebigen Feuerbällen vergingen. Immer wieder erwachten für wenige Sekunden kleine Sonnen, heiße Plasmabälle, die sich rasch ausbreiteten und genauso schnell auflösten, wenn der Reaktor eines Schiffs überhitzte oder eine Munitionskammer getroffen wurde. Einige dieser Sonnen waren jedoch langlebiger, glühten eine Weile auf wie rote Zwerge und schmolzen dann zu fleckiger Glut zusammen, wenn die Feinde gezielt ausgefahrene Radiatorpaneele ins Visier nahmen. Augustus' Flotte wankte; das vordere Drittel war zu über sechzig Prozent ausgefallen und bei immer weiteren Kriegsraumern verebbte das Mündungsfeuer und nahmen die Fontänen abgelassener Atmosphäre zu, wo ganze Abteile dekomprimiert wurden, um Feuer zu löschen. Silly wusste, dass sich in diesen Geysiren aus atembarer Luft nicht nur Trümmer, sondern auch die Körper unglückseliger Matrosen befanden. Doch sie folgte diesem schaurigen Gedanken nicht und konzentrierte sich stattdessen mit geschlossenen Lidern auf das, was ihr inneres Auge aus der Schemadarstellung des Holoschirms machte. Die Formation des Admirals war im Grunde nicht mehr als ein angespitzter Hohlkegel mit seinem Flaggschiff und zwei Trägern in der Mitte. Es war leicht, diese Wahl auf die Selbstverliebtheit oder gar Feigheit Augustus' zu schieben, doch sie würde nicht erneut den Fehler machen, ihn zu unterschätzen. Die Alienschiffe dagegen waren wie ein Sturmregen, der durch Wucht statt Präzision den Kegel zu zerstören versuchte. Kein einziger Tropfen schien eine Flugbahn zu besitzen, die in einem Zusammenhang mit den anderen Tropfen stand. Der einzige gemeinsame Punkt, der sie miteinander verband, war ihre Quelle: das Hyperraumtor. Beim Admiral aber war es anders. Er sorgte für eine aufrechterhaltene Ordnung, indem er am Leben blieb und die Caesar schützte. Das war auch der Grund, warum seine überrumpelte Strike Group noch nicht auseinandergebrochen war. Erst jetzt fiel ihr auf, dass sie noch keines der Feindschiffe durch Beschuss hatte explodieren sehen. Die taktische Karte hatte Ausfälle auf Seiten der Fremden verzeichnet, wo Radar- und Lidarsignaturen verschwunden waren, doch soweit sie sich erinnern konnte, hatte es sich bei sämtlichen dieser Vorkommnisse um Hochgeschwindigkeitskollisionen gehandelt.

Sie öffnete ihre Augen und musterte seine Formation erneut. Konrads Söhne diskutierten miteinander, doch sie blendete ihre Stimmen aus, bis sie nur noch entferntes Geblubber in einem ruhigen Meer hörte.

»Daussel, wie ist der Status unserer Begleitflotte?«, fragte sie schließlich, als sie begriff, was der Admiral im Schilde führte. Es war erstaunlich, was Eitelkeit bewirken konnte.

»Sechzig Prozent befinden sich bereits außerhalb der Gefahrenzone. Die anderen werden in wenigen Minuten folgen«, antwortete der Lieutenant Commander ruhig.

Silly nickte und tippte mit dem Finger auf einen der grünen Punkte am Ende von Augustus' Formation, woraufhin ein Schriftzug auftauchte: *TFS Garibaldi.* »Lieutenant Alkad, Kurs auf die Garibaldi nehmen.«

»Ma'am, unsere Begleitschiffe sind …«

»Im Zweifelsfall bewaffnet und die Zeit spielt für sie«, unterbrach sie Daussel und winkte ab.

»Darf ich fragen, was Sie vorhaben?«, fragte Nicholas und sah erst zu ihr, dann auf die taktische Holokarte. Bevor sie antworten konnte, kam sein größerer Bruder ihr zuvor.

»Augustus wurde vielleicht überrumpelt, ist es aber nicht mehr.« Jason deutete auf den halbverschlungenen Hohlkegel, der die Strike Group 2 darstellte. »Die hintere Hälfte seiner Schiffe beschleunigt. Langsam nur, sodass es nicht ins Auge fällt, aber sie stülpen sich von innen um ihre Schwesterschiffe, die vorne beharkt werden, wie eine zweite, frische Haut. So kann er den Feind so lange wie möglich vorne binden, ohne in die Zange genommen zu werden.«

»Und das öffnet den Kokon für uns«, fügte Silly hinzu, den Blick starr auf die Caesar gerichtet. Doch statt in dem grünen Punkt mit goldenem Stern das Flaggschiff des Admirals zu sehen, sah sie bloß jenen Ort, an dem sich ihr Kommandant in Gefangenschaft befand. »Commander Bradley, informieren Sie Colonel Meyer, er soll sich bereithalten für die Rettung unseres Captains.«

»Ma'am, darf ich eine Anmerkung machen?«, fragte Jason und sie warf ihm einen kühlen Blick zu. Sie wusste nur zu gut, dass er die Höflichkeit nur spielte, um ihr keinen Grund zu geben, ihn der Brücke zu verweisen.

»Sprechen Sie.«

»Das Tor ist noch immer aktiv und es springen immer weitere Feindschiffe ins System. Die Strike Group wird es nicht schaffen, bis zu ihm vorzudringen, aber die Oberon könnte lange genug durchhalten, um eine Schneise zu schlagen und das Tor zu zerstören, ehe es noch schlimmer wird.«

»Das System ist verloren«, gab sie zurück. »Es spielt keine Rolle, wie groß ihre Übermacht noch wird. Aber für

Ihren Vater gibt es einen Unterschied. Wenn wir ihn nicht schnell genug aus der Brigg dieses Schiffs holen, wird er mit Ihrem geliebten Admiral zusammen sterben, und das lasse ich nicht zu. Wenn wir ihn an Bord haben, kümmern wir uns um die Evakuierung der Zivilisten in den Habitaten von Artros.«

»Comm… *Captain*«, meldete sich Nicholas zu Wort. »Mein Bruder hat recht. Wenn wir dem Zustrom der Invasoren nicht Einhalt gebieten, wird es nahezu unmöglich sein, über einen der Sprungpunkte aus dem System zu entkommen.«

»Ich habe einen Befehl erteilt«, entgegnete sie unwirsch und verhärtete sich innerlich. »Alkad! Voller Gefechtsschub!«

Kapitel 25

»Dozer, unterbrich die Redundanzsysteme zu den Radiatoren!«, befahl Dev aufgebracht über den schiffsinternen Funk und drückte sich aus seinem Pilotensessel. Sofort begann er zu schweben und der initiale Impuls, den er sich mit den Händen an den Armlehnen gegeben hatte, sandte ihn viel zu schnell nach oben, sodass er sich heftig den Kopf an einer der Kopfarmaturen stieß. Die künstliche Schwerkraft war ausgefallen, was bedeutete, dass die Leistung der drei Fusionsreaktoren im Herzen des Schiffs unter fünfzig Prozent gesunken war. Aber sie arbeiteten noch – zumindest mit verminderter Effizienz –, sonst wäre längst die Lebenserhaltung ausgegangen und sie würden ersticken oder erfrieren, je nachdem welches System zuerst ausfiel. Das Energiepotenzial des Hyperraumtors mit seinem gigantischen Stromverbrauch war viel höher als das der Quantum Bitch, was dafür sorgte, dass in Folge der sukzessiven Ausfälle ihres Überspannungsschutzes eine Komponente nach der anderen den Geist aufgab – welche, war reines Glücksspiel. Dev war Glücksspielen noch nie abgeneigt gewesen, allerdings unter der Voraussetzung, dass es etwas zu gewinnen gab und er schummeln konnte, schließlich machte jedes Spiel mehr Spaß, wenn man die eigenen Gewinnchancen zu seinen Gunsten beeinflussen konnte. Hier und jetzt gab es jedoch keine Chancen, außer jene auf einen schnellen Tod.

»Willy, wie sieht es auf der Krankenstation aus? Habt ihr noch Saft?« Er rieb sich die größer werdende Beule auf dem Kopf und hangelte sich nicht gerade geschickt an der Decke entlang zum Ausgang Richtung Korridor.

»Die Behandlung funktioniert noch«, kam die Antwort über den Knopf in Devs rechtem Ohr. »Die Stammzellentnahme ist schon durch, sie wacht gerade wieder auf.«

»Sie soll stabilisiert werden und dann stöpselst du sie aus. Danach sofort in eine der Rettungskapseln mit euch!«

»Da drinnen werden wir …«

»Eigener Überspannungsschutz. Das erkauft euch ein paar Minuten. Sobald ihr eine kritische Überlastung registriert, klinkt ihr euch aus. Mit der Katapultenergie solltet ihr es bis zur Taurus-Station schaffen.«

»Boss …«

»Könnt ihr nicht einmal etwas ohne Widerworte tun, verdammte Axt? Das letzte Mal, als ich nachgesehen habe, war *ich* immer noch Captain der Bitch!«, schimpfte er und wich einem dunklen Gegenstand aus, der seine Flugbahn kreuzte. Als er erkannte, dass es der noch in Schuhen steckende Fuß mitsamt des unterhalb des Knies zerfetzten Unterschenkels von Aura war, zuckte er zusammen. Der unkontrollierte Impuls seines Körpers ließ ihn erneut mit der Wand kollidieren und brachte ihm schmerzhafte Prellungen an Ellenbogen und Hüfte ein.

»Wir beeilen uns«, versicherte ihm Willy über Funk, der sein Gestöhne offenbar fehlinterpretiert hatte.

»Radiatoren abgekoppelt«, meldete Dozer emotionslos.

»Gut. Jezzy? Lös die magnetischen Andockstutzen!«

»System reagiert nicht!«, antwortete die Fusionsingenieurin am Rande der Hysterie. Devs Haut auf den Armen prickelte unangenehm und ein Blick nach unten zeigte ihm, dass sämtliche Haare darauf zu Berge standen. Hier und da begann es zu zwicken.

»Was ist mit der Kielphalanx?«, fragte er und dachte nach, während Jezzy ihm erwartungsgemäß vorhielt, wie verrückt seine Idee war. Die Phalanx war eine von zwei Nahverteidigungskanonen, die sein Schiff besaß. Die untere nannten sie Kielphalanx, weil sie auf der Vertiefung ausfahren konnte, die ihre Luftschleuse und die ausfahrbare Rampe für planetare Landungen beherbergte. Im Querschnitt sah diese Sektion von weitem aus wie der Kiel eines archaischen Segelschiffs.

»Lieber schieße ich unsere eigenen Landestutzen zu Staub, als die Bitch in einen elektrischen Stuhl zu verwandeln. Jetzt mach schon!«

Jezzy antwortete nicht mehr, also hoffte er, dass sie einfach die Klappe hielt und seinen Befehl ausführte. Zu hektisch um zufrieden darüber zu sein, hangelte er sich weiter bis zur Wartungsklappe im Korridor, über die er den Bordcomputer ausschalten konnte. Allein der Besitz einer solchen versteckten Abschaltvorrichtung war genug, um sich auf den meisten Kernwelten ein Einwegticket auf eine Strafkolonie zu sichern. Das war kein Wunder, vereinte die Pilotsoftware doch sämtliche automatisierten Sicherheitsfeatures in sich, die ein sicheres und effizientes Steuern eines Raumschiffs überhaupt erst möglich machten. Ein Mensch allein – egal wie viele Implantate er sich hatte einbauen lassen – war jeder Maschine hoffnungslos unterlegen, wenn es darum ging, zahlreiche Faktoren gleichzeitig im Blick zu haben und sie rasch und rational dauerhaft zu interpretieren. Jetzt aber lag ihre einzige Rettung darin, etwas zu tun, dass der Bordcomputer sofort unterbinden würde, weil es mit hoher Wahrscheinlichkeit zu ihrem Tod führen würde.

Dev löste die Klappe mit einem langen Hauch auf den

versteckten DNA-Scanner, der aussah wie die ehemalige Vertiefung einer Haftniete. Dann summte es und er konnte das quadratische Panel über der Fußleiste durch einen kurzen Andruck lösen und nach oben ziehen. Den Schalter selbst fand er hinter sechs farbigen Kabeln, die auf grauen Metallführungen saßen.

»Was tun Sie da?«, hörte er eine Stimme und fuhr heftig zusammen.

»Scheiße, Mann!«, fluchte er und schluckte, als er Sirion über sich an der Decke schweben sah wie einen fliegenden Dämon. Die dunklen Pupillen dieses Kerls schienen wie schwarze Löcher im Weiß seiner Augen zu rotieren und das Licht des gesamten Korridors aufzusaugen.

»Was haben Sie vor?«, fragte Sirion gelassen.

»Dieses Schiff retten!« Er legte den Schalter um. Nichts geschah. Er hatte einen Alarm erwartet, ein Piepen vielleicht – irgendetwas das ihm signalisierte, dass ab jetzt ihre Minuten gezählt waren. Da war nichts. Seine Haut schien noch immer zu knistern, schmerzte mittlerweile eher, als dass sie prickelte, und die ersten Haare kräuselten sich. »Dozer, sind die Redundanzen abgeschaltet?«

»Ja«, kam die knappe Antwort.

»Jezzy! Radiatoren ausfahren!«

»Captain! Dev! Wenn wir …«

»…es nicht tun, werden wir gleich gegrillt! Jetzt mach schon!«

»FUCK!« Das reichte ihm als Bestätigung.

»Sie bringen uns um.« Aus Sirions Mund klang es eher wie eine interessante Feststellung, als eine ängstliche Bemerkung. War der Kerl vielleicht gar kein Mensch, sondern ein neuartiger Roboter?

»Ja, aber erst später.«

»Erklären Sie das.« Dev sah, wie eine Hand des nie lächelnden Mannes zu seiner Hüfte wanderte. Die Bewegung sah ganz beiläufig aus, sodass sie ihm beinahe entgangen wäre. Er konnte keine Waffe sehen, erinnerte sich aber daran, dass selbst Dozer ihm unterlegen gewesen war, und wollte nicht darauf wetten, dass Sirion seine Mordwerkzeuge nicht zu verstecken wusste.

»Die Radiatoren sind von einem Netz aus Elektronenmatrixzellen durchzogen, die über Wärmepumpen das in sie eingeleitete Energiepotenzial als thermische Energie ans Vakuum abgeben. Gerade werden wir von elektrischem Strom gegrillt, den ich an den verdammten Weltraum abgeben will, bevor es so weit ist.«

»Ich verstehe.« Sirion nickte. »Wie lange überleben wir ohne Radiatoren?«

»Kommt drauf an. Wir müssen von dem Ring weg, bis die Entladungen nicht mehr auf uns überspringen. Hierherzukommen hat uns den Arsch gerettet, jetzt bringt es uns um. Wenn wir zu stark beschleunigen, kocht uns die Wärmeabstrahlung der Fusionsreaktoren innerhalb von weniger als einer halben Stunde, da wir lange Zeit die Ableiter nicht ausgefahren haben.«

»Schaffen wir es bis zur Oberon?«

»Ich habe Ihnen schon gesagt, dass wir nicht zu Oberon fliegen, verdammte Scheiße!« Devs Angst vor dem schweigsamen Kerl verblasste vor seinem panikgefütterten Zorn und seiner Sorge um Schiff und Crew. »Was wollen Sie eigentlich von dem alten Dreckskahn?«

Sirions Gesicht verhärtete sich, falls das überhaupt möglich war, noch mehr. Seine Augen verengten sich und seine Kiefermuskeln traten deutlich genug hervor, um Dev schlucken zu lassen. Er konnte seine Crew kaum retten, wenn er sich von diesem Psychopathen aufschlitzen ließ, weil er seine Emotionen nicht unter Kontrolle hatte.

Der Kerl hat ein ganzes Forschungshabitat zerstört, und wahrscheinlich die gesamte Besatzung zu Fischfutter verarbeitet, erinnerte er sich in Gedanken und wich instinktiv etwas zurück, was dazu führte, dass er unsanft gegen den Boden stieß und durch den neuerlichen Impuls in Sirions Richtung segelte, ehe er sich an einem Panelgriff abfangen konnte.

»Ich habe ein letztes Ziel in diesem System und das befindet sich auf der Oberon.«

»Ziel? Sie wollen noch jemanden umbringen? Falls Sie es noch nicht mitbekommen haben: Das regeln gerade diese Zombieschiffe für Sie!«

»Nein.«

»Da draußen geht die verdammte Apokalypse ab, Mann! Scheiß auf Ihre Mordlust! Ich hätte Sie auf Lagunia verrotten lassen sollen!«, entfuhr es Dev, als der Zorn wieder die Oberhand gewann.

»Ich würde keinen Nutzen daraus ziehen, Sie und Ihre Crew zu töten. Das Flugmuster dieses Schiffsmodells ist mir nicht vertraut, aber ich habe ein ähnliches in meiner Neurosoft, das genügen dürfte. In Anbetracht der Tatsache, dass äußerst spezielle Umstände herrschen, wäre es mir lieber, wenn Sie am Steuer säßen. Wenn Ihnen das nicht möglich ist, beende ich jetzt unsere Zusammenarbeit.«

»Zusammenarbeit? Was für eine Zusammenarbeit? Sie zwingen uns, Komplizen in Ihrer kranken Scheiße zu werden. Aber ich lasse mich nicht weit genug einschüchtern, um die QB und meine Leute ins Herz einer außer Kontrolle geratenen Raumschlacht zu befördern – ohne Radiatoren!«

»Ihnen geht es um Geld.« Sirion nickte, als sei er überrascht von seiner eigenen Überraschung über diese Tatsache. Dann zog er etwas aus einer vorher nicht sichtbaren Tasche an seiner Brust und Dev spannte sich an, bereit zur Flucht. Doch es war ein kleiner Credstick, den der dunkeläugige Kerl mit dem merkwürdig überkorrekten Dunkelheimer Akzent in seine Richtung beförderte, indem er ihm einen kurzen Stoß versetzte. Dev fing ihn auf und der Drahtloskonnektor in seiner Handinnenfläche meldete ein darauf gespeichertes Vermögen von fünfundzwanzig Millionen Sol-Credits inklusive des Entschlüsselungsmusters. Sie waren unregistriert.

Er blinzelte einige Male und sah dann zu seinem unfreiwilligen Gast auf.

»Wer zum Teufel sind Sie?«, hauchte er.

»Fliegen Sie zur Oberon?«, gab Sirion zurück.

»Das ist ein Trick.«

»Ich interessiere mich nicht für Geld. Die Zeit ist knapp. Entscheiden Sie sich, ehe ich bis drei gezählt habe. Eins …«

»Okay, okay!« Dev hob abwehrend die Hände und geriet sofort in ein unkontrolliertes Trudeln durch seine unbedachte Bewegung, die erst aufgefangen wurde, als eine erschreckend starke (und kalte) Hand ihn an der Schulter packte und stabilisierte. Ein Schauer durchfuhr ihn, der nicht von der statisch aufgeladenen Luft stammte.

»Beantworten Sie mir nur eine Frage, einmal«, brummte er, obwohl das rauschende Blut in seinen Ohren ihn warnte und alles in ihm schrie, den Mund zu halten. »Warum?«

Zu seiner Überraschung tötete Sirion ihn nicht auf der Stelle und wandte sich auch nicht einfach ab. Stattdessen geschah etwas, das er bei dem unheimlichen Mann gar nicht für möglich gehalten hatte: über seine Augen legte sich eine kurze Regung, beinahe so etwas wie eine Emotion – wenn auch undeutbar.

»Ich werde Captain Konrad Bradley töten, weil er meine Mutter ermordet hat.« Sirions Mund wurde so schmal, dass er kaum noch zu erkennen war. »Sarah Mantell. Bevor er unter meinen Händen stirbt, wird er sich an ihren Namen erinnern.«

»Sarah Mantell?«, murmelte Dev irritiert. »Wer …«

»Sie sollten jetzt ins Cockpit zurückkehren.«

Kapitel 26

Konrad ging ruhig zwischen den vier Marines, die ihn in ihre Mitte genommen hatten und ihn mit abgewinkelten Maschinenpistolen durch die Gänge der Caesar in Richtung Brigg geleiteten. Allesamt waren hochgewachsene Männer, die ihn um einen halben Kopf oder mehr überragten. Die hochmodernen Ganzkörperanzüge aus nanonischem Memorygewebe ließen sie aussehen wie Tänzer in Spandexanzügen, viel filigraner und agiler als die schweren Motorrüstungen seiner eigenen Marines der Black Legion. Ihr schmaler Anblick verleitete ihn aber nicht zu dem Fehler, sie als schmächtig oder schwach abzutun. Schnelligkeit und Präzision konnten tödlicher sein als brachiale Stärke und Wucht.

Immer wieder vibrierte der Boden unter seinen Füßen, wenn Startrampen aktiviert wurden. Das Flaggschiff schüttelte sich mehrere Male, jedoch nicht stark genug, als dass es sich um einen Einschlag gehandelt hätte, also befanden sie sich offensichtlich im bestgeschützten Bereich der Formation, seit es zu dem überraschenden Angriff gekommen war. Er selbst hätte sein Schiff nach vorne beschleunigt und quer gestellt, um möglichst viel der Feuerkraft seiner Flotte abzuschirmen und ihnen Zeit zu verschaffen, die Lage einzuschätzen und entsprechend das Kampfmuster anzupassen. Aber die Oberon war ein Titan und die Caesar ein schwerer Kreuzer, insofern war die taktische Entscheidung des Admirals korrekt. Die Aufrechterhaltung der Befehlskette war jetzt das wichtigste Glied in einer langen, angespannten Kette, die nicht reißen durfte.

Tausende Fragen gleichzeitig heischten in seinem Verstand um Beachtung: Wer hatte sie angegriffen? Wie konnte jemand das Tornetzwerk benutzen, der nicht autorisiert war? Woher kannten sie die Codes? Wie war das streng geheime Programm aufgeflogen? Warum hatte sie niemand gewarnt? Was führten die Angreifer im Schilde und hatten die Clicks etwas mit ihnen zu tun? Wie stand es um die Oberon und ihre Flotte? Seine Söhne?

All diese Fragen verbannte er in die tieferen Schichten seines Geistes, verschwendete er doch nur ungern Zeit und Energie auf Dinge, zu denen er keine Antwort wusste und auch keine Möglichkeit hatte, eine zu erhalten. Er war als Gefangener hier, und das aufgrund eigener Entscheidungen. Es hatte keinen Nutzen, sich verrückt zu machen und auf ein Wunder zu hoffen, das ihn an den einzigen Platz in diesem Universum geführt hätte, an dem er jetzt sein musste: dem Ort seiner Pflicht, der Brücke der Oberon.

Silly wird es schaffen. Es ist Zeit, dass sie ihr Potenzial erkennt, dachte er und lächelte schwach.

»Was gibt's denn da zu grinsen, Opa?«, fragte einer der Marines von hinten und stieß ihm den Knauf seiner Maschinenpistole in den Rücken.

»Einen *Opa* in Handschellen zu schlagen, erfordert sicher eine ganz besondere Ausbildung bei der Flotte«, erwiderte Konrad gelassen.

»Aufmüpfige Reservisten zurechtzuweisen gehört zum Standardrepertoire«, konterte die gesichtslose Stimme.

»Ich verstehe, dass du Angst hast, Sohn. Wir wissen nicht, wer uns gerade angreift und mit welchem Ziel, und das ist immer ein schlechtes Zeichen für eine Schlacht. Ändern können wir daran allerdings nichts, darum ist Ruhe der beste Ratgeber.«

»Angst? Pah!«, höhnte der Marine. »Als ich das letzte Mal nachgesehen habe, waren *Sie* es, der sich am Arsch des Föderationsgebiets versteckt hat wie eine Ratte.«

»Ich tue, was ich muss, um mein Volk zu schützen«, entgegnete Konrad. »Das ist mein Job. Was ist Ihrer?«

»Mein Job?«

»Ja.«

»Mein verdammter Job ist es, einen Feigling und Verräter wie Sie in die Brigg zu schaffen, Mann!«

»Das klingt nach einer sehr einfachen Aufgabe. An vielen Punkten meiner Dienstzeit hätte ich dich darum beneidet. Was denkst du wie einfach es ist, entscheiden zu müssen, ob du achttausend Besatzungsmitglieder und zwanzig Millionen Kolonisten opfern sollst, um *ehrenhaft* unterzugehen, oder stattdessen deine Besatzung und zwanzig Millionen Kolonisten in Sicherheit zu bringen und dafür in Kauf zu nehmen, dich nicht mit allem was du hast, in die aussichtslose, aber heldenhafte Schlacht zu werfen?«

Konrad fühlte, wie sich etwas in ihm löste, so als rede er eigentlich mit sich selbst, um einen Abschluss zu finden mit allem, was ihn an diesen Punkt gebracht hatte. Wenigstens waren seine Offiziere und seine Besatzung jetzt jenes Stigma los, das all die Jahre in seiner Person an ihnen geklebt hatte. War das hier die Befreiung, die er sich immer für sie und sich gewünscht hatte? Gelassenheit machte sich in ihm breit, und ihr folgte ein Hauch von Freude.

»Was grinsen Sie denn jetzt so?«, murrte der Marine. »Sie wissen schon, dass Ihnen die Exekution droht, oder?«

»Wer hätte sich jemals mehr erhoffen können, Sohn?«, gab Konrad zurück.

»Ich … was?«

»Lass den Captain endlich in Ruhe, Lombardi!«, schimpfte einer der anderen Marines von vorne. Er trug die Abzeichen eines Sergeants und war vermutlich derjenige, der das Sagen hatte. Sein Akzent klang nach dem typisch überkorrekten Englisch mit britischem Einschlag, das ihn mit ziemlicher Gewissheit als Erder identifizierte.

»Captain? Tsss! Er ist ein Verräter!«

»*Verräter der Reserve*«, kicherte ein anderer hinter ihm.

»Bis zu seiner rechtskräftigen Verurteilung ist er ein Captain der Flotte unter Arrest, nicht mehr, aber auch nicht weniger«, herrschte der Sergeant sie an. »Ihr verdammten Puddingschädel hättet in der Ausbildung besser aufpassen sollen. Ihr kennt diesen Mann aus den Feeds, was?«

»Ja, er …«

»Einen Scheiß! Wurden Sie jemals von einem der Sender interviewt, Captain?«

»Nein«, antwortete Konrad. Sie bogen um eine Ecke und stiegen in einen Fahrstuhl. Wie die Teilnehmer einer gut einstudierten Choreographie postierten sie sich in ihrer X-Form, ausgerichtet zur Tür.

»Verstehst du jetzt, Specialist Lombardi?«

Als Lombardi nicht antwortete, begann Konrad die Stille wieder zu füllen: »Jeder Feed folgt einem Narrativ, das sich gut verkauft. Enthüllungen, Sensationen, Katastrophen. Austarieren, verstärken, was die Leute empört – also das, worüber geredet wird. Niemand von diesen *Redakteuren* war dabei, als meine Heimat untergegangen ist, genauso wenig wie du, Specialist Lombardi. Ich verurteile dich nicht, weil du anhand der Informationen entscheidest, die du erhalten hast. Was sonst könntest du tun? Genauso erging es mir, als ich vor zwanzig Jahren in der Pflicht war, innerhalb von wenigen Minuten eine Entscheidung zu treffen, die Millionen Leben betraf. Wenn …«

»Wir haben nicht viel Zeit«, unterbrach der Sergeant ihn nach einem Blick auf sein Unterarmdisplay. »Schiffsinterne Warnung.« Der Mann drehte sich zu Konrad um und musterte ihn abschätzig. »Ihre Oberon hat gerade Kurs auf uns genommen.«

»Hm«, machte er bloß. Er hatte gehofft, dass Silly sich an seinen Befehl halten würde, und war auch fest davon ausgegangen. Ihn zu missachten, war eigentlich nicht ihre Art. Das konnte nur bedeuten, dass sich irgendein Vorzeichen geändert hatte, was sie schließlich zu dieser für sie sicherlich schwierigen Entscheidung gebracht hatte. Ob die Schlacht wohl so schlecht stand?

»Wir kämpfen gegen beschissene Aliens, und diese Verräter haben nichts Besseres vor, als uns anzugreifen?«, schimpfte Lombardi und kurz darauf spürte Konrad einen heftigen Schlag in den Rücken, der ihn nach vorne warf. Er versuchte noch, sich mit vorgestrecktem Bein abzufangen, doch die fehlende Balance durch seine gefesselten Hände machte den Versuch zunichte und er stürzte zwischen den vorderen beiden Marines hindurch mit dem Kopf gegen die Fahrstuhltüren.

Sterne tanzten vor seinen Augen und er hörte eine wütende Diskussion, weit entfernt und undeutlich. Kurz wurde sein Sichtfeld schwarz. Als es sich wieder klärte und die Lautstärke sich normalisierte, wurde er gerade aufgerichtet, und ein Gesicht direkt vor ihm beäugte seine Stirn.

»Jetzt dürfen wir einen Umweg zur Krankenstation machen, Lombardi!«, schimpfte der Sergeant und rückte Konrad zurück in die Mitte der vier Marines. »Fass ihn noch mal an, und es gibt ein Disziplinarverfahren.«

»Mann, seine Leute …«

»Oder ich spreche mit dem COB!«

»Ist schon gut«, sagte Konrad und blinzelte, um seinen

Blick zu klären. Der junge Marine war verängstigt und junge Männer mit Macht – sei es auch nur ein Quäntchen – neigten nun einmal zu hormonellen Überreaktionen. Er erkannte ironischerweise sich selbst als junger Jägerpilot in diesem Lombardi wieder. Immer mit dem Kopf durch die Wand und jedem Impuls folgend. Wie er das Pilotenpatent erhalten hatte, war ihm heute schleierhaft. »Würden eine Platzwunde und der Zorn eines jungen Mannes mich umbringen, dann wäre ich nicht …«

Weiter kam er nicht. Ein hohles *Plonk!* erklang und gleichzeitig klaffte ein kindskopfgroßes Loch in der Fahrstuhltür und im Bauch eines der Marines hinter ihm, der ungläubig an sich herab starrte. Blut quoll aus der Wunde und lief in Strömen an ihm herab. Dann sackte er zusammen und ein gellender Alarm ging durch das Schiff.

»Jupiter!«, fluchte der Sergeant, drückte einem seiner schockiert dreinschauenden Kameraden seine Waffe in die Hand und sprang zu Lombardi, der mit fiebrigen Augen an die Decke starrte. Blubbernde Blutblasen quollen ihm über die glänzenden Lippen. Konrad kniete sich ebenfalls neben ihn und packte die Schultern des Specialist, um ihn auf die Seite zu rollen. Sofort rann helles Blut in Strömen aus seinem Mund und er sog röchelnd Luft ein.

»Die Blutung muss gestoppt werden«, sagte er laut über den Alarm hinweg. Die rote Notfallbeleuchtung der feststeckenden Kabine erzeugte ein gespenstisches Zwielicht, das den Notfall optisch verstärkte und für eine ganz eigene Unruhe sorgte.

»Ist mir schon klar, Mann«, raunte der Sergeant und fletschte die Zähne. »Leider gibt es hier kein Medikit! Gonzo, sieh nach, ob du eine Verbindung zur Brücke aufbauen kannst.«

»Geben Sie mir Ihre Waffe«, sagte Konrad und sein Gegenüber warf ihm einen Blick zu, als hätte er den Verstand verloren. Doch er hielt den Augenkontakt aufrecht und streckte die in Handschellen steckenden Hände vor. »Er hat nicht viel Zeit.«

Ein wenig überraschte es ihn selbst, als der Sergeant nach hinten langte und seinem Kameraden die Maschinenpistole mit dem langen runden Lauf aus den Händen riss. Den entgeisterten Kommentar ignorierte er.

Konrad packte die Waffe, stellte auf maximale Kadenz und checkte die digitale Munitionsanzeige, die ›500‹ anzeigte. Dann zielte er auf die rückwärtige Kabinenwand und betätigte den Abzug bis zum Anschlag. Es war nicht besonders laut, nicht einmal lauter als der Alarm, wenn man vom protestierenden Kreischen des Komposits absah, das hinter Lombardis Kopf aufriss. Die Verstrebungen und Kabel dahinter begannen zu qualmen, doch er ließ nicht los und sah zu, wie die Munitionsanzeige rapide sank. Ein rotes Lämpchen warnte vor drohender Überhitzung, als die Hundert erreicht waren. Auch das ignorierte er, bis sie kurz vor 0 stand und die Maschinenpistole zu vibrieren begann. Daraufhin hielt er die linke Seite schräg über Lombardis Wunde, durch die er den besudelten Kabinenboden sehen konnte. Die überhitzte Batterie, ein länglicher Gegenstand von der Größe einer Zigarrenschachtel, glühte kirschrot, wurde ausgeworfen und flog zischend in das Loch im Bauch des Marines.

Konrad warf die Waffe weg und wollte weitermachen, doch der Sergeant hatte bereits begriffen und packte die Batterie mit seinen Handschuhen, die zwar zischten, aber die Hitze über den Anzug verteilten, der sichtlich aufleuchtete. Dann bewegte er sie entlang der Wundränder, die hässlich knisterten und einen widerlichen Geruch nach verbranntem Fleisch aufsteigen ließen, der mit dichtem Qualm zur Decke aufstieg.

Lombardi schrie während der improvisierten Kauterisation wie von Sinnen, doch das bedeutete nur, dass seine Atemwege frei waren, was Konrad als gutes Zeichen wertete.

»Wird ihn nicht retten, aber vielleicht reichen, um ihn auf der Krankenstation zu stabilisieren, bis die zerstörten Organe geklont werden können«, meinte er und nickte Lombardi zu. »Das schaffst du schon, Sohn.«

Der Sergeant warf ihm einen langen abschätzigen Blick zu, nachdem er die Batterie fortwarf, die sich so weit abgekühlt hatte, dass sie nicht mehr glühte. Der Blutfluss des Specialist hatte merklich abgenommen, war aber nicht zum Erliegen gekommen.

»Danke.«

Konrad nickte bloß. Der Fahrstuhl setzte sich wieder in Bewegung, kreischte dabei aber bedrohlich.

»In die Brigg kommen Sie trotzdem«, bemerkte der Marine ernst.

»Ich bin auf eigene Entscheidung hier und trage auf eigene Entscheidung diese Handschellen.« Um seine Aussage zu unterstreichen, hob er seine blutverschmierten Hände und wackelte mit den metallischen Fesseln, dass sie raschelten.

Kapitel 27

»Siebzig Klicks!«

»Volle Beschleunigung erreicht!«

»Bringen Sie uns längsseits!«, befahl Silly mit erhobenem Blick. Die Oberon hatte die hinteren Linien der Formation von Augustus' Flotte überquert, nachdem sich die Schiffe wie erwartet immer weiter nach vorne geschoben und damit den Hohlkegel von hinten geöffnet hatten. Die ersten Feinde waren in Reichweite gekommen und hatten ganze Schwärme merkwürdig erratisch fliegender Raketen auf sie abgefeuert, die allerdings größtenteils in ihrem Flakschild zerstört worden waren. Den Rest hatte die Nahbereichsverteidigung neutralisiert. Nachdem sie über zehn Minuten lang Hunderte von Raketensalven als Antwort befohlen hatte, war sie nach kurzer Zeit zu der Einsicht gelangt, dass es keinen Sinn hatte. Wie durch Geisterhand hatten die Flugkörper keinerlei Zielpeilung aufnehmen können, so als existierten die unheimlichen Schiffe aus dem Hyperraum gar nicht. Einige waren Zufallstreffer gewesen, weil die Geschosse in die Bahn einzelner Ziele geflogen waren, und dann hatten sie auch entsprechenden Schaden angerichtet, sofern sie nicht abgefangen wurden. Aber die Trefferrate lag unter fünf Prozent und war damit reine Verschwendung. Mit den Railguns hatten sie mehr Erfolg, doch deren Reichweite war begrenzt und auf die aktuelle Gefechtsdistanz nicht sonderlich effektiv, und so hatte sie widerwillig Nicholas zugestimmt und sämtliches Offensivfeuer einstellen lassen.

Die Caesar lag jetzt wie ein einsamer Fisch in einem Teich, an dessen Ufern ein Sturm toste. Explosionen und Plasmakoronas ließen das schwarze Weltall glitzern und funkeln und blendende Blitze entstehen. Doch im Inneren der Formation herrschte noch immer eine trügerische Ruhe, abgesehen von einer zunehmenden Anzahl antriebsloser Geschosse, die durch den Abwehrschirm der pausenlos im Einsatz befindlichen Nahverteidigung der Flotte drangen. Die Caesar war gerade erst mehrfach getroffen worden und hatte in kurzen Abständen Atmosphäre verloren, auf den Teleskopbildern sichtbar als kurzlebige Gasgeysire, die aus der Hülle schossen, ehe sie abgedichtet wurden.

»Zehn Minuten, bis wir in Reichweite sind«, verkündete Lieutenant Alkad.

»Wo bleibt Colonel Meyer?«, fragte Silly niemand Bestimmtes, doch es war Daussel, der seinen Hörer vom Befehlsdeck aufnahm und einige Tasten drückte.

»Verstehe«, sagte er, ehe er wieder auflegte und zu ihr sah. »Der Colonel hat sich selbst zum Kommandanten der Befreiungsaktion ausgewählt?«

»Wie bitte?« Sie zog die Augen zusammen und deutete auf seinen Kommunikator. »Befehlen Sie ihm, dass er das nicht tut. Er ist für die gesamte Black Legion verantwortlich! Die vierzig Marines des Enterkommandos können von einem Lieutenant angeführt werden!«

»Er hat gesagt, dass Sie das sagen würden und meinte, dass sie schon runterkommen und ihn davon abhalten müssten, in eine der beiden Fähren zu steigen. Das sei der einzige Weg, um ihn zu stoppen.«

»Verdammter Mistkerl!« In Gedanken spielte sie die Szenarien durch: Mit ihrem aktuell gültigen Befehl wären sie ausreichend nah an der Caesar, um mögliche Raketenangriffe auf die beiden Enterfähren abzufangen, ehe die Lenkwaffen schnell genug beschleunigen konnten. Doch Railguns wären in so geringer Distanz tödlich und ihre Projektile nicht neutralisierbar. Das ließ ihr nur zwei Optionen: Entweder sie befahl den Beschuss der Geschützbatterien des Flaggschiffs, oder sie hoffte, dass Augustus fürchtete, sie könnte die Vernichtung seines Schiffs anordnen, wenn er ihre Enterfähren zerstörte, was dazu führte, dass er lieber gar nichts tat. Immerhin konnte er davon ausgehen, dass er und seine Besatzung nicht in unmittelbarer Gefahr waren, solange Konrad Bradley bei ihm an Bord war. Das war eine schlechte Position für Silly, die ihr durchaus bewusst war. Dementsprechend frustriert war sie über Meyers Entscheidung, selbst an dem Kommando teilzunehmen. Das Risiko, dass sämtliche Marines bei diesem Einsatz draufgingen, war einfach zu hoch und führte ihr erneut vor Augen, was für einen hohen Preis sie zu zahlen bereit war, um den Captain zurückzubekommen.

Für solche Fragen ist jetzt keine Zeit. Ich muss Entschlossenheit zeigen, rief sie sich in Erinnerung und straffte die Schultern.

»Flakschild einstellen«, befahl sie, als die rot gestrichelte Linie ihres Abwehrschirms aus Granaten sich zu sehr den verbündeten Schiffen der Strike Group 2 näherte.

»Captain«, sagte Jason, »wir können immer noch die Marines absetzen und in Richtung Tor weiterfliegen.«

»Wenn wir einmal abgebremst haben, wird es zu viel Zeit kosten, wieder zu beschleunigen. Die Formation der Strike Group wird bis dahin durchbrochen sein, und dann ist auch die Caesar Geschichte«, erklärte sie und hoffte, dass sie mit ihrer bedachten Wortwahl und Stimmlage ähnlich souverän wie der Alte klang.

»Darum dürfen wir nicht langsamer werden! Nur, wenn

wir mit voller Fahrt in Richtung Tor fliegen, haben wir überhaupt noch eine Chance, diesen Wahnsinn zu stoppen!«

»Dieser *Wahnsinn* lässt sich nicht stoppen!«, fuhr sie ihn härter an als beabsichtigt. Wie sehr sie sich doch wünschte, den kühlen Kopf des Alten zu haben. »Wer diese Invasoren auch sind, ihre elektronischen Störmaßnahmen sind unseren weit überlegen. Wir haben nicht eine einzige Peilung bekommen! Und es werden immer mehr.«

»Was, wenn wir beides tun?«, schlug Nicholas vor und sämtliche Blicke am Tisch richteten sich auf ihn.

»Beides?«

»Wir könnten auf voller Fahrt bleiben und die Enterfähren im richtigen Moment auswerfen.«

»Unmöglich.« Daussel schüttelte den Kopf. »Das würde den Fähren maximalen Schub der Backbordmanöverdüsen abverlangen, und zwar über mehrere Minuten hinweg.«

»Was überhaupt nur möglich wäre, wenn sie den gesamten Kaltgasvorrat verbrauchen. Wenn überhaupt«, fügte Silly hinzu.

»Zugegeben.« Nicholas nickte, fuhr jedoch fort: »Deshalb schlage ich einen Katapultstart aus nächster Nähe vor.«

»Das geht nur mit Impaktfähren«, wandte sie ein. »Und dabei handelt es sich um Einwegaktionen, wie Sie wissen, Bradley.«

»Schon, aber es löst zwei Probleme für uns: Wir müssten näher an die Caesar und nehmen ihnen damit die Reaktionszeit, in der sie auf die Fähren schießen könnten. Gleichzeitig könnten wir den Auswurf bei voller Fahrt vornehmen, die Rettungsaktion starten und gleichzeitig das Tor angreifen.«

»Bleibt immer noch das dritte Problem: Die Fähren werden unbrauchbar, sobald sie die Hülle des Ziels penetriert haben«, beharrte Daussel.

»Meyer ist findig. Mit vierzig Mann der Black Legion kann er die Fähren der Caesar in seine Gewalt bringen und mit ihnen zurückkommen. Mit vierzig Mann der Black Legion könnte er das ganze Schiff übernehmen.« Nicholas zeigte auf das Flaggschiff des Admirals auf dem Holoschirm zwischen ihnen – ein winziger Strich neben der großen Silhouette der Oberon. Das Bild sah aus, als wolle ein Wal von hinten eine Sardine verschlucken.

»Selbst das wird nichts bringen, wenn wir uns inmitten des Gefechts befinden, in einem zweifelhaften Versuch, den Nachschub des Feindes zu unterbinden. Im schlimmsten Fall gibt es uns nicht mehr, um ihn und Ihren Vater wieder einzusammeln.«

»Ich liebe meinen Vater, aber wir dürfen nicht die Leben aller Menschen von Lagunia und unserer Flotte für die Chance wegwerfen, ihn zurückzuholen.« Nicholas klang jetzt beinahe flehend, was sie zu verunsichern begann. »Das wäre das Ende von Harbingen, aber der Anfang einer so großen Schuld, dass wir nie mit ihr werden leben können.«

»Ihr Vater musste schon einmal eine schwierige Entscheidung treffen, und die hat sich am Ende …«, hob sie an, doch Nicholas ließ sie nicht ausreden.

»Das war etwas anderes. Dad hat sich für die Rettung möglichst vieler entschieden. Wir können Lagunia nicht retten, das verstehe ich. Aber wir können ihnen Zeit verschaffen, damit möglichst viele Harbinger über den inneren Sprungpunkt fliehen können. Dafür müssen wir aber nicht nur die Kräfte des Feindes hier binden, sondern auch ihren Nachschub unterbrechen, wenn wir überhaupt eine Chance haben wollen.«

»Und riskieren, Ihren Vater zu verlieren«, fügte sie hinzu.

»Ja.« Seine Stimme senkte sich zu einem Flüstern, das schwerer wog als ein Berg. »Ich weiß.«

Silly rieb sich die Schläfen.

»Captain«, meldete sich Jason wieder zu Wort.

»Ruhe!«, fuhr sie ihn an und schloss für einen Augenblick die Augen. *Verdammt, Konrad! Warum bist du nicht hier? Was soll ich tun? Ich kann nicht zulassen, dass du im Sol-System bei einem politisch motivierten Schauprozess zum Tode verurteilt wirst.* Sie seufzte. *Aber ich kann deine Rettung auch nicht mit dem Blut Unschuldiger bezahlen.*

»Machen Sie es so«, murmelte sie schließlich.

»Wie bitte?«

»Volle Fahrt auf das Hyperraumtor!«, befahl sie laut. »Geben Sie Meyer Bescheid, dass er fünf Minuten Zeit hat, um sich und seine Leute in die Impaktfähren zu verpflanzen! Wir zerstören das Tor und kehren dann um, um ihn wieder einzusammeln. Wenn er unseren Captain nicht dabei hat, reiße ich ihm seinen sturen Schädel von den Schultern!«

Nicholas seufzte erleichtert und Jason blickte erst ungläubig und dann noch ungläubiger drein. Ihr war es egal. Konrads Jüngster hatte recht, auch wenn es ihr nicht gefiel. Aber war nicht genau das die Aufgabe einer guten Kommandantin? Abzuwägen und offenzubleiben für bessere Einschätzungen und Ideen als die eigenen?

Ein guter Captain ist ein besonnener Moderator, kein Diktator. Ein guter Captain weiß seine Ressourcen gezielt und effektiv einzusetzen, und seine Ressourcen sind seine Offiziere, Unteroffiziere und Mannschaftsdienstgrade, erinnerte sie sich an eine Aussage des Alten, als sie an einem besonders düsteren Tag nach ihrer Flucht von Harbingen bei einem Scotch in seiner Kabine gesessen und ihn gefragt hatte, weshalb er eine Reihe protestierender

Senioroffiziere nicht vor ein Kriegsgericht gebracht hatte, nachdem sie sich mit Hinweis auf die Dienstvorschriften geweigert hatten, Befehle auszuführen – obwohl sie die Dienstvorschriften nicht auf ihrer Seite gehabt hatten, wie sich später herausstellte. Auch hier hatte Konrad sich natürlich wieder als derjenige erwiesen, der den besseren Weitblick bewies: Heute war einer dieser Offiziere Daussel, der neben ihr stand und zu den glühendsten Anhängern des Captains gehörte.

»Starrt mich nicht an wie zwei glubschäugige Kadetten! Bereit machen für CQB! Alle Stationen! Ich will jeden, der keine direkte Aufgabe hat, auf einem Notfallsitz sehen! Lieutenant Jung: Dauersendung an sämtliche verbündete Schiffe in unserer Flugbahn; sie sollen uns verdammt noch mal Platz machen! Teilen Sie unseren Plan mit allen, die zuhören. Wir zerstören das Tor. Wer uns nicht helfen will, soll uns wenigstens nicht im Weg stehen. Lieutenant Bauer: Feuer frei nach Ihrem Ermessen, aber verschwenden Sie keine Zeit, sobald die Bahn frei ist. Konzentration sämtlicher aufs Ziel aufschaltbarer Waffensysteme auf das Tor. Alle anderen sollen unsere Feinde so gut beschäftigen, wie es geht. Keine Raketen, nur Railguns.«

»Aye, Ma'am!«

»Jawohl, Ma'am!«

»Heißen wir diese Drecksäcke in Harbingen willkommen!«

Jubel setzte ein und Silly straffte zufrieden die Schultern. Die Entscheidung war getroffen, welches Ergebnis sie brachte, musste das Schicksal zeigen – wenigstens würden sie nicht lange warten müssen.

Bruchstück des Mondes Kor, Harbingen-System

Roger hob seinen rechten Arm, der in einem klobigen Bergbau-Raumanzug steckte, der ihn vor der heftigen Strahlung auf der sonnenzugewandten Seite des Trümmerstücks von Kor abschirmte, und sah in das Funkeln der Sterne hinauf. Um ihn herum sah Kors Oberfläche aus wie die Landschaft des irdischen Mondes – ein eintöniges Grau mit Kratern, größeren und kleineren Steinen und den Andeutungen von Gebirgen – bis auf das gigantische Teleskop, das keine hundert Schritte entfernt aus einer fünfzig mal fünfzig Meter großen Bodenluke ragte. Es sah aus wie eine überdimensionierte Taschenlampe, umringt von Mikadostäbchen, groß wie ein Wolkenkratzer und das Ergebnis von über fünfzehn Jahren Arbeit und vielen Milliarden Credits, die seit sechs Stunden endlich das Licht der Sterne erblickte.

»Was machst du da?«, fragte Frederick neben ihm. Seine Stimme wurde vom Funk zerkratzt und echote in Rogers Helm.

»Siehst du gleich.« Er drückte einen Knopf auf seinem übergestülpten Unterarmdisplay, und ein Hologramm legte sich über den funkelnden schwarzen Himmel wie das Fenster zu einer fremden Welt. Es zoomte mehrfach heran, bis es auf einem Punkt verharrte, der von zwei Dutzend Kriegsschiffen bewacht wurde, zwischen denen gerade ein großer Transporter wie aus dem Nichts materialisierte. Sprünge sahen großartig aus, wie Roger fand, als würde ein Schiff mit wahnsinniger Geschwindigkeit aus dem Nichts in die Gegenwart rasen und auf Null abbremsen – so schnell, dass das Auge nicht hinterherkam. Weitere Transporter folgten und schlossen sich der langen Karawane aus glühenden Abgasfackeln an, die in Richtung des äußeren Sprungpunktes des

Systems flogen. Auch von viel weiter draußen, von der Oort'Schen Wolke, näherten sich Schiffe, um Dimensionen größer und schwerer, für die Sensoren der Nahbereichsüberwachung von Kor, in die er sich eingeklinkt hatte, nicht zu entdecken. Sie waren noch viel zu weit entfernt und würden aufgrund der langen Distanz mehrere Wochen benötigen.

»Irgendwie macht es mich nervös, dass die Schläferschiffe so lange brauchen, bis sie Bohr erreichen«, sagte Frederick. Er hatte sich so hinter Roger postiert, dass er ihm im annähernd richtigen Winkel über die Schulter blicken konnte, um zu sehen, was sein Freund sah. »Als würden wir einen Bankraub in Zeitlupe durchführen, während sich für die Polizei die Uhr normal weiterdreht.«

»Ich weiß, was du meinst. Aber der Kanzler wird schon wissen, was er tut. Ich habe gehört, dass die Flotte mit Iron Hammer beschäftigt ist und den Clicks einheizt. Einen besseren Zeitpunkt für uns gibt es wohl nicht.«

»Sieh dir nur den Sprungpunkt da oben an«, wechselte Frederick staunend das Thema. »Es sind bereits Hunderte Schiffe von den Randwelten eingetroffen. Ich habe nie gewusst, dass wir so viele sind.«

»Das liegt daran, dass die TF sich nur für die Kernwelten interessiert«, schnaubte Roger. »Und unsere Vorfahren doch auswanderungsfreundlicher waren, als wir dachten. Spätestens mit der Machtübernahme des Omega.«

»Denkst du, dass unser Kurs der richtige ist?«

»Was meinst du?«

»Ich will nicht sagen, dass wir das Falsche tun, das meine ich nicht.« Frederick deutete auf das riesige Teleskop, neben dem sie sich fühlten wie Ameisen vor dem Mount Everest. »Wird es das tun, was wir von ihm erwarten? Alles hängt an diesem Ding, das ist ziemlich verrückt, wenn ich mir ansehe, was da draußen so los ist und mit welchem Risiko es versehen ist. Bekommt die Flotte Wind davon, wird es für keinen von uns Gnade geben.«

»Wir brauchen ihre Gnade nicht.« Roger stupste seinen Freund in die Seite. »Komm, wir sorgen besser dafür, dass alles reibungslos abläuft. Die Wartungsklappen sind nicht mehr weit. Dann können wir vielleicht unseren Beitrag leisten, damit es uns zeigt, was es soll.«

Kapitel 28

Colonel Ludwig Meyer schnalzte an dem Mundstück aus Hartschaum vorbei, das seine beiden Zahnreihen miteinander fixierte und grinste seinen Marines entgegen, was den weißen Schaum entblößte. Die N7-Servorüstungen, in denen sie alle steckten, ließen sie wie bullige Space Marines aus einer martialischen Actionfantasie aussehen, mit wuchtigen Schulterplatten, in denen ein großer Teil der Munitionsvorräte untergebracht war. An den Gelenken in Beinen, Armen und Händen befanden sich klobige Verdickungen, welche die Servomotoren schützten, die ihnen ihre übermenschlichen Kräfte und herausragenden Fähigkeiten im Null-G-Kampf verliehen. Nichts daran war ästhetisch, im Gegenteil hätte man sie aus der Entfernung für in eine Schachtel gesperrte Käfer halten können – weshalb die Black Legion in der Föderation auch gerne als *Bug-People* verlacht wurde. Aber Meyer kannte diese Art des Spotts, der bloß dazu diente, eine allzu unangenehme Verunsicherung zu überdecken. Ihre Ausrüstung mochte nach aktuellen Flottenmaßstäben, wo es nur noch auf Schnelligkeit und Präzision ankam, veraltet sein, aber die Ausbildung terranischer Marines war im Verlauf des Kriegs ebenfalls immer schneller präziser geworden. Damit genügend Soldaten für die Front bereitstanden, war die Grundausbildung entschlackt worden und bereits im zweiten Jahr gingen die Absolventen ab in die Spezialweiterbildungen für ihren jeweiligen Einsatzbereich für Technik, Kommunikation, schwere Waffen, Null-G, planetaren Einsatz, Sicherheit und viele andere. Seine Rekruten benötigten die doppelte Ausbildungszeit und durchliefen jeden einzelnen Bereich, bis er zufrieden mit ihren Ergebnissen war – und das war auch gut so.

Als das Massekatapult ihre Impaktfähre des Typs *Puma* entmagnetisierte, ging ein Ruck durch die enge Kabine, den er erwartungsgemäß heftig spürte. Nicht zum ersten Mal fragte er sich, wofür das Sicherheitsgeschirr, das ihn an Schultern, Hüfte und Oberschenkeln an die Magnetleiste an seinem Rücken fixierte, überhaupt da war – außer, um den Flug noch unangenehmer zu machen. Er befand sich zusammen mit Lieutenant Zumwalt und Chief Petty Officer Freud am Heckteil der Kabine, der Rest seiner zwanzig Marines in Fähre 1 teilte sich auf in zwei Reihen rechts und links, dicht aneinander und zwischen ihnen nur ein schmaler Korridor, der ganz vorne in einer Wand endete, die eigentlich keine war und ein großes Gefahrensymbol für Explosionsgefahr zeigte, das rot blinkte.

»Hoo-ra, Schwarzpelze!«, rief er nuschelnd an seinem Mundstück vorbei. »Endlich müssen wir nicht mehr auf unseren Händen sitzen und treten ein paar Fischen in den Arsch!«

»Hoo-ra!«, antworteten die Legionäre, und ihr Brüllen schallte so laut in der Kabine, dass die Audiofilter seines Helmsystems abregelten.

»Alles klar, Start in fünf Sekunden. Helme zu!«, befahl Lieutenant, nachdem er ihr zugenickt hatte und sein eigenes Visier per Sprachbefehl schloss. Es klappte von oben herunter bis zur Kinnschiene, und ein kurzes Zischen verkündete, dass er jetzt die gefilterte Atemluft seines Anzugs atmete. Von innen sah alles so aus wie vorher, als könnte er noch immer normal sehen, ohne zwei Zentimeter Carbotanium vor dem Gesicht, da das künstliche Bild auf der Innenseite von dem hochauflösenden Sensorband um seine Stirnsektion beinahe ein Echtzeitbild generierte. Die Latenz war so gering, dass der menschliche Verstand sie nicht bewusst wahrnehmen konnte, doch seit Einführung der N7 hatte es immer wieder Fälle von Kinetose gegeben. Marines hatten über Übelkeit, Schwindel und Kopfschmerzen geklagt – aber nur in den ersten paar Monaten der Ausbildung an der Rüstung, sie waren immerhin Marines und keine Stoppelhopser.

Eine rote Lampe an der Kabinendecke leuchtete auf, was ihnen etwa eine Sekunde Vorwarnung gab, dann beschleunigte das Massekatapult sie mit 6g, noch ehe sie aus der entsprechenden Mündung an der Steuerbordseite der Oberon geschossen wurden. Die fünf Kilometer Distanz bis zur Caesar würden sie in etwas über dreizehn Sekunden hinter sich bringen – wenig Zeit für die Nahbereichsverteidigung, aber immer noch Zeit.

Meyer versuchte, nicht daran zu denken, während die Fähre ruckelte und vibrierte wie ein bockendes Tier. Vermutlich war irgendetwas kaputt gegangen. Ihm war es gleich. Als Marine im Zeitalter der Raumfahrt war man es gewöhnt, in eine Blechdose eingesperrt und den Ingenieuren und ihren Maschinen ausgeliefert zu sein, bis sie endlich an der Reihe waren. Kein gutes Gefühl, wie er sich eingestehen musste, aber eines, mit dem man entweder zu leben lernte, oder eben nicht.

»Abwurf erfolgreich, Puma 1«, kam die Meldung von der Oberon.

»Verstanden«, grunzte er gegen die heftigen Beschleunigungskräfte an, beinahe unfähig, überhaupt einen Laut über die Lippen zu bringen. Er fühlte sich trotz des Amphetamincocktails in seinem Blut benommen und auch seine titaniumbeschichteten Knochen (zu seiner Zeit war das noch legal und bezahlbar) und kräftigen Muskeln bewahrten ihn nicht vor dem sechsfachen Gewicht seines Körpers, das gegen die Rückseite seiner Servorüstung drückte, als hätte ihn ein Riese getreten und den Fuß dann auf seiner Brust stehen lassen.

Er zählte acht Sekunden und bereitete sich gerade auf den Einschlag vor, als er eine Kaskade von ein oder zwei Dutzend Knallen hörte, als flögen kurz nacheinander eine Reihe Schrauben mit hohem Druck aus dem Deck. Sofort setzte ein hohes Rauschen ein, und Staub und heller Dampf von der Klimatisierung strömten rasend schnell zu fingerdicken Löchern in Decke und Boden. Sie waren beschossen worden.

Dieser verdammte Dreckskerl!, knurrte er innerlich und checkte die Vitalanzeigen seiner Legionäre am linken Rand seines Sichtfelds. Niemand war getroffen worden. Immerhin.

Noch zwei Sekunden.

»Abwehrfeuer. Puma 2 zerstört«, meldete die Oberon und Meyer presste die Zähne fester aufeinander, als es die harten Beschleunigungskräfte vermochten.

Dann kam der Einschlag. Die schwer gepanzerte Spitze der Impaktfähre rammte sich zehn Meter tief in die Hülle der Caesar wie eine riesige kinetische Rakete, schnell genug, um Panzerung und Kompositwände zu durchschlagen, aber nicht schnell genug, um einen Krater zu hinterlassen oder selbst zerstört zu werden – abgesehen von der Penetratorspitze.

Es klickte und die Sicherheitsgeschirre fuhren hoch und rasteten ein. Er war frei. Als Erster sprintete er los auf die vordere Wand, die im selben Moment explodierte und nach außen flog, um den Durchgang ins Flaggschiff des Admirals freizugeben.

Zwanzig Legionäre verloren, ehe sie einen Finger krummmachen konnten. Abgeschossen von unseren eigenen Leuten, wütete er. *Halbe Einsatzgröße. Schlechtere Chancen, aber immer noch gut genug.*

Meyer stürmte durch den qualmenden Durchbruch und sprang über einige Meter zusammengeknautschter Schiffsreste und zuckende Kabel hinweg in einen von Trümmern übersäten Korridor. Tosende Luftströme verrieten ihm, dass das Loch in dem die Einmalfähre steckte, nicht dicht war und sie Atmosphäre verloren. Rechts und links waren bereits Sicherheitsschotts heruntergefahren, was den Verteidigern sicher ganz gelegen kam.

»Oberon, Totalverlust von zwanzig Legionären. Ich schätze damit haben sich die Einsatzregeln geändert?«, fragte er über seinen verschlüsselten Kanal zu ihrem Mutterschiff, doch er bekam nur statisches Rauschen zur Antwort.

Störsender, natürlich.

Die Einsatzregeln, die er selbst aufgestellt und mit der Kommandantin abgesprochen hatte, sahen eigentlich vor, dass sie nicht-tödliche Gewalt einsetzten, um ihren Captain zu befreien – außer, sie waren dazu gezwungen, um ihr Einsatzziel zu erreichen. Die ganze Sache mit Bradley war so sehr eskaliert (spätestens an diesem Punkt), dass es für ein Kriegsgericht ohnehin keine Rolle mehr spielte, wie weit sie noch gingen. Aber diejenigen auf diesem Schiff waren nach wie vor Föderationsbürger, Soldaten und Menschen und damit nicht der primäre Feind.

Jetzt aber hatten sie seine Legionäre getötet, offenbar ohne dieselben Überlegungen angestellt zu haben wie er. Das machte ihn wütend. Keine gute Voraussetzung, aber eine, mit der er leben konnte. Nur einige andere bald nicht mehr, denn er hatte sich für beide Fälle vorbereitet.

Nachdem er mit Freud und Zumwalt den kleinen Korridorabschnitt gesichert hatte und sie von keinen Selbstschussanlagen oder dergleichen beschossen wurden, gab er dem Rest der Wartenden einen Wink, damit sie nachfolgen konnten.

»Wir bleiben bei den Gummigeschossen in den Unterarmläufen. Hauptbewaffnung wechselt zu Karabinern.« Er führte seinen eigenen Befehl aus, indem er eine Hand nach oben streckte und die Waffenhalterung vom Rücken ihm daraufhin den Griff des schweren Gaußgewehrs in die Handinnenflächen drückte. Durch die Handschuhe verband sich die Waffe mit der automatischen Zielhilfe in seinem Visier, die wiederum über ein Netz aus künstlichen Synapsen mit seinem neuralen Stratum verbunden waren und ihm schnellere Reaktionen ermöglichten. Der Gaußkarabiner klappte auseinander und baute sich zu voller Länge auf, was etwa einer Armlänge entsprach, da es sich um die verkürzte Variante mit dem wuchtigen Lauf handelte. Er blendete die Schemadarstellung der Caesar in sein Sichtfeld ein und überlegte kurz. Sie hatten für die (sehr kurze) Planung zwei Modelle zur Verfügung gehabt: den schweren Schlachtkreuzer der Vorgängerreihe oder den Hilfskreuzer der aktuellen Baureihe. Bei beiden handelte es sich nicht um das exakte Modell der Caesar, aber die einzigen Annäherungswerte, die sie besaßen. Immerhin hatten sie als Reservisten nicht besonders viel Einsicht in geheime Daten der Flotte. Die Brigg befand sich also entweder backbord oder steuerbord unterhalb der Mannschaftsquartiere und oberhalb der Elektronenmatrixknoten.

»Zumwalt, Sie nehmen Zug 2 und rücken zu Position

Beta vor. Zug 1 mit mir. Position Alpha.« Er deutete auf das Sicherheitsschott vor sich. »Öffnen!«

Zwei seiner Legionäre traten rechts und links neben ihn und legten in flüssigen Bewegungen die Karabiner an, die sofort losbellten und eine Flut Wolframkegel mit annähernd relativistischen Geschwindigkeiten auf das Schott jagten. Dabei strichen sie nach oben und zur Seite, bis sie ein perfektes Karree beschrieben hatten und das ausgeschnittene Stück Panzerstahl qualmend auf den Korridorboden krachte.

»Vorrücken!«

Der erste Widerstand setzte nach der ersten Abbiegung vor den Fahrstühlen ein. Vier Marines hatten sich dort verschanzt und erwarteten sie mit den Läufen ihrer modernen Lasergewehre, ihre Körper hinter den Ecken zweier Vertiefungen verborgen, während Meyer und seine Legionäre gar nicht erst so zu tun brauchten, als könnten sie sich irgendwo verstecken in ihren klobigen Rüstungen, die mit jedem Schritt surrende Servogeräusche von sich gaben. Er kam nicht umhin, sich ein Analogon vorzustellen: mittelalterliche Armbrustschützen in Kürassen, die modernen Infanteristen des 20. Jahrhunderts gegenübertraten. Auf den ersten Blick ein ungleiches Duell, doch Armbrustbolzen durchschlugen alles, was es später an Panzerung gab (die zugunsten der Beweglichkeit immer weniger wurde), während eine chemisch angetriebene Pistole eine damals geläufige Rüstung nicht immer durchschlagen hätte. Sie waren die Armbrustschützen, und er wollte wetten, dass sie einen Vorteil hatten, den ihre Gegenüber nicht sahen.

»Ich gebe euch fünf Sekunden, um eure Waffen niederzulegen. Wir holen unseren Captain, ob euch das passt oder nicht«, dröhnte er mit voller Lautstärke über seine Anzuglautsprecher. Es würde sie in den Ohren schmerzen aber das war ihm recht. »Obwohl euer Admiral meine Soldaten auf dem Gewissen hat, gebe ich euch diese fünf Sekunden aus Respekt und Anstand unter Marines.«

Wie um seine Worte zu unterstreichen, brachten seine Legionäre ihre Karabiner rings um ihn her in Anschlag, sodass er aussah wie ein nach vorne gekämmter Tannenbaum.

»Keinen Schritt weiter! Sie betreten widerrechtlich das Flaggschiff der Strike Group 2. Legen Sie Ihre Waffen nieder. Sie werden vor ein Kriegsgericht gebracht, und …«

»Zwanzig Prozent«, befahl Meyer über den internen Funk seines Zugs und ein Sturm aus Gaußprojektilen fegte durch den kurzen Korridor. Wandpaneele wurden zerfetzt, lösten sich auf, wo nachrückende Geschosse umherfliegende Trümmerstücke in immer kleinere zerhäckselten, dann setzte das Geschrei ein. Zwei Laserlanzen lösten sich noch aus ihren Läufen und strichen über sie hinweg, doch die Impulse waren zu kurz, um ihnen ernsthaft zu schaden. Seine eigene Rüstung wurde getroffen, leuchtete kurz rot auf und lenkte die Hitze über die Stiefel in den Boden um, der leicht zu qualmen begann.

Er machte einen Wink und seine Leute rückten vor. Die vier Marines der Caesar lagen mit zerfetzten Beinen rechts und links der Fahrstuhltüren. Sie schrien nicht, also besaßen ihre lächerlichen Spandexanzüge immerhin ein internes Medisystem. Er befahl seinem Sanitäter, sich um die Wunden zu kümmern, während vier andere die rechte Tür aufbrachen, indem sie die Hände in den Spalt drückten und, von den Motoren ihrer Rüstungen unterstützt, daran zerrten, bis sie sich öffneten.

Meyer trat währenddessen vor einen der Amputierten und zeigte auf ihn. »Die Brigg, zu der ihr Captain Bradley bringt; wo ist die?«

Als der Mann, hinter seinem schlanken Helm gesichtslos, nicht antwortete, drückte Meyer ihm den Lauf seines Gaußkarabiners an die Stirn.

»Zwanzig meiner Leute sind tot wegen euch. Ich frage deshalb nur einmal.«

»Zwei Decks tiefer nach links. Zweite Tür rechts«, keuchte der Marine.

Backbord also. Glück gehabt. Er versuchte Zumwalt zu erreichen, doch auf die Entfernung antwortete ihm nichts als Rauschen. Der Lieutenant würde es schon herausfinden und von selbst zum Hangar finden.

Meyer sah auf den Marine hinab und nickte. »Ihre Kameraden sind sicher unterwegs.«

Er sah, wie sich die Helmvorderseite des Mannes kaum merklich in Richtung des Lasergewehrs zu seiner Rechten bewegte.

»Lassen Sie es.« Damit wandte er sich ab und lief zu dem offenen Fahrstuhlschacht, der nicht multidirektional war, sondern vertikal verlief. Drei Decks weiter unten befand sich das Dach des Fahrstuhls, das im Licht seiner Helmlampen glänzte. Er sprang und durchbrach mit seiner halben Tonne Gewicht das Metall, nur um wie eine Naturgewalt gebückt in der Kabine zu landen. Zwei seiner Specialists landeten direkt neben ihm und wollten gerade die Türen öffnen, als ihnen ein kopfgroßes Loch auffiel, das in der linken klaffte, während die rechte offenstand. Sie standen in einer Blutlache, die noch frisch genug war, um erst an den Rändern zu klumpen. Die Spur setzte sich nach draußen in einen kurzen Flur fort, der baugleich dem oben in einem Korridor endete.

Und der starrte vor Waffen. Mindestens ein halbes Dutzend Marines hockte mit gezückten Maschinenpistolen und

Lasergewehren hinter massiven Schilden, entwickelt für den Kampf auf engen Schiffskorridoren wie diesen.

»Scheiße«, fluchte er und brachte sich nach links hinter die Schalttafel des Fahrstuhls in Sicherheit. Seine Legionäre taten es ihm auf der anderen Seite gleich. Deckung hatten sie nicht wirklich, höchstens teilweise.

»Ergeben Sie sich!«, hörten sie eine laute, befehlsgewohnte Stimme. »Hier spricht Commander Pyrgorates, XO der Caesar. Was Sie hier tun, ist Hochverrat! Beenden Sie diesen Wahnsinn hier und jetzt, bevor noch mehr Männer und Frauen der Flotte sterben müssen.«

»Reservisten, meinen Sie wohl«, brummte Meyer für sich und wählte in seinem Display Jules und Hoffman an, die mit ihm in der Kabine waren. Per Direktverbindung sagte er: »Wir müssen ein bisschen was kaputtmachen, schätze ich. Die Brigg ist weiter links. Ich brauche also einen Tunnel, damit wir nicht durch diese Kameraden durch müssen.«

Die beiden nickten, schwenkten ihre Gaußkarabiner leicht nach links und drückten im Dauerfeuer ab. Die Antwort der Marines folgte prompt und zeigte entweder ihre Anspannung oder ihre Entschlossenheit. Das schwarz lackierte Carbotanium ihrer Rüstungen spie Funken und glühte rasch rot auf in dem Versuch, die Hitze der Laserstrahlen zu verteilen und zu absorbieren. Erst nach etwas mehr als zwei Sekunden war der Regen aus zerfetzten Wandstücken dicht genug, um ihnen zumindest Sichtdeckung und ein wenig Streuung zu geben. Sie nutzten diesen Vorteil für rasche Positionsänderungen. Meyer gab einen Wink nach oben und sprintete dann aus der Kabine hinaus, hielt sich scharf links und entdeckte mittels der Ultraschallsensoren an seinem Hals das Loch, dass Jules und Hoffman in die Wand gerissen hatten. Es führte in einen Lagerraum, in dem (jetzt zerfetzte) Kisten lagerten, deren Reste er einfach zur Seite schlug oder hindurchrannte. Das Innenleben eines Schiffs war nicht besonders gut gepanzert, abgesehen von einigen sicherheitsrelevanten Bereichen wie dem Reaktor, der Brücke oder der Lebenserhaltung, und so überraschte es ihn nicht, dass ihm gegenüber bereits das nächste Loch in der Wand klaffte. Es war nicht sauber ausgeschnitten wie das erste, aber doch gut genug perforiert, dass er seinen Karabiner quer vor die Brust nehmen und durchbrechen konnte. Dahinter befand sich der Außenkorridor, drei Decks unter dem, in dem jetzt ihre Impaktfähre steckte.

Rechts von sich sah er die Marines der Caesar, die sich im Feuergefecht mit seinen Leuten im Fahrstuhl befanden. Die ersten schwenkten zu ihm herum, doch einige Legionäre waren ihm bereits gefolgt.

»Feuer frei«, knurrte er und sie verschwendeten keine Zeit. Zur Hölle mit jeder Zurückhaltung. Ihnen wurde schließlich auch keine zugesprochen.

Meyer ruckte leicht nach vorne und drehte sich reflexhaft um, nur um eine kleine Gruppe Personen zu sehen, die ihn beschossen.

Kleinkalibrig. Die wirkungslosen Projektile zerschellten an seiner Motorrüstung wie Knallfrösche. Der Zielfokus scannte drei Marines, von denen zwei einen Verletzten trugen. Der dritte schoss gerade auf ihn, lief dabei aber hektisch rückwärts und hinter ihm ging geduckt Captain Konrad Bradley.

»Donnerkoffer! Position halten!«, befahl er seinen Legionären, riss seinen Karabiner hoch und sandte drei Salven in die Wandverkleidung einen Meter vor dem Marine, der auf ihn schoss und Bradley abschirmte. Dann rannte er los und feuerte noch mal, um die Wolke aus Staub und Komposit dichtzuhalten. Er magnetisierte seine Stiefel und beschleunigte weiter, schnell genug, um an der linken, unbeschädigten Wand weiterlaufen zu können. Seinen Karabiner schulterte er dabei geschmeidig. Als er durch die Wolke kam, blickte er aus verzerrtem Winkel in ein herumruckendes Visier, packte die Waffe des Mannes und zerbrach sie mit kreischenden Servos in zwei Teile. Mit einer Kopfnuss sandte er seinen Gegner zu Boden und schoss gleichzeitig aus den Unterarmkanonen mit Gummigeschossen auf die beiden anderen Marines, die ihren Kameraden blitzartig fallengelassen hatten, aber bereits von den Einschlägen zurückgeworfen wurden.

Nicht genug um sie zu verletzten oder lange zu beschäftigen, aber genug, um Bradley zu packen und sich wie ein Schild um ihn zu drehen.

»Wir sind gekommen, um sie zu retten, Sir«, sagte er über die Helmlautsprecher.

»Feuer einstellen!«, befahl Bradley mit seiner typisch tiefrauen Stimme, die selbst jetzt ruhig klang wie das natürliche Zentrum eines Sturms.

»Sir?«

»Feuer einstellen, Colonel.«

»Feuer einstellen, Befehl des Alten!«, leitete Meyer die Anweisung im Teamfunk weiter und sofort schwiegen die Waffen. Erst nur ihre, denn er hörte immer noch das Rattern der Maschinenpistolen und das hohe Fiepen der Lasergewehre mit ihren Hochleistungsbatterien. Doch auch das dauerte nur wenige Sekunden, bis es still wurde.

»Waffen fallen lassen! Sanitäter!«, brüllte der XO der Caesar irgendwo in dem Meer aus Rauch und Metallstaub.

»Tun Sie es, Colonel.« Bradley nickte und bedeutete ihm

mit einer knappen Geste, den Marine – einen Sergeant –, loszulassen. Meyer war gar nicht aufgefallen, dass er den Kerl zwischenzeitlich wieder gepackt und hinter sie gedreht hatte, um den beiden mittlerweile aufgestandenen anderen Marines die Schussbahn zu nehmen. Er gehorchte und der abgesetzte Sergeant wirkte unschlüssig, was zu tun war. Immer wieder sah er zwischen dem Captain und ihm hin und her. »Ich weiß Ihre Loyalität zu schätzen, aber das hier ist nicht der Weg.«

»Aber Sir, dieser Augustus will Sie doch nur …«

»Es ist egal, was der Admiral will. *Ich* will nicht, dass wegen mir unschuldige Soldaten sterben oder die Zukunft unseres Volkes noch ungewisser wird. Ich glaube ich weiß, was die Flottenleitung Bretoni aufgetragen und was er daraus gemacht hat. Mein Verbleib hier wäre in dem Fall der einzige Weg, die Oberon zu beschützen.«

»Verstanden, Sir«, sagte er widerwillig.

»Wie schlimm ist es da draußen?«

Meyer warf das Magazin aus seinem Gaußkarabiner aus, und auch die seiner anzuginternen Waffen fielen klackernd aus ihren Einbuchtungen.

»Schlimm. Sieht aus, als wenn diese Schlacht nicht gewonnen werden kann.«

»Verstehe.«

»Die XO wird mich umbringen, wenn ich ohne Sie zurückkomme.«

Bradley lächelte humorlos. »Sie wird darüber hinwegkommen. Sie ist eine gute Kommandantin, sie weiß es bloß noch nicht. Aber so ist jedes erste Kommando.«

Es blieb eine Weile still, während beide Seiten austarierten, ob die Feuerpause echt oder bloß eine Finte der Gegenseite war.

»Commander Pyrgorates«, rief Konrad schließlich. »Lassen Sie meine Leute abziehen. Ich bleibe hier. Es ist genug Blut geflossen.«

»Auf unserer Seite«, knurrte Meyer und der Captain nickte traurig. In diesem Moment sah er aus, als laste eine Bürde größer als das Universum auf seinen Schultern.

»Denken Sie an den inoffiziellen Wahlspruch der Harbinger Flotte, Colonel.«

»Die Pflicht ist schwerer als ein Stein, der Tod leichter als eine Feder.«

Wieder nickte Bradley. »Das ist mehr als martialisches Gerede.«

»Unbewaffnet!«, rief Pyrgorates nach einer kurzen Bedenkpause, in der er zweifellos mit dem Admiral gesprochen haben musste.

Konrad seufzte erleichtert.

»Gehen Sie, Colonel. Trauern Sie um unsere Toten, aber kämpfen Sie weiter für die Lebenden.«

Meyer spürte, dass der Alte ihm mehr sagte, als seine direkten Worte erahnen ließen, konnte in diesem Augenblick aber nicht sagen, was es genau war. Nur, dass es ihm ernst und wichtig war, dass er wieder von diesem Schiff verschwand.

Kapitel 29

»Nähern uns der Formationsspitze!«, meldete Lieutenant Alkad. Silly beobachtete die taktische Darstellung. Von den sechzig Schiffen, die ursprünglich die Spitze gebildet hatten, kämpften noch gerade einmal fünfundzwanzig. Dreißig waren komplett verloren und fünf fuhren in diesem Moment ihre Radiatoren aus, was bedeutete, dass sie in Kürze verglühen würden. Auch an den Flanken begann Augustus' Strike Group zu wanken, und die ersten Feindschiffe brachen durch in Richtung Flaggschiff und der beiden Träger, die ihnen ihre letzten Wellen Predatordrohnen entgegenwarfen.

»Vordere Railguns auf markierte Ziele fokussieren!«, befahl sie und tippte gleichzeitig auf diejenigen roten Punkte, die jenen Verbündeten am nächsten waren, die gerade ihre Radiatoren ausfuhren. »Volle Kadenz!«

An der vorderen Bugwulst der Oberon schwenkten jeweils fünfzig schwere Railguns auf ihre neuen Ziele um. Zwanzig Meter lange, gegenläufige Magnetschienen rasten in den wuchtigen Röhren aneinander vorbei und beschleunigten die konischen, fünfzehn Zentimeter messenden Wolframbolzen auf einen beachtlichen Teil der Lichtgeschwindigkeit. Durch den extremen Druckunterschied zwischen Mündung und Vakuum bildeten sich zweihundert massive (wenn auch kurzlebige) Plasmawolken, die Dutzende Meter ins All vorstießen und die vordere Sektion der Oberon aussehen ließen, als würde sie von einem Wald aus Feuer erleuchtet. Da sie sich bereits im CQB befanden und die Flugzeit der Wuchtgeschosse sich im einstelligen Sekundenbereich abspielte, erfolgten die Einschläge kurz darauf.

Verhaltener Jubel brach auf der Brücke aus, als mehrere Miniatursonnen auf dem Schirm auftauchten, wo Reaktoren ihre Integrität verloren hatten oder Munitionsdepots der Gegner getroffen worden waren. Einige, die sofort explodierten, wurden mit der dritten und vierten Welle so stark durchlöchert, dass sie von ihren Kursen abkamen und ihr Plasmafeuer auf die Radiatoren der überhitzten terranischen Schiffe abbrach.

»Weiter draufhalten!« Silly betrachtete die Schubanzeige, die sich fünfundneunzig Prozent näherte und damit das Maximum erreichen würde, das sie autorisiert hatte.

»Ma'am, wir müssen uns bald auf das Tor konzentrieren. Noch zwölf Klicks«, sagte Daussel.

»Sobald wir auf das Tor aufschalten, haben wir nichts mehr, um eine ganze Flotte aus Hunderten verdammter Alienschiffe zu beschäftigen, die auf uns einprügeln.«

»Wir haben den Flakschild.«

»Das hatten wir schon. Ich setze ihn nicht ein, solange verbündete Schiffe in Reichweite sind.«

»Sie hat recht. Was nützt uns die Zerstörung des Tors, wenn wir dafür Dutzende verbündeter Schiffe auf dem Gewissen haben«, stimmte Nicholas ihr zu und Daussel schniefte verdrießlich.

»Augustus hat unsere Marines abgeschossen. Einfach so.«

»Nicht einfach so«, brummte Jason. »Immerhin hat es sich um zwei Impaktfähren gehandelt, die auf sein Schiff zugerast sind.«

»Vielleicht sollten Sie diese Rechtfertigung dem Colonel mitteilen, wenn er wieder hier ist.«

»Vielleicht sollten Sie Ihren Frust nicht an den Besatzungen dieser Schiffe da draußen auslassen, die genau wie wir gegen die Invasoren kämpfen und bereits Hunderte, wenn nicht Tausende Kameraden verloren haben«, gab Jason giftig zurück.

»Auf wessen Seite stehen Sie eigentlich? Wollen Sie lieber zurück zu Ihrem geliebten Admiral?«

»Er ist nicht *mein geliebter Admiral!* Ich bin da, wo mein Bruder ist, und ich rechtfertige auch nicht, was hier gespielt wird, ich bin lediglich der Meinung, dass wir in nebligem Fahrwasser nicht vorschnelle Entscheidungen treffen sollten, die …«

»Ruhe!«, ging Silly dazwischen. »Wir haben keine Zeit für so etwas. Solange es nicht absolut notwendig ist, werde ich den Flakschild nicht einsetzen, für den Fall, dass wir damit terranische Schiffe in Gefahr bringen. Es ist schlimm genug, wenn wir sie nicht mehr davor beschützen können, ihre Radiatoren zu verlieren.«

Die unheimlichen Raumschiffe der Fremden mit ihren deformierten Hüllen und Aufbauten waren mittlerweile zu einer losen Wolke angeordnet, die von vorne eingedellt war, wo die Formation des Admirals standgehalten hatte. Auf der taktischen Übersicht entstand der Eindruck, dass sich ein Pfeil in ein Kissen gebohrt hatte, doch sie wusste, dass es andersherum war. Die Wolke war über den Pfeil hereingebrochen, der sich keinen Millimeter bewegt, dafür aber einen Großteil seiner Spitze und seines Gefieders eingebüßt hatte, während die Wolke selbst gewachsen war.

Die Oberon raste mit glühenden Antriebsgondeln immer weiter auf das Tor zu, das auf den Sensoren größer und größer wurde. Damit kam auch die unheimliche Finsternis näher, die darin herrschte und Silly die Haare zu

Berge stehen ließ. Dass sie hier war, um das alles zu zerstören, half allerdings.

»Feuer auf das Tor konzentrieren!«

Was auf dem taktischen Holoschirm wie ein dichtes Gewusel aussah, war im dunklen kalten All ein Gemetzel ferner glitzernder Punkte, die von schnellen Blitzen und Sternschnuppen umgeben waren. Als die Oberon die dichte Spitze der terranischen Verteidiger hinter sich ließ und in das Reich der mittlerweile über neunhundert Invasoren eintauchte, war da noch immer eine große Weite aus nichts, angereichert mit harter Strahlung, die selbst die gut abgeschirmten Sensoren auf der Hülle an die Grenzen ihrer Funktionsfähigkeit brachten. Trümmerstücke von der Größe kleiner Autos bis hin zu winzigen Staubkörnern zerschellten an der Panzerung des letzten Titanen und ganze Schwärme flackernder Raketen, die auf ihrem Kurs hin und her bockten, näherten sich gleichzeitig von allen Seiten. Plasmalanzen vertrieben die Dunkelheit und brachten das Vakuum auf ihrem Pfad zum Kochen, fanden in der Oberon ihren Mittelpunkt – unmöglich abzufangen. Jeder Einschlag fraß sich einige Zentimeter in die magnetisierte Panzerung des Schlachtschiffs und hinterließ erst kleinere, dann immer tiefere Krater.

»Ma'am!«, sagte Daussel mahnend, als die ersten Raketen einschlugen und ganze Stücke aus dem monogebundenen Carbin rissen und ins All schleuderten. Immer wieder wurden sie durchgeschüttelt und mussten sich festhalten.

»Keine Durchbrüche!«, meldete Warrant Officer Treut von der Schadensmeldung.

»Feuer weiter konzentrieren.«

Raketensalve um Raketensalve verließen die Startschächte der Oberon, von denen es mehrere hundert auf jeder Seite in den Fugen zwischen der oberen und unteren Hüllensektion gab. Aus den vorderen Torpedorampen gesellten sich pro Minute fünfzig Antimaterietorpedos hinzu, behäbiger als ihre kleineren kinetischen Brüder, nutzten sie den Schutz des massiven Schwarms an Lenkwaffen, die sich wie ein Bienenvolk auf das Tor stürzten.

Die Feinde versuchten, den Weg zu versperren, feuerten mit allem, was sie hatten auf die Geschosse und brachten sich selbst in Position, um der Attacke Herr zu werden.

Auf dem Schirm sah Silly frustriert mit an, wie erst wenige, dann immer mehr Ausfälle angezeigt wurden, während ihr Schiff immer weiteres Material in den Raum pumpte und die Einschläge häufiger und heftiger wurden. Sie betrachtete die Formationen und schnalzte mit der Zunge.

»Flakschild hochfahren!«, befahl sie schließlich und Daussel gab sofort einen ungeduldigen Wink in Richtung der Operatoren auf den Rängen.

Die Flakgeschütze an steuerbord und backbord schwenkten aus ihren Vertiefungen, richteten sich aus und begannen mit dem Auswurf ihrer Splittergranaten. Zehn lange Atemzüge später sah Silly das vertraute Dauerflackern der Explosionen in fünf Klicks Entfernung, in das sich rasch viel größere Feuerblumen mischten, als die auf sie gerichteten Raketen zerfetzt wurden. Sie gestattete sich ein kurzes Gefühl der Erleichterung. Zwar wurden sie noch immer von Hunderten Plasmalanzen verprügelt, aber die würden sie zumindest noch eine Weile länger einstecken können.

»Ma'am!« Die Stimme gehörte Lieutenant Alkad. »Ich habe da ein Schiff, das auf uns zu kommt! Es rast direkt durch unsere Raketensalven!«

»Dann schießen Sie es ab!«

»Ma'am, es handelt sich um einen Klipper mit Föderationssignatur.«

Silly starrte auf Bild und musste sich von Alkad das entsprechende Raumschiff markieren lassen, ehe sie es selbst sah. Der Bordcomputer der Oberon schien sich sicher zu sein, es zu kennen.

»Das sind diese Schmuggler, die die Donau festsetzen wollte!«

»Ja, Ma'am. Sollen wir sie abfangen?«

»Nein. Das überleben die sowieso nicht, und wir sind nicht hier, um Polizei zu spielen, sondern das Tor zu zerstören.«

»Captain«, sagte Daussel und sie bereitete sich schon auf den nächsten Einwand vor.

»Ja?«

»Die Caesar beschleunigt.«

»Die Caesar?«, fragte sie ungläubig und senkte den Blick. Tatsächlich nahm das lädierte Flaggschiff des Admirals an Fahrt auf, als wolle es der Oberon folgen. »Hat der Mistkerl sich am Ende doch noch Eier wachsen lassen?«

»Keine Ahnung, aber die Träger bleiben zurück.«

»Die sind ohnehin zu langsam. Aber das erleichtert uns die Rückkehr, solange er sich nicht umbringt. Dafür ist er wahrscheinlich zu feige.« Silly winkte ab und befahl, sämtliche Railguns mit freier Schussbahn in den Angriff auf das Tor einzuschalten. Das würde den Feind zwar noch weniger ablenken, aber die Ausfallzahlen der Lenkwaffen war schlicht zu hoch. Obwohl es nicht einmal danach aussah, als würden die Waffen der Invasoren sonderlich präzise sein, war ihre schiere Anzahl besorgniserregend. Immer wieder wackelte der Boden unter ihren Füßen und sprangen neue Schadensmeldungen auf ihren Schirm. Erst als die ersten

Explosionen auf der Ringstruktur zu sehen waren, nickte sie in sich hinein und ballte die Hände zu Fäusten.

»Alkad, wie lange brauchen wir für das Wendemanöver und die Rückkehr zur Caesar?«, fragte sie und betrachtete sorgenvoll die Situation auf dem Schirm.

»Zehn Minuten, möglicherweise weniger, wenn die Caesar weiter auf uns zu beschleunigt.«

»Lieutenant Bauer, sobald absehbar ist, dass die Hyperraumverbindung im Tor abbricht, setzen Sie sich direkt mit Alkad in Verbindung. Wenden Sie auf eigenes Ermessen! Wir haben keine Zeit zu verlieren!« Silly konnte sehen, dass sie in ein Wespennest gestochen hatten und sich die Schlinge immer enger um sie zusammenschloss. Vielleicht hatten sie nicht einmal zehn Minuten, ehe es kritisch für sie wurde und die Hölle über sie hereinbrach. Hinter ihnen begannen sich bereits die ersten Schiffe in Position zu bringen, um ihren Antrieb unter Beschuss zu nehmen, was eine Rückkehr in die ohnehin zusammenbrechende Formation der Strike Group 2 noch schwieriger machte.

Die alte Lady hält das schon aus, redete sie sich ein und sah mit an, wie immer weitere Explosionen auf dem Ring aufflammten. Es waren die Railguns, die das Werk vollbrachten. Die Raketen wurden beinahe vollständig abgefangen, trotz ihrer schieren Anzahl. Aber das bedeutete wenigstens, dass weniger Wolframbolzen zufällig getroffen wurden. *Weiter, nur weiter!*

Niedriger Orbit um Artros, Lagunia-System

Als das gigantische Hyperraumtor seine strukturelle Integrität verlor und in ungleich große Stücke zu zerbrechen begann, erwachten im Schatten von Artros genau vierundachtzig Ionentriebwerke zum Leben. Sie lösten sich aus einem energetischen Dornröschenschlaf, der bei einigen Schiffen Jahre angedauert hatte, während es bei anderen, die später hinzugekommen sind, nur wenige Wochen gewesen waren. Obwohl sie sich dicht beieinander befanden, inmitten eines der vierzehn Eisringe des Gasriesen, wirkten sie nicht besonders beeindruckend, hätte es einen Beobachter gegeben. Doch die Flotten der Invasoren und Verteidiger waren noch immer damit beschäftigt, sich gegenseitig zu vernichten, und das Gros der Schlacht verschob sich zunehmend in Richtung Lagunia, wo die Evakuierungsmaßnahmen auf Hochtouren liefen. Sie würden nicht alle retten können, bis die Fremden dort eintrafen, aber das kümmerte die geheime Flottille nicht. Die vierundachtzig Linienschiffe vom Typ Starvan wurden von ihren Triebwerken gemächlich in Richtung des äußeren Sprungpunktes geschoben, von dem sich die Trümmer des Tors langsam entfernten. In jedem einzelnen waren je ein Pilot und ein Co-Pilot aktiv und steuerten ihre jeweils eintausend Seelen im Passagierabteil und zweitausend Tonnen Fracht im Ladedeck darunter. Sie besaßen weder Panzerung noch Bewaffnung, doch die würden sie auch nicht brauchen, wenn sie in weniger als einer Stunde den Sprungpunkt erreichen und ihre erratische Sprungabfolge nach Harbingen einleiten würden. Trotz der kürzeren Route nahm keines der Schiffe den Weg über eine der fünfzig Kernwelten, wohl wissend, dass dort ein ähnliches Bild wie hier vorherrschen würde – wenn auch mit deutlich mehr Gegenwehr der Verteidiger, schließlich waren die Kernwelten dafür bekannt, ihren Reichtum inmitten eines Dauerkriegs bis an die Zähne bewaffnet zu beschützen.

Die Passivscanner des vordersten Schiffs meldeten keinerlei eingehende Radar- oder Lidarabtastungen, und so leiteten sie schon nach kurzer Zeit ihre Sprungvorbereitungen ein, um bei Ankunft an ihrem Ziel keine wertvollen Minuten zu verschwenden. Denn worauf man jahrelang gewartet hatte, duldete keinen Aufschub, wenn es zum Greifen nah war.

Kapitel 30

»Jetzt bist du völlig durchgedreht, Boss!«, schrie Jezzy über das Dröhnen der Triebwerke hinweg, das sich mittels Vibrationen und geplatzte Stickstoffleitungen bis ins Cockpit fortsetzte.

Dev antwortete nicht. Was hätte er schon antworten können? Er könnte ihr zustimmen, klar, aber das würde sie nur noch hysterischer machen. Er könnte ihr auch sagen, dass er lieber eine fünfprozentige Überlebenschance (was sehr optimistisch war) in Kauf nahm, als gar keine mit einem zweiten Grinsen in der Kehle.

Bei dem Gedanken an Sirion wurde ihm noch schlechter. Er wusste, dass der Killer irgendwo hinter ihm im Cockpit saß und genau beobachtete, was vor sich ging. Und ihm war klar, dass Jezzy nicht bewusst war, was das bedeutete.

Da die Oberon wie erwartet angefangen hatte, aus allen Rohren auf den Ring zu schießen, hatte es nur noch einen Ausweg für sie gegeben: direkt in das Auge des Sturms zu fliegen. Aber wie bei Stürmen so üblich, befand sich das Zentrum hinter einer üblen Wand aus Wind (und in diesem Fall jeder Menge Hagel). Der Raketenschauer, der sie erwartete, war dichter als Jezzys mächtiger Haarschopf und ließ die Warnsysteme der QB vollkommen durchdrehen. Das gesamte Cockpit blinkte, anders als zuvor gab es jedoch keinerlei Grün- oder Gelbtöne mehr, sondern nur noch Rot. Jede Menge Rot.

Die Steuersoftware musste er endgültig abschalten, da sie ihm immer wieder in die Kontrollen eingegriffen hatte, und so lag es ganz bei ihm, den Schubhebel bis zum Anschlag zu drücken und direkt in die Raketen hineinzufliegen.

Als er den seiner Meinung nach besten Kurs eingegeben hatte und als Vektor vor sich im HUD sah, dem er nur noch zu folgen brauchte, schloss er die Augen, da er die sofortige Explosion seines Schiffs erwartete. Stattdessen geschah nichts dergleichen. Sie wurden durchgeschüttelt wie von einem Orkan, doch er atmete noch und konnte das Schütteln und Jezzys Schreie wahrnehmen, also war er entweder in der Hölle oder am Leben.

Er riss die Augen wieder auf und sah, wie grüne Lanzen aus ausgefranstem Licht in die Raketen krachten und sie massenhaft explodieren ließen. Einige näher als ihm lieb war, aber er wollte nicht mit dem Schicksal hadern, wenn es ihm scheinbar so wohlgesonnen war. Die Invasoren jagten ihm eine Heidenangst ein, doch jetzt gerade hatten sie ihnen paradoxerweise das Leben gerettet. Das hieß nicht, dass sie aus dem Schneider waren, aber dass sie sich in den zweiten Kreis der Hölle vorgearbeitet hatten.

Wie eine Fliege in einem Windtunnel peitschte er die Quantum Bitch weiter nach vorne, wich ruckartig nach links und rechts aus, wenn der Annäherungsalarm plärrte, und tauchte unter einer Salve Torpedos hindurch, die glücklicherweise nicht auf sie aufschalteten, sondern sich stoisch in Richtung Hyperraumtor weiterbewegten. Durch ihre wahnwitzige Geschwindigkeit sah er sie bloß als kurze blaue Blitze vor dem Fenster, ehe auch sie wieder vorbei waren. Seine Reaktionen waren nicht mehr als eitle Einbildungen eines menschlichen Gehirns, das von jedweden Reaktionszeiten in diesem Chaos weit abgehängt wurde. In dieser Liga spielten nur noch Computer mit, und selbst die flehten bereits um Gnade.

Aber es fühlte sich gut und richtig an, *etwas* zu tun, und sei es nur, erratisch in alle Richtungen auszuweichen und sagen zu können, sein Bestes gegeben zu haben. Für einige Minuten glaubte er bereits, Erfolg zu haben, weil er noch atmete und sein Körper sich den Luxus gönnte, ihn mit einem aufputschenden und euphorisierenden Hormoncocktail zu überschwemmen, der ihm die jauchzenden Schreie eines Verrückten entlockte.

Dann kamen die Bolzen der Railguns. Anders als die Raketen waren sie ein unsichtbarer Schwarm, deutlich dichter und gefolgt vom nächsten. Die Sensoren der QB registrierten sie nicht einmal, waren sie doch längst nicht so fein abgestimmt wie die besten bei der Flotte verfügbaren Systeme. Sehen konnte er sie auch nicht, aber sehr wohl das, was sie anrichteten: Von einem auf den anderen Augenblick war da ein Dutzend Löcher in seinem Schiff, fünf davon im Cockpit, zwei in der Frontscheibe. Die entweichende Atmosphäre rauschte so stark, dass ihm die Ohren dröhnten, bis die ersten Gegenstände gegen die Löcher flogen und sie kurzzeitig verstopften und für trügerische Ruhe sorgten.

»Abdichten!«, brüllte er, schnallte sich ab und deutete auf Sirion, der auf Willys Sitz saß. »Rechte Klappe unter der Armatur mit dem roten Kreuz drauf. LOS! Jezzy! Scheibe!«

Sie antwortete nicht, nickte aber und stürzte zu der rechten Klappe mit dem Vorrat an Dichtschaum und Monomatten. Es flog kein Blut umher, also war keiner getroffen worden. Zumindest hier.

»Willy? Dozer? Seid ihr noch heile?«

»Ja, Boss, aber die Krankenstation hat sechs neue Fenster«, rief Willy zur Antwort und war vor lauter statischem Kratzen kaum zu verstehen.

»Ein Reaktor ist ausgefallen. Hat sich abgeschaltet.« Dozer klang wie immer. Also lag er entweder im Sterben oder ihm war kein Haar gekrümmt worden.

Dev schaltete die Notstromversorgung für das Cockpit ab, damit die beiden verbliebenen Fusionsreaktoren ihre gesamte Energieleistung in die Triebwerke pumpen konnten, und riss die Atemmasken aus ihren Halterungen über der Tür zum Korridor.

»Hey!«, rief er und warf die erste Jezzy und die zweite Sirion zu, nachdem beide sich umgedreht hatten. Dann kehrte er zu seinem Pilotensitz zurück und zuckte zusammen, als dort plötzlich ein fettes Loch in der Kopflehne klaffte. Er sah an sich herab und bemerkte, dass der Stoff seines Overalls in der Armbeuge zerfetzt war.

»Scheiße noch eins!«

Zurück auf seinem Sitz war sein Mund trocken wie Wüstensand, aber er zwang sich, die Kontrollen wieder zu übernehmen, als er sich auf direktem Kollisionskurs mit der Nase der Oberon wiederfand, die vor ihnen mit bloßem Auge sichtbar war – ein dreihundert Meter breiter Schatten, achthundert Meter entfernt.

Panisch drückte er das Steuer nach unten und wich gerade noch so aus, bevor sie zerschellt wären. Einen weiteren Atemzug später raste der Koloss über sie hinweg und sie glitten knapp unterhalb der Phalanx aus Granatwerfern hindurch, die den Raum mit ihren Schrapnellgeschossen fluteten und den Titanen in eine weit entfernte Sphäre aus Explosionen und Splittern hüllten.

Dann war die Oberon auch schon weg und die Lebenserhaltung meldete, dass der Atmosphärenverlust schwächer wurde. Sie lag noch bei dreißig Prozent und war nicht mehr atembar. Aber der Druck hatte sich immerhin stabilisiert. Mit der Maske über Mund und Nase drehte er sich zu Jezzy – und widerwillig auch zu Sirion – und reckte ihnen jeweils einen Daumen entgegen, ehe er sie auf die Caesar ausrichtete, die sich ihnen noch schneller näherte, als die Oberon eben.

»Was zum Teufel? Wollen die sich heute alle umbringen?«

Bei dem Wort *Umbringen* dachte er an Sirion und seine Androhung, sollte er ihn nicht zur Oberon bringen.

Scheiß drauf! Wenn ich das mache, sind wir eh tot!

Meyer rannte den Korridor entlang zum Auf und Ab seines eigenen Atems, der in seinem Helm rauschte wie die Brandung eines fernen Ozeans. Seine Hände waren leer, rein physisch (seine Waffen waren leer) und im übertragenen Sinne. Seine Laune war entsprechend ausbaufähig. Niemand aus seinem Zug hatte die Situation kommentiert, obwohl er beinahe körperlich spüren konnte, was in ihren Köpfen vorging; dieselben Gedanken, die auch ihn plagten: zwanzig Kameraden verloren, die Rückkehr zur Oberon ungewiss und schwierig (vielleicht wurden sie auch beim Verlassen des Schiffs abgeschossen?) und das Primärziel ihres Einsatzes nicht erreicht. Wenn er der XO gegenübertrat, würde sie ihm den Kopf abreißen, wie sie es angekündigt hatte, und er konnte ihr nicht einmal einen Vorwurf machen. Aber der Befehl des Alten war klar gewesen und daran gab es nichts zu rütteln. Das machte alles nur noch schlimmer. Am liebsten hätte er das ganze Schiff von innen heraus auseinandergenommen, aber das hätte einem frustrierten Kind auf dem Jahrmarkt besser zu Gesicht gestanden als einem Colonel der Black Legion. Also schwieg er genau wie seine Legionäre, nahm sein Schicksal hin und tat wie ihm geheißen.

Der Steuerbordhangar befand sich ein Deck tiefer und besaß tatsächlich noch eine Fähre, die Zumwalt und ihr Zug bereits klargemacht hatten, als sie eintrafen.

»Der Captain kommt nicht?«, fragte sie über Funk und er schüttelte den Kopf.

»Persönlicher Befehl: Rückkehr zur Oberon. Er wollte es ausdrücklich so.«

»Haben Sie die Videoaufzeichnungen ihrer Helmkamera?«

Meyer, stolz auf die Beherrschtheit seines Lieutenants, nickte.

»Gut. Die Fähre steht bereit.«

»Alle rein da!«

Zumwalt und er warteten, während ihre zwanzig Legionäre diszipliniert und geordnet durch die offene Tür in die Fähre stiegen. Es würde sehr eng werden, aber auch nur eine N7 zurückzulassen, kam nicht infrage. Der Durchgang zu dem kleinen Raumschiff war direkt mit der offenen Zugangstür im Korridor verbunden, mit einer Art Mikroluftschleuse, also handelte es sich bei dem Hangar wohl um eine Notbucht, die sich öffnete und die Fähre abstieß.

»Hätte nicht gedacht, dass die uns so einfach gehen lassen«, sagte Zumwalt und blickte sich auffällig um. Dass sie auf Schritt und Tritt mit Kameras und Sensoren überwacht wurden, bezweifelte auch er nicht.

»Ihr XO hat uns freies Geleit zur Fähre versprochen«, gab er zurück und ließ seinen eigenen Einwand aus, dass er selbst nicht damit gerechnet hatte. Diese Leute hier waren genauso eitel wie rachsüchtig, wie es schien. Warum hatten sie jetzt bei ihnen aufgehört? Was zählte schon ein Wort von jemandem, der sich nicht zu schade war, den Sohn des Captains bei einem Offiziersbesuch in eine Falle zu locken, um seinen Vater einbuchten zu können? »Hier sind wir jedenfalls, also machen wir, dass wir wegkommen.«

»Der Captain kommt nicht, aber er hat dafür gesorgt, dass wir wegkommen.« Der Lieutenant nickte und klopfte dem letzten Legionär auf den Rücken.

»Sonst würden wir hier mit ihm sterben«, murmelte Meyer und folgte ihr in die Fähre.

Die Oberon war noch vier Klicks vom Hyperraumtor entfernt, als die erste Abschirmung einer Antimaterieeinschließungskammer der Ringstruktur barst und einen grellweißen Blitz in den umliegenden Raum sandte. Es folgte eine Welle hochangeregter Teilchen, die beim Zerstrahlen das elektromagnetische Spektrum rauf und runter rasten und dabei alles mit sich in den Tod rissen, was zu nahe war. Dazu gehörten Dutzende Schiffe der Invasoren, die im letzten Moment abdrehten, aber der sich relativistisch ausbreitenden Annihilationsfront nicht entkommen konnten. Es war eine späte Genugtuung für Silly, zumindest indirekt noch für weiteren Schaden unter den Feinden gesorgt zu haben. Als die Strahlungswelle die Oberon traf, leuchteten ein paar Warnsymbole auf dem Holoschirm auf, ähnlich wie wenn sie sehr dichte Fly-by-Manöver an Gasriesen oder einem Zentralstern flogen, aber nichts, womit die alte Lady nicht klarkam.

Sie befanden sich bereits in einer harten Wende, feuerten jetzt aus mehreren tausend Geschützen gleichzeitig auf alles, was keine Föderationssignatur besaß, und waren zum Mittelpunkt des Feindbeschusses geworden. Die verbliebene Hälfte von Augustus' einst mächtiger Flotte hatte ihr Muster gewechselt und war gerade dabei, sich zu einem hart beschleunigenden Ball um ihr Flaggschiff anzuordnen, doch ihre eigene Feuerkraft hatte sichtbar gelitten. Die Raketenvorräte mussten zu schnell verbraucht worden sein, auch wenn sie ohnehin kaum einen Effekt gehabt hatten.

»Ma'am! Wir werden die Caesar nicht seitwärts anfliegen können«, rief Lieutenant Alkad von der Navigation. »Sie beschleunigt zu schnell und wird uns passieren, ehe wir …«

Silly verkrampfte ihre Hände um den Rand des Befehlsdecks und die schwache rote Beleuchtung auf der Brücke schien mit ihrem Zorn intensiver und dunkler zu werden. Sie antwortete nicht direkt und blendete auch Daussel und Nicholas aus, die über die Situation zu diskutieren begannen.

Stattdessen betrachtete sie die Caesar auf der taktischen Darstellung und die Oberon, die sich behäbig drehte. Die kaum merklichen Ladepausen der Echtzeitdarstellung verstärkten den Effekt noch, dass ihr Titan äußerst schwerfällig wirkte.

Was hast du vor, du verdammter Mistkerl? Warum beschleunigst du so wahnsinnig? Wo willst du hin? Sie sah zum Tor, das sich größtenteils in flüchtige Gase verwandelt hatte, von einigen erstaunlich widerstandsfähigen Trümmerstücken einmal abgesehen, die jetzt durch den Raum taumelten und bald schon den Sprungpunkt verstopfen würden, wenn die gravitative Konjunktionszone sie wieder einfing.

Konjunktionszone, dachte sie und ließ ihre Finger über die virtuellen Tasten und Regler fahren, die ihr zur Verfügung standen. Sie blendete sämtliche Schiffe außer der Caesar aus und ließ sich den Sprungpunkt anzeigen, ein fünf Kilometer durchmessender Bereich schräg hinter ihnen, in dessen äußersten Rand die Caesar beinahe eingeflogen war. Sprungpunkte waren natürliche Phänomene, die sie technologisch auszunutzen gelernt hatten, doch immer noch bei jeder Benutzung ein Wagnis, das kleiner wurde, je näher man dem gravitativen Zentrum kam. Der Admiral wusste, dass er die Schlacht nicht gewinnen konnte, und er verstand auch, dass er den Mittelpunkt der Konjunktionszone nicht erreichen würde. Das bedeutete, dass er ein Risiko in Kauf nahm. Mit einem Mal verstand sie die Formation seiner Flotte, weshalb sie sich todesmutig nach vorne gestülpt hatte, statt sich zurückzuziehen und Zeit zu gewinnen, um sich auf den neuen Feind einzustellen und seine Schiffe vor Kollisionen zu schützen. Er hatte früh eine Entscheidung getroffen, und sie hatte ihm dabei geholfen, dass es gelingen konnte.

Er wollte springen!

»Bauer! Feuern Sie auf die Triebwerke der Caesar! Sofort!«

»Captain?«, fragte Daussel und sah sie schockiert an.

»Sie hat recht!«, sagte Nicholas mit bleicher Miene, den Blick starr auf die taktische Darstellung fixiert. »Er will springen!«

»Alles was Sie haben!« Sillys Stimme überschlug sich beinahe.

»Captain, wir haben immer noch unzählige Anfragen von Zivilschiffen, die um Notfallandockerlaubnis bitten«, rief Lieutenant Jung, doch sie hörte ihn kaum durch den Schleier ihrer Aufregung. »Wir sind ihre einzige Chance …«

»Wer es schafft, schafft es!«, bellte sie. »Wenn wir springen müssen, springen wir sofort hinterher. Wer bist dahin nicht an Bord ist, bleibt zurück!«

»Hier spricht Captain Devlin Myers, ich wiederhole: Wir bitten um Andockerlaubnis! Unsere Lebenserhaltung versagt und ich musste den letzten Reaktor abschalten!«, rief

Dev einmal mehr in sein Mikrofon. Er drehte sich zu Sirion, um ihm zu beweisen, dass er alles tat, was in seiner Macht stand, doch der unheimliche Kerl war wie vom Erdboden verschluckt.

Sie waren nur noch achthundert Meter von der Oberon entfernt, die plötzlich aufgehört hatte zu beschleunigen und stattdessen in massiven Bremsschub übergegangen war.

»Energieabstrahlung steigt!«, warnte Jezzy.

»Was?«

»Die laden ihre verdammten Elektronenmatrixzellen auf!«, erklärte sie am Rande der Panik.

»Aber wir sind zu weit draußen!«

»Wir befinden uns innerhalb der Konjunktionszone, ganz am Rand«, korrigierte sie ihn. Auf dem Schirm verschwand das Symbol der Caesar. »Die Oberon springt jeden Moment hinterher!«

»Verdammte Flottenwichser!« Dev hämmerte auf seine Armlehnen ein, dass ihm die Fäuste schmerzten. Wenn der Titan sprang, standen die Chancen fifty-fifty, dass der Koloss den Sprung überhaupt intakt überstand und nicht von den Hyperraumgezeiten zerfetzt wurde. Sämtliche verletzten Soldaten an Bord, die stark genug sediert waren, um zu schlafen, oder sich im künstlichen Koma befanden, würden nie wieder aufwachen, konnte man sie vor dem Transit nicht wecken – selbst wenn der gelang. Das Schlimmste aber würden die Gravitationswellen sein, die beim Erzeugen der Subraumblase um das Schiff alles in fünfhundert Metern Umkreis stark genug durchschütteln dürften, dass kein Molekül neben dem anderen blieb. Das war auch der Grund, weshalb Sprungpunkte von der Raumkontrolle überwacht und Transitgenehmigungen komplexen Organisationsprogrammen überlassen wurden.

»Wir können nicht zurück. Wir haben keine Reaktoren mehr!«, fluchte er und tat das Einzige, was er noch tun konnte: Er verbrauchte seinen letzten Rest Kaltgasvorräte und feuerte die hinteren Manövrierdüsen gleichzeitig und bei vollem Output, in der Hoffnung, dass sie es zumindest noch in die Subraumblase des Schlachtschiffs schafften, ehe er im Nichts des Hyperraums verschwand. Er wollte nicht sterben und schon gar nicht, dass seine Crew starb. Dank Sirions Verschwinden zwar nicht mehr durch sein Messer oder eine Klaviersaite, aber eine Gezeitenwelle war ihm auch nicht viel lieber.

Siebenhundert Meter. Sechshundertfünfzig. Sechshundert. Fünfhundertfünfzig, zählte er mit und schloss die Augen. *Komm schon, komm schon.* »Bereithalten für Transit!«, sendete er über den Schiffsfunk und riss die Augen wieder auf. Das Schiff vor ihnen wurde immer größer. Wenn sie sich irrten und es doch nicht sprang, würden sie gleich an der Hülle zerschellen, denn bremsen konnten sie jetzt nicht mehr. Sie hatten schlicht keinen Saft mehr und atmeten den letzten Sauerstoff durch ihre Masken.

Epilog

»Sie sind weg!«, verkündete Nicholas überflüssigerweise. »Sie sind gesprungen!«

Silly antwortete nicht und starrte stattdessen auf das fehlende Icon auf ihrer taktischen Anzeige. Die Caesar war verschwunden. Einfach so. Der Admiral hatte sie übertölpelt wie eine verdammte Kadettin. Wieso hatte sie es nicht gesehen? Hatte sie nicht glauben können, dass er seine ganze Flotte opferte, nur um seinen Arsch zu retten? Sie hätte es wissen müssen.

Der Rest der Strike Group 2 versuchte gar nicht erst, den Sprungpunkt zu erreichen, da sich die Wolke aus Feindschiffen längst geschlossen hatte. Sie kämpften ohne Rücksicht auf Verluste. So wie sie es sehen konnte, fuhren keine Radiatoren mehr aus und feuerten einfach, bis die Bordcomputer übernahmen, weil alle Besatzungsmitglieder gekocht waren und schließlich die Schiffe verglühen würden.

»Alkad, berechnen Sie einen Kurs zur Erde mit der geringsten notwendigen Sprunganzahl«, befahl sie.

»Ma'am?«, fragte Daussel. »Was haben wir vor?«

»Wir folgen der Caesar«, knurrte sie.

»Captain!« Nicholas lief um das Befehlsdeck herum. »Wir können unsere Flotte nicht einfach …«

»Ruhe!«, bellte sie. »Ich habe schon einmal den Fehler gemacht, mich von Ihnen überreden zu lassen. Jetzt sind nicht nur Colonel Meyer und zwanzig unserer Legionäre verschwunden, sondern auch unser Kommandant und zwanzig weitere Legionäre tot. Ich lasse ihn nicht davonkommen, und unserer Flotte sind wir ohnehin keine Hilfe. Oder wie sollten wir aus dieser Situation herauskommen, hm?«

Sie deutete auf den Holoschirm, der die Oberon inmitten einer Sphäre aus roten Punkten zeigte. Wie um ihren Punkt zu unterstreichen, wurde die Oberon von mehreren Einschlägen durchgeschüttelt und das Bild flackerte für einige Augenblicke.

»Die haben jetzt ohnehin nur noch eine Chance.« Sie wandte sich von Nicholas ab, der mit bleichem Gesicht auf die Taktikdarstellung starrte und sich in das Schweigen auf der Brücke einreihte. »Jung, flottenweiten Kanal öffnen und auf schiffsinterne Lautsprecher übertragen.«

»Ist offen!«, meldete der Lieutenant von der Kommunikation.

»Hier spricht die amtierende Captain Thurnau«, sagte sie laut und mit fester Stimme. Die Hände verschränkte sie dabei unwillkürlich hinter dem Rücken, wie der Alte es getan hätte. »Wir haben das Hyperraumtor zerstört, doch die Feinde sind zahlreich. Wir wissen nicht, wer sie sind, aber ihre Intentionen haben sie sehr deutlich gemacht. Das Flaggschiff des Admirals ist mit Captain Bradley an Bord aus dem System geflohen und wir werden ihm folgen, um ihn zurückzuholen. Mein bisheriger Befehl bleibt bestehen: Es werden so viele Zivilisten von Lagunia und den Raumstationen des Systems evakuiert wie möglich. Verlassen Sie das System über den inneren Sprungpunkt. Versuchen Sie *nicht,* sich dem äußeren zu nähern. Die Invasoren machen keine Gefangenen. Bleiben Sie nach Möglichkeit zusammen und riskieren Sie nichts. Evakuieren Sie nur, wenn Ihr Schiff nicht in ein zu großes Risiko gerät. Wir brauchen jedes einzelne und wir brauchen *Sie.* Wir vergessen Sie nicht und werden wiederkommen, wenn wir unseren Kommandanten zurück haben. Die Pflicht ist schwerer als ein Stein, der Tod leichter als eine Feder. Oberon Ende.«

»Kurs gesetzt!«, rief Lieutenant Alkad.

»Transitalarm!«, befahl Silly sofort und wartete, bis der gellende Alarm losplärrte und jedes Besatzungsmitglied daran erinnerte, nicht einzuschlafen oder am besten nicht einmal die Augen zu schließen, um auf der anderen Seite nicht als hirntote Hülle zu enden – nicht, dass sie geglaubt hätte, dass irgendjemand geschlafen hätte. Nach drei Atemzügen, in denen sie an Konrad dachte und ihm ein stilles Versprechen gab, sagte sie laut: »Sprung!«

»Verdaaaaaaaaammt!«, rief Dev, als die Oberon aufleuchtete und sich in einem unmessbar kurzen Zeitraum wie eine Illusion streckte und drehte (was vermutlich sein Gehirn halluzinierte). Sie verschwand.

Die Quantum Bitch, eben noch im Sturzflug auf den einstigen Stolz Harbingens, raste in plötzlich leeren Raum hinein, der sich schon bald mit allen möglichen Geschossen füllte und die Warnmeldungen noch weiter explodieren ließ. Eine Erinnerung daran, dass noch immer eine brutale Schlacht tobte.

Dev nahm sich keine Zeit für das Verfluchen jeder Gottheit, von der er jemals gehört hatte, und schickte sie mit maximaler Beschleunigung nach unten, tauchte unter Raketen ab und riss die QB dann nach links, unter die Flotte der Invasoren. Sie wurden noch immer beschossen, allerdings verteilte sich das Feindfeuer mit dem Verschwinden der beiden mächtigsten Schiffe und dem Zusammenbrechen der Strike Group 2 zusehends auf viele verschiedene Kleinziele, die inmitten des Infernos auseinanderstoben wie eine aufgescheuchte Schafherde.

Also nutzte er die Winzigkeit seines Schiffs im Vergleich zum Rest der Schlachtteilnehmer und quälte es weiter entgegen der Flugrichtung der feindlichen Flotte. Wie im Schlaf wies er seine erschreckend still gewordene Crew an, Sauerstoff zu holen und weiter abzudichten, die Wärmepumpen zu sichern und die schrillen Warnsignale des Reaktors gefälligst zu ignorieren. Mit waghalsigen Manövern umrundete er einen der unheimlichen Kolosse, dessen grüne Geschosse nach ihm leckten, ihn aber wie durch ein Wunder verfehlten, setzte seinen Wahnsinn fort und schoss dann zwischen zwei weiteren Raumern hindurch in ein massives Trümmerfeld hinein, wo die ersten von Admiral Bretonis Schiffen vernichtet worden waren und sich ihre Überreste jetzt mit denen des Hyperraumtors vermischten.

So weit hat sich die Schlacht schon verschoben, dachte er. *Die wollen nach Lagunia, ganz sicher.*

Dev folgte seinem ersten Impuls, als sie zwischen einem großen Hüllenstück mit der halben Aufschrift eines Schiffsnamens und einem zerfetzten Reaktorkern flogen, und schaltete das Triebwerk und sämtliche aktiven Scanner ab, nachdem er eine Fusionsmine ausgeworfen hatte. Sie explodierte drei Klicks hinter ihnen. Daraufhin taumelten sie plötzlich schwerelos zwischen den Trümmern umher – hoffentlich nicht mehr als Schiff erkennbar, sondern als eines von vielen Opfern dieses ungleichen Kampfes.

»Dev!«, rief Jezzy mit vom Atemgerät verzerrter Stimme.

»Hm?«, machte er niedergeschlagen, als ihm dämmerte, dass sein Überlebensinstinkt sie an keinen sonderlich besseren Ort gebracht hatte. Im schlimmsten Fall würden die Aliens nach ihnen suchen und sie verdampfen, im besten Fall würden sie hier draußen langsam ersticken oder erfrieren.

»Bevor du die Scanner abgeschaltet hast, habe ich noch was gesehen«, sagte sie und schickte ihm die entsprechenden Daten auf den Schirm.

»Was ist das? Eine weitere Flotte von diesen Mistkerlen?«

»Nein, dem vorläufigen Signaturcheck zufolge sind das Linienschiffe vom Typ Starvan. Vierundachtzig Stück, um genau zu sein. Und sie kommen direkt auf uns zu.«

»Auf uns?«

»Ich schätze auf den Sprungpunkt, um genau zu sein.«

»Was machen die hier? Sind die irre geworden?«

»Keine Ahnung«, murmelte Dev und berechnete ihre Geschwindigkeit und die Distanz zwischen den Zivilschiffen und dem Sprungpunkt, der keine fünfzig Klicks von ihnen entfernt war. »Hmmm.«